復刻版

文學建設

第7巻

第4巻第1号〜第4巻第6号
（昭和17年1月〜6月）

不二出版

復刻にあたって

一、復刻にあたっては、左記所蔵の原本を使用しました。記して感謝申し上げます。
　　三上聡太氏
一、復刻にあたっては、墨一色で印刷しました。なお、表紙は各巻の巻頭にカラー口絵として収録しました。
一、原本の破損や汚れ、印刷不良により、判読できない箇所があります。
一、原本において、人権の点からみて不適切な語句・表現・論がある場合でも、歴史史料の復刻という性質上、そのまま収録しました。
（著作権につきましては、調査いたしておりますが、不明な点も多くございます。お気づきの方がいらっしゃいましたら、小社までご連絡下さい）

（不二出版）

〈第7巻　収録内容〉

復刻版収録一覧

復刻版巻数	原本巻号数	発行年月日
第1巻	第1巻第1号	1939（昭和14）年1月1日
	第1巻第3号	1939（昭和14）年2月1日
	第1巻第3号	1939（昭和14）年3月1日
	第1巻第4号	1939（昭和14）年4月1日
	第1巻第5号	1939（昭和14）年5月1日
	第1巻第6号	1939（昭和14）年6月1日
第2巻	第1巻第7号	1939（昭和14）年7月1日
	第1巻第8号	1939（昭和14）年8月1日
	第1巻第9号	1939（昭和14）年9月1日
	第1巻第10号	1939（昭和14）年10月1日
	第1巻第11号	1939（昭和14）年11月1日
	第1巻第12号	1939（昭和14）年12月1日
第3巻	第2巻第1号	1940（昭和15）年1月1日
	第2巻第3号	1940（昭和15）年2月1日
	第2巻第3号	1940（昭和15）年3月1日
	第2巻第4号	1940（昭和15）年4月1日
	第2巻第5号	1940（昭和15）年5月1日
	第2巻第6号	1940（昭和15）年6月1日
第4巻	第2巻第7号	1940（昭和15）年7月1日
	第2巻第8号	1940（昭和15）年8月1日
	第2巻第9号	1940（昭和15）年9月1日
	第2巻第10号	1940（昭和15）年10月1日
	第2巻第11号	1940（昭和15）年11月1日
	第2巻第12号	1940（昭和15）年12月1日
第5巻	第3巻第1号	1941（昭和16）年1月1日
	第3巻第3号	1941（昭和16）年2月1日
	第3巻第3号	1941（昭和16）年3月1日
	第3巻第4号	1941（昭和16）年4月1日
	第3巻第5号	1941（昭和16）年5月1日
	第3巻第6号	1941（昭和16）年6月1日
第6巻	第3巻第7号	1941（昭和16）年8月1日
	第3巻第8号	1941（昭和16）年9月1日
	第3巻第9号	1941（昭和16）年10月1日
	第3巻第10号	1941（昭和16）年11月1日
	第3巻第11号	1941（昭和16）年12月1日
第7巻	第4巻第1号	1942（昭和17）年1月1日
	第4巻第3号	1942（昭和17）年2月1日
	第4巻第3号	1942（昭和17）年3月1日
	第4巻第4号	1942（昭和17）年4月1日
	第4巻第5号	1942（昭和17）年5月1日
	第4巻第6号	1942（昭和17）年6月1日
第8巻	第4巻第7号	1942（昭和17）年7月1日
	第4巻第8号	1942（昭和17）年8月1日
	第4巻第9号	1942（昭和17）年9月1日
	第4巻第10号	1942（昭和17）年10月1日
	第4巻第11号	1942（昭和17）年11月1日
	第4巻第12号	1942（昭和17）年12月1日
第9巻	第5巻第1号	1943（昭和18）年1月1日
	第5巻第3号	1943（昭和18）年2月1日
	第5巻第3号	1943（昭和18）年3月1日
	第5巻第4号	1943（昭和18）年4月1日
第10巻	第5巻第5号	1943（昭和18）年5月1日
	第5巻第6号	1943（昭和18）年6月1日
	第5巻第7号	1943（昭和18）年8月1日
	第5巻第8号	1943（昭和18）年11月1日
	第5巻第9号	1943（昭和18）年11月1日

第 4 巻第 3 号

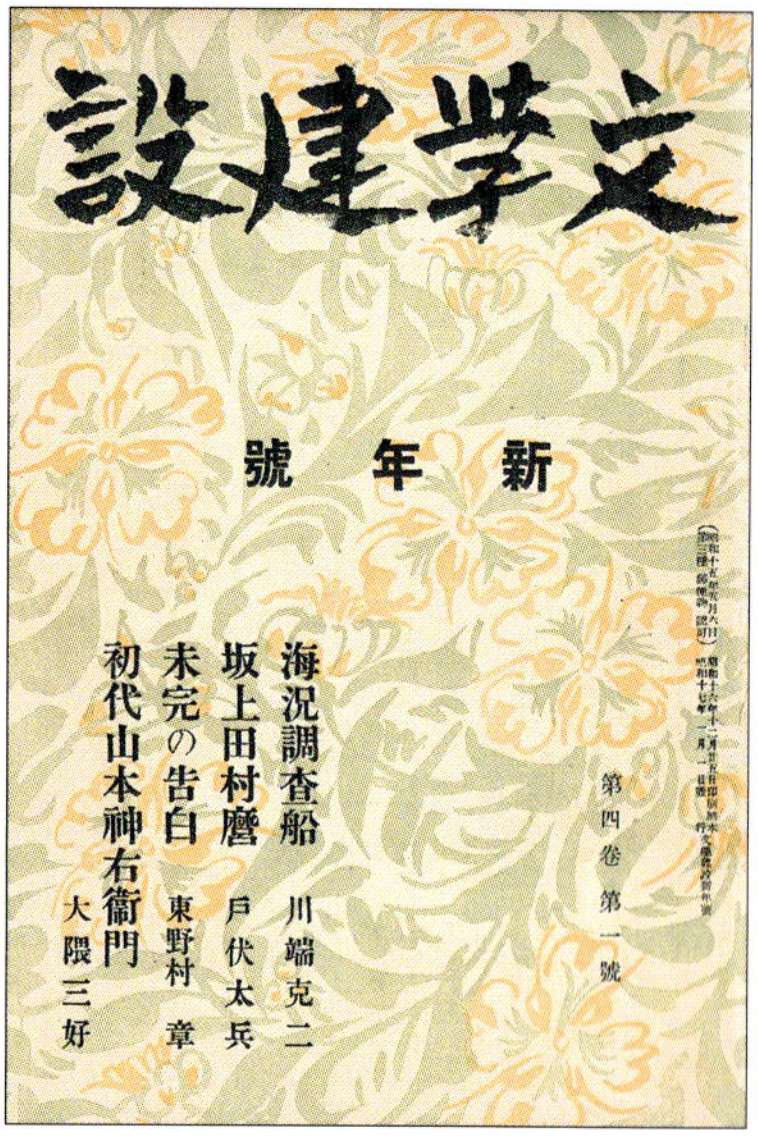

第 4 巻第 1 号

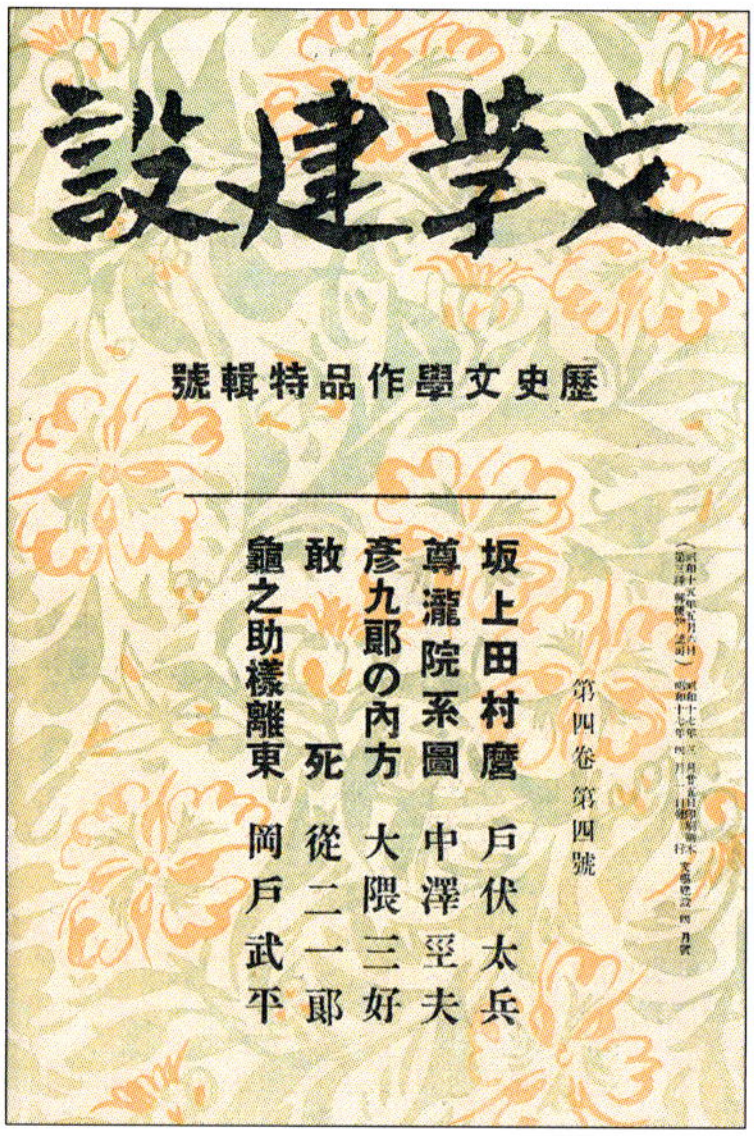

第 4 巻第 4 号

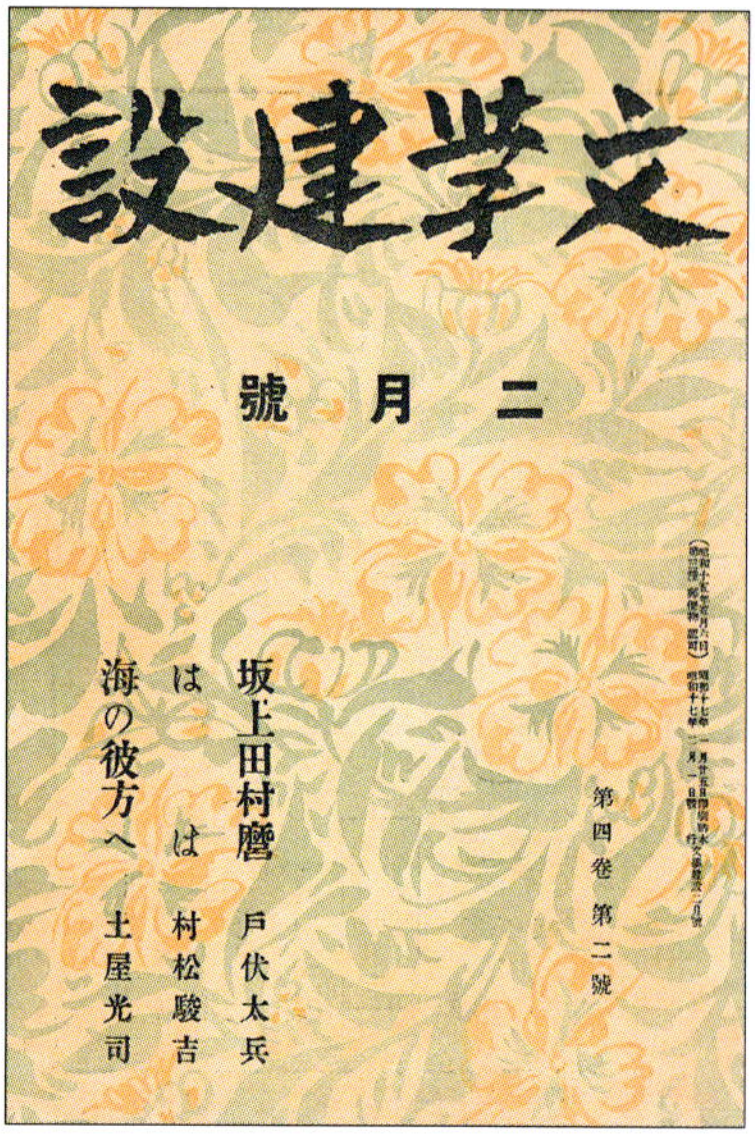

第 4 巻第 2 号

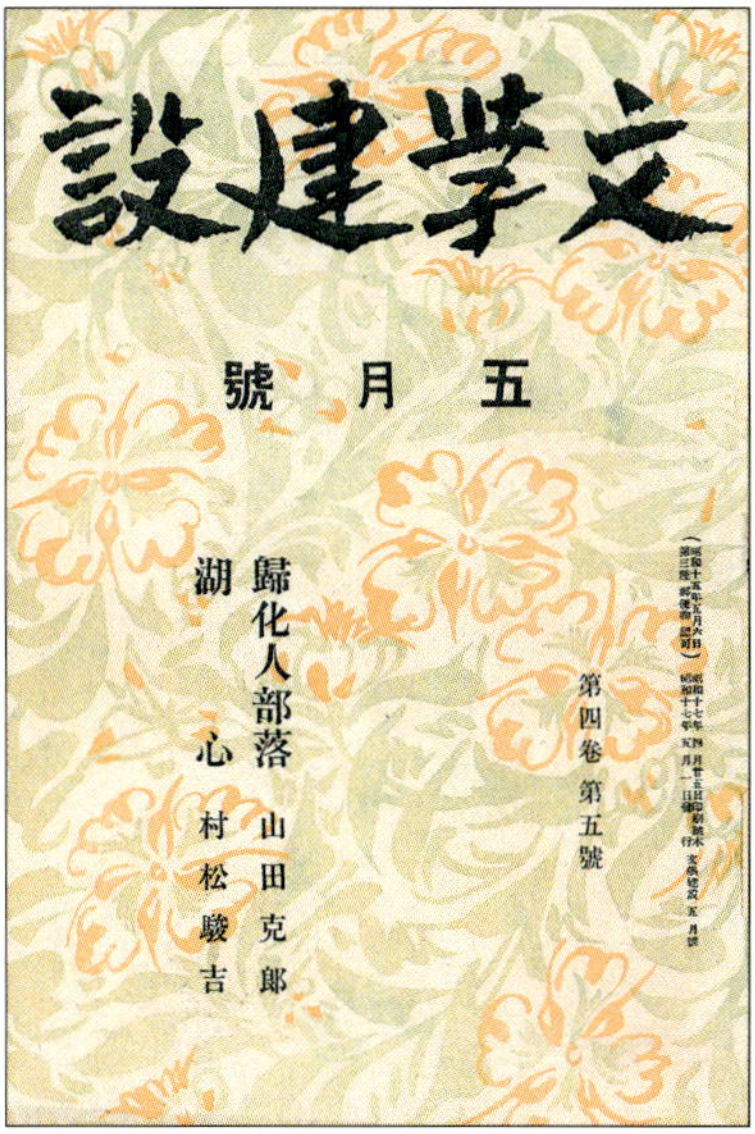

第4巻第5号

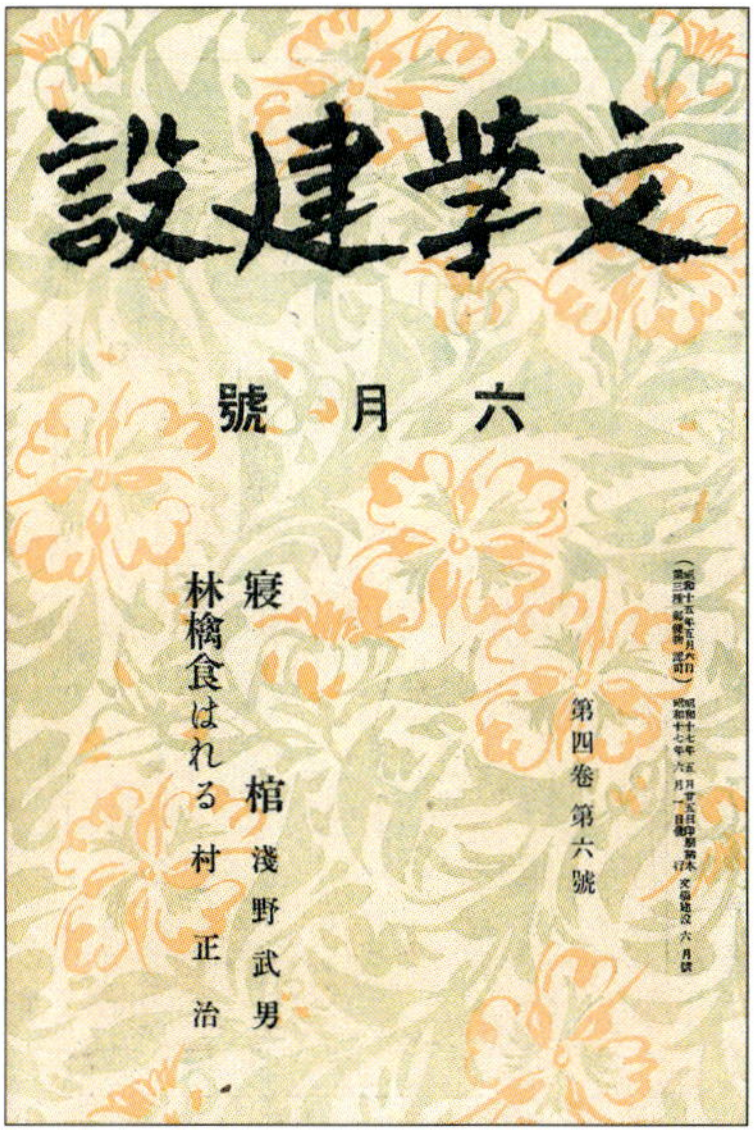

第4巻第6号

文学建設

新年號

昭和十五年五月六日第三種郵便物認可
昭和十六年十二月廿五日印刷納本 昭和十七年一月一日發行 文學建設新年號

第四巻第一號

工場全景

化學試驗室

―高島屋直營―

天下茶屋

食料品工場

「自家製品を直接御家庭へ」をモツトとして凡ゆる近代設備と十二分の製造能力を以つて皆様より多大の御好評を賜つて居ります。

大阪

高島屋

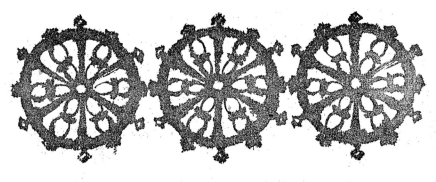

文學建設 昭和十七年 新年號・目次

作品

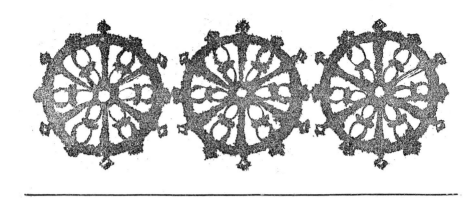

同人住所録

（いはろ順）

岩崎榮　世田ヶ谷區松原町三ノ一、三二
石井哲夫　兵庫縣氷上郡柏原町
伊志田和郎　向島區吾嬬町西三ノ二五（石田方）
飯田美稻　本鄉區駒込曙町一〇
東野村章　澁谷區千駄ヶ谷四ノ六九三（平安莊內）
土岐愛作　板橋區上板橋一ノ二〇九
戸伏太兵　杉並區天沼一ノ八八
大隈三好　東京府西多摩郡戸倉村二〇四
岡戸武平　小石川區白山御殿町一一四
海音寺潮五郎　澁谷區代々木上原一二一五
川端克二　杉並區和泉町三五二
欅山楠夫　兵庫縣川邊郡伊丹町北村（戸田方）
片岡貢　中野區小瀧町一八
鹿島孝二　瀧野川區瀧野川町四一〇
大慈宗一郎　牛込區北町二
田中幾太郎　牛込區富久町一六
土屋光司　豐島區池袋二ノ一〇三七
土屋英麿　芝區汐留町十一ノ五 大口莊（電銀四〇七）
中澤巠夫　澁谷區宇田川町五一
蘭郁二郎　鎌倉市小町三三三（遠藤方）
村雨退二郎　世田ヶ谷區松原町三ノ九六四
村松駿吉　世田ヶ谷區玉川奥澤町三ノ一六〇 南風莊
村正治　瀧野川區瀧野川町四三〇（湯淺方）
野母崎正　小石川區大塚坂下町一九三（山田方）
黑沼健　鎌倉市大町一三五（左右田方）
久路徹　麴町區九段四ノ十二婦女界社（電九段四一七一）
久米徹　北海道上川郡上川町
山田克郎　中野區川添町四六
山崎公夫　荒川區尾久町五ノ一一八五
松本太郎　日本橋區横山町四澁谷アパート
松浦泉三郎　杉並區和泉町三五二
淺野武男　京橋區小田原町一ノ七
安藤信　福島縣二本松町
齋藤豐吉　澁谷區代々木上原町一三四七
佐藤利雄　四谷區左門町五三
佐野孝　小石川區大塚坂下町六五（中村方）
北町一郎　杉並區西荻窪三ノ九三 城山文化住宅（電荻四八七九）
由布川祝　麴町區平河町二ノ一（電九段三四一〇）
緑川玄三　三條市貳之町木場
南澤十七　大森區堤方町八九四（川端方）
從二一郎　小樽市南濱町埋立地
淸水津十無　品川區大井山中町四二八六
志水雅子　瀧野川區田端四二六東山莊
鯱城一郎　本鄉區駒込林町二〇六（中村方）
瀨木二郎　杉並區高圓寺四ノ五八四（橫關方）

昭和十六年十一月七日、本誌の創立三週年記念日を期して、神田一ツ橋の如水會館に於いて開催された同人總會の記念寫眞である。
來賓五氏を迎へて、和氣靄々たる會合であつたが、我々はこの機會に過去三ヶ年の業蹟を顧みて、將來の活躍を誓つた次第である。この機會に、同人一同の顔を、讀者諸氏にも御覽に入れようといふわけである。

第四巻　文学建設　第一號

新年號

通巻第三十六號

海況調査船

川端克二

（一）

鰊漁業は、傳統からいつても、産額からいつても、北海道漁業界の王者だつた。小樽市に本社を持つ興洋水産株式會社も、事業の主體を鰊漁業に置いてゐた。

二月中旬の寒い朝であつた。

新任の若い社員、伊皿木有作は、支配人の巣山と對談してゐた。

「鰊漁期が近づきましたね」

「うん、あと一月半だ」

「今年は利尻《りしり》島で何ヶ統《とう》經營ですか？」

「十七ヶ統の豫定なんだが……」

「東海岸ですか、西海岸ですか？」

「さア、それが未定なんだよ。鰊といふ奴は氣まぐれ者でね、東海岸へ來るか西

海岸へ來るか、吾々人間には豫想がつかないんだ。で、東海岸へ八ケ統、西海岸へ九ケ統、當てずつぽうに建ててみるつもりだ」

「そりや無茶です」

「でも、鰊の來游コースが豫測出來んのだから仕方あるまい」

「豫測する方法があります」

「なんだつて？」

「漁期前に、沿岸の海況を調査するんです」

「調査をね」

「言ふまでもないことですが、鰊といふ魚は海況——特に水溫に對して敏感な性質を持つてます。奴等は氣まぐれに來游するんではなく、海況のいい方角を選んでやつて來る譯です。だから漁期前に沿岸の海況を精密に調査して、西海岸が好條件を備へてゐるか、それとも東海岸がよりよい狀態に在るかを判斷することが必要なんです。その判斷に依つて、西がよければ西海岸に、東がよければ東海岸に十七ケ統を集中して經營すれば、大漁は疑ひなしだと思ふんです」

「なるほど、一理あるが……」

「理窟ぢやありません、實行すべきです」

「といつて、どうする、具體的な方法は？」

「發動機船が一艘要りますね。そいつで毎日、利尻の沿岸を馳け廻つて、水溫、透明度、微生物《プランクトン》などを調べるんです」

「寒中の海の上だ。冒險だな」

「とんでもない。水產試驗場の試驗船をごらんなさい。あれのほんの眞似事位なものです」

「わかつた。意圖は頗るよろしいと思ふ。とにかく明日の首腦部會議に諮つてみるとしやう」

——翌日の午後、會議室から出て來た巣山は、すぐ有作を席に招いた。

「專務に決裁されたよ」

さう言つて、タイプされた書類を机上に置いた。

利尻島海況調査要項

一、調査目的　鰊漁業建込計畫決定ノ爲
一、調査期間　自二月二十日至三月十五日(約三週間)
一、調査事項　沿岸水溫　海水透明度、プランクトン、其ノ他ノ海況一般
一、使用船　四〇馬力級發動機船一隻　乘組員四名)
一、使用根據地　沓形村當社出張所
一、調査主任　伊皿木社員

最後の行に觸れると、有作の眼は意外さうに見開かれた。

「僕がやるんですか、新米の僕が？」

「君以外に適任者はないのだ。理論を實際で示してくれ」

巢山は立ち上つて、有作の肩を叩いた。

「健康は大丈夫かね？」

有作は頷き、そのあとに力强い言葉を續けようとしたが、知遇に感じてその唇をこは張らせるばかりだつた。彼の白皙な面は、劍道部の選手だつたといふ水産校時代の若々しさを取戻して、夕陽を浴びたやうな輝きを見せてゐた。

（二）

白龍丸。――それが、海況調査のため、市内の船主から傭船《チャーター》された發動機船であつた。船名とは反對に、眞黑に塗られた船體は圓扇のやうに幅ばかり廣くて鈍重さうだつたが、新造後三年といふ堅牢さが何よりの長所であつた。

船長國領、機關士鶴、水夫《ボースン》折笠。この三人が船主から派遣された乘組員であつた。いづれも四十歳に近かく、海の生活が骨の髓まで浸み込んでゐさうな、鋭い眼と鋼《はがね》のやうな皮膚の持主であつた。弱冠伊皿木有作が、木に竹をつぐやうに彼等の「上役」におさまつた。しかし、試運轉で二三回海上を馳け廻ると、そんなぎこちなさは跡形もなく消え失せたやうに思はれた。そこに、同じ命を板子に懸けた「船」といふ職場の有難さがあるのだと、有作は感じてゐた。

採水器、水溫計、透明度盤、微生物《プランクトン》採集網、流速計、流し網など、調査に必要な器具類を船艙に納めた白龍丸は、どんよりと雪もよひした二月下旬の午後、小樽港を出帆した。見送りの巢山支配人や社員達の姿が有作の視野から消えると、港外の波浪は別の世界のやうな邪慳さで白龍丸を取り卷いた。四十馬力、十九噸の船體は、みしみしと無氣味に肋骨を軋らせ乍らも、眞北に向けた針路を確實に進航して行つた。

食堂であり、寢室であり、休息所でもある「胴の間」には古疊が五枚敷かれ、鐵板ストーブが赤く燃えてゐた。寒風に鳥肌を立てた有作は、足を先にして潜り込んで來ると、隅に押し込んで置いた自分のトランクをひつぱり出して開けた。これから讀まうとする通俗科學の書籍を取り出した拍子に、ハンカチで丁寧に包んだ品物が手に觸れた。

「風邪ひかんやうにな……これ持つて行きなさい」

老いた母親の涙ぐんだ顏を、有作は想ひ出した。家を立つ時、母親にさう言はれて、押しつけられるやうに渡された、それは懷爐だつた。有作は苦笑を泛かべ、その包を掌に載せてみたが、軈てトランクの底へ無雜作に藏ひ込み、腹這ひに臥て本を閉いた。だが、一字も眼に入つては來なかつた。久振りで外海に出たせいであらう、急激な船暈が胸元にこみ上げて來たのである。

「どうですな?」

船長の國領が降りて來た。慌て氣味に起き上がる有作の顏を、老練な眼が揶揄ふやうに覗いてゐる。年齡よりも皺の多い、彫り込んだやうな顏だ。船長の表徵のやうな口髭である。

「舵輪《かぢ》は折笠に委せて來ましたよ。ちくと呼吸を拔かんことにはね」

機關《エンジン》の震動に負けまいとする大きな聲である。胡坐をかき乍ら、尻のポケットからウヰスキーの小瓶を拔き出して、まづ有作にすすめたた。

「僕はいいよ」

船暈の重い氣分で、有作は無下に斷はつた。仕事中に飮む、といふ行爲それ自體が、彼の潔癖に障るのだつた。航海中は絕對の責任者であり、隨つて最大の權威者である筈の船長國領は、自尊心を傷つけられたらしく露骨に不愉快な樣子で、押し除けられた瓶をラッパ飮みに口へ持つて行き、ごつくりと荒く咽喉を鳴らした。

「鶴の奴がね、一人ぢややり切れねえつて言つてましたよ。機關室《あな》にはどうしても助手が要りますからね。油差《ナンバン》を一人、是が非でも雇ひ入れて下せえよ」

いきなり醉ひが廻つたらしく、どろんと眼を据へて、絡みつくやうなものの言ひ方である。

「解つてゐる。そのことは、沓形《くつがた》出張所の管理人にも文書でよく賴んであるから……」

「本當にお願ひしますよ」

「たいてい大丈夫だと思ふよ」

乘組員四名付で傭船する豫定だつたのが、白龍丸には國領、鶴、折笠と三名の乘組であつた。ほかに滿足な發動機船もなかつたので、缺員の油差《ナンバン》一名は、會社側の責任で補充する事にして白龍丸を傭船したのであつた。今の季節に遊んでゐる船員もあらうとは思へないし、油差《ナンバン》を雇入れる自信は有作にもなかつた。實は弱つてゐるのであつた。そんな弱點を見すかして、ねちねちつけ込んで來る國領の態度を前に、船暈をさとられまいとする二重の苦しみを有作は嘗めてゐた。國領の銳い眼が、相變らず揶揄ふやうな光を、蒼白になりかけた有作の顏に這ひ廻らせてゐる。

船員とか、漁夫とか、比較的低い位置にある勞働者達が、「學校出」といふ階級に對して抱いてゐる古い因習的な、漠然とした反抗氣分が、こんな煮え切らない生半可な形になつて、國領の上に現はれて來てゐるのを感じると、有作は當惑を覺えた。海の上へ出て了つた今を、待ち構へてゐたかのやうな相手の樣子も殊に不愉快だつた。だが、國領の憫笑に葬

り去られて了ふには、有作はあまりにも若さと氣骨に惠まれてゐた。これからの仕事が通り一遍の仕事ではないだけに、ここで——第一歩でぺしやつて了つたらおしまひだといふ意識が、猶のこと彼を強く動かしたのかもしれない。

有作は刎ね起きた。

「おい、船長、甲板《デツキ》へ出よう！」

その聲が大きく、勢ひづいた調子だつたので、吃驚した國領は危くウヰスキーの瓶を取り落とすところだつた。

有作は甲板を操舵室《ラツト》まで馳けて行き、そこで舵を取つてゐる折笠の横顏へ呶鳴つた。

「機關室《あな》へ降りて鶴の手傳ひをしろ！」

有作は聲と共に操舵室《ラツト》へとびこむと、折笠を押し除けるやうにして、彼の手の溫みの殘つてゐる舵輪を横から奪つた。

「僕が、機關室《あな》にですかい？」

このどつちかといへば溫順しい方の水夫《ボースン》は、有作の劍幕に驚いたらしく眼をしよぼつかせて反問した。

「油差《ナンバン》の補充がつくまで賴む。君の役は俺がやる」

さうはつきり言ひ乍ら有作は、なぜ最初からこの船員配置方法に氣付かなかつたのかと後悔に似た氣持だつた。胴の間にひつこんで、勿體らしく本などをひろげるんぢやなかつたと思ふのだつた。折笠が仕方なく機關室へ潛り込むと、行き違ひに國領が、思ひがけない有作の荒療治にすつかり醉ひをさまされた形で、ひつそり操舵室《ラツト》へ入つて來た。

「代り番コに舵を取つて行かうや」

「へえ」

「港の出入りは勿論船長、君でなくちや無理だが、航海中なら、學校仕込みの俺でもどうにか間に合ひさうだよ」

「巧いもんです」

國領の答へはお世辭でもなささうだつた。口調もすつかり神妙である。意地惡く見えても、底を流れる性格が案外に單純なのを察しると、今は有作も、國領に對して好意を含む苦笑を洩らすだけであつた。

夕闇と凪と白い波頭。右舷を黑々と流れ去る北海道本土。小刻みな疳高い爆音。舳に叩き破られた濤の破片が、時々、憤つたやうな激しい勢ひで操舵室《ラツト》の窓硝子に飛びついて來る。舵輪をしつかと握り、眞北の針路を睨み据えて、有作はいつか船暈ひを忘れてゐた。

（三）

利尻島は海拔六千尺の利尻富士と、それを繞る裾野から成る——日本海の一角に屹立した巨大な圓錐の柱だつた。秀麗といふより、何か凄壯な感じのする峨々たる山頂が、朝霧を

拂つてくつきりと中天に浮かび上がつてゐた。幾重にも厚い雪の上に、松林と、部落の屋根々々が心細く點在してゐた。——初めて見る島の風景は、決して有作の心を和らげてくれるものではなかつた。ここで暮らさねばならぬ三週間といふ日數を、有作は改めて心の中で計算してみるのだつた。

西海岸の一部落、沓形村の、船入澗のある方角から、だだだだツとけたたましい爆音が四圍を打ちひしぐやうに進んで來た。出漁の武装をした俊敏さうな鱈漁船の四五隻である。したたか餘波を叩きつけて白龍丸と擦れ違ひざま、舷に竝んだ漁夫達の眼が、どこの風來坊が——と言ひたげに、有作や國領の上をきらめいて過ぎて行つた。

波當りで角の擦れた岸壁に、若い男女が出迎へてゐた。管理人の玉置とその妹のふみ子だつた。少年のやうな圓い赤い頰をした玉置は、白龍丸の艫綱を握つて、横着けにする作業を手傳つてから、朴訥な物腰で初對面の挨拶を有作にした。

思つたより繁華な市街地を斜めに突き切ると、倉庫などの多い忘れられたやうな海沿ひの一角に二階建の事務所があつた。切り詰めた豫算を思はせる——屋根もサクリ板も硝子戸も古ぼけてつぎはぎだらけだつたが、玄關先は整然と雪が踏まれてあつた。「興洋水産沓形出張所」——その粗末な看板に氷柱《つらら》が垂れてゐる。

板敷の、何の裝飾もない事務所だが、大型の貯炭式ストーブが威勢よく燃えてゐたし、一と足先に馳け戻つたふみ子が用意したのだらう、卓の上には熱い番茶が湯氣を立ててゐた。

「二階にや寢床《とこ》が敷いてありますすツけ」

茶盆を廻し乍ら、小腰を屈めてふみ子はさう言ふのだ。その言葉で船員達は、十二時間の不眠不休の航海の疲れを、揉みほぐされたやうにゆつたりとなり、ナツパ服のボタンを外したり、濕つた脚の先をストーブの方へ投げ出したりし初めた。

寒さで感覺のなくなつた頰をさすり乍ら、まだ船に搖られてゐるやうな氣分をぢツと押し鎭めしやうとしてゐた有作は、はツと氣付いたやうに眼を開いて玉置の方を向いた。

「早速だが、手紙で依頼して置いた件……」

「油差《ナンバン》のことだすべ？」

「うん、どうだらう」

玉置はすぐには答へず、當惑したやうな笑ひを片頰に浮かべた。その顏を、呼吸をひそめて、國領も鶴も見守つた。

「なんせ、惡い時季でやんす。御承知の通り今は鱈漁でなんす、八方尋ねやしたが、若え者は一人も空いてゐねえもんで……」

「なるほど……」

「それで、どうでやすべ？」

「うん？」

「おらば使つてけねえすべか？ おら、これでも海の上のことだば他人さ負けねえつもりだし、島の事情《こと》ァよツく知つてゐやすし、油差《ナンバン》つてものは助手みてえもんで大した技術も要らねえつて話だし、それに主任さん、おら管理人つても實は留守番みてえなもんで、寒中これつちう用事もねえもんですもんなア」

ながく肚に貯めてゐたものを一氣に吐き出すといふ形で、玉置は赤い頬を一層赤くし、眼を輝かせて、その齒切れの惡い言葉を有作の前へぶつつけてよこした。

好意は感じたが、無責任な返事も出來ずに有作が眼を轉じると、困つた兄さんといふ表情でふみ子が突つ立つてをり、國領と鶴は無言で相談するやうに顔を見合せてゐた。國領は、玉置の厚い胸や、膝に置いたまるい拳をいつとき睨んでゐたが、軈て、

「ようがせう、乘つて貰ひます」

カラツとした調子でさう言つたのである。玉置の顔は見る見る喜びに溢れた。

國領達三人が二階へ寢に上がつて行つてからも、有作は腰高な硝子窓の前に立つて、そこから見える灰色の海を眺めてゐた。明日からこの海へとびこんで行かねばならない——漠然とした不安と、それを突きのける強い信念が頭の中で鬪つてゐた。

「海況調査！ 何だか知んねえども、勇ましいでやすねえ」

いつか傍に寄つてゐた玉置が、若く張りのある聲でさう言ひ乍ら、有作と肩を竝べ、昂然と海を見据えるのだつた。

（四）

漁業組合の掲示板には、北東ノ風ガ強クナル、全區警戒中、と書かれてあつた。狹い船入澗は、時化に追はれて沖から逃げ戻つて來た發動機船で一杯になり、船縁のかち合ふ音や、舫綱の軋りが絶間もなかつた。

角卷《かくまき》にくるまつたふみ子は、爪先の冷たさを堪へて暫らく岸壁に立つてゐたが、最後に船入澗へ入つて來た避難船も、村の鱈船であることを認めると、ほうツと白い溜息を洩らして事務所の方へ引返した。御飯も炊き上つてゐたし、久し振りの豚肉を使つた薩摩汁の大きな鍋も竈にかかつてゐたし、あとはストーブの火をさへ絶やさねばよかつた。ふみ子は有作の椅子に腰をかけ、いらいらする神經をもて餘してゐた。安普請を嘲けるやうに風が軒端を叩いて行く。護岸を打つ濤の音が、どしん、どしん、と腹まで響いて來る。四時だとい

ふのに、もう暗さが包むやうに押し迫つてゐる。

　不意に硝子戸が開いたので、ふみ子ははね上がつた。しかし入つて來たのは、待ち佗びてゐる白龍丸の人達ではなく、近所の山甚漁場の若い衆《しゆ》だつた。

「お茶《かつ》ば持つて來たど」

　荒縄を鰓に通した大きな鱒だつた。

「あれ、いつも濟まねえ。ええ鮮度《いき》だこと」

　ふみ子がそれを臺所へ置いて戻つて來ると、若い衆はぽかんと口をあけて、壁一面に貼られた圖表《グラフ》を見上げてゐた。「西海岸」、もう一枚は「東海岸」と太字で標題《みだし》をつけた疊ほどもあるその圖表には、毎日の觀測の結果である水温、透明度、氣温、氣壓などの平均が、夫々色分けした線で丁寧に書き込まれてゐて、五色の糸をときほぐしたやうな華麗な綾を、殺風景な壁間にくり展げてゐた。

「ヘエえ、大したもんだなア」

　若い衆は首を曲げて感心してみせてから。

「しかし、まだ歸つて來ねえのかや?」

「うん、今日は東海岸の觀測だと、小ッ早く出かけて行つたんだの。いつもなら、三時過ぎにや歸つて來るんだどもな」

「なんと！　醉狂だもんだな。この時化模樣だ、おら達鱒釣りでせえ逃げて來たつてのにな」

「それでおら、心配で心配で……」

　若い衆は、そのふみ子から眼をそらし、再び嘯くやうに壁の圖表を見上げてゐたが、

「なんとなんと！　こつたらもの作るが爲に毎日——一週間も休まねえで、島のぐるりばダガダガ廻つて歩いて、揚句の果にブクブクと來たら眞尺に合はねえ話だべにな。だい一、おら、あの主任さんとかの氣が知れねえ。折角あつたらええ機船《ふね》持つてるんだもん、海況調査だとか止めて了つて、鱒釣りさ加入《かた》れば儲かるべによう、なアふみちや」

「しッ！」と、ふみ子は、霜やけのした指を唇に當てて、鋭く、若い衆のおしやべりを封じた。——風浪の叫びの隙間を縫つて、複筒發動機の小刻みな爆音が、僅かに事務所の中へ流れ込んで來たのである。安堵の色がふみ子のすべつこい頬を染めた。一週間の事務所勤めで、白龍丸の爆音を聞きわける聽覺《みみ》を、彼女は備へてゐるのだつた。

「おら、歸るで」

　若い衆はあたふたと事務所をとび出して行つたが、間もなく引返して來ると、

「あ、今晩、風呂立つから、皆さん入りに來てけろッて親方言つてたど。さいなら」

　硝子戸から首だけ出してさう言つた。

ふみ子は椅子の位置を正したり、ストーブの火を覗いたりしてから、體を固くして跫音の近づくのを待つた。何時間も寒風にさらされ、波に弄ばされたので、きつと無機嫌に疲れ切つた姿で歸つて來るだらうと、怖いものを待つやうに身構へしてゐたのだが、軈て彈けるやうな笑聲が、夕闇を刎ねのけるやうに硝子戸へぶつかつて來た。

「こいつ、今の格好と來たらな、あつははは」

何かしきりに笑つてゐる鶴と折笠に挾まれて、きまり悪げに、頬を歪めてゐる玉置だつた。

「ふみちやん、今ね……」

じつとり潮を含んだ外套を脱ぎ乍ら國領が説明しかけるのを、慌てて玉置がひつたくたつた。

「ふみ子、おら今な、船岸壁さ着ける時な、小べりから滑つて海さ叩き落ちるとこしたんだよ。して、泡食つて綱《ロップ》さしがみついて機械體操みてえにブランとぶら下つたらな、そのはづみで、でつかいせつなツ屁、プツと出て了つたんだ」

ふみ子は躰を折り曲げて、苦しさうに笑ひ續けた。國領も鶴も折笠も再び大聲で笑ひ出し、有作も革ジヤンパーを脱ぎ乍ら笑つてゐる。油の滲んだ指で、玉置はガリガリ坊主頭を掻いた。

「御飯、出來てます」

笑ひの止まらない聲で、やつとそれだけ言つて、ふみ子は茶の間との界の障子を開けた。丸い餉臺に大きなお櫃、湯氣の立つ薩摩汁、寒鰈の刺身――それを見ると船員達は、着た物の乾くのも待ち切れずに、茶の間へ馳け上がつて行くのだた。

「チク生、これで一本、熱いとこが付けば、全く申分はねえのだが……」

餉臺の上を見廻して、國領がさも殘念さうに舌を鳴らすのを、折笠と鶴が眼顔で制した。

「さきにやつててくれ」

さう言つてたつた一人、薄暗い事務所の電燈の下に殘つた有作が、手帳に控へて來た今日の觀測の結果を低聲《こごゑ》で音譯し乍らペンを握り、大判のノートへ書き移してゐるのだつた。

「――觀測位置、東海岸A點、水溫、表面氷點下《マイナス》〇・五度、一〇米氷點上《プラス》〇・七度、二五米一度、五〇米一・三度、透明度一五米。B點水溫、表面氷點下《マイナス》一度、一〇米氷點上《プラス》一度、二五米一・五度、五〇米一・七度、透明度一二米。C點、水溫、表面……」

十分位してから、有作は茶の間へ上がつて來た。漸く仕事から解放された穩やかな眼の色をしてゐたが、頬も頤も別人のやうに潮やけがして、一週間の海の上の辛勞が並大抵なも

のでなかつたことを思はせた。濃い眉の間にも、人を壓する激しい意志の閃めきが植えつけられてゐる。

「だんだん觀測が緻密になつて來た。今日みたいな惡條件の日に、とにかく豫定コースを觀測し盡したんだからな。それだけでも滿足すべきだよ。——おい折笠君、またあとで、圖表書きを手傳つてくれな」

「へえ、ようがす」

風は少しも衰へず、一としきり屋根を掠めて吹き過ぎて行つた。

「船長、明日は西海岸を觀測してみような」

さう言つて、味も何もないもののやうに、がぶがぶと薩摩汁の椀を傾けてゐる有作の姿へ、お給仕のふみ子は恨みつぽい視線を走らせるのだつた。

（五）

月が變り三月になつた。彌生——この語調から來る和やかさも噓のやうに、北邊の凛烈な寒氣はびたゆるぎもしなかつた。だがその朝は、さすがにしぶとい雲も斷れ間を見せて、親潮の流れる綠色の海にきらきらと陽が碎けてゐた。氷柱の尖端《さき》からはぽとり、ぽとりと眞珠のやうな滴がしたたり、はげしい雪の照り返しに、道行く島人は眩しく瞼をしがめるのだつた。

幾日振りかで仰ぐ利尻富士の秀容をあとに、鎖をとき放された鱈船の十數隻は爆音も勇ましく放射線を描いて、沖合遙かな漁區へ出漁して行つた。取り殘されたやうにたつた一艘、白龍丸が獨樂のやうに、周回十三里の島の沿岸を、飽くこともなく馳けめぐつてゐるのだつた。

「スロー、エンジン！」

有作が叫ぶと、國領は機關室の鶴へ、信號鈴《リン》で通知する。白龍丸は徐々に速度を落とし、やがて停止した。うねりに乘つて、ゆらりゆらりと檣《マスト》を空に張つてゐる。

西海岸沓形と仙法志《せんぽうし》との村界、有作が假にDと名付けた觀測點である。

玉置が右舷から、採水器を海中に投じた。少し離れて、圓盤にペンキを塗つた透明度盤を海中に卸し、その白さが肉眼で見えなくなる迄の深度を目測してゐるのは有作である。その傍では係の折笠が、微生物《プランクトン》採集網をひつさげて立つてゐる。——採水器はぐんぐん沈下して行き、甲板にとぐろを卷いた付繩が生き物のやうにくるくると伸びる。繩に黄糸を卷きつけた個所が深度一〇米、青糸が二五米、赤糸が五〇米の標識《しるし》だ。繩がその赤糸まで伸びた刹那を玉置はすかさず固く握つた。

「よしッ、捲けッ」

透明度九米と目測を了へた有作が、眼を轉じて鋭い聲を浴びせると、玉置は唇をぐッとひきしめて懸命に付縄を手繰りにかかる。間もなく、圓筒形の採水器は、五〇米の深さの海水をたつぷりと含んだ重みに搖れ乍ら、舷側――甲板と捲き上げられて來た。

「氷點上《ブラス》二度。だいぶ高溫《たか》くなつた……」

採水器に押し込んだ棒狀水溫計の目盛を、有作は素早く睨んで記帳すると、すぐ次の二五米まで採水器を投入させる。捲き上げ、測溫、記帳、次の一〇米へ投入――

その間にも有作には、折笠が採集網の底から蒐めた微生物《プランクトン》を、注意深く試驗管に採り入れる仕事があるのだつた。

狹い甲板も不規則な動搖も、今は何等の支障にはならないもののやうに、馴れ切つた敏捷さを見せて働き續けてゐる三人であつた。操舵室《ラット》では國領が、機關室では鶴が、いつでも白龍丸を次の行動へ移すことが出來るやうにと、舵輪を握り氣筒《シリンダー》を睨んで待機してゐるのであつた。

順調に行つても、一觀測點、約三十分の時間がかかつた。多忙な、そのくせ單調な、考へやうに依つては、目に見えて何の効果もない、馬鹿々々しい仕事でもあつた。しかもそれは貴重な油を煙にし乍ら、E點、F點、G點、H點……と西海岸を一巡し終るまで繰り返されるのであつた。

次のE點へ向ふべく、ゴーヘイを入れる直前であつた。操舵室《ラット》備付の五〇倍の顯微鏡で、採集したての微生物《プランクトン》を覗いてゐた有作が、信號鈴《リン》の紐を曳かうとする國領の手を抑へた。

「今日はこれから一つ、流し網の試驗をやつてみる」

「えッ、流し網を？」

「覗いてみろ、こいつを。いつもの硅藻類のほかに動物性の微生物《プランクトン》が混つてゐるんだ。その海老の仔みたいな奴がオブリビアといつて、鰊の好物なんだ。――水溫はだいぶ昇つてるし、ひよつとしたら春鰊の先驅が、一尾か二尾沖合に紛れて來てるかも知れん」

いつの間にか、折笠も玉置も、熱心な顔を覗け込んでゐた。

「で、流し網で沖をさらつてみて、一尾でも罹つたらそいつの魚體を精密に檢べてみるんだ。二三年仔の若齡魚なら問題外だし、七八年仔の老齡魚なら漁は一時的で永續性がない。まづ、四五年仔の鰊が罹ればしめたものだ。鰊はこの年代がいちばん集團性と生殖力に富んでゐるんだからな。だから、もし四五年仔が罹れば、今年の漁は、西海岸が絶對有利と斷定することが出來る譯なんだ」

言葉は難しい漢語混りなので、はつきり理解出來ぬ樣子だつたが、異常な熱を帯びたその舌調に壓倒されたのか國領は

大きく頷いて、

「なるほど、やつてみませう」

「よしツ。折笠と玉置、網の用意《スタンバイ》」

「はいツ」

「船長。針路北西微西《ノーウエスバイウエス》。速度半全速《ハースピー》。三〇浬まで飛ばさう」

「オーライ」

慌ただしく信號鈴《リン》が鳴り、舵輪が廻り、舵鎖《チエーン》が軋る。さツと水煙を立てて、褐色の流し網が船尾から投入された。活を入れられたやうに、だだツだだツと機關《エンジン》が始動し、薄鐵板の煙突《フアンネル》をぶるるんと顫はせて脂《やに》のやうな濃い煙が空へ刎ね上がつた。その煙は軈て、澄んだ青灰色に變つて機關《エンジン》の好調を思はせ、船首は凄い切れ味で海面を蹴破る。いざりのやうに沿岸にへばりついてゐた白龍丸が、漸く本來の颯爽さを取り戻したのだ。

そして約四時間の後。——利尻の島影が、小さな二等邊三角形に薄れる三〇浬の沖合、黄色つぽい斜陽を湛へたうねりの中から、濡れて光る流し網が、複雑に姿態をくねらせ乍ら捲き上げられて行つた。

國領も、鶴も、持場から飛び出して來た。五人總掛りの揚網である。思ふ存分潮水を吸ひ込んだ五〇反の流し網を、指の股に食ひ込む痛さを耐へ乍ら、歯を食ひしばり、脚を踏んばつて——忽ち滿身が汗であつた。

「鱈！」

「鱈だ、鱈だ」

「鱈ばつかしだ……」

艫の甲板一杯にひろげられた網の中で、白い腹を飜し、降雨のやうな音を立てて暴ばれ廻つてゐる魚どもは、彼等の眼にはいま馴染も深い寒鱈の群だつた。

「五六十ゐるかねえ？」

「ばか、百《ひやく》尾以上はゐる」

眼を細めてそんな問答を交してゐる折笠と國領を押し分けて、そのとき有作は惜しげもなく網の中へ膝をつき入れ、腹這ふやうな姿勢で魚の群を凝視したのである、磨ぎすました緊張が、彼の頰を心持蒼白に見せてゐる。軍手ばきの兩手が亂暴に數尾の鱈を掻き飛ばした。

「ゐた！」

たつた一尾だつた。だが有作の右手に握られてぴちぴち動いてゐるその魚は、紛れもなく鰊であつた。

「今は一尾でもな、春には、こいつが何萬、何億になつて押し寄せて來るんだ」

有作は憑かれたやうに叫び、折柄の夕陽へ右手を高く翳し立てて、賞翫するやうに一しほ鱗を輝かせて見せた。

「貴重な尖兵だぞ、こいつは」

國領も鶴も折笠も、頭から氣を拔かれたやうに傍觀してゐるだけであつた。この一と口で食つて了へさうな一尾の鰊のために、三〇浬も走り、五〇反も網を曳き揚げたのだと思ふと、笑へない可笑しさが嗄いた咽喉へこみ上げて來るのだつた。

「こいつは一體どうします?」

有作が、玉置に命じてバケツに海水を張らせ、それに鰊を放して胴の間から戻つて來ると、國領が鱒の方へ頤をしやくつて訊ねた。凪に妨げられて、やつと吸ひつけた煙草の煙を、荒つぽく吐き出し乍らである。

「君達で勝手に處分してくれよ」

鱒などには全然關心がない、今はそんなものに係はつては居られないといつた調子で、有作は素ツ氣もなく答へると、

「さアすぐ歸航だ。早速魚體を調べて本社へ報告しなくちや。歸航、歸航」と足を踏み鳴らしてせき立てた。

（六）

降るやうな星、燈臺の光、碇泊船の灯――それらの明るいものが眩ゆい環になつて、四人の視野をぐるぐる廻つた。まつたく久し振りの酒の氣が、指の先までしみてゐたのだ。

「――雨けに星ナイ、踵に爪ナイ、坊主鉢巻締まりナイ、チヨイか」

野放圖な聲でざれ唄を飛ばして、國領が一番醉つてゐた。しやつきりと、操舵室《ラット》に立つてゐるときとは人が違つたやうに、骨のなくなつたやうな兩脚を、くたんくたんと雪道へ叩きつけて步いた。鶴と折笠と玉置が、左右から彼を支へて横隊をつくつてゐたが、みな可成りな醉ひと疲れとで危ない足どりだつた。霽れてゐるだけに、路面はてらてらに凍つてゐて、誰かが足を滑らすと、四人とも波のやうに一方へ傾いて行つた。

「水溫マイナス零コンマ五度とくら、ヘツへ笑はせやがる。俺はメートル三百度だ、あツはツは」

國領は上機嫌だつた。今日の收獲――流し網で獲れた鱒を「勝手に處分」して漁業組合へ賣り付けて來たのである。紙幣《いのしし》一枚に小錢がついて來た程度の賣上げに過ぎなかつたが、それを數へ乍ら國領は、久し振りで「本物」の船長に立ち戻つたやうな、彈みのある氣持になつて來た。まつすぐ歸らうといふ鶴達を無理にしよつぴき、市街地のノミ屋の腰掛でモツキリを引つ掛けたのだが、こんどはその勢ひで自分達の小遣までさらけ出して二階に上がると、女どもを相手に亂痴氣騷ぎを初めて了つた。ながらく押しひしがれてゐたものが一氣

に反撥する勢ひで、殊に飲み出すと底のなくなるのが國領であつた。寒さも忘れ、臍に墨を塗つて腹踊りまでやつてのけた。若い玉置までが、捲き込まれるやうに醉つて了つた。

　四人の足は、習慣的に市街地をつき抜けてゐた。冷たい潮風が彼等の熱つぽい頰を衝つた。事務所の軒燈が、行儀のよい明るさで四邊を照らしてゐるのを見ると、鶴と折笠が吃驚したやうに上體をたて直し、國領一人を前へ押し出すやうにして、怖々と硝子戸の方へ覗き込んで行つた。

　まだジャンパー姿の有作が脊を圓くして机に向ひ、受話器と送話器が別々についた舊式な卓上電話にしがみついてゐた。事務所の隅で、項垂れたふみ子が、兩手を膝に置いて椅子にかけてゐた。二人を隔ててストーブが燃えてゐた。

　虚勢を肩のあたりに見せた國領が、音高く硝子戸を引き開けると、ふみ子はぎくツと腰を上げたが、有作はいきなり吹き込んだ寒い風にも無感覺な様子だつた。國領は、おどけた六方を踏むやうな足つきで入つて行つた。何かまた聲を張りあげて歌ひ出さうとするのを、慌てて折笠が抑へたとき――故障で杜切れてゐた小樽との長距離電話が、漸く回復して聽えて來たらしい。有作は膝を乗り出し、突つつかるやうな早口で、

「あ、支配人、夜分どうも。――詳細な中間報告は文書で致しますが、只今申上げましたやうに、今日までの觀測に依りますと、氣溫も水溫も例年に較べ稍高い方で、透明度の濁つてゐるのも微生物《プランクトン》の多いことを證明してゐますし、そんな譯で今年は漁期が早く來るんぢやないかと思はれます。はア、それで、最も大切な水溫のことですが、今日までの平均は、上層下層を通じて東海岸が一・三度、西海岸が一・五度で、僅か乍ら西海岸が優位にあります。はア、西海岸です。まだ觀測が終りませんから斷言出來ませんが、西の方が有望ぢやないかといふ氣持が段々強くなつて來ました。實は、今日、西海岸で流し網試驗をやつてみました。ええ、そして鰊一尾を漁獲したんです。ええ、到頭、罹網したんですよ、たつた一尾ですが。魚體は檢べました。讀みますからメモして頂きます。いいですか、體長、三一糎。體重、二九五瓦。腹中卵、成熟。鱗に依り五年仔と推定。とにかく立派な一人前の鰊です。つまり、相當濃厚な鰊の集團が、暖水帶に乘つて島に近付きつつあることは間違ひありません。そしてその方向が西海岸を目指してゐるらしいんですが、これだけの材料ではまだ心細いですし、今後の海況如何でどう變化するかも判りませんから、油斷なく豫定通りの調査を續けて行きたいと思ひます。いえ、なアに、あと一週間の辛抱です。その上で、西か東か、自信を以て御報告します。ええ、船員諸君も元氣で

す。明日は鉾先を轉じて、東海岸を觀測してみようかと——あア、もしもし、もしもし……どうしたんだ、交換手君？」

海底電線の故障ですよと、沓形局の交換手に、島訛りの聲でたしなめられるやうに言はれると、もう用件もあらかた濟んだ有作は、おとなしく受話器を掛けた。だが、彼はすぐにはほツと呼吸も入れず、机に向つたまゝの姿勢を崩さずに、事務所の眞中の板敷の上でしてゐる怪しげな跫音に、暫く脊を向けてゐた。その跫音はさつきから續いてゐて、屢々彼の大切な電話を妨げたのである。

矢庭に立ち上がりざま、有作は跫音の方へ振り向いた。それはあまりにも突然だつたので、跫音の主——唄抜きでおけさを踊り續けてゐた國領は、手を振り上げ、足を踏み出したそのまゝの格好を、いきなり凝固させて了つた。有作に射竦められて眼がきよとんと宙に浮いてゐる。早く手を卸して、足を揃へて、まともな格好になつて謝まればいいのにと、それまで國領の傍若無人な醉態を眺めてゐた鶴と折笠は、初めてうろうろと慌て出した。玉置は、事務所の隅で、氣の毒なほど小さくなり、ふみ子の姿はそこに見えなかつた。

「今までどこで飮んで來たんだ！」

國領の姿勢から、小馬鹿にされたやうな怒りを誘發された有作は、嚙みつくやうに呶鳴りつけた。國領は、ゆらりと泳ぎ出すやうに漸く手足の位置を改め、脣を釣り上げて無理な笑ひを作らうとした。はづみに、彼の咽喉を鳴らした酒臭い噯が、有作の鼻先へ襲つて行つた。

「君には誠意がないんだ。もう勝手にしろ！」

ぴしりと言ひ捨てると、有作はストーブの傍の椅子へずしんと腰をかけた。嚴しい横顔を見せたきり、もう振り向きもしなかつた。

へらへら笑ふ國領の聲が、白けた室内に反響した。漸く醉ひのさめかけて來た彼の神經は、若い有作への反感にありありと顫へてゐた。兇暴にちかい力で、鶴と折笠の首を突嗟に左右の腕に捲き込むと、

「おい、もつと飮みに行かう！」

ゴム長の爪先で硝子戸を蹴り開け、大きな荷物をひきづるやうにして闇の中へよろめき込んで行くのだつた。

「土手の柳は風まかせ、すーきなあの子は……」

玉置があとを閉めに行くと、そんな唄聲が濤の音に混つて聞えて來た。だが玉置は笑ふことが出來ず、罰を待つ共犯者の態度であらう、隅の方でまた小さくなつて了つた。

「兄さん、もう飮みさ行かねえの？」

その聲で玉置はぎくりと顔を上げた。ふみ子が惡戯つぽく笑つてゐる。今まで姿を消してゐたのは臺所で働いてゐた爲

か、湯氣の立つ鍋と、漬物の丼を載せた盆を運んで來て、事務所の眞中の卓へ据えた。

「兄さんはカラ黨だすけ、欲しくないべ?」

甘い匂ひのする葛練りだつた。それを椀によそひ乍ら、ふみ子がまた流し目で笑つた。玉置はいきなり河豚のやうに頬を膨らせた。その樣子に、思はずふき出して了つた有作だつた。他愛もない可笑しさだつたが、笑つてゐるうちに、重苦しかつた胸が、栓を拔かれたやうに爽やかになつて來た。

「奴さん達、明日は二日醉ひで後悔するよ」

それも皮肉で言つたのではなかつた。國領のおけさ姿を想ひ出して、兄妹も明るく笑ひ出して了つた。

机上には、解剖された五年仔鰊が、鱗と骨と臓腑を、薄赤い電燈に曝け出してゐた。

（七）

夜半から天候が變り、尖つた北東の風が、利尻富士の肩を掠めて吹き卸して來た。朝になると、もう昨日のうららかさを忘れ果てた海と空は、淺春にありがちな險しい形相を構へてゐた。船入澗は空ッぽだつた。發動機船は一隻も殘つてゐなかつた。時化前の、こんな日和には却つて鰊の罹りがいいぞと、勇躍して朝まだきに出漁《でか》けて行つたに違ひなかつた。

まさしく一隻も殘つてゐなかつた。いつも、鰊船の出拂つたあとから出航する筈の白龍丸の姿さへ、そこにはないのだ。

しぶきが凍りついた岸壁の一隅——一枚の荒莚の上に澗の中へ滑り落ちさうな亂暴さで抛り出されてゐたものがあつた。ごたごたとした器具類——採水器、水溫計、採集網、透明度盤など、疑ひもなく白龍丸備へつけのものであつた。それらが島人の怪しむ眼に發見されるよりも早く、そこへ馳けつけた玉置の足を釘付けにした。

朝になつても事務所へ歸つて來ない國領達三人は、大方それ臭さのあまり白龍丸の胴の間に泊つたのだらう。それにしても、もう出航の時刻だからと、有作に促されて呼びに來た玉置だつた。あッと呼吸を呑んだきり、彼は暫く棒立ちになつてゐたが、軈て彈かれるやうに事務所の方へ素ッ飛んで行つた。愕いたのも無理はなかつた。だが——彼がいま少し氣を落ち着けて沖合に眼を凝らすことをしたならば、たとへ豆粒ほどの小ささでも、白龍丸の船尾を發見することが出來たであらう。白龍丸は、たつた今、船入澗をあとにしたところであつた。

「ざまァ見ろだ。わからずやの青二才め、泡ァ食つて膽を潰すぞ。あはは、愉快々々」

國領は傲然と腕組みしたまま、舳に突立つて、搖れて遠去

かる沓形の家並を睨めつけてゐた。それから、まだ酒の臭ひのする唾液をベッベッと波に吐きつけた。

「船長――」

舵輪《かぢ》を委された折笠が、操舵室《ラツト》の窓から心細いな顔を覗けて來た。

「沖へ飛ばしますか？」

「馬鹿言ふな。鱈船に見付かればあとが煩さいぞ。沿岸を馳け廻すんだ」

「へえ」

その返事のやうに氣の抜けた信號鈴《リン》が、機關室の方へ傳はつて行つた。ぼことん、ぼことんと煙突《ファートナー》を搖する機關《エンジン》の音も緩んだ太鼓のやうに何か精氣がなかつた。――だが、船尾からは、五〇反の流し網が、美事に張り切つた尾を曳いて投入されてゐたし、國領の淺黑い顔は、勝利の滿足を示して昂然と風を切つてゐた。北叟笑みが、時々その頰に泛かぶのである。

たとへ一時的にせよ、鱈の好況は、根が漁場稼ぎの船乘りである國領達を、羨ましがらせずには措かなかつた。時たま貰ひ湯に行く山甚漁場の親方からも、一日に水揚げ××圓は缺かしたことがねえどなどと、耳が痛くなるほど自慢話を聽かされると、抑へつけておる漁師根性が、肚の底でぶつぶつ煮え沸つて來るのだつた。勇躍して漁場へ出漁《でかけ》る鱈船の餘波を浴び乍ら、しんねんむつつり觀測と調査に甘んじねばならない毎日は、有作の熱意に敬服してはゐ乍らも、殊に國領にとつては、齒痒い屈辱の連續でもあつたのだ。そしてその感情は、昨日、流し網で獲れた百尾の鱈を目擊した時、精一杯呼吸を孕んだ風船玉のやうに膨れ切つた。それを突き破る針の役目をしたのは、言ふまでもなく昨夜のいざこざ――言ひ換へれば、酒の力とでも言へるであらう。

漁業組合においそれと加入は出來ず、もし見付かれば密漁の汚名を被せられる後暗さはあつたが、有作の鼻を明かしたといふ快感が國領を陽氣にした。人手は三人きりなので、何哩も流して一氣に大量を獲ることも出來なかつた。國領は小刻みに船を停めさせ、網を揚げてはまた投入させた。その度に尠からぬ鱈の群が、青白い脊鰭をきらめかして船艙へ投げ込まれた。――當然、あとから陸へ上がれば、有作との正面衝突が免れ難いことは判り切つてゐた。日の昏れぬうちに、よその村で鱈を金に替へ、小樽へ突ッ走らうといふあくどい企てが、しだいに國領の胸に擴がつて來た。白龍丸は、もうだいぶ重い船脚を波に沈め乍ら、俄かに針路を北東に轉じた。沓形村の沿岸を離れ、東海岸にある鴛泊《をしどまり》村へ向はうとする態勢であつた。

その村界、即ち西海岸と東海岸の岐れ目には、巨人の鐵拳に似たコタン岬の雄姿があつた。その半面は北東の風をまともに受け、崖裾の荒磯に白い濤を絡ませてゐた。岬の向ふは際立つて風波が強く、比較的穏やかな西海岸側と一線を劃してゐた。岬を躱して、いきなり吹きつさらしの東海岸側へ出ることは、白龍丸にしても容易な業とは思はれなかつた。しかも、その岬の鼻ツ先に、いま一艘の長さ三間に足りない小さな磯舟の、乘り切らうと藻掻いてゐる姿が見えたのだつた。

「スロー、スロー！」

慌ただしく國領が叫んだ。舳に立つてゐた彼は、異樣な驚きに顏をこわばらせ、兩手を振り廻してその合圖をした。白龍丸は忽ち速度を落とし、足踏みするやうに波に乘つて搖れ出した。意外さうに、操舵室と機關室から、同時に顏をつき出して來た折笠と鶴へ、國領は金壷眼をぱちぱちさせ乍ら、

「伊皿木さんだ……」

押しひしやがれたやうな聲で言つた。

船を橫奪りされ、觀測器具類を拋り出されて、おそらくは怒る氣力もなく、事務所の二階で泣寢入りでもして了つたことだらうと多寡をくくつてゐた國領の想像を極端に裏切つて、その有作はいま白龍丸の行手の海の上にゐる――

かぼそい磯舟であつた。積み込んだ器具類の重みだけで、舷は他愛なく左右に傾き、小べりと波をすれずれにした。船入澗を出て、コタン岬へ來るまでは、鍛へ上げた玉置の腕に委せて一氣に漕ぎ切つたが、さて岬の裾の難關を潜り抜けることは厄介であつた。躱して了へばあとは樂だと、眼を瞑つても突破したかつたが、斷崖の角々から鋭く切れ込んで來る風と、向ふ側の磯に打ちつける濤の餘りが、磯舟の進出を頑强に阻んだ。玉置は懸命に櫂を握つて轉覆を妨いでたが、小べりを越へた浸水《あか》が舟底にたまり、今は有作はそれを掻き出すことに專念しなければならなかつた。

今朝――慌てふためいた玉置の報告を聞いた刹那、裏切られた怒りよりも悲しみよりも、何糞と刎ね返して起ち上がらうとするひたむきな闘志が、有作の健康な身内に脈を打つて湧き立つたのであつた。

「磯舟があるだらう。せめて水溫だけでも測らう」

靜かにさう言ふと、その時まで信愛を籠めた服從を捧げ盡して來た玉置も、遉に啞然として有作の顏を見守り、ふみ子は早くも不安に胸を暗くして呼吸を呑んだのであつた。

「やれないことはあるまい。今日は是が非でも東海岸を調べなくちや……支配人と約束もしたんだ」

「よしッ、やるべ！　海さ落ちたら落ちてからのこつた」

玉置は合點すると、氣が變るのを惧れるやうに、横ッ飛びに事務所をとび出して行つた。彼が山甚漁場で、磯舟を借り受ける交渉をしてゐる間に、有作は二階の自分のトランクからハンカチ包をひつぱり出してゐた。なぜ急に母親のことを想ひ出したのか、解釋のつかぬ氣持であつたが、何かに縋りつきたい茫莫とした不安が彼の胸にも宿されて來たのであらう。生まれて初めて肌につける懷爐のぬくみが、素朴な愛情のやうに、彼の脊筋からほこほこと全身にひろがつて行つた。

磯舟に身を托して、ゆらりと澗の外へ浮かび出ると、――所詮は水と油なんだ、そんな感情がふッと頭をよぎつた。半月ちかくも同じ海の上で働き乍ら、まだ仕事の重要さを理解してくれない國領達が、恨めしくも淋しくもあつたが、しかし俺もあまりに我武者羅すぎたのかもしれないぞと、思ひ直してみる氣持もないではなかつた。

だが、今はもう、それらのこまごまとした感情を吹き飛ばすやうに、島人が俗にタバ風と稱んで怖れてゐる强い北東の風が、有作の躰を眞向から叩きつけてゐた。執拗な努力をくり返した末、磯舟は遂にコタン岬の裾を繞り、東海岸――鴛泊村の領海へ首を突き入れてゐたのである。崖に遮られて戸惑ひしてゐた風も、今は思ふ存分二人の若者の上に襲ひかかつてゐた。しゆッしゆッと波頭を削られた飛沫は、容赦なく磯舟の中へ躍り込み、何枚も重ねた莚の上から採水器や透明盤をびしよびしよに濡らした。厚い玉置の掌でも、肉刺《まめ》がいくつか擦り潰れてゐた。有作は舟底に膝をつき、上體を倒して風力に抵抗してゐたが、

「あの澱みへやれ！　あの岬の根元へ――」

振り向いて、玉置へさう命令した有作の顏にも、よし來たと元氣に頷いた玉置の顏にも、明るい微笑が浮かんでゐた。到頭、東海岸へやつて來たんだぞ――その滿足感が、二人の胸からふきこぼれてゐたのである。

「ふうむ。えらいもんぢや……」

その呟きが、思ひがけない自然さで國領の薄い唇を衝いて出た。彼の小皺の多い顏からは、不屈な傲さが影をひそめてゐた。舳の手すりに腹を押しつけ、半身を乘り出してゐる彼も、夫々の持場から顏をつき出してゐる折笠と鶴も、瞬きを忘れたやうな眼をコタン岬の一角にさつきから吸ひつけてゐた。白龍丸それ自身が、まるで有作達の磯舟を見守るやうに、しかし有作達から發見されることを虞れるやうに、遠慮深い徐航を續けてゐるのだつた。

「あッ！」

國領が、びくッと刎ね上がるやうに叫んだ。一としきり吹

きつけて來た夕バ風が、有作の躰をくの字に折り曲げたと思ふと、その頭から黒いスキー帽が離れ、くるくると風を孕んで空に舞ひ初めたのである。

「全速力《ホスピー》！」

振り向きざま國領が叫んだときには、折笠の顏も鶴の顏も旣に窓から消えてゐた。恰もその命令に應ずるやうに、信號鈴《リン》の音と機關《エンジン》の響きが起こり、急速な前進に移るためのけたゝましい震動が船全體を異樣に打ち顫はせた。煙突《ファーナー》からは、欝憤を吐き出すに似た黒い油煙がすとーんと空に吹き上がり、船首の鋭角は俄かに白い齒を剝いて小氣味よく波を切つた。鱈の群は搖り返されて、ごちやりと船艙の壁にぶつかる鈍い音を立て、甲板に殘されてゐたそれらは、はづみを喰つてばらばらと舷から海へ振り落とされた。

五分とはかからなつた。考へてみれば、全速力を要するほどの距離ではないのであつた。白龍丸が、コタン岬の鼻ツ先を一氣に乘り切つて東海岸の領域に突入すると、

「おも舵一杯、スローで行け！」

飛沫を浴びた國領が、猶も舳に突立つて叫び立てた。白龍丸は、右舷に見える磯舟を抱きかかへるやうな足どりで、徐航に移つて行つた。

背後に斷崖を控へた磯舟の位置は、白龍丸を眼前にし乍ら沖から寄せる波と、磯から打ち返して來る波に惱まされてゐた。有作の頭から帽子を捥ぎ取つて行つたさつきの風のために、遉の玉置も正鵠を失ひ、そのはづみにたつぷり海水を呑されまた磯舟は、もう大人二人の重量に耐え兼ねるやうに舷を波間に喘がせてゐた。いつの間にか、顏も手足も着てゐるものもたつぷりと潮に濡れ、寒さが急激に襲つて來た。有作の濡れた頭髮は忽ち凍つて、簾のやうにさらさら鳴つてゐた。

「道具を渡せ、道具を！」

ショツクを避けて、這ひ寄るやうに近付いて來た白龍丸の甲板から、國領は兩手を突き出して叫んだ。玉置は莚を刎ねのけると、採集綱と透明度盤を、夢中で白龍丸の甲板へ拋り上げた。波のために、絕えず上下する間隔を巧みに狙つて、採水器と水温計を國領に手渡しすると、ぐつたりする安心にくづ折れかかつたが、荒々しく折笠と鶴の手にひツ摑まれたのを玉置は感じた。

有作も、國領の毛むじやらな手に縋つて、白龍丸の甲板を力強く足の裏に意識した。彼は玉置と共に、手すりを摑んで海の上を瞶めてゐたが、救はれた喜びも忘れたやうな、悲壯な感慨が暫く二人の面上を消え去らなかつた。——主を失つた磯舟は、忽ち芥のやうに輕々と波に持ち去られ、斷崖の裾へ叩きつけられて行つたのである。

「主任さん……」

思ひつめたやうな、低い顫へ聲が有作の耳朶を打つた。振り返ると、國領、鶴、折笠の三人が、像を三つ竝べたやうに身じろぎもせず頭を垂れて控へてゐた。國領が怖々と顏を上げ、脣をひくひくさせて何か言はうとしかけるのを、

「あつはつははは」

押つ被せるやうに、有作の快活な哄笑が四圍にひびいた。

「何も言ふなよ。さ、東海岸一とめぐりだ。やつてくれるな」

「やりますとも！」

船員達は一齊に持場へ散つて行つた。

そして數分の後――白龍丸は、今日もまた波にも風にも平然と機關《エンジン》を響かせ乍ら、のろのろといざり船のやうに、島の沿岸を傳ひ初めたのである。

（八）

三月下旬の生あたたかい夜であつた。

興洋水產株式會社の支配人室では、巢山支配人と伊皿木有作が、卓を挾んで緊張した面を向け合つてゐた。

「御苦勞だな、わざわざ居殘つて貰つて」

「いや、今夜はとても家へ歸る氣がしません」

「僕も寢る氣はせんよ」

「漁夫は五日前、漁場へ着いたんですね？」

「うん。君の決定報告書に從つて、十七ヶ統全部、西海岸に配置した譯だ」

「西海岸――間違ひはありません、必らず西海岸へ來游します」

「それだけの自信を得るまで、君達の努力は全く大抵ではなかつたらう。それは推察出來るが、漁は水物といふ言葉もあるのだから……」

「今日は漁夫達も沖へ出た筈です。今夜中にきつと何等かの報告があります」

「儂も待ち遠しく思つてゐるんだが……」

卓上電話の黑い艶に、二人はぢツと眼を注いでゐた。事務室の大時計がぼーんと長い餘韻を引いて十時半を告げた。屋根に殘つた雪が暖氣に溶けて、雨のやうに軒下を打つ音が絕間もなかつた。僅かに開けた窓から、海の香りのする港町の夜氣が忍び込んで來た。

漁師のやうに潮やけのした有作の顏には、島で暮した三週間の勞苦が刻まれ、今はただならぬ緊張のために、とげとげしい陰影さへ備はつてゐた。利尻富士、荒磯、夕べ風と白い波、ふみ子の豐かな頰、白龍丸――それらが有作の頭の中で明滅した。國領、鶴折、笠、なつかしい三人の顏。三人とも、興

洋水産との契約が切れると、今では白龍丸と共に、室蘭近くの漁場稼ぎに從事してゐる。せめてそのうちの一人でも、今夜自分の傍に並べて置きたかつたと有作は思ふのだつた。――追憶を破つて、けたたましく卓上電話が鳴つた。はツとして有作は電話にとびついた。

「沓形からです」

事もなげな交換手の聲が、有作の胸にどきんと波を打たせた。海底電線のヂヂヂといふ雜音が續き、間もなく、それを押しのけるやうな大聲が、

「もしもし、本社ですか、本社ですか?」

「あ、さうです。玉置君か?」

「あッ伊皿木さん、伊皿木さんだべね!」

「さうだ。どうした。どうした?」

ヂヂヂと雜音がまた鳴つた。有作は力一杯受話器を耳に押しつけ、握つた鉛筆で、卓上のメモへ無意識に何本も線を引いてゐた。巣山支配人は、煙草に火を點け忘れたまま、ぢツと眞劍な顏を有作に寄せて來た。

「喜んで下さい。大漁でやす……」

聞こえて來た。語尾がもつれてゐる。

「報告します、報告……」

「よしツ、早く」

ごくりと唾液を呑む音がし、軈て、高まつて來る興奮の波をかきくぐるやうな、稍高く顫えを帶びた玉置の聲が、一語々々、刻みつけるやうに有作の鼓膜へひびいて來た。

「今朝十時一齊に投網。午後八時三號網に乘網。午後八時半六號網と七號網に乘網。午後九時西海岸一帶の群來《くき》となり、十七ケ統全部に乘網し大漁確實となりました。東海岸は漁模樣なしでやすど。なんと、伊皿木さん!」

「よし、續けて」

「はいはい。天候は南東の微風、海上平穩、漁夫一同元氣旺盛でやす。景氣のええ掛け聲が、この事務所まで聞えて來やす。祝ひ酒でも賴みやすど、伊皿木さん!」

「よしよし、續けて……」

「はいはい。只今猶、引續き乘網中でやす。漁獲高は取調べ中で見當もつきやせんが、朝までにや、朝までにや……」

「千石《ごく》か?」

「なんと、二千石は欠かさねえつもりでやす!」

有作はメモに大きく二〇〇〇と書いた。不意に瞼があつくなり、その數字が、紗にかかつたやうに、有作の眼の下で薄れた。

（了）

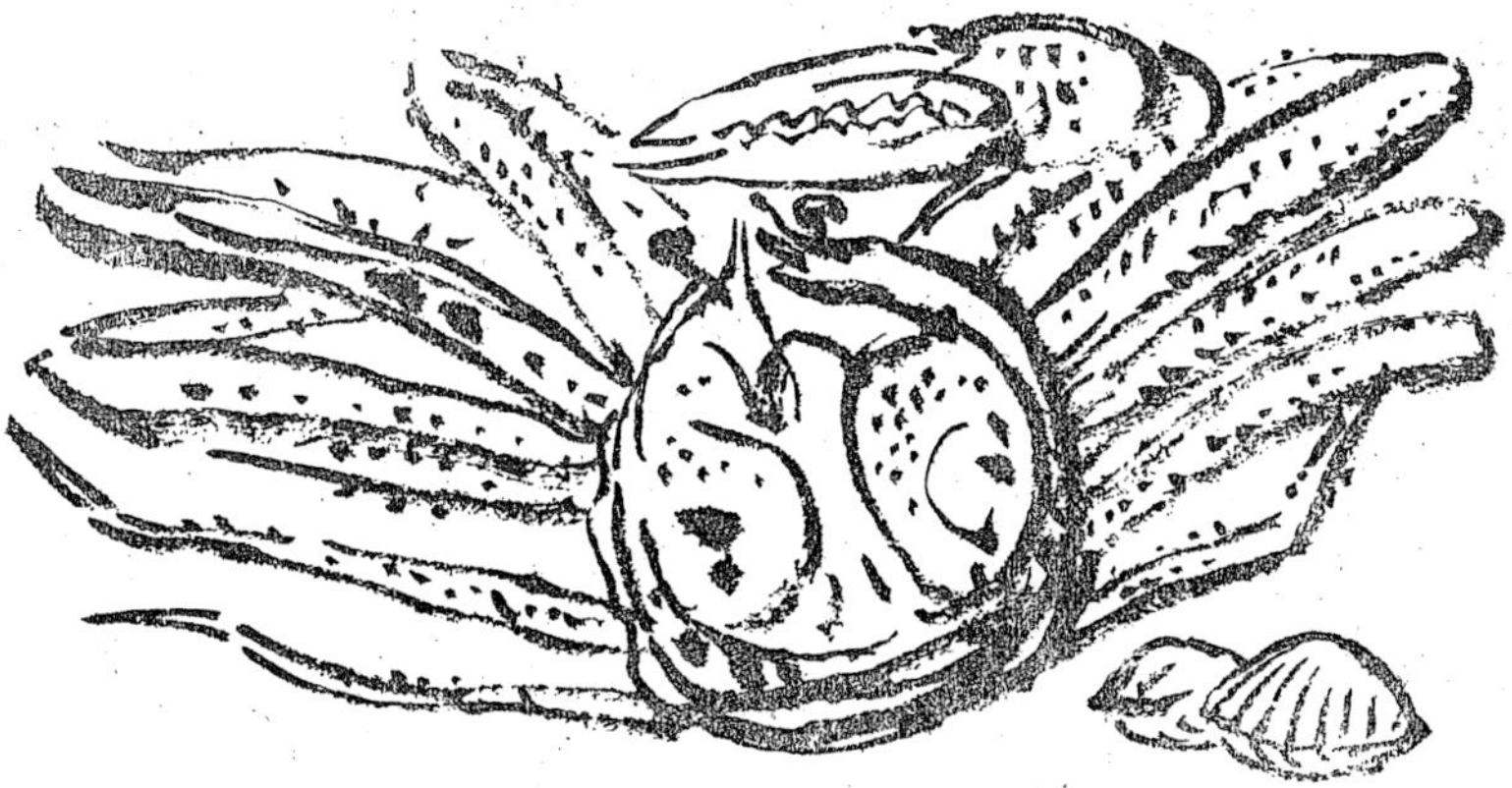

坂上田村麿（長編第七回）

戸伏太兵

『主《すぐり》――。あなたはどうして、然うなの？ あなたには、あたしの心持が、よウく判つてゐる筈です。ねえ、主《すぐり》――あたしの切《せつ》ない氣持が……。』

ともすればよろめかうとする兩足を、しツかりと川床の石ごうらの上に踏んばつて、葛兒は喘ぐやうに言ふのであつた。

今が今、おびたゞしい喀血を見た彼女の胸郭《むね》の内部には、まだむかむかとした不快な汚血が鎭靜《をさ》まりきらず、厚板を張つたやうな重苦しい鈍痛が胸の底から込みあげて來る……。

『…………。』

主《すぐり》は、だまつて襤褸包みを拾ひ上げた。

『あゝ主――。待、待つて、主……！』

よろ〳〵と、泳ぐやうな手つきで、葛兒は慌てゝ相手の袖に取り縋らうとした。

だが――その瞬間。再度の喀血が彼女の咽喉もとを酷い勢ひで衝《つ》き上つた！

（あゝ、あッ！）

キラ〳〵と、眼前に五彩の火花が飛び、兩耳の底がジーン！と鳴つて、彼女はその場にバッタリ兩膝を突いてしまつた。

六

盗人多藝津《たぎつ》の山寨――。

妙な羽目《はめ》から葛兒《かつらこ》の病體を擔ぎ込んで來た乞食ノ主《ほかひすぐり》は、直ぐには其處を立ち去ることが出來なかつた。

掠奪されて來てゐる宇漢米《うかむめ》の少女臥宇《ごう》・酥倫枷《そろんが》が、舊友の主《すぐり》にめぐり會つたことをひどく喜んでゐた――この淸純た處《をと》女《め》をどうして見捨てゝ行かれよう？ 間人《はしひと》の傴僂《くつま》と爭つてでも、この娘は助けてやらねばならぬ――と、彼は思つた。

然し、乞食ノ主《ほかひすぐり》は、やはり心の隅では、何だか葛兒の容態も氣がゝりでならなかつた。彼女の病氣が少しでも良い方に向かはない限り、彼女のその不幸を見捨てゝ、自分の幸福のためにのみ臥宇・酥倫枷を助け出して行くといふことは、少しうしろめたい氣持ちがするからであつた。

臥宇・酥倫枷は主《すぐり》の出現をひどく心強く感じて、この頃では見違へるやうにイソ〳〵と葛兒の看病に當つてゐる。天性樂天的な無邪氣さから、葛兒への親愛の情をグッと深めて來たやうであつた。

（戀仇だ……戀仇だ……。）

つとめて自分の感情に反撥させようとすればするほど、葛兒は自分の想念が却て滑稽に感じられてならないのである。

（何んで、この小娘が、わたしの戀仇などであらう？ 脊丈《せたけ》もまだ充分に伸び切つてゐない、やつと十六歳になつたばかりの――まだホンの、子供ではないか……。）

そして、葛兒は、だん〳〵この異種族の小娘に對して、姉のやうな情愛を感じはじめるのであつた。

×

ポカ〳〵と春先きの暖かさが歸つて來ると共に、山寨の漂盗團の動きもボツ〳〵活動性を帶びて來る。團長間人《はしひと》ノ傴僂《くつま》の耳へも、伊治城兵の動きや宇漢米《うかむめ》部族の移動の噂が屆いて來ない筈はなかつた。――然し傴僂は、臥宇・酥倫枷の監視の眼を決してゆるめはしなかつた。

『ねえ、主《すぐり》――。兒《こ》があの娘を見張りに來るのは、今朝からもう何度目でせうねえ？』

蒼ざめてはゐても、葛兒の口調はいつものやうに諧謔的だつた。

主は、彼女の病ひの吳床《あぐら》の脇に坐りながら、いま食事ごしらへに出て行く臥宇・酥倫枷の後ろ姿を打ち見やつた。

『うむ……。三度目さ。』

主《すぐり》は、つまらなさうに口を利いた。

『ふゝ、あんた、さぞ肝の煮えることでせう。兄はあれで、なか〳〵女の子の機嫌を取るのはうまいのよ。』

『ふん。』

（この女は、此の身になつて、まだ男の心をからかはうと云ふのである……。）

乞食《ほかひ》ノ主《すぐり》は、凝ツと下唇を噛んで、だまつてゐた。

『ねえ。あんたア……。』

葛兒は急に息を詰め、ふと語調を變へた。そして、突然、早口になつて、

『――あんた、あの娘《こ》を連れて逃げないこと？』

と、押しつけるやうに低い聲で言つた――。

男の瞳はキラリと光つた。

『本當に……あんた、あの娘《こ》を連れて逃げ出すといゝわ……』

『傴僂《くつま》のやつ、逃がすもんか――。』

男は、吐き出すやうに答へた。

『ううん。うまく行く――きつと、うまく行くわ。あたしが、チヤンと策を立てゝあげる……。』

『えゝ？』

男は振り向いて、葛兒の顔を凝ツと見つめた。

――見つめられると、蒼白い彼女の頬に、ポオツと仄赤い情熱がのぼつて來る。

『嘘だ――また、お前は、からかふのだ……。』

『からかふ？』

『さうだ――。おまへの口前に、だまされはしない……。』

『主《すぐり》――！』

彼女は痩せた兩腕を伸ばして、グツと男を引き寄せた。

『主《すぐり》――。まだ疑ふの？』

『…………。』

『主……！　眼を御覽。この眼だ……。眼を見なさい！　これで、妾が、あんたをからかつてゐるのですか？』

――突然、涙が……涙が、彼女の頬を傳はつて來る……。

乞食《ほかひ》ノ主は、相手の、こんなにも生眞面目な表情を見たのはこれが初めてゞあつた。

（美しい！　何て、美しい女だらう！）

――男はグツと生唾を飲み、女の魅惑を拂ひのけるやうに、兩眼をしかとつむつた。

そして、しばらくは沈默のまゝ時が流れた。

『く、く、くツくツ……。』

突然に、葛兒は含み笑ひを洩らして、兩手を放した。

『……怒つたの？　ふ、ふ、ふツふ……。』

女はクルリと寢返りを打ち、向ふを向いて、まだクツ〳〵

と笑つてゐる――。

乞食ノ主はむツとして立上り、そゝくさと土間を蹴つてその小屋を出て行つてしまつた。

『くツく、く、くゝ、く……。』

葛兒は、向ふを向いたまゝ、いつまでも〳〵笑つてゐる。

『くツくツ、く、く、く……。』

――やがて、肩が顫へ、頭髪が波立ち、身も世もあらぬほどに身悶へしながら、笑つて――いや、本當は、こんこんと涙を流して泣いてゐるのであつた……。

――――――!

七

臥宇《ごう》・酥倫枷《そろんが》は、隣の呉床《あぐら》が空虚《から》になつてゐるのを見て、驚いて飛び起きたのである。

葛兒《かつらこ》が乞食《ほかひ》ノ主《すぐり》を怒らせた日の深夜であつた――。

先日の喀血で乞食ノ主に擔ぎ込まれて來て以來、一度も病床から立ち出たことのない葛兒なのだ。

(いつたい、何處へ行つたのだらう? 無理をして、折角よくなりかけた病氣が後もどりしては不可いのに……。)

氣の小さい少女は、おづ〳〵と自分の呉床《あぐら》から下りて、そツと扉を閉いた。

(あツ!)

青白い月光に濡れた足もとに、氣息奄々とよろばふやうに這ひずつて來る姿があつた……。髪を振り亂して、透きとほるやうに蒼い顏色。口から胸前へかけてベツトリと鮮紅色に染つてゐるのは、またもや激しい喀血をしたのに違ひない………。

臥宇・酥倫枷は泣顏になり、葛兒《かつらこ》を細い兩手に掻き抱いた。

『葛兒《かつらこ》……葛兒……!』

『あゝ、酥倫枷《そろんが》……。早く……主《すぐり》を起して……逃げるのだ……舟が……樺舟《かにはぶね》が、用意してある。コツソリと妾が、崖下の匿し場所から曳き出して置きました……。』

『えツ!』

『此の守砦《とりで》には、舟はみんなで四艘しかないのです。妾は、それを……一つ〳〵、曳き出して、流れの中へ突き離してしまつた……あとには、たつた一つ……たつた一艘だけしか殘つてゐない……。その……その樺舟《かにはぶね》で逃げるのだ……。早く……早く……主《すぐり》を起して……!』

うはずつた小聲で、細そ〳〵と葛兒は繰り返した。

『主《すぐり》を……主を……。約束です。逃げなさい。早く、主を起して逃げるのだ……。』

葛兒は谷底を指ざしたまゝ、ガツクリとその場に頽折れてしまつた。

『あツ、待つて、待つて――！』

臥宇《こう》・酥倫枷《そろんが》は慌てゝ葛兒のそばを離れ、丸木で區切つた次の間の主《すぐり》を……起しに走つた。幸ひなことに、この小屋は葛兒の病臥以來、この三人分だけの寢床しかないのである。

乞食ノ主は、びツくりして走り出して來た。

『あツ、どうした！ しツかりするんだ！』

逞しい膂力で葛兒を抱き上げ、靜かに呉床《あぐら》の上へ寢かせる――。

葛兒は、パツチリと眼をあけた。

『おゝ、主《すぐり》――。晝間の約束……逃げて頂戴……。』

『何を云ふんだ。皆が起きると惡い。氣を落付けろ。』

『いゝえ〱。葛兒は約束を守るんだわ……。用意がしてあります。早く……早く……臥宇・酥倫枷を連れて……。』

『それぢや、お前……本當に……。』

乞食ノ主は、兩手にグツと葛兒の肩を摑み、凝ツと相手の瞳を覗き込んだ。

『あゝ、わたしは間違つてゐました……。わたしは、幸福《しあはせ》になる資格のない女です……。』

彼女は、押し拂ふやうに男の凝視から逃れ、兩手を顔に宛てゝ啜り上げて泣きはじめた。

――隣りの小屋で人聲が聞えた。ゴト〱と戸口へ出て來る足音である。

葛兒は急に振り向いて叫んだ。

『あツ氣付かれた樣子です！ 此處へやつて來たらそれまでです。兄はあの氣性――見付かれば殺される……。さ、早く……早く……！』

『うむ！』

一瞬、躊躇してゐた乞食《ほかひ》の主《すぐり》は、呆氣にとられた臥宇・酥倫枷の腕を引張るやうにして、急に表の方へ走り出して行つた。

『主《すぐり》ツ！ 走つて……走つて……！ 舟まで走りつけば助かるのよ！』

伸び上らうとして腰を浮かせた間人《はしびと》ノ葛兒《かつらこ》は、激情と病衰のために平衡を失つて、呉床《あぐら》の下へころげ落ちた。戸口から射し込む青白い月光の中に、彼女の長い黒髪が亂れ藻のやうにサツとほぐれる！

『うぬ。逃、逃げたなツ！』

別の小屋から飛び出して來た兄の傴僂《くつま》は、葛兒の倒れてゐる姿を見るや否や、その場の事情を早くもさとつたらしかつた。

素早く、谷の下り口へ來て覗き込むと、水のやうな月光に濡れた斜谷《なゝめだに》の叢林の透《き》れ目に、チラと白い物の動いてゐるのが見えた。

『脱走だ！ 出會へ〳〵！』

叫びざまに走り下る傴僂のあとから、慌てふためいた部下の者たちが、手ん手に三角穂の矛《ほこ》や弓矢を持つて馳け下りて行つた。

灌木を踏みしだく音がポキ〳〵と鋭い騷音をたて、低い口笛のひゞきが青白い夜の空氣を擾がせた。

殘雪に足を取られて穴ぼこに踏み込んだ男が胴間聲で叫び、つまづいて轉ろぶ者が怒聲を發し、蹴飛ばされて顚落する岩塊や土くれが、ガラ〳〵ドスン！ と叢林にぶつかりながら、ひどい物音を立てゝ轉ろがつて行く――。

（主《すぐり》ツ！ 走つて……走つて……！ 舟まで走れば助かるのだ……。）

よろ〳〵と、戸口の柱に縋つて辛じて立上つた葛兒の姿は涙と喀血によごれ果てゝ、まるで地獄からさらばい出た幽鬼のやうに見えた。

（あゝ主《すぐり》ゝ……。舟まで走りつけば助かる、助かります……。舟は岬下だ……妾の約束……妾の約束……その一艘の樺舟《かには》が……あなた達お二人の新しい首途を祝ふ、妾の……妾の、貧しい贈り物なのです……。）

葛兒《かつらこ》は、まるでその樺舟が自分の目にでも見えてゐるもののやうに、いつまでも〳〵、柱に縋つて立ちつくした……

この時であつた――。

突然、ほど遠からぬ裏山の方向から、ドンドコ・タム・タム、ドンドコ・タム・タム……異樣な物音が湧き上るやうに聞えはじめた。

――それは、蒙古人部落宇漢米《うかむめ》族の戰鼓の響きである！

爲態《えたい》の知れぬ多勢の喊聲が、裏岡を傾ける山津波のやうに襲つて來るのだ……。

宇漢米族突然の襲來は、時が時だけに此の漂盜團の山寨を名狀しがたい狼狽と昂奮のるつぼに化してしまつた。

馬の嘶き。馬具のざわめき。

馳せちがふ人々の物々しい叫び聲――。

敵の別働隊に追はれて傴僂《くつま》等が谷間から馳け登つて來てからは、蒙古部族は巧妙な包圍陣の圓周を段々に縮めて、やがて戞々と鳴りとどろく乘馬の蹄が山寨の木柵のぐるりを席捲《せきけん》しはじめたかと思ふ間もなく、鋭い弓弦《ゆづる》の音がビーン、ビーンと深夜の空氣を剪《き》り、忽ち篠《しの》つく急雨のやうな敵の矢がピユツ！ ピユツ！ と音立てゝ降りそそいだ！

葛兒《かつらこ》は、その戰禍も知らぬげに、いつまでも〳〵小屋の柱

に縋つてゐる……。

兄の傴僂《くつま》が此の急變に動顚して、臥宇・酥倫枷等の追跡を拋棄して來たことは明らかであつた。二人はあの樺舟に乘つて、今ごろは岩入《がにふ》の流れに浮かんでゐることであらう。雪解水《ゆきしろみつ》の激湍《けきたん》は、必ずしも彼等にとつて安全な航路といふわけではないのだ。

——彼女の心の瞳には、ありありとその舟の姿が見えるのである。乞食《ほかひ》の主《すぐり》は、舳《みよし》に後ろ向きに坐つてゐる。恐らく、男の視線は、いま正《たゞ》しく、まツすぐに彼女の瞳に向かひ合つてゐるに違ひない。

（それを……主《すぐり》は知つてゐるであらうか？）

——葛兒は、弱々しげに頭を振つたのである。

心の瞳の中にあるその一葉《は》の舟は、早や岩入《がにふ》から右に折れて、荒雄川の本流に乘つてゐた……。そして、やがて保呂内の巉巉《がんくら》の向ふに隱れて行くのであつた……。

『左樣なら……。左樣なら……。』

葛兒《かつらこ》は、ズル〳〵と辷り落ちるやうに、柱を抱いたまゝ其の場に昏倒してしまつた。

×

此の時宇漢米族の戰士たちが、周圍の木柵を押し倒して、雪崩《なだれ》のやうに馬を垣内に乘り入れて來たのである……。

歷史文學部會記事

第一回

歷史文學に於けるロマンチズムの問題を當面の課題として取上げ部員からそれぞれ意見の開陳を見たのである。

元來ロマンチズムなる文學思潮は古典文學の桎梏に對する反逆として生れたものである、現今の歷史文學が、どのやうな桎梏の下にあるか。そのやうなものはあり得ない。ロマンチズムは、文藝思潮に表はれた自由主義の先驅である。この意味から云つて、歷史文學に於けるロマンチズム再興なる主張は全然意義がないものである。

彼等一群のロマンチズム再興を說く者達は、ロマンチズムの意義をはき違へてゐるのである。

日本に於けるロマンチズム歷史文學と見るべき作品は、高山樗牛氏の「瀧口入道」などであらうが、これとても、ロマンチズム文學運動としての表れと見ることは出來ないのである。

其他これに關聯して、正統歷史文學の發展史について硏究したのである。

第二回

幕末に於ける人物について部員の人物觀を聞くことにした。

重要公務を帶びて出發すべき前夜にも關らず海音寺君の出席を見たことは感激に堪へない。村雨君の因伯勤王史、戸伏君の紀劦の人物、海音寺君の薩摩人等、環境が築く人物の姿について、いろいろと示唆を受ける所がお互ひにあつたと思ふ。尙、近々の内に第三回を開催する。

未完の夢

東野村　章

一

……懐しい畫面だつた。新綠の陽に輝いて萠ゆる淡綠の重なりをバックに、銀色の光を吸つて、なだらかな曲線の美しさをもつ圓い木の椅子に淺く腰をかけてゐる若い女性を描いた肖像畫である。だが、まだ、半分も描かれてはゐない。內巻にした髮が、微風を孕んで、白い頸に戯れかゝり、黑い潤んだ瞳が、夢見るやうに、遠い空間を凝ッと瞶めてゐる繪だが、胸のあたりからバックへかけては、荒々しい木炭の線が絡み合つて流れ、カンバスの布目がその下に露はにむき出てゐた。激しい美への追求が、燃え上る熱情を驅つて、木炭の流れ、筆の走るところに、いまなほ息づいてゐるのだつた。

凝ッと、その畫面に見入つてゐた浩二の胸に、中斷されてゐたひたむきな意欲と熱情が、嵐のやうに湧き上つてくるのだつた。旣にこの繪を中斷してから、かうして再び見るまでに三年半の時間の重なりのあることを飛び越えてゐた。い

ま、三年半以前に抱いた、もくもくとして躍る畫心の甦つてくるのを如何することも出來なかつた。顏だけが判然と描かれた畫面の女性は、微かなほゝえみを唇もとに浮べ、胸の、手の、完成を願つてゐるものゝやうであつた。

（描けるかも知れない……）

浩二は、さう呟くと同時に、熱い血が胸をぐつと緊めつけるのを感じた。信念と努力、そしてこの湧きあがる熱意――それだけで困難を闘ひ抜けることが出來るやうな氣がするのである。（描けるかも知れない。いや、描き續けられるぞ）さうだ。昔、口で描いたと言ふ畫家がゐる。俺には左手があるぞ。まだ、左手があるぞ――。

どうしても描かねばならぬと思はれた。これだけは、この肖像畫だけは完成させたかつた。ひとつの心の記念の爲にも。浩二は、今にも筆をとりたい衝動を、ぐつと制しながら靜かに瞳をとぢた。――この繪を中斷しなければならなくなつた當時のことが、瞼に浮んでくる。軟らかく全身を包むやうな繪具と油の混り合つた匂ひに滿ちてゐた。チューブ椅子に淺く腰かけた澪子は、微動もせず凝ツとひとつの處を瞶めてゐた。動かない瞳は、浩二のカンバスに向つて一心に描き續ける心と溶け合つて、夢現の境地をつくつてゐた、チクチクと刻む時計の秒針が、狂つたやうに繪筆を動かす浩二の胸を鞭うつた。

「もう、時間だよ」

浩二の背後に友人達が氣をもみながら並んでゐた。白木は、遠慮深くさう注意した。

「判つた。終列車は……」

「下關行、十一時」

終列車に間にあへばいゝ。果て知らぬ畫面への愛着も、心ゆくまで描いて征きたかつたのだ。再び、見ることの出來ぬ畫であるかも知れないといふ思ひが一秒を惜むのだ。それにかうして澪子と一ツの塊のやうになつて、互に言葉には現せない熱情を感じ合つた境地にあることが、征く身の激しい感激に絡みついてくる。――今まで、どちらからも言ひ出すところまでの機會をもたなかつた。旣にあと、幾時間のときもない。征けば、死を覺悟の銃を執る身であれば、澪子への心も、熱情も、このカンバスに再現しようとする心の記錄だけでいゝのではないか――繪筆の走るあとを追つて、さうした思索が發展していつた。

「駄目だ。萬歲を贈る時間もなくなるよ」

「よし……」

と、浩二は、思ひ決して繪筆を棄てた。仕事着を脫ぐと、足もとの奉公袋を握り緊めて、友人達に向つた。心ばかりの

ウイスキーの杯が、みんなの手に渡つた。油の臭ひのするアトリヱに勇士を送る感激が、瞬前の藝術への夢境地の中に滿ちた。

「俺は……」と、浩二の聲が慄へた。「最後の繪となるかも知れぬこの婦人像が、未完のまゝであることに心殘りがないではない。いまゝでの繪よりも、ずつと、ずつと俺はこの繪に心を罩めて描いた。偶然、未完成のまゝで終へねばならないが、それはそれで、心の正直な告白となるやうな氣がするんだ。……いや、俺は元氣で征つて來ます。一死報國の覺悟は出來てゐる。白木君、少し感傷的になるが、俺が死ぬまでこの繪を預つてゐて吳れないか……」

「判つた、元氣でやれよ」

あの凝ツと遠くを瞶める深い色をたゝえた澪子の瞳と、瞬時をぬすんで瞶め合つた。

「あと、三十分だ。では、驛へ行くよ」

二

あれから、三年半。

心は、ひとつの流れをもつて進んでゐた。婦人像のバツクに選んだ、生き生きと伸びる明るさをもつた新綠の、淡いが、深い生命の鼓動に響く季節の高鳴りは、若い青春の心にも、また息づく高鳴りではないであらうか。——愛となづけるには餘りにも、淺い經緯と、僅かな心の交錯ではあつたが、しかし、出征以前に抱いた浩二の、澪子への心の流れは、未完の繪を前に繪筆を擲つたときから、ゆるやかな線を描いて進んできたのであつた。未練ではなかつた。希望のない追憶ではなかつた。戰ひの前に、父母を通して銃後の健全を想ふやうに、澪子を通して銃後の力に力づけられやうとしたのだ。死を賭した戰場、ふき出す正義の血潮、野戰病院、內地の陸軍病院。貫通銃創、右腕の切斷。義手の訓練、三年半の體驗は、あらゆるものを克服しようとする逞しい精神を得た。

浩二は、(描けるぞ……)と心にもう一度叫んで、ふつと大きく息を吸つた。(この繪を完成させよう。殘つた部分を左手で描くのだ。兩手で描いた貴重な作品をもつて青春の日の記錄とすることが出來る譯ではないか)それにしても、澪子は如何してゐるのだらうかと、記憶の瞳が畫面の上を翳る。

旣に、彼は、澪子への心の流れは、愉しい夢のやうなひとつの歷史として離れて見ることが出來るやうになつてはゐた。——嘗つて、現在は、過去の上に積み重ねられるものであつた。だが、時局の進展につれて過去を離れて現在が存在する場合だつてある。次の瞬間に、新たな心構へをもつて現在のものを棄てねばならぬ場合があるのだ。三年半の間に、

父の轉業で、浩二の立場も、この繪を描いたときとはすつかり變つて了つてゐた。父は、父の兄にあたる伯父の軍需工場に働いてゐたが、浩二も、人手不足をなげいてゐるその工場で、出來る仕事をして働きたいと思つてゐた。その新しい出發を前に、白木のところに殘したまゝの此の繪を再び自分のところに置きたいために上京してきたのである。それに、油の甘い匂ひの中でカンバスに夢中で向ひ、日本的繪畫の性格などを口角泡を飛ばして論じ合つたあの時代が、夢のやうなひとつの歴史のあるあの時代が、懷しくもあつたのだつた。

……用事があるので、と部屋を出て行つた白木が戻つて來た。

「寒いなア、もつと炭をもつて來やう」

「いゝんだよ。しみじみと眺めてゐたんだ。いろんな事が浮んでくるんだよ」

「さうだらうなア。……僕は、この繪をみると、何時もあの時の君の眞劍な顔が想ひ出されて胸のつまるやうな氣持がしたよ」

「はゝゝゝ。全く夢中だつたからなア」

白木の細い身體を包んだ、紺色のセーターが、白木らしい無頓着さで後の方がズボンからはみ出てゐた。彼の無頓着さでは面白い話がある。郊外に寫生に行つたとき、彼は丁度布を張るあり合せの枠がなかつた。で、布だけを持つて行き、地面に擴げて四角に石を置いて張り、べた〳〵と繪具を塗つてそれに描き、描き終へるとくるくると布を卷いて持つて歸つたのである。何の爲に繪具を塗つたのか判らなくなつて了つてゐるんだよと後で話したのでみんな笑つたが、そんなところのある一面、纖細な感情の持主でもあり、浩二とは、誰よりも親しい友達だつた。

「……もう痛まないかい?」

「うん、大丈夫。……もう、なんでもないんだ。機械にも精神が籠るんだなア、訓練にもよるんだが、これで却々自由なんだよ」

黄昏も近い冬の陽が、窓を這入つて義手の金屬をチカリと光らせてゐた。冬の陽は弱い。溶けるやうな透明なその陽ざしに、溫かい繪具の色が、亂雜に、壁に立てかけた幾つかのカンバスの上に華やかに躍つてゐる。

かうして、油の匂ひの釀す雰圍氣の中にゐると、三年半の時間が壓縮されて、繪の中に生きる自分を昨日のことのやうに思へてくるのだつた。

「スケツチ箱を貸して呉れないか」

「描くのかい?」

「いや、見たいんだ。チューヴの顏をね。暫らく御無沙汰してゐたからなア」

描くとは言へなかつた。描ける自信があるやうでもあるがそれは言へなかつた。どうしてなのか判らなかつたが、誤魔化して笑つた笑ひの中で、夢のやうなひとつの歴史のヴェールを通して澪子の影が浮んでゐた。三年半の間、秘そかに便りを期待してゐたが、一度も便りはなかつた。まだ、研究所でイーゼルを並べてゐるのだらうか。すつかり變つて了つてゐるやうな氣もするのだつた。彼は、無性に知りたくて堪らなくなりながら、反面では、知つて如何するんだと言ふ氣持もあつて言葉はそのことから離れてゆくのだつた。

「君の近作は?」

「あれだ」

と、白木は、部屋の隅の風景畫を指さした。上手くなつたのを感じた。

「素適だなア。いゝよ、とても」

「構圖の新しさをねらつた心算だが……」

「さうだね。……かうしてゐると繪に還りたくなるよ」

「未完の繪を完成させるかい」

「ふと、先刻、それを考へてみたんだ。いろいろな意味で、この繪は僕にとつて感激の深いものなんだ。それだけに、僕の人生の一ツの區切りを記念するためにも、これだけを完成させて置きたい氣がするんだがね。いま、他に描きたいとは思はない。しかし、この繪だけはね」

「ぢや、もう繪から離れる心算かい」

「あゝ……なに、これからだつて描きたいと思ふさ。いまのところ、全然繪筆を棄てるとはつきり決心した譯ではないんだが、何といふかな、いま、急に以前の生活に這入ることが出來ないんだ。決して右腕を失つたからではない。それによつて初志を變更しようと言ふのではない。むしろ、腕を失くしたことは、それだけ鞭となつて畫心をつらぬき度い希望はもつてゐる。……つまり、餘裕がなくなつたんだな」

「ぢや」

「……工場で働くと言へば、君は驚くだらうか。かうして東京へ出ては來たが、すぐ故鄕へ歸る心算だよ。矢張り君達に一度逢つて置かないと心殘りなんだ……」

「さうか。僕はまた、研究所へ歸つて吳れるんだとばかり思つてゐたが。しかし、なんだ。お互ひにしつかりやらうぢやないか。繪を描くことが道樂のやうには、僕は考へちやゐないんだ」

「それや、僕だつてさうさ。……かうして話してゐる中に、僕は、矢張りこの繪は完成させるのが本當ではないかといふ

氣がしてくるのだよ」

「無論、僕だつて完成すべきだと思ふよ。惜しいんだ。この儘ぢや」

「やらうか。ひとつ……」

引きよせたスケッチ箱は、油が泌みて狐色に光つてゐた。懐しさに滿ちた浩二の指が、そつとその蓋を開けた。銀色のチューブが、筆が、しかし、急に、彼は何を思つたか周章てて蓋を閉めた。

三

……朝の輝やかしい陽光が、地を匍ふ冷氣に、さん〳〵と降り注いでゐた。枯れた木々の肌はなめらかに、昂然と寒氣に挑戰するかのやうに伸びた枝、逞しい線。

新しい出發を前に、心の流れを遡つて、過去の世界に辿りつかうと願つたひとゝきを持たうとしたのは、若き日の夢にしか過ぎないものではなかつたらうか。――浩二は、顔を洗つたあとのせい〳〵した氣持に、絡みついてくる昨日一日の心の經緯を追ひつゝ、庭の眞中に突立つた。さうして、再び、友の家の庭にかうしてゐる自分を反りみるのだつた。

決して、決して、戰ひの日の激しい生活から、そして傷を負うた身の諦めに似た感傷から、あの繪を、繪の中に籠めた愛情を、それだけをのみ追つて來たのではなかつた。既に、繪の中の愛情は、それだけのものとして滿足してゐた、さうなのだ。あの一秒を惜しんだ愛情は、露營の空に幻を追つた魂は、白い病院のベットの中で、美しい飾り玉のやうに昇華した筈である。右腕を失つたからではない。そのために一切の考へを變更しようといふのではない。過去と現在とが、なんの連絡もなくつながる場合があるとは言へ、過去のあらゆるものから飛び出さねばならないときであるとは言へ、想ひ出は違ふのだ。美しく昇華された若き日の心の記錄を、そのまゝに靜かに抱かうとするのを、誰がいけないと言へるだらうか。だが――と、浩二は、思索する糸に絡む、冬の日の朝の輝やかしい太陽の光りを、そつと眩しげに仰ぐのだつた。

この輝かしい太陽の光りのやうに、透明な力强い希望をもつて、新しい出發を決意した日のことを思つた。老ひた父の顔が浮ぶ。幾つかの深い皺を急に多くした父の顔が、轉業をした決意と急激に變つた一家の狀態を、燃ゆるやうな意氣で語つたあの顔だ。そのとき前進の號令と共に漲る兵士の胸に湧きあがる烈々たるあの意氣が、再び、彼の胸に湧きあがつたのだ。

「やりませう」

と、彼は叫んだ。一國の運命を賭けたこの時代なのだ。一

家の運命もまた、共に賭けねばならぬ時代でもある。新しい出發を、浩二は、激しい感動の中で父に誓つた。新しい出發は、同時に過去の生活を淸算することからはじめねばならなかつた。繪畫に生き、繪畫を通じて日本の文化に盡すことも意義のあることではある。が、それは、いまの彼に與へられた使命ではないやうだ。さう思へるのだ。あの、最後の繪が未完のまゝで終つたことは、必ずしも偶然ではなかつたやうな氣がする。それまでの畫心のありつたけと、靑春の熱情を火花のやうにぶつゝけたあの婦人像が未完に終つたことは、ひとつの運命であつた。繪畫への彼の道も此處で中斷される運命であつたのを意味してゐるとみるのは、餘りに感傷的過ぎるだらうが、さう思ひたかつた。

其處で、彼は、過ぎし日の餘燼の上に立つてもう一度振り返つてみたかつたのだつた。

(あの繪を、完成させやうと言つたな)

浩二は、昨日の言葉を浮べた。思はず口走つた言葉ではあつた。が、深く彼の魂を突き刺した。

(いけないぞ。もう二度と繪筆はもたないんだ。……あの繪を、再びこの眼で見ることが出來た。それだけでいゝんだ。かうして出てきた目的は、それで濟むんぢやないか)

憔に昇華させた筈の心の流れが、まだ、矢張り思ひきれなかつたのを思つた。いまもなほ、澪子への思慕が斷ちきれぬ思ひで殘つてゐたのだつたらうか。

繪の世界を振り返らうとしたのは、それを通して、澪子を贖めやうとするものがあつたのではなかつたらうか。浩二の若い心はそれを思ひきるには、餘りにも苦し過ぎるものがあつたのではなからうか。

「寒いぢやないか。飯の仕度くも出來てゐるさうだ。みんな一緒だが、來て吳れ給へ」

白木の聲に、浩二の思索は、ひとまづ區切りをつけた。

「有難う。だが……」

「………」

「一緒に、いたゞくのかい」

「うん。親父もこの機會に、歸還兵の話をお聞きしたいつて言ふんだ」

「……困つたなア」

「どうしてなんだ。今更ら羞しがるなんて」

「いや、一緒にいたゞくのは嬉しいんだが、失禮するよ。先にやつて貰つて吳れよ」

「本當に、遠慮なんかするな」

「遠慮でも、羞しいんでもないんだ。だが、この恰好で御一緒ぢや、お互に氣を使ふんぢやないかと思ふからな」

四

　昨日のまゝのアトリヱに這入つた浩二は、昨日のやうに婦人像の前に立つた。イーゼルの足もとには、昨日のまゝに置かれたスケッチ箱の上に、筆を挿した壺があつた。

「僕は……」と、白木は、紺色の縞模樣の地味なネクタイをしめながら「鳥渡、失禮して研究所まで行つて來たいんだ。……さうだ。そんなに急いで仕上げなくたつていゝんだらう。君も行かないかい。先生に逢はねばならないんだし、顔を見せてやると喜ぶぜ」

「さうだな。……だが、止さう。先生には、逢ひたいには逢ひたいんだが、いまはよすよ。いづれ、あらためて歸還の報告はするけれど」

「どうしてなんだ。何もさう氣持を硬ばらせることはないと思ふんだがなア。行かうよ。また、歸るんだらう。だからさ、此の機會に逢つて置けばいゝぢやないか」

「折角だが、矢張りよすよ。よろしく言つて吳れないか」

「ぢや、描いてゝ吳れ給へ。繪具は、あの隅の棚にもあるから、自由に使つていゝよ」

「あゝ、有難う」

　一人になると、浩二は、しみじみと未完の繪に見入つた。しーんと胸の底が冴えてくる。その冴えた透明さの中に、先生や、友の顔が浮んできた。

　やがてそれは、カンバスから拔け出た澪子の顔の向ふに消えていつた。昨日、白木に、この繪を完成させる四五日を、厄介になりたいと言つたのだ。全く、そのときは、熱病に憑れたやうな、熱いものが身體中を走つてゐたし、眞劍にさう思つてゐた。

　が、だん〳〵考へてみると、完成させるといふことが、夢幻的な感傷の咆哮のやうな氣がしてくる。無意味だとは思はないにしても、何かしら、さうして片づけて了ふことが惜しまれるのだつた。またしても、曲折をもつて辿らうとする思索を、たち切るやうに繪の前から離れた。

　眞直ぐに窓邊へ歩いて行つた。窓の下の庭には、僅かな畦が作られ、ちよつぴりと野菜が葉を伸ばしてゐた。晴れた空には、雲が尾を曳いてゐた。溫かい陽ざしだつた。

　窓枠にそつと背を凭せかけた。つとめて、新しい出發に就いて想はうとするのである。亂れる思念を振りすてゝ――。ふと、小卓にのつてゐたコバルト色の表紙の本を、手をのばしてとつた。詩集だつた。

（白木の奴、詩なんか讀むやうになつたのかなア）

　さう思ひながら靜かに頁を繰つた。白い頁が指を離れて躍

つた。と、その躍る頁の中から白樺の繪の栞が飛び出して、ひらりと舞つて床に落ちた。拾つてみると、その繪の中に、『北海道旅行にて、×月×日澪子』と書いてあつた。はツとして、栞を詩集の中に挿んだが、その栞は、昨日スケツチ箱を開いたときに、ふと眼に這入つた一枚の寫眞に想ひを飛ばせた。

（あの寫眞は、よく見はしなかつたが、慥に澪子と白木が肩を並べてゐる寫眞だつた）彼は、早速、スケツチ箱のところまで行つて、その蓋を開けてみた。繪具のチューブの上にあつた筈の寫眞が、いまはもうなかつた。

ふと、彼の腦裡に新しい翳が横切つた。

……三時間ばかりして白木が戻つて來た。

「待たせて濟まなかつた」

さう言つて部屋へ這入つて來た白木に續いて、高らかな笑聲と、幾つかの足音が。

「みんな連れて來たんだ。あの時の奴等を」

林、岩田、井上の三人が、浩二の前に現れた。それからもう一人。——澪子が彼等のあとから這入つて來た。

「やあ」

「やあ、元氣で、有難う」

「響く。白木に聞いたものだから、逢ひたくなつてね」

「どうも……」

「あの時は、慥か六人だつたね」

「清水君と、森野君が居たんだなア」

「うん」

「どうしたの？」

浩二は、急に明るく輝いた空氣の中で、眼を瞠るやうにして訊いた。

「清水君は出征してゐるんだ」

「さうか」

「森野君は、親父から召集があつてね。——幾ら經つても上手くなれない繪の方は、俺には矢張り天分がなかつたのかも知れん。畑で働いてくるよ。その方が、俺には性に合つてゐるのかも知れんと言ひ殘して故郷へ歸つて行つたんだ」

「あいつは、自分を誤魔化さうとしてゐたんだ。僕には、斷ち切りがたいところを、そんなところで誤魔化さうとしたんだと思へるんだが」

林が、聲に力を入れて言つた。それを白木が、激しく手を振つてさへぎりながら、

「いや、さう言ふ見方はいけないと思ふんだ。それや、さう言ふところが全然なかつたとは言へないかも知れない。が、

森野君の轉向に、それはそんなに大きな問題ではなかつたと思ふんだ」
「ぢや、あいつは、繪よりも畑の方に〃より以上の情熱を感じてゐたつて言ふのか」
「さうなる場合だつて、あり得ると思ふのだ」
「何故、繪を描くことに肩身のせまい思ひをしなければならないのだらう。繪のもつ文化的使命に誇をもたねばならないので、この時代だからつて、背身のせまい思ひなんか」
「いゝよ、その問題は、一應中止しよう」
と、浩二がその中に口を入れた。

五

……流れのまに〱浮き漾ふ浮き草の如く、流れに身をまかしてそのときどきに生きてゐるだけではならない。移りゆく大地にも、敢然と立つて蹟め、大いなる希望の槌をうち下さねばならないときなのだ。

森野の轉向の話は、浩二に反省と示唆を與へた。『繪よりも畑の方に情熱を感じたつていふのか』と、いふ林の言葉は、多くの考へさせることを含んではゐないだらうか。それは、何も、繪畫を贅澤品あつかひに見た譯ではないのだ。また、林が熱を帶びた口調で叫ぶ繪畫の文化的使命を否定しようと言ふのではない。林の熱意が胸に響くほど判るのだ。繪描きはそれだけの熱意がなければならない。だが、それぞれの立場によつて、自ら方向が變つてくるのではないだらうか。何もこの時代だからといふ特別な眼でみなくとも。だから、出來る奴はやつて呉れ。さうなのだ。出來る奴はやつて呉れ——。

右腕を失つたからどうといふのではなくて、三年半の歳月の流れが、何時か別のところに立たなければならなくなつたのだ。

浩二は、いまの自分の立場を、もう一度、あらためてさういふ風に解決するのだつた。それが尤も自分の氣持にあふ見方であつた。だから、その別な立場を、いま力の限り、守り行かねばならないと思ふのだ。繪畫は、過去に於ける生命ではあつたが、いまの浩二にとつては、遠い世界なのだ。

親父から家の事情を聞きつゝ、湧きあがる意氣を感じた、あの時の決意は、決して間違つてはゐなかつた。再び彼は、あのときの決意を思つた。さうして、もう二度と、搖がせぬものとするべく誓ふのだつた。

坦々と心の開けゆく思ひの中で、彼は最後に、取戻さうとした夢に鋒を向けるのだつた。

集つた友達のために、アトリヱは急に賑やかになつた。彼等は議論をしてゐるかと思ふと、もう冗談を言ひ合つたりし

てゐた。嘗つて血を湧かした空氣が、アトリヱいつぱいに擴がつてゐた。

その中に澪子も混つて、面白さうに笑つてゐた。彼女のさうした笑顏に、三年半の歳月を加へるなんてことは、とても出來るものではなかつた。浩二の視線が、何時か、彼女の姿を捕へてゐた。いまゝ、彼女は、あのときのまゝのポーズを自然につくつてゐた。たゞ、空間を凝ツと瞶めるかはりに、笑つてゐた。

彼は、强いて視線をそらせて、それからゆつくりと立ち上りながら、

「白木君。僕は……」

「あゝ、お描きになるんぢやない?」

と、澪子が言つた。

「いや」

「モデルになる心算で來たのよ。お續けになるといゝわ」

「有難う、折角ですが、あれはあの儘にしますよ」

「あら、どうして」

「本當かい。續けろよ。折角、澪子さんも來て呉れたんだし、あの繪だつて未完のまゝぢや……」

「急に變更する氣になつたんだ。……いや、もう、描きたくなつたんだよ」

……轟然と車輪を軋ませて、走る。故鄕へ、故鄕へ。

三等車の一隅で、浩二は窓に凭れてゐた。

「夢は……」

と、彼は呻いた。

「夢は、夢だけでいゝんだ。それだけでいゝんだ」

それから、彼は、車内を見廻し、秘かに窓から新聞紙に包んだあの繪のカンバスを投げ棄てた。

走れ、走れ――。


（會）　（報）

第九回幹事會
十一月二十八日午後六時より本社樓上にて開催、岡戸、戸伏、土屋、由布川、鹿島の五幹部出席、例年一月に開催する同人總會を十二月中旬に開催することにして、來年度の陣容その他、總會の審議にかけるべき事項について協議、十時散會した。
第六回作品合評會
十二月十二日午後七時より本社樓上にて開催、中澤、川端、東野村、土屋光の四氏出席、本號より合評の形式に依らず、各自署名にて、活潑なる批評を行ふこととして隔意なき意見を交換、十時散會した。

初代山本神右衛門

大隈三好

肥前佐賀の城下から東北に二里。

南面する筑紫山脈の麓に、黒土《くろど》原《ばる》と呼ぶ部落がある。此の邊一帶は、葉がくしと稱する柿の名産地で、往昔、不老不死の仙藥を求めて、はるばる海を渡つて來た唐國人が、彼地から傳へたものだと口碑されてゐる。事の眞僞は知らず、此の唐人とは秦の始皇帝の命を奉じた徐福一派の者であるかも知れぬが、それは何れにしてもこの唐人達は、人間の無涯限な煩惱慾求の犧となつて、空しく異郷の此の地に唐人塚の果敢ない名殘を留めてゐる。しかし彼等の傳へ遺したと言ふ柿だけは、年々歳々、春になれば白い花をつけ、秋が來れば眞赤な實を結んで、城下の人達には勿論、藩公にまで献上されて、深く賞味されてゐるのである。

山本神《じん》右衛門が、此處に浪宅を構へたのは寛永十年の秋であつた。彼はこのとき二度目の浪人であつた。

山本神右衛門と云へば、誰しもすぐあれか！　と思ふのであらう。鍋島論語「葉隱」口述者の名前である。

『肥前佐賀城下外れ、金立村黒土原の葉隱の草庵朝陽軒で、寛文三年――亨保四年まで十二年間、常朝山本神右衞門が語つた夜陰の閑談を、陣基田代又左衞門が筆錄して後世に傳へたもの……』

これが今日世に膾炙稗益してゐる武士道書葉隱聞書と云ふことになつてゐる。そしてそれは又事實である。

しかし此の葉隱の山本神右衞門と冒頭の山本神右衞門は、全く別人で、その頃まで草庵朝陽軒もまだ此處に無かつた。藩は同じ佐賀藩だし、名前は一字一劃違はない。その上、世にあるときの祿高から家紋まで同一である。それでゐて別人と言へば、實に紛らはしい存在のやうであるが、當時にしてはさして珍らしくない。神右衞門は世襲の名前で、此の神右衞門は初代　葉隱の神右衞門の祖父にあたる人物だ。

山本家の記錄に據れば、山本家ほど代々浪人してゐる家も珍らしい。

初代は二度。

二代神右衞門、これは初代の實子でなく、晩年同族の中野家から入つた者だが、これも養父に劣らず二度。

三代目、即ち葉隱の神右衞門も一度やつてゐるから、僅か三代で五度の浪人をやつてゐる。初代神右衞門はその名前を代々世襲させたやうに、浪人することも世襲させたかも知れない。とこゝに於て三代目が、果然、その葉隱の口述の中で、『武士は五度浪人しなければ、眞の武士になれない……』と浪人を謳歌稱讚して止まなかつたのも宜なるかなである――。

初代神右衞門の二度目の浪人は、彼が四十六歲のときであつた。

退に、もう馴れたもので、家財道具の整理なども實に手廻しよく、その日のうちに妻のお牧と十五になつた娘のお雪を連れて、さつさと城下を退散してしまつたものだ。そのとき彼は、古色蒼然たる鎧櫃を背負つて、角藏流の長柄の槍を擔ぎ、このまゝ走出したら合戰に馳せつける勇姿そのもので、出かけた。

「そのうち主公の御勘氣も鎭まるであらう、自重して時機を待つがよい、折を見て、自分達も然るべくお取なし致さう」

と親類知己の者が言ふのに、

「いや、此の槍が御座る、お取なしなど決して御無用で御座るぞ！」

二の句も次げない鋭さで、持つた長槍を人々の面前にぐつと突出して見せた。いらぬおせつかい、侍本來の槍先の功名で歸參して見せるぞ、と言ふ神右衞門の肚の中であらう。

黑土原は彼には至つて馴染深い。以前の浪人のときも此處で暮してゐる。里の者も、また神右衞門殿が來なさるさうだ

……と早くも聞知つて、彼が立退いたまゝ空家になつてゐる浪宅を、蜘蛛の巣を拂つたり、垣根を繕つたりして待つてゐてくれる。神右衞門はさうした人々の厚意が無性に嬉しく、生れ故鄕の家に歸つて來た氣持さへした。

そのとき、裏の撥釣瓶の傍に、柿が赤く熟れてゐた。

「ほう――」

神右衞門は懷しく見上げて、久しく忘れてゐた溫いものが胸に湧上つてくるのを覺えた。最初浪人として此處に來たときからある老樹であるが、若木の樣にすく〳〵と枝を擴げて大きな粒を美事につけてゐる。夕映えの秋の陽射しにはえる柿の色は、今も昔も變らない。

「お雪、來い！柿をもぎつてやるぞ」

彼は明るく大聲で叫んで、靑年のやうにする〳〵と登つて行つた。お雪が出て來たときは、もう頂上近くに、枝と枝を兩足にしつかり踏まへて、手を延してゐた。

「まあ！　お父さま」

お雪は下から白い顏を仰向けて、父のこの珍らしい稚氣に驚きの聲を洩らした。

だが、どうしたのか、神右衞門の延ばした手が、それつきり動かなくなつた。

「お父さま、どうなされました。早く落して下さいよ……」

けげんなお雪の催促にも答へなかつた。そのとき神右衞門の双眸は、枝の間から、遙るか城下の彼方に、櫓の鴟尾までくつきりと見せてゐるお城に、燒きつくやうにすひつけられてゐたのだ。

その晩は、里人がてんでに里芋や牛蒡など手づくりのものを持寄つて、泥鰌汁を拵へて歡迎の意を表して吳れる。部落者大部分が、彼と同じ浪人者ばかりなので、自然話もはづんで、夜の更けるのも忘れるのであつた。

元來、鍋島家では自藩の浪人の他國するのを禁じてゐる。彼等にしても二君に見えるを潔ぎよしとせぬ律義で、禁ぜられるまでもなく領內の何處かに隱住して時機の到來するのを待つてゐるのであるが、かつて藩祖公直茂は、これら浪人者のために、此處に開墾地を與へて、彼等の最底の生活を保證する溫情を施してから、藩內に散在してゐた浪人達が、期せずして此處に集つて、言はゞ佐賀藩の浪人溜り見たいな土地になつてゐたのである。

かうした特種の土地には、必然的に傳統的な特種の精神が存してゐるものである。

直茂公はよく領內を巡り領民の上に仁政を垂れた明君であつたが、此の部落にも再三足をとゞめて、時にはわざ〳〵此處に一泊して、彼等を宿舍に集め、格式も身分も取外して酒

杯を俱にすることさへあつた。部落の者が感激したことは云ふまでも無い。

「處罰と思ふな、修業ぢや、尊い人間修業と心得て、魂を練り肚を作つて置くのぢや、そして事あらば馳せつけて來い。功名手柄を樹てゝ目出度く歸參するのぢやぞ！」

直茂は、きまつて訓戒して行くのであつた。此の直茂の言葉が、彼等ひとり〳〵の信念となり、部落の不抜の精神となつてゐるのである。

魂を練り肚を作り功名たて、歸參する！　彼等はこの不動の信念の中に、巨木を倒し、雜木を燒き、荒地を掘起して種子を下し、その傍、本來の武を練ることも忘れなかつた。

汁會の席上で、

「神右衞門殿、貴殿がおいでになつては、部落の牢領は貴殿にお願ひ致さねばなりません。お引受け戴きたい！」

今日まで部落を牢領してゐた井上瀨左衞門が云つた。

「自分が……」

「さうです。私一人の希望では御座らぬ。部落民一同のお願です」

その言葉を證するやうに、

「是非、お願ひ申しまする」

居並ぶ面々も一樣に頭を下げた。

年輩から言つても、部落の經驗から言つても、自分が適任者であることを、神右衞門も自認してゐる。そこで彼は儀禮を拔きに、

「それでは不肖なるも神右衞門お引受け申さう！」

と膝を正して、

「此の上はお互に鞭韃して、藩祖公の御敎訓を守り、部落の精神に生きて行かう……」

と感慨的に目を瞬たゝいた。

時は流れた――。

二代目神右衞門が、まだその頃まで鐵馬と呼んで藩公勝茂の近習であつたが、此の浪宅を訪れて、

「叔父上、今日は叔父上の歸參の目出度いお使で參りました！」

と面を輝かしたのは、それから三年後の事であつた。

秋が來れば色づく柿の色には、何の變りはなかつたが、神右衞門の頭髮は、此の三年に目立つて白くなつて、お雪も十八の娘盛りになつてゐた。

「何に、儂の歸參か？」

と逼に神右衞門の双眸もぎらりと光つた。

「は、御家老中野監物樣申されまするには、山本家は槍一筋を誇る譜代の臣、それに叔父上には征韓の役以來の戰場生殘

りの功臣、然かも御家老様とは竹馬の頃よりの友で御座居ますれば、常に御父上の事を御懸念なされて、再三殿様にも言上なされて居りました處、昨今、殿様の御意も動きお許の御模様で御座居ますれば、早速、公式に歸參の儀を取計らひ度いので、叔父上に至急城下まで御出頭を願ひ、萬事の打合せを致し度いとの御家老のお言葉をお傳へに參りました。」

さう言ふ鐵馬の聲は、感激に顫へてゐた。無理もなかつた。山本の養嗣子と話が決つていよ〳〵と言ふ間際に神右衞門の浪人だ。そのまゝ何時までとも知れぬ賴りのない部屋住の生活を續けてゐなければならぬ鐵馬だつた。それよりも、近頃急に美しくなつた妻となるべきお雪の容姿は、鐵馬の若い心を惱まさずにはゐなかつた。

一切が、神右衞門の歸參によつてのみ、定まつた幸福の場所におさまつて行くのだ。

「叔父上、鐵馬も心から嬉しく、祝着は上げまする……」

神右衞門は、無言で凝乎と鐵馬の面を見詰めた。そして腦裏に娘の顏を並べて畫いた。若い者の氣持が分らぬではない。ふつと愛憫の情がこみ上げて來るのだつたが、それを靜乎と抑へて、

「いらぬおせつかい！」

とさも苦々しく吐出したのだ。

「……何んと仰せられまする！」

鐵馬もきつとなつて面を上げた。

「山本神右衞門とあらうものが、人の情にすがつておめ〳〵歸參すると思ふか、儂は未だそれほど腰拔けではないわ……」

と次第に語尾がはね上つて來る。

「叔父上、お怒も時によりけりです。私には叔父上のそのお言葉が分り兼ねまする……」

「分るまい、お前には分るまいが、一度此處で浪人暮しをやつた中野監物には分るだらう。歸つて中野に申せ、神右衞門は腐つても鯛だ、藩祖公の御遺德に叛き、佐賀浪人の精神を破つてまで歸參さして吳れと何時賴んだと……」

「然らば叔父上は、合戰起り、功名手柄を樹てねば、どうしても御歸參なされませぬか」

「知れたことよ……」

「叔父上」

鐵馬は覺悟の面持深く、爆彈見見たいな神右衞門に一膝乘出して來た。

「部落の精神もさること乍ら、德川はすでに三代、平和の基礎は日每に固つて居りまする。若しも合戰起らぬ場合は、一生浪人にてお過しの覺悟で御座いまするか」

「武運ならば仕方が無いわ……」

「それでは御先祖樣に對しましても……」

なまじ諫言が、遂に神右衞門を爆發させてしまつた。

「言ふな、今時の者は二言目には小賢しく理屈を吐す、武士が武士道のために家を滅す、御先祖樣も喜んで下さるわい……」

鐵馬の復命で、家老中野監物も愕然とした。神右衞門の身を思へばこそ、賴まれもしないのに再三主公にも言上して、漸く此處まで運んで來たのに、それを當の本人から突劍喰された形で、今更ら主公にどう辯明してよいものかひどく當惑してしまつた。

なるほど彼も先代公の頃に黑土原で暮した經驗も持つてゐる。その持つ傳統的な精神も知つてゐるし、その他藩にない浪人精神に對しては崇敬と誇りさへ持つてゐた。然しそれも戰國亂世の時勢なればこそ生かして歸參することも出來るが、今日の平和如睦の世の中に、到底、望むべくも無いことである。それに近頃、全國到る處に浪人者がはんらんして扶持をねらつて、世の中の少しの隙でもあれば、殺到し血眼になつてゐるときでさへある。それを相も變らず昔一徹に考へ込んで、時勢を知らぬ神右衞門の頑固さにも腹が立つた。然しまた考へて見れば、神右衞門の今に始まらぬ有名な頑固さは、誰よりもよく知つてゐる筈の自分である。それでゐて當人の意志も確めず、獨斷的に事を運んでしまつた自分の輕卒さも、沁々と後悔された。

悄然と監物は登城した。

役部屋に入つて藩政の書類を見てゐると、お召の傳へである。

——殊によつたら切腹ものだぞ！——

觀念の肚を決めて御前に出た。

主公勝茂は、彼の顏を見るなり、晴れやかな面で、

「どうぢや、神右衞門の儀、內意を傳へたか」

「は……」

神右衞門嘸かし喜んだであらう——と、來るに違ひない。そしたら此處で……と一寸躊躇してゐると、

「昨夜、自分も色々考慮した。そして神右衞門には、其方の希望り前職で祿高も以前通り、格別の計ひで歸參させることに決めたぞ！」

と來た。監物は狼狽した。が主公は、更に言葉をついで、

「それで其方も滿足であらう、また神右衞門と朝鮮征伐以來の自慢話が出來ると思ふと、自分も嬉しいぞ、早速、手續き取計ふやうに致せ」

益々惡い！

「よいか！」

勝茂は嚴しく命じて、立上つたとき監物は、

「殿！」

と聲を顫はして呼止めた。

「何ぢや！」

「實は」

と、青くなり赤くなり、しどろもどろで一切を言上して、

「これも皆、監物輕卒の致すところ、洵に持ちまして恐懼の外は御座居ませぬ」

と恐惶の情を溢らせて平伏した。

凝乎と唇を噛んで、突立つたまゝ耳を傾けてゐた勝茂は、聞終ると、今まで堅く噛しめてゐた唇をほころばして、肚の底から湧出るやうな大聲で、笑ひ出した。

「わつはつは……中野、こりやあ神右衛門に、美事にやられたぞ、奴、相變らずくせ者ぢや喃……」

あとはまた哄笑に變つたが、勝茂の双眸に何か感激的な色が走つてゐる。

勝茂も元龜天正の戰場をくぐつて來た老藩主であつた。

翌、寛永十四年、此の歳は實に不思議な歳であつた。七月のうちに彼岸花が咲いたり、九月にはどう戸惑つたか櫻が花を見せ、それかと思ふと十月には、もう初雪が、筑紫の山々に時ならぬ化粧を施し、何か異變の前兆ではないかと、人々を無氣味に怯やし、不安がらせる。殊に藩公は江戸に參覲して留守だつたので、不安もひとしほ切實であつた。

神右衛門が、疱瘡にとりつかれたのも、その歳の事であつた。

惡寒から發熱、病狀は型通りに進んで、水疱は糜爛する、四肢はもとより顔面まで癩患のやうに崩れかゝつて、逌の剛氣な彼も、

「もう駄目だ、死んだら首を斬つて、監物に屆けて吳れ！」

そんな譫言まで言つて、人々の眉を寄せさせてゐるとき、島原でヤソの叛亂が起つた。

寛永十四年十月二十五日である。代官を殺し役所を燒き、燎原の勢ひで蔓延するこの叛亂に、藩では隣國の急を救ふべく、出兵の儀を豐後府内目付牧野傳藏に告げたが、牧野は私に之を許すを憚つて、出兵にまで至らなかつた
日を經るにつれて、一揆は猖獗を極めて行つた。それに歩調を合せるやうに、神右衛門の病勢も嵩じて行く。

「今が山ぢや、此處を越せは、命だけはとりとめるかも知れぬが……」

わざ〳〵城下から迎へた醫者が、小首を傾けて、賴り無く語尾を濁す一番重態のさなかに、島原出動の幕府の令が、佐

賀の城下に達したのだ。

十一月もすでに半を過ぎて、寒い日であつた。雪のやうに白い長崎街道の霜を蹴つて、一氣に馬を飛ばして來た鐵馬は、額の汗も拭はず、昏々と不自然な深い睡りの中に生死の境界の邊をうろついてゐる神右衛門の枕元に坐つて、

「よく〳〵武運に拙い叔父上」

と病やつれた叔父の面を凝乎と凝視めてほろりと泪を落したのである。

そして、お牧に對つて、聲を低めて、

「愈々出陣となりました。幕府はすでに板倉内膳正殿を征討使と派遣され急遽下向の途上で御座居ます。我が藩も在藩の者は、紀伊守樣(勝茂庶子)甲斐守樣(同)の御指揮の下に直ちに出陣せよとの主公よりの急使が、昨夜到着致しました。此の千載一遇に際して、此の業病、叔父上もよく〳〵武運の無いものと思ひます。私も一言、叔父上のお聲を聞き出陣致し度く思ひますが、それも叶ひませぬ。御病氣全快の上は一日も早く御出陣なりますよう。鐵馬戰場にてお待ち申上げてゐると宜しくお傳へ下さい。心も急ぎます。叔母上、これにて失禮致しまする……」

暇乞も倉皇と立上る鐵馬にお牧も半ば氣も顚倒したやうに
「せめて、門出の盃でも……お雪……お雪……」

おろ〳〵としてゐるとき、神右衛門が、かつと双眼見開いたのだ！

「叔父上、お目覺で御座居まするか」

すると、神右衛門は、

「鐵馬、夢ではなかつた、合戰かッ！」

と我破ッと半身を起して、直ぐ打倒れた。

「叔父上！」

「構ふな、お牧、出陣の用意せい！」

「叔父上、そのお體では……」

「言ふな、途中で死んでも討死だ、討死は武士の本望、部落の者にも早く知らせい、何を愚圖々々してゐる、鐵馬行け、遅れて申譯立つかッ、早く城に歸れッ……」

今は、止めるべくもなかつた。やがて、青馬の裸背に彼の體を縛りつけて浪人隊は部落を下つて行つた。やうやく西に傾きかけた初冬の陽が、浪人隊の槍の穗先にきら〳〵光つてゐた。神右衛門殿、神右衛門殿、彼等は交る〳〵聲をかけて彼が生きてゐることを確め乍ら歩いた。

「待つて下され、待つて下されや！」

後から、お牧とお雪が息を切らして追ひかけて來た。

「これを持つて行つて下され、米の磨汁ぢや、そしてこれで時々神右衛門の體を拭いてやつて下され！」

「承知しました」受取る手がふるへてゐた。

お牧は、馬の背に向つて言つた。

「神右衞門殿、病は氣からです。功名手柄を樹てゝ下されや、樂しみにして待つてゐますよ」

すると、神右衞門は、血走つた双眸を見開いて、

「うん！」と深く頷いて見せた。

そのまゝ、列は遠ざがつて行く。お牧は、塑像の樣に突立つてゐるお雪を促して家に歸ると眞直ぐ佛間に入つて、

「神右衞門は、目出度く死處を得て、只今出陣致しました。」

と、祖先の靈に報告した。

だが――神右衞門は道中では死なゝかつた、合戰で討死もしなかつた。戰が終ると、ぴん／＼した體になつて歸つて來たのである。

どんな功名手柄を樹てたか、惜むらくは明記した記錄が無い。だが、藩公直接の歸參の使が黑土原に來たのは、歸還後幾何も無い日であつた。部落の浪人達の大部分は目出度く歸參したが、神右衞門は
「もう自分達の時代は過ぎたから……」

と固辭して、つひに此の部落から離れなかつたと云ふ。

中野鐵馬は、正月元日の總攻擊で奮戰負傷したが、その後有田皿山代官に登用され、二代目神右衞門となつた。

會友を募る

文藝家の中央組織が完整し、文藝團體が强力な存在となることは、文藝家を國家的目的に動員しなければならない現在としては、勿論必然的な成功であるが、一方冷靜に考へてみると、これは作家として既に一家を成してゐる者、あるひは既に文藝團體に所屬してゐる者にとつては、一種の既得權益の擁護のやうなことになると同時に、無名作家が非常に出にくゝなることは豫思されるので今回、文學建設が會友制度を設けることにした。

その制度は大體次の要領である。
一、文學建設は、從前通り同人制度で維持する。
二、文學建設の趣旨に贊成の、作家志望者は推薦者無く自由に會友になる事ができる。
三、會友は一ヶ月一圓宛の會費を納める。但しその中には誌代送料等を包含してゐる。
三、會費は半年分以上前納する。入會金は徵收しない。
五、會友は作品を、文學建設に特設する推薦委員會に提出して、その批評を求めることができる。
六、推薦委員會は、毎月會友の作品の批評を誌上に發表する。
七、提出された作品中、特に優秀な作品は隨時文學建設誌上に揭載して推薦する。
八、推薦數度に及び、同人總會が適當と認めた會友は、別に推薦者を要せず同人になることができる。

誌友を募る

用紙節約の全面的强化に伴ひ、全雜誌が、大量減頁を斷行した所は諸氏のよく知る所である。然し本誌は、全誌面を最有效に使用してゐるのであるし、嘗つて百數十頁を、最低の八十頁まで自肅してゐたので、頁數の節減は不可能である爲、本號はやむを得ず減頁をしたが、本號より、書店販賣を中止し直接購讀者への直送によることとなつた。これを機會に是非誌友になつて頂きたい。誌友には特別な條件は無い。作家志望者でも文學愛好者でも「文學建設の友」といふ氣持で、直接月極購讀者となり、文建の諸種の催し、誌友會に出席しやうといふ人は、すべてその希望により誌友名簿に記入し、催しや會合には案内狀を出す。直接購讀者でも特に希望がなければ誌友としては取扱はない。

現代作家研究　3

海音寺潮五郎論

岡戸武平

一　文學以前について

この作者の作品は、全部と云はないまでも重だつたものは、大抵讀んでゐるつもりであつたのに、既刊九册の作品集を机上に積み上げてみると「柳澤騷動」が全く讀んでないことを知つて、一夜をこれにつひやした。そして非常にいゝものを讀んだと思つた。極端なことを云へば、海音寺潮五郎を論ずるには、これ一册で足りるとさへ思つたのである。

それほどこの作品には、この作者のあらゆる面を窺ふことができるからだ。云ひかへるならば、この作品はこの作者が、あらゆる教養と文學的情熱をかたむけ、かつ正しい歴史小說を世に示さうといふ一つの念願のもとに書かれたものだからである。そしてそれは立派に成功してゐる。

この成功はもちろん、一部識者のみとめるところとなつた。しかし、今にして思へばもつともつと批評の對照にもなり、問題になるべき作品ではなかつたかと思ふのであるが、悲しいことに當時は大衆文藝界は、批評の貧困といふよりむしろ無いにひとしい狀態であつて、作者の企圖した目ざましい飛躍と、その成功は酬ひられるところが尠かつたやうである。或は豫言者はその村に入れられなかつたのかも知れないが……。

この成功はなんによつて得られたか。それは一口に云へば、作者の文學以前のあくなき探究と、透徹した史眼と、人間的良心によつて培はれた作家的信條に他ならないと思ふのである。このことはあへてこの作者に限らず、いかなる作家と云へど、良き作品を生む一つの原則であることは云ふを俟たないが、その分りきつた事を從來の大衆作家はあまりに等閑にふしすぎてゐたきらひがあつた。それ

は胸に手をあてるまでもなく分る筈である。さうした懶惰な意慾のないさ中にあつて、孜々として勉強し、敢然として新らしい分野に突き進んだ努力がこの成功をもたらしたものであると思ふのである。

大衆文學のうちでも、とくに歴史小説はいろ〳〵の約束をもつてゐる。その時代の風俗、制度、そして悠久な歴史の大局から見た、その一つの環の意義、さうしたいろ〳〵の面を見極め批判し、正しきものは正しく描くことが歴史小説の存在するところである。この作者は最初から、そこに眼をつけてゐた。實は眼をつけなければ居られなくなつたと云つた方が適當かも知れない。それは彼が作者とならない以前、すでに低俗な大衆小説の弊害を知り、正しい歴史をふまへて小説を書いたならばといふ念願を持つてゐたことで知れるのである。學校で史學を專攻とした彼としてはむしろ當然の欲求であつたらう。

それが文學的情熱の溫床によつて培はれ育つたのが、サンデー每日の懸賞に當選した「風雲」である。しかし、この作はまだ前大衆小説から完全に脱皮されたものではない。が、すくなくもその精神と態度に於て、けふをあらしめる潑溂な芽を持つてゐたことはたしかである。透徹した史眼、正しく歴史を見やうとする眼は紙背に徹してゐることを窺ふことができる。おそらくこの作者が作家とならなかつたにしても、立派な史家となつたであらうことを私は想像するのである。

こゝにすでに作者の歴史小説作家としての約束があつたやうに思ふ。かやうに歴史的敎養が深い上に、彼の性格は一面非常に古武士のおもかげがある。是を是とし、否を否とし、理非曲直をあきらかにし、顯正邪破の精神は彼の一つの生れながら身についた信條であるとさへ思はしめる。彼を生み、彼を育てた薩摩の傳統と環境の影響も多分にあるであらう。いづれにしても己れを律するに甚だきびしく、その倫理性はおのづから作品にも現れてゐる。大衆小説に倫理性を强調し、實踐した人はこの作者をもつて嚆矢とするのではないかと思つてゐる。

要するに、海音寺潮五郎のけふあるのは、決して幸運とか、引きとか、世渡り上手とかそんなものでは決してない。實力だ、たゞそれ一本の道がけふの大をなしたのだ。そして、その實力によつて現れた文學作品の底に、文學以前の深い吃水のあることを忘れてはならぬ。

二　思想と作品について

次に作品について

「柳澤騷動」が大衆小説としては劃期的な作品であることは前にも云つたが、では前大衆小説とどこにどんな大きなひらきがあるか、それを檢討してみよう。その第一に擧げることは、從來の大衆小説は興味を讀者に全部渡し切つてしまふことを、その作品の最上の出來榮えとも思ひ、また作者の目的もそこにあつたやうだ。そしてその興味と云へば、讀者の代辯となつて欝憤をはらし、讀者に代つて强者をくぢき、或は又讀者と共に弱者に同情して泣くと云つたもので、いはゞ低俗な讀者(人間)の弱點を利用したものに他ならない。

そこには作者の文學的良心もなければ、從つて倫理もない。たゞ讀者がその小說にはまり込んで來ればよかつたのである。

海音寺潮五郎は先づこの安手な顧客をふり切つてしまつた。そして淸新にして意味のある興味を讀者に與へやうとした。これは非常な冒險でもあるが、飛躍でもあつた。ところが、幸なことに讀者といふものは興味に對して、確乎たる主張をもつてゐるものではない。いはゞ不見轉だ。武士道物をひつさげて颯爽と現れた彼の作品の前に、讀者は意外な興味を發見した。

もちろん彼とて、大衆の興味を前大衆小說から引繼ぐためにいくばくかの舊套を用意してゐたことは寬容しなければならぬ。しかし徐々にその舊套を脫ぎつゝ（低俗な讀者を引率しつゝ）つひに「柳澤騷動」まで大衆小說を引上げてしまつた。

作家は別に教育者の立場に立つ必要はないといふかも知れない。しかし、泥棒や博奕や遊興を暗に奬勵していゝかわるいかは云ふまでもないことである。むしろ私は小說が讀者に與へる影響を考へるとき、作家は教育者以上の責任をもつべきものではないかとさへ思つてゐる。

海音寺潮五郎が武士道精神の昂揚に、大衆の興味を呼びかけたのは宜なるかなである。しかし、この作者は所謂「武士道」を手かへ品かへして小說化するごとき安易な立場に踏みとゞまつてゐなかつた。それは彼の史眼がゆるさなかつた。こゝにも前大衆小說との大きなひらきがあると思ふのである。それについて彼はかう云つてゐる。

「武士道の研究も近頃のはやりである。しかし、自分はこれだけは、はやりによつてはじめたのではない。先見をほこるつもりは更にないが、自分は昭和七年に、サンデー每日の長篇小說募集のため書いた「風雲」をてはじめとして、ずつとこのモラルの探究をつゞけてゐる。時局のためであらう、とくべつの人をのぞけば、今の大衆作家のほとんど全部の人は武士道にたいして、無條件に讚美支持する立場をとつてゐる。

しかし自分はさうではない。批判的に見る。（中略）日本に於て、武家時代は七百年もつゞいてゐる。武士といふものが發生してからは八百年にもならう。したがつて、武士の美談としてつたへられるものは、おそろしく多い。しかし、これほど美しい話はきはめて少い。僕はおくむところなく、讚美の言葉をさゝげざるを得なかつた。しかし、であるからといつて、僕は全面的に武士道を讚美するものではない」

彼はかうした態度のもとに、封建制度下の君臣の道について可なり突込んだ批判的態度をもつて創作にあたつた。

一概に武士道と云つても、その時代々々によつて解釋がちがふ。內容に變遷がある。大きな日本といふ國から見れば、常に反國家的な藩政をしてゐる國でも、その藩主に對して忠臣であればそれで武士道にかなつてゐるとされてゐた。それが維新になると、藩より國家といふものを重く見、したがつて藩主より天皇に對して忠義をつくすことが武士の道であると考へるやうになつた。これは一例であるが、かやうに武士道にも進步がある。この變遷を見逃さず、その

時代によつて武士道の價値を見定めようとしてゐるこの作者の態度は、これも又前大衆小説には見られないものであつた。

この作者の史眼はいふところの歴史的事實に囚はれず、その時代の物心兩面から檢討し、その人物に對しては、あくまでその時代の息吹きを忘れることなく（それは武士道に限らず、百姓町人にいたるまで）現代の眼をもつて批判し、歴史的眞實を衝かうとしてゐるところに意義があると思ふ。

――「僕は歴史と文學との區別はわきまへてゐるつもりだ。歴史をそのまゝに小説的に書いたところで、小説になり得る場合も勿論あるが、一般的に言つてなり得ないといふことは知つてゐる。歴史は單なる事實の記述であり、小説は作家の主觀によつて統一整備された記述でなければならないと思つてゐる。それ故に、單に調べただけの讀物であるなら、それがどんなに精密周到のものであらうと小説以前のものだとしか考へられない。

しかし――

無茶苦茶な主觀はどこまでも排撃したい。客觀的にちやんと證明のつく主觀であるべきであると思つてゐる。歴史上の人物をどう解釋するも作者の自由であるが、それはあくまでも證據の上に立つてのことでなければならない。證據もないのに、單なる勝手な思ひつきによつて善人を惡人にしたり、惡人を善人にしたり、以ての外だと思ふ」

肯綮を得た言である。

三　文學技巧について

最後に文學技巧について一瞥しよう。
この作者は初期に於て「女が描けない」といふ批評を受けたことがある。そして文章が生硬だといふ批評もたま〳〵聞いたやうである。私もかつて「天正女合戰」を雜誌で讀んだとき同じ感想をもつた。しかし、いま「柳澤騷動」を讀んでみて、それがたいへんな認識不足であることを知つた。なるほど「柳澤騷動」などもかつての眼をもつてみれば、文章が生硬でもあり、甘い戀愛場面を描くには不適當な筆致であると考へるかも知れない。が、それは前大衆小説的技巧から云つた批評であつて、この作者の狙つた文學技巧は、その前大衆小説的の技巧から拔けようと努力したところにあつた。（一面それは新らしい內容の要求したところの形式であつたとも云ひ得るが）
その例を知らうと思ふには「柳澤騷動」をもつとも好適とする。この一篇の技巧は、結構に於ても、描寫に於ても、間然とするところがない。そして前大衆小説にありがちな冗慢な描寫、新熟語、形容し得ざる新形容詞、咏嘆的な言葉などは微塵もなく、あくまで內容を盛り上げるために、强靱なペンをもつてあくまで抉り出さうとしてゐる。しかも簡決に、艶を失はないで。私はこの作者のものを讀んでゐて、時々西鶴の技巧を思ひだすことがある。彼が西鶴の技巧に示唆を得たかどうかは聞いたことはないが、あの文章の簡潔で强く、そして古い蒔繪を見るやうな艶は、文章の形體こそ違へ一味

相通ずるものがある。そして語彙の豐富なのは、彼が漢文の素養をもつてゐるからであらう。

最近はとくに技巧の冴えがみえ、彼のもつ技術の頂點へ達したかの感がある。「柚木父子」（單本行を指してゐるのではない、この一篇のことを云）「黄昏記」などを讀めば、私がくど〳〵いふ必要はない。

ともかく文學技巧の點に於ても、もはや彼は天衣無縫である。あへて大衆小説界と云はず、現文壇に於ても稀れな文學技術家だと私は思つてゐる。

ところで、こゝに一つ私の疑問に思つてゐることがある。それは彼の新聞小説が比較的成功してゐないことである、と云つて、長篇が不得手であるといふのではない。現に「柳澤騷動」のごときものがある。時間的に用意の足らないせいもあるであらうが、こゝで一つ素晴しい新聞小説を書いてもらひたいと、たつた一つだけ不滿と希望をもらして置く。

ついでにこの作者の著作集を作品制作順に記して置かう。

一　風　雲（昭和十一年、アトリヱ社）
二　千石鶉（昭和十四年、八紘社）
三　恥を知る者（右同年、新小說社。昭和十六年「武道傳來記」と改題して再出版、教育社）
四　天正女合戰（昭和十三年、春秋社）
五　大奥秘帖（昭和十四年、八紘社）
六　柳澤騷動（昭和十四年、春陽堂）
七　啾々夕暮記（昭和十六年、學藝社）
八　柚木父子（昭和十五年、時代社）
九　茶道太閤記（昭和十六年、學藝社）
十　赤穗浪士傳（昭和十六年、博文館）
十一　黄昏記（昭和十六年、學藝社）
十二　南風薩摩歌（昭和十四年、八紘社）

この作者の前途は洋々としてゐる。すべての位置はすでに定つた。大衆文學が健全になればなるほど、彼の船は順風に追はれるであらう。そして、大衆文學も純文學もなく、いはゆる國民文學の形體が整つたとき、步武堂々と進軍する文學團の旗手となる人こそ、この作者ではないかと思つてゐる。（完）

◆同人消息◆

村　正治氏　本號より筆名村正朱鳥を上記の如く改名された。

鹿島孝二氏　作「青春溫泉」は東京劇場十二月興行として上演された。

土屋光司氏　ウェルズ科學小說「火星人との戰爭」を刊行。

中澤巠夫氏　「阿波山嶽武士」資料調査のため香川、德島二縣に旅行、十二月三日歸京。

由布川祝氏　十一月中旬令姉を失はる。謹しんで弔意を捧ぐ。

從二一郎氏　十二月中に上京の豫定。

文學建設

×

一昨年あたりまでは、支那を、戰爭を描かなければ、作品にならないと考へてゐるのではないかと思はれるものが氾濫してゐた觀があつたが、昨年度の概觀として、作家が已に還り、自己の世界を眞劍に掘り下げることが、職域奉公の道であることを悟つたやうに見えるといつてゐる人がある。が、直接大きな影響力をもつてゐる筈の大衆作家は、どれだけ反省し得たであらうか。

×

前線の將兵諸氏の感想として、一番面白くないのが、いはゆる戰爭小說である、といふ言葉を方々で聞く。ウソが多くて、讀むに堪へないといふのである。いつの間にか、一つの型をつくつて、その型から拔け出ることの出來ない諸氏よ。この邊で一つ、充分に考へてみることは出來ないか。

×

新人を拔擢することは冒險ではなくなつた。寧ろ一度敗退した舊作家を起用する方が遙かに冒險である。二三年前の大衆雜誌界を考へると實に隔世の感がある。

×

不健全な興味のみを追究する捕物小說は一應終止符を打ちたい。純粹な推理小說としてのそれは、正統歷史文學と、正統探偵小說とを母胎として新らしく第一步から出發すべきであらう。現在捕物小說をやつてゐる諸君はもう一度文學良心に立歸つて再思三考しなければならない。

×

文壇分權論、または作家の居住的分散論といふやうなものが出てゐるといふ話だが歷史を回顧して見ると、國家が完全に統一されてゐた時代に、文學者が分散してゐたといふことはない。文學者の分散現象は亂世の特徵である。地方文化の向上といふやうなことは、文化財の流通、消費面の問題であつて、作家を地方へ追拂つて、地方文化を向上させる等といふことは實際的には不可能だと考へられる。

×

明治末期か大正初年に後藤宙外が「文壇地方分權論」を發表し、一々何地方は何市を中心とするといふやうなことまで擧げて主張したが、眞面目に相手になるものもなく立消えになつてしまつた。

×

文化統一と國家統一とは密接不離である高度の中央集權的統一國家は、必然に文化の中央集權を要求する。文化財の生產機構は集中的であつた方がよいのである。文學者、美術家、音樂家その他各種の文化人を各地に分散するといふことは、地方文化を高めることにはならないで、却つて地方文化の主導性を弱め、形式的な都市文化の模倣へと走らせる。又同時に、國家としては文化の頂上を次第に低下させることになるだらう。それよりは、やはり文化財の生產

者を、圖書館、出版機關、學會等の集中した大都市に集中して、その研究砥勵を圖り、一方で文化財の普及、地方文化の向上に就て適當な政策を施すことが望ましい。

×

赤本と、赤本類似の低級野卑な雜誌と、ラヂオの浪花節とは何とかならないものだらうか。大衆は低級だから、低級なものを與へて置けばよいといふ考へが、どんなに大衆を輕蔑した考へであるかを、もつと考へて見る必要がある。國民文化はさういふ考へ方によつて向上を阻止されてゐるのだ。

×

カバーを掛けなくても、電車の中で讀める雜誌が欲しい。修養本位の國民雜誌等と號しても、カバーを掛けないと人前に出せないのでは仕方がないではないか。

×

不熟な文學作品を濫造しないで、精密な記錄を遺せと本多顯彰が、從軍作家に要求してゐる。結構な議論である。

×

正しい意味のリアリズムの根底になるものは、精密適確な事實の記錄だ。健全な大リアリズム文學はそこから出發する。リアリスト諸君は喜んでこの勸告に從ふべきであらう。

×

ガラス函から出て來た情痴作家邦枝完二が、場末の劍劇のやうな新聞小說を書いてゐる。こんな小說を讀んでゐると、時代の隔りといふやうなものが、ほんたうに泌々と感じられる。

×

橋本英吉は、歷史文學作家として、良い素質をもつてゐるやうだ。

×

國民文學コンクールが到頭流產した。コンクールを有耶無耶にずることは、文藝中央會の信用を失墜する所以であることを、本誌は屢々繰返して忠告したが、遂にその忠告は顧られなかつた。コンクールの爲の國民文學ではないから、コンクール等どうなつても好いやうなものだが、中央會の爲めには返すぐも殘念千萬、玆に謹んで弔意を表する次第である。

×

今や對米英戰爭の大詔を拜し、國を擧げ國民の一人一人が戰士として各々の所屬する職域に於て戰ふやうになつた。國民の一人一人が、戰場に臨んでゐるのだとの感じを今日程深く感じたことはない。

兎角に文學のやうな藝術文化は、このやうな大戰爭の最中にはその進展が阻まれ、當面の必要な科學的な、特に應用科學的な文化面が急激に發展するものである。これは當然な現象であるが、それ故にこそ文學者は、この文化の跛行現象を來たさぬやうに、一層の戒心を要するのである。戰爭の背後から運んで行くべきものは文化なのだその文化が跛行的なものではこまるのである。文化の昂揚は、現在のやうな長期戰になればなる程、より一層に必要となり、一層緊密なる問題となるのである。

文學者よ、一日も忘るなかれ。

ユーモア作家の言葉（1）

鹿島孝二

ユーモアとは何ぞや、といふことは、今更論ずる必要は無い。

ユーモアを論ずるとなると、アリストートルまでさか上り、近くはベルグソン、分析的にはフロイドをかつぎ出すのだらうが、今はその必要を認めない。

ユーモア作家の吾々として大切なことは、如何なるユーモアを吾々の小説の中に採り入れるべきかといふ鑑別である。この鑑別の眼の有無によつて、昨日のユーモア作家と今日のユーモア作家とに別れるのではなからうかと思ふ。その小説の中に相も變らず昨日のユーモアを採り入れてゐる作家は、昨日のユーモア作家と言ふ外は無い。

では何をか昨日のユーモアと言ひ、何を今日のユーモアと言ふか？その區別はどこから來るか！

區別法を語る前に尺度を語らう。その鑑別の尺度となるものは、モラルである。

個人主義的な昨日のモラルを持つてゐる者は、昨日のユーモアで満足してゐるから、昨日のも今日のも辯別出來ない。つまり尺度を持たない。併し、日本的な新しいモラルを獲得した者は、個人主義的な昨日のユーモアには嫌悪を感じ、どうしても、自分のモラルと反撥しないユーモア（これが今日及び明日のユーモアである）を求めるから、始めてこゝにユーモアに區別が生じ、その鑑別の尺度も出來る譯である。具體例を擧げて見よう。

フロイドの「ウイツトと潜在意識の關係」の中に擧げてある例を借りる。

「ある文無しの男が金持の友人に苦境を訴へて金を借りる。その金で彼はホテルへ行つて高價な料理を食ふ。生憎そこへ金持の友人が來て、見て憤慨して、怪しからんとなじる。すると貧乏男がケロリとして言ふのに、君は無理解なことを言ふね、僕は金が無い時はこんな料理は食へない。金がある今も食つちやいけないと言ふなら、一體僕はいつ食つたらいゝんだい」

これはウイツトの例であらう。併し日本ではウイトもユーモアもごつちやにして用ゐてゐるから、廣義のユーモアとい

ふこにして、さてこのユーモアの中に吾々は快い笑ひを感じるだらうか?

成程之はウイツト(ユーモア)ではある。フロイド流に分析すれば、友達になじられて困るだらうと讀者の神經は緊張する、それが男の輕妙な答へで救はれたものにホツトする。緊張した神經の解放、こゝに笑ひが生じる、といふことになるのだらうが、これに快く答へる人間は昨日のモラルの所有者である。

昨日のユーモア作家はかういふ種類のユーモアを多く作品の中に取入れてゐた。

今日の吾々のモラルは、かういふ不屆きなエゴイスチツクな男の巧みな言ひのがれ(如何に巧みであらうと)には笑ひを感じることが出來ない。寧ろ嫌惡を感じる。

即ち、ユーモアといふものは、世の中に幾らでもあるのだ、幾らでも作れる。ベルグソンの擧げた笑の法式を利用すれば、立ちどころに幾百幾千の笑ひでも作れる。だからユーモアとは何ぞやを論ずる必要は無いと冒頭に言つたのである。大切なのは、再び言ふが、それを鑑別するモラルである。作家のモラルこそ問題である!(このことは「精神の問題」と題して僕は前にも論じた)

では、その新しいモラルとは何か?

言ふまでも無く「みたみわれ」のモラルである。

それは、心魂を淨め、思ひを凝らし、日本について考へて、始めて體得される。日本といふ國家を個人の集合體と見てゐるやうな人には到底把握されない。

吾が文學建設は、

『國民文學建設の第一歩は日本的な創作原理の把握から!』

といふスローガンを掲げてゐるが、それは畢竟この新しいモラルの把握であると僕は理解してゐる。

ユーモアでありさへすればいゝと思つてゐるかのやうに、相も變らず昨日と變らぬユーモアを作中に描出してゐる作家がまだゐるやうだが、いや批評家の中にも讀者の中にも居るやうだが、いづれも昨日の人達である。

僕等は個人主義的なユーモアは排擊する。ニヒリズムから發するユーモアも斷乎排擊する。

と言ふと、ユーモアの分野がひどく狹められるのではないかと心配し、中には、ユーモア小說は無くなるのではないかとまで案ずる人もあるやうだが、御安心願ひたい。

ユーモアは人生の一部である。人生のある限りユーモアの無くなることはないし、ユーモアのある限りユーモア小說の絕えることはあり得ない。

昨日の作家は個人主義的な日本人(日本的ならざる日本人)

のみユーモアを見出だしたが、僕はみたみわれの心境を持つ人々の中にそれを見出だす。昨日の作家は主として消費階級に多くユーモアを求めたが、僕は生産階級に求める。いづれにせよ、前出の例のやうな、エゴイスチツクなユーモアではなく、讀む人の心を明るく淸く、そして高くするやうなユーモアを描かう。そこにこそ僕は僕の仕事の意義を感ずる。

日本民族の精神の作興に役立ちたいと、いつでも僕は念じてゐる。

從つて僕の小說はザインを描くのではなく、ゾルレンを描くことゝなる！

自己の持つモラルに反かないユーモア、いや、さう消極的にではなく、積極的に、希望を持つ（理想を目指してと言つてもいゝ）心から發するユーモアをのみ僕は材料とする。

旣にモラルを持つ以上——モラルを持つてゐるといふことだけでも、昨日の作家と違ふかも知れない。昨日の作家と言ひ、昨日のモラルと言つたが、もつとあけすけに言へば、昨日のユーモア作家の大部分は（僕自身もその一人だつたが）確固たるモラルを持たなかつたのではないか！　それが爲に描かれたのが單なる（低級なる）滑稽小說の域に止まつてゐたのではなかつたか！

無批判な笑ひを讀者に提供するのは昨日のユーモア作家の仕事だつた。さういふ小說は文學と言ふべく餘りに低い。

確固たるモラルを持ち、それを以て世界を觀、常識を批判し、人情を伺ひ、そこにある矛盾（これがユーモア）を發見描出してこそ始めて新しい文學としてのユーモア小說が創作されるのではないか。こゝにこそ今日及び明日のユーモア小說の道がある、と僕は固く信じてゐる。

探偵小說の再出發

大慈宗一郎

事變前黃金時代を誇つてゐた探偵小說が、現今全く影をひそめてしまつたのは、眞に淋しい感じがする。探偵小說がジヤナリズムから抹殺された理由と言へば、犯罪怪奇獵奇の世界を描くため、不健康なる讀物であると認められたからである。然しこれは大きな誤りであつて、探偵小說そのものは本質的に決して不健康な文學ではないのである。此の誤謬を與へた罪は、ジヤナリズムと作家の上にあるのではないだらうか。探偵小說の讀者を大別すると、本格探偵小說を好むものと、變格探偵小說を好むものとの二つに分かたれる。そこで

前者は、後者より數が少く智識階級に多いし、後者は一般大衆の支持を受けて居る。此は變格物の方が讀者には取付きやすく、又解りやすいからである。そこでジャナリズムは大衆の嗜好に迎合する樣な方針を取り、獵奇的怪奇的な舞臺を描く樣に作家に要求するのであつた。

これは探偵小說の本來の興味であるべき謎を、舞臺に對する興味に置き換へた樣な形になつて居つたのであつて、探偵小說の健全なる發達に大きな失敗であるが、ジャナリズムにとつては、探偵小說の讀者の向上を望むものでは無く、喜んで讀まれゝばよいのであるからして無理からぬ事である。

此の樣な狀態で探偵小說が誌上で持てはやされてゐる時、突然事變が勃發し、銃後生活の建設、國民精神總動員の建前からなされた文化的方面の統制により、國策線上に不適當な文學は姿を消し、國民文學の名稱のもとに、總ての文學は新しい發足を始めたのである。此の爲に全く沒落したものに、股旅小說、情痴文學がある。そして探偵小說も從來の行き方の爲に今正に沒落同樣な姿となつて仕舞つたのである。

それでは探偵作家はどうしたか。探偵小說は久しい間行詰りを稱せられた處へ此の狀勢で、全く無條件的に降伏した樣に、或はペンを捨て、或はイージーゴーイングな方面に轉向してしまつたのである。

そこで探偵小說が國民文學として、不適當なものであるかと云ふことを考へて見よう。

第一に非難を受ける主なる點は犯罪を取扱ふ事と、獵奇的な事を書く事である。探偵小說から犯罪を取り除くことは可成り困難なことであるが、獵奇的な事柄を除く事は決して探偵小說の本質に何んの變化も與へないだらう。むしろその樣なスリルを無くすることは、探偵小說の向上でなくてはならないのである。犯罪を除く事も困難ではあるが決して出來ない問題ではない。唯、探偵小說としては非常に狹い途を步かなくてはならないからである。

江戶川亂步氏の說明を借りて、此處で探偵小說の本來の姿を見直してみやう。

『探偵小說は難解な秘密が多かれ、少くなかれ論理的に、除々に解かれて行く經路の面白さを主眼とする文學である。』之は大變に平凡だけれど、これであらゆる型の探偵小說を云ひつくしてゐる樣に思はれる。そこで之を昔風の學問のやり方で、此の定義を分解すると、(一)、そこには小說全體を一貫して何んらかの秘密がなくてはならない。犯人が誰れかといふ秘密でもよい。犯罪手段の秘密でもよい。又犯罪に少しも關係のない秘密でも差支へない。探偵小說は多くの場合犯罪小說の形をとるが、それは必要の條件ではな

い云々……。

之れが探偵小説の本當の姿である。それで探偵小説の面白味が謎を解く論理的な興味であるとしたならば、犯罪に關せぬ秘密を取扱ふなら健全性を求められるであらう。此の方面の開拓は多少苦しいが、推理小説として發展するであらう。

探偵小説と犯罪の關係を、本格物と變格物に別けて考へて見やう。犯罪なくして、本格探偵小説は全く困難な立場に置れてしまふだらう。然し本格物の面白さこそ探偵小説本來の謎を解く面白さで、決して犯罪そのものではない。名作と稱さるゝ作を讀んで決して、犯罪を取扱ひながらも、不健康な感を與へられたことがない。之は私一人ではないだらうと思ふ。本格物の犯罪の殆が犯罪中最悪の殺人を取扱つてゐるが、それは悪に對する憎悪を増すのみで、讀者をして犯罪を誘惑させる様なことは全くない。本格物を愛讀するものは（インテリ層に多い）殺人といふ大きな犯罪を、犯罪という觀念を以て見ないで、單なる小説の一部であるとしか感じない様に馴れてしまつたのである。從つて本格物に於て犯罪を取扱ふことは、世間の考へる様な悪影音を及ぼすことは心配することは無い様に思はれるのである。

一方變格探偵小説は一般大衆の讀者が含まれるのであつて（雑誌が主としてこれを掲載する關係もある）本格物と別の面白い味を持つてゐる。此の別の面白味の或部分が非難となつたのであるが、犯罪を取除く點では容易な様に見へるが、矢張り多少の困難がある。然し變格物は廣い範圍を持つてゐるからして、取扱に充分な注意を以てせば、國策文學として決して不適當でない作品が生れる筈である。結局、讀者の頭から從來の探偵小説に對する觀念を除き、探偵小説本來の姿をはつきりと認識せしめれば、そこに探偵小説の進歩もあり發展もあるのではないだらうか。

最近科學する心といふことも非常に云はれて居るが、探偵小説の論理的推理の面白さを一般大衆に、植ゑつけることはこの科學する心に對して役立つものではないだらうか「何うして」「此の様にして」此の疑問と推理の二つから、科學の發明發見は生れ出でたのである。探偵小説はこの二つを本質とする文學である。決して國民文學に不適當なものではない。探偵小説は今こそ本來の姿に立返つて再出發すべきである。

「大衆文學」と別れる

山田克郎

先日、文建の三週年記念の時、來年からは「大衆文學」を云ふ從來の呼名を捨てゝ「國民文學」といふ名に置き代へやうではないかといふ申合せがあつた。

私はこの主旨には大いに賛成である。そして實行もさして困難ではないが、たゞこれを社會一般の人に認識させる迄にはなか〳〵時日のかゝることゝ思ふ。文建が大衆文學の指導機關であるのならばそれも比較的安易であらうが、一同人誌にしかすぎないのだし……。一同人誌の主張を一般の人に滲み通させる苦勞は、並々なことではなからうと思はれる。

併しこれは、ぜひやらなければならぬことであらう。いつであつたか、私の所へおわい屋がやつてきた。裏の木戸をがたつかせてゐるので、「おい、おわい屋だよ」と女房を呼んだ所、「おわい屋ぢやない、掃除屋だ！」と裏木戸からひどく怒鳴り返された。

併し、三助を番頭と云ひ、おわい屋を掃除屋と改稱してみた所で、三助は三助であり、おわい屋はおわい屋でしかない。なぜならば、その仕事の本質に何んの變りもなく、たゞ名稱を變つたのに過ぎないから。

大衆文學を國民文學と呼び變へやうといふのは、さうした三助やおわい屋の類とは本質的に異る。それは小説として、大衆文學と國民文學とはまるきり違ふものなのだからだ。嚴密に云へば、大衆文學を國民文學と改稱するのではなく、大衆文學を捨てゝ、我々は新らしい國民文學を樹立しようとしてゐるのだ。

それでは大衆文學と國民文學とはどう違ふのか、と質す人があらうが、それにはもうお答へすることを勘忍してほしい。今迄にもう隨分論議されてきたことなのだから。

たゞ、私は次のやうに信ずる。從來のやうな大衆小説を書いてゐるのなら（尤も、大衆作家の中でも三四指を屈するに足るだけの立派な先輩の方もゐられるが、この場合は大衆小説一般をさして）私は小説を書くことを男子一生の快事として生命を托することは出來ない。が、いま新たに創造されやうとする國民文學の爲になら、私は生命を堵けたい。それは我々と共にある國民の爲の文學であり、國家の前進に寄與する文學であるからだ。

自由主義の隆盛と共に、その娯樂物として育つてきた大衆文學は、もう役目を終へたのだ。それは文學でも何んでもなかつた。たゞ讀者の官能をくすぐる媚藥に過ぎなかつた。それはもうそれで役目を果したのだ。

今こそ、新らしい本當の文學が創造されなければならない時なのだ。

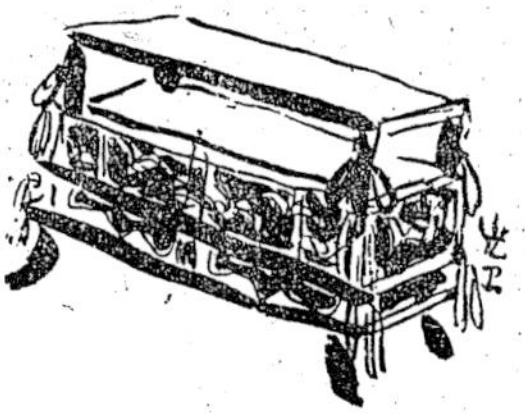

我々の批評態度について
―大衆文藝文學建設・作品月評―

村　正　治

本誌の三週年記念會の席上で、オール讀物の吉川氏から、文建の作品月評が冷めたい、また、足が地に着いてゐないと、いふ苦言を聞き得たことは有難いことだつた。省みて氏の言に傾聽すべき點のあることを、肯ふに吝かさでない。が、一面、敢へてさういふ風に見られ易い損な立場を覺悟して、直言してゐるところに、文建の存在値價があるとも云へるのであらう。僕なども、文建がジャーナリズムに媚びず、歪められた大衆文藝を正常化し、眞の國民文學を創造しようといふ意氣に惚れ込んで同志に加はつたのである。然し、誰にしたつて、憎まれんがために憎まれ口を利いてゐるのではない。合評制度を採つてゐるため、時には偏見的な評言が、强引に會の空氣を引摺つて行くといふ弊がないでもないが、月評委員の誰もが、所謂、佛心鬼手といふ態度から逸脫してはゐない筈である。

僕らが吉川氏の苦言に快く肯くところがあつた如く、吾々の苦言や、時には毒舌とも誤れる言葉にも、耳を傾けてくれる作者や編輯者のあるのを信ずればこそ、敢へて損な役割をも甘受し得るのである。時として漫罵と見られ揶揄と聞かれるやうに言葉の强くなる場合があつても、決して屠らんがために鞭打つのではない。吾々は鞭打つても起ち上ることのない屍に鞭を加へるやうな愚かなことはしない。葬らんがための鞭でなく、生かすためにこそ敢へて鞭を嚴しくしてゐるのである。斯く信ずるが故に、堂々と氏名を明かにし、委員の連帶責任に於て月評を續けてゐるのであつて、匿名に據て暗殺的な毒舌を弄したり、闇に礫するやうな眞似は潔しとしないのである。

編輯部からの、前月の月評に洩れた十一月の大衆文藝と本誌の作品評をといふ、註文から少し筆が外れたが、何うしたことか兩誌共に同號には佳い作品がなく、以下、憎まれ口をたゝく申譯に、斯んなことを冒頭した態になつてしまつた。

大衆文藝

連載中の棟田博氏の臺兒莊と長谷川伸氏の王五峰の刑死とを別にして、先づ讀めるのは、大林清氏の媽祖廟だらう。臺灣人の皇民化運動に取材して、迷信打破を經に、志願兵問題と人身賣買の撲滅を緯としてゐる。「本島人相手の皇民化運動は、權力に擁護されない丸腰の內地人が、楔を打ちこむやうに彼等の間へ飛びこんで行つて、その生活の眞髓をつかみ、血みどろになつて彼等を曳きづつてこそ、はじめて完成するのだ」と信じ逞しく行動する主人公「自分の

死で、夫の仕事を挫折さしてはならない」と重症を秘めて夫を勵まし死んでゆく妻、それに身體を賣り移されてゆくことを宿命として疑はない貧しい本島人の娘、これに戀してゐる皇民化された進歩的な若者等を配して、筋も通り彩りも少しはあつて今日的な意義も盛られてゐる。今夏渡臺した作者として土産作の必算で、臺灣智識をふんだんに織込んで註の要る灣語が應接に忙しい程飛出して來るが、之れは有難いやうで却つて感興を殺がれる。寧ろ可及的に內地語化して、ひつかゝらずに讀まして貰つた方が有難く、ペタンチィクだといふのではないが、智識的な遊戯の枠に入れられて作品の柄が小さくなつてゐるやうだ。

神崎武雄氏の長安城は、結末が弱く作者の企圖してゐるのとは逆に、退嬰的な虚無的な印象だけが殘るのが大きな缺點だらう。樋口十一氏の痼は主題も筋も問題にならない。お委かせ、鹽を頭から浴びる程冠らされて、片音交りにつかふ濁音、相變らず、動〻せんばかり等々文章的にも合格點は與へられない。藻刈り舟のことも、一鳳といふ畫家に描かして儲かる一方といふ語呂を祝つて掛けるのであつて、あれだけでは半可通だ。

文學建設

綠川玄三氏の白魔、吹雪に阻まれた列車の軋條入替を職を賭した英斷を以て敢行する上越線の寒驛の助役が主人公、晩酌を愉しんでゐる家庭の描寫から始まつて、非番乍ら吹雪の夜を出掛けて行く職務の觀念や、娘の危篤な驛長を歸宅さす友情が淡々と書かれてゐる。冒險が奏効して入替作業を完うした感激のシーンで終り、更に助かつてくれるやうにと、驛長の娘への希望を托して結尾したのがより作品を明るく生かしてゐる。

東野村章氏の過程は、若い從兄夫婦の小市民的な幸福な家庭に寄寓し、自ら反逆の歴史を辿つて來たと僻み、故鄕を偲ぶ一坪の庭に感傷を托してゐた娘に、結婚問題を絡ませ職業婦人たることに生活を見出す迄の過程を書いてゐるのだが、ピンボケの憾みがあり力が弱い。淺野武男氏の吾妻八景は、筆達者な氏として何としたことかと訝しまれる程の拙い作品だ。蚊遣りを炊いたとか、物憂ひ賣聲だとか文章が粗く、その上會話が生きてゐない。長唄吾妻八景の作曲苦心譚だか、內容的にも、今日の作品として採り上げる價値に乏しい。戶伏君の力作坂上田村麿は完結後に愉しく批評さして貰はう。

大東亞戰爭

莖　夫

對米英宣戰し給ふ大みこと國內《くぬち》こぞりて心わかしぬ

大空も大海原も日の本の大き稜威《みいづ》に輝きにけり

光　司

大東亞明るく生きむ虎狼なる英米の魔手こゝに斷ち切る

戰ひて忽ちあはれ巨艦《おほふね》も南海《みなみ》に消えぬ司令官と共に

風呂木生事 湊邦三君に與ふ

—併て湊邦三論として—

中澤巠夫

一

大衆文藝十一月號、大衆文藝欄の執筆者風呂木生とは、湊邦三君の假名であるが、同君は私が先達日本學藝新聞に發表した「時代小説の新潮流とその作家達」といふ小文を捉へて、それが文壇に對して「不遜、無責任」であり、その原因が、小生の「亂視」「色盲」或は「精神異狀」にあると診斷を下してゐる。

私は今迄に種々の事を經驗して來たが、他人から精神病者呼はりされた事はこれが初めてである。私は果して精神異狀者であらうか。嘗つて、私は、次のやうな諷刺小説を讀んだことがある。

それは、生れたときから檻の中で育つた動物が、檻の外にゐる人間を見て「彼等は檻の中が安全なことを知らないのだ」と非常に氣の毒に感じたといふ話である。

湊君の場合がこれだ。湊君が私を異狀呼はりする心理はこの檻に育つた動物の心理と同一であると云へるのだ。

湊君が居を占め、且つ、之を唯一無二の安全地帶と信じてゐる世界は、正に舊大衆文學の檻なのである。それ故に、このやうな、認識の倒錯が起るのである。

湊君が、黨派的な偏見に走り舊大衆文學的迷蒙を脱し、正しい小説文學の尺度に照らして、長谷川伸氏の「江戸幕末志」を、讀んだなら、決して、このやうな大見得を切ることは出來ない筈である。

私は再讀、三讀した結果「江戸幕末志」は、嘗つて中央公論かに氏が發表した「三斗小屋の打入」と同一系統に屬する、史的考證中間讀物であつて、絕對に「小説」とは云へないとの結論に到達したのである。

湊君が、若し、長谷川氏の「江戸幕末志」を眞實に小説と思ひ込んでゐるとしたら、私の「大衆文學批評論」に擧げた小説の要素と引き合せて、再考熟考した上で、改めて、返答して貰ひたい。

「江戸幕末志」は、實錄體小説に史實考證の衣を着せた一種の通俗史談である。この點を作家長谷川氏の爲に惜んだし、且また、世間的に有名大家である長谷川氏の最近の作品が、未熟な青年文學者達の歷史文學に對する認識を誤らしめる惧れもあり、正統派歷史文學とは對蹠的な行き方を認めざるを得ないといふことを明らかにしたのであ

る。

若し湊君が、長谷川氏の最近の作品を歴史文學の正統であるとするならば、精神異狀等といふ失敬極まる罵言に先立つて先づ私が學藝新聞に於て具體的に發表した正統歷史文學の定義に對し、堂々正面から抗議を申しこむべきである。

「史實考證が文學の實體ではなく、文學以前の基礎知識である―」といつた中谷博氏の言葉を引用したのが何故に卑怯であり、且つ又、何故にそれが私の論說の逃げ道になるのであるか。

評論家が獨斷を避けて理論の確實を期する爲に、正反多種の理論を引用するのは當然なのである。私にとつては、中谷博氏も土師淸二氏も、故直木三十五も、日本の文學者として、その業績なり思想なりの好き所を採り、惡しき所を正したのであるにすぎない。

湊君よ、他人の所說を引用する事が何故に卑怯であるか。卑怯とはどのやうな事を云ふのであるか、風呂し木を覆つて面を隱し他人を闇討しようとする君自身の態度こそ卑怯であり唾棄すべきではあるまいか。

私が、故直木の所說を引用して、大佛次郞氏の技巧派であることを指摘したのは、私の「大衆文學批評論」（文建第二卷第四號以下）である。又、故直木の所說を引用して、長谷川伸氏を市井派と云つたのは「南山壽堂隨想」（文建第三卷第八號」である。

湊君は學藝新聞丈しか讀んでゐない風を裝つてゐるが、實際は私の所論の全部を讀んでゐるのであらう。

若し讀んでゐないなら一應通讀した上で私の所論の何處に精神的缺陷があるのか、具體的に指摘して見るがよい。

二

風呂木生事湊邦三君が、如何に、檻の中で物を言ふ習性をもつてゐるかを例證するよき事實は、大衆文藝五月號に於ける「國民文學コンクールの計畫について」の議論だ。

彼は先づ「國民文學コンクール試案は、日本文藝中央會を構成してゐる全作家に發表されないのはどうしたことか」と詰問してゐる。

だが國民文學コンクールの試案は、各團體代表が勝手にきめたのではない。各團體代表者から、その所屬團體員に報告がされた。假に湊君の考へてゐるやうに代表者が決定したとしても、文藝中央會への團體代表者として各團體から送つた委員の決定は、團體の意志であり團體員の意志でなければならぬ。或は湊君の所屬する文藝家協會が、その會員に連絡を缺いてゐたのかも知れないが、假にさうだとしても自分等の代表として選んだ代表者の行動を團體外の機關で攻擊する湊君の精神こそ、危險な個人主義思想である。

辰野九紫氏が學藝新聞に發表した國民文學コンクールに關する一文を採り上げて「全作家試案の內容を發表して意見を徵する順序を踏まないで、喧々囂々たる論議の起ることを豫期してゐる。虛心坦壞でなく何事かに拘泥してゐる」「各團體の委員からその團體を構成してゐる作家達に報告して意見を徵することは當然に踏まるべき順序ではないか」と。その通りの言葉を、何

故に文藝家協會の幹事會に對して云はないのか。

日本文藝中央會の性格は、各團體が構成の單位である。各團體の代表は、當然に團體の意志の代表者でなければならぬ。作家の個々の意志は、所屬團體の內面に凡て統率されるべきで、所屬團體から派遣された委員が、無限に廣汎な權限を委任されてゐるかゐないかは、各の團體の問題である。一己の我を通ずる爲に、全體の計畫を崩してはならないのだ。それ故にこそ、我々は幹事會と云ふ機關を尊重し、又、その決議を全幅的に支持して來たのである。

且つ又、國民文學コンクールは文藝中央會自身の單獨事業として行はれるのではないのだ。日本編輯者會の協力を得ることゝなつてゐる爲問題は湊君の想像するが如く單純ではない。然し、作家は、それらの實施の形がどうならうと、あくまで、これに對して、「必死に取り組むだけの意氣込」があれば、コンクールは成功するのだ。要するに、あゝでもないかうでもないと論議するより、今は一の實行の大切な時なのである。

湊君の如く、まだ、計畫も定まらぬ內から試案の內容を發表しろと息捲くのは、その眞意奈邊にありや、甚だ諒解に苦しむのである。

今日に至つても、國民文學コンクールがはつきりとした形をとるに至らないのも、一面かうした口喧しい人間があるからではないだらうか。

口の先だけの支持や註文なら誰でも出來る。然し湊君に果して「國民文學コンクールに參加する作者達は生活を賭しても必死に取り組むだけの意氣込を要求する」資格があらうか。

國民文學コンクールの實施をまつまでもなく、自ら、國民文學樹立の爲に必死にとり組む覺悟が、日本の全作家に要求されてゐるので、それは、敢て、國家からコンクール賞が出ようと出まいと問題ではない筈だ。

湊君に質問したい。一體君は最近、果してその意氣込を示すやうな作品を發表してゐるのか。

三

風呂木生事―湊邦三君。

君が、私を精神病者と思ふのは誠に無理のないことである。君のやうな時代の流れから取り殘された文藝思潮を持つものにとつては正に、我々の考へ方は精神病であり誇大妄想狂としか考へられまい。

保守的な人々は、いつでも先進的な思想家を狂人と思つたのである。ガレリオの地動說もコロンブスの考へも、凡てその樣に扱はれた。時として、それ等の先覺者は不斷の迫害を受けた。然しコロンブスの新大陸發見は保守派の人々を沈默させたのだ。

文學の新大陸は既に發見され、そしてそれに向つて正に、作家は移住せんとしつゝあるのに今にまだ保守派の寢言を云ふ湊君は、どう云ふ頭腦なのだ。

湊君は故直木三十五の、大衆文藝の勃興期に於ける放言を引用して「國民大衆に仁丹ほどの効能があつてでも國民大衆に愛される文學は正しい」と云ふ。

そのやうな安易な所に、大衆文學は足踏

してはゐなかつた。故直木の放言は、勃興期に於ける主張としては正しかつた。然し今は違ふ。國の文學は、國民と不可離なものでなければならない。仁丹ほどの效能で滿足してゐるからこそ、湊君が「花骨牌」以上のものが書けないし、いつまでも「傘張劍法」の一手を出ることが出來ないのである。

大衆文藝十月號の君の所論は、君自身の舊體制大衆文學作家たるの證明である。

君はいふ。

「大衆に最も愛唱される浪曲が下品だといつて、智識階級に擯斥されてゐた。――それは彼等（智識階級）の好みに合はない不必要なものであつたからだ。國民大衆に愛讀されてゐる大衆文藝が、今日一頃の浪曲に對するが如き擯斥を智識階級から受けてゐるのであるまいか。國民大衆指導の立場にある檢閲當局の人達とか、情報局の人達とか、大政翼贊會文化部の人達とかが、大衆文藝を白眼視してゐるとしたら問題である」

湊君よ。

君の思想はこの程度なのだ。浪曲が愛好される程度に大衆文學は國民に愛好さればいゝと云ふのが、君の信念なのだ。

この主張こそ明らかに文化への反抗であり、國民の離間である。君が官吏を低俗視してゐるけれど、現實の官吏は尠くとも君の頭腦では計算出來ない高さに有るのだ。國家の官吏を誣いるも甚だしい。

又君は官吏の指導を云々するが文學の面に於て、國民指導の立場にゐるのは、文學者それ自身であつて、檢閲當局や、情報部や大政翼贊會ではないのである。君自身、檢閲當局や情報部の指導によつて文學を創作してゐるのではあるまい。

文學者自身が、國民指導の重責を擔ふことを自覺し、國民を慰安し、國民を指導する文學を國民に呈示し、日本の文化を世界の文化として昂揚することこそ、文學者の大政翼贊である。大政翼贊會の指導をまつまでもない。

今、日本の文化は、單に國民に愛讀されるだけで任足れりとする湊式大大衆文學などで足踏してはゐないのである。

また君は云ふ。

「出版資本の營利性と妥協して、毅然たる創作態度を持つてゐないで、その時々の流行では、獵奇的小説を書けば、國策小説も書く、――彼等は大衆文學を毒するのみでなく、國民大衆を誤るからである」

あゝ。言ふは易く行ふは又難いかな。

一體、誰がさうなのだ。又誰がそのやうな破廉恥漢なのだ。

長谷川伸氏一黨の股旅小説、君自身の浪人小説は如何――。然も、萬事休した今日に至つて、尙長谷川伸氏の股旅小説を防衞しやうとする土師氏や中谷氏の所論はどうなのだ。

天に唾する者とは正に君の如きを言ふのであらう。

勿論、我々は徒に過去をのみ責める考へはない。過去は、作家自身の罪より社會の罪が相當多いからだ。併し乍ら、作家自身過去の罪について、罪障消滅を必死で心がけなければならないのである。

長谷川伸氏は、それを自覺してゐるのであらう。自覺してゐるからこそ「上杉太平

記」や「江戸幕末志」を書くのであらう。

だが、この實績は、單に、股旅小說の反動以上の何物でもない。この反動文學は、又しても長谷川伸氏に、正統歷史文學の發展を阻害するの罪をつくらせる。私は、それを忠告したのである。湊君には、それが判らないのである。

長谷川伸氏一黨の一人である穗積驚氏が森健二なるペンネームの下に便乘的な國策文學を書きとばしてゐるのも、又罪障消滅の一端としての奉公であらうが、このやうな罪障消滅的な反動文學が、如何に戰地の兵隊さんを憤慨させてゐるかは、文建十二月號の拙稿「南山壽堂隨想」を讀んで見るがいゝ。

四

君は云ふ。

「日本の大衆文藝は、日本人全部に讀まれることが理想である。けれどもそれは理想であつて、現在では不可能である。何故ならば、國民の教育がさまぐ\であるからである」

之が湊君の大衆文學觀である。この程度なのである。

「作家精神を喪失して、國民大衆を食物にするが如き態度の大衆文藝作家の彈壓は、最重であつてよい」

然り、湊式低俗文學の如きは、正にこの彈壓下に消滅すべきである。

「出版資本の營利性に狙はれて、骨までしやぶられてゐながら、寵兒である如き錯覺に陷入つて、註文に追はれてきた大衆作家達、休息の時間も、反省の時間も、構想を練る時間さへもなくて、輪轉機の如く執筆をつゞけてきた大衆作家達は、即刻態度を改むべきである」然り、然り、正に湊邦三君の如き作家にして然りである。

「最早個人の生活を犧牲にしてでも、大衆文藝の重大使命の前に敢然と立上るべき時である――飽迄も純粹な創作態度に還ることを要求する。態度の純粹さ、精神の正しさを堅く守つて貰ひたい」

憐れむべき君よ。君は、文學に就てたゞこれだけしか云へないのだ。君の云ふよき大衆文學とはどんな小說なのか。君の立場である歷史文學の形に現はしてどのやうなものか。

こんな內容空疎な事を並べ立てゝゐるのでは結局、積極的建設的な意志も計畫も持たない君自身及君のグループの人々を惡く云ふだけのことではないか。

君が、私の判斷に反して實際に、よき大衆文藝としての歷史文學に對して文藝學的な解釋を持つてゐるなら、君自身の名譽の爲にだけでもすぐに發表して貰ひたい。

たゞ、單に、積極的文學建設の意慾に燃える我々を白眼視して、檻の中で喚き立てゝゐても、日本文學向上進步には糞の役にも立たないのだ。

五

君は云ふ。

「大衆文藝作品を批評する場合に、最も大切なことは、作者の精神を摑んでそれを俎上にし――鋭くメスを突込んで作者の精神を引出して見せる事にある」

成程さうだ。

よろしい。ところで君は君の作品批評の

態度に於ては、君自身の所說通りに實行してゐるのか。

富士所載、子母澤寛氏作「大津の道歡」の、君の批判に耳を傾けよう。

「大津の道歡にはこゝに優れた點がある。それは作者の歷史的人物に對する解釋の正しさと考巧であり乍ら清新潔簡な描寫とである。豐臣秀吉の茶道熱心は單なる道樂としないで、茶道によつて人生に徹しようとする姿に描いた點は正しい。國民的英雄の秀吉を人間にまで引下げて、好色の面などを得々と書いた作家がゐたが、これは國民を毒して益はない。千利休が茶博士と云はれ乍ら、案外の俗人であつたと云ふ見方にも賛成する。茶道によつて信長、秀吉に仕へ祿をはみ財を積んだ利休が茶道招牌の世渡り上手でない筈はないと思ふからである」

この批判が、作者の精神を引出して見せてゐると云ふのであるか。とんでもない話だ。君はたゞ人物の解釋と小說の技巧を云つてゐるだけで、子母澤寛氏の野狐禪的茶道觀や、寛氏のこの作品創作の心理的原因即ち作家の精神に少しもメスを突込んでゐないではないか。

君は、海音寺潮五郎氏が、國民的英雄豐太閤を人間として見、人間千利休が、生命を賭して茶道の即ち日本人の文化をまもり育てやうとする姿を見たと云ふ事が、國民を毒して益にならないと云ふ。

然らば、何故に、子母澤氏が、茶道の英雄であり日本國民の文化的英雄である利休を、茶器商にまで誣ひたことが、國民を毒さないのであるか。

君が、利休を俗物であり世渡り上手であると考へるのは勝手だが、たまたま、君自信の淺薄な茶道感や利休觀と、子母澤氏の淺薄さとが一致したからと云つて、柄のない所に柄をすげて、曾ての競爭者たりし海音寺氏の「茶道太閤記」を誣ゆる君自身の露骨な卑やしい作品批評の態度は、この章に冒頭した君自身の言葉とどこで一致するのであるか。

「大衆文藝作家の中には、確固たる信念もなしに、時勢に諂り、世潮に怯へて、今頃はこのやうなのがよからう――といふ商人的な考へから素材を探してゐるのが多い」

さう云ふ湊君自身がまづ反省すべきであらう。作品批評の態度は、國民的英雄を人間と見たとか、茶博士が案外のくはせものであるとか云ふ、歷史に對する解釋を目標におくものではない。

然し海音寺氏の「茶道太閤記」は神の作つた小說ではないから完璧とは云へぬ。唯描かれた人々に對してあくまで綿密にあくまでその人々の精神を掘りさげ、ゆるぎなき土臺の上に描き出してゐるのである。これを子母澤氏の淺薄な乞食茶道禮讃と比較するなど、桁はづれも甚しい。批評家が意識して事實をゆがめる態度こそ、色盲的、斜視的であるよりも尙惡いのである。心に恥づる所なく、堂々と所信を披歷して、大方の批判を俟つ態度こそ、新文學建設の道であることを忘れてはならないのだ。

湊君。

君は「茶道太閤記」が、國民を毒して益がないと云ひながら、その口のかはかぬ内に、同じ作者の「頼山陽」を大衆文學十一月號で良き短篇と推賞してゐるが、豐太閤

同様國民的英雄である賴山陽が極道者であつた事實を書いてあるのに對して何とも云はないのどうしたわけか。

察するに、文學建設同人の私を攻撃したから、一方で同人海音寺氏の作品を賞めておけばいゝと思つてゐるのであらう。何といふ卑しい根性なのだ　戰は正々堂々たるべきである。ゲリラ戰術などは、ソヴエート・ロシアのパルチザンか蔣介石軍の戰術である。いやしくも日本人たるもののとるべき戰術ではない。

六

終りに、一言匿名に就いて言つて置く。いくら匿名にしても、又絶對秘密にして見た所で、文學界の狹さは、私のやうな文壇から遊離したものにさへも、明瞭なのである。誰々が、どのやうな匿名を使用してゐるか、直ちに判るのである。今、政府に於ては、通信に匿名を使用することを禁じてゐるが、「大衆文藝欄」の匿名批評等もやめにしたらどうだ。風呂し木をかぶつてぶつぶつ云ひ、風呂し木をはがされて、あわてるのは、その人にとつても氣の毒ではないか。

扨、風呂木生事湊邦三君。

以上の私の所論に對して、風呂し木をはづして、正々堂々と返答をして貰ひたい。

併せて國民文學に對する君の理解と、何故に「上杉太平記」や「荒木又右衞門」が國民文學であるかと云ふ事も、君の言ふ通り「具體的」に説明して貰はう。

（十六・十一・二稿）

新刊紹介

青春山脈（一粒會編）

文學報國をめざして結成された一粒會の第一作品集で、「氷華」（日高麟三）「美しき齒車」（村松駿吉）「勤王風土記」（星川周太郎）「頑張り物語」（鯱城一郎）「愛情の系圖」（土岐愛作）の五篇が收められてゐる。逞しき意欲に溢るゝ作品集として、江湖に推薦する。裝幀は古澤岩美氏（B６判三五二頁、定價一圓六〇錢、小石川區茗荷谷町五六、越後屋書房發行）

受贈雜誌紹介

講談倶樂部（十二月號）同人執筆小説「ひよつと齋出陣」村雨退二郎「人質王子」石井哲夫「トラガリ綺談」北町一郎「南國回天記」海音寺潮五郎「百姓彌平」中澤巠夫、六十錢。

富　士（十二月號）同人執筆小説「日本の黎明」海音寺潮五郎「船員と娘」鹿島孝二「白馬の美少女」山田克郎　六十錢。

日の出（十二月號）五十錢。

オール讀物（十二月號）五十五錢。

講談雜誌（十二月號）四十錢。

讀切雜誌（十二月號）同人執筆小説「自然爆發事件」南澤十七　四十錢。

大衆文藝（十二月號）五十錢。

メトロ時代（十二月號）同人執筆小説「ペスノ悲劇」瀬木二郎　二十五錢。

女性日本（十二月號）二十錢。

意　匠（十二月號）三十錢。

傳　記（十一月號）二十錢。

開　拓（十一月・十二月號）二十錢。

校正室

○光輝ある紀元二千六百二年の新春を迎へて、日本文化は、いよいよその光を中外に輝やかすことであらう。祖國の發展、同人社友、誌友、讀者諸氏の御幸福を祈る。創立第四年を迎へた本誌も、益々潑溂たる意氣に燃えて、日本文化昂揚の一翼となつて精進することを誓ふものである。

△諸雜誌の發賣日が變更されたため、本號には作品月評を掲げることができなかつたが、來月號からは、新しい陣容に依つて、毎月續けることになつてゐる。

◇我等の同胞、同志は、文字通りに、身を挺して、御奉公の誠をつくしてゐる。この新春をして、益々意義あらしめんがためには、全國民が一丸となつて、新しい決意のもとに出發することである。我等は特に祖國を遠く離れて、日本人の考へてゐる新年とは、まるで縁遠い新年を迎へられた同胞同志の勞を偲ぶと共に、その御多幸を祈るものである。

▽例年一月に行はれることになつてゐる同人總會は、特に十二月中旬に繰上げて行はれることになつた。現下の情勢の變化と共に、いかなる事態に直面しようとも、文學建設の初志を貫徹せしめんがために、新陣容を整へようとする、意義ある總會なので、なるべく多數の同人諸氏の御出席を期待してやまない。

◎本誌同人の活躍はいよいよ目覺ましいものとなつた。本年度は更に一大飛躍をとげるであらう。

⊠日本文藝中央會の國民文學コンクールは情勢の變化のために中止された由である。國民文學樹立のためには、一つの方法ではあるが、一回のコンクールに依つて、眞の國民文學が生れるとも思へない。コンクールの有無に拘はらず、現在の文學者の重大課題である國民文學の樹立を、本年こそ實現したいものだ。

⊠ハワイ海戰に、マレー海戰にシンガポール攻略にルソン爆撃に、連戰連勝の我が皇軍將士に深く感謝の意を捧ぐ。

文學建設 新年號 (定價三十錢　送料壹錢)

昭和十五年五月六日第三種郵便物認可
昭和十六年十二月二十五日印刷納本
昭和十七年一月一日發行
(毎月一回一日發行)

東京市小石川區白山御殿町一一四
編輯兼發行人　岡戸武平
東京市芝區愛宕町二丁目九九番地
印刷人　黒部武男
東京市芝區愛宕町二丁目九九番地
印刷所　昭文堂印刷所

日本出版文化協會會員
(會員番號一二八五二五)
東京市麴町區平河町二ノ一
發行所　文學建設社
電話九段(33)三四一〇
振替東京一五六五九八

配給元　東京市神田區淡路町二丁目九番地
日本出版配給株式會社

定價　三十錢(送料壹錢)
半年　一圓八十錢(送料共)
一年　三圓五十錢(送料共)
送金は振替を御利用下さい切手代用の場合は一割増のこと

文學建設新年號（昭和十五年五月六日）昭和十六年十二月廿五日印刷納本

文學建設

二月號

第四巻第二號

（昭和十五年五月六日第三種郵便物認可）昭和十七年一月廿五日印刷納本 昭和十七年二月一日發行 文學建設二月號

文学建設

第四巻第二號

目次

通巻第三十七號

戰の後に行くもの

中澤巠夫

十二月八日　畏くも對米英宣戰の大詔の渙發を拜した我々國民は擧國一致團結古今未曾有の國難克服に邁進しつつある。史を顧るに、世界第一の海軍力を誇る英國と、それに次ぐと誇る米國の二大國と、同時に戰端を開いた例は未だ曾つて見ない所である。

而して、今や海陸軍緊密なる共同策戰になる戰果は着々擧り、開戰劈頭、ハワイ沖海戰に、マレー沖海戰に、米英兩主力艦隊を擊破し、英國艦隊司令官を戰死せしめる等古今未曾有の效果を收め兩國太平洋艦隊の死命を制し制海制空權を完全に掌握し、陸には、城塞戰に、ジヤングル戰に行くとして敵なき果敢なる戰鬪が續けられ、東亞共榮圈の確立に、一段の進展を加へたのである。

緖戰に於けるこの赫々たる武勳は、ひとへに大稜威のいたす所であるが、又、かゝる絕大なる戰果を全世界に示めされた我が皇軍、不斷の猛訓練に對して深く感謝の意を捧ぐる次第である。

かくの如き緖戰に於ける偉大なる戰果は、我々が從來豫想した長期戰の形に變更を加へた。勿論長期戰たることに於ては、少しも變りはない。然し我々は、かくの如き脆弱なる形に於て、兩國艦隊が馬脚を表はすことは豫想してゐなかつた。相當長期間に亘つて、相對峙するの持久戰が考へられ、我々は、ひたすら、持久忍耐困苦缺乏に堪へることを覺悟してゐた。然しこの緖戰の赫々たる戰果は、我々の消極的持久忍耐を、積極的長期戰に變更しなければならない事を示して吳れた。我々の褌の締め方に少しばかりちがつたものを齎らした。褌を締めた上に、もう一方、大相撲に具へる締込まわしをつける必要があるのである。

何故ならば事態がかくの如くに我方に有利に展開することは、やがては、持久戰としての長期戰に變りはなくとも、海の彼方との睨み合ひとなり、大東亞共榮圈には、新たに南方地域が加はり、その共榮圈の範圍は、著しく擴大されると同時に、この地域の南方資源も又、我々共榮圈の資源となり、今まで、敵の軍備に役立つたものも、一切が擧げて、我々共榮圈民族の幸福の爲め資源と變化して來るのである。

近接した形でのA・B・C・D包圍線はその形を失ひ、A・Bが團子のやうにかたまつてしまつたわけである。

A・B・C・D包圍線と云ふのは、ゴム・テープである。このテープの一端が、我が皇軍の精鋭によつて切られると、テープは、忽ち縮み、その反動で、自から打つの姿を現した。

今まで我々を包圍してゐた敵性民族も、大東亞共榮圈の仲間入りをするわけだ。即ち且つては米英兩國にその政治的ヘゲモニーを握られ自らの意思を伸ばすことの出來なかつた被壓迫民族としての東亞南方圈諸民族も、米英の魔手を我皇軍によつて排除された爲、自ら自主的に立上り、我々と手を携へて、東亞共榮圈の確立に邁進することが出來るやうになるのである。

こゝに至つて、東亞共榮圈指導の任に當る我々國民の擔ふ任務たるや愈々重且つ大を加へるのである。

抑々長期戰とは相對峙する交戰國間の軍事行動の長期に亘るを意味することは當然であるが、その一面に愈强烈なる經濟戰文化戰となることは云ふまでもない。

まづ第一に、現在の東亞共榮圈內の民族の生活資材(原料は彼等が生産するとしても、それの加工化)及文化財の供給は、從來米英國から行はれてゐたことは疑ひのない所である。これ等の民族に今まで與へられてゐた生活資材、文化財は、今後は我々日本が賄はなければならないのである。

フィリツピンに、マレーに、泰にそれぞれ與へられてゐた文化は米英文化である。米英の小說、米英の映畫である。我々は一日も早くこの米英文化を凌駕する日本の小說、日本の映畫を與へなければならないのである。然して英米が彼等を滿足せしめてゐた以上に、彼等を滿足せしめなければならないのである。「フィリツピンの最大の都市マニラには、書店は只一軒あるのみである。この書店にある書物は全部米國製である。フィリツピン版の書物は一冊もない」とは、出版文化協會の報ずる所であるが、かくの如き狀態に於ける文化財の供給は非常に難しい。然し、之は敢てやらなければならないのである。

我々は聖戰の遂行中に於て芝居や映畫が見られなくとも我慢はする。然しこの忍耐を新たに我々の仲間に加はる南方諸民族に强ひることは出來ない。

一日も早くそれを與へなければならない。もしそれがなされなければ、彼等は、やはり日本を心の奥で蔑視するであらう。心から我々と手を携へて行かうとはしないであらう。

戰爭の强いだけでは、日本の眞實を理解させることは出來ない。戰爭に强いのは、この背後の銃後文化の力があるからであると思ふ。これが行はれて初めて戰爭の齎らした效果を、より一層、その實を擧げさせることが出來るのである。

理想は、承服させるだけでは足りない。我々の大理想に共感させなければならない。

戰爭の偉勳によつて、英米を追つぱらつても、思想に文化に米英のかすが生活の中に浸みのこつてゐるとき、一つ落付くと又してやられることは明らかである。

この意味から戰爭の後に行くものは、日本文化だ。文化も又、この意味で戰の一部である。文化財が戰爭の部分であるのは實に文化が即ち小說等が鐵砲玉の役目をするのでなく、鐵砲玉の效果を、文化によつて確實にすることを意味するのである。

經濟戰と文化戰とが、この長期戰の最後の分野を占めるであらう。彼の潛航艇や航空機は、經濟戰線のルートに擾亂を企てるであらう。然して、文化戰に於ては、絕對に敵の武器は效を奏さないのである。

我々は英米の反擊から守る爲にあくまでも軍事產業を盛んにすることは當然である。然も、尙、今まで國內消費規制によつて、おさへてきた平和的產業も又擴大しなければならない。勿論、これは國內消費の爲ではあり、東亞共榮圈內の消費生活の爲にでもある。これこそ兩面策戰である。

我々が東亞共榮圈を賭はずして誰が賭ふのであるか。我々が文化を供給しないで誰が文化を供給するのか。

蒙古が、嘗つて元の時代にあれ程の廣大なる地域を擁して元の帝國を確立しながら、遂に今日のやうなことになつてゐるのは、元の文化が强力でなかつたからである。文化の力こそ、戰の後に行くものとして、絕對に必要なのである。我々はどうしてもやらなければならないのである。文化人の一人一人が、この覺悟と確信のもとに進まなければならないのである。我々は今國際的な立場に立つのであるが我々の小說は、東亞の民族が對象とならなければならない。

我が「文學建設」では優秀なる同人が、三人も重要公務で召命を受けた。我々は同志三人の仕残した仕事をやらなければならないし、又同志三人の後顧の憂ひをなくするためにも、あくまで「文學建設」の所期の目的達成の日に戰つて行かなければならない。戰である。戰である。我々の一人一人が文化挺身隊員である。（了）

新しい衣裳

松本太郎

新しい衣裳を身に着ける爲めには、一先づ古い衣裳を脫がねばならぬ。仕立上らぬ衣裳を慌てて古い着物の上に重ねて見たところで、所詮人前へ出る譯には行かぬであらう。

重ねて云ふが、新しい衣裳を身につける爲めには、古い衣裳を脫ぎ捨てることから始められねばならぬ。

これは、作家の場合にも云へないであらうか。今日新文學が、切實に待望され乍ら、新文學の生れない所以は其處にあるのである。新文學は、單なる形式や、素材や、技巧から生れるものでは決してない。

我々が身につけた、あらゆるもの、それを先づ解體し、捨て去らない限り、懸け聲も、徒らに空轉するばかりで、良くも惡くも、新文學の誕生など望み得ないであらう。今日の作家が、この轉換期の時代的苦しみに、深く身を挺してゐないからだとは云はない。それぞれに、よき苦しみを苦しみつゝあるには違ひないであらうが、背延びしても及ばず、そんな風に思へて仕方がない。現象に組敷かれた敗北の姿を、其作品の中に我々は見るのである。

『要するに、今日の日本は、自己本位の暮し方は一日も早く一掃されねばならぬ所へ來てゐる。國民の一人一人が、すべての事柄が國家目的に向つて、少しでもよけい近寄つて行くやうに、ことを運ぶべきだ』

凡そ、こんな風に、恐らくは大同小異の、觀念的な演說が、色々な言葉で、結婚も、職業も、其他あらゆる生活問題を割り切つてゐるのである。何時まで、かう云ふ處で足踏みしてゐていいものだらうか。

明日の文學は、國民文學でなければならぬ、と云ふことが、も早や定說となりつゝある。それは當然のことであつて異論のありやうはないのである。

併し、問題は國民文學の實體である。支軸となるべき國民文學理論と云ふものは、まだ明確にされてはゐない。ヂヤーナリズムが貼りつけたレツテル以外に、作者が誇りを以つて示した國民文學作品と云ふものはないのである。

それでは、文學とも云へない、安手な粗製實用品と云つた感じの、今日ヂヤーナリズムに依つて提出されてゐる愛國小說が國民文學であらうか？　實はそこに問題がある。

今日の、國民文學運動が、大衆作家が、其主流をなしてゐるからと云つて、現存の國民文學が便乘的粗惡品であるからと云つて、次代の新文學が國民文學でなければならぬと云ふことと何かのかわりがあらう。

變に觀られてゐる人のためにも、白眼視してゐる人のためにも、文學理論としての國民文學論の確立が望ましい。

國民文學は單なる愛國小說の別名ではない。併し愛國小說であることに違ひはない。今日、そうして明日、愛國の精神に出發しない小說などあり得る筈がないからだ。くだらない人間の、くだらない生活を、どんなに克明に描かうと、新しく始まらうとする日本の歷史に何の寄與するところがあらう。

所詮、我々は民族の外側に立つて、物を書く譯には行かないのである。喜びも悲しみも民族發展に繋がるものでなければならぬ。烈々たる民族發展の自覺の下に、日本人の血に依つて描かれたる作品が、國民文學である。と私は素朴に理解する。

『出征するから、婚約は一先づ解消する』これが美德であつた時代がある。

『何時、出征するかも知れぬ、自分はそれまでに後繼者をつくつておかう』

其處まで、新しい思想が、そして新しい戀愛が、新しい結婚が、打ち建てられやうとしてゐるのである。

我々は、何にしても時流を先導する力を持たねばならぬ。深く時流に身を潜め新しき社會觀、世界觀を把握すべきである。

さてそれから、新文學への發足だ。

現代作家研究　4

石川達三論

東野村章

1

ペンを執るにあたつて、この人物論も、既に今迄あつたところのものである單なる人物論としてのみに終らせたくないと思ふ。

今日までの石川達三のなしてきたところの仕事を通じて、この作家のもつ世界を解剖し、文學的にそれを追求してゆくことも、作者の世界を、研究の對照とすることも人物論の行き方ではあるし、いまゝで、多くはさうした行き方で終つてゐたやうであるが、いま、文學建設の下に意圖される人物論は、更にその上に、新しい文學(國民文學)の理想を實踐の土臺の上に重ねる、ひとつの石としての意味をもつけ加へられねばならないと思ふし、其處にこそ流行作家の一翼を占むる石川達三の、人物論も必要になつてくると思ふのである。

しかし、僕は、石川達三そのひとゝは逢つたこともなく、從つて石川達三の私生活方面を知り得る術もないので、作品を語る以上、突き込んで作者を語ることが出來ないので殘念である。事情と時間さへ許せば、一度逢ひたいと思つてゐたのであるが、したがつて純粹に作品を通してのみの石川達三を論ずるより他仕方のないことを御諒承願ひたい。

現代小說の作家達が混沌として模索の淵に沈んでから久しい。このことは純文學とか大衆文學とかに區別することなく一樣にさうした活潑でない動きを示してゐる。文學が、最も活潑に働きかけねばならないときにあつて、かうした現狀にあるのは、一面皮肉な現象ではあるが、創作への過程の複雜さを物語るものとして考へさせられることである。見、聞き、知り、日常激しい現實の中に生活しな

がら、すぐそれが作品に現れるといふことは六つかしいことなのである。創造と理想の新しい文學も、一應、理論づけてはみても、それがたゞちに作品に通ずるものではない。今更のやうだが、其處に文學の六つかしさと深さがあるとも考へられるのである。

石川達三の作品を讀みつゝ、僕は、幾度かそのことを考へたのである。考へてみれば、これは、不思議なやうな連がりである。彼は最も現實の中に文學の眼を向け、素材を拾つてくる作家であるからである。しかし、だからこそ反つてそのことが思はれたとも言へるのである。

「蒼氓」で出發したこの作家は、「自作について」で自ら述べてゐるやうに「三代の衿持」あたりで、ひとまづひたすらに書き進んだ勉强も小休止を得てゐる。さうして「母系家族」あたりから再出發をはじめてゐるやうである。

芥川賞を獲た「蒼氓」は、この作家を世に出したばかりでなく、この作家のいゝところも、悪いところも全部を併せもつた唯一の作品であつた。――自分としては、たゞめくら滅法に書いたといふだけで、缺點は澤山ある。たゞ私は移民の群にまじつて神戸を出たときの何とも言へない感激がこれを書かせたのであつた――と作者が言つてゐるが、かうした内側から作者の腦をゆすぶり、書かしめた作品はこの作者にとつて、たゞ「蒼氓」あるのみである。事變勃發とともに報告文學がひとつの位置を占めたが、その個々の作品が、一二を除いて餘りに短い生命であつた事を思ひだす。僕は、まだ報告文學といふ文學のありやうを深く理解することが出來ないでゐるのだが、あり得るとしても、それは報告することが第一の目的ではなく、その事實の中から大きな感動がなければならないと思ふのである。事實を描き、その中から社會的な存在意義を見出し、問題を拾ひだすことも、それが文學的な眞摯な眼と愛情と理想がなければそれは文學ではなく、單なる陳情書のやうなものになつて了ひ、或ひは報告書のやうなものになつて了ふだけに過ぎないと思ふのである。石川達三は「蒼氓」の好評の中から何を得たであらうか。神戸を出たときの何とも言へない感激よりも、彼は移民の實際の社會に與へる問題の方が、作品を生み落した後に大きく彼の胸に響いたのではないだらうか。其處で、彼は三部になる「蒼氓」のあとの二部を描かなければならなかつたのだ。

かうした最初の出發は、彼を文學者の中から全く別の道を歩ませることになつた。彼のもつ色彩が、他の作家達と異なるところの根本的な萠芽は、こゝにあつたのである。

「深海魚」では「生きようとする欲望をなくして了つてゐる」娼婦のどん底の生活の一面を描き、さうした世界は「可視圏外の世界である」と突き離してゐるだけだし、「日蔭の村」は、湖底に沈む悲劇の村を描き、運命的な彼等の生命は、無視され「都會の勝利の歌、機械文明のかちどきの合唱である」事實のありのまゝを見、絶叫してゐるのだが、そく〳〵として現實社會の冷たさだけが感じられるに過ぎないのだ。其處に、石川達三の動揺のない性格がうかゞはれる。嘗つて、高見順が調べた小説として「流木」を出した。「日蔭の村」を讀みながら、同じ傾向にある作品として、僕は幾度か「流

木」を想ひ出した。

「流木」と「日蔭の村」の違ひは高見順と石川達三の違ひである。前者は詩が一ッの複線としてあつた。後者は、どつしりと素材の上にのしかゝり、巧みに組み立てられ、社會の存在する一ッの面を突いて映えてゐる。彼の風貌にも似て、何處か傍若無人な逞しさがある。それが、石川達三の性格なのだ。

中島健藏が「石川達三論」を書いてその中に「彼は若いころから丈夫な平面鏡を持つてゐた。平面鏡の向きが變れば、そこに映るものゝ姿も變る。しかし、その鏡面の平らかさには變化がないのである。彼の作品と彼の思想との間に不安定な歪みを尋ねても無駄である。映る影は平らであつて、鏡面の歪みのために大きく見えたりかくれてしまつたりする物もないのである。苦しみを映せば苦しみが映り、樂しさが映れば、鏡面は樂しく光るのである。問題は鏡の向きにある」と、石川達三の內面に向つて言つてゐるが、彼の多彩な素材の中から、われ〳〵はふと、彼の眼を見失つて了ふのである。やがて、彼のさうした表現は筆禍事件を起した。この打擊は相當ひどかつたらしい。が、打擊を救つたのは、他でもない。矢張り現實の姿であつた。

「私の心は矛盾に充ちてゐて、昨日と今日とで別の理窟を言ひ、今日と明日とで別の考へを語るのが常である。しかしこれらの矛盾を綜合して行くと、そこに私の心の中心が、摑まへられるだらうと思ふ。捕へ難きわが心よ。けれども多くの人間の幸ひは、自分の心を知らない事にある。私もまたこの愚かしき群の一人であるかも知れない。」と言ひ、「私はいま、正しい良心と誤りない反省とを以てこの記錄を書かうと思ふ。……功名も、欲望も、虛飾をもとり去つてひたすら自分自身の研究報告を記」すべく「結婚の生態」を書いたのであつた。

赤裸々になつて、結婚の眞實の中に突き進んで行つた彼は、「日蔭の村」の態度とは違つて、身近かな叫びと、批判があつた。全く功名も、欲望も、虛飾をもとり去つて、身體ごとぶつかつて、感じ、思索し、ときには憤然としつゝ饒舌的に吐露する。此處にも彼の巧みな素材の組立てが、素材そのものゝ特異さよりも興味をつながせるのだつた。

結婚は、運命的な面をもつてゐると同時に、多くの問題がある。人間と人間との根本的な、絕對的な相剋と結びつきは結婚といふ形式のもとに樣々な貌を現すのである。だが「結婚の生態」に於ける石川達三は、さうした深いところまでは見ようとはしてゐないのである。鏡に映つたまゝを、そのまゝ現すことによつて彼の意圖は果たせられるのである。また彼の常識は、その世界から離れようとはしないものゝやうである。

そこで「結局、それらの理想を追ひ、妻を敎育し、與へる愛によつて幸福を求めんとした生活は、最後に、……いづれにもせよ、私の結婚は、最初の意氣ごみは隨分と新しいものらしくも思つてゐたが、永い年月は表面の金箔を剝ぎおとして內容の木肌を示してくれること」といふ常識的な結論に終つて了ふのであつた。

2

人的資源とか勞働力とかいふ風に、複雜な深さをもつ人間に對する見方、それも大きな全體の前には充分理解しなければならないのではあるが、しかし、存在する人間性を無視することは出來ない。

多くの小說が人間を描くことによつて生れる。そしてこの場合一人の人間を描くことから始められる。作家は矢張り全體的な人間を見ると同時に、一人の人間をも瞶めねばならないのではないだらうか。

戀愛小說が、個々の小さな人間の相剋を描くとともに、全體的な人間性の上からも見られるものであることを忘れてはならないと思ふ。さう言ふ意味から、どんな場合でも、戀愛小說はあつていゝと思つてゐる。

さう言ふ深い思索の中からではなしに中島健藏が言ふやうに「靑空を仰ぐやうな樂しい氣持で、美しい短篇」を數多く石川達三は書いてゐる。

長篇でも、「日蔭の村」のやうなあゝした素材をもつてきてさへ、何處か輕々しい(惡い意味ではなく)ものゝある彼の作風は、恐らくあの輕快な筆致によるのであらうが、短篇では、更に磨かれ美しいものとなつてゐる。彼の夢は、其處で翼を擴げ、縱橫に飛び廻るのだ。

靑空を仰ぎ、笛をふき、ときにはエキゾチックな唄をうたふ。靑春は、匂やかなヴェールを擴げ、夢を夢みるのである。さうした一連の作品がある。

「肖像」――「放浪の樂人」――「野育ちの鳩」――「叛かれる母」――「若き日の倫理」――「聖市戲歌」――「二つの道」――「テキサスの一夜」――「南進女性」――「俳優」――「征服」――「流離」である。他にまだあるかも知れないが、僕の讀んだものうちから拔いたのである。

「私は自分で大別して二つの傾向の作品を辿つてゐると思ふ」と作者は言つてゐる。「一つは「蒼氓」や「日蔭の村」のコースであり、これには長篇が多い。第二は「流離」や「深海魚」のコースであつて、これには短篇が多い。前者は長篇でなくては書き盡せない內容をもつたもので、さういふ內容を取材したときには、私は好んで前者の形式をとる。これは私の腰を据えたときの一つのスタイルであらう。短篇はかういふスタイルで書いても決して成功しないと思つてゐる。」――「短篇では文章がかなり重大な役割りをするが、長篇では文章でなくて豐富な內容、思想といふ風なものが重大な位置を占めると思ふ。かういふ風な觀點から私は二つの傾向を辿るやうになつたやうである。」

從つて、彼の短篇に對する態度と、長篇に對する態度とは違つてきてゐるのである。が、彼の言ふやうに內容や文章による區別とは別に違つたものを無意識のうちに表してゐるのを見る。短篇である作品の中には燦めくやうな佳い作品を見る。「流離」や「女人形師」や「波切不動」や「月蝕」はその中に入る。それは隙間のない良さである。完成された良さである。無論、彼の世界に於て完成された

ものではあるが。

だが、それに比して長篇では失敗の作が多い。先づ「花のない季節」がさうである。彼には、全く長篇では豐富な内容がなければならないと告白してゐる通り、素材がある程度、彼のノートの中に積み重なつてゐなければならないやうである。「花のない季節」では、素材が彼の中に溶け合つてゐないものがある。彼の失敗作といふのがみんなさうなのだ。材料がなければ、いゝものが書けないのは彼だけに限つた譯ではなく、作家としての共通な面であるだらうが、彼にとつては、それは極端に現れてくるのである。其處に、彼の視野の、想像力の運命的な不足があるやうである。

「人生畫帖」も同じことが言へる。

特にすぐれてゐるものは中篇ものに多い。そして、そのことごとくが調べた作品である。石川達三と、調べた小説は切り離すことが出來ないし、高見順が調べた小説として「流木」を書いて以後、鳴りを靜めてゐたこの種の小説に新しいひとつの面を拓いたのが石川達三であらう。その點で石川達三は特記されるべき作家であると思ふ。

新しいもので、「使徒行傳」はクリスチャンの心理を描いて、素晴らしい出來榮えをみせてゐる。現代の作家、特に石川達三らの一連に續く作家達の作品に、かねぐ\心理的な作品の少いのを遺憾に思つてゐるときにあつて、「使徒行傳」に接したとき、他の作品とは違つた感銘を受けた。心理小説といふと兎角内面へ向けられた、じめぐ\したものを想はせるが、嘗つてのジイドなどの影響による心理小説ではなしに、また新しい方向があるのではないかと思ふ。「使徒行傳」は、さうした方向を示すものではないが、仄かなひらめきのやうなものがある。が、その閃めきも丁度、積木細工のやうに、綺麗に積み重ねられた材料の間から覗いてゐるのであることを見落してはならない。

3

純文學とか、大衆文學といふことを、最近、あまり言はなくなつた。このことは、純文學の大衆文學への接近ではないし、大衆文學が純文學に近づいたのでもない。純文學だとか、大衆文學だとかに區別しなければならなかつた時代を乘り越えてきてゐることを知るべきであらう。今日、あらたまつて＜俺は純文學の作家だ＞と胸を張る作家もゐないであらうし、大衆作家だといつて職人根性を振り廻す作家もゐないだらう。村雨退二郎の提唱する文學一元論の世界に、時代そのものから流れ込んでゐることは、何人も知るところである。……なければならぬ。といふことは、もう單なる理想ではなくなつてゐるのである。作家はいまひとつの心になつてゐると信じる。作家の目的はたゞひとつにあるのだ。日本的な、獨自な國民文學を創ること。それ以外にはない筈である。

思へば、純文學だとか、大衆文學だとかに區別し、知識階級の讀者をもつことだけに誇のやうなものを持たうとしてゐた過去の日本の文壇の空氣が、日本の文學の成長に思はぬ長い道草を喰はせたことであらう。

轉向を知らぬ作家が、よほど得をしてゐる作家、或は幸福な作家のやうに言ふ評論家が居るが、しかし、過去の文壇の色に染まなかつた作家の特徴は、むしろ其處になければならないのではないかと思ふ。そして、今後の建設を前にそれを踏み臺にしなければならないと思ふ。もはや一家一城的な世界を文壇の空氣の中に、つくつてはならないのだ。

石川達三は、轉向を知らぬ作家として言はれたことがある。彼の作家としての出發は、「蒼氓」の芥川賞受賞の昭和十年にはじまるのだから、作家としての歷史は、さう古い方ではない。

昭和十年頃からは、石川達三のやうな面をもつた作家達の活躍にめざましいものがある。丹羽文雄、石坂洋次郎、阿部知二、尾崎士郎、高見順、武田麟太郎らである。これらの作家は人氣者にさへなつてゐる。さうして、これらの作家を通じて共通な面は、大衆的と言はうか、所謂、讀者の範圍をぐつと擴げたところにある。これは今迄あつたところの純文學の方向へのひとつの反逆のやうでさへあつた。

石川達三は、「何の意圖もなしに、大衆を目標とする小說を發表するといふことは社會的にも無意味なことだ。」といひながら作家として出發して間もない昭和十二年に「大衆を目標として書いた長篇小說」である「炎の薔薇」を發表してゐる。この矛盾した言ひ方に純文學のもつてゐたひねくれた根性がある。大衆を目標とすることがまるで堪えられぬ侮辱であるやうではないか。何故なのだらうか。さう言ひながら、彼は高尙な作家であつたらうか。「花のない季節」では、墮落する未亡人を、偶然とありきたりの性格をもつ人物と、事件を、廻り舞臺をくる〱廻すやうに描いて、それで未亡人の運命的な面を描いた心算でゐるのだらうか。

石川達三は、「花のない季節」は書かなかつた方がよかつた。彼のために惜しむのだ。

大衆的、或は小說の興味性といふ重要な條件を今更らしく振り廻して(新しい高尙な面のものとして)ゐたのも底を破れば、案外低調なものであつた。

われ〱が、苦しみ、悶えて追求と努力を續けてゐるのは、實に其處にあるのである。中澤臨夫が「文藝學としての大衆文學批評論」五に「小說の興味性」の一項目をあげて論じてゐる。「興味は、小說が人生の廣汎なる面を描き出し、人生の姿を傳へると云ふ特殊な藝術である所から規定される。小說の興味は當然人生の姿への興味なのである。或る人生の一面に對する讀者の共通感情、批判、同情、義憤等の感情意識を誘起するところの興味である」共處に研究すべきところを指摘し、「正しい健全なる興味を對象として小說は創作されなければならない」ことを說いてゐる。

石川達三だけではない。石坂洋次郎、阿部知二、丹羽文雄等々の作家達の興味性と人氣に就いては、見直すべき多くのものがある。「花のない季節」で、僕は石川達三を見直さねばならなかつた。そして再びこんな作の出ないことを祈つたのであるが、嘗つて純文學作家の位置をもつ彼等の興味性への認識をうたがはずにはゐられないのである。

だが再び石川達三に失望した。しかし、これは、結末を急がなければならなかつた特別の事情があるので、幾分慰められてゐるが。

それは九月頃から日日新聞に連載の「風樹」である。同じ作者の新聞小説である「母系家族」も私は世評ほどに高くは買つてゐないのであるが、彼の新聞小説は、面白く讀ませて吳れるやうで、何處かあきたりぬところがあるのである。

「風樹」は、婚期をやゝ過ぎた學問もあり、常識も備へた女性の惱みのやうなものを描かうとした意圖のもとに書かれたものであらうことは判るのであるが、嘗つての通俗作家のねらひさうな興味性が此處でも救はれぬ嫌味を出してゐるのである。ともすれば、讀者の喜びさうなものに傾いてゆかうとする彼のある面が、初期に於ける純粹性をとり戻さぬ限り、今度は期待出來ないのではないかと思はれるが、しかし、彼のもつ素材の擴さ、あらゆる面をも掌中のものとする彼の一面が、それを救つて吳れるのではないかと思ふ――。

＜敬稱を略したことをお許し下さい＞（了）

新刊紹介

◎南國回天記（海音寺潮五郎著）

約一年に亘つて、講談倶樂部に連載された長篇小説が、大都映畫化とあひまつて新刊された。既に定評のあつた力作で、この小説には維新の群像を描きつゝ、この作者のかつて見ないこまやかな情緒が點綴されてゐる。それは驚くべき技巧だ。一讀をすゝむ。（四谷區坂町一九、大都書房發行・定價一圓八十錢）

（會）（報）

臨時同人總會

十二月十八日午後七時から京橋八重洲園に同人總會を開催した。

出席同人　○岡戸武平○土屋光司○中澤巠夫○鹿島孝二○村雨退二郎○川端克二○村正治○佐藤利雄○東野村章○松本太郎○由布川祝○戸伏太兵○大慈宗一郎

由布川幹事から會計報告、土屋幹事の編輯報告があつて後、中澤幹事から會則變更の提案があり、滿場一致を以てこれを可決した。

また例年一月に行ふべき幹事改選を今回は十二月に行ふことにして、新幹事銓衡委員として、村雨退二郎、川端克二兩氏を擧げて、昭和十七年度幹事を左の如く決定した。

○岩崎榮○東野村章○戸伏太兵○岡戸武平○海音寺潮五郎○川端克二○鹿島孝二○土屋光司○中澤巠夫○村雨退二郎○村正治○北町一郎○由布川祝

第一回幹事會

同人總會の席上にて、第一回幹事會を開き、昭和十七年度の分擔事務及びその委員を決定した。

文學建設

×

戰場や生産部面で働く作家に希望したいのは、良いルポルタージュを書いて欲しいといふことだ。決して通信員諸君を輕蔑するわけではないが、あれだけの激烈な戰鬪や建設の狀景が、文學者の筆によつて報告されたらどんなに國民の士氣を鼓舞するに役立つだらう。また作家は、輕燥に經驗の小說化を圖らないで、冷靜に、周到に、後代への遺産として記錄を殘して置いてもらひたい。つまらぬ小說は亡ぶが、良い記錄は永久に殘るのである。

×

何とかかんとか云ひながら、結局我々が云つてゐるやうな方向へ行き、我々が書いてゐるやうな小說を書かなければならなくなつたといふ事は、何でもない、我々の主張の正しさを證明してゐるのだ。我々には黨派心もなければボス根性もない。志を同じくする人々とは喜んで提携する考へだ。

×

亡び行く大衆文學を擁護しようとする動きが見えて來た。國民文學道を行く作品への商品的、技巧的過小評價である。彼等は技巧を最後の據り處としてゐる。彼等には文學の本質はわからないのだ。彼等の文學とは、技巧だけのものである。文學の本質的變革の理解できない作家が、悪い意味の便乘作家になり易いといふことは考へてみると隨分皮肉な話だ。

×

「大日本史」は學術的に立派な物であるが維新の若い志士の士氣を直接に鼓舞した點では、「日本外史」や「靖献遺言」に及ばない。だから「大日本史」が無價値だといふことにはならないが、學術的に價値の低い「日本外史」にも別な價値があつてさうした効果を擧げたことも認めなければならない。その價値は文學的價値である。賴山陽は偉大な詩人であつた。

×

現在、ものを書かない作家に期待すべきだといふ中島健藏の所論(日本讀書新聞)は面白い。實際日本の作家は書きすぎるしバタバタし過ぎる。バタバタする作家を見苦しいと感じるのは、自由主義でも何でもない。これは日本人的な考へ方なのだ。日本のサムラヒはバタバタする賣名家を嫌つたものだ。

×

豐太閤の文化政策――なぞと云ふと藪から棒のやうだが、太閤があの大事業をやるためどんなに文化政策に力を入れてゐたかを考へてみるのも必要なことだ。

×

十二月廿四日、文學者愛國大會が開かれた。甚だ遲きに失したが、開かれないよりはましである。但しその時の宣言文の拙劣だつたことは、實に言語に絶するものであつた。意餘つて筆足らざりしものと好意的に解すべきか。

×

愛國大會の案内狀發送には手落があつたと思ふ。現役作家で當然召集すべき作家が澤山洩れてゐたさうだ。別に責任呼ばはりをする考へもないが、今後は細心の注意あつて然るべきだと思ふ。

×

近來の作家は會を結成することが仕事のやうになつてゐる。その會は創立幾ばくもなくして無氣力になること、判で捺した如くである。熱情が冷めるからではない。初めから熱情が無いのだ。殊に愛國の熱情そのものが。

×

作家が愛國者を氣取るやうになつた。結構なことである。たとへ贋物が多からうとも。

×

朝日新聞の夕刊小說は目を見張らしむる白晝幽靈の現れた感じである。高橋阿傳の幽靈が。

×

新人奮起すべき時である。一度墓場にはいつて腐り果てた舊人が、作家不足に乘じてゆら〳〵と出て昔日の媚態を呈せしめぬ爲に、これ目下の新人の最大義務である。國民文學擁護の爲に。

×

社會の轉形に應じて、文學も變貌する。しかし、社會の政治及經濟の組織の變貌が日本國家そのものが變ることを意味しないと同樣に、文學の變貌も文學の本質が變ることではない。轉換の時代に於ては、やゝもすれば、樣相の變化を本質の變化と錯覺を起すものが多い。心すべきである。

文學者の任務は、いついかなる時代に於ても、常に不變に人生の眞理の探求と、人類文化の向上になければならぬ。現在のやうな大暴風の時代にも、しつかりと、日本國家の永遠に隆へゆく前途を見つめ、日本文學の一歩の退却も許さず、國運の進展と相俟つて、愈々前進に前進を續けなければならない。これが我々文學者に負はされた重大な任務である。

×

明治文學史を省みて、維新以後、硯友江文學が生れるまでの間に、恐ろしい文學魂の衰亡を見る、然も、その頃のべらぼうな駄作が、非常に大衆に愛好され、一人の作家の手によつて驚くばかりの惡文學が多作された。我々は文學史を省みるとき、ともすれば、このやうな時代のこのやうな現象に對して、批判を忘れ、これを單に文學の衰亡期として片づけてしまふ。然し、このやうな文學の衰亡を來たした文學者の文學魂の喪失は、あくまで追求批判し、かゝるなさけなき現象を招來せざるやうに文學者は心を一つにして鬪はなければならない。

×

外國の文學史を見ると、どうも戰敗國によき文學が生れ、戰勝國には、餘りよい文學が生れないと云ふことだ。然しこのやうな外國の文學史は、我々の手で書き直してやらねばならぬ。我々は、戰爭に於ては飽くまで勝つ。そして文學の戰ひに於ても、飽くまで勝つのである。

これが永遠に戰勝國の譽れを持つ日本の文學者の信念でなければならぬ。

随想　＝環境と文學＝

丹波の山奥にて

石井哲夫

編輯者から私に對して「環境と文學」と云ふ課題が與へられた。四十餘人の同人諸氏の九十パーセントまでが東京に集中して居る中で丹波の山奥で未だに燻つて居るのは私一人である。そこを買はれて、私に此の題目が與へられたのであらう。光榮の至りである。

「文學は環境の所產なり」とは古い言葉であるが永久に眞理である。私の產み出す文學は私の環境によつて制約される。

私の住む柏原町は表日本と裏日本の丁度眞中、柏原町の周圍の山々から流れ落ちる水は一は南流して加古川となつて瀨戶內海に注ぎ一は北流して由良川となつて日本海に入る。私は丁度その分水嶺の麓に猪と一緒に棲んで居る。

私は元來東京の人間で少年時代は米のなる木を知らなかつた組だから、四年前始めて此處へ轉任して來た時にはあまり草深いのに膽を潰したが住み馴れて見ると田舍住ひと云ふものは仲々よいものである。第一靜かだ。しかも山は青く空氣は清く、水は透き通るやうに澄んで居る。「採菊東籬下、悠然見南山」の境地も偲ばれて私はもうつく〲都會に戻る氣は無くなつた。しかも昔と違つて必要なだけのニユースはラジオと新聞が此の山奥にまで克明に運んでくれる。此の上何を望む事があらうか。

私の職業は教員である。私は、三十六年の生涯の大部分を「學校」と云ふ特殊な制限された空氣の中に住んで居る。だ

から「學校」と云ふもの、「先生」の生活、「生徒」の氣持、これだけは人並以上知つて居るつもりである。「若い心」も此處から生れた。

（私は「若い心」で生徒の「若々した心」を知る事が教育者にとつて如何に肝要であるかを書かうとした。少年の生一本な心も全然知らず、自分の若々しい情熱もとうの昔にすり切れてしまひ生徒をたゞ、自分の生活の方便としてしか見る事の出來ない教師達に對する抗議としてあの作品を書いたのだつた。そして此の抗議は何時、いかなる時代にも警鐘を鳴らしてよい事である、且つ進歩的な意義のあるものだと信じたから「文學建設」の貴重な紙面を汚さして戴いたのである。しかし私の此の創作意圖は合評委員の諸氏には理解されなかつたらしい。「今日、此の作者が此の作品の中で何を云はうとして居るのか分らない」と云ふ批評を蒙つたことは、私にはひどく意外だつた。しかし此の期待外れの原因は偏へに私の筆力の足りなかつたせいであらう。汗顔の至りである。）

さて本題に戻り、廣く文學界を見るとあの人にして、どうしてあんなものを……と意外の感に打たれるやうな作品が現はれることが屢々ある。その作家の環境と生活が作品に反映して居ないどころか、その環境から歸納して當然推察されるやうな作品とは全然正反對の作品が屢々書かれる。狂人の姉を抱へて、一生妻をも娶らなかつたチャールズ・ラムの陰慘な生活を思ふ時「エリヤ隨筆」の輕快さは不可解であり、轗軻不遇、財産は沒收されしかも視力をも失ひ、妻にさへ逃げられたミルトンの暗い晩年を思ふ時「失樂園」の雄渾壯麗な格調は七不思議物でなければならない。かやうな作品に接する時私達は「作品は環境の所産」と云ふテーヌの言葉を疑ひたくなる。しかし尚、一歩を進めてラムやミルトンはその暗憺たる現實の壓迫に耐へ切れなかつたが爲めに、ことさらに現實に目を蔽ひ、自由奔放な想像の世界に救ひを求めたのだと考へればテーヌの言葉は又新らしい意味を以て蘇る。云はゞ環境の逆作用とでも云はうか、ミルトンや、ラムと並べるのはあまりに烏滸《おこ》がましいけれど私の印度物もまアそんなものである。

× ×

大東亞戰爭は遂に勃發した。全國は相次ぐ捷報に湧き返り勇壯な軍歌は津々浦々に氾濫して私達の心は今極度の興奮狀態にある。

總力戰下勿論文士も動員されなければならない。獨軍の重圍に陷つたモスコーの劇場ではペートル大帝やボロヂノの英雄クツソフ将軍を讃へる劇が續々上演されて國民の愛國心を鼓舞して居る。畫家は愛國ポスターを、詩人は獨軍を痛罵す

る詩を書きなぐつて、ともすれば絶望に陷らうとする人心を抗戰へ、抗戰へと煽り立てゝ居るさうだ。

國亡びて何の文學ぞや――である。飢えた者は喜んで「源氏物語」を一塊のパンと替へるであらうし、寒さに凍えんとする者は「沙翁全集」を燒いて一瞬の暖を取るであらう。愛する祖國が危急存亡と云ふ際どい瀬戸際に追ひ込まれたら、我々は潔く文筆を抛つて銃を執るべきだ。勿論私達にはその覺悟はある。

しかし尊敬する我が陸海軍勇士の健鬪により幸ひにして私達はまだモスコーのやうな窮地には陷つて居ない。文學的な活動の餘地がまだ多分に私達に殘されて居る。此の時に當つて私達は一歩足を止め、興奮する心を抑さへて考へなければならない事がありはしないか。それは大東亞建設に寄與する現實的効果に於て中央協力會議文藝家代表尾崎士郎氏の執筆になる小說「高杉晋作」も大陸に於ける一老宣撫員作の紙芝居「桃太郎の鬼征伐」(火野葦平氏作、オール讀物十一月號所載「紙芝居」參照)に及ばないと云ふ事實である。

こゝに文學のむづかしさがある。

文學には文學の本領があり、紙芝居には紙芝居の本領がある。文學が紙芝居的効果をのみ狙ふ事は文學の自殺でなくて何んであらう。文學の生命はあくまで「眞・善・美」の表現である事にある。そして文學が此の三者の表現に成功する時に於て文學の力は最も强いのだ。

文學的活動がまだ許される中は、我々はあくまで「文學」を通して國家に奉仕すべきである。此の埒を踏み外してはならない。あまりに興奮して居る人々に對し私は先づ「落付け」と云ひたい。冷靜なる觀照は文學の基礎なのだから――。

大いなる環境と小なる環境

綠川玄三

環境とは周圍の事物又は事情を云ふと、ものゝ本には解り易く說明してあるが、今日程環境といふ言葉に深い意義を感ずる秋はあるまい。

日本國民一億が一丸となつて、大東亞戰爭を遂行せんとしてゐる現在、生活上に於ける個人的環境の多樣性複雜性も、全體主義的なものゝ中に包含され統一されて、同一的な色彩濃厚とならざるを得ない現狀にある。

自然、生活、社會をふくんだ環境は、新しい文學の上に、極めて重要な作因となり、要素となつて登場し來たつたので

ある。この環境を無視した文學が絶對に存立し得ない、存在しても全く無價値なものであることは、こと新しく論ずるまでもないであらう。

文學は環境から生れる――と云ひ得るのである。各々の環境が各々の文學を生み、各々の文學を育てた時代はもはや過ぎ去つた。文學は今や國家の行く可き道、民族の生くる可き唯一の道へ向つて、協力し率先し、組織的建設的な眞の國民文學へ斷々乎として邁進しなければならない秋である。

環境は人間を形成すると共に、人間は又環境を形成する。われわれは今新しい環境のなかに在る。この環境は、歷史の必然性から生れ來たつたものであると共に、新秩序東亞を創らんとする大和民族をして、今後世界的な發展段階へ一大飛躍をなさしめるであらう。

私は、これを大いなる環境と名付けるが、この大なる環境の中に、われわれ自身の小さな環境は、職業階級の上に於て綜合的不偏的なものとなり、今や、氣候、風土、習慣、方言等々自然が齎らした地方的な相違だけとなつたといふことが出來やう。

文學の上に於て、かうした地方色や自然を如何に扱ふべきかに就て、川端康成氏は次のやうなことを云つてゐる。

「自然主義文學と異るところは、自然との生物學的な關聯の把握だけではなくて、一層社會的な、國家的な、或は民族的な關聯の把握において自然の人間學的な表現にまで進まうとしてゐることである。實際、異種の文化風土との接觸、さうして大なる地域的自然との接觸はまた大いなる國民文學の母胎ともいへるのである。」(小說の構成、一五六頁)

近き將來、必然的に南方への文學開拓も成されんとしてゐる今日、以つて味ふべき言葉であると思ふ。

また社會との關聯に就いては、

「新しい小說には新しい要請がなければならない(中略)この要請のうちでも、もつとも重要なものの一つでありながら、しかしはつきりといへない要請はこの環境としての社會である。それは「社會」が小說の構成における新しい要請として立ち現れてから、まだ僅かしかたつてゐず、理論としては一應誰しも認めながら、まだはつきりとした形をとつてゐないからである。風俗誌としての社會を描くことなら誰でもが知つてゐる。バルザツクの「人間喜劇」も、フロベエルの「ボヴリイ夫人」も、ゾラの「ルゴン・マツカル叢書」も、皆それだからである。が、われわれは、それではもはや滿足しない。社會をその歷史の生命性において描く新しい道を發見しなければならないからである」(同、一六二頁)

私は、これを大いなる環境にしんに目覺めることであると

言ひたい。大いなる環境に目覺めなければ、歴史の生命性も生の歴史性も、發見することが出來ないであらう。

×

私は雪深い北國の邊隅に住む男である。自分自身の環境が文學する上に如何なる作用を及ぼしてゐるかに就ては、人一倍な惱みと苦勞とを持つてゐる。

人は如何に素質があり才能があつても、環境の味方なしには到底何事も成し得ない。文學する上に於て、殊にそれは然りである。が、かうした環境の適應は、己れが創り出すのだとの信念を私はもつてゐる。現在の環境は決して不變なものではない。文學するに當つて不退轉の覺悟があれば、環境は己れの力で變革し迎合し得る。環境と積極性――さういふものを私は私の貧しい生活のなかに最近深く感じてゐる次第である。

越後に生れ越後に育つた私は、地理的に文壇といふものとは非常に遠い關係に在る。作品發表上の不利や資料調査上の不便、さういふものを犇々と身に感じてゐるが、徒らに中央にはしることの輕擧をもつゝしんでゐるわけである。

文學者がジアナリズムと切つても切れない關係に在る以上これの中央集權制度は不可避であるが、作品の中央依存は極力排斥されなければならない。

地方に埋もれた數々の資料を發掘することを、中央文壇人に委ねてゐた從來の地方人の不甲斐なさは、寔に慨歎に値するのである。中央人は地方を描いても往々にして間違ひだらけであり、たゞ取材の新奇さを誇るにとゞまるだけであつて地方文化の向上進展には些かも寄與するところがなかつたのである。

×

今假りに東京の生活に一つの文化的變革が起つたとしてもこれが越後へ達する迄には相當の期間を經ねばならず、更にこれが東亞の山の中の部落へ浸透する迄には、實に夢想だも出來ない長年月を要するのである。

例を電燈にとつても、日本の國の山間部ではいまもつて電燈に惠まれない所すら多々ある。これはたゞに地理的邊邑のみを以つて片附けられない問題で、文化といふものはとかく一方にのみ片寄り勝で、一つの文化から他の文化へ移行する間の長短によつては、地方は全然或る時代の文化に接することなく過ぎて行くのである。

これを民俗學者は「文化の傾斜」と名付けてゐる。

新聞の擴張やラジオの普及によつて、今はこの傾斜の程度も餘程緩和されて來てゐるが、古くからの傳統や牢固たる因襲に閉された町は、これくらゐでは容易に文化的發展を遂げ

やうとはしない。この傾斜が廣範圍で甚しくあればある程、一國は偏頗的文化の中に著しく跛行的となり、その全體主義的發展を阻害されるのである。

地方文化人は、この傾斜の間度を匡す萬力の役目を受持たなくてはならないと私は思つてゐる。地方文化の向上は、正しく地方人に課せられたる今日の急務である。

この意味で、火野葦平氏が中央に止まることを欲しないで九州に歸り、同地方に强力な文化團體を結成して堂々の陣を張つてゐる樣は、寔に壯觀であり、彼の時代に目覺めた精神の高邁さを物語つてゐるといへやう。

地方文化人は、中央との緊密な提携協力の下に地方にとゞまり、地方文化向上のために、今こそ全身的な努力を成す可きではないかと私は思ふ。

われわれは地方文化人たる自負を胸に、多くの不便不利と戰つて、世紀の大いなる環境のもとに地方的な環境を培つてローカルカラー豐かな、指導的啓蒙的文學を創造して行く可きだと思ふ。

×

環境としての生活自然は色とりどりな地方色を生み出し、環境としての社會は、人間活動の活舞臺となる。

國家が、今生死を賭けた竿頭に立つとき、文學者たる者逸早くこの大いなる環境に目覺め、各々の分野を擔つて、職域奉公の誠を竭すに寸刻と雖へども疎かであつてはならないのである。(十二、十八)

環境と文學

伊志田和郞

一

文學が環境の影響を受ける場合を考へると非常に複雜である。リアリズム文學は多かれ少かれ環境にはぐくまれて育つものである。

併し作家の生活的環境が强い線になつて表現される場合はデイレツタント的な作家に多いものである。

戰爭文學のすべてが、戰爭と云ふ大きな衝動と感激に自分が捲き込まれることによつてはじめて烈しい現實感で生れるとしたならば、文學に於ける環境の支配は相當大きな役割をするものと思はなければならない。

リアリズム文學の成功は、作家が如何に自分の環境から取材を把握し描寫するかから出發することによつて決定される場合がある。

素人作家が輩出し、相當讀まれたのも、作家の文學的技巧よりも作家の環境と體驗が新鮮な魅力ある世界を覗かしてくれたからである。

だが、吾々が身邊的環境から離れて、國家的環境から冷靜に批判する時、環境と云ふものがより大きな回轉をもつて働くものである。現在に於ける狀態は身邊的環境の把握によつて文學に取り組むよりも、更に國家的環境を考察しなくてはならない。

何故ならば、自分の周圍の世界を克明に表現描寫する方法が果して國家の健全なる文學になるかも考慮に入れなければならない。

國民文學の誕生は最早や身邊的な材料を安易に消化することを許さないのである。

國民文學は自分に與へられた環境が持つ材料でさへ、リアリズム的な描寫を避けなければならない場合もある。國民の健全な理想の暗示が必要なのである。

文學に於ける危機は現在ほど色濃き時代はない。作家は暗雲低迷するなかに將來の日本的な理想文學を創造すべく苦悶してゐる。

個々の性格は樣々な形態で現れるであらうが、大きな轉回期の風壓に動搖してゐることは間違ひない。

この國民的環境と雰圍氣の渦中に、私は切實に眞の國民生活から湧き出る文學を要望したい。

海洋に、鑛山及び炭礦に、開拓地や移民者に、都會勤勞者の生產地帶から生れた尊い文學に接したいのである。

作家の覗いた世界よりも、生產地帶の環境で生れた文學が實熟さずとも良く日本の勤勞生活者の、魂の歌が聽かれるのであらう。

勤勞者の文學が、プロレタリア文學に毒されて、勤勞者の世界が暗黑にぬりつぶされた當時から、それを改革すべき新しき勤勞文學の再建必要を私は感じてゐた。

それはやつぱり、環境にはぐくまれた作家が出現しなければならないのである。

農民文學も農民生活の環境に染むことによつて眞實を把握するやうに、勤勞文學も環境に育てられる可能性を思考するとき、環境と文學は等閑視出來ない。

二

文學は環境によつて與へられる力も認められるが、また環境によつて小さく歪められるものである。作家の出發が環境から始められるとしても環境の魅力に安易な身邊的作品になり、マンネリズムの危機に至るのも、環境の限界を打破しないからである。作家の人生的體驗が複雜なれば過去の時期に

於ける環境は作品に流れてくる。

平凡なる環境から、創造の藝術を樹立するロマン文學は、環境文學の正反對視されながらも、深く考察すれば平凡なる環境がロマン文學を創造させたことになり、變形的樣態の副産物とも云へる。作家は環境の文學から脱皮して、思考の文學となり、行動の文學ともなり、創造の文學ともなる。

けれども、吾々は自己の生活環境の周圍に登場する人間が如何に文學的役割を果すかを認めるであらう。

文學は環境から脱皮した心算りでも、環境はつゝましく偲び込むのである。

戰爭文學の把握した環境と體驗した世界が、リアリスティツクに描寫されるのと對照して、一群の素人作家が自己の周圍を解剖したり、考察したりするのも環境の文學が持つ大きな魅力である。作家は、人物を環境から取り出したり、風俗を取り出したりする。私は、其處に文學の宿命を仄々と感じないわけにはゆかない。

個々の持つ周圍の雰圍氣は、個々の美しさと、哀しさを持つてゐる。そのなかで展開される世界が文學化されるとき、國民の生活に觸れ、息吹きを感じる。

國民文學を樹立させる爲めにも環境の生んだ文學が未熟でも一つの役割を果すものと考へる次第である。

會友を募る

文藝家の中央組織が完整し、文藝團體が强力な存在となることは、文藝家を國家的目的に動員しなければならない現在としては勿論必然的な成功であるが、一方冷靜に考へてみると、これは作家として既に一家を成してゐる者、あるひは既に文藝團體に所屬してゐる者にとつては、一種の既得權益の擁護のやうなことになるが、無名作家が非常に出にくゝなることが豫想されるので今回、文學建設は會友制度を設けることにした。

その制度は大體次の要領である。

一、文學建設は、從前通り同人制度で維持する。

二、文學建設の趣旨に贊成の、作家志望者は推薦者無く自由に會友になる事ができる。

三、會友は一ヶ月一圓宛の會費を納める。但しその中には誌代送料等を包含してゐる。

四、會友は半年分以上前納する。入會金は徴收しない。

五、會友は作品を、文學建設に特設する推薦委員會に提出して、その批評を求めることができる。

六、推薦委員會は、毎月會友の作品の批評を誌上に發表する。

七、提出された作品中、特に優秀な作品は隨時文學建設誌上に掲載して推薦する。

八、推薦數度に及び、同人總會が適當と認めた會友は、別に推薦者を要せず同人になることができる。

誌友を募る

用紙節約の全面的强化に伴ひ、全雜誌が、大量減頁を斷行した所は諸氏のよく知る所である。然し本誌は、全紙面を最有效に使用してゐるのである。嘗つて百數十頁を、最低の八十頁まで自肅してゐるので、頁數の節減は不可能である爲、本號はやむを得ず減頁をしたが、本號より、書店販賣を中止し直接購讀者への直送によることとなつた。これを機會に是非誌友になつて頂きたい。誌友には特別な條件は無い。作家志望者でも文學愛好者でも「文學建設の友」といふ氣持で、直接月極購讀者となり、文建の諸種の催し、誌友會に出席しやうといふ人は、すべてその希望により誌友名簿に記入し、催しや會合には案内狀を出す。直接購讀者でも特に希望がなければ誌友としては取扱はない。

●○● 各雜誌作品月評 ●○●

田岡典夫氏の作品に就いて

（オール讀物・講談倶樂部十二月號）

中澤巠夫

×

十二月號オール讀物に於ける「羽根浦救民記」及講談倶樂部の「强情小高坂組」の二作品に同時に接して、田岡典夫氏の作品の傾向について知ることが出來た。勿論この二作品のみで田岡氏の作品の全般を推するのは危險であるが、この二作品に表はされてゐるもの丶範圍内で、田岡氏の小說に對する態度歷史文學としての作家の精神の在り所に就いて論じたい。

この二つの作品は、一は義人岡村十兵衞傳であり、一つは英雄山地獨眼龍將軍幼年逸話である。素材としては、可成り違ひのあるものであるにも拘はらず、この兩作品は、共通した面を多く有してゐる。

共通點の一つは小說の構成である。次の一つは素材に對する史觀である。

×

羽根浦救民記は、土佐藩の羽根浦分一役岡村十兵衞が、打ち續く凶作天災と鬪ひ、上役である藩の仕置役の無理解さに壓へられ、遂に死を決して、自ら預る藩の倉稟を開き、農民を救ひ、自ら裁する經過が克明に描かれてある。そして、それから百六十年經つて名君山内豐凞が、十兵衞の墓に詣り、この義行を嘉尙し、詩を賦した。然も其の時、侍臣朝比奈某が豐凞に、今このやうな事があるとしたらどう遊ばされるかと訊ねると、豐凞は、自分の時世には、このやうなことのないやうに兼々氣をつけるつもりだと答へたと、豐凞の言行を記した耿光遺範の一文を引例して、この問題の解決としてゐるのである。これは、甚だ無意味なことであつて、このやうな解決方法は、小說の要素から排されなければならぬ方法なのである。この最後は、全く蛇足であるにも關はらず、この蛇足をつけなければならない所にこのやうな小說構成をとらしめざるを得ない作家の史觀があるのである。

「强情小高坂組」は、獨眼龍將軍山地正治の幼年時代、土佐の靑少年組である小高坂組の强情振り山地忠七と同じ組の少年とが

喧嘩をして、お互に强情を張り合ふ。スパルタ的な面を描寫したのである。そして最後に一章附加する。後年この忠七が山地正治となつて純一にして强情な武人氣質を以て、大いに鳴らしたと云ふのである。即ち二つ、三つの短い挿話によつて山地將軍の武人氣質の横顔を描き出して解決としてゐる。

この場合に於ても、最後の一章は蛇足である。然しこれもやはり書かなければ、この小說は解決がつけられないのである。然も、このやうな解決と云ふものは決して小說としての解決にはならないのであることを作者は忘れてゐるのである。そして「羽根浦救民記」と同じ手法として用ひてゐるのだ。

何故にこのやうな構成をしなければならなかつたか。これは、作者の歴史に對する觀點が英雄史觀以上には出ず、この英雄史觀に立脚して小說を構成するから、このやうな結果になるのである。

×

小說の解決を、二十年、三十年と時間的に突然飛躍して求めることは邪道である。又全然とび放れて、他の時代の人によつて解決するのも又邪道である。

例へば、楠正成の湊川合戰を描き、突然に最後の一章で、水戸光圀の建碑を書いてこれを以て、その小說の解決とするのは、小說の構成として無意義である。羽根浦救民記が、それである。但し、同じやうな事件で例をとると、石見の芋代官井戸平右衞門の事蹟のやうに、井戸平右衞門が、幕府の倉禀を、勝手に開き救民しその責を負つて自裁する。その後へこの罪を赦免する使者が來たが間に逢はなかつたやうなことは小生の云ふ後代の解決と云ふのではない。

又、かう云ふ場合もある。即ち、幕末明治の開拓團が、非常に困苦と戰つて克ち拔いて行く。そしてやがては何年かの年、畏くも天皇陛下の行幸を仰いだ。とこのやうな事柄を小說にする場合に、行幸の御事蹟が、開拓の精神へ有機的な聯絡のあることを明確に把握しなければならぬ。たゞ小說の解決としてこのやうな有難い思召があつたと結ぶのはいけないのである。

羽根浦救民記の場合には當然、岡村十兵衞の切腹が、全篇の解決となる筈であり、それが、解決になつて初めて、全篇が生きるのである。然し、若し十兵衞が切腹を以て全篇の解決たらしめるとするには、もつと、この小說の構成は變更されなければならない。この儘では確かに、山內豐凞でも出てこないと、救はれないやうな氣がするのである。假りにこの最後の一章を削りとつたらどうなるか考へて見る。「その夜十兵衞は自裁した、享年五十七、時に貞享何年月日…」と云ふ結末になる。全くこればかりでは、餘りにぶつきら棒でありすぎる。だから、蛇足であるが、この豐凞の事でも書き足さなければならないのである。

同じやうなことは、强情小高坂組に就いても云へる。

若し最後の一章である「山地忠七後の獨眼龍將軍山地正治は云々」と云ふ逸話を削りとつてしまつたら、どうなるか。

それは武家時代の土佐の田舍武士の若衆組の我慢くらべの克明な描寫と云ふだけのことではないか。

この少年が後年はから云ふ英傑になつたと云ふ解決の方法は、一例で云へば、ある寒い日、寒いと云つた爲に、裏庭へ引き出され、頭から水を浴びさせられた少年がゐた。後年乃木將軍は、寒い時は、水を浴びた。と云ふ小說と同じであつて、それがいくら克明に、リアルに描寫されてゐても、迫力も少いし、小說として體をなさないのである。

×

田岡氏は、何故にこのやうな小說を構成するか。

それは、田岡氏が、歷史に對して無意識的であらうが、英雄史觀的見解を持してゐるからである。

强情小高坂組の少年が、後年山地獨眼龍になつたから、この少年の行動までが、英雄的或は英雄の素質であるが如くに見えるのである。又、さう云ふ見解に立つて筆を執られたのである。

この小高坂組の、即ち、武士階級に於ける若衆制度その物に對して、何の批判も硏究もないのである。この點に於ては我々の主張する正統歷史文學の唯心的歷史觀と對蹠的な立場に立つのである。

我々は、それが山地であらうと誰であらうとかまはぬ。武士階級の若衆制度としての小高坂組を見る。そしてその人々の行動の中から、武人の魂の敎育方法、或は土佐魂を發見しようとする。そしてこの土佐魂の見究めから、小說が發展され、構成されるのである。

言ひ換へれば、山地獨眼龍はこのやうな少年時代であつたと云ふのではなく、このやうな少年時代の鍛錬が山地を生むのだと云ふ觀點に立つのであるから、我々は山地が將軍になつてからの逸話の助けを借りなくとも、立派に少年時代の行動の內に自ら解決を見出すことが出來るのである。然し英雄史觀に於てはこのやうな觀點は生れてこないのである。

英雄史觀的觀點からすれば、英雄は少年の時から、天賦の英雄なのである。だから少年時代の行動も英雄行動でなければならないのである。然し少年時代の行動は、それ自身では、仲々英雄行動とは云へない。そこでこれを約十年後の英雄行動と結付けることによつて、解釋しようとするのである。

これはひとり田岡氏だけのことではなく歷史文學の中の英雄史觀的潮流にある人々の共通の缺點である。私は、英雄史觀と云ふ歷史觀は、素朴にして且つ純正の意味では史觀と云ふものに到達してゐない段楷にあるものであるから、このやうな史觀に立脚されることは明らかに缺點であると思ふ。

この缺點は、木村毅氏の中にもあるのである。一々作品の例を以て說明するのは煩であるから、次の機會に讓るが、この英雄史觀の最も素朴な姿で、むき出してゐるのは、笹本寅君である。

田岡氏は、文章に於てすぐれた魅惑的なところを有つてゐるのだし、うまいとは思ふが、小說は結局はうまさだけではいけないのではないかと思ふ。

×

この小說二篇が、結局逸話美談小說以上に出ないのもその故である。

逸話を骨にして、それに肉をつけ、着物を着せても、それは小說にはならないのである。

村雨退二郎君の近業

（ひよつと齊出陣　講談倶樂部）

村雨君の「ひよつと齊出陣」の主人公前田慶次利太（としおき）は、誠に小說的人物であつて、之が小說の題材に取られたことも可成り多い。然し從來の小說は、この人物の逸話を、つなぎ合せたもので、このやうに歷史文學化されたものは尠なかつた。

この人物の逸話は、可觀小說、責而者草掃聚襍談、翁草、重輯襍談、一翠軒抄、武邊恬聞書、鶴城叢談、代眠錄、武家昆目集等々の所謂、武邊咄の逸話集に屬する隨筆中に散見するのである。

村雨君は、これらの諸書に散見する逸話を系統立て、利太の性格を導き出し、それらの逸話に束縛されず、逸話に表はれた行動の裏に潛む心理を解剖してゐる。

武將傳を素材に選ぶとき、最も難事なのは、これである。村雨君はそれをやりとげた。

逸話として表はれた利太の行動を解釋する鍵は逸話以外に求めなければならない。その鍵は、まづ第一に利太の素性、出身の問題であると小生は考へる。

利太の父前田藏人利久は、利春の長子である。永祿三年家督承け、信長に仕へ荒子二千貫を襲いだ。瀧川左近監一益の從子儀太夫益氏の寡婦を妻とした。益氏が死んだ時に孕つてゐたのであるが、その儘再婚して生れたのが利太である。利久には子がないので、利太を養子にし、家を繼がせようとした。利久は、餘り武事に熱心でなく、遁世の志があつたと傳へられてゐる。信長は、前田家は、他姓のものを繼がしむべからずとし、藏人の弟利春の第三子又左衞門は幼時より自分に事へ戰功多き故、又左衞門を以て繼がしむべしと命じた。（利久は、利昌とも信家とも傳へてゐる。今前田家系譜による）

所が、利久の妻は非常に腹を立て、又左衞門利家を呪詛したと傳へられる。

こんな事から、遂に信長に逐はれる所となり、利家とも不和となつて、剃髮して去り、後利家が能登、加賀に封ぜられるに及んで、子利太を連れて、利家と和し、利久は能登七尾城で七千石を領し、利太は五千石で義理の叔父に仕へたのである。（一書には、一萬石とも云ふ）利久は、利家が出陣するときはいつでも尾山城に來て留守居をしてゐた。隱居君と云はれてゐた。天正十五年尾山城で死んだのである。（前田家系譜重顯覺書、陳善保等）

利太は、越中阿尾城主であり、文武雙絕と稱せられ源氏物語、伊勢物語に通じ、能樂を善くし、仲々名筆で、然も非常に緻密な頭惱をもつてゐたらしい。

利太の書が、今上杉伯爵家に傳へられてゐるさうであるが、綺麗な細字で、逸話に傳へられてゐるやうな粗笨豪快なる人物の

字とは信じられないと云ふことである。

和歌の道にも通じてゐたらしく、彼の述歌の句が殘つてゐる。

利太と云ふ男は、かう云ふ履歴の男だ。村雨君の小説は、このやうな性格を築く經歴のところは、押しふせてある。又、こんな事をくだ〳〵と書かれてはやりきれないが、村雨君の小説が、殘された逸話と違ふ所があるからと云つて、直ちに、これは史料と相違すると云ふやうな説をなすものがあるとすれば、逸話を、根本資料と信ずるもの丶方に誤りのあることを知らなければならない。

利太の奇矯な行動は、從來畸人として傳へられてゐるに過ぎない。

利太は晩年無苦庵と稱し、無苦庵記を作つてゐる。「抑も此の無苦庵は孝を勤むべき親もなければ憐むべき子もなし。心は墨に染めねども、髪結ふがむづかしさに、つむりを剃り、手のつかひ不奉公もせず足の駕籠かき小揚やとはず、七年の病なければ三年の蓬も用ひず、雲無心にして岫と出づるもまたむかし。詩歌に心なければ、月花も苦にならず、寢たき時は晝も寢、起きたきときは夜も起きる。九品蓮臺に至らんと思ふ慾心なければ、八萬地獄に落つべき罪もなし、生きるまで生きたらば、死ぬるでもあらうかと思ふ」と。

人物思ふべきものがあらう。

第二の逸諸解剖の鍵は、數々の逸話を集めて、その相互に矛盾の個所ありや否やを檢することである。

これ等を交互商量して、作家に、その主人公の人物觀が生れる。

歴史文學は、そこから始まるのである。

書きのこされたる逸話の面白さだけに、作家が興味をもつて書き初めるのは危險である。村雨君が、作品を以て、主張する所も又、此處にあるのだと思ふ。

一作毎に重厚の作を發表する同君の次作「七里香草堂」が、新聞廣告に豫告されてゐる。大いに期待したい。

講談倶樂部十二月號を讀む

村正治

ひよつと齊出陣（村雨退二郎）

村雨氏の作品には運命的な悲劇を扱つたものが多い。然し「改暦變」の山城屋和助にしろ「高松美丈夫」の小河主馬にしろ、宿命的なアクシデントに依て敗北的な結末に置かれ乍らも、精神的にはたじろかないで從容として悲運の座に身を据えてゐる。倂も尙、酷烈な運命と峻嚴な武士道との交錯が、隙のない構成や弛みのない文章と相俟つて、呼吸づまるやうな重壓感を抱かされたのである。それが、この「ひよつと齊出陣」では、加賀百萬石の一門であり直情徑行、磊落純情で世の辛酸を知らない前田慶次が主人公であり、奉公構ひの自分を厚く聘してくれた上杉の情誼に死を賭して酬ひ、想ひあひ乍ら打明けるでもなく患ひ死

んだ女への眞實を一生娶らずして、貫くのである。併も樂天的な氣持ちで悲運に立ち向ひ八十四の長壽を完うして逝くのであり終始、明るい氣持で讀める。それに、意識的にか「高松美丈夫」等に較べ、ゐずまひを樂に裃を脱いでゐる行文が、斯うした內容によくマッチしてゐて寛いで讀めた。重厚な作品の多い作者としても、讀者としても、一呼吸拔いだ寛ぎを愉しめる佳篇だつた。

百姓彌平（中澤巠夫）

　天狗騷動を背景に、鳥羽田の土百姓彌平から波山勢の監察と立身し先生と崇められる畑筑山を主人公とし、戰爭と生死といふやうな問題を扱つてゐる。戰死した兄の仇を討たうと入隊して來る男裝の美少女お絹と、許嫁の仲である香坂彥三郎を配し「死ぬだけが忠義でない、若い者は生きのびて盡すだけの忠義を盡さなければならないのだ、自分の力で足りない所は、子を生み孫を生んで、忠義をつくさせる、それが大切なのだ」と、二人を脫走させ、自分は降參屠腹の肚を据える、といふ結末で了る。二人を脫走さす筑山の氣持ちを、子を生み孫を生んで…と演繹强調したのは、豪僧石城和尙で、筑山は「潔く死花を咲かせる」といふ一方で、なまなか隊長などの役についてゐるから、と脫走へも心を動かされてゐる。二人を脫走さすのも「君のやうな若い人は生き殘つて我々の意をついで吳れなければいけないのだ」といふ言葉に「若い者の喜びを僅かの間でも與へてやりたい」といふ人間的な氣持ちを裹んでゐる。この矛盾したやうな一見割り切れないやうなところに、百姓上りの筑山が血の通つてゐる人間として活かされてゐるのだ。が、更に慾をいへば、百姓上りの筑山が二人を生かさうとする心理に、土に對する執着を盛つて欲しかつた。文中、屢々天狗騷動の註釋が介在するので感興を殺がれたその難もあるやうだが、この雜誌の讀者層を考慮しての周到な親切心からだらう。難といへば、標準語で押し切つてゐる中に、桐野利秋だけに方言を使はさしてゐるのが、妙なものだとおもふが、これが一向、苦にならず讀めるのは、薩摩訛りが普遍化されてゐるせゐだらうか。

トラガリ綺譚（北町一郎）

　偶然トラガリ頭のまゝで出かけた上に、天衣無縫蠻骨流の見合ひをしたのが、却つて相手の有閑令孃の心を動かして、目出度く成婚するといふ。前作「求婚地帶」等と同工異曲のもの。「がま口の中に五圓札の外は一錢銅貨が六枚しかなかつた」等駈足で書いたのが窺はれる。應召前の忽忙裡に脫稿したものと見られ、正面から問題にされては、作者としても、恐らく迷惑なのだらう。

贖　罪（大庭さち子）

　苦學して發明に悋しむ靑年と、これに貢ぐ仲居、加ふるにこの仲居に通ひつめて罪を犯す中年の鰥男。お定まりの道具立に愛と情と義理の絡み纏れる新派悲劇的作品だが、これでは芝居にもならないだらう。一生を賭し女の純情を捧げぬいた男との、待ち詫びた結婚の日を目前にしながら、自分から誘惑したのでもなく、まして、身を許したといふのでもない。自分に惚れて貢ひ込みをしたといふだけの男への義理から、

その子を守つて出獄を待ち結婚する氣になるといふ女の心理がピンと響いて來ない。作者の流麗な文章を以てもこんな觀念の上でデッチ上げた人間に血を通はすことは困難で、成程と讀者を肯定させ得ないウソがあるから筋が通らないのだ。お榮烈女傳（野村胡堂）も、父に責められ進まぬ緣談乍ら結納を交しただけの男のために、愛しあつた許嫁の男の熱情に背いて仇討ちに出る、併もその許婚の男の助太刀で本望を遂げ乍ら、尙ほ心崩れず孤獨を貫いて結納だけで死別した夫の家と子を守り續ける女を書いてゐて、昔の武家義理譚としても行き過ぎた話だが、贖罪の方は、男の發明をパルプ製造のノヅルなどと時局色を帶ばしめ今日のことゝしてゐるだけに始末が惡い。坂上の子に「小母さん僕は赤い町からこゝまで歩いてたづねて來ました」などといはすのは新派も旅廻りの新派だ。

平太郎仙造（長谷川伸）

「人間の下落の因は骨の折れねえ金を手に摑んだ時から始まる」と、いふ主題は面白い。段々とお茶漬けをかき込むやうに筋を運んでゐる點、流石とおもはせる。がこれでは少し肉づけが足らず、レリーフ式描法を採つたものとしても、些か衣の剝げた天麩羅のやうであり、善玉惡玉の對照も型通りで食ひ足りない。

「他人の幸福」その他について
（キング十二月號）

松浦泉三郎

作品批評にキング十二月號を受持てといふ命令が編輯部から來た。早速同誌を取寄せて見る。掲載されてゐるのは左記八篇である。

元祿忠臣藏（眞山青果）、國は呼ぶ（菊池寛）街の戰友（竹田敏彦）、家（諏訪三郎）地球の屋根（大下宇陀兒）、他人の幸福（吉田與志雄、不和（海音寺潮五郎）、ある子供とその父（若山克巳）

ところで以上の中、「元祿忠臣藏」以下「地球の屋根」に至る五篇は連載作品だし、「不和」はコントだし、「ある子供とその父」は實話である。從て嚴密に言ふと、批評の對象として取上げる作品は「他人の幸福」一篇きりとなる。而も編輯部からの手紙には曰く、

いはずもがなの作品にはふれず、特に文壇に伺つて問題を提出するやうな……云々。

これではどうにもならなからうではないか。……さう思ひながら兎に角一應一通り讀んでみた。「他人の幸福」の內容はかうである。

南支で戰死した陸軍少佐の未亡人が、二人の兄妹を養ふ爲に工場で働いてゐる。兄は大學の受驗準備中であり、妹は女學校に

在學中である。そしてこの二人は、夫婦の間に子がなかつた爲、共に嬰兒の頃貰つた子で、兄は實子として入籍、妹は養女として將來結婚させる心算なのである。ところが妹は途中自分が現在の母の子でない事に氣付く。ある日兄妹は共に學校を廢めて働きたい、母一人に苦勞をかけたくない、働かせて吳れ、と言ひ出す。それを思ひ止まらせはしたが、數日後彼女は、妹の方が眞實自分が母の子でない事を知り、旣に母に內緖で、工場に働きに出てゐる事を知る。彼女は子の氣持を酌んでそれを許す。兄は受驗に合格する。母は將來その事の爲に悲劇の發生する事を怖れ、且「秘密のない明るい家庭を作り上げ」る爲に、兄にも實際を知らせてしまふべく決心し「自分はどうなつてもよい、あの子たちが、それで倖せになつて吳れさへすればそれでよいではないか、それがほんとうの愛情ではないか！」と述懷する。

素直な筆で描かれた一篇の家庭小說で、小說批評の常道から言へば「可もなく不可もない、よく纏つた短篇」とでも言ふところであらうか。たゞ可成り野心的なものを常に期待してゐる我々には、どうもこれだけの作品では戴き兼ねる。と言ひたいところのものである。

それから若山氏の「ある子供とその父」を讀んでみた。これは「一敎師の手記」と傍題が付いてゐて、國民學校敎師である主人公が、多少無賴な傾向にある職工の片親（父）を持つた、一轉向生徒を受持ち、この親子を甦生させる話であり、これも實話としては、從來屢々類似のものゝある甦生實話であり、敎師のまごころ美談に過ぎないが、これを「他人の幸福」と比較してみると、讀後の感銘の度に、可成りの隔りのある事に氣付く。甚だ遺憾ながらその點前者は後者に及ばない。實話の方が優れてゐるのである。そして、かういふ事實は他の場合にも屢々見られるところである。

これは一言にして、事實の持つ强味と言つてしまへばそれまでの話だが、どうもさう言ひ切つて、すましてはゐられない氣がする。つまり甚だ單純な不滿なのだが、事實の持つ强みに小說が負けてゐてはいかんそれを克服して、より以上の强い感銘を與へ得るものでなければ、小說として書くまでの事はない、素材の儘投出してしまつた方が寧ろいゝんぢやないか、といふ不滿を抱かずにはゐられなかつたのである。

結局僕がキング十二月號の讀切ものを讀んで得た感想は以上に止まる。もう少し右に就いて書きたい、書かなければならない事があるやうな氣もするのだが、元來可成りの駄辨家のくせに、筋道立つたちやんとした事はからきし言へない男なのだ（傍人曰く「つまり頭が惡いんだな。」僕曰く「どうもさうらしい」）殘念ながら筆を擱くより仕方がない。

編輯に關しては言ふべき資格はないし、每月買つて連載ものを續けて讀めば面白いのかも知れないが、作品を讀む爲に一册だけ買つて見ると、少くとも十二月號は、ひどく寂しいものだつた、と正直に告白しておく。大雜誌の面目にかけても、一段の奮起を切望したい……の思ひを抱く者は、おそらく僕一人ではあるまいと思ふ。

文學建設の二作品

鹿島孝二

◇娘の部屋（齋藤豐吉）

有樂座のロッパ一座の上演臺本である。流石にベテランだけあつて、上演脚本として面白く纏め上げられた巧みな作品である。觀客を笑はせるコツをちやんと心得てゐて、人物も會話もさういふ風にうまく持つて行つてゐる。既成劇團の脚本として佳作であらう。併し慾を言ふことを許して頂けるなら、作者に一段の飛躍を希みたい。この脚本の持つ面白味は既成劇團に好適の既成的な面白味であると評するのは不當だらうか？

どういふ風に飛躍すべきか？　それは私なぞのかれこれ言ふべきことではなく、作者の御工夫によることだが、新しい面白味を、全然新しい面白味をロッパ一座に與へて頂きたいと思ふ。戰時下明朗な喜劇團の任務重大なる折柄、齋藤君の御努力を切望して止まない。

◇奴婢（松浦泉三郎）

讀者は松浦君を認識し直す必要がある。新しいレッテルは、歴史小説家と貼るべきである。松浦君のこゝ一二年に於ける歴史小説研究の努力、精神は良いものである。

この一篇も松浦君のその努力の結晶の一つである。がつちりした構成、莊重な筆致内容的に見ても力のこもつた作品である。二人の奴婢の生涯をこの一篇の中に疊みこみ、相當切實に描き得てゐる。

只、初めの方の良さに引きかへて、終りの部分の不出來は、初めの方の部分の人物の心理から、終りの方への發展が、讀者に實感を以て迫らぬせゐであらう。其自覺から皇國民としての心理への發展、この描寫は總ての人がまだ失敗してゐる。松浦君一人でなく、總ての作家がまだ皇國民の心理になりきらないせゐであらう。

これは作家全部の今日から明日への課題であらう。最重大な課題であると思ふ。この點に於てこの作家にはまだ〱不滿を禁じ得ないことを直言申上げる。

異鄉小說二つ

川端克二

十二月號新青年「沙漠の地下廊」（渡邊啓助）同じく講談倶樂部「人質王子」（石井哲夫）この二作を比較對照して、最近活潑に行はれてゐる外國に取材した小説の動向に觸れよとの編輯部の意向であるが、愴惶の間でもあり勝手乍ら讀後の雜感程度で御諒恕を乞ふ。

言つてみれば前者は現代物、後者は時代

物であらう。前者はイラク住民の英人に對する反亂とそれに絡まる日本人の義侠を描いて、溢れるやうなヤマ場澤山な筋を華麗な筆致で料理してゐるが現代物だけに稍架空的な「隙」が見られる。前世紀印度住民の反亂とその悲壯な屈服を描いた後者は、年代記風なゴツゴツした地味な文章でとつゝきにくいがリアルな底力で迫つて來る。ともあれ孰れも力作であることは、間違ひない。

外國に取材した小說はいかにも頓に活況の形であるが、古くは涙香の飜譯の流れをくみ、近くは橘外男氏、木々高太郎氏らの達筆によつて不連續線の如く大衆小說界に底流してゐたのだつた。その異國趣味と、隨伴するロマンチシズム。そして話術的要素——それは完封された劍戟小說のハケロの一つともなつて讀者の食慾に應じてゐたものゝ如くである。しかしいまやそれらの外國小說も、國際情勢の波頭に乘つて、直截な方向を與へられて來たのは言ふまでもない。

前記二作品は二つ乍ら實にハツキリと英國に對する怨嗟と反抗を主題にしてゐる。然り單なる怨嗟または反抗を描いてゐるのみで、そこを乘り越えて起ち上つて行くものゝ雄々しさが具體的に明示されてゐないことは、この二作の制作時期が孰れも大東亞戰爭勃發以前であり、未だ檢閱に對する顧慮が拂はれてゐたためとしても、その點聊か不滿なしとしない。讀後に與へられるものは、膏血を搾られる舊住民族の悲慘な姿である。その印象があまりにも濃い。

この二作は問はず、もしそれ、アメリカの映畫的興味を盛らんがためにのみ、材を異鄉に、反英に採るものがあつたとしても今日その存在を許される譯ではなく、また旣に何者が敵であるかが決定した以上、いたづらに彼等の罪狀をあばき立て舊勢力の創痕を數へ上げてゐるよりも、今日の日に希望と勇氣を與へる建設の新文學がもつと早く書かれねばならないやうに思はれる。所謂「異國物」のジヤンルからそのやうな力作が一日も早く發表されて、毎日の新聞の戰況のやうに我々の胸を熱くしてくれるのを期待してやまない。

受贈雜誌紹介

○オール讀物(新年號)五十五錢
○向上(新年號)二十五錢
○輝くろがね會報(第一卷第二號)
○意匠(一月號)三十錢
○開拓(一月號)二十錢
○ふるさと(新年號)二十錢
○大衆文藝(新年特輯號)五十錢
○メトロ時代(新年號)二十五錢
○講談雜誌(新年號)同人執筆小說「逞しき家族」北町一郎　四十錢
○漁村(一月號)同人執筆小說「鱗の世界」川端克二　二十錢
○女性日本　廿五日號)同人執筆「文學の分裂と統一」村雨退二郎　二十錢
○讀切雜誌(一月號)同人執筆小說「平野將監」松浦泉三郎「フイルム代用の女肌」南澤十七「鈴の音」川端克二　四十錢
○日の出(新年號)
○講談俱樂部(新年號)同人執筆小說「熱血時代」戶伏太兵「七里香草堂」村雨退二郎　六十錢
○肇國精神(十二月號)同人執筆小說「南の漁場」山田克郎(新年號)同「木枯の中の娘」村松駿吉「ある日の草雲」村雨退二郎　各十錢

坂上田村麿（長編第八回）

戸伏太兵

四之巻──深林挽歌

一

…………。

…………。

「むゝ……。」

だん〲に戻つて來ようとする混迷した意識のなかで……、千熊丸が、奇妙に、執拗に、考へつゞけてゐる問題は、

（金剛はあの羚羊《かもしゝ》を獲つただらうか……？）

といふことである。

『羚羊の歩き道』へは踏み込むものではない──といふ教誨《おしへ》は、凡そ深山幽谷を跋縱する者にとつて忘却してはならぬ金言であつた。羚羊は非常に怜利な動物で、

必ず一定の通り道を持つてゐる。然し巧妙に他の動物の嗅覺を避けるために、つとめて複雜な迷路を選ぶのである。だから人が一たん此の迷路へ踏み込んでしまふと、拔きも差しも出來ぬ密林中に迷ひ込む怖れがあるのであつた。

千熊丸の切つて放つた矧矢《はぎや》は、その最初の一筋を、目標の羚羊の股のへんにうまく射込むことに成功したが、手負《はで》になつた動物は慌てゝ密林中に逃げ込んでしまつた。

千熊丸は祖父九門にかねぐ〵敎へられてゐたので、羚羊の跡を追ふことを斷念した。が、はやりにはやつた愛犬の金剛が――一直線に其のあとを追つて飛んで行つたのである。

（金剛は、うまくその獲物に追ひついたゞらうか……？）

千熊丸は焦り〳〵して、愛犬の戻つて來るのを待ち受けてゐたのであつた。

そして……それから……？

（あゝ、さうだ……！　自分は氣絶したのだ！　誰かに、不意に後ろから、ひどい力で擲りつけられたのだ！）

急に――千熊丸は想ひ出した……。

ヅキ〳〵する後頭部の痛みがよみがへつて、胸が變にムカ〳〵と氣持ち惡かつた。

ゆツさ〳〵と、身體が搖れてゐる。赫ツと顔面が火照《ほて》つてゐるのは、身體が逆さまになつてゐるからであらう。

『――むゝ……！』

千熊丸は呻めき聲をあげ、眼を薄ツすらと明けた。

――眼のすぐ前に、汗くさい半臂《はんぴ》の脊中があつた。男が大股でサツサと歩く一足ごとに、千熊丸の鼻先がその男の背中へ擦《こす》り付けられてゐるのである。

千熊丸は兩手・兩脚を縛り上げられ、腹を折りまげて一人の大男の肩へ前うしろに擔がれてゐる……。

意識が現實に戻つて來ると共に、千熊丸の心を急に襲つたのは狼狽と恐怖の感情であつた。

――少年は、差しあたつての恐怖を逃れるために、男の肩の上から離れようとして、むやみに暴れ出した。

『金剛！　金剛！　祖父……！　母さん……！』

千熊丸は夢中になつて叫んだ――。然し此の叫び聲が、本當に口から外へ出たのかどうかは、少年自身には判らない……。誰かの昆棒が忽ち飛んで來て、少年はもう一度クラクラと黑い混迷の火花のうちに陷入つてしまつたからである。

…………………。

…………………。

『むゝ……。』

（金剛はあの羚羊をどうしたらう……？　うまくあの獲物に追ひ付いたゞらうか……？）

永い永いあひだ……混濁した意識のなかで――少年が、奇妙に、執拗に、考へつゞけてゐる問題がこれであつた……。

然し、その暗黒の空虚世界は、やがて少しづゝ、少しづゝ少年の脳裡から遠のいて行き……、それに代つて、ペタ／＼と土を踏む素足の音や、外界の、何とはなしにざわめく木の葉や鳥の啼き聲が、耳底に判然とわかるやうになる……。

――意識が、も一度光明世界へ戻つて來るに伴つて、ユサ／＼と大男の肩に揺られてゐる不安定感のもどかしさがよみがへり、下になつてゐる頭部の血がドツク／＼と脈打つてゐるのが感じられ……、そして、男の肩胛骨に觸れてゐる自分の腹部の疼痛や、胸ぐるしい壓迫感などが、徐々に、徐々にと増大して來るのであつた……。

『むゝ……。』

――縛られた後手をグッと突ッ張るやうにし、しびれた兩肩をギユッと大きく波うたせたかと思ふと、千熊丸はポッカリと兩眼を開いた。

今度は、いま彼がどんな狀態に居るかといふことを瞬間に思ひ出すことが出來たので、少年は敢て暴れ出さうとも、また叫びごゑを上げようともしなかつた。

さうだ……、少年は、大男の背中に、さかとんぶりになつて擔がれて行くのである……。

二

すぐ眼の前に、汗臭い半臂の背中があり――その腰部《おびし》から下へ、下褌《したばかま》につゞいた長大な二本の素足が、ペタ／＼と乾いた土の上に白い砂ぼこりを立てゝ動いてゐる……。それは、ずゐぶん大股で、地面をばかり見つめてゐると、早い速力でドン／＼走つてゐるのではないかと思はれるほどであつた。

然しその大男は、決して走つてゐるといふわけではなかつた。――少年の首の位置が、地面をあまりに近く見る距離にあるものだから、砂礫や雑草や木の影が、次ぎ／＼に後ろへ後ろへとけし飛んでしまふのである。

頭部が下になつてゐるものだから、少年は正氣にもどつたとは云ひながら、まだ半分はうつとりとした恍惚の狀態にあつて、しばらくの間は、その長大な――俗に『雉の糞《くそ》かけ』と云はれるほどに垢づき泥まみれになつてゐる素足が、規則的にペタ／＼と撥ね上げる白い砂ぼこりを、不思議なものゝやうに見つめてゐた……。

石が、草が、花が……また、砂地《すかは》や清水《し》湧《づ》や草木瓜《しどみ》の叢林が、うしろへ／＼と流れて行く……。稀れに、蛇《おかはみ》や、蝮蛇《くちはび》が人間の足音に驚いて、シュル／＼と草の間へ走り込むのが見えた。

倒れ木を跨ぎ越したり、小川を飛び越したりする毎に、ビヨクンと大男の肩が大きく撥ね上つて、そのたびにブラ〳〵してゐた少年の頭部が、がくがくと男の背へひどくぶツつかるのであつた。――然し、さうした激動は、千熊丸の意識を益々はツきりと甦らせるのに役立つのである。

顔を少し捩ぢ向けると、相手は一人だけでないことがわかつた。

――少年を擔いで行く男の直ぐ後につゞいて、もう一人の大男が歩いてゐる。はじめはその男の毛脊《けぐら》の足先だけが目に入つたのであるが、その毛脊は膝の上まで屆くほどに深いもので、その素晴しく長大な足を見上げて行くうちに、千熊丸はその男を何處かで一度見たことがあると、思ひはじめたのであつた。

その男は、弓矢を負ひ、短い、先の丸くなつた昆棒を握つてゐる。つひ先程、少年の叫び聲を封ずるために、いやといふほど擲りつけたのはこの昆棒であつたに違ひない……。

『あツ！』

千熊丸は――突然、思ひ出した。

何處かで見たこともある筈。その男は去年の仲秋、根ノ白石の山中で、祖父九門が叔父眞人《まひと》の死骸を埋めてゐる最中に、不意を襲つて寢てゐる千熊丸の肩をひどく蹴飛ばした男である……。

――さては、牡鹿《をじか》ノ猪手《しゝで》の追跡が、又もや此處に及んだのか……！

（あゝ、さうして、母は……？　祖父は……？）

心配と恐怖が……かよわい少年の心を占領してしまつてゐた……。

千熊丸は、どうしたら好いのか、といふ方策に就いて、差しあたつて何等の手段をも思ひ付くことが出來ない。

――兩手・兩脚を縛られてゐては、今さら暴れたとていきんだとて何にならう！　叫べば――毛脊の男の昆棒が、も一度少年の意識を暗黑の混迷世界へと送り込むであらう……。だから、少年は、大男の肩の上にさかとんぶりになつたまゝ、默つて身體ぢうの苦痛を耐へてゐた。

――直ぐ目の前には、汗くさい半臂《はんぴ》の背中があり、腰部《おびし》から下へ、下褌《したばかま》につゞいた『雉の糞かけ』のやうな汚い素足が、ペタ〳〵と白い砂ぼこりを撥ね上げてゐる。大男が何かを跨ぎ越すたび毎に、ピョクンと肩の上の荷物が跳り上り、折れまがつた少年の上半身がいやといふほど男の背中へぶつかるのであつた……。

（あゝ……金剛は、どうしたらう……？　首尾よくあの羚羊を斃したであらうか……？）

いや――今のこの場合になつて、いつまでも羚羊のことを意識することこそ不思議と云はねばならぬ。

が、ふと此の時……千熊丸の心の隅に、ポッチリと、小さい希望の光りが見えた。

――それは、愛犬金剛が、自分の跡を追つて來るのではなからうか、といふ微かな豫感であつた……。

三

眼をつぶつて、凝ッと耳を澄ました。

――遠くの方から、金剛の首輪の鈴音が聞えて來ないかしら？　と思つたからである。

何んにも……聞えない……。

ペタ〳〵と、大股に歩く素足の音のほかには、外界の、なんとなくざわめく木の葉のそよぎがあるばかり……。たゞ遙かの木深《こぶ》かの奥に、時々、コツ〳〵コツ〳〵〳〵と早打ちする啄木鳥《けらつゝき》の嘴が幽かにきこゑ、驚いて逃げるらしい鹿の鼻聲《かせぎ》が、不意に耳近くを走つたりするだけであつた……。

眼をあけて見ると、男たちはいつのまにか密林の木下闇《このしたやみ》を、何に慌てたのかドン〳〵と走り出してゐるのであつた。

『あッ！』

――突然、大男は千熊丸の身體を、ドスンと足もとの茂みに投げ出し、何か大聲でわめいて毛沓《けぐつ》の男と共に七八歩も馳けもどつたかと思ふと、立木を楯にして後方の一點を見つめるのであつた。

毛沓の男は、手早く豫備の弓矢を素足の大男に手渡した。そして自分も別の弓を取り上げると、うなづき合つて矢をつがへた。

(一體――何が起つたのだらう……？)

投げ出された少年は、身體を捩ぢて兩足で立たうと試みたが、くるぶしの所で一つに縛られてゐるので、何度も〳〵横へころんだ。後ろ手にしばられてゐる兩腕に力を入れて、拍子を取るやうにして撥ね起きようとしたが、思つたやうにはならない。

そこで少年は膝を折り曲げ、肱を突ッ張つて、坐るやうな姿勢となり、グッと足先に力を入れて立上りざま、眼の前の茂みの上へのしかゝるやうに身體を投げた。

――これで、やつと、前面の樣子を不充分ながら見ることが出來たのである……。

と、直ぐに眼についたのは、遙か向ふの方から走つて來る紅色の一點であつた……。

(あッ、金剛！　やつぱり金剛なのだ……！)

首輪の紅緒は眼に滲みるやうに鮮かだが……、鈴音のしな

いのは何處かで捥《も》ぎ取られて來たのであらう……。褐色のかたまりのやうな金剛の體軀が、地面にへばりつくほどに身を低《ひ》くめて、疾風のやうな勢ひで走つて來るのだ……！

『金剛！　金剛……！』

千熊丸は聲を限りに叫んだ。

金剛の身體は、ピョコン〳〵と倒れ木を跳び越えるかと思ふと、また低い草叢《くさむら》の間にもぐつて見えなくなる……。

パツパツ！　と雜草を蹴る輕い足音……、はげしい息づかひが、急に手に取るやうに近寄つて來た——途端！

猪手《しゝで》の部下は、矢頃をはかつてヒョウ！　と射る。

白い矧矢が二本——スツと痕を曳いて走つた！

『あッ！』

少年は眼をつむつた……。

が、矢は的を逸したと見えて、瞬間——草叢の向ふにのし上つた金剛の姿は、慌てた二人の男の眼前へ颯ッと躍つた！

突嗟に弓矢を捨てた二人の男が、泡を食つて帶刀を拔いた時には、もう金剛は血に渇いた狼《おほかみ》のやうに、パッと地を蹴つて素足の男の咽喉元《のどもと》へ食ひついてゐた！

逃げようとした男は、ぶつかつて來る勢ひに負けて、ドツと仰向けに顚倒した。

加勢しようとする毛沓の男を避けるために、金剛は食ひ付いてゐる男の咽喉笛を喰はへたまゝ、右に左に振りまはした。

それでも、毛沓の男の無殘な刄は、二度三度金剛の背部をひどく傷つけた。

う……！

猛然とふり向いた金剛は、さきの男を一振り振り飛ばしてから、血みどろな口元を赫ッと開いて、今度は毛沓の男へ跳びかゝつて行つた。

『あッ——こいつ！』

グッと突き出す男の刄は、金剛の腹部を颯ッと血塗つたが、男の胸元へ喰ひついた金剛の長大な牙は、その時すでに男の心臓部を喰ひ破つてゐた！

『むゝ……。』

男は、犬と同體になつてバッタリ倒れた。

(あゝ……金剛！　金剛！)

千熊丸は聲を飲み、涙を流して凝然と見つめてゐる……。

毛沓の男は、もう動かなかつた。

が——金剛は、やがて立ち上つた。

彼は千熊丸の方を見て、誇らしげに尾を振つた。と、忽ちヨロ〳〵とよろめいて、草叢の向ふの低地へ顚落して見えなくなつてしまつた。

『金剛……！　金剛……！』

千熊丸は、聲を張上げて叫んだ。

クーン…クン〳〵……。

——悲しげな金剛の鼻聲がしばらく聞え、ガサ〳〵と雜草の中で身動きしてゐるらしい音が續いてゐたが……、やがてそれも聞えなくなつた。

『金剛！　金剛……！』

千熊丸は、もう涙聲になつてゐる。

——身體を動かさうにも、兩手・兩足を縛られてゐるので自由がきかない。

『金剛！　金剛……！』

……………。

……………。

いつの間にか暮《く》れはじめて、密林の中は遠くの物の見分けがつきにくくなつてゐた。

苦勞してモゾ〳〵やつてゐるうちに、やつと千熊丸の後ろ手が解け始めた……。

その時——

ガサ〳〵と、眼の前の草叢を分けて、這ふやうに忍び寄る物音があつた。

『あツ……！』

——それは、金剛の氣息えん〳〵とした姿である！

『おゝ……金剛！』

金剛は、もう尾を振る元氣もなかつた。彼は最後の數尺を腹をベツタリと地につけ、血にまみれてドロ〳〵になつた後脚を外側へ向けてひきずりながら、息苦しさうに、苦痛を忍んで這つて來るのである……。

ちやうど後ろ手が自由になると同時であつた——千熊丸は金剛の首を、しびれた兩手で掻い抱いた。

『金剛……やつぱり……お前は、來たのだね……。金剛……金剛……。』

千熊丸は、爆發《ばくはつ》するやうに泣き始めた。

——金剛の鼻先が、千熊丸の右頰に、ヒイヤリとした感觸を與へてゐた……。

そして……金剛は、もう息をしてゐなかつた。

四

長いことかゝつて、金剛の死骸を埋めた……。

土を盛り上げて、丸い石で塚じるしを建てた。

——もう、とつぷりと夜が來てゐた。

神秘と危險が、息詰まるやうな壓力でヒシ〳〵と身に迫つて來るのは、いふまでもなく夜である……。

密林中では、夜の孤獨が一番怖ろしい。

それは……陰鬱と、憂愁と、恐怖と幻影の世界であつた。晝まは無愛想で寡默な森林が、夜になると何かヒソ〳〵と無氣味な囁き聲で充たされてしまふ……。

森は溜息を吐《つ》き、小枝の落ちる音、野鼠《のらね》の走る物音までが普通以上に大きく響いて、思はずその方向へハツと振り向いて見ずには居られない。

低い草叢などはモク〳〵と盛りあがつて、今にも場所を移さうとする生物のやうに見えた……。

――環境の中には、何だか締め付けるやうな息苦しさが感じられ、氣味の惡い不快な感情が、だん〳〵戰慄の形にまで變つて行く……。

ホンの一とき、軟らかい薄月《うすづき》の燐光が、頭上の葉天井《はてんじやう》から洩れると思つたが、それも宵の口だけのことで、夜の更けるとともに空でも曇つたのか、今ではもう眼の視力さへ用をなさぬほどの暗闇になつた……。

この無氣味な暗黒の中で、梟か何かの猛禽に襲はれる寢鳥がだしぬけに悲鳴をあげ、遠くの方から旅猿の世にもおるべき痛ましい叫び聲が斷續的にひゞいて來る。

が、物音は、それだけではなかつた。時々――理由もなく、全く爲態のわからぬ妖精の叫び聲が、耳を刺すやうに突然けたゝましく起つたかと思ふと、あとはシーンと寂まりかへつて、無氣味な森の荒凉感がそくそくと心の底へ滲み透つて來る……。

………………。

どうしたのか……行けども〳〵森から脱出することは出來ない。

すこしも早く密林を拔け出さうと、少年は手さぐりをして歩いてゐるのである。

思はぬ木の枝に顏を拂はれ、けものの堀り返した土穴に足を踏み込み、荊棘に引ツかゝつて腕や顏に無數の搔き傷が出來た。

――ガタ〳〵と齒を鳴らせながら、右手は胸に釣るした革《かは》鞘《さや》の投擲刀《なぐりがたな》にかゝつてゐるのだ……。

ひどい空腹と疲勞と、そして緩るむことのない緊張が、いまにも少年を昏倒させるのでないかと思はれた。

そして、事實……少年は、いつの間にか、つまづいたところに昏倒してしまつたのである……。

………………。

×

――少年は、悲しい夢を見た。

夢の中で、ひどく號泣したと見えて、涙がベツトリ兩頰を

濡らせてゐた。その冷たい涙の感覺は、まるで金剛の濡れた鼻先のやうにも思はれた。

夢は——そして、いつか金剛が自分の頰をペロ〳〵舐めてゐる場面に換つて……、やがて、少年はポツカリ眼をさました。

朝……なのであらう。

だが、何んといふひどい霧！

白濁色の、無形の大氣が、おびたゞしい立木の中へ浸潤して來てゐる……。

風は、すこしも無い……。

密林は、たゞならぬ變貌を見せてゐた。

そして、その霧は……カサ〳〵として肌理《きめ》が粗大《あら》く、いつもの冷めたい感觸をともなつてゐない代りに、妙に酸辛《いがら》ツぽい香氣があつた。

霧。

——果して、霧なのだらうか……？

（いや、これは煙だ！　煙にちがひない……！）

煙……。

だが、いつたい、何が燃えてゐるといふのであらう？

——千熊丸は頭上を見上げ、この邊で一番高いと思はれる樹へ素早く馳け登つた。身輕に、大枝から中枝へと傳はつて木の葉の透いてゐる方へ攀ぢ登つた……。

煙——煙——。

煙だ……。

——この大きい密林は、ほとんどその三方面にわたつて、白煙の大きな渦卷きである。

遠くの北方から燃えひろがつて來ると見えるその白煙は、濛々として天日を遮斷してゐた。

おゝ……山火事！

山火事……！

その山火事は、既に大きな範圍にひろがつてゐる……。

そして——

三方から走り來る白煙の渦卷きは、おどろくべき急速度で近付きつゝあつた！

ハワイ戰爭實況寫眞　村　正治

白く奔り直線を曳く雷跡！　美しい直線が日本のこころを描く

魚雷の描く渦輪をきつて白く奔る雷跡！　生命賭けた構圖の美しい

はは

村松駿吉

一

「……釋迦如來、信心舍利、本持發心、法界塔婆、我等禮敬……」

かぞへ歳十一歳の私にとつては、二抱へもありさうな大きな木魚の前に坐つて腕の太さほどもある坊子《ばうし》を兩手で持ちあげながら、私はお經を讀んでゐた。

正面の須彌《しゆみ》壇《だん》と木魚とに、七分三分の向きに坐つて、出來るだけ大きく聲をはりあげてゐた。それでも時折り、木魚の音が低くなつて、自分の聲が途切れがちになりさうなので、ハツとしては、兩手に力をこめて坊子を高く振りあげた。

早朝なので、まだすつかり睡氣《ねむけ》が醒めてゐないのである。

瞼をもちあげるやうにして、中央の須彌壇へ眸を向けると、大きな阿彌陀如來の像は、まだ戸外の光がそこまで屆かないので、蠟燭の灯影にかすかな金色にゆらめいて見えてゐた。

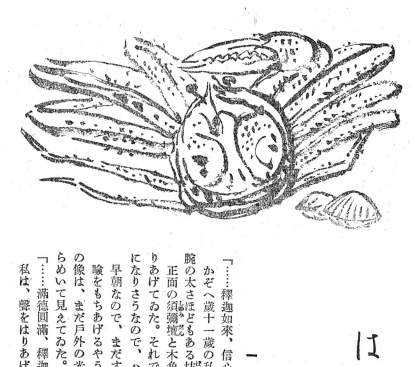

「……滿德圓滿、釋迦如來、信心舍利……」

私は、聲をはりあげた途端に、ハツとした。自分の讀んでゐる經文が、いつの

まにか始めの方へ逆戻りをしてゐることに氣がついたからだつた。

ゴーン……睡氣をさますやうに、一ツ大きく鉦を叩いた。

勤行を了つて、本堂から庫裏《くり》への廻廊を渡つて來る頃には境内の東の隅の大きな紅葉の葉蔭をすかして、朝の太陽が、阿彌陀如來の後光のやうに、こちらへ向つて射して來る。いつも、この時になつて始めて、私の睡氣は完全に消え失せるのであつた。

「小坊《こぼ》ッ！」

書院の方からビリビリッと響くやうな聲がきこえて來た。

「ハイッ……」

大きく返事をしたが、同時に、どきッとしてそこへ立ちすくんだ。父の不機嫌な顔付が眼の前へちらついて來た。

私は、急ぎ足に書院の前へ行くと、そッと襖をあけた。

父は、まだ雨戸をあけない薄暗い部屋の中に、大きな蒲團をぬくぬくと被りながら臥つてゐた。頭だけをこちらへ向けて、ギロリと光つた二ツの眼で私を睨んだ。

「なんだ、あのお經は?……まだ、舍利來《しやりらい》が覺えられんか！」

私は、さつき逆戻りをした讀經を、父が聞いてゐたことに氣がついた。閾ぎはへ坐ると、よれよれの黒木綿の法衣《ころも》の袖を揃へて、手をついた。


「あのくらゐのお經が、まだ覺えられんやうで、坊主になれるかッ！」

父の烈しい怒氣を含んだ聲がとんで來た。

「も一度お經をあげ直して來いッ！」

咽喉に痰のつまつたやうなだみ聲だつた。

「まあ、こらえてやつてつかあさい。けさは、眠いところを起したのですけに」

いつのまにか、背後に來てゐたらしい母が、私の横へ膝をついて、詫びてくれた。

父は、母と私を、ちよッとの間、にらむやうにしてゐたがそのまゝくるりと頭を向ふへ廻してしまつた。

母は、おどおどして坐つてゐる私の、法衣の袖をそつとひくと、廊下へ出て靜かに襖をしめた。

父は、昨夜おそく、したたか醉つて歸つて來たのだつた。夜分遲く歸つて來た翌朝には、きまつたやうに朝の勤行には起きて來ない。

そんな時に無理に母が起さうものならば、それこそ勤行を終つてから大變なのである。本堂から下つて來るが早いか、ものも云はずに母の頬ぺたを平手で打つのが例であつた。

「遲んなつて戾つて來ても、遊んで居つただないぞ！ こんな貧乏寺の守なんぞ、どうでもえゝわ！」

きまつて、そんな言葉を吐いては、一日ぢう機嫌がわるくこと毎に當り散らすのであつた。

　この寺は、境内に接して壇下の家が立ち並んでゐるので、住職が朝の勤行を怠つてゐると思はれてはならないと云ふので、そんな時には、母はいつも私を起すのである。時には、あまり寒い朝などは、私を起すのも可哀さうだと云つて、母は自分で本堂へ行つて、鉦を叩いたり木魚の音をボクボクと大きく響かせたりした。無論、母にはお經は讀めないのだが鉦と木魚の音だけで、近隣の壇下の耳をごまかして置くのであつた。

「如來さんにはすまんと思ふだども、お前を起すのも可哀さうだし……」

　母はいつも、私にさう云つては、そつと眼をつむつて、如來さまにお詫びをするやうな樣子をした。

　父の朝寢の癖は、この頃、なほ多くなつて來てゐた。

二

　赤茶けた葉が、半分くらゐ殘つてゐる大きな櫻の枝のかぶさつた山門をくゞる時、私の胸はどきどきしてゐた。

「どうぞ、父が家に居りませんやうに！」

　本堂にまつつてある如來さまの像を頭に描きながら祈つた。

　玄關の大きな沓脫の上に、白い鼻緒の父の下駄をみなかつた瞬間、ほつとして、

「お母《か》さーん」

と、大聲に奥へ向つて叫んだ。

　教科書や、空になつた辨當箱の風呂敷包を、ガラガラツと式臺へ投げ出した。すぐに上つて、奥へ行つたが、そこには母の姿はみえなかつた。

　後の畠の方から、

「小坊さんやあ」

と、母の聲が聞えて來た。母は私のことを、名を呼ばないで、小坊(コボ)さんと、いつも云ふのである。

　私が、庫裏の緣側へ出て行つた時、母は大笊を脇に抱へて裏口をはいつて來た。

「お父さんは？」

それでも、ちよつと小聲になつて聞いてみた。

「あさ、出かけなさツたきりだ」

　母はさう云つて、私がほつとしたのとは反對に、瘦せて色艷の失せた顏へ、淋しさうな蔭を浮べた。

「なんぞ……」

　私は、母におねだりをした。

「あゝ、いまこの芋をうでゝあげるけに」

母は、笊の中の、いま掘り出したばかりの薩摩芋をみせたが、ふと思ひ出したやうに、

「小坊さん、いゝ子だけに、これがうだるまでに、お使ひに行つて來てつかあさいや」

「うーん」

私は、ちよつとふくれたやうな返事をしたが、すぐに、

「そんなら、行つて來るけに、それまでにうでちよいてよ」

母は手を拭き乍ら上つて來て、座敷の隅に置いてあつた風呂敷包を、

「これをな、カヂヤへ持つて行くだぞ」

「うん」

私は、それをひつたくるやうにして抱へた。

式臺で、下駄の端ツこへ足を乘せたので、つるりと辷つて踏み外した、足の指のどこかゞ痛かつたが、それにはかまはず、跛行《びっこ》をひくやうにして駈けて行つた。早く行つて來れば早く芋がふかされるやうに思つた。

「おばさん……おばさん」

私は、カヂヤの表口から呶鳴ツた。

カヂヤと云つても、いまは鍛冶屋を職業にしてゐるのではなくて、「カヂヤ」と云ふ屋號だつた。昔、この家のおぢいさんかだれかゞ、鍛冶屋をやつてゐたものださうな。廣い土間のある草葺の農家だつた。

「あれ、小坊さんかや」

青い長い顔をしたおばさんが、脊戸口から袖無しの背を跼《かゞ》めるやうにしてはいつて來た。

「これ……お母さんが、持つて行きて來いツて――」

「こりやまあ、ごくらうさん。もう出來たかな」

おばさんは、上り框《かまち》へ腰掛けながら、風呂敷をといた。

「まあ、えゝ着物にしてつかあさつた」

さう云つて、赤い柄の仕立物を二三度たゝいてみたが、すぐに脊戸の方へ向つて、

「これ、トシや……トシや」

と、大きな聲で呼んだ。

「あーん」

すぐに、返事と一緒にトシがかけてはいつて來た。

トシは、私と同じ四年生である。面長の、おばさんに似て青白い顔だけれど、眼が大きくて、笑ふと左の頬にポツチリと靨《えくぼ》が出來た。赤茶けた髪は、少しちゞれてゐて、前髪だけを切り下げにして、あとは三つ組にして脊中へ垂れてゐるのが、牛の尻尾のやうであつた。

トシは、私をみるとすぐに、自分の着物が出來て來たもの

と思つたらしかつたか、私が立つてゐたので、ちよつと極りわるさうにして、おばさんの肩先から覗いた。

「出來たでや。え丶着物になつただらうが」

トシは、ふふ……と、微笑つて、私の方を大きな眼でちらりと、上眼使ひにみた。

〓おばさんが、ゐなければ、トシは何か話しかけて來るだらうと思つた。

「さいならッ」

　私は、駈け出しかけた。

「あれ、小坊さんや！」

おばさんは、あはて丶呼びとめて、

「仕立賃をあげますけに……」

　と、足中草履をぬいで座敷へ上つたが、

「トシや、柿を二ツ三ツとつて來てあげや」

トシは、返事はせずに、ぱたぱたと脊戸へ駈けて行つた。

すぐに、棒かなんかで烈しく柿を叩き落す音が聞えて來た。

おばさんは、汚れた薄黄色い十錢札の皺を伸しながら、納戸の方から出て來た。

「へえ。これ仕立賃だけに、落さんやうに、おかあさんにあげてつかあさいよ」

　さう云つたが、それをまだ手に持つたま丶で、

「和尚《おつ》さんは、うちにおいでるかな？」

　齒糞の溜つた黄色い齒を出して、ニヤリとして私に訊いた。

「うんにや」

　かぶりを振つてみせると、

「毎晩おるすかな？」

　聲を落して、さぐるやうな眼付で云つた。

　私は急に、何か知れない不愉快な氣持になつたので、返事をせずに手を出した。

　おばさんは、十錢札二枚をくれながら、

「おばさん（梵妻のこと）も氣の毒になあ」

　と云つた。

「さいならッ」

　私はさう云ひ捨て丶駈け出した。

「これ、小坊さんや！……いま、柿をあげるけに待ちなさいや」

　後から大聲に呼んでゐたけれど、私はかまはずに、廣い庭先から往還へ出て、この家をぐるりと一廻りしてゐる石コロ路を駈けた。

「ワツ！」

　家の後の竹籔から、大きな聲でトシが飛び出した。

私は吃驚して、二三歩飛び退つた。

トシは兩手でお腹《なか》の上あたりへ一ぱいに抱へてゐた小柿をコロコロと轉がしながら、軀を折るやうにして笑つた。

「なんだあ！　びつくりするがな！」

私は、慍つたやうに呶鳴つた。

小柿の赤く熟れたうまさうなのが、足元へ落ちて來たので拾つてやらうかと思つたが、わざとまた、二足ばかりあとへすさつた。

トシは、なほもクツクツと笑ひながら、落ちた柿を拾ひ集めると、頰をまつかにして、私の前へ持つて來た。

「こらへてつかあさいな！」

コツクリをするやうにして云つた。

「うん」

私は、始めてニツコリと笑つてやつた。

トシは、それで安心したやうに、抱へてゐた柿を、そうツと胸を突き出すやうにして、差し出した。

私も、兩手を胸のあたりへ擴げて、それを、受とらうとした。トシの前髮が、顎のあたりへくすぐツたく觸つて、笑つたあとの、まだ、フーフー云つてゐるトシの息が手にかゝツた。

「あゝ、おかしかつた！」

トシは、私に柿を渡し了ると、赤い模樣のメリンスの前掛で、靨の出來た頰を押へた、
その時、どこか遠くの方で、「ワーイ、ワーイ」と、子供の聲が聞えて來た。

ハツとして見廻すと、遙か向ふの田圃の畦路《あぜ》に、四五人の子供がこちらをみて立つてゐた。

トシは、パツと傍の藪の中へ駈け込んでしまつた。

私も、一ツ二ツ柿を轉がしながら走り出した。

「テツテー寺のコボさんと
　　カンカンカヂヤのあねさんと
　大根畠のまん中で
　　からかさひろげて立ツちよつた
　おらだん見たども云はなんだ……」

子供たちが、聲を揃へて囃したてゝゐるのが、追ツかけるやうに聞えて來た。

三

私のうちは、山陰でも中國山脈の分水嶺に近い山間にあつた。

壇下の數は、他所の寺の半分にも足りないほどで、法事や葬式は、ひと月に三四度もあればよい方だつた。父は、他の

寺からの、大法養などによく招かれて行つた。

母は、寺についた僅かばかりの畠に、野菜や麥を作つたり壇下の仕立物を引うけたり、農閑期には村の娘たちに裁縫を敎へたりして家計をつぐなつてゐた。

それから、父はいつの頃からか、內職に、祈禱師のやうなこともやつてゐた。それを始めた頃は、壇下の家に病人があると聞くと、すぐに、賴まれもしなくとも、こちらから出かけて行つたものらしかつた。父は、口先がうまくて、押の强い男で、萬事に要領がいゝところから、しまひには他の寺の壇下あたりへも押しかけて行つた。

こゝ二三ケ月前から、隣の町の料理屋へ、足繁く通つてゐた。その料理屋の女將が、永い間寢込んでゐて、この附近の醫者を數人とりかへたが、捗々しくないので、父を迎へに來たのだつた。父は、毎日出かけて行つては、歸つて來てから母の前で、祈禱料の包をひろげて上機嫌でゐた。

が、暫くたつと、泥醉して歸ることや、日が暮れてから出かけて行つて、翌朝になつて歸つて來る日などが多くなつた。その頃から父は、家にゐる間ぢう不機嫌になつて來た。泥醉して歸つて來ると、きまつて母を打つたり、蹴つたりした。私は夜中に、父と母の云ひ爭ふ聲で眼を覺させられることが度々あつた。

そんな時には、ぢつと寢たふりをしてゐて、父が、さんざ母を虐げた後、自分の寢床へはいつた頃を見計らつて、そつと母の懷《ふところ》へ嚙りついて行つた。母は、何も云はずに、ぢつと齒を喰ひしばつて、私を抱きしめた。そんな時の母の躰は永い間びりびりと震へて止まなかつた。

さうした日が續くと、母は一日一日と憔悴して行つた。母の眼は血走つて、肉の薄い狹い額際には、いつも青い筋が浮いてゐた。

ある日、私が學校から歸ると、近所のおばさんたちが三人で、玄關の式臺のところへ集つて、ひそひそ話しをしてゐた。

「まあ、小坊さんや、お母さんが、あんばいが悪いだで」

カヂヤのおばさんが、青い顔に眉根へしわをよせて私に云つた。

母は庫裏で、頭へ濡手拭を乘せて、仰向けに寢んでゐたが私がはいつて行く足音をきくと、そつと頭をこちらへよぢらせた。

朝、登校する時には何ともなかつた母が、恁うして大病人のやうに寢んでゐるので、私は狐にでもつまゝれたやうな氣持になつて、枕元へ坐つた。母は、引きつつた、こわいやうな眼付で、ぢつと私をみた。

「しつかりしてつかあさいや、小坊さんも歸んなさつたけに」

カヂヤのおばさんが、傍から云ふと、母は急に眼と口元を引きつらせるやうにして、

「あゝ……この子さへ居らなんだら、わたしや……」

と、小さく叫ぶやうな聲で云つて、大粒の涙を、枕の上へぼろぽろと垂らした。

「まあ、そんなに逆《のぼ》せなさんなつたら……」

おばさんは、母の額からずり落ちようとする濡手拭を、押しつけるやうにして云つた。

母は暫くの間、子供のやうに泣きじやくつてゐたが、やがて氣が落着いたとみえて、大きな吐息をひとつつくと、

「小坊さんや、えゝが、えゝが……わたしが悪かつたが。……泣かいでもえゝ、泣かいでもえゝ」と、云つた。

さつきから私は、どうしていゝか分らない悲しさに、坐つたまゝで、しやくりあげてゐた。

その夜、おばさんたちは、部屋中へ匂ひの罩る煎じ薬を母に飲ませたり、私の寢床を母の横へ敷いたり置いてから「夜中にお母さんのあんばいが悪うなつたら、雨戸をあけて、大きな聲で呼んでつかあさいよ」と、云つて置いて、歸つて行つた。

父は歸つて來なかつた。

私は、このまゝ寢入つてしまつたら、母がもし夜中に悪くなつて、起しても眼がさめないのぢやなからうか、などゝ思ひながら、床の中でむづむづしてゐた。

「小坊さんや……」

母は、手拭で鉢巻をした頭を、私の方へ向けて、靜かに云つた。

「うゝん?」

私は、蒲團の間から眼だけを母の方へ向けた。

「あのなあ……」

母は、何げない風に、

「……水谷の堤てえは、どこにあるだえ?」

私は、すぐにその堤の所在を云はうとしたが、あの青黒く湛へた水面を頭に浮べた時、思はず、ハツとして躰をすくめた。

水谷の堤と云ふのは、村から一里くらゐ山奥にあつたが、此の附近では一番大きな貯水池で、今までに、何人となく投身自殺があつたと云ふところだつた。私は一、二度、年長の友達に栗拾ひに連れられて行つて知つてゐた。

母がもしや?……私は、恐ろしさに、固く眼をつむつて、もう何も云はなかつた。

母もまた、それ以上きかうとはしなかつた。

その翌朝、私は、父の呶鳴つてゐる聲で眼を醒した。父は

暗い中に歸つて來たものらしかつた。

「ヒステリーなんぞ起しさがつて！　このばかたれめがツ！……そげなことをして、壇下のもんの前にわしの顏をつぶしやあ、わしやもう、この寺には居らんぞ！」

母を、そんな言葉で罵つてゐた。私は寢床の中で、ぢつと寢たふりをして聞いてゐた。

「お前は、小坊と一緒にどこへでも行けツ！　わしは、お前らのやなもんとは、もう一緒に居ることは、ご免だツ！」

そんな言葉もあつた。

が、母はひと言も返さないでゐた。私は心配になつて來たので、薄眼をあけて母の方をみた。母は、寢床の上へ、キチンと坐つたまゝで、眉ひとつ動かさずにぢつとしてゐた。

昨夜の母とは、まるで違つて、青白く冴えた顏が、落着いて澄んでゐた。

四

それから、數日たつて後のことであつた。

珍らしく、父が朝から一日ぢううちにゐた。

母とも、時折りぽそぽそと話しをしながら、何か色々と取り片付けてゐるやうだつた。

先日の、たつた一日の病氣以來、母は、その以前にも増して、りんとした姿に返つてゐた。

もう、悲しさうな顏もしなければ、父に對しての、あのおどおどとした弱々しい姿もなくなつた。青白く冴えた顏に、凄いほどの冷靜さがたゞよつてゐた。たゞ、私をみる眼だけに、深い慈愛が罩つてゐたやうだつた。

その夜、父と母と、私と三人、夕食の膳に向つた時に、珍らしく、お頭付《かしらつき》が三人前並べられてゐた。日頃の母は、父と私とには魚をつけても、自分は決して攝らなかつた。私が殘すやうなことがあると、それをつゝくくらゐのものだつたのに。――

父も母も、一言も語らない靜かな晩餐だつた。日頃の食事の折には、何か一言や、二言の小言を云はないではすまされない父が、何故か默々として箸を運んでゐた。

私も、氣押された感じで、時折り上眼使ひに父と母をみるだけで、食事を了つた。

後片付を濟して、母が座敷へ歸つて來ると、父は、態とらしい咳拂ひをして、

「小坊や……」

近頃にない優しい調子で、

「お父さんとな、しばらく會へんのだぞ」

父の顏は、微笑を浮べやうとしてゐるやうだつたけれど、

何かこはゞつてて、笑ひにはならなかつた。

「お前も、大事にしてな――」

今度は、母に向つてさう云つた。

しかし母は、冷たく、きちんと坐つて、どこか一點をぢつとみつめたまゝ、一言も云はなかつた。

母の言葉を待つてゐたらしい父の顔に、ちよつと險しい色が浮んだが、すぐに諦らめたらしく、眸を、そらしてしまつた。

やがて、父が立ち上ると、母も立つて、すぐに奥の部屋へ行つて、晝間の中に作つてあつたらしい古びた柳行李を、重さうに抱へて來た。

父は、自分でそれを玄關へまで持つて行くと、白木綿の、父が普段しめてゐた帶で、脊負へるやうにした。

母は、無言で私の手を握つて、玄關の式臺へ行つて、きちんと坐つた。

父が下へ降りて行李を脊負ふと、母は始めて、ぢつと父の方へ眸を送つた。

そして、兩手を前へ突くと、

「永いあひだ……」

それだけ云つて、息を一度のみこんだ。

「……いろいろお世話になりました……」

がつくりと頭を垂れた。肩が、かすかに震へてゐた。

父は、脊負つてゐた行李を、ちよつとゆするやうにしたが、

「大事にしてな――」

それだけ云ふと、弱々しい眼を、母から私へそつと送つてすぐに背を向けてしまつた。それは私が、恐らく始めてみる父の弱々しい眼の色だつた。

父は、そのまゝ振りむきもせず、大戸をゴトゴトと音をさせて開けると、暗い闇の中へ、吸はれるやうに消えて行つてしまつた。

母は、私の手をひくやうにして、庫裏へ戻つて來ると、くず折れるやうに坐つた。そして、無言で、私の背へ手をかけて抱き寄せた。

私は、母の胸へ顔を押しつけて、ぢつとしてゐた。母の、時折り、唾か涙かをぐつと呑みこむのが、私にはわかつた。心の中で、烈しく泣いてゐたらしかつた。

暫らくすると母は、手をゆるめて、

「あのなあ、こんやお父さんが出て行かはつたことは、だれにも云ふだないで」

私が、コツクリをすると、

「それからなあ、小坊さんに云つて置きたいことがあるだども――」

母は、ちよつと躊躇したやうだつたが、

「やつぱり聞かせて置くはな。……どうせ分ることだけに」

と、自分で頷くやうに云つて、

「あのお父さんはな……小坊さんの、ほんとのお父さんだないで！」

さう云つて、私の顔をまぢまぢと瞶めた。

母は、私が吃驚するだらうと思つたものらしかつた。が、私はそれには驚かなかつた。

ずつと以前のこと、よく父の機嫌のいゝ時に、「お前はさむらひの子だ」と、云つたものだつた。私は、父がさむらひではないのに、どうして私がさむらひの子だらうと、不審に思つた。その後、いつとは知らず、近所のおとな達や、年上の友達などから「小坊さんは貰ひ兒だぞな」と、云はれたりしたことがあつた。それで私は、この父母の子でないと云ふことは、薄々感づいてゐたのだつた。だから、母にさう云はれても、「やつぱり、さうだつたか」と、思つただけだつた。むしろ、あの父の子でなくてよかつた、とさへ思つた。

「ほんとうのお父さんや、お母さんは、松江に居らつしやるだで――」

母は、更にさう付け加へた。――が、私には、この母が私の眞實の母でないと云ふことだけは、嘘のやうな氣がしてならなかつた。

五

それから數日たつて、私たち母子は、この寺から去らなければならないことになつた。

母は、壇下の人たちには、父が私たちには、何も明さないで出奔して了つたと告げたのだつた。

壇徒總代の池多さんや、壇下の主だつた人たちが集つて來た。

「和尚《おっ》さんは、あすこのだんど（抱へ女のこと）に、だいぶん逆《のぼ》せてござツたげなけに」

そんなことを、無遠慮に云ふ者もあつた。

池多さんは、

「どげしなさる？……あんたや、小坊さんは」

母は、面目なげに面を伏せて、

「わたしらは、松江へいなせて貰ひますけに」

母の實家が、松江市にはあつた。

「うむ……それもえゝかも知れんが――」

池多さんは、ちつと考へてから、

「もしあんた方さへよかつたら、この寺の留守番をなさつたら？……そいで、小坊さんが一人前の和尚さんにならはつた

ら、この寺の住職になりなさるだが」
他の人たちも、みんな、さうした意味のことを云つてくれた。

その夜、母は私に、――池多さんが、お前を中學林へでも入れて、一人前になるまで世話をしてやると仰言るが、どうするか、と云つた。しかし、私は、母に連れられて、一、二度行つたことのある、賑やかな松江の街を思ひ浮べて、この寺にはゐたくない、と云つた。

それから、もひとつ、私の心のどこかには――松江には眞實の父母がゐる――と云ふことが、私の、松江への思慕を强くさせたものゝやうであつた。

いよいよ引きあげると云ふ日の朝、まだ暗い中に、私は母から起された。

「さあ、お勤めをして來なさいよ」

私は、黑のよれよれになつた法衣の紐を結びながら、本堂へ通ふ冷たい廊下を渡つた。

母も、私と一緖に本堂へ行つて、如來樣や、開山堂へ、蠟燭を灯したり、線香をたてたりした。そして、私の横へ來て蹲《うづ》くまつた。

私はそこで、最後のお經をあげ始めた。

知つてゐるお經の全部を、繰返し、繰返し、聲高々と讀みあげた。この朝に限つて、少しも睡氣を催さなかつた。

私たちの荷物は、森下のおぢいさんが、この村から七里下つた、米子の町へまで運んでくれることになつてゐた。米子の町から、松江へ行く汽車が出てゐたのだつた。

夜がすつかり明ける頃、カヂヤのおばさんや、近所のおばさん達三四人が寄つて來た。森下のおぢいさんが、荷馬車へまで運ぶ荷物の手傳をしてくれた。

いよいよ寺を出る時、母は、山門まで來てから、懷かしさうに振り返つて、また兩手を合せて本堂の方を伏し拜んだ。

本堂の後の森の高い木立は、朝霧が深くかゝつてゐてみえなかつた。

「大事にしなさいよ」

「小坊さん、大けになつたら、また遊びに來なさいや」

おばさんたちは、かはるがはるに云つてくれた。

山門下の道路には荷物を積み了へた荷馬車が待つてゐた。荷馬車の中程には、蒲團を敷いて、私と母とが乗るやうにしてあつた。

「オーイ」

荷馬車の向つてゐる方と、反對側の坂の下から、呼ぶものがあつた。

「おう……早や來いよう!」

カヂヤのおばさんが、手招きして呼んだ。

トシが、學校行の風呂敷包を背負つて、片手になにか、ぶらぶらと持ち乍ら、走つて登つて來た。朝の風に、前髪を亂しながら、ふうふうと白い息を吐いてゐた。

「ふん――干柿だけに！」

トシは、手に持つて來た、細繩に二十ばかり連つてゐる干柿を、馬車の中に坐つてゐる私の膝のところへ投げこんだ。

「まあまあ、トシやん、ありがとさん！」

母は、さう云ふと、兩手ですぐに面を覆つてしまつた。

私は、トシに、何か云ひたかつたけれど、咽喉がつまつたやうで、何も云ふことが出來なかつた。

私と、トシとは、荷馬車の上と下とから、圍《かこひ》の木へ手をかけて、たゞ顔を見合せてゐた。トシの鼻の下には、ちよつとばかり洟水《はなみづ》が垂れてゐた。

森下のおぢいさんが、秣桶《まぐさおけ》を舁いでやつて來た。

母が、おばさんたちと、名殘りの言葉を交し始めた時、私は小さな聲で、

「トシやん……大きになつたら、松江へ遊びに來いや」と、云つた。

トシは、パッと眼をみはつて、

「うん……行くで！　ほんとだで！」

と、何ども、合點合點をするやうにして云つた。

「さあ、出かけるだで」

森下のおぢいさんが、馬の鼻づらで、綱を二三度くるくると振つた。

ガタリ――と、一ゆれして、馬車は動き出した。

田圃に沿つた石コロ路を、馬車は右に左にゆれながら、緩い速度で進んで行つた。

山門の下に立つてゐたおばさんたちの姿は、ひとり減り、ふたり減りして行つたが、トシの赤い前掛の色は、馬車が、この村外れの山の端を曲るまで、小さくなつてみえてゐた。


（了）

新刊紹介

□雜草夫人（土岐愛作著）

本誌同人土岐愛作氏の輕快なる第二作品集で、標題の作品を初め、嘗て本誌に掲載された『名馬投票』『をかしな同鄕人』『兩隣記』等、十三篇が收められてゐる。好評を博した第一作品集『美しき首途』に續いて、この好著を出されたことに依つて、氏の作家的地位は搖がざるものとなるであらう。どの作品を取上げて見ても、全體に、わだかまりのない明るさがあり、その明るさが、氏の作品を忘れ難いものにしてゐる。鈴木信太郎氏の裝幀も美しい。

（B6判二九八頁、一圓六十錢、小石川區茗荷谷五六、越後屋書房發行）

海の彼方へ

土屋光司

つひに僕のところにも、召集令狀がきた。明後日の朝出發と決つた。今まで、村の誰彼を送る度毎に、この次ぎには、自分のところへも來てくれないだらうか。しかし、自分は海軍だから、碌な軍艦さへない支那が相手では、自分などが出て行く機會は來ないのかも知れないと、いつもさう思つてゐたのだが、いよいよ相手はイギリスとアメリカ、世界の二大海軍國であることを鼻にかけて日本に挑戰してきたのだ。それが、開戰早々、太平洋上の各地で、意外な敗北を喫したとはいへ、これからどんな形で挑戰して來るかわからない今、僕は、光榮ある日本海軍の一員として、祖國の守りにつくのだ。

この半島の突端に生れて、三十年間、太平洋の波を見ないで過した日は一日としてなかつた僕は、潮風のしみこんだ腕を昨夜から幾度撫でたことであらうか。今となつては、年老いた母のことも、妻のことも、やがて四才の春を迎へようとしてゐる一夫のことも、なに一つとして思ひ殘すことはない。

『家のことなら、なにも心配しなくていいんだよ』と、妻は、昨夜から幾度となく繰返してゐる。娘の頃から、結婚して母となつた現在まで、海女《あま》として、文字

通りに荒波の中を潜つてきた妻に、三人の生活費位はなんでもない筈である。この國に生れて、この日を迎へることの出來た僕は、なんといふ幸福者であらうか。

ところで、この場になつて、僕が是非書きとめておきたいことがあるのだ。これは、決して遺書のつもりではない。僕は以前から、海の上で死ぬことは絶對にないと思つてゐる。今、出征を前にして、かういふもののいひ方は、なんとなくパラドツクスめいてゐるが、海を運動場と職場として、それ以外の生活を知らない僕には、海の上といふことと、死といふものとを一つとして考へることが出來ないのである。

今、この手記を書くためには、一面に於いて、過去の自分の恥を話すことにもなるのだが、しかし、三年前に亡くなつた篠田さん（後を讀んで頂けばわかる通り、ほんとは先生と呼ばなければならないのだが、師弟といふ關係のうちにも、幾通りかあつて、單に××先生といつては、その先生自身のもつ暖かさが全く感じられなくなる先生がゐるものだ。篠田さんの場合、特に僕等にとつては、さうである）の偉さといふか、全貌といふか、そのうちで、僕だけが知つてゐるものを、この世に知らせる義務を感ずるのである。

尤も、篠田さんが今生きてをられたら、あの縁なし眼鏡の奥の、鯨の眼のやうに細い眼を、いよいよ細くして、

『おい、よせよ、今井。君には、大切な仕事がいくらでもあるぢやないか。僕あ、なにも――これでいいんだぜ』といはれるかも知れない。そこに、篠田さんの面目があるのだが、篠田さんが單なる教育家としてよりも、人間として、今尚生きてゐる。特に、その御郷里から遙かに離れた、この半島一帶に生きてゐることを書きとめておく仕事が、大切でないといふことが、どうして出來ようか……。

（一）

篠田さんが、東京の××大學英文科を卒業されて、縣立南海中學校へ來られた時、僕はそこの四年生になつたところであつた。赴任早々、僕等のクラスの主任になられたので、僕等に對しては、特別の親しみを寄せて下すつたし、僕等も先生といふよりも、兄貴といつた氣分の主任を迎へて、いつの間にやら、篠田さん、篠田さんといふ程の親しみを感じたのだつた。そのことは蛸とか、瓢簞とか、あらゆる先生に對して皮肉なニツクネームがついてゐた時に、篠田さんにはつひにニツクネームのやうなものすらもつかなかつたことでもわかると思ふ。

尤も、篠田さんだけに、特別の親しみ乃至は尊敬を感じたのは、單にクラスの主任であつたばかりでなく、篠田さんが

既に大學時代から、詩人として名を知られてゐて、その詩が載つてゐる雜誌が、時々町の本屋にも並べられてゐたからである。

篠田さんが、東北地方の山村に生れて、中學校を卒業するまで田舍で育ち、それから東京へ出たものであつたことは、間もなく、授業の合間にした話でわかつた。が、どうして、この南國に赴任してきたのか、それが文部省の命令であつたかどうかは、生徒には容易にわからなかつた。

『君等は幸福なんだゾ。日本に生れてサ。廣い海を遊び場にしてゐられるんだからナ。僕なんざ、東北の山の中に生れてサ、中學三年生頃までは、海を眼の前に見たこともなかつたんだからナ……』と、眞面目とも冗談ともつかないやうに、笑ひながらいはれた言葉のうちに、その理由の一部があつたことは、單純な田舍中學生にはわかる筈もなかつた。

學校以外の所で、英語を話すことはもとより、聞く機會さへもなく、從つて英語など碌にわかりもしない田舍中學生が英語の時間を樂しみにするやうになつたのは、篠田さんの力といふことが出來る。といつても、それは、篠田さんのお蔭で英語の成績が擧つたといふことではない。成程、その發音の抑揚が、それまでに聞いたこともない一種の魅力をもつてゐて、クラスのうちには、その口眞似をして、流暢に讀むことが出來るやうになつた生徒もゐることはゐるが、大半の生徒が、英語の授業以外の話の面白さを樂しみにしてゐたことは、殘念ながら事實で、僕などもその一人であつたことを正直にいつておかう。

教室に入つて來るなり、ざわめいてゐる一同に向つて、教科書を高く差上げながら、

『今日は、これはしないんですか』と、ニヤニヤ笑ふことも幾度かあつた。

『ええ、いいんですよ』

『なにか話をして下さい』

一同が、ここぞとばかり喚き立てると、

『さうですか……』と、あつさり教科書をテーブルの上において、窓の外を眺めながら、東京の話や、侘びしい東北地方の冬の話などを、詩人らしい感傷を交へて話されたものである。

——こんなふうに書いてゆくと、思ひ出は後から後からとつきないが、この頃の篠田さんは、英語を通じて、生徒たちの魂を淸らかに育てることを理想とされてゐたが、中學四年生ともなれば、前任者の敎へたものが、相當根强く殘つてゐるので、それをいきなり篠田さんの英語に變へることが出來ず、英語教授の方には稍々絕望されて、とりあへず魂を淸く

育てる仕事に打込まうとされてゐたやうである。

勿論、當時の僕等には、それまでのことがわからう筈はなかつたが、その後、僕自身が敎へられたことや、後に、一年生から篠田さんが英語を受持つたクラスで、『おれは、お前らがこんなに出來るやうになつたと思ふと、嬉しくて仕方がないよ』と、涙さへ浮べていはれたといふ話を聞いたことなどから、今さういひ切つても、間違ひではないと思ふのである。

級友の辻井――篠田さんに勸められて、××大學英文科へ行き、そこを卒業して、今その大學の助敎授の地位にあり、また飜譯家としても賣出した辻井が、中學時代の級友の間では、篠田さんの後繼者であるやうにいはれてゐるさうである。その辻井などにいはせたら、當時の篠田さんについて、もつとべつな意見を述べるかも知れない。僕は、後に述べるやうに、中學校を退學して、それ以來漁師の生活（そのうちの三年間は、海軍にゐたのだが）に入つてしまつた男だから篠田さんの學問や詩については、はつきりしたことはいへない。篠田さんが亡くなつてから、遺作の詩集が出て、各方面に配布されたが、僕は南海中學の同窓會員でないために、頂くことが出來なかつた。

しかし、辻井が、篠田さんの後繼者になれないことは、はつきりと知つてゐる。尤も、彼がその一部を繼いだといふことは出來る。が、さういふ意味ならば、この僕も後繼者なのだ。いや、南海中學校に學んだもののうちには、篠田さんの後繼者は無數にゐる筈である。篠田さんが、今尙生きてをられるといふのは、さういふ意味である……。

（二）

僕は、篠田さんのことを書くためには、過去の自分の恥を話さなければならないといつたが、それは、その年の冬近くの頃の出來事である。

僕は、その年の秋に父を失つた。元來、僕を中學校に出すことを澁つた程の家計であつたから、その時に一思ひに退學してしまへばよかつたのだが、父を失つた悲しみのために、自暴自棄に陷つて、數學敎師にたてついたことが動機になり丁度折惡しく、不意の服裝檢査に、ポケットに入つてゐた煙草を見つけられたりしたことが理由で、諭旨退學の處分を受ける破目になつてしまつたのである。

さうなるまでに篠田さんがいろいろと奔走して下すつた。が、僕はすべてを棄てる氣になつてゐた。上級學校へ行ける身分ならばともかく、學校さへ出たら、級友たちから取殘されて、漁師の生活をしなければならない僕にとつては、たと

へ許されたにしても、なんとなく居難い學校を續ける理由はあるまいと思つたのである。

いはば、青春時代の日記の一頁に、誤つて落したインクの一滴のやうなものだ。年が經つと共に、次第に薄れてはゆくものの、その一頁を燒き棄てない限り、その跡は決してなくならない。日記を開く度毎に、いやでも見なければならないのは、その一滴の跡である。

僕が退學を決意して、どうにもならないことを知つた時、篠田さんが、

『今晩、僕のところへ話しに來たまへ』と、いつて下すつたが、そのために、今日の僕が存在するといつてもいいのである。

篠田さんは、學校から一里以上も離れた漁村の、漁師の家の奥座敷を借りてゐた。

僕は、入江に沿つた村道を、自轉車を飛ばせたその夕の情景をはつきりと憶へてゐる。左手の山は、樹といふ樹の葉が落ちつくして、山肌を木枯にさらしてゐたし、暗くなりかかつた砂濱の上には、人影ひとつ見えず、波の音だけが、若い中學生の心には無關係の、單調な音を立てて、寄せては返してゐた……。

篠田さんは、薄暗い電燈が一つついてゐるきりの室で、書物に埋もれた儘、僕を迎へて下さつた。

そして、晝間學校で話したことを繰返さうとはしないで、不意に、

『今井、君は漁師になるのがいいんだよ』と、その意味をつかみかねて、しばらく呆然としてゐた僕に向つて、次ぎのやうな話をされたのだつた。

篠田さんは、中學三年生の夏、初めて海岸に立つた瞬間、海のもつ不思議な魅力にとらへられてしまつた。

青い海の美しさ、廣さ、深さ、文學少年であつた篠田さんは、いきなり海と詩とを結びつけてしまつたのであらうが、それは、次第に、現實的な海への愛着となつて、海のない生活を考へることが出來なくなつてしまつた。大正時代のことだから、現在のやうに、國防的な意味での海の重要性を考へられたものではないことは、いふまでもないが、日本人が海を忘れることは、恥づかしいことだとさへ考へるやうになつたのださうだ。

「さうなつてくると、中學卒業後の志望は、商船學校か海軍兵學校と決つたんだがね』といつて、妙な笑ひ方をしてから、『どちらも駄目だつたよ。この通りの近眼でね……。それで××大學へ行つたんだが、英文科へ入つてみると、イギリス人は、元來が海洋國民だからね、海の文學も盛んさ。僕は、

もつぱらさういふものばかり讀んで、卒業したんだ。メスフイールドの詩にも、かういふのがある。

またも海へと立たねばならぬ。淋しい海と空さして。私の欲しいものとては、檣高い一艘の船とこれをば導く星と、さては、舵輪の急引と、風の歌、白帆のゆらぎ、また海面を立ちこむる灰色の霧、ほのぼのと明けゆく東空《しののめ》。

またも海へと立たねばならぬ。流れる潮の叫び聲は、否みがたく、ほがらかな狂暴の聲であるから。私の欲しいものとては、白雲空を飛ぶ風の日と、水煙飛沫、さてはまた叫べるかもめ鳥。

またも海へと行かねばならぬ。天外漂浪の生活に、鋭い刄物のやうな風吹きすさぶ海へ、かもめや鯨の海路へと。さても私の欲するものは、共にさすらふ愉快な友の賑やかな旅物語。長い夜勤の果てたとき、靜かな眠りと樂しい夢。(厨川白村氏の譯に依る)

しかし、文學を通して見た海は、ほんとの海ではないからね。實をいへば、僕の生活は甚だもつて生半可なんだが、周圍の事情もあつてね。まア、海についての理想派といふか、少くとも、現實には海とは關係のない生活なんだがね――君が、中學を出たところで、上の學校へ行かれない事情ならば今から海に飛び込む――漁師の生活をすることは、實にいいことなんだ……。

なるほど、「將來の日本は滿洲にあり」(これは、その頃の地理の擔任であつた松山先生が、一種獨特の口調を以て、よく口にされたので、生徒のうちには知らないものがない言葉であつた)かも知れないが、それと同時に、日本の土地と海を生かす人も是非必要なんだからね……。』

篠田さんが、學校の近くに下宿しないで、わざ〳〵漁村にゐるのも、毎日海を眺めたり、そこの人たちから、海の話を聞いたりしたいからであつた。

『僕は教師になつたんだから、英語を教へながら、かうして得た知識で、海の生活がどんなに美しく、男らしく、そして大切なものかを教へることにするさ。君は、實際に海の生活に飛び込んで、そこから得た經驗を時々僕に話してくれるのさ。いいぢやないか』

『だつて、僕あ、先生のやうに、詩がつくれませんよ』

『詩なんざ、いらんよ、君。今に、詩よりも、もつと大切なものがわかるんだ』

……僕は、改めて、自分の周圍を見廻した。それまで、漁師になることについては、父も、祖父も、また近所の誰彼も漁師なんだから、自分も漁師になるのだといつた程度にしか考へてゐなかつた。それは、飽くまでも生活の手段に過ぎな

かつた。が、まだはつきりとはしないまでも、海の生活には
それ以上のものがあるといふのだ。

（三）

『今井の健一は中學をやめさせられたんださうだ』

さういふ蔭口を聞き、一緒に自轉車を走らせて通學した仲間の後姿を見送りながら、僕は漁師になつた。中學生の生活と較べて、それはなんといふきつい生活だつたらう。大人の仲間に入つて、舟を漕出す雨の日、凪の日、僕は潮風に叩かれて、いつの間にか大人になつてゐた。

篠田さんのをられる所からは、五里近く離れてゐたし、滅多に會ふことはなかつた。偶に會つても、あの時の話には殆んど觸れなかつた。僕は、母と二人きりの生活で、さまざまな經驗をしながら、海を樂しいものと思ふことは出來たが、篠田さんのいはれた、海の生活で一番大切なものがなにか、それは容易にわからなかつた。

今、その頃のことを振返つて考へて見ると、僕は、中學を失敗したことの恥づかしさも手傳つて、榮螺かなにかのやうに、堅い殼の中にこもつてゐたやうに思はれる。

村から峠一つ越えた町は、古くから聞えた港町で、この半島一帶の農村、漁村の青年たちの遊び場でもあるが、僕はその町にもあまり出ないし、といつて、村の青年團の仕事なども、進んでやらうとはしなかつた。

二十一才になつて、徴兵檢査で甲種合格となつたので、海軍に志願した。同じく海の上とはいひながら、それはまた全く別な生活であつた。

ロンドン會議があつたり、『一九三六年の危機』が叫ばれたりしてゐた時代で、海軍の訓練は猛烈であつた。僕等は、一朝有事に備へんがためにといふモットーの下に、我を忘れて働いた。

その頃も、時々篠田さんの顔を思ひ出すことがあつた。そして、あの時にいはれた大切なものとは、海軍の生活を指したものではなかつたらうかと思つたりした。帝國の守備線としての海の意義だけを敎へられてゐたその當時の僕としては當然なことだと思ふ。假令篠田さんが、それを指していつたものではなかつたにしても、さう解釋してもいいと思つた。

しかし、その時にはまだ、篠田さんが、敎育者として、また詩人として、この人生に對して抱かれた理想を、敎へた生徒の一人一人に實際の形として、表現させようとされてゐたものであつたことまでは、わからなかつた。が、僕の場合には、海の生活に飛び込ませるに際して、僕に解釋の餘地を殘した言葉を餞《はなむけ》とされたのであり、僕が海軍の生活の中から、

それを拾ひ上げたことに、僕は誇りを感じてもいいのではないだらうか。

僕は、除隊してから會つた篠田さんの前で、そのことをいつてみようかとも思つたが、まだそれを口にするのは僭越なやうな氣がして、つひにその儘お暇したのである。

——除隊してからの僕は、周圍に對する考へ方を一變することが出來た。中學を失敗してきたことを償ふものとして、海の生活に對する視野を廣くしてきたといふ考へ方が、いつも心の底にあつたからである。いひかへれば、それは一つの自信でもある。

今ならば、僕が中學校を追はれ、篠田さんに敎へられて、海の生活に飛び込んだことが、却つて幸福であつたといつても、負け惜しみにはなるまいと思ふ。

僕が除隊した頃は、いはゆる就職難時代で、滿足に中學校を卒業し、上級學校を卒業したが、職が得られなくて、歸鄕してきたものが少くない。僕の村でも、嘗ては僕の同級生であつた連中が、することなしに、馴れない手つきで家業を手傳つてゐた。それは彼等の罪ではなかつたが、希望のない時代であつた。

その頃、僕は村の娘のはま子と結婚したのである。はま子は、村の小學校だけしか出てゐないので、篠田さんと僕との關係は、大體しか知つてゐない。しかし、年老いた母を助け、一昨年の春生れた一夫を健康に育ててゐる妻に、それ以上のなにを期待する必要があらう。

（四）

篠田さんには、詩人として中央に進出する日が、つひに來なかつた。

南海中學時代の級友で、村の小學校に來てゐた淺野が、ある時僕にいつたことがある。

『あの先生も中學校の先生で終るのかなア。もつと偉くなると思つたが——』

『いいぢやないか、中學校の先生で——』

淺野のやうに、順調に中學から師範學校へ行き、靑年たちにとつては、暗澹たる時代に、とても實現出來ない夢をもつてゐる男には、篠田さんの仕事がわからないのであらう。

それから間もなく、支那事變が始まつたのだつた。どこの村からも、應召兵が出た。皇軍は連戰連勝、忽ちにして南京も陷落した。

が、その翌年の秋、武漢三鎭が陷落して間もなく、篠田さんが亡くなつたのである。ふとした風邪から、肋膜を冒されて、しばらく學校を休まれた後、湘南の病院に入院されたの

だが、昭和十四年の春、三十五歳の若さで亡くなつた。そして、御郷里に葬られたので、この南の國には、篠田さんを偲ぶよすがとなるものは、その教へを受けた人たちの胸の中以外に、なに一つ殘つてゐないわけである。

僕は、亡くなられてからしばらく後に、村から通つてゐる中學生から聞いた位で、お見舞もしなかつたし、そのお葬式にも行かなかつた。いつかは、お墓詣りをするつもりでゐながら、つひにそれも果さなかつた。このことは、いつまでも僕の胸に、悔恨の種となつて殘ることであらう。

——南海中學出身者のうちからも、何人かの戰死者が出た。高木もその一人である。彼は、中學時代には、文藝部の委員で、それから東京へ出たのだが、篠田さんに特に眼をかけられてゐた男である。

その高木と同じ部隊で、中支各地に轉戰した片山が、晴れの凱旋をしたのは、篠田さんが亡くなつてからであつた。片山は、村の舊家の二男である。

『高木は惜しいことをしたよ』と、彼は沈んだ調子でいつた。

『彼奴が生きて歸つたら、我々の苦勞をすつかり書いて、發表してくれたんだがなア。彼奴が戰死したことと、出征中に篠田さんが亡くなつたことは、實際殘念だよ……』

片山の話に依ると、篠田さんは、出征した昔の生徒の所へ一々激勵と慰問の手紙を送つてゐたといふ。

『みんながさういつてゐるから、きつと全部の人に出されたんだな。しかも、それが實にいい手紙だつた。おれの所へは君は學校時代から、競技部の選手だつたが、その精神をお役に立てるのに最も良い機會に惠まれたわけだ。恐らく君は、これまでには作れなかつたレコードを作ることが出來るだらうといつたやうな手紙だつたが、篠田さんらしい味のある言葉ぢやないか。

高木の所へは、君の文學は、戰爭に依つて立派に完成されるよ、今君の果す役割が、どんなに大きな實を結ぶか、もしさういふことを考へる暇があつたら、考へてゐてもらひたいといふやうな手紙で、彼奴は淚を出して喜んでゐたよ。銃後には、我々の生長をいつまでもじつと見守つてくれてゐる先生がゐるといふことは、實際有難いものなんだが、とにかくそんな先生が、他に一人でもゐるかてんだ……』

篠田さんは、あの時代には夢にも思はなかつた戰爭に、次ぎ次ぎに教へ兒を送り出して、あの美しい魂を、この大きな現實の中に投げ出されたものであらう。

『高木は、あの〇〇戰で、敵の砲彈にやられて、間もなく野戰病院で亡くなつたんだが』

と、片山の話はまだ續く。

『おれが見舞に行くと、彼奴は、片山、無事に歸つたら、篠田さんによろしくいつてくれよ、おれは、國家のために死ぬんだ、これは、おれの文學とは比較にならない大きなことなんだから、笑つて死んでいつたといつてくれ、篠田さんもきつと喜んでくれるだらう、といつてゐたよ。ところが、その篠田さんも亡くなつたぢやないか』と、片山は怒りつけるやうな口調でいつた。

この片山の話は、なんらかの形で多くの人に傳へられるであらうし、篠田さんから激勵された人たちが、歸還する每に篠田さんの面目を躍如たらしめる話が更に傳へられることであらう。

ところで、篠田さんの、海に對するあの理想を、なんらかの形で現はすことは、まだ誰もしてゐないやうである。南海中學校出身者のうちには、海軍兵學校や商船學校へ行つた人もある筈だし、僕のやうに、海軍に志願した人もゐる筈である。その人たちの胸には、きつと篠田さんの海への憬れが乘り移つてゐるに違ひないのである。

それが、國家のため、人類のためあに、輝やかしい火となつて燃え上つた時に、篠田さんは初めて微笑するのではないだらうか。しかも、僕は中學こそ出なかつたが、篠田さんの最初の生徒としてそのトップに立つのである。

……かうして書き續けてゐる僕の耳には、太平洋の波の音が絕えず響いてくる。だが、その海の彼方では、今も壯烈な海戰が行はれてゐるかも知れない。

母も、妻も、一夫も、すつかり眠つてしまつたらしい。ふと眼を上げると、そこに篠田さんの顏が見えるやうに思はれる。

『それでは、僕は思ふ存分戰つて來ますよ……』

僕は、はつきりとさういふことが出來る。

（一六・一一・二三）

◆同人消息◆

伊志田和郎氏　向島區吾嬬町西三ノ二二へ轉居
川端　克二氏　杉並區和泉町三五二へ轉居
村雨退二郎氏　作品集『盤山僧兵錄』を越後屋書房より、『龍馬の青春』を聖紀書房より近刊。
岡戸　武平氏　『國民』、『新愛知』兩紙に連載した『延元神樂歌』を奧川書店より近刊。
鹿島　孝二氏　舊臘より『國民新聞』に連載小說執筆中。尙、作品集を大都書房より近刊。
戶伏　太兵氏　夫人病氣のため入院加療中。
從二　一郎氏　年末上京、一月五日歸鄕された。
瀨木　二郎氏　病氣中のところ、この程全快された。今年度の御健筆を祈る。

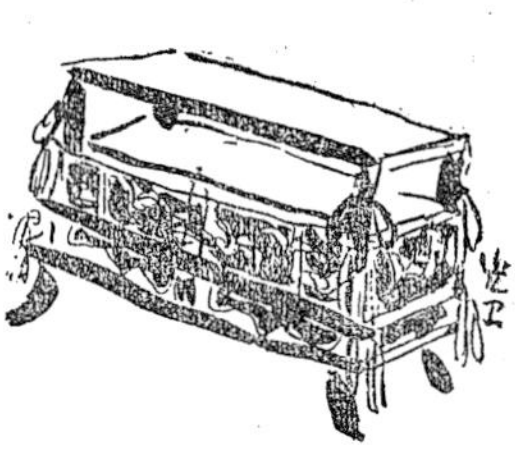

講談覺え書（五）

佐野孝

天保から明治初年まで（2）

翻譯小説が、はじめて出たのは、明治十二年、川島忠之助の「八十日間世界一周」（佛のジュール・ヴェルヌ作）丹羽純一郎の「花柳春話」（英のリットン作）であると木村毅氏は書いてゐる。

ところが、講談の世界に於ては、既に明治四年、二代目松林伯圓が「コロンブス」と共に「世界一周オチリヤ草紙」を高座にかけてゐるのである。

これが、恐らく日本に於て純粋の翻譯物が講談として演じられた最初のものであらうと思ふ。

そのことは、松林伯知が「大内お瀧」なる速記本の中で述べて居るところであるが、伯圓は更に、當時、釋臺を廢してテーブルと椅子を用ゐた。それは明治八年のことであつて福澤諭吉の演説會を聽きに行き「これからは講釋もこの形式で行かなければならぬ」と思つたのださうである。

明治の維新はあらゆるものを變へて行つた。

寄席藝術の世界だつて、江戸そのまゝの姿でゐる譯には行かなかつたのであらう。

しかし、講談といつた民衆藝術は、さう先ばしつて改良しようとしても民衆がついて來ない限り出來得ることではない。

明治初期の講釋界は、伯圓のやうに、翻譯物を手がけ、椅子テーブルで演ずるといつたことも試みられたのだけれど、存外さうしたものは歡迎されず、結局、舊來のまゝの講釋が迎へられ喜ばれ、しかも素晴しい隆盛期をさへ現出するに到つたのである。

しかし、維新の大業なるとは云へ、明治元年から二年にかけては人心落ちつかず、劇場や寄席などは殆んど顧る人もなく一時はどうなることかと危まれるやうな狀態であつたが、舊幕以來の名人上手が釋界には澤山ゐた。

前項にあげた人々の他に、三代目貞山、桃川如燕、松林伯圓、伊東燕尾、放牛舍桃林、邑井貞吉、小金井蘆洲、伊東花樂、旭堂南慶邑井吉瓶など錚々たる人々が各自の長所を發揮して文明開化の世界によく投合し、人心をとらへ講釋場の大入滿員をつゞけて明治の中期に到るのであるが、これ等の人々は概ね明治二十年以後、流行の速記本に口演し、その讀み物が現在まで殘つてゐるのだから、それ等の人々の活動は、後に說く『速記本の研究』の項に併せて論ずる方がいゝやうに思ふ。

それで、この邊で一ッ『講釋場の話』と『講談の作者に就いて』

『江戸時代の講釋師の收入』の三項を述べて、明治時代に移りたいと思ふ。

講釋場の話

今まで述べたのは、講談の發生から明治初年までの發展の大體であるが、そも〳〵講釋の發展過程を論ずる場合、日本に於ける特殊な興行形體として發達した「寄席」の消長といつたものを看過することは出來ないのだ。初期の單なる太平記讀みであつた場合は、諸家諸侯の邸に出入するか、大道に立つて庶人の投錢に依賴するか、「寄席」といつた特別の興行場を持つ必要はなかつたのであるが、講釋が一個の藝として、大衆藝術の華と咲くに到つたについては、「寄席」の存在に負ふところが頗る大であつた。といはんよりも、むしろ「寄席」といふものがあつたから、藝術としての講釋、講談が生れたのだと見て然るべきであらう。

更に又、德川時代の庶民文化を探究する場合にも「寄席」の研究を除外することは出來ない筈である。にもかゝはらず、多くの人々は殆んど輕々に扱つてゐるに過ぎない。特に寄席藝術については之を輕視すること甚しく、大槻博士の「大言海」に於てさへ、講談、講釋については一行の解說もしてゐられないのだ。「講談」といふ言葉が、「大言海」にないのである。

「寄席」に就いては後に「寄席研究」の一項を設けるつもりだが、江戸時代の講釋を語る上に於て最小限に必要なことは、當時の寄席とは一體どんなものであつたかといふことである。

關根默庵氏は江戸に「寄席」の出來たのは文化以來のことゝ思はれると誌してゐるが、私は、むしろ、元祿の末、名和清左衞門が、淺草見附外に設けた「太平記講釋場」を以て嚆矢となすの說を採る。

これは、清左衞門が見附外に立つて、太平記、三河風土記、信長記等を講じ、大いに人氣を博し、江戸名物の一つとなつて聽く者道をふさぎ、往來の妨げとなるばかりだつたので、町奉行の能勢出雲守が之を招致し、見附內で、小屋がけの興行を許したのである。勿論これは民家に雑處してゐた譯ではないから「寄席」とは云へないかも知れない。

しかし、本質的にみれば、同じことで、これが發達して講談の定席になつたものと見てもいゝだらう。講釋定席の創始者が森川馬谷だとする說に從へば寄席のはじまりは寛政時代といふことになる。落語の方でも寛政三年、大阪から來た岡本萬作が江戸橘町で駕籠屋の二階で講席をひらき、同十年六月、神田豐島町藁店に頓作輕口噺の看板をあげた。これが最初の落語の定席だつたと言はれる。

この時繪ビラを辻々に貼つて宣傳したが、これより後、講釋場、色物席(落語中心の演藝物)が、江戸ッ子の好みに投じ大いに行はれて方々に寄席が出來、安政の頃になると、いち〳〵書いてゐたのでは間に合はないので、板行摺りにする程になつた。その頃、市內にある寄席の數は三百九十三軒、うち講釋場は二百二十軒といふのだから隆盛思ふべしである。

「太平記講釋場」時分には、演者は見臺に坐り扇子をたゝいて讀み聽衆は床几をならべて聽く。享保時代の靈全なども略々同じ流儀で

淺草寺境内で、小屋がけ興行だつたが、一人前十六銅といつた、定つた入場料を徴してゐたのだが、村上魚淵のやうに定つた入場料を徴せず、客の志にまかせてゐた人もあつた。

森川馬谷は一人、二十四銅づゝ取つたが、安政時分になると大體寄席の入場料は四十八文。この頃になると講釋場も一定の樣式を具へ、釋臺、はり扇、高座といつた道具立ての出來たことは前項に誌したが、江戸末期の寄席について、關根氏は、家父の記録として次のやうに紹介してゐる。

「自分の知つてゐるのは、席といつても至つてむさくるしい家であつた。そして夜講が多く、何れも片商賣ありて、夕方から行燈を出し、席料は一人十六銅より二十八銅まで。客は自分で履物を持つて上り、自分の座つてゐる傍におく。たまには席主が下足袋を貸し、或は下足棚のある所もあつて大入の時は自分々々で結へて印などつけておいたものである。客には茶を出し、中入りの時、茶碗を大きな盆にのせ銘々へ配るやうな家もあつた。ふとん、たばこ盆は四文づゝであつたし、高座には机を据へ、あかりは秉燭が左右に立てゝあるのが普通だが、中には一方一口のもあつた」（意譯、今昔譚）

入場人員は約百人ぐらゐが普通とされ中には三百人ぐらゐ收容できる席もあつた。今から考へると寄席などといふものは、さう華やかなものではないやうだ。しかし、當時の江戸市民にとつては、花街の他、劇場、見世物、寄席以外何らの娯樂機關もなかつたのだし何よりも、庶民的な席亭の空氣は彼らの愛着を得るに役立つた。講釋はもと〳〵記録讀みであり歷史を語り義の重きを說き榮枯盛衰の理を說く庶民教育耳學問といつた役割を持つてゐたのだし、ニュース機關の少い當時に於て、當時の重大事件を、例へば諸家のお家騷動を、柳營の刄傷事件を巧みに脚色して傳へる唯一の場所でさへあつた。

それが、江戸末期の爛熟した世情に從つて、讀み物に戀愛、心中情痴の世界をも加へ名人上手が、はり扇によつて描き出す物語の世界は聽く者をして恍惚たらしめたのである。

東玉の時分から果然、講釋場に女客が多くなつた。更に又、席亭は氣を利かして、たばこ盆を伏せれば枕になるといつた工夫をこらし、夏などは、素肌にしるし絆天一枚ひつかけたのみで、ブラリと席にやつてきて、長々と寢そべり、夢うつゝの境にあつて修羅場を聽き、男女の口說を聽くことも出來たのである。太平の逸民にとつて、馴染まれ親しまれたのは當然の話である。

しかも、かうした聽客の中には聽き巧者、鋭い批判の耳を具へた者が多かつた。

氣に入らぬ演者、下手な演者には、わざと狸寢入りして雷の如き僞せいびきを以て報ゐるなど辛らつな批評を加へて喜ぶ「通人」もあつたのである。

かうした講釋場で「講談」は錬磨された。そして、藝として進歩して行つた。又、あく迄庶民的であり大衆的であつたが爲にそこに難解の字句を使ふことなく、しかも巧みにあらゆるものを如實に表現する一種獨自の表現法を產み、文字による文學的洗練と竝行してどれだけ日本語を豐富にしたことか、その點からの研究も當然實行さるべきことの一つである。

編輯後記

○大東亞戰爭は、皇軍のめざましい活躍に依つて、着々と戰果を擧げてゐる。その勞苦に心からの感謝を捧げよう。それと同時に、相手がゲリラ戰の如き戰術を用ひて長期戰を企てゝ來ようとも、一丸となつて、いかなる困苦にも耐へる覺悟を固めなければならない。（土屋）

○二年間に亙つて、編輯を擔當された村雨退二郎君に代つて、本號から中澤巠夫、土屋光司がこれを受持つことになつた。本誌をこれまでにされた村雨君の御努力に對しては、たゞ感謝あるのみである。われらは微力にして、その任に堪えないのであるがこの光榮を守り續けようとする。何卒從來同樣の御協力、御指導を賜はりたい。（土屋・中澤）

○會報で御報告したやうに、本年度の陣容が決つた。日本の文學界もいよ〳〵多難なる時期に際して、われ〳〵は一人々々が、挺身隊員として、文學報國の念に燃えてゐる。尙、新陣容に依る仕事は、來月號からであることを一寸お斷はりしておく（土屋）

○本誌も、日本の一大飛躍發展期に際して步調を合せて大刷新を行ひたいが、編輯者が、いくら褌を締めあげても、同人諸氏も褌を締めて貰はないと、編輯委員が只褌をしめすぎて目を白黑するばかりと云ふことになる。原稿殺到で目を白黑させるやうにして貰ひたい。（中澤）

○日本出版文化協會よりの査定配給量が減少したため、やむを得ず六十四頁とし、目次四頁を節約して、それを內容の方へ振替へた。諒承して頂きたい。（中澤）

○日本國民全部がさうであるが、我々の仕事は、一層忙しくなる。新らしい時代に對する確固たる認識を深めると同時に、それをどし〳〵作品の上に具現化して行かなければならない。特に文學建設同人は、新文學の建設を、理論に實踐に動かなければならないのだから、仕事は一層加重されるであらうが、是非共、一大馬力をかけて頂きたい。今年度は、目がさめるやうな雜誌が出來るやうにして頂きたい。（中澤）

文學建設 二月號
（定價三十錢　送料壹錢）

昭和十五年五月六日第三種郵便物認可
昭和十七年一月二十五日印刷納本
昭和十七年二月一日發行
（每月一回一日發行）

東京市小石川區白山御殿町一一四
編輯兼發行人　岡戸武平
東京市芝區愛宕町二丁目九九番地
印刷人　黑部武男
東京市芝區愛宕町二丁目九九番地
印刷所　昭文堂印刷所
日本出版文化協會會員
（會員番號一二八五二五）
東京市麴町區平河町二ノ一
發行所　**文學建設社**
電話九段(33)三四一〇
振替東京一五六五九八
配給元　東京市神田區淡路町二丁目九番地　日本出版配給株式會社

定價　三十錢（送料壹錢）
半年　一圓八十錢（送料共）
一年　三圓五十錢（送料共）
送金は振替を御利用下さい切手代用の場合は一割增のこと

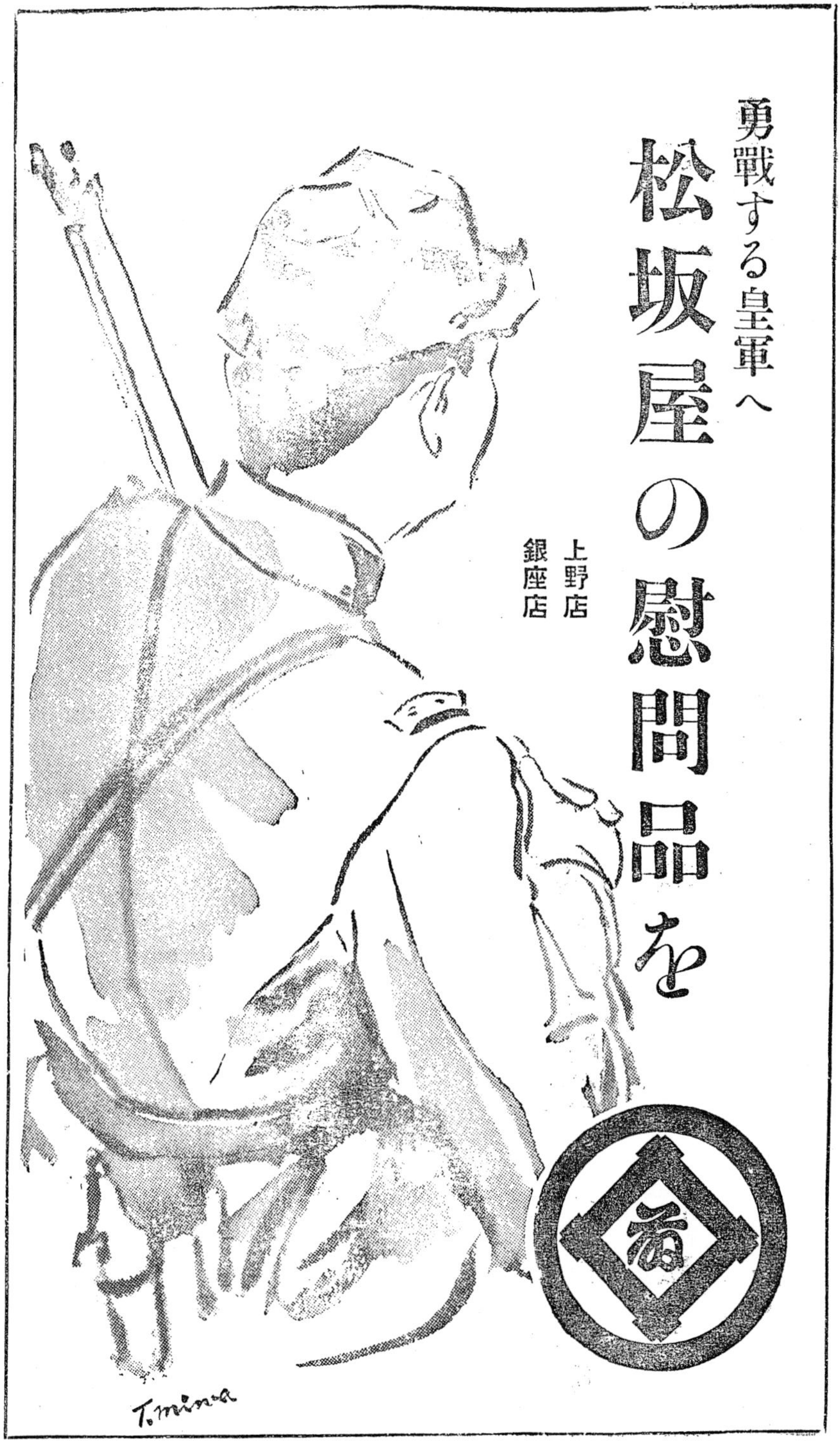
勇戦する皇軍へ
松坂屋の慰問品を
上野店
銀座店

文學建設

三月號

第四卷第三號

昭和十五年五月六日（第三種郵便物認可）昭和十七年二月廿五日印刷納本　昭和十七年三月一日發行　文學建設三月號

文学建設

第四巻　第三號

目次　【通巻第三十八號】

作家の心構へについて

東野村　章

わが同胞は身を捧げて遠く戰ふ。
この時卓に倚りて文字をつゞり。
こゝろ感謝に滿ちて無限の思切々たり。

近隣の朋救ふべし。
彼等の牙と爪とを擊破して、
大東亞本然の生命を示現すること、
これわれらの誓なり。
霜を含んで夜しづかに更けたり。

（彼等を擊つ　高村光太郎）

大東亞戰爭の戰端はひらかれ、赫々たる戰果と勝利を祝しつゝ、われわれの胸は怒濤のやうな感激に滿ち溢れた。世界に翼を擴げた日本人のこころであつた。

その感激の中で、われわれは、正義の戰ひであると共に、文化戰爭であることを知らなければならない。めざましい戰果のやうに、日本の文化も進展しなければならないのだ。「英米に軍事的に勝つといふことは決して直ちに思想的に勝つことを意味して居らず、こゝに文化戰爭の問題がある。これを徹底的に考へて置かないと、又インテリ特有の內訌性、糞詰り的な、自由主義文化病に止つてゐると、それこそ軍事上の大勝利を却て思想的後退で妨げるやうにならぬとも限らない」と津久井龍雄氏の言つてゐることは、切實な心構へとして傾聽されるのである。

（敵性）といふ言葉が（敵）といふ判然さで眼の前にひらけたやうに、文化の方向も、その根本に於いてははつきりと道が拓けた。作家の心構へも確りした地上に足をつけた。いまゝでだつて作家は作家としての心構へはもつてゐたが、もつと偉大な輝

きのある地に足をつけたことが思はれる。かつてないところの感激と決意を、作家の立場の上に立つて今日ほど強く逞しく、情熱をもつて抱いたことがあつたらうか。銃を執るものと同じ意氣をもつて、ペンを再び握りはしなかつたらうか。作家は、作家の心構へをもつたのだ。「雄渾の構想を持つた祖國日本の偉業を、文化のうへにも反映させてゆけば、文化もまた雄渾なる構想を展開してゆくにちがひない。祖國の運命に文化人が殉じてゆく方途は、そこより外にあらうとは思はれない。それのみが、文化人の決意である」といふ火野葦平の言葉は、また作家の決意でもあるのだ。

作品にとつて、作家の心構へや決意が重要である。作品の底を流れ、讀者の胸をうつのは、テーマや題材ではなくこの心構へや決意ではないだらうか。いま、作家達の抱いた心構へが、美しい輝きをもつて作品の中に流れてくることを信じる。それは、飽迄も、美しい輝きと強く逞しい輝きでなければならないのだ。さきに支那事變勃發後に、便乘といふ小ざかしい作品を見て來た。

戰爭文學が强力なライトをあびて浮かび上つてきた。精神のない愛國小說、底のみえすいた、餘りにも出來合はせの作者の狙ひ所をもつた作品を讀ませられて來た。だが、果して眞の戰爭文學にわれわれは接したであらうか。報國的な、所謂ルポルタージユとしてのものにいゝものが二三あつたとは言へ、それをもつて、戰爭文學の(今日の)全部と言へるであらうか。事變に於て、われわれは、今日の空氣の中に浮かび上つた文學として、生產文學として生產文學や農民文學や科學文學といつた肩書文學の生れるを見たが、どれひとつとして、眞に心を搖する文學に接しなかつた。

文學とはいつたい何であらうか——思はずその焦點をさへ見失ひさうでさへあつた。自然主義の殼から拔け出しはした。そして、テーマや題材だけでなしに、作者の意圖をもつた作品が現れた。石川達三や、島木健作の作品がそれである。それらは、かつて純文學と大衆文學とがお互の城を築いてゐたものに對して破壞的な役目をなしたほか、文學の進步にどれだけの貢獻をしたであらうか。純文學と大衆文學との間にあつた大きな溝が幾らかづゝにしろ、影を薄くしてきたことだけでも文學の進展であるといふかも知れないが、それは大らかな見方から言はれることであつて、必ずしもそのことが進步的であるとは思へないのである。何故なら、もともと日本の文學が、かういふ形態をもつて二ツに別れてゐること、それ自體に不純なものがあるからである。雜誌によつて讀者の層に幾つかの階段があることは不思議ではないが、そのために二ツの文學がなければな

らない理由はないと思ふのである。かう言ふ風に近年に於ける現代小説に對する非難が手きびしく投げかけられてゐる。近年の混亂と、低迷と、或は輕々しい飛び跳ねたやうな、そんななかで中ぶらりんの狀態のまゝにある現代小説への不滿や、要求や叱咤、苛立たしさが、さうした非難のなかにあることを見る。

現代小説は、そんな風に、どの面からでも非常に苦しい中にあるのだ。だが、それはいろんな缺陷や不滿に追はれて逃げ出さうとする苦しみではないと思ふ。作家は、既に、指摘されるまでもなくそれを感じて、自爆しさうな身構への苦しさにあるのだと思ふ。所謂、新しい文學への過程にある苦しさであると思ふ。

現代小説への非難の言葉を聞くが、この苦しさに共にぶつかつて行つて探求のメスを突き刺さうと、何故しないのだらうか。われわれは、現代小説が今日のもので滿足することが出來ないのだから、明日への育成に努力しなければならない事が思はれる。時代の要請と、文學の自然なすがた。その眞の道との一致するところを贖めねばならない。

「一個の日本的人間として、愛國の至情に身を燒かない現代作家を、僕は想像することが出來ない。しかし文學の制作は、それ自身の論理や生理をもつ自然の一生成だと云ふことを忘れてはならない。作家は、それを忘れ、その自然の命ずるものに背いては、文學としての一篇の作品をも完成することは出來ない。強いてそれをやれば、忽ち復讐される。現に善き意圖をもちながら、まざまざと文學の魔神に復讐された多くの作品を、近年僕は數知れず見つゞけて來てゐるのだ。」（青野季吉）

如何に時代の要請にあつたものではあつても、それだけで現代小説の役目は果されるのではない。今日、一應はそれで出來上つたものとなるかも知れないが、それだけではならないのだ。――このことを考へるとき、僕は堤千代と大庭さち子の二人の女性の出發と作品の對照が興味をもつて浮ぶのである。二人の作品への態度は、この時代の流れに對する作家の態度を象徴してゐるかのやうである。かつて、通俗小説への作家の態度は、純文學の作家の態度と共に別の角度をもつてはゐても、それぞれひとつであつたやうだ。此處に今日の現代小説の複雑な面がある。

堤千代はオール讀物の（小指）をもつて、また、大庭さち子はサンデー毎日の（妻と戰爭）をもつて出發した。この二ツの作品は、ともに銃後の現實の中に材をとり、描いた作品でありながら、全く違つた相貌をもつてゐた。堤千代は、作品を通し

て（夢）を追はうとし、大庭さち子は、現實のなまなましい感情を作品の中に投げつけてゐた。

それは二人の性格の違ひや、環境の違ひだけではないと思ふ。作品への態度の違ひにあると思ふのである。

矢つぎ早やに發表されたその後の堤千代の作品は、どれも美しく整ひ、興味ある作品ではあるが、その病的でさへある（夢）への抒情、追慕といつたものが蔦のやうに絡んでゐた。作者の眼は、現實のきびしい面を見ながら、それを批判しようとはしなかつた。それは、それなりに作者の（夢）を育てるものであつた。考へてみるとかうした行き方は、堤千代一人ではなく、多くの過去の大衆文學の作者達の好んで執らうとした方向であつた。最近、目立つて勢力をもつた『意圖をもつ作品』のために、或はさうした要請のある空氣の中で、さうした方向が無力なかたちをもちはじめてゐるのを見る。だが、堤千代は、其處へは行かないのだ。巧に潜り抜け、批判ではないが、何かありさうな（夢）へ逃げてゐることは、世渡り上手な商人の技巧をさへ思はせるのである。綺麗にきちんと完成されたやうな作品であるので感心する。だが、その感心の中に眞に心をうつ深さがあつたであらうか。人形のよさは美しさだけである。そのことが考へられてならない。

さうした堤千代の美しさは、大庭さち子からは何處を探してもみつけることが出來ない。（妻と戰爭）にも（夢）はあつたが、その（夢）は、飽迄、きびしい現實の奥深くかくされてゐるものであつた。彼女は（夢）を追はうとするのではなく、（夢）から逃げようとするのであつた。彼女は、先づ現實をありのまゝに見ようとし、其處からひとつの答を得ようと努力するのだつた。ともすれば、その答へのために、夢中になつて、浮き足だつて了ふ。落ちつかうと努力しながら、感情の方が先走つて了ふのだ。（花開くグライダー）に於ける失敗は正にそれであつた。失敗はしても、一途に思ひつめた方向が大庭さち子にはある。一ツづゝの作品に向ふ彼女の態度は、今度こそ――といふ眞劍さがある。

かうした二人の態度のうち、どちらが正しいのか、僕にはまだ容易に答へを引き出すまでに至つてゐないのだが、今日の作家の態度が、どちらかの態度に共通するものをもつてゐるやうに思はれるのである。大東亞戰爭に於ける作家達の大きな強い心構へと、作品に向ふ態度が、いづれも、今迄のものでないものを強く信じる。それだけに、戰爭文學とか何とか肩書文學もいゝが、それぞれに眞に力のある作品が、さうした心構へや、態度の中から生まれてくることを期待するのである。（了）

國民文學研究 1

大衆小説的技法より國民文學の技法へ

岡戸武平

一

國民文學に對する檢討は、あらゆる角度からなされてほぼ出盡した感がある。そして、どの說も國民文學の一枝一葉として傾聽すべきものがあつた。たゞ遺憾なのは、これを端的平明に說明する肯綮の言を得なかつたことであるが、これは一面、國民文學の宏遠を示すものとして、寧ろ、一つの範疇にはめない方がいゝかも知れない。ともかく、われわれは端的平明な說明がなくとも、國民文學の如何なるものかはほゞ了解し得た。

一應それでいゝと思ふのである。

愛國心といふ言葉は、說明を要しない。しかし、愛國心トハナンゾヤといふことになると、國民の立場々々によつて、いろ〳〵の言ひ分がある。國民文學もそれと同じやうに、その作家の立場によつて表現の違ふのは當然のことであつて、その精神さへ分つて居れば、堂々めぐりに徒らに時間を費すべきではない。

――といふ理由から、この邊で國民文學を委員會に附託して、具體的に案を練らうといふことになつた。そして、その一部門として、國民文學の技法に就ての考案を私が受持つこ

とになつたのである。

二

最近私が痛切に思ふことは、一般娯樂雜誌に掲載されてゐる所謂大衆小説が、その内容に於て――それが文學であるか無いかは別として、非常に變化したにも拘らず、その技法が依然として舊套を脱してゐないこと。――例へて云へば、忠君愛國的内容に於ても、かつて、低俗野卑と罵られた、ある種の大衆小説的技法から一歩も脱却してゐないことである。

言葉を換へて云へば、讀者の劣情を微妙にかり立てゝ行くに役立つ技法に、作者が依然として囚はれてゐるやうに感じられてならないことだ。勿論索漠たる文體を用ひる必要は認めないけれど、ことさら讀者の興味に縋らうといふ根性も、眞の文學技法ではない。いや寧ろ卑しむべき道であらう。

少くも支那事變後一變した内容に對して、依然たる形式のもとに小説が書かれてゐることは、率直に云へば、その内容が作者の眞の精神から胚胎したものでなく、附燒双的のものであることを語つてゐるのではなからうか。その理由は、明白にいふことが出來る。それは内容にともなつて、形式も更新されるのが當然だからだ。いつの時代に於ても、文學が類型であることは、その文學の弱點を示すことになる。

しかし、ある作家は（その罪は一部編輯者にあるかも知れないが）從來の技法が讀者に親しまれてゐるからとの理由を主張するかも知れない。が、これは罪を轉嫁するものであつて、誠實な作家の云ふべきことではない。少くもこの嚴肅な生活下に於ける國民に、何ものかを與へやうとする作家のとるべき態度ではない。

大衆小説の技法も、講談に類するものから發達して、いろいろの變化進歩を見たが、いつ知らず一つの定型にはまり込んでしまつた。結果から云へば、それが讀者に一番親しまれる技法であるかも知れない。また作家が讀者の劣情をかき立てるには、一番好條件にあつた技法かも知れぬ。

しかし、内容が一新されたとき、その技法も當然一新されるべきが本當ではなからうか。

三

私は敢て新技法が、新文學を生むとは云はないが、少くも新らしく勃興する文學に對しては、當然淸新な衣服を必要とすることは言を俟たないと思ふ。そして、それは、必要と否とに拘らず當然生れるべきものであると思ふのである。

いつたい嘗ての大衆作家は、この技法についてどれほどの苦心を拂つて來たであらうか。もちろん中には、新形式を求

めて、日記體、說話體、聞書風、說明體（文献の一部を提示して、これに作者の想像を加へて小說體をする風）その他、いろ〳〵の方法を講じた人もある。しかし、これは幾多の先進が經驗した「型」であつて、決して創作とは云はれない。

また、一部技巧派と稱せられる人の中には、一夜一枚の原稿紙に多大の犧牲を拂つた人も少くないであらう。が、これも現れた作品を見ると、それほど肝要でない一場面の描寫に苦吟したものであつて、わるく云へば、讀者に對する媚態をいやが上にも濃厚にしようとした努力の現れでしかない。またさうすることに依つて、前期大衆小說の內容ははじめて効果があつたのだ。こゝで非常に適切な例を思ひ出したが、それはあまりに野卑であり、禮を失するとも思ふから私は割愛する。いふまでもなく小說技術に於ける描寫の巧拙は、非常に重大な問題である。その小說の生殺は一にかゝつて描寫にあると云つても過言ではあるまい。しかし、されば云つて、ことごとに克明な描寫をもつてすることの無駄であることは今更いふまでもない。また技巧のための技巧の無意義であることも論を俟たない。この表現技術――具體的に云へば、省略法に從來の大衆小說とはおのづから異なるべきものがなくてはならないと、私は考へるのである。

最近ある大衆作家が私に――近頃は小說の枚數が非常に少くなつた。どうしても與へられた枚數では滿足な小說が書けない。從つて、完全な小說を書くには、書きおろしをして單行本にするより他に手段がない。と訴へた。

一應尤もな話であるが、ひるがへつて考へてみるに、これも從來の大衆小說の技法（定型）に囚はれてゐるからであつて眞に新らしき文學を創作しようとする者の言ではない。

私は云つた。――それは卑怯だ。第一何枚なくては完全な小說は書けないといふ定則があるわけではない。作家である以上、枚數の如何に拘らず完全な作品を書かなければならぬ。たとへば戰場で、この地域は狹隘だから軍《いくさ》が出來ぬといふやうなもので、それは卑怯といふものである。

斷つて置くが、長篇を書きおろして世に問ふ場合は、おのづから又別の意義がある。試みに西鶴の作品を見るがいゝ。せいぜい今の原稿紙にして二・三枚で立派な小說を書いてゐる。或はモーパツサンの幾多の短篇を見るがいゝ。日本の原稿紙にして、二十枚乃至は二十五枚で、一人間の生涯をさへ書いてゐる。かういふ例は他にいくらもあるだらう。

四

この問題に就いて、實を云へば私も長い間、その探求に無意味な彷徨をしてゐたことを告白しなければならぬ。そして、

こゝに私の無智を表白した一つばなしを語るならば。

かつて讀んだ小泉八雲の「骨董」「怪談」などの作品――これは出典があるけれども八雲の創作である――が、形容詞も、說明も、ことさらの咏嘆的な言葉もなく、極く平易に、素樸な文章で書かれてゐながら、何か讀後に殘るものゝあるのを思ひだして、讀みかへしてみた。しかし、內容の如何を問はず、たゞ單に新技法を求めようとするものにとつては、その一言一齣は別にこと新らしいものではなかつた。極くありふれた言葉の集積にすぎない。

それにも拘らず、讀後感銘を讀者に與へるのは何故だらう。そこに考へ及んで、私はひとり笑ひだしてしまつた。どんなに美しい人の顏であつても、耳、眼、唇と解剖的に觀察したつて、その人の顏が何故に美しいかの解答は得られないのは當然である。そこには「顏」といふまとまつたものがあるばかりでなく、感情と情緖がうごいてゐるからこそ美しいのだ。この感情と情緖は、人により、時によつてそれぞれ違ふ。違へばこそ、そこに性格といふものが現れてくる。

從來の大衆小說の技法が固定したのは、いはゞこの性格を描かうとする努力の足りなかつたことに起因してゐるのではないか。そして、それはいふまでもなく作家が類型的の物の觀方、考へ方に囚れて、そのものゝ眞の性格を摑んでのち文章に移さなかつたことに據るであらう。こゝで私が、最近やかましく云はれるリアル問題に水を引いて、その結末をつけようと想像する人があるかも知れないが、その問題に觸れないといふより、はじめからその問題を睨んでのこの感想である。いつの時代でも、不朽の名作と云はれるものは、その作者が意識してゐやうとゐまいと、その出來上つた作品は必ずリアルであるべきである。それが耽美派、浪漫派と云はれる人のものであつても、名作と稱すべきものは必ずリアルである。リアルに感ずればこそ、人を打つものがあるのだ。

從來の大衆小說は、この根本問題を忘れていたづらに修辭的であつたり、衒學的であつたり、說明的であつたり、あまりに個性がなさすぎた。それについて小泉八雲は、文學論に次のやうに云つてゐる。(「創作の方法について」より。)

「日本語でも或はその他の國語でも、全くあり來りの文體でなく、苟くも文體と名のつく物がありとすれば、その作者の文體は性格を代表すべき筈である。そこで私の云ひたい事はからである。もし作者がその作品を完全にしようとして最善をつくせば、その外の作品と區別をつける個性、性格ができる。丁度その人の顏やその人の話しくせが、その人の物で他人の物ではないやうに、明かにそれはその人のものである。しかし努力の程度が少いと、性格の現れやうも少い、隨つて

體も小さい。多くの拙い人々の作品は皆一般に類似してゐることが分る。眞に根氣强い、苦心の作は非常に違つてゐる事が分る。その熱心と努力が大きいだけ、その文體ははつきりして來る。それで私の意味が分るだらう——即ち文體は勞作の間に發達して來た性格の結果である。文體とはどこの國に於てもこれに外ならぬものである。」

五

この八雲の文體論は常識的ではあるが、眞理である。この常識を私は足場として、もう一つ附加へたいことがある。それは日本の文學は日本的でなければならぬこと、即ち、國の性格を尊重しなければならぬことである。（往々にして日本人の書いた小說で、非日本的なものを見かけた）。

文學に於ては、個人に於ける個性を尊重するごとく、その國の個性もまた尊重しなければならぬ。事實またその國の不朽の名作と稱せられるものは、その國にのみ生みだされる場合が多い。けふ國民文學翹望の聲が期せずして起きたのも、云ふまでもなくこのへんの事情を語つてゐるものである。

されば、いかなるものが日本の文學であり、かつ、その文學の日本的文體（技法）はいかなるものであるか。を——これは國民文學を單的平明に說明することが困難なごとく、いろ〳〵の言ひ方がある。そこで私は一つの例をこゝに提出して、諸君の賢察に訴へるよりほか手段がないと思ひ至つた。

それは萬葉集である。萬葉集の作品はいまさら說明するまでもなく、素朴、直感、眞實、情熱的、人間的などの言葉に依つて評せられるごとく、眞實心が語られ、その技法に於てもなんらたくまず歌はれてゐることは誰しもいなめない事實であると思ふ。この精神と技法。——これこそ國民文學の技法に用ふべき美はしくも簡素なる新裝ではないかと思ふのである。そして、いつの時代にも當に清新な感じを與へる不思議な美しさを持つてゐる。くりかへして云へば、國民文學の技法は、萬葉の人々が萬葉をつくつたごとき精神をもつて描くことである。それは結局リアリテーであると云ふ人があれば、それもさうだと私は答へよう。また、ある人がそれは象徵の極地を狙つたものであると云へば、それもさうだと同感するかも知れない。いづれにしても、廻らぬ筆を酷使するより、萬葉集をよんでもらへば、私の云ふことが分つてもらへると思ふ。私は決して神がゝりで云つてゐるのではない。

夕されば小倉の山に鳴く鹿は今夜《こよひ》は鳴かず寢宿《いね》にけらしも

この平易で、しかも味はひ深い一首の御製を、しづかに讀みかへすだけでも、その技法の秘訣が案外身近なところにあることを語るであらう。（完）

●○●各雜誌作品月評●○●

長谷川幸延氏の『冠婚葬祭』

戸伏太兵

月評委員が、『大衆文藝』の長谷川幸延氏の『母の婚禮』に言及する時間のなかつたのは遺憾である。

『幼年畫報』・『模型飛行機』・『母の結婚』と續く氏の近業は、讀者の好ききらひは別にしても、充分に尊敬されてよい業績であると思ふ。

鄕土大阪の幼年時代の世相を背景にして、これほど適確に大阪人の性格と生活相を描破した文學は、恐らく所謂純文壇にも無いと云つても過言ではなからう。

大阪人の氣質——それが又、現在當面の世相でない、いはば回顧的のものであるだけに、一般讀者にちよつと取りつきにくい感じを與へる點のあるので損をしてゐるし、殊にあの、ネチ〳〵とした齒切れの惡い大阪流の會話は、或は全く迷惑である、といふやうな讀者も、中にはあるに違ひない。

——然し、文學は、何も損得でやるもんぢやない。この連作はこれで、いはゆる大衆文學といふ面から見ても、充分にユニークな作である。

前月の『模型飛行機』にしても、同誌の風呂木氏の批評では、三つの主題に割れて雜然としてゐるから三つの短篇に分けた方が面白いといふ評であつたが、僕はさうは思はない。——此の作者は、初めからよく考へて、何度も〳〵、違つた階調の色を上へ上へと塗りたくつて、自ら其處に重厚、複雑なハーモニイを出さうとしてゐる。色だけではない、嚴肅の上に笑ひをぬたくり、笑ひの上に涙を加へるといふ。西洋畫式、いな寧ろ、泥畫式の描法で、プロットを練りに練つた感じがする。

その餘りの練り過ぎが、用語と、息の長い文章とのために應々さまたげられることはあるが、それにしても一面、大阪、大阪人を描くには、最もたくみな描法の自覺が感じられると思ふ。今月分の終末、高砂の件などは、單にその思ひ付きが奇抜でシャレてゐる、といふだけではなく、長谷川氏のプロットの複雜、强靱性を見せるものと云つてよい。

なほ此の上の慾には、山の盛り上げ方に一層の工夫があれば御もつと〳〵緊迫力が出るのではなからうか。

ともかく、努力と、息の強さの點で、近來とみに脂の乘つて來たことを感じさせるのは、同慶にたえない。（一月二十五日）

「國民演劇」

村　正治

解氷期　北條秀司

昨年十月の日の出に發表した同題の小說を自ら脚色した二幕物。佳木斯第一期武裝移民團の苦闘史であり、開拓の父東宮大佐への頌德表であり、實際記錄に準據してゐるが、相當面白く讀める程度に肉附けされてゐる。

佳木斯に唯二軒きりの日本人旅館の一つで、匪賊に襲來され夫を失つた旅館の女主人がいよいよ引揚げを決意した吹雪の夜、飛び込んで來た脫走移民と之れを連れ戻すべく追つかけて來た親友の火の出るやうな取つ組みあひがヤマで、その親友の熱情に女主人も引揚げを飜意し倶に說いて脫走者を悔悟さす。第二幕は、それから二年後、移民團の苦闘が酬はれ繁華な街となつた佳木斯に、內地から移民の花嫁團が來るといふ場面で賑かに明るく結んでゐる。暗い第一幕と對照的にしたのだらうか、この幕は少し舞臺が燥ぎ過ぎるとおもふ。

小說では、髭自慢の男が花嫁の乘つた船が見え出すと慌てて髭を剃るやうに書いてゐたとおもふが、脚本では花嫁を迎へて同室してから剃り落してゐる。演技的に困難だとも考へられず、小說の方がピッタリ來るのに、この條は改惡だとおもふ。然し、初期移民時代の苦難の歴史を昔話として語り得るまでになつたといふ其の事だけでも、この作品の意義が考へられ、作者の意圖を多とした。

椰子の島　矢田彌八

中央演劇の地方公演で各地で所演されたといふから、舞臺効果はあるのだらうが、讀んだだけでは佳い脚本だとは受取れない。プロローグやフイナレがあり、人の出入りがゴタゴタしてゐる上に、標準語に南洋語や大阪辯を交錯さしてゐて、讀みづらい。內地人と土民の融和協力を主題にしてゐるのだらうが、作者が何處にピントを置いてゐるのかハッキリしない。

天野屋利兵衛　郷田悳

利兵衛と松野河內守に、赤穗不義士の近藤新吾と遊女お初の心中を絡ませた點に新趣向が見られるが、講談本通りの義人利兵衛であり、名奉行河內守であるのは、食ひ足りない。

河內守に「男の魂、貴方にある武士の魂が貫かせたのだ」と褒められて利兵衛は、「利兵衛にある魂は決して武士の魂ではありませぬ——たゞ約束を破らぬ、必ず貫き徹す商人の魂」だとか「商人冥利に一代の

算盤をかけたのでござります」とか力説してゐる。是等の臺詞に依て、作者は利兵衞に對する新しい觀方を効かせた心算だらうが、言葉だけが上滑りしてゐる。「商人冥利に一代の算盤をかけた」等、乘るか反るかの大商賣でもやつたやうで變な臺詞である。河内守も利兵衞の追放を見送つて手を握つたり、大分安つぽい人間になつてゐるのを憾む。作者の環境に於て、大阪好みの利兵衞や河内守に仕立て上げなければならなかつた事情は諒とするが……

瀧善三郎　竹菱　邦

歌舞伎検討委員會募集脚本の佳作入選作だが、優秀作恩讐以上に匹敵し、峠の石佛よりは上位に置かるべき佳作だとおもふ。備前侯の行列を横切つた英國水兵を無禮討ちにしたことから宸襟を惱ます程の大事に至つた。所謂、神戸事件を扱つたのだが、全然無關係の志士土岐一郎を拉し來つて趣きを添えてゐる等巧みに劇化してゐる。この土岐一郎は天野屋利兵衞の近藤新吾より巧みに動かされ、添景人物としてよく効いてゐる。

英國公使パークスの恫喝に依て叡慮を乞ひ奉つた程弱小だつた日本の過去の姿を、英米膺懲の快報相踵ぐ新春に回顧さした此の一篇は捷報に狎れようとする國民に好箇のお年玉になつただらう。

十二月・新年號と續いた歌舞伎検討委員會の入選作品發表に次いで、情報局入選作品も此の雜誌で發表されるのだらうが、直接讀者の投稿を認めるといふやうな微溫的なことでなく、國民演劇自らの名に於て、其の年度の代表作たるに恥ぢないやうな大作品を募集する程の氣慨を持つて欲しいものだ。毎月の戯曲より、創刊號以來連載の木村錦花氏の守田勘彌傳の方が面白く讀まれてゐるのでは、編輯當局としても考へざるを得まい。企畫的にも、經濟的にも、編輯者が小さくなられてゐるのでは、良い仕事は出來ない。

「講談倶樂部」新年號

東野村　章

（二等車　神崎武雄）

僕は、現代小説がこのごろほど、いろいろな面で、多くの問題を孕むでゐることがかつてあつたらうかと感じないではゐられない。そして、それ等の問題を「自己をつくして文學生成の自然にしたがふ」文學の本道に結びつけて考へてみずにはゐられないのだ。綜合雜誌の卷末に押しこめられた小説でなければ文學としては見ることが出來ないといふ慣習から、既に遠くを離れて來てゐると思ふのであるが、われ〳〵自らがその小説と、かうした雜誌の小説とを別々な眼で見ることがあつてはならならないと、今更らのやうにそれらの問題にあふ毎に感じないではゐられない。現代小説が、多くの問題を孕むでゐるやうなのも、此處

からくる不統一であるところの、燃え殘りのくすぶりにあるのではないだらうか。僕は「二等車」と「沙漠の聖火」の讀後、先づそんなことを考へてみずにはゐられなかつた。と、いふのはこの二ツの作品が、特別にそれらの問題を與へるところのものを含んでゐるといふわけではなく、いまゝで考へられてゐたことが、偶々それを誘ひ出す導火線となつたやうである。

二等車に乘れる地位になつた俳優啓三の心理を對照に、末ッ子の四郎の『生れると間もなく里子に出された四郎は、可愛想に家へ歸つて來ても、母親に甘えることも知らなければ、兄や姉に對しても、なんとなく他處々々しかつた。言ひたいことも言はず、上の二人の兄をも、大人のやうに思つて、始終その顏色ばかりを見て』ゐるひねくれた心が抱く愛情の不滿を描かうとしたことに、作者の出發があつたのであらう。四郎のその不滿は、繪を描かうと言ふ希望に燃えた。が、それも『僕の行つてる工場の仕事は、今日本に一番必要な仕事なんだ。……そんな仕事を捨てゝ、自分一人の好きな道に走るのは、不可ないことぢやないのかといふ觀念が、彼の繪への志望を棄てさせるといふのだが。

（沙漠の聖火　木村莊十）

現代小說に於けるかう言ふ作品の方向も考へられる。それがいゝとか惡いとか、文學的であるとかないとかといふことはひとまず措くとして。

面白く讀んだ。慥に先年オール讀物の「斷雲」なんかよりも面白く讀んだ。それは、映畫的、しかも活劇的面白さだ。——此處に僕は、フランス現代小說のアンドレ・マルロオの「王道」を想ひ出す。「王道」は「沙漠の聖火」より、はるかに活劇的である。しかも、もつと深い面白さが胸の底を突くのだ。この文學の秘密を、作家は勇敢に探りゆかねばならない。

（葉原日記　櫻田常久）

僕は、正直、時代小說は、いまゝでに餘り讀んでゐない。つとめて讀まうと努力し、近年ではだいぶ讀むやうになつたものゝ、まだ、本當に時代小說の味を知つてはゐないやうである。しかし、文學としての味はひは、時代小說と現代小說とに區別して味はねばならないものだとは考へられない。史實に對して普通の人よりもより深く知つてゐることは、それだけ、その時代に對する興味も深くあるわけであるが、また、それだけ知らないものでは興味が減じられることも考へぬではない。近藤勇や忠臣藏が、女中や小僧にまで喜ばれるといふのは、その作品から受ける感激よりも、知つてゐることが（或は他で受けた知識を）其處に更めてみることに喝采を送る場合がないであらうか。こんな風に考へてゆくと、史實と文學の感銘とは、矢張り別々の問題である。史實に忠實であることは作家の良心の問題だ、現代小說作家の「噓を書かぬこと」と相通じるものではないであらうか。

初めて接する作者の時代小說である。作者の現代小說に於ける重厚な筆致は、そのまゝ此處にも俑ひ廻つてゐるのだが、その所爲でもあるのか、素直に首を刎ねられる浪士たちの息づまる空氣の中に這入つてゆけなくて、最後まで何となく讀んで了つたが……。

（熱血時代　戸伏太兵）

「朝敵といふ名が、木戸の心を苦しめる。……臣下として、陛下の御膝を揺ぶり奉るは畏多き極みながら……、會津公御父子の生命は、確かに……この木戸孝允がお請け合ひ申しませう！」

「あゝッ――あゝッ！」

のめるやうに涙の中へ突ッ伏したかと思ふと、やがて恥も外聞もなく、子供のやうに大聲あげて泣きはじめた大庭恭平の姿が「呆れてくッちやァ肱鐵の味……」と幾松を前に苦笑する姿との對比、こゝに此の作の妙味、明け放した人間の性格の一面に、びりびりと心の底を突かれる思ひがするのである。僕の好みから言へば、もつともつと大庭恭平の僞裝の心と眞の心を突いて貰ひたいと思ふのだが、これだけで充分この作は成功してゐると思ふ。大衆文學は、いまゝで餘りに素材の興味にとらはれ過ぎてゐた。現代小説の面で、僕はそれに反逆の心をしばしばもつた。だからと言つて、決して素材をおろそかにしようとは思はないが、心の底の流れに眼をとゞめようとしないところに、むしろ腹立しい氣持さへあつた。

（七里香草堂　村雨退二郎）

前述の心の流れを感じるとき、僕はこの作品に、深く感銘した。じつくりと靜かに湧いてくる感銘である。

畫家田崎草雲の『水のやうに靜かな』心を辿りつゝ、何時までも腦裡を離れなかつた。

草雲とお菊との愛情、心と心の流れ、そしてまた、二人の格太郎への心、格太郎の若い生命を揺すぶる心、此處に複雜な人間と運命との斷ちがたいつながりをみるのである。『すべては草雲が惧れてゐた通りになつたのだ。家出をして愛の棲家を營んだ世間知らずの二人が、すぐに生活難の重壓に壓し拉がれてしまつた事情は、瀬江の手紙を丹念に讀むまでもなく諒解された。生活難！　生活難！お菊もそのために發狂しそのために死んだ。たつた一人の息子も今また生活の戰に敗れて死んでしまつたのだ。だが、草雲は、弱い彼等を憎むことはできなかつた』何か大きな流れが、彼の眼の前を通り過ぎてゆくのが感じられる。だが、眼をひらくと其處には『夏雲に半身を沒した氣高い富士の山容が』あつた。そして、『時には雲に覆はれ霧に閉されて人間の視野から見えなくなる時はあつても、富士は必ずそこに在る』のだ。草雲は、富士の姿と共に人間の姿をもみるのだつた。こゝに至る彼の心の過程はなんと深く冴えてゐることだらうか。僕は、このたん〳〵たる描寫の中に眼にみえぬ强い光りを、眞向からあびせられたやうに思つた。

新刊紹介

◈豪傑の系圖（鹿島孝二著）

『新青年』に掲載されて好評だつた標題の作品以下十三篇を收めた作品集。いづれも著者が多年抱懷されてゐる健康な明るさに滿ちた好箇の作品集である。『海邊有情』――『男の敵』から本書へと、鹿島文學が絶えず前進をつゞけてゐることは敬服すべきである。（B6判三百五十一頁、四谷區坂町十九、大都書房發行、定價一圓八十錢）

『オール讀物』『大衆文藝』二月號

川端克二
松浦泉三郎

春匆々兩者共俗事多忙を極め、〆切過ぎれど與へられた雜誌も讀めぬまゝに、〆切二日後、兩者顏を合しての辯。

A　讀んだかい？

B　多少はネ。然しそれもほんの通讀だ。これで作品批評はどうも作者に申譯けない氣もする。

A　やらずば、編輯部へ言譯立たず。

B　あちら立てればこちらが立たず。兩方立てれば……。

A　すぐそれだから困る。兎に角以上を双方へのお斷りの辯として、讀んだ分だけでも眞面目にやらう。

B　まづそのへんだネ。

A　といふわけにて……以下。

A　「オール讀物」からいかう。大佛次郎作「氷の花」讀んだかい？

B　うん。國境の荒凉たる感じは流石によく出てゐるが、登場人物がバタ臭い皮を被つてゐるやうで、どうもついてゆけない。

A　同感。どうも大佛流のキザさが鼻につくが、なにしろ心得たもんだ。次ぎへゆかう。片岡鐵兵作「父母」どうだい。

B　餘りにも繰返され過ぎた方程式的市井もの。取立てゝいふ程の作品ではあるまい。北村小松作「在原氏の感化」はどうだ？

A　面白くない。身邊雜記に時局色を盛つた程度のものだ。近來賣出しの長谷川幸延作「當麻の蹴速」……これは？

B　不振の力士と當麻の蹴速とを結びつけた所に一應の才氣は認められるが……。

A　が……どうしたんだ？

B　その力士の苦境時代から出征までの生活を、回想の形式で描いてゐて、書振りは例に依て達者だが、佳作とは言へまい。

A　どうもこの作者は退嬰的なものに愛情を持過ぎてゐるんぢやないかな。

B　兎に角消極的だネ。おあと芥川賞候補作品埴原一亟作「下職人」といふのがある。

A　まづ芥川賞ものらしく克明に描いてある點が取得で、洋服屋の下職人といふちよつと變つた世界に取材したものだ。

B　弟子同志の確執に陳腐な戀愛事件が絡んで、克明はいいが、どうも内容が暗過ぎるな。

A　讀後感甚だ悪し。

B　然り然り。可成り自然主義的殘屑を有つてゐて、明日の文學では所詮あり得ないといふやうな氣がする。こんな式のものが芥川賞の詮衡委員のお氣に召すのかなあ。

A　さういふ事は言はない方がいい。「オ

ール」はそれだけか。
B　これだけにしておいて貰ひたい。
A　ぢやあ「大衆文藝」へいかう。
B　讀むには讀んだが、あらかた忘れてしまつたのは……。
A　傑作のない證據だな。
B　どうもお前は口が悪くて困る。餘談抜きで、最初に村上元三作「鰊」からいく。これは開拓精神を味噌にして股旅ものの變形といふやうな氣がするがどうだ？
A　やつぱりその感じだ。樺太歸りの西岡某、鰊場の親方勝藏、その妹おきん、何れも股旅作品中の人物を思はせるな。漁場不振の爲に困つてゐる兄貴の爲に身を賣る妹、これが秋田おばこを、泣きながら宿屋の二階の手すりにもたれて唄つてゐる場面なぞはちよいとした「一本刀」のお蔦だネ。
B　職場の專門的知識にも缺けてゐる。もう少し調べて描いて欲しいと思ふ。次ぎへいかう。神崎武雄作「雪」……。
A　聊か時代放れがしてゐる。
B　批評する勇氣なしだ。
A　ぢやあ次ぎ、大林淸作「東支那海」を見よう。これは眞面目な正面からぶつかつた作品だ。好感が持てる。
B　ただ難はテーマが少しむき出しで、肉づけの不足な點、だらうな。以上、長谷川幸延作「母の婚禮」といふのがあるが、これはシリーズものの一つだし、御遠慮申し上げておかう。
A　少しあつさりし過ぎたやうだが、兩誌を通じての感想は？
B　低調だネ、小說とも隨筆ともつかない作品が少しはびこり過ぎてゐる。

會友作品評

現代小說『決意』（二八枚）河合源太郎

美しい愛人と都會生活をしてゐたインテリが郷里へ歸つて、農村の荒廢と靑年の離村を目擊して、自ら鍬をとつて起つ決意をし、愛人もそれを理解して、協力するまでが、素直な筆で書かれてゐるが、平板で迫力に乏しい點が惜しまれる。健康ではあるが、作者の筋書通りに運んでゐて、殊に愛人由紀子は人形になつてしまつてゐるし、主人公の母も定型的であり過ぎる。

寧ろ、決意後の土の生活を正面から書いていつた方が、感銘も深くなるし、この時代の求める作品になつたではなからうか。

揭載まで今一步、作者の精進を期待したい。

（川端克二）

○

尙、同氏作『歷史』、柿本澄子氏作『名づけ』の二篇が寄せられてゐる。いづれも本號に間に合はなかつたことは甚だ殘念である。來月までには、合評しておきたいと思ふ。特に兩氏に對して御諒承をお願いする次第である。

また、會友諸氏の原稿は、なるべく一應本社に送つて頂きたいと思ふ。

（土屋光司）

わが小品

夢をゐがく

戸伏太兵

別府がよひの商船が、遠からぬ沖合で、ポーッと物憂い汽笛を鳴らしました。

——よく晴れた、初夏のある日曜日。

蘆屋は美しい白砂の砂つゞきで静かな内海の對岸には、淡路島の一端が、手に取るやうに眺められるのでした。

砲臺跡の近くまで連れ立つて來た少年と少女は、そこの砂の上に腰を下ろしたまゝ、もう長いこと話が途切れてしまつてゐました。

所在なさに、少女は右の人差指を筆にして、膝先の砂の上に砂文字を書いてゐました—

Il pleure dans
　mon coenr
Comme il pleut
　sur la ville,
Qluelle est cette
　langueur
Qui pénètre mon
　coeur ?

こゝまで書くと、少女の膝先には、もう文字を書く砂の餘裕はありませんでした。

少女は、もう一度はじめから讀み直してから、偖て、うしろへさがつて、この詩のつゞきをもつと書いたものかどうか、と考へたのです。

だが、その次ぎの一聯は、半分ほどしか記憶になく、殊に綴字のおさらへを砂の上でするにしては、ヴェルレーヌの詩は、十七歳の混血少女には少しむづかし過ぎるのでした。

少女は砂文字をあきらめて、顔を上げました。

そして、さつきから默まりこくつて沖を眺めてゐる朝之介の柔かい片頰を、いたづらさうに指先でつゝくのでした。

少年は、ハッとして、振りかへりました。

『アサノスケ——。またあんた、今日もお髭を剃つて來たのね？』

『うん……』

『どうして毎日、お髭なんか剃るの？　あんた、まだ十六ぢやないの。今ごろからお髭を剃るなんて生意氣よ』

少年は心の底を見すかされたやうにサッと頰を染めました。朝之介は、中學の二年生になつたばかりなのです……。

『だつて……僕、髭が、馬鹿に濃いんだもの……』

『いけないわ。今にパパのお髭のやうに成つてよ』

少年は、答へることが出來ませんでした。

神戸の榮町に大きな事務所を持つてゐる貿易業者の大高氏は、その頃ひらけはじめた阪神電車沿線の蘆屋海岸に、豪奢な邸宅を構へてゐました。若い頃には暫らくアメリカへ留學してゐたことがあつて、佛蘭西系の米婦人を妻にしてゐます。大高マヂヨリーはその一人娘で、輝くやうな金髮と、長い睫毛を持つた美しい混血少女でした。

『——だけどね、アサノスケ——あんた、大人になつたら、口髭だけはお立てなさいねえ。あんたのお髭、紳士型よ——きつと、よく似合ふと思ふわ……』

（さうだ、一人前になつたら、必ず口髭を生やさう！）

少年は、マヂヨリーの一言で、簡單にさう決心したのです。

少女は、膝先の砂文字の詩の上

に重ねて、大きく

Amour

と書きました。

——そして、少年の情熱を嘲笑するかのやうに、クスリと咽の奥で笑つたのです。

…………。

×

少年は、その年、相次いで兩親を失ひました。

蘆屋から大阪の親戚に引取られ十八の時に東京へ出て、苦學しなければなりませんでした。

——大高マヂョリーのことは、忘れるともなく忘れてしまつてゐました。

×

兩親の法要で久しぶりに歸鄕した朝之介が、ふと思ひ出して少年の頃に住んだ蘆屋を訪ねたのは、彼が三十一歲の秋の頃した。

嘗ての大高邸には、見知らぬ別人の表札が掛かつて、下手くそなピアノが、六段の調べをかなでゝゐました。

朝之介は、首を振り振り、濱の方へと歩いて行つたのです。

沖には今日も、別府がよひの商船が汽笛を鳴らし、砲臺跡の砂場には、月見草が澤山咲き出てゐました。

——朝之介は、何を探してゐるのでせう?

砂の上に、少年の頃の足跡を見付けることは不可能なのです……

あれから、もう……十五年の歲月が流れてゐました。

そして……彼の鼻の下には、恰好のいゝ紳士髭が生え揃つてゐるのでした。(終)

『わが小品』——七枚以内・
每月十五日締切。
會友・誌友の投稿を募る!

〈會〉〈報〉

同人懇談會

一月十五日午後六時から、文藝會館に於いて本年度最初の同人懇談會を開催した。初顏合はせ會とて、特別の議事もなく、和氣靄々裡に、本年度の覺悟その他について、意見を交換、十時散會した。

當日の出席者

○岡戸武平○鹿島孝二○松浦泉三郎○鯱城一郎○村松駿吉○東野村章○川端克二○由布川祝○村正治○松本太郎○中澤巠夫○戸伏太兵○土屋光司。

第二回幹事會

一月三十日午後六時より本社樓上に幹事會を開催、戸伏、中澤、東野村、村、川端、由布川、土屋の七幹事出席、海音寺、岩崎、北町三幹事の留守宅慰問、講演會の開催。會計整理。その他積極的に運動展開の方法等について、意見の交換を行ひ十時散會した。

◇同人消息◇

北町一郎氏　夫人は一月中旬に長男一雄君を擧げられた。母子共御健全の由、二人の御令孃も頗るお元氣である。尙、同人諸氏にくれぐ〵もよろしくとの御傳言があつた。(二月三日、川端克二)

岡戸武平氏　短篇集『恩讐蜻蛉斬』を越後屋書房より近刊。

石井哲夫氏　一月下旬御上京二月一日に歸任された。

土屋英麿氏　今般外地へ轉ぜられたるに付退會された。

隨筆　花さまぐ

佐藤利雄

花と美と

花についての隨筆を——との事であるが、どうも不粹者と云ふのか無骨者と云ふのか、僕には花について語る資格はないらしい。

と云つて、それではお前は花について「美」を感じないのか？　と云はれゝば、僕は昂然として「否！」と應へるであらう。若しも花について美を感じないやうな者があるならば、それは文學者として、否、一個の人間として、滿足なものとは思はれない。實際、花の美は萬人共通の最も普遍的なもので、この美を感じないやうな者には文學や藝術の鑑賞——それこそ「共感」も「感情移入」もあつたものではない。

それではお前はどんな花に「美」を感じるか？　と云はれゝば、これはむづかしい。僕は都會的な美しさ、例へば日比谷公園の幾何學的・構成的なあの撩亂たる花壇——百花妍を競ふ線と色の人工的な美にもうたれる。と同時に、ごく自然な、無雜作な美——例へば田舍路など歩いてゐて、見るからあまり裕かでもなさゝうな農家の庭に、コスモスなどがなよ〳〵と咲亂れてゐたりすると、その「投げやりの美」に強い感動を覺えて思はず立止らずにはをられない。去年の秋も僕は一人會津に旅したが、白虎隊の墓に詣る途中、今を盛りと咲誇つてゐたコスモスとダリヤの美しさには幾度立止つて感歎したかわからない。澄んだ空や山の背景、否、古びた藁屋根の背景が實によかつた。

花と背景

花と背景とは密接な關係があるやうだ。例へばコスモスには今云つた茅屋が聯想され、鳳仙花には何となく鷄冠《とさか》のあかい鷄でも遊んでゐるやうだ。さては茶の花には崩れかゝつた石垣や築地《ついぢ》が思はれる。（亡びたわが家の、少年の日のイメージであらうか？）

菜の花

菜の花は、僕がこの世に生をうけて、はじめて知つた花ではなかつたらうか？　僕は子守の背で、大變むづかつてゐた。多分、母の歸りでも遲かつたのであらう。泣きくたびれてうと〳〵しかけた時、菜の花の黄色い匂ひが、濃くあまく噎せるやうに流れて來た。

空には、夕月が白くかゝつてゐたやうに思ふ。（そして蛙の合唱《コーラス》は、何だか原始時代にも聽いた事があるやうな氣がするのだが……）

躑　躅

躑躅の花といふと、鮮明な山躑躅の美しさもさることながら、花御堂の屋根の躑躅が忘れられない。

慈德寺は山の上に在つた。放課後、惡童達はわい／＼はしやぎながら、何十段も石段を登つて山のお寺に行くのだつた。

けふは樂しい灌佛會だ。皆な小柄杓で三度、お釋迦樣に頭から甘茶を灌ぎかけ、それからごくりと咽喉を鳴らして小柄杓を自分の唇に持つてゆく……

――あの甘茶のほろにがい味は、今でもかうして舌に感覺する事が出來るのだが、何だかそれは「人生」の味に似てゐる、と云つては平手な洒落になるであらうか。

桔　梗

やゝ藍を帶びた、薄紫の、可憐な桔梗。

馬の背に、ゆざ／＼大きな草束が搖れる。雜草とゝもに、無雜作に刈込まれた、桔梗の美しさ。

萩

僕が天下の靈峰、靈山《りやうぜん》に登つたのは九月の初旬だつた。

靈山《りやうぜん》は周知のやうに、建武中興の際、北畠顯家が義良親王（後村上天皇）を奉じて勤皇の義旗をひるがへしたところ。僕は石田口から登つたが、山にはいちはやく秋色が動き、色とり／＼の秋草が美しく咲きみだれてゐた。中でも、萩の紅紫色など、眼が覺めるばかりの鮮やかさだつた。あの鮮明な美しさは、今でも網膜にハツキリ泛んで來る。

庭の花・花

次に、現在、僕が季節々々に眺めてゐる花について語らう。

僕の寓居は、同人住所錄にもあるやうに、四谷の左門町だ。市電も近いのに、ひつそりして至極閑靜だ。家は二階の上り下りにもガタピシする程古いが、環境は大變いゝ。それに二階の書齋からは、坐ながらにして綠の樹々が眺められ、四季の花・花が眺められる。

先づ、前方遙かに見事な梅の古木がある。滿開の時など全く素晴らしい。馥郁たる薰りが、此處までたゞよつて來るかと思はれる。

木蓮も咲く。山吹も咲く。

暗紫色の木蓮に、黃金色の山吹。それに情熱的な椿の花。櫻も咲けば、桃も咲く。四月の半ばともなれば、からたちが雪のやうに咲き始める。僕はこの寓居を枳殼庵《きこくあん》などゝ洒落れて見たりしたが、雪のやうな花も、青い實もいゝ。十一月になつてもまだ殘つてゐる黃金色の實は、更にいゝ。

おまけに、庭には、やまちやばな、といふ珍らしい花さへある。尤も、これは僕が勝手に稱《よ》んでゐる名ではあるが。（註。昔、薄穢ない場末の映畫館で新派悲劇といふものを見た時、タイトルに山茶花とあるのを辯士は氣どつた名調子で、御叮嚀にも繰返し／＼やまちやばな／＼と說明した）

閑話休題、こゝでペンを擱くと、僕は素晴らしい庭園でも持つてゐるやうだが、終りに蛇足ながら（ほんたうに蛇足ながら、呵々）一寸説明する。實は僕の寓居の庭は、猫の額ほどの廣さもない。常磐樹をはじめ、多くの花・花はすべて他家のもので、たまく僕が一番眺めのいゝこの書齋（兼客間、兼寢室）に頑張つてゐるといふに過ぎない。

——有難い話ではある。

野の花・山の花

瀬木二郎

深川に住んでゐた頃は、殆ど野の花に接する機會がなかつた。でも花は大好きなので、菜の花や水仙など季節の花を買つて來たり、知人の所から沈丁花を貰つて歸つたりして机の上を飾つたものである。その他、緣日の夜店で買つて來たお天氣草なども、下町の二階の物干臺には不似合な程、美しい想出となつてゐる。

それが高圓寺に住む樣になつて以來、急に野の花に接する機會が多くなつた。野草ばかりではない、相當專門的な山の花にも、今では相當の見識を持つてゐるつもりである。畫家の島大作君と知り合ひになつてから、ハイカーの混雜しない日の山をよく歩く樣になつた。島君が秩父生れの關係から主に歩くのは奥武藏だつた。それに私は、東京の近邊では奥武藏の山々が一番好きだつたからである。

◇

島君は實によく野草のことを知つてゐる。然し野草のことをよく知つてゐる人は少い。だからどんな珍らしい草花でも、島君は即座にその花の名を口にした。

武藏横手から日和田山へ出るコースは、實に面白い山の草花が繁茂してゐる。五月の末頃のことだつたが、「むさしあぶみ」「ほとゝぎす」「千本槍」「ちごゆり」など、山でなくては見られない草花や、すみれやあざみ——それとても月並みなものではない、花は濃紫色で普通のものより少し大きい「ひめすみれ」とか、にくらしい樣いかつい「鬼あざみ」とか、兎に角植物の標本に採集したいものばかりなのである。

また秋の名栗川沿ひ——朝日山や赤株ケ峠では、鷹の名藥だと言ひ傳へられてゐる「弟切草」や「りんだう」「せんぶり」など、藥草の數々を採集したことがある。また日向《ひなた》の斜面には「松蟲草」が咲き、林中の木蔭には「うめばちさう」の白い可憐な花も見つけたりした。

◇

ところが去年の夏は病氣保養の爲、七月八月を信州の蓼科山麓で暮らしたのである。その間に、牧野さんの「植物圖鑑」をたよりに隨分色んな山の草花を採集した。

「鈴蘭」はもう花の時季ではなかつたが、踏みつける程澤山に生えてゐた。「いちやくさう」といふのが、恰度鈴蘭によく似た白い花を咲かせてゐた。鈴蘭の化物みたいなのが「あまどころ」「なるこゆり」で、いづれも百合科である。鈴蘭を蘭科だと思ひ違ひをしてゐる方は、ハツキリ訂正して頂きたい。その他「たちふうろう」や「うつぼぐさ」「つりがねにんじん」など、また草花ではないが「山ぼうし」（一名「山ぐは」）の白い花も、初めて見た珍らしい種類の花だつた。その邊はもう白樺も密生する地帶なのである。

信州のその邊には、珍らしく白百合が少く、山で見るのは紅い鬼百合ばかりだつた。紅と言つても褪紅茶なのである。この色の系統の花はかなり多かつた、例へば「野かんぞ」「藪かんぞ」「ふしぐろせんおう」などいづれも褪紅茶で、「ふしぐろせんおう」などは奥武藏では見掛けたことのない花である。

さう「天南星《てんなんしやう》」といふ毒草の名は、同宿の臼田の女學生から聞いたのである。また八ツ岳を越へて來た慶應の學生が、高山植物の「駒草」を見せて呉れた。「延齢草」や「いはわうぎ」なども、高山植物と言へば言へないこともない。

それからその山麓を流れる鹿曲川《かくま》（千曲川の支流）の河原には、「おほまつまひぐさ」が咲き亂れ、クローバーが群生してゐて、四ツ葉五ツ葉は餘り珍らしくもない、一時間もさがせば百枝餘りも見つかる程だいやそればかりではない、珍らしい六ツ葉のクローバーさへ發見した。

◇

秋にはメトロ時代の連中と、東吾野から南へ山を越へて名栗川へ出る、餘り知られないコースを歩いた。ポピュラアでないコースを地圖だけを頼りにしたので大變な難コースだつた。多分杣《そま》道なのであらう、かなり危險な道だつた。雨峯山とでも言ふのであらう、山頂には朽ちはてた社殿の雨峯神社といふのがあるきりで、餘り人も通らぬ道傍には「つるりんだう」の實が眞紅にうれてゐた。この山頂の叢《くさむら》で珍らしいすみれを發見した、葉は恰度三ツ葉、花はピンクで駒草によく似てゐる。家へ歸つてから牧野さんでしらべて見たら、どうやら「えぞすみれ」らしい。然し牧野さんでは三ツ葉の各葉は更に裂け込んでゐる。別種の樣にも思へてならなかつた、島君に見せたら「ひごすみれ」ぢやないかと言つた。然し牧野さんには「ひごすみれ」なんて名は見當らない。然かも返り咲きか十月の山に花を咲かせてゐたのである。

だが、今では、花を花として賞美する以上に樂しんでゐる。そして綺麗な花より珍らしい花に、更に興味が湧く樣になつて了つた。無風流と言へば無風流かも知れない。然し島君も最近雜草ばかりを描いてゐるが、繪にして見ればやつぱり雜草でも美しい。島君は雜草のスケッチがまとまつたら展覽會をやると力んでゐる。だが最近はもつといけない、山で見る草木の總てが藥草に見えるのである。「月見草」をうがひ藥にしたり、萩を健胃劑として見る樣ではおしまひだ、花も定めし歎くだらう。だが物資不足の折だ、貴重な藥品の代用にされると思へば「花よ喜べ……」である。

★大東亞文化戰と文學者の覺悟★

いよいよ固めやうと力めてゐるわけであるが、この頃。たゞ感謝だけでは足りないといふ氣持が何處からともなく實感の中に湧いて來たのである。極めて平凡なことのやうだが、私には覺悟への一つの方法論として大切なことなのである。感謝を行動に現はせ、さう念じはじめた。とりも直さずそれが私の覺悟である。どんな小さいことでも、また身の力に、任に餘ると思はれることでも、さうだ、こゝだと思ひなほして組み付く。成否は問はず、ただそれが出來ねば、感謝してゐるとは嘘だぞと自分に云つて聞かす。實際、われわれが現實生きてゐる身の周圍に、一つでも感謝なくして受けられるものがあると思へようか。

あの日以後

打木村治

皇紀二千六百一年十二月八日、われわれは大詔勅の渙發を拜した刹那、感じたことを今にして思へば、『やつた！これで身も心も晴々した』といふ一種快感を帶びた昂奮的な情感であつた。まつたく、これが眞つ先に來て、その他の感情はそれから餘程經つてでないと、はつきりと自分にも映つて來ないし整理も出來なかつた。私に最初に舞ひ込んだ友人からの端書は、『何かうれしくてうれしくてしやうがありません』といふのだつた。たしかにわれわれわれはうれしくもあつた。

矢繼早に海陸の、世界戰史上空前の戰果が次々と報道されるや、國民の心は、やうやく坐つて來たかに思ふ。

私の心に湧いた姿を大體順序を追つてみると、第一に國體の有難さ、その國土に日本人として生まれた幸福、次が戰つてゐられる人々への感謝、次が覺悟。さうして、有難さや感謝や覺悟に對處する氣持は、凡夫は凡夫なりに

大東亞戰爭は、着々戰果を收めつゝ、大東亞民族の、眞の政治經濟文化の春を樹て直さんと、完遂に邁進しつゝある。それは絕對可能であり、またその新世紀を永く確保するためには、再び米英に毒牙を觸れしめず、その根原を、息の根を止めることだ。日本が大東亞の兄となり、指導者となり、父ともなつて、再び英の產業革命以後の歷史をくりかへさせぬことだ。そこに長期戰といはれる所以があり、われらの眞の覺悟が必要とされるのである。

再び前に戻るが、われわれは十二月八日の日が、待ち遠であつたとはいへ事に當たつてゐられた人々ほど、それほど直接的ではなかつた。にもかゝはらず、大詔勅を拜するや、あたかも、それの如く火の玉になつた。詳說するまでもなく、それが、三千年間育まれ來たつた日本人の姿なのである。日本は今、國威を八紘に輝かしつゝあるが、同時にまた文化の手をも差し伸べつゝある。私は一人の文學者として、大東亞民族に、文化を通して國威を正しく認識せしめる光榮ある仕事の萬分一に身を奉ずる覺悟として、感謝を行動に移す氣持を、出來る限り育てゝ行きたいと念じてゐる。赫々の戰果を思ふ前に、海軍の、二十年間超實戰的訓練を續け來たつたこと、さういふ訓練が可能であつたといふ驚くべき事實を日本の國體と、それから生まれた歷史と魂にさかのぼり、これに深く想ひを寄せ、文學者の覺悟としたいと思つてゐる。（一月二十七日）

太平洋文化時代

新居　格

大東亞戰爭は、世紀の一大轉換をなすものであり、それによつて大東亞の諸民族が解放されるし、それらの諸民族が各自の文化を開革する機縁になるであらう。

その結果、太平洋文化時代が來るともいへよう。先達ても江崎讓爾氏が放送されてゐた「太平洋の地政學」は、わたしには大變有益であつた。

われ／＼文學者も、大東亞文化に寄與すべく覺悟しなければならぬ、文學の一點からいつても、文學的規模が非常に擴大されたのである。それに對してわれ／＼は文學的雄圖を持つべきであらう。

文學者として大東亞文化戰に處する

道はいろ／＼ある。

先達ても朝日新聞で高見順氏の報告をよんだ。高見氏のやうに、若くて强健な文學者があゝいつた工合に活動してゐてくれることは、われ／＼は仲間の一人として大變心强く思つた。

いろ／＼の角度からわれ／＼に參劃出來るのである。各自にとつて最も適應した。効果的な寄與をしたいものである。

大東亞文化戰に如何に處すべきかを覺悟すると共に、その方法を文學者達が協議してみる必要があるのではないかと思ふ。

以上、極めて簡單ですが、回答までに。

言ふも愚か

川端克二

（主觀的に述べることを許して頂きたい）

その日、僕は原稿書きに沒頭してゐた。當時、僕の家はへんぴな市外で、晝間線はなく、從つて朝の臨時ニュースは知る由もなかつた。ひる近く特に配電されて、大詔を謹聽することが出來たが、うかつにもそれまでは何事も知らず、平日の如くであつた。

國民齊しく胸に叩き込まれたあの感激ののちに來たものは――告白すれば、僕は、その時まで書き續けてゐた小說の筆をなげうちたくなつた。もう小說などを、のんべんだらりと書いてゐられはしない、とそんな氣持が最初に來た。事實、その原稿が、脫稿まであと四、五枚であつたからよかつたものゝ、でなかつたならきつと裂き捨てゝゐたに違ひない。なんといふ臆病者であらう。

翌日、家を出てからやつと落着きをとり戾した。街は張りつめたやうに緊張してゐたが、賴もしい落着きを示してゐた。いつもとげ／＼しい顏をつき合してゐた電車の相客を、こんなに身近かに、親しみを以て感じたことはなかつた。相次ぐ捷報が、明るい勇氣を與へてくれた。

知人を訪れ、友人と語つてゐるうちに、不安なものは後退し、一つの方向がはつきりと眼の前に現はれて來た。

たゞ、最初、ドカンと衝擊を受けた際に、うろたへ混亂した自分の臆病を悲しむ。そして、それにつけても思ひ出すのは、昨年の夏、僕が簡閱點呼を

受けたのち、理解ある執行官、將校から與へられた一つの言葉である。「君達の今日の態度には非常に自由主義的な傾向が見受けられる。しかし君達が教育を受けた時代といふものは、恰も、最も自由主義華やかなりし時代であつた。君達がその殘滓をとゞめてゐるのもまた無理からぬことゝ思ふ。しかし今日以後、君達は僕のこんな甘い言葉を期待してはならぬ」この秋に當り「文學者の覺悟」の程は、今更、僕らの口などから言ふも愚かであらう。

殊に、僕らの如く兵籍に在る者は、まさに背水の陣である。外出から歸宅する度毎に、机上の令狀を期待せざるを得ざるやうに慣習づけられてゐる。今夜、いま書きつゝあるものがそのまゝ絶筆ともなるであらうと思ふとき、醜いものを殘したくはない。その氣持が、才の乏しさを超へて胸に打ち寄せて來るのを覺えるのみである。

東洋の理想

東野村章

「東洋の理想」を追つて既に數年、敵性の言葉の中にわれ〳〵は、どんなに沈鬱と忍耐と、焦燥をもつたであらうか。だが、いまや四天雲晴れて滿地燦々たる光に滿ちた。太平洋を縱橫につらぬく壯大な構想は、明けゆく黎明と共に文化の建設の旗は高くかゝげられたのである。

われら同胞の血と汗をもつて、このめざましい戰果の連續を、深く心の奥に知らねばならない。文化の建設が、この尊い血と汗の中から生れるのであることを知らねばならない。

其處に、自ら湧きあがる感謝と、力強い希望の唄がある。建設は既にはじまつてゐるのだ。肉彈をもつてつらぬく精神を、建設への精神としなければならない。そして、進むのだ。

いまゝで、文學者は、些細なことでお互同志いがみ合つてはゐなかつたらうか。日本の文化の一線の上に、それぞれの立場で心を合せて立たねばならないと思ふ。覺悟の前に、內省すべきことである。

進め一億火の玉だ！
屠れ英米
われらの敵だ！

文化戰爭への動員

村雨退二郎

大東亞戰爭といふ呼び方には、國際關係の現狀に對する顧慮がある——戰爭はこの段階では終結しない。シンガポールが陷ちても、ラングーンが參つても、更に蘭印、印度、ビルマ、濠洲が共榮圈に加はつても、眞の戰爭目的は終結しない。この戰が前途光明に輝きながら、しかも長期にわたるだらうといふのは、英、米の抵抗が執拗だらうといふ、不確實な豫想からではなく、英、米が假に屈服しても、その意思を繼承するものが必ず現はれずにはゐないからである。

別な云ひ方をすると、滿洲事變以來、上海事變、支那事變、今度の大東亞戰爭は、歷史的に見ると、一系列の大戰爭の各段階に與へられた名稱であつて、それらは箇々別々の事實乃至戰爭ではない。勿論、こんなことは日本の國民の誰だつて知つてゐることだが、大東亞戰爭の次の段階を知つてゐるものは、さう澤山はないだらう。これは速かに、具體的な形で國民に知らせて置く必要がある。次の段階こそ、最後の段階であり、それを眞に精力的に戰ひ拔くことによつて、日本民族は今次（滿洲事變以來の）大戰爭の目的を達成し得るのである。

文學者としては、皆相應の覺悟があることだらうと思ふし、覺悟ばかりあつても腕が無ければ仕方のないことだから、今更人並の覺悟を並べたてるのも氣がひける。それよりは、覺悟をきめて待機してゐる文學者を、情報局や翼贊會がうまく使ひこなすかどうか、使ひ樣によつては隨分役に立つ文學者を、活かして使ふか、殺して使ふかの方が問題だと思ふ。

今度の大戰爭は、破壞戰爭ではない、建設戰爭である。輝かしい戰勝を、確保し永久化するためには、引續いて大規模の文化戰爭が開始されなければならない。あらゆる分野にわたり、日本を代表する文化人が、速かに動員されなければならない。文學者も、軍事行動の協力者として働く以外に、この第二の戰爭—文化戰爭の兵卒として、重要な一翼を擔當しなければならない。

ヨーロツパ及アメリカ人による亞細亞支配が崩壞し、その政治權力及經濟力が消滅しても、亞細亞は解放された

とは云へない。歐米文化の浸潤力は强く固い。日本の文化人は最高の智囊と大規模な組織行動を以て、彼等侵略者の文化を驅逐しなければならない。勿論、それは非常に大きな事業であり、同時に相當長い年月を要する仕事であるが、國家の强力な保護と指導がありさへすれば、決して不可能なことではない。

例へば、共榮圏內の文學者を、一つの强い同志的紐帶によつて結合するとか、日本の文學界を中心とする亞細亞文壇を形成するとか、諸民族の優秀な文學作品を、相互の民族に紹介し合ふとか、現在亞細亞諸民族中に於て、最高の發達を遂げてゐる日本の文學を、組織的計劃的に、諸民族の讀書の階級へ飜譯輸出するとか、いろいろのさういふ文學に關係した文化政策は、次々に我々の頭にも浮んで來るが、箇々の文學者や、普通の文學團體には到底さういふ大事業を實行する力は無い。どうしても、直接國家機關か、またはその强力な保護下にある團體の力に俟たねばならない。

尾崎氏が協力會議で提唱した文藝院案を、もう一度その意味で考へてもらひたい。あるひは、文化省（文化建設省）の文藝局、美術局、映畫局、演劇局等々の形式でもよし、形式は何でもいゝから、文學者がほんたうに力いつぱい働けるやうな段取りをつけてもらひたいのである。その段取りをつけるのは政府の役目、そのあとの仕事は文學者の責任である。

前進！また前進!!

鯱城一郎

十二月八日を境として世の中も人の氣持も、かつきりと變つたと思ひます。勿論、私達の氣持も同樣です。從つて今後私達が考へねばならない事は、單に現時代に即應するばかりではなく、二歩も三歩も、否百歩も二百歩も私達の將來を深く考察し、腹を据えて、がつちりとした歩みを續けたいと思ひます。それには文學のもつ性格から變へてかゝらねば駄目だと思つてゐます。

そのためには、眞に日本國民の血となり、肉となる文學であるのみならず大東亞共榮圏のための、健康なる文學の建設に邁進することこそ、今日の文學者のなによりの義務でありませう。

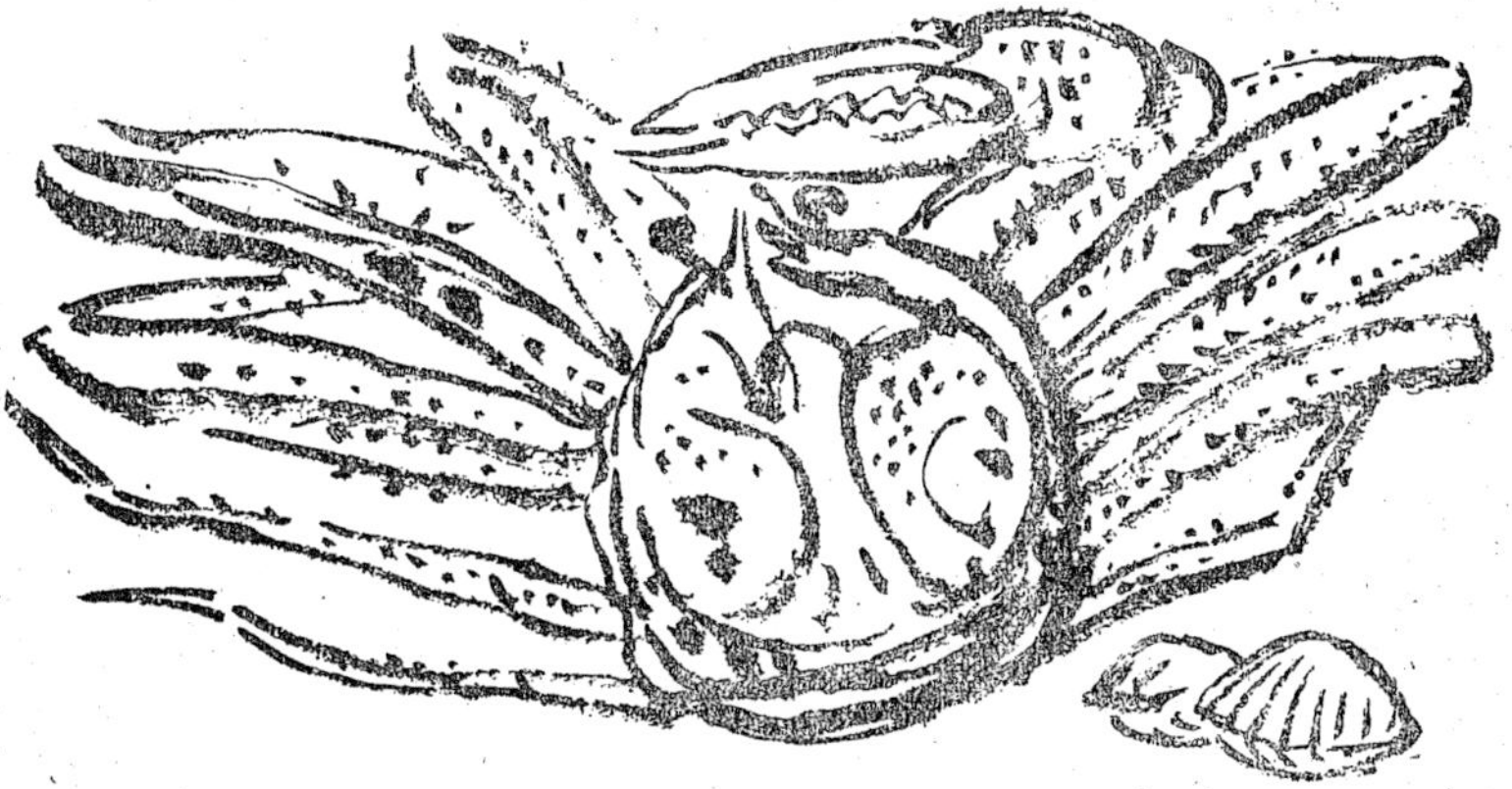

青い林檎

村　正治

サーベルを着け、外套を羽織つた後《あと》を、手套《てぶくろ》をはめながら表へ出ると、春夫は何時ものやうに南の空を見上げた。

鋪道も凍《い》てつく今夜のやうな寒空には、一際、光が冴えるのが例の、その星が更け沈んだ夜空に、宵よりも鮮かに仰がれて、鋭い瞬きが何か生物の呼吸《いき》づいてゐるやうに見えた。

何といふ星か、憖《なまじ》ひ星座圖を調べて變な名にぶつつかるよりは……と、いま南方の征野に戰つてゐる兄の名になぞらへて、ひそかに夏雄星と呼んでゐる其の星の瞬きに、夜毎の兄の運命を占ふのが、いつからとなく、春夫の身に着いた習慣になつてゐた。そして、征野に在る兄を想ふ度に、自分にも軈て齎《もたら》される光榮の日を待ち遠しく考へるのだつた。

逞ましい星の呼吸づきが、今夜も健在を保證してくれる兄の身の上に、遠く想ひを馳せてゐた春夫を驚かして、背後にキーッと鋭い音がした。

凍てた街路を擦つてタイヤーが軋んだ音だと氣づくのと、音の方を振返つた眼をヘッドライトの光に、眩しく射竦められたのが同時だつた。

乘入れ禁止の××銀座へ、派出所の前を右折しようとしたのが、春夫の立番してゐるのに狼狽《うろた》へて急停車したのだ。馬鹿奴！　と口のうちに呟いて自動車の方へ歩み寄つた春夫の前へ、自ら扉を開いてこぼれるやうに若い女が降り立つた。

スンナリ伸びた肢體《からだ》に、豹の毛皮のオーバーがしなやかな線を曳いて、深々と立てた襟に顎を埋めた眼鼻立ちの大きい顏にも、デリシャスな感じの纒はつてゐる近代型の美人だつた。

「コンバンハ、冷えるのに御苦勞さまですわネ、今、お茶でも持つてまゐりますから……」

コ・ン、バ・ン、ハ・と一音づゝ刻んだ抑《おさ》えるやうな聲で一氣にさういふと、機先を制された春夫がたじろいだ態勢を立て直す間もなく、女はもう踵を廻らしてゐた。

× × ×

狐につままれたといふのは斯ういふ感じなのだらう。にやにや含み笑ひをされてゐるやうな屈辱感に耐へながら、運轉手を輕く叱つて歸した後を、春夫は、澄んだ聲で女が殘していつた言葉を、繰返し繰返し反芻してゐた。

「今晩は、シャンツェですが、マダムが、これ、失禮ですがお茶代りにおあがり下さいつて……」

それから十分とは經たなかつたらう――名前は知らないが、顏には見覺えのある女給が、派出所の机の上へ、擴げた新聞で覆うた盆を置いて行つた。

そんな物を置いて行かれては困るといふのを聞き流して

「あら、お堅いのネ、それぢやマダムが泣きますわヨ」

と、一人合點で燥いで、逃げるやうに女給が歸つた後で、春夫は苦笑しながら、盆の上の新聞紙を除つてみた。赤いアルマイトの盆に、ビールとサイダーが一本宛、カツトグラスに剝いた林檎が手際よく盛られて、小楊子まで添へられてゐた。

剝かれた肌が、夜の燈火の下ではクリーム色が薄れて絖《ぬめ》のやうに白く輝き、ほのかな酸味を含んだ果物の香が、小夜食時の食慾を搖すぶつた。

この寒空に、ビールを持つて來たのも、一般には紅い林檎ほどによろこばれない青林檎を持つて來たのも、偶然でなく、何うやら自分の嗜好《このみ》を知つてのことらしく、何か深い底があるやうで、春夫にはその女がいよいよ不可解な謎になつて來た。

シャンツェといふのは、春夫の受持區内では一流格の特殊

喫茶店だが、赴任後一ヶ月と經つてゐない新任の春夫としては、まだ一回も視察に行つてゐないし、戸口調査で廻つたこともない未知の店だつた。そのシャンツェから、何ういふ譯で斯んなものを屆けて來たのか、まさか、先刻の禁止區域への乘り入れ損じを見遁がしてくれといふのでもあるまい。ビールにしたつて現在は貴重品だが、まして、青林檎は歳末から何處の果物屋にも見當らず、咽喉が鳴るほどに飢えてゐた無二の好物だ。然し、それだけに、尙更ら、お茶代りになどと簡單に、譯もなく貰へる代物ではない。

解きれない女の氣持ちを考へあぐんでゐた春夫に、ボーンボーンと柱時計が懈く十一時を打ち出した。

「香川君、交代しよう」

先刻から目覺めてゐたらしく、外套の釦をかけながら公廨に出て來た箱長（派出所主任）の野崎巡査に、机の上のものを質問されない先にと、春夫は自動車の急停車からの經緯を話した。

「そら、君、あそこはよく流行《はや》るので、この頃、チョイ〳〵かんばんにするのが遲れることがあるんだ。そんなことをまア大目に見てくれといふのだらう、それに君は新任やから、挨拶の意味ででも持つて來たんだよ」

「ホウ、それぢや、まるつきり贈賄ぢやありませんか、怪しからん」

偶然でなく、自分の嗜好を知つてのことかと、女の細い心遣ひをすら考へさされてゐたのを簡單に片附けられて、春夫は些かいきまく口調になつた。

「いや、贈賄だなんて、さうムキになる程の物ぢやないよ。然し、この寒いのにビールなんて第一、腹をこはしてしまふがナ、氣が進まなかつたら、まア、當らず觸らず返して置く方が悧巧かな」

在職八年未だに關西辯の拔けきらない野崎巡査は、要領を得ないやうな言葉の中に、裏も表も心得つくした先輩の含蓄を見せて、老眼鏡の下から春夫の顏を見据えた。

× × ×

野崎巡査に見張り勤務を引繼ぐと、直ぐ春夫は、新聞紙を元のやうに覆うた其の盆を兩手に捧げて、派出所を出た。

更けわたつた夜空に三日月が傾いて、盆を覆うた新聞紙を掬ひ上げるやうに冷めたい風が掠めた。防水桶の水が、利鎌のやうな月影を映しながら氷《こほ》りつくらしく煌《かがや》いてゐた。

シャンツェのすぐ近くまで來たところで、偵羅中だつたらしいもぢり姿の刑事巡査部長が、鼻の上までくるんだ首卷に頤を竦めながら歩いて來るのに出遭つた。

敬禮したのに肯き返しただけで何も云はずに行つたが、も

う十二時近い夜更けに、制服姿で夜目にも鮮かな朱盆に嵩高いものを捧げてゐた自分の姿が、注意を引かぬ筈はなかつた。さうおもつたが、今更、引き返す譯にも行かなかつた。

シヤンツエは、もうとつくにかんばんにしたらしく、赤と藍で、染分けの龜甲文字で獨逸語の店名を現した乳白色の硝子扉が固く閉ざされてゐた。

「ちよつと開けてくれないか、警察のものだ……」

餘り見好い恰好ではないのに近所を憚つた聲だけでは、閉めきつた扉のうちに徹らないらしい。手は盆を捧げてゐるので、靴先で扉の下板を三四回ノツクすると、やつと「唯今……」と狼狽へたやうな聲が近づいて來て、扉が中から引かれた。

先刻の女が、まアと、驚きに瞠つて春夫の姿を迎へた瞳を、長襦袢一つの、炎と燃えるやうな色彩の亂れた裾を羞ふやうに伏せた。

「これ、折角だが、貰ふ譯には行かないからお返しする」

春夫は半ば開かれた扉を肘で支へながら、ぶつきら棒に盆を突き出した。

「あら、ほンのお茶代りにお屆けしたんですのに……」

と云ひながらも、何か奥を憚るらしく、微笑んだ筈の女の顏に、ものに怯えるやうな表情が翳つた。それが春夫のやり切れない氣持ちを一層焦立たせた。

「ぢや、こゝに置いとくよ」

聲に憤りを見せて、女が手を出さないので身體で扉を支へたまゝ、手を伸ばして直ぐ眼の前のカウンターの上に盆を置いた。春夫の身體に支へられて半開きになつてゐる扉の隙間から、旋ひ込んだ風に新聞紙がふわりと泳ぐやうに土間の上に落ちた。

「おゝ寒い、ちよつと、まあ御入りになつて……」

肩を竦めて艶やかに笑みかけた女の顏が、何うしたのか急に硬ばつて、無慘に突き戻された林檎の赭く汚點づいて來た肌を、凝ツと見入つた。

× × ×

もう霜が降り出したらしい夜氣が冷え〴〵と、昂奮した額に快く感じられたが、心には怨みをこめたやうな眼差《まなざし》で見送つてゐた女の顏が烙きついたやうに殘つて、こんがらかつた糸のほぐしきれないやうな、遣り場のない感情を燻《くすぶ》らせてゐた。

派出所に歸つてから、途中で刑事部長に行き遭つたことを話すと「それは拙かつたな」と野崎巡査は小首を傾けた。

「彼奴、仲々肚の悪い奴だから、何んなことを云ひ觸らしよるか判らんよ、さうだな、ちよつと、斯ういふことで返しに

行つたのだと、報告して置く方がよいかな」

野崎巡査の言葉に遵つて、春夫は次の見張り時間に署長宛の報告書を書いた。女の怨みを含めた瞳に見つめられてゐるやうな意識と闘ひながらも

最近屢々時間外ニ亘リ營業シ戒告サレシコトアリ取締ノ寛大ヲ求メントシテカ是等ノ物品ヲ當派出所ニ致シタルモノナラント思料シ即夜直チニ之ヲ返却シタル上、嚴ニ其ノ不心得ヲ説諭シ置キタリ

と、筆は職業的觀念に動かされて事實以上に事を潤色して、レトリツクな報告書を綴つて行つた。

× × ×

其の翌々日、春夫の日勤當務の朝だつた。外勤主任警部補の日例訓示が了るのを待つて、珍らしく行政主任の黑川警部が、訓授場に精悍な顔を現した。全員の起立敬禮に迎へられて、一段高い壇上の訓授席に着いた警部は、一枚の公用罫紙を、皺を伸ばすやうに卓の上に押しひろげてから、靜かに場内を一巡見わたした。

「今日は特別訓示といふ程のことでもないが、最近には珍らしい注意申報があつたので、其れに關連して訓示して置きたい。先づ、其の注意申報を讀んで見るから……」

さう前提して警部が讀み出したのは、春夫が一昨夜認めたシャンツェからの音物を返却した報告書だつた。刑事部長に見られたため誤解を虞れて、謂はゞ自分の立場を護るために書いただけの報告書が、特別訓示の材料に採り上げられた意外な結果に、春夫は赭くなつた。皆の視線が自分一人に注がれてゐる意識に、身體を固くして暫くは机の上から顔が上げられなかつた。

そんな春夫の樣子に、時折、おもひやり深い微笑をこめた視線を注ぎながら、雄辯な警部の訓示は滔々と二十分餘も續いた。

場末の、私娼街や興業地區や新興工場地帶を包括した新開地を所轄してゐる本署の管内には、今日尚ほ顔役などといふ無頼徒食の輩が生存してゐる。

此の聖戰下の新春に、賭博や刄傷沙汰が二三件もあつたことは頗る遺憾に耐へない。他署へ聞えても甚だ不名譽なことであるが、之れには傳法政などといふ都下きつての大博徒の一黨が管内に屯してゐることが、禍ひしてゐるのである。而も曾つては、署員の中にすら是等の連中と款を通じてゐた者があつた程で、積年の弊習が彼等に今日尚ほ餘喘を保たしめてゐることを、我々は深く恥辱とせなければならぬ。

然るに今回、新任の一巡査が、傳法政の妾が音物を齎して歡心を購はうとしたのを、斷乎と斥け、敢然時間外營業の事

實を指摘して來たのである。香川巡査は教習所を首席で出て、見込まれて取締りの困難な本署へ配屬されて來たのだが、一片の報告書にも、恫愒に屈せず、黄白に惑はされない稜々たる氣骨の窺はれるのが欣ばしい。一皿の林檎、一本のビール位と輕んずることが、軈て彼等をして警察官を輕侮せしめる原因となる事を忘れてはならない。

さうした意味の警部の訓示に依て、春夫は初めて、一昨夜の女が傳法政の姿だつたことを知つた。そして、それ故にこそ警部から斯うまで褒められたのだと知つて、脇の下に冷めたい汗を滲ませた。傳法政の名は警官ならずとも、この界隈の者なら子供までが、都下第一の大親分として土地の名物視してゐた。その傳法政が自分の配屬された警察管內に住んでゐることは、春夫も勿論知つてゐたのだが、あの女が其の姿だつたとは全く意想外だつた。

當らず觸らず返して置いた方がよいだらうなどと、野崎巡査も人が惡いと憤慨しても見たが、黒川警部同樣、自分が當然知つてゐることと、改めて云はなかつたのだらうと考へると、誰に苦情を云ふことも出來なかつた。新任早々とは云ひながら、受持區內のことに疎かつた自分が悔いられるだけだつた。

訓示を了つて警部が降りて行くと、一齊に席を立つ靴音に混つて

「新米のやることは無鐵砲だからな」「さうさ、怖いもの知らずの間が花だよ」といふやうな聲が聞えた。

「さうだ、まるつきり盲目蛇に怖ぢずといつたお茶番だつたのだ」とおもふと可笑しくもなつて、誤つて小英雄に祭り上げられた自分を揶つたく省みる微苦笑が、頰に上るほどの落着きを取戻した。そして、ドヤドヤと階段を降りて行く儕輩に一足後れて階下に降りると、恰度「乙部の香川さんッ」と彼の名を呼びながら給仕が走つて來るところだつた。

「君、よく返してやつたネ、これからもあることだとおもふが、癖になるといけないから、一つ時間外營業で告發して置いて吳れ給へ」

公廨に上つて行政主任席の前に佇つた春夫に、警部はさう云ひながら一枚の告發用紙を差出した。

「ハツ、時間外營業といつても、一昨夜は現認したのではありませんが……」

さうでなくとも、筆を滑らした報告書が惹起した意外な結果に、後味の惡いおもひが心に刺さつてゐるのだ。この上告發せよとあつては、怎うにも尻込まざるを得ない。

「構はないサ、一昨夜は現認しなくたつて、最近屢々やつてゐたといふんぢやないか、日附は溯つてもよいから告發して

置き給へ」

警部の命令的な口調に返す言葉もなく、告發用紙を受取つて主任席の前を退《さが》つたが、告發用紙を手にしてから、一昨夜の報告書には唯、特殊喫茶店シャンツェとだけで、營業名義人の名を書き落してゐたことに氣附いた。落着いてゐたやうでも何處か平靜を失つてゐたらしい一昨夜の自分を省みて苦笑さゝれた。營業係の原簿で調べると、矢張りあの女らしく營業名義人は阿部澄枝といふ名で年は二十四、原籍は靜岡縣の郡部になつてゐた。

何か、やりきれないおもひでそれを寫し了ると、もう誰もゐない筈の訓授場に上つて行つた。廣いガランとした訓授場に唯一人の自分に、嚴しく迫る朝冷えの所爲だけでなく、精神的にも進み澁るペンを動かして、怎うにか辻褄を合せた告發書を書き上げて警部の許に提出すると逃げるやうに署外に出た。が、「えらい事になつたな」と野崎巡査のにやにや笑ふ顏を想像すると、派出所へ引上げる足も鈍つた。

× × ×

それから三・四日經つた夜。

春夫が見張りに就いてゐるところへ、その夜宿直だつた黑川警部が巡視して來た。

「この間の女ネ、仲々强情な奴で、何うしても知らないツてシラを切り通して、ちよつと手古摺らされたよ」

勤務表に監督印を捺してから、春夫が火鉢の前へ進めた椅子に、サーベルの吊環を外して腰を下した警部は、何か愉しさうに話し出した。

「いや、知らないのといふのは、時間外營業のことぢやないんだ。時間外營業はやつたこともあるから、過料を納めよと、云はれるのなら納めますが、ビールや林檎を持つて行つたことはないといふんだ。だんだん聞いて行くと、怎うも君に迷惑がかかるとおもつて否認してゐるんだネ、僕がヤマをかけて探り出さうとしてゐるやうにとつたものらしい。それで君から報告が出てゐることを話してやると、初めはテンデ眞實《ほんと》にしなかつたがネ、事實だと判ると漸く口を割つたんだが、お茶代りにとおもつてほんのあれつぽつちの物をお屆けしたのが、そんなに難しいことになるんですかと逆襲して來てネ、よろしう御座ゐます。過料でも罰金でもお好きなだけ徵つて下さいと、强く出たんだ、で此方も强く受けるやうなことになつて、過料では濟まないんだぞと五日の拘留處分にしたんが、流石に傳法政の妾だネ、正式裁判だなんて女々しいことは一言も云はなかつたから豪氣なもんだ。今日で二日になるかな、保護室で溫順しくしてゐるのを見ると、少しお灸が過ぎたかともおもふがネ……」

ちよつと言葉を切つて、野崎巡査の太い鼾聲が洩れて來る休憩室の方を振返つた警部が、聲を低くして話しつゞけた。

「これは君だけに云つて置くのだが、君と一緒に赴任して來た大澤巡査だがネ、席次は良い方ぢやなかつたが、武術の方は一番だつたので、傳法組受持の××派出所詰にしたのだが、僕の氣持ちを逆に、この正月には傳法政の家に年始に聘《よ》ばれてネ、のこのこ出かけて、而も大分羽目を外したらしいんだ。いま、××の避病院勤務の方へ廻して謹愼さしてあるんだが……僕は君の報告書を讀んだ時、直感的に、君にも手を伸ばして來たなとおもつて、少し强引だつたが、あの女を拘留したんだがネ、怎うも君の場合は少し見當違ひをやつたらしいんだ。然し、それだけに尙ほ更ら氣をつけないと危いぜ、あんな女に取憑かれると大變なことになるからな、ハハハ……」

いつか性來の大聲に返つてゐた警部が揶揄するやうに哄笑した聲が却つて、職業的な意識で鎧つてゐた女への、男としての感情を搖すぶつた。大澤巡査のやうなことにならなくてよかつたとおもふ職業的な打算よりも、まさかと打ち消してゐたことが、或はさうかも知れない……といふ疑ひに傾いてゆく感情の方が强く胸を占めて來た。

警部が去つた後、春夫は深い吐息を洩らした。妾であらうと娼婦であらうと、至純な感情から好意を寄せてくれたものを、自己を護る立場から無慘に裏切つたといふ悔いが、激しく心に牙を立てて來たのだ。

こんな時に、兄がゐたら……と仰いだ空に、今夜は雨氣を孕んだ雲が低く垂れこめてゐて、その星の見えないのが、悔いに嚙まれる心を一層暗くした。

× × ×

更に四日後、恰度、銀座橫丁の子育地藏の緣日の夜だつた。四五日冴へ返つた寒さの後を珍らしく霜燒の痒い、地震をおもはさすやうな生暖い陽氣に、年頭三ヶ日以來の人波が派出所の前を往來してゐた。

「やい、香川ッて靑二才はゐるか」

七時ももう八時に近い人の出盛る潮時で、恰度、春夫が見張り勤務中で公廨に出てゐるのを狙つて來たかのやうに、一人の男が派出所へ怒鳴り込んで來た。

のつけから喧嘩腰の凄まじい劍幕に、おもはず椅子から起ち上かつたが、見ると、額の薄く禿げあがつた、もう六十を出てゐるやうな薄穢い親爺だつた。出るにも居るにも着たきり雀らしく、形のくづれた銘仙の丹前の着流し姿がしほたれて見え、その上、酒氣に赭らんだ頰の左の鼻翼近くに、ピンポンの球ほどの黑い瘤がぶら下つてゐた。とつてつけたやう

な瘤にユーモラスな感じを誘はれて、春夫は激しかけた氣持ちに餘裕《ゆとり》を取戻した。

「お前、醉つぱらつてゐるな、僕が香川巡査だが何か御用かネ」

「フン、矢張りてめえか、新米の青二才の癖に、乙な眞似をすると只は置かねえぞ、傳法政の身内にや骨のあるのが多いんだ、俺ら、てめえに捩ぢ込む筋があつてやつて來たんだ」

爛れたやうな瞼の下に鷄のやうに赭い眼をトロンとさせて、濁み聲でいきまく暴い呼吸づかひの度に、酒氣が臭ふ男の腕へ無言で春夫の手が伸びた。下手な芝居がかりの啖呵より、强く鼻を衝く安酒の臭ひが春夫を憤らせたのだ。

「あ、痛え……」と悲鳴を揚げるのと、片肘を逆に捩ぢ上げられて表へ押出されたのと、殆ど一瞬間だつた。

「今夜は緣日でこゝぢや人集《ひとだか》りがする、何んな話か本署で聞いてやるから……」

悲鳴も揚げられない程、急所をとられてゐる苦痛に顔を歪めてゐたのが少し手を緩められて氣づくと、もう派出所の横を曲つて暗い裏通りにかゝつてゐた。野次馬の寄つて來る間もなかつたが、首輪をとられて引摺られて行く犬のやうなだらしのない爲體《ていたらく》で、引立てられて行く男の後姿へ、チエツと舌打ちの音を投げるのが聞えた。物蔭に傳法政の身内らしいのが二三人かたまつてゐたのだ。

その男らの外に、いつの間にか、八九人隨いて來た野次馬も、本署が近づくのに伴《つ》れて一人減り二人去り、赤い門燈が暈やけたやうに灯つてゐる正門にかゝると、もう隨いて來る影はなかつた。

正門を入つて公廨正面の石段にかかると、男の足が急に重くなつた。石段に腰を落して動かうとしないのを、逆手に取つた片肘をグイグイ押しつけて、横ざまに男の身體で扉を排しながら、公廨の中へ突き入れた。ガタンと彈ね返つて扉が閉まるのと、ドサツと倒れるやうに、男がコンクリートの床の上に膝を折つたのが同時で、春夫に突き飛ばされたやうにも見えた。

「旦那、勘辨してくんな――この通りだ」

さう手荒く押したのでもないのにと訝み見た春夫を、何だ、へたり込んだのかと失笑せさて、男は合掌した手を飛蝗のやうに動かしてゐた。

「おい、急に弱腰になつて何うしたんだい、貴樣、何か僕に捩ぢ込む筋があるつて怒鳴り込んで來たんぢやないか、さあ、聞いてやるから云へよ」

派出所での經緯《いきさつ》を知らないんぢや、老ひさらばうたやうな姿の、まして合掌して拜み倒すやうな無氣力な男を、大人氣

なく痛みつけて來たと見るだらうと、半ばは宿直の署員らに聞かす肚で、春夫は腰を屈めて男の顏を覗き込んだ。

×　　×　　×

「旦那、ほんとに濟まなかつた。俺ら、のつけから氣乘りがしねえのを、若い奴らが、默つて指を銜えてゐるつて術《て》があるか、それぢや親分に對して面が立たねいぞとけしかけやがるんで、一杯ひつかけた元氣で怒鳴り込んだんでさ、それに彼奴らが見てゐやがるんで、あんな啖呵をきつたつて譯なんで、惡くおもはないで、一つ今夜のところは救けて下さいよ」

此處では出入りの邪魔になるからと、引き立てられて來た人氣のない防犯室で、差向ひになると、男の態度は更に見榮もなく、卑屈に叩頭し續けた。

振り上げた拳のやりどころを失つて、春夫は苦笑するより外なかつた。

「傳法政の身內だつて云つたが、何つてんだい、お前は」

「俺しや、前田三治つてんで、瘤の三治つて云へば、防犯や司法の旦那方はたいてい御存じでさ……今夜、安井の旦那は宿直ぢやないんですか、安井の旦那が居たら屹度、口を利いてくれるんだが……ネ、旦那、今夜はこの儘歸して下さいよ、俺しも今夜の中に歸れたら、これでいくらか男が立つんだからネ、旦那、この通りでさ、旦那に痛められて娘は家出してしまふし、親方にや嫌味を云はれるし、全く可哀想なもんなんで……」

「何だ、娘が家出したつて、その旦那つてのは誰のことだい」

旦那といつたアクセントが、彼等が警官を呼ぶ特殊なひびきを持つてゐたのを聞きとがめて、春夫は男の話を遮つた。

「戲談ぢやねえ、香川巡査つてのはお前さんでせうが」

「ホウ、それぢや何か、僕か痛めつけたので君の娘が家出したつて云ふのかい、で、君の娘さんてのは何てんだい」

何を洒々白つぱくれやがつて……といふ風に、三治の眼が春夫の眉を顰めた顏を見上げて、憤りを新たにしたやうに急き込んで話し出した。

三治の話で、春夫はシャンツェのマダムが彼の一人娘であることを知り、おまけに拘留から釋放された一昨日の夜、彼と傳法政に一通宛の書置を殘して所在を晦ましたことを知つた。

「俺しや、一昨年孃の奴が大患ひの揚句にくたばりやがつてネ、親分に不義理が嵩なつて、親分から切り出された話を斷りきれず、彼の娘を親分の妾にするやうな羽目になつちやつたんだが、あの喫茶店をやるやうになつて面白い程はやるし、派手に暢氣らしく暮してゐたので、娘もこれで何うやら

倖せになれたかとおもつてゐたんでさ、それが、自分では矢つ張り世間態を愧じて肩身の狹いおもひをしてゐたんだネ、警察から歸された朝、シャンツエで俺しらも集まつて放免の身祝をしてやつたんですが、旦那が悪いんぢやない、妾が間違つてゐたんだつて、何でも、あの晩、旦那が突つ返して來なすつた林檎が赭つちやけて汚くなつてゐるのを見た時、自分の潰れた生活が、反省つてんですかネ、情なくなつたとか不甲斐なくなつたとかで……俺しらにャよく判らねえ難しい御託をいつて、泣いてゐましたがネ、あの勝氣な奴が泣くなんて、よくせき思ひつめてゐたんでさ、そりや、勝氣な奴でネ、親分にだづて筋の通らないことはウンとは云はない質なんで、俺しもハラハラするやうなことが多かつたんだが……着のみ着のまま飛出して、この先、何うして生きて行かうてんか、勝氣な奴だけに間違ひがなければと案じられるんで……

……」

「今度は寛してやるから、これから今夜のやうな詰らない眞似をするんぢやないぞ」

さう云つて三治を公廨まで送り出してやりながら春夫の心には、詰らない眞似をしたのはお前自身ぢやないか、といふ自責とも自嘲ともつかぬ感情が、重く滓のやうに澱んで來た。

赭く汚點づいた林檎の肌を見て、潰れた生活を省みたといふ――自分への迷惑のかかるのを惧れて、林檎を屆けたことを否認し通したといふ女の心情を想ふて、その夜、春夫は眠れない身體を、派出所の休憩室の煎餠蒲團の中で輾轉さした。

× × ×

一年の歳月が流れた。

窓近く枝を差し伸べてゐる梅の蕾も、六七分通り綻んでゐて、冬の黝ずんだ色から紺青色に移らうて來た海にも、暖かな陽光が、時たま東風が渡つてゆく漣に耀うて、伊豆の國にはもう春が訪れてゐた。

兩眼共に眼帶に視力を奪はれてゐる春夫にも、朝から晝へ靜かにベットの上を這つて來る陽射しに、日毎に加はつて來た溫みや、何うかすると靜かな午後など、低く海の上を舞うてゐるらしい鳶の聲に、春が感じられた。

食事を了つた後を、物音一つしない病棟に、靜かに晝が闌けてゆく氣配の中に、感じられない程の緩やかさながらベットの上から退《すさ》つてゆく、陽射しを惜しんでゐた春夫の耳に、今日も岬の鼻を廻つて來た發動機艇の音が聞えた。次第に間隔を置いてポンポンと單調な響を高めて來るエンヂンの音が、食ひ足りた身體に怠く傳はつて眠氣を誘うた。

「香川さん、いゝものを持つて來ましたよ」

ウトウトまどろみかけてゐた春夫を驚かして、聲を彈ませ

ながら入つて來た看護婦の口から、ホホツと聲が洩れた。春夫が眼帶されてゐるのを忘れて、抱へてゐる果物籠を高く差上げるやうにして見せた、自分の粗忽におもはず失笑したのだつた。

「石原さん、何を持つて來てくれたんだか、馬鹿に燥いでゐますネ」

「えゝ、とても貴方の欲しがつてゐらつしやつたもの……さう、香川さんの戀人を持つて來ましたのョ」

さう云はれるまでもなく、失明以來鋭くなつた春夫の嗅覺は、かすかな酸味を含んで冷めたく匂つて來る、青林檎の新鮮な香を捉へてゐた。

「ホウ、素敵だ、青林檎だなア、何うして手に入れて下さつたんです……よく買へましたネ」

今がシーズンだが、こんな病院生活で、まして傷病兵として恣まな食物の好みを許されない現在の生活には、到底叶ひ難い贅澤な望みだと諦めてゐたものが、夢のやうに現れて來た歡びに、春夫の聲も彈んだ。

「香川さん、これ買つたんぢやありませんの、貴方にツて御見舞にいただいたんですよ」

さういふ看護婦の聲が何故かしんみり身に應へて、春夫の燥いだ氣持ちに昏く影を落した。

「見舞に、僕に、それを見舞にくれたつて……誰から送つて來たんです」

「いゝえ、送つて來たのぢやありません、これを、貴方につて下さつたのは、第二病舍で働いてゐらつしやる志願看護婦の方です……名前は仰言つて下さいませんやうにツて、云つてらしやいましたが、何方だか御判りになりません」

見舞にくれたと聞いた瞬間、頭に閃いたのは兄の俤だつた。自分の方が一年も後れて出征し、併も大東亞戰爭と名も新しく變つて捷報相踵ぐ聖戰に、輝く武勳を期して勇躍出征しながら、香港陷落を前に早くも××戰線で傷いたのだが、若しや其の兄が歸還して……とおもつたのだ。が、女性、それも此處で働いてゐる志願看護婦と聞いて、兄の顏を描いた想像は捉へどころもなく崩れていつた。

「ね、香川さん、ほんとにお心當り御座ゐません……それぢや、餘りあの方が御氣の毒で……妾、口止めされてるんですけど申しますわ、その方、××の××銀座で喫茶店を經營してゐらつしやつた方です。何う、お判りになりました」

ホウ、あの女だつたのか……と、志願看護婦になつて働いてゐるといふことだけで、あの時所在を晦ましてからの、女の生活がハツキリ想像された。そして赭く汚點づいた林檎を見て、泣いたといふ女の心情が今こそ、ピツタリと肯かれた

「さうでしたか、阿部澄枝とかいひましたな、ア、あの人でしたか」

告發書に一度書いただけの名だが、征戰一ケ年近くの目まぐるしい生活にも、折に觸れては心に疼いた悔恨に似た感情に、いつか胸深く培れてゐて、直ぐそれと口に出た。それを今もなほ、心に纏れてゐる自責の念が（いひましたなア）などと言葉を濁さしたのだ。

「さう、その阿部さんです。名をいつては受取つていただけないかも知れないツて、案じてゐらつしやいましたが、香川さん、この林檎を食べて上げて下さいますか」

「さう云はれると辛いんだが、今度はいただきますよ、喜んで食べますよ、さうだ、今直ぐ食べたいなア、僕はその青い奴を皮ごと噛るのが好きでネ……小林さん、いくつ有るんですか、なるべく固い奴を二ツ三ツ一遍に食ひたいなア」

いまはもう匿しきれない感情の奔りさうなのを、態とおどけた調子に紛らはさうとする春夫に、看護婦も笑つて

「いゝえ、今はいけません、固い奴をなンて、一度、軍醫殿にお伺ひしなければいけませんし……それにネ、香川さん……御夕食後まで待つて下さいネ、あの方にそれを剝いて貰つてあげますから……」

と、燥ぎながら、眼頭には熱いものを感じてゐた。

× × ×

其の夜、といつても、まだ夕陽の殘照が水平線の上を紅く暈かしてゐるたそがれ時だつたが、靜かに昏れづいて來る渚邊を、白衣の姿が三つ纏れるやうに歩いてゐた。

夕凪ぎの、黝く昏れづく潮をとろりと湛へてゐる海の上に、暖かつた晝の名殘りの溫氣が澱んでゐて、久振りに歩いた春夫は、うつすら額に汗ばんで來た。

「暖いなア、ビールが飲みたいやうな陽氣だな」

看護婦に片腕を支へられて、皮ごとの青林檎を噛りながら歩いてゐた春夫が、ふと立ちとまつて呟いた。

「オホホツ、青林檎の願ひが、叶へられたら、今度はもう早速、ビールのおねだりですか……阿部さんが笑つてゐらつしやいますよ」

顏を覗き込むやうに微笑まれて、澄枝の唇からも愉しさうな笑ひ聲がこぼれた。

「ビールといへば、これも大澤さんのお話ですけど……僕は教習所時代を三ケ月同室で暮したんだが、あんな糞眞面目で何んでもムキになる男はなかつたつて、送別會の晩のことを話して下さつたんですよ、僕は禁酒してゐる、但しビールなら一本だけは飲料水と認めて飲むと頑張つて、到頭、香川さんだけ特別にビールを取寄せることになつたんですつてネ、

それでネ、大澤さんたら、あんな奴が女房を貰ふとなれば、何んな女を貰ふか見たいもんだなんて……仰言つてましたわ」

「ホウ、彼奴がそんなことをネ、さうだな、僕ア女房を貰うんだつたら、この青林檎のやうな味のする女を貰うな、皮ごとかぶりついたら齒齦に血の滲んで來る、固い林檎のやうな女をネ」

「まア、面白いことを仰言つて、香川さんがこんな面白いこと仰言つしやるの、今夜が初めてなんですよ……阿部さん、お會ひになれてよかつたですわネ」

「ええ、ほんとに……有難う御座ゐましたわ、何だか、まだ夢を見てゐるやうなんですの」

微笑み交しながら涙ぐんでゐるらしい女達の氣配に、涙を誘はれさうになつた春夫が、ふと氣づいたやうに、手を高く空へ差し伸ばしながら號ぶやうに云つた。

「南はこちらですか、南の方角は?」

さアと首をかしげて澄枝が返辭に惑うてゐるのを引取つて
「えゝ、もう少し此方の方ですわ」

と看護婦が輕く腕に手を添へて、手術の夜にも聞かれたことのある其の星の位置へ、指先を正してやつた。

「有難う、そら、この方角に一つだけ離れて鋭く光つてゐる。大きな星が見えませんか、いつも昏れるとすぐ、もう輝き出す星なんだが……」

その星も今夜は屹度、幸福さうに瞬いてゐるだらうと、おもふと春夫の聲も深い感慨に沈んで、いつかとつぷり昏れて來た海から、さわさわとわたつて來る夕風に語尾が紛れた。


（一七年一月二十三日）

餘白に

此の小説は、最初のプロツトでは、餘計な眞似をして恥をかいたと憤つた傳法政が、澄枝を折檻する。勇躍征途に上る車中で、大澤が殘して行つた果物籠の中に、秘めてあつた女の手紙に依て、春夫は女の心を初めて知る。そして、春夫の戰地からの第一信に動かされて、大澤が名譽恢復のために、傳法政一味を掃蕩し澄枝を自由な境涯に救ひ出してやる。というやうな構想を立ててゐたのであるが、四十枚までとの枚數が長くなるので、此間一年經過といふ狡い術で逃げたため食ひ足りものになつた。餘白が出來たので埋草代りにちよつと附言さして貰つたが、或ひはこの方が却つてよかつたかともおもふ。

象山と大砲

山崎公夫

（一）

江戸の眞ン中――木挽町に住んでも、夏は決つて、故郷の香がすると、好んで焚く蓬いぶし（蚊遣）の白い煙の中に、象山佐久間修理は、書齋のまん中におかれたオランダ渡りらしい朱塗の大机に倚つて、先刻《さつき》から、しきりに手製のポットロード（鉛筆）の手を動かしてゐた。やうやく書き上つた砲術書『礮學圖編《ほうかくづへん》』の、訂正をしてゐるのである。

『先生、鍛冶工場の濱様が、夜中ながらと、お出でになりました』

中國の障子がはづされて、代りにかけられた竹の簾のかげから、内門人の久作が顔を出した。

『うむ』

ポットロードをおいた修理は、鷹揚であつた。

『晝間と存じましたが、御教授にお差支へがありましてはと、態々、夜中お伺ひ

いたしました』

通された濱波之助は、燃えつきた蚊遣に、修理が、器用に燻べ足した青い蓬が、濛々とあげる白い煙を、扇子でよけた。

『いや、晝はなにかと多忙なので、ゆつくり話す折とてもないゆゑ、恰度よい』

禿上つた額が潤く、炯《けい》々とした眼光、なぜ上げた總髪と漆黒のあご髯が、儼然とした威容を感じさせて、どちらかと云へば、取りつく島もないといつた感じの修理であるが、今夜は灯かげに浮く色白な豊頰に、人なつこさが流れて、冷たい翳など微塵もない。

『濱うぢ、カノン砲(加農砲)は出來上つたであらうな』

『はい、そのことでお伺ひいたしました』

波之助は、珍らしい修理の上氣嫌に、ほつとなりながら、

『お約束の日が、多分に遲れまして申譯ございませんが、やうやく、六門全部鑄終りました』

と、ちらつと修理をみあげた。

『それは、御苦勞であつた』

修理は、待ちもうけたものが、出來上つたときいて、一層明るい顔の色だつた。

『して、——十八ポンド長カノン砲も、うまく出來たであらうな』

『はい、十二ポンド短カノン砲は、これまで、先生の御指導で鑄込みましたので、あまり苦勞はありませんでしたが、十八ポンドは初めてなので、大分、骨を折りました』

『うむ、さようであらう。ぼくも、松前藩から依賴のあつた時、十八ポンドは、少しく無理ではないかとも存じたが、貴殿の腕前ならば大丈夫と信じて、試作のつもりで引受けたのだ』

『おそれ入りました。外のものと違ひまして、大砲でございますので、地金《ぢがね》の平均に行くこと、砲身に氣泡の出來ないことなどを心掛けましたが、何分、はじめての寸法だけに、數回鑄直しまして、やうやく快心のものが出來上りました』

波之助は、誇り顔であつた。

『それは、重疊であつた、近日、篤と拜見いたさう』

『はい、御檢査願ひまして、よいと決りましたならば、試演はなるべく、早く行つて頂きたいと思ひます。私としましても、自分の精魂を打ち込んだものが、一日も早く世に出るのを望みますので——』

『さもあらう、ぼくとしても同様である。それに一門の大砲にもせよ、それが世に出ることは、それだけ皇國の海防が完成に近づくのだ』

修理が、大砲を始めて鑄造したのは、四年前の嘉永元年で

あつた。

蘭人ペウセルの兵書によつて、三斤野戰地砲一門、十二拇《ドイム》人砲二門を、波之助に試作させたのである。波之助は、當時、一介の鑄物師にすぎなかつたが、修理が、圖解を示して製法を教へた時、

『わかりました。さういたしますと、三斤野戰地砲の球型彈丸は、中徑で二寸三分九厘でございますな』

と、鑄物師獨特の筆算で詳《くは》しい計算した。

『さよう――』

『では、錫と銅のまぜ具合は、どんな割合にいたしますか』

波之助は、熱心であつた。

が、日本人が、原書によつて洋式の大砲を鑄造することなどはあまり類のないことなのである。流石に修理も、

『さよう、銅百分に對して、錫十分乃至十一分半の割合でよいであらう』

と、斷定はしなかつた。

『錫があまり多いのも、鑄物師から申しますと、よろしくはありません。先づ十一分半位かと存じますゆゑ、その分量で鑄込むことにいたしませう』

波之助は、判然《はつきり》云つた。

『蘭書によれば、十一分半は極量であるが、では、――それで鑄込んでくれ』

口でこそ、錫の分量が十一分半であるが、實際に鑄込んでみると、仲々計算通りには行かない。まして、一拇《ドイム》は三分二厘八毛九二四(曲尺)である。しかも、このデリケートな寸法は、大砲だけに、一毛の狂ひさへ許されないのである。

修理も殆ど波之助の仕事場に詰めきりであつた。

やがて、最初の十二拇《ドイム》人砲一門が出來上つた。

『先生、出來上りました。この砲身の色艶を御覽下さい』

波之肋は、いとしいもののやうに掌《たなごころ》を觸れるのだ。

青銅の青も艶々しい。修理は狂喜したい衝動にかられるのであつた。

かくて、行はれた試演は豫期以上の好成績であつた。修理は、波之助を信じて、大砲鑄造方に推擧し、出府後も深川小松町の藩邸内に、鍛冶工場を設けさせて、鑄造に當らせてゐたのである。

（二）

六門の大砲の綿密な檢査が濟んで、いよいよ試演を行ふ日となつた。

松前藩の大砲受取役である家老白澤頼母の希望によつて、試演の場所は上總姉ケ崎に決つた。尤も、修理としては、最

初江戸近くで行つて、大砲の威力を江戸人に知らせようと考へたのである。

『姉ケ崎まで參らぬでも、江戸近くにもよき試演の場所はござる』

『でもござらうが、まげて、姉ケ崎に願ひたい』

頼母にして見れば、御禁制ではなく、寧ろ鑄造を奬勵して、幕府から諸藩へ布達さへ發せられてゐるのであるが、不發とか破裂など萬一の場合は、江戸近くでは、御府内を騷がすことになり、ひいては藩の面目問題も起るので、强いて修理の言を退けたのである。

勿論、頼母は、『萬一の場合』といふやうな言葉を用ひはしなかつたが、修理は、それと察して頗る不愉快であつた。で、小林虎三郎、勝麟太郎(海舟)、吉田寅次郎(松陰)、橋本左内などの門人數十名を引連れ、友人にも見學をすすめたので、百餘名が大擧出かけたのである。

七月の陽光は、ぎらぎらとしてまぶしい程であつたが、雲一つなく晴れて、試演には絶好の日和であつた。

松前藩の士卒が、聲を嗄《から》して、群衆を整理してゐる。

修理の門人蟻川賢之助、木村軍太郎など數名が、松前藩の士卒と一緒に、砲の備へつけを行つた。

『先生、十八ポンドは、この位置でよいですか――』

賢之助が訊く。

『うむ』

修理は、大きくうなづいた。

砲架の位置から、背後へ約二十間ばかりはなれて、幔幕が張巡ぐらされて頼母以下の松前藩の役人が、固唾をのんで瞶めてゐる。

刻々《こく》群衆が多くなる。

『白澤殿、準備整つてござれば、試演いたさうと思ふ。貴殿方の用意はよろしうござるか』

指圖を終へた修理は、床机に悠然と腰かけた頼母に、歩みよつた。

『御苦勞でござる、見物の整理その他一切、整つてござればよろしくお願ひいたす』

『承知いたした』

『しかし、佐久間殿、このおそろしいほどの群衆、それに貴殿門人や友人が多數おられる中での試演は、晴れがましいことでござるな』

『――』

それには答へず、黒紹紋付に袴をつけ、草履をはいた修理は、

『賢之助、軍太郎――、撃方用意』

重々しい語調だつた。

『はッ』

修理の命令に、袴の股《もも》だち取つた二人は、静々と、砲架の傍に歩みよつた。

何千といふ群衆の垣である。それが、咳《しはぶき》一つするものもなく森《しん》と靜まりかへつて、軈て撃ちだされるであらう巨彈を連想して、賢之助と軍太郎の動きを凝《じつ》と瞶めてゐる。

砲といへば、種ケ島の火繩銃を見る位が關の山の群衆である。それさへ日頃ざらに見かける品ではない。狂言の『忠臣藏』五段目の山崎街道で、與市兵衞を殺した定九郎を、猪と見あやまつて勘平が撃つ時、見る位のものである。それとても一生見ずに終るものさへあるのである。

それを、砲の傍に飾られた木製の曳火信號を嵌裝した、魔もののやうな拳大の鐵彈が、陽光をうけてきらりと光る細長い青銅の筒から發射されるのである。

まるで、死んだやうに靜まりかへつて、凝視しつづける群衆である。

『彈丸用意ッ』

賢之助が、彈丸を取つて砲に詰め終へた。軍太郎がハンドルを握つて、撃方命令を待つた。

『撃てッ』

鋭い修理の命令であつた。

ぐわーん……

砲身の先から、火がふき出したのを、修理は見た。と、

ぐわばーん……

發射時とは違つた爆發音と共に、遙か前方の森の影から、白煙と土煙とが、一緒にあがつた。

『うむ』

修理は、眞一文字に結んだ唇を、一層引きしめて、彈道の距離を計るやうな、深い眼の色であつた。

うわ……

うわ……

うわ……

鯨波のやうな群衆の歡呼は、しばらく耳を聾するばかりであつた。

修理は、六門の大砲が、松前藩の手によつて、蝦夷地に据られて、やがて北海の守備の役目を果すであらう日を思つた。

過ぐる嘉永元年二月、オロシヤ船が、北海の地に出沒した。松前藩は、魔もののやうな夷船の出現に、なす處なく、藩士は弓矢を取つて、海岸を右往左往、徒らに立ち騷ぐだけであ

つた。

その時、オロシヤ船は、是が非でも上陸しやうとはしなかつたが、若し、强硬手段にうつたへてまでも、上陸を企圖したならば、どうであつたらう。堂々の砲を登載した武裝艦である。思つても慄然とする結果を招來したであらう。

勿論、數少い五、六門の大砲が、その時あつたとした處でオロシヤ船を擊破することは出來ない。また擊ちはらふことのみが、絕對ではないが、砲臺を築造して、海岸防備を嚴重にしてゐたならば、たとへば互市(通商)を、オロシヤ側が求めるとした處で、態度が違ふであらう。また我が方とした處で、武備に物をいはせて、對等の互市條約が、締結出來るかも知れない。いや、對等の條約を締結しなければならないのである。

(――北海の極地に、ぼくの造つた大砲が、オロシヤをへいげいする時が來たのだ)

修理は、群衆が好奇心から發する歡呼以外の、違つた氣持から、歡呼したい衝動にかられるのであつた。

『佐久間殿、お美事でござる』

賴母は、修理の手練に感心して、心からの賞詞だつた。

『これで、當藩の守備も安全といふもの、――殿のお喜びもさこそと思はれる。佐久間殿、賴母厚くお禮申上げる』

『貴藩の喜びは、もとよりのことでござらうが、この新銳六門の大砲が貴藩に配備されることは、北海の地の守備が、いよいよ堅く、ぼくは、皇國の御爲によろこびとしたい』

儼然とした修理だつた。

『これはどうも、拙者、年寄の冷水とでも申さうか、藩の立場のみを先に考へて、赤面の至りでござる』

賴母は、恥入るやうであつた。

（三）

次々に、十二ポンド短カノン砲が、試發された。

息づまる興奮に、群衆は狂つたやうであつた。

『時に、佐久間殿、――あと一門でござるな』

萬一を慮つて、修理の反對をおし切つて姉ケ崎まで出張した賴母だつたが、これだけの好結果を得るならば、修理の氣嫌を損するのではなかつたと、幾分後悔に似た氣持と、安堵の氣持を交々感じた。

『さようでござる。十八ポンド長カノン砲のみでござれば、直ちに擊方を始めることにいたさう』

荒れて吹いてゐた嵐が、ぴたりとやんだやうに、群衆は、何度目かの鳴りをしづめた。

『先生、大槻先生が、差しあげてくれと申しました』

鱗太郎が、紙片を持つて來た。

車如流水砲如龍　十二斤彈新葛《カ》濃《ノン》
呼爲將軍果然是　猛威摧盡萬人鋒

『うむ、砲龍の如しか――』、磐溪くんは、大砲發射を始めて見物したな』

傍に立つ鱗太郎を顧て、修理は、唇をほころばした。

『詩ですか、――先生』

『うむ』

修理は、紙片を鱗太郎に渡した。

修理は、一層元氣であつた。

『十八ポンド、擊方用意ッ』

今度は、郡與之助が、重さうに彈丸を詰めた。村松五八郎が、修理自慢の照準螺旋を廻して、矢位（射角）をはかつた。

『擊てッ』

凝《じつ》と――まるで、呼吸をはかるやうに、瞶めてゐた修理の重々しい命令である。

ぐわーん……

ば、ば、ばばん……

異樣な爆發音だつた。同時に、

うわーうわーうわあ……

う、う、うわわ……

まるで、百獸の叫音のやうな、群衆の雷同音であつた。

修理はあらゆる音を耳に聞くと同時に、眼は、人間の手足のやうなもの、土塊、砲身の破片のやうなものが、沖天遙かに、沸騰するやうに、飛散するのを見た。

（破裂）

修理は、一瞬、一切の情景を綜合して、のけぞるやうな驚愕であつた。が、その次には、直ぐ平靜さを取り戻してゐた。

附近一帶は、修羅場である。

射手の五八郎が、顏といはずと手いはず、べつとり血に染んで倒れてゐる。數間位はなれてゐたらしいが、砲身の破裂側だつたので、警備してゐた松前藩の士卒の中にも、十數人の怪我人がある。或ひは顏に、或ひは手に、そして或ひは足に砲身の小さい破片が喰込んで、中には、口の中に飛込んだのであらう、唾液と一緒に、だらだら血をたらしてゐるものもある。

よく見れば、五八郎は、手も足も吹きとんで、ち切れた傷口が、まるで柘榴のやうである。

破裂の絶叫音と同時に、後退《あとずさ》つた群衆が、一度にどつて砲身を取りまくやうに殺倒して、恐しいもの見たさに、犇めき

合つてゐるのを、警戒の士卒が、聲を嗄して制してゐる。

（四）

地獄繪圖のやうな慘鼻な光景である。

幔幕の中は、轟音と同時に總立となつたが、ふたたび腰を床机におとすと、今度は、驚愕と恐怖の感情で、しばらく化石したやうに動かなかつた。そして、眼前に展開された血に彩られた混亂を、空虚な眼眸《まなざし》で眺めてゐた。

『佐久間殿』

聽て、賴母は、沈痛な聲であつた。

『――』

烱々《けい》とした眼光で、動ずる色もなく、門人を指揮して、破裂した砲身を拾ひあつめ、今後の研究材料にすべく處置してゐた修理は、聽《きこ》へないのか答へない。

『佐久間殿』

苛立つて再び呼んだ賴母の聲に、

『白澤殿、修理萬ケ一にも豫期せぬ失敗、千萬御氣の毒に存じ申す』

輕い會釋だつた。

『佐久間殿、なんと申してよいやら――』

賴母は、血の混亂に動顚したものか、落つかぬ眼の色で、修理を見ながら、

『折角、貴殿の技倆を信じてお願ひいたしたにも拘らず、この態は、賴母――迷惑至極でござる』

『と申されても、不測の災禍なれば……』

『これは異な仰せ、不測の災禍とは、あまりでござらう』

賴母は、なじるやうであつた。

『いや、確かに不測でござる。ぼくとしても神佛ではない以上、千に一つの誤りがないとは保證出來ぬ。殊に、蘭書によつて研究いたし、日本では、未だ一人として試《ため》した者のないことを行つたのである。ゆゑに、間違ひのあるのも不思議ではござらぬ』

修理は、少しも騷がず、不遜に近い態度だつた。

『でもござらうが、間違ひは萬に一つもないものと信じて、殿にも、この賴母が貴殿を推擧いたした次第……』

『いや、御推擧は辱けなく、御禮を申上げる。が――推擧と不測の災禍とは、自ら別問題と思考いたす』

飽まで平然たる修理である。

『佐久間殿は、不測の災禍として、簡單にすまされるでござらうが、莫大な損失を蒙り、しかも、世上の物笑ひとなるのを思へば……』

『白澤殿』

修理は、賴母の語尾を奪ふやうに呼んだ。

『世上の物笑ひとは、奇怪なお言葉……』

『いや、確かに――物笑ひになり申す。あれ見よ、松前藩では、出來もせぬ大砲などを拵へるゆゑ、あたら武士を、金をかけて殺すやうな仕儀になる――などと、噂されるに決つてゐる』

　これが、一藩の家老かと思へるほど、思慮の淺い言葉である。

『はははは、白澤殿の思ひすごしも程によると申すもの、それに、古語も、三度肘を屈して名醫になると申す、ぼくも、度々失敗したのちには、必ず名人になり申さう。偶々、一つの失敗が、貴藩に現はれたのは、如何にもお氣の毒に存ずるが、それによつて笑ふものには笑はしておけばよいではござらぬか――』

　修理は、事もなげに云ふのであつた。

（五）

『さう、恐縮せぬでもよい』

　オランダ渡りらしい朱塗の大机の前に、端座した修理は、叩頭する波之助を慰めた。

『でも、さう申されますと、殊更、申譯ないと思ひます。先《さき》刻《ほど》も申上げますやうに、特に地金の不均衡のないやうに、氣泡のないやうに、嚴重注意いたしましたのが……』

『よいよい、失敗は成功の基と申すことがある。氣を落さず、今後も益々研究いたして呉れ』

　失敗を聽いて駈けつけた波之助が、どう詫びてよいか術を知らぬやうに、身悶《みもだ》へしてゐるのであるが、修理自身は、少しも意に介せぬのである。

　だが、失敗に遠慮したのか、常の日ならば、庭にきこへる歩調教練の勇しいかけ聲もきこへず、邸内は、どことなく落莫とした空氣が漂つてゐる。

『誰かおらぬか――』

　修理は、あまりの靜かさに不審を感じた。

『お呼びですか――』

　虎三郎であつた。

『けふは、稽古は休みか』

『――』

『きのふ失敗したけふぢや、大いに研究せねばならぬ。失敗したからといつて、士氣を失ふやうでは、皇國のお役に立つ人間にはなれぬ』

『はい』

　虎三郎は、素直に返事をしたが、

『先生、實は――御門前に、こんな張紙がありましたので、口惜しくて、みなで下手人を引つとらへて、懲《こら》しめやうと、相談してゐたのです』

一枚の紙片を、机の上にさしだした。

黒玉をうつにわざわざ姉ケ崎海と陸とに馬鹿がたくさん。
しゆり(修理)もせで書物をあてに押強く打てばひしげる高まんのはな。
わるいのは鑄物師でなく指圖して筒をさくまのしゆりの棒天。
讀めもせずうそをつき地(木挽町は築地)の横文字《よこもじ》りめくらをよせて放す大筒。

微笑を泛べながら讀みおへた修理は、

『仲々、うまいことを申す。それに早いものぢや』

氣にもかけない。

『あまりといへば、――侮辱するも甚しいです』

拳をふり上げかねまい虎三郎だつた。

『いや、捨ておけ。落首などを作るものは、世捨人のたぐひか、世のすね者だ。そんな輩《やから》に、この修理の大志がわかるものか――、はははははは』

大笑した修理は、

『濟うぢも、心配なくお引取り下され』

と、いつて、今度は、虎三郎を顧て、

『けふは、特別に蘭書の講義をいたす、一同に集るやうに申せ』

きつとしていふのであつた。

『はッ』

虎三郎が去つてしばらくすると、久作が、開講をきいて叩くのであらう、門弟の集合を知らせる盤木《ばんぎ》が、すんだ音色で響いて來た。(終)

◇受贈雜誌紹介◇

○傳記(一月號) 二十錢
○大衆文藝(二月特輯號) 五十錢
○日の出(二月號) 五十錢
○メトロ時代(二月號) 二十五錢
○肇國精神(二月號) 同人執筆小說「素描三題」戸伏太兵「結婚の理性」土岐愛作 十錢
○講談倶樂部(二月號) 同人執筆小說「血の廣場」石井哲夫 六十錢
○意匠(二月號) 三十錢
○につぽん(二月號) 特價二十五錢
○開拓(二月號) 二十錢
○新青年(二月號) 八十錢
○オール讀物(二月號) 五十錢
以上

坂上田村麿（長編第九回）

戸伏太兵

四之巻―深林挽歌

五

『おゝ又、こゝにも塚じるしがあるぞ……。』

隊伍の先頭に立つてゐた鎮守將軍佐伯《さへき》ノ宿彌ノ三野《みの》は、ふと馬を留め、肩をならべた伊治城司の振《ふる》ノ諸根《もろね》をふりかへつて、言葉をかけた。

『はい……。然し、塚じるしならば、あすこにもございます……。』

振ノ諸根は、道から少しかけ離れた草むらの蔭を鞭で示した。

『うむ……これは……』

佐伯ノ三野は、眼を見はつた。

『われ／＼が蝦夷蠻族の南下勢力を抑さへるために、そしてまた同時に異民族の開明・同化のために、どれだけの犧牲をはらつて來たか……將軍さまにもよく御

合點が行くことゝ存じます……。』

『う……わしも都にゐる間は、まさか、これほどとは思はんぢやつた――。』

『これです！　将軍さま――われ〳〵の信條は、これなんです！』

『道――？』

振《ふる》ノ諸根《もろね》の鞭は、突然、サツと足もとの路上を指してゐた。

『はい。われ〳〵は、この道のために戰ひ、この道のために護り、そして、この道のためにこそ命を捨てるのでございます……。』

『道？　道とは――？』

『道とは――凡そ、都につながる道……。大君の醜《しこ》の御楯《みたて》として、この草深い前線の守りについてゐる我々が……、云ふまでもなく、都へつながる道のために戰つてゐるといふ自覺は、一日として忘れることが出來ません！』

『うん……それは、さう有りたいものぢや喃……。』

『われ〳〵は建設者なのです！　王道を拓《ひら》き、邊境の異民族のために樂土を擴充すべき……建設者なのです！　蒙昧無智な蠻族の上にも、大君の御稜威《みいつ》の光被《くわうひ》を持ち來らしめんがために、たゞ專心、都へつながる正しい道の建設に邁進してゐるのでございます。』

『おゝ……。』

佐野ノ三野は、眼を拭《ぬぐ》はれたやうな氣持で、頸を立てた。

實際――この天皇國では、四境異族の啓明・馴致は建國以來の大國是《こくぜ》で、特殊の國體と、神嚴な建國精神によつて、既に祭政一致の政治確立による國内の統一もその業を畢り、歷史の過程は今や國權伸長・國力發展の段階に入つて年ひさしかつた。殊に崇神天皇十年秋の、四道將軍の四境派遣以來は、邊境の異族は漸次皇威のもとに慴伏するものが多かつたのである。

然るに、みちのくの蝦夷は最も蒙昧・頑强で、景行天皇四十年の日本武尊の御東征後といへども、たび〳〵叛亂して騷擾つねなき有樣であつたから、その後數度の征夷の御軍《みいくさ》が催されたに拘はらず、まだ〳〵心をゆるすことは出來なかつた。だから陸奥《みちのく》の守りは、天皇の御軍《みいくさ》としては報ひられる結果は甚だ薄く、苦難と責任のみがあまりにも重かつたのである。

『あゝ……、わしには、貴所《そこ》の心底にある熱情が、よくわかるやうに思ふ……。だが、安心したまへ。大君の御軍《みいくさ》の進み行くところ、道はおのづから隨ひて拓け來るものぢや……。』

『はい。道は……常に、正しき進路を與へ、正しく明るい光りを運んで來ます。あゝ此の荒凉たる草深い邊陬《へんすう》が――いつ

になつたら青丹《あをに》よし奈良の都と同じになりませう……？』

『その道を拓くために、われ／＼は力を協せて醜草《しこぐさ》を刈り、叢林を剪《き》らねばならぬのぢや……。』

『然し、將軍さま――この道の兩側には、まだ拓かれざる何千萬何億の醜草《しこぐさ》が茂つてゐるのでございます……。』

『それを芟除《せんぢよ》するのが我々のつとめなのだ。この道は喃――單に、物を運ぶための道と思つてなりませぬ。また單に、作戰のための道と思つてはなりませぬ……。さうだ、君が今言つたやうに――都から、大君の御稜威を運ぶための道なのだ。彼等から奪はんが爲めの道ではなくして、彼等に與へる爲めの道でなくてはならぬ。』

『與へるための道――』

『うん。道は、おのれの利益のためにのみは拓《ひら》かぬものよ。みちのくの蝦夷をして、心から喜んで此の道に依つて來らしめねばならぬ。この道が、都へつながる意味はそこにある――――。』

まつたく此の邊陬《へんすう》・草莽《さうもう》の道が、遠く帝都の文化・文明につながるといふ考へは、思つて見てさへ心の躍るやうな愉快な思念《しねん》であつた……。

『あゝ……それにしても、かの蒙古部族宇《う》漢米《かむめ》ノ公《きみ》ノ宇《う》屈波《くつは》宇《う》等は、つひにその道からも逸脱して、北方「アグル」の賊地へと奔つてしまひました……。』

『うん。あれは……われ／＼の方にも、手ぬかりが無かつたとは言へぬ喃……。』

佐伯《さへき》ノ三野は、唇を噛んだ。

六

――鎭守將軍三野は、この春明け以來の探索で、漸く漂盜間人《はしひと》ノ傴僂《くつま》の巢穴《そうけつ》をさぐり出し、みづから伊治軍團の兵をひきゐてその討伐に向かつてゐたのである。

ところが、何處に潛んでゐたのか、宇漢米ノ公ノ宇屈波宇の率ゐる蒙古人部旅の手兵が、傴僂《くつま》に復讐するために城兵の到着に先んじて戰さを仕掛けてゐたのであつた。

不意討ちを掛けられた盜人多藝津《たぎつ》の山寨は、すでに壞滅の一歩手前といふところまで押しつめられてゐた。

復讐の念に燃える蒙古部族は、早くも勝利の豫感に燃えて甚だしい昂奮狀態にあつた。

未だ内地人として充分に同化してゐなかつた此の宇漢米の部族は、昂奮すると全く相手の見さかひが無くなつてしまふ。

――彼等は、眼の前に立つものは誰れ彼れの容謝はなかつた。たゞ、たぎりにたぎつた兇猛の碧血が、遂に虐殺を見ず

しては底止《ていし》するところを知らないのである。

だから――不意に攻め込んで來た伊治軍團兵との間に、しばらくは三ツ巴になつての大混戰が演じられた。

そして、その隙《すき》に、いつのまにか目當てにして來た肝腎の間人《はしひと》ノ偏僂《くつま》は、亂軍の間を巧妙に拔けて逃げ出してしまつてゐた。

もはや漂盜團の團員は殆んど全滅して、宇屈波宇等は知らず〳〵のうちに伊治城兵だけを相手にして戰つてゐたのである――。

（しまつた！）

と思つた時は、もう遲そかつた。

このとき攻め込んでゐる伊治城の軍團兵は兵數約五十。兵五人を以て伍となし、伍二を以て火《くわ》、火五を以て隊、隊二を旅《りよ》となしてゐたから、大軍團十旅・小軍團六旅の軍制下に於ては無論とるにも足らぬ兵數である。それに、軍團の兵は、必ずしも素質が佳良でなく、兵器に於ても決して優れてゐるといふ譯ではなかつた。

だいたい、大化の大改新によつて、從前の私兵を徹廢して軍團を國司の手に隷屬せしめる制がはじめて立てられたとは云ひながら、當時の軍團兵は未だ從前どほりの傜役《えうえき》で、服務の期間が永く、あまつさへ自己の食糧・兵器をさへ自辨《じべん》せねばならぬといふ狀態であつたから不平不滿の者が多く、各地の軍團ともにこれを統率するのは仲々容易ならぬわざであつた。然し、軍兵が直接に國司の權下に屬するといふ制度の强みは、國司自身の素質がそのまゝ軍兵の上にも反映する――といふことである。

その點、伊治城司振《ふる》ノ諸根《もろね》は、若年ながら申しぶんの無い正義肌の熱血漢であつたから、その統率下の、嚴格な規律と溫順の恩愛に養はれて來た軍團兵を向ふにまはしては、さすがの蒙古部族も段々に制壓されて、今や全く盛りかへす策もないほどの苦戰の破目に追ひ込まれてしまつてゐたのである……。

敗北とさとつた宇漢米《うかむめ》の酋長宇屈波宇《うくつはう》は、突然――叫んだ！

『やめろ〳〵《ブウ・バイルドホ》！　逃げるんだッ《ドタガホ》！』

ぐツと手綱を引き詰めると、乘馬は泡を嚙んでダツ！　と棒立ちになつて、その向きを變へた。部族の者どもは一せいに方向轉換をした――。

そして、彼等は、この時――伊治城兵の一兵に至るまでをアツと愕かせるやうな方法で遁走しはじめた。

それは……彼等が、みなが皆、一樣に、城兵の征矢《そや》を避けるために、片腕を乘馬の首にかけ、片足を馬背にかけて片腹

にふらさがつたまゝ、算を亂して走り去つたのである……。

　いや、それだけではなかつた。――目ざしてゐた間人《はしひと》ノ傴《くつ》僂《ま》を取り逃がした替りに、矢庭に宇屈波宇《うくつはう》は、氣絶してゐた間人ノ葛兒《かつらこ》を引ツ掠らつて、驚嘆すべき膂力で彼女を小脇にしツかと抱《かゝ》へながら、疾風《はやて》のやうに飛び去つてしまつた。

　そして、その逃げゆく先は、北方未開の賊地であつた……。

　この戰鬪で、四人の蒙古人が即死し、一人の戰士が重傷を負つて取り殘された。

……………。

　二三日の後になつて、追跡して行つた城兵の先鋒隊が歸つて來て――蒙古部族の足跡が、遂に遠い／＼北方「アグル」の國（北上川以北の地稱）の方へ見失はれてしまつたといふことを、佐伯ノ宿彌ノ三野に告げた。

　蒙古部族は馬術が甚だ巧妙自在で、密林地帯でも山岳地方でも、まつたく不案内の未踏の地域を、晝は太陽を、夜は星の位置を道しるべに、自由に敏速に移動する能力を持つてゐる。食べ物と水とに不自由のない此のごろの氣候では、彼等は一氣に、世界の果てまでゞも突き進んで行くことが出來るであらう……。

　だから佐伯ノ三野は、宇漢米族の追跡をあきらめ、矛ををさめて前線の露營地を引上げ、途々、取り逃がした間人ノ傴僂の姿を探しもとめながら、伊治城への歸途についてゐたのである。

×

………………。

　突然――

『山火事だぞ。見たまへ――山火事だ……。』

　それを初めて見付けたのは、鎭守將軍佐伯ノ宿彌の三野であつた。

『え？』

　青年城司は右の手のひらで眼蔭《まかげ》をし、遙かの山根を眺めやつた。

　めづらしく陰欝な曇り日のことで、空は一面の雲におほはれてゐる。

　それに、よほどの距離なので、煙と雲の見分けがつかず、今が今までそれと氣も付かなかつたのだが、念入りによく眺めて見ると、その山火事は隨分ひろい地域にわたつて燃えひろがつてゐるらしかつた。

『船形の方面でございますね……。』

『何？そりや不可《いか》んぞ……。猪手《しゝて》の隊の者が出てゐたらう』

『はい。先日來、別働隊として――乞食《ほかひ》ノ主《すぐり》の探索のために、鳴瀬川の沿岸方面へ入り込んでゐるやうでございますが。』

『うむ。』

佐伯の三野は、振《ふる》ノ諸根《もろね》の顏へ振りかへつた。

『諸根――。山火事を消すことは出來んか？』

『はい。雨の降りますまでは……』

『不可《いか》ん。不可んな……。手のつけやうは無いのか。』

『――ございません。』

『ふうむ。』

『猪手《しゝで》の一隊は大抵大丈夫と思ひますが、それにしても……ともかく、も少し近寄つて見ては如何でせう？』

『さうぢやね、さうぢや――近付いて見よう。』

振《ふる》ノ諸根《もろね》が指圖をした――。

伊治城兵の騎馬隊が、一せいに騎首を西したかと思ふと、忽ち砂塵を蹴立てゝ走り出したのである……。

七

拍車をかけられて馳け出す馬のやうに、地獄の猛火は迅速に走つてゆく……。

おびたゞしい煙のひろがりの間に、火の中心が見えたり隱れたりした。

焰は矢のやうに、森から森へと突き進んだ……。

大氣のうちには、暴風雨の衝擊にも似た一種の激しいあふりがあり、地鳴りとも覺えぬ幻怪な音響を伴なつて、飈風の旋回が火の中心から外へ〳〵と放射されてゐた。――大きな火焰の燃え立つところには、つむじ風の發生が伴なふのはいふまでもない現象であつた。

『臥宇《とう》・酥倫枷《そろんが》……急がなくちやならないぞ。段々あぶなくなつて來た。燃えてゐるのは、草ではない……森林だ！』

と、乞食《ほかひ》ノ主《すぐり》は口早やに叫んだ。

少女は歲に似合はず案外に元氣で、主《すぐり》の早足にも劣らぬほどの速力で跟《つ》いて來る。――彼女の身體にひそむ蒙古人の血は、こんな場合に際しても少しも怯《ひる》まうとはしない……。

あたりは一面の煙で包まれ、五十歩さきの樹木を見ることは不可能であつた。

おびたゞしい鳥類が後から後から慌たゞしく飛び立つて、木傳ひには猿が走り、時々鹿《かせぎ》の類が二人の身體にぶつかるやうに狂奔して行く。

ところ〴〵風害木が斜に立ちふさがつて、二人の進行をさまたげた。

然し、二人はドン〳〵と走つてゐる……グズ〳〵してゐては地獄の火焰に追ひ付かれてしまひさうである。

咽喉が無性に渴き切つて、酸辛《いがら》ツぽい煙が堪へ切れぬほどに苦しかつた。二人は噎《む》せかへつて咳をし、眼を刺すやうな

痛い涙がポロ〳〵とこぼれた。

少しでも下り勾配になつてゐるところでは、身體にはづみをつけて、轉ろげるやうにして走つた。

そして――突然、走り下つた其の地點で、乞食《ほかひ》ノ主《すぐり》は、昏倒してゐる千熊丸を見たのである！

『あツ！ 千、千熊！ 千熊！』

呼び生けようとしたが、少年はまるで死骸か何かのやうに、グツタリとして生體もなかつた。

『これ――しツかりせい！ 千熊！』

……少年は、まだ氣が付かない。

乞食《ほかひ》ノ主《すぐり》は、氣をあせつた。

――彼の耳には、猛火の旋風が段々身近かの方へと來襲して來るのを聞き取ることが出來た。

『あ、不可ん！ 酥倫枷《そろんが》――しツかりと跟《つ》いて來るんだぞ……！』

叫ぶや否や、彼は千熊丸の身體を輕々と自分の脊中へ擔ぎ上げ、うしろも見ずに走り出してゐた――。

何處かに切れ込んで來てゐる川の支流を見つけて、その水の向ふへ逃げ渡る必要があつた。それが此の場合、たゞ一つ有効な、避難の手段であると、彼は思つた。

千熊丸を見付けてとやかくしてゐた間に、焰の足は遠慮もなく迫つて來てゐたのである。

ゴウツ……！

……ゴウツ！

熱風は身をこがすほどに近づいて居り、燒け落ちるらしい巨樹の地響きが、ひツきりなしに轟音を立てた。

――不意に、乞食ノ主は後ろを振り向き、すぐ自分の踵《かゝと》につゞいてゐる少女酥倫枷《そろんが》の片手を、ものをも言はずグイ！と引ツ張つた。

彼は背中の少年を揺り上げ、少女の片手を引いて、急に方向を換へた。

砂洲《さす》！

――砂洲を見付けたのである！

河水の少い枝流れではあるが寄洲《よりす》の幅は案外に廣かつた。

――彼は息を切つて、ジャブ〳〵と水を越えた！

が、越えるや否や、少年を砂上に投げ出して、まるで氣違ひのやうになつて足もとの砂を手で掘りはじめたのである。

賢い少女は直ぐにその意味を覺つて、これも慌てゝ手傳ひはじめた。

淺い穴が掘れると、乞食《ほかひ》ノ主《すぐり》は少年の身體をその穴に引ずり込み、そして少女も自分もその穴にうづくまつて、小鳥が浴《ゆあ》みをする時のやうに、身近かの砂を頭からかぶるのであつ

た……。

もう頭上からは盛んに火の粉が降り、鼻をつくやうな匂ひのために今にも息が止まりさうになつた。

そして——濛々たる煙の波がサツ！ と吹き寄せたかと思ふと、一瞬！ あたりの事物は忽ちのうちに混頓として、何もかも見えなくなつてしまつた……。

乞食《ほかひ》ノ主《すぐり》も臥宇《ごう》・酥倫枷《そろんが》も、忽ちのうちに眼がくらんで、バツタリと砂穴の中に突ツ代してしまつたのである……。

……………。

こんなにも怖ろしい山火事の光景を、遂に眼のあたり目撃し得た人間が果してあるのだらうか？

今の此し迫つた瞬間になつて、辛じて逃れ得た人間の眼をまで昏《くら》ましてしまふといふのは、思へば寧ろ、神佛の慈悲であると云はねばならぬのかも知れぬ。

だが、實は……この地上の大業火《ごふくわ》を、偶然にもまのあたりに見つめてゐた人間が、たつた一人だけはあつたのである。

それは、つい今の先刻《さつき》まで、前後も知らずに昏睡してゐた少年千熊丸であつた。

少年は、頭から砂をかぶせられるまではうつゝでゐた。然し、濛々たる煙の波が急に襲ひかゝつて、乞食ノ主と少女酥倫枷が昏倒したのだと引き違ひに、ハツキリと昏睡の狀態から目ざめたのである……。

（何といふ業火！ 何といふ世界であらう！）

少年は、いまは恐怖さへも忘れて、まじろぎもせずに見まもつてゐるのであつた。

とゞ松の木は、まるで松明《たいまつ》のやうであつた。

白樺や水松樹《あらゝぎ》は生木《なまき》から火を噴いて、咆え猛《たけ》りつゝ燃え上つた。

地上では、枯草も落葉も倒れ木も、一切合財が火の海の中でパチ／＼と音を立て、黄ろい煙の渦卷きは量り切れぬ高空にまで沖《ちう》してゐるのが望まれた。

猪や蛇類があはたゞしく河水を泳ぎ渡り、啄木鳥《けらつゝき》は狂氣のやうに樹から樹を逃げまはり、山鳥がけたゝましく叫びつゞけた。

紅蓮のほむらは木株のまはりにからまり、青葉といふ青葉を舐《な》め、河岸まで奔つて來ては高い熱度で川床の砂を灼熱した……。

炎々たる焰の狂飈は、太陽と風に乾き切つた密林を旋風の如く吹き上げ、吹き拂つた。

それは、まるで……赤い海嘯《つなみ》のやうに、サツ！ と走つて來ては、後から後からと大きな力でぶツつかるのであつた。

その赤い海嘯の中に、わけのわからぬ怒號を上げながら立

ち燃えしてゐる雜木の幹立《もとだ》ちが、時々ハッキリと見え、大枝や小枝がペラペラと幻怪な舌を吐きながら、素晴らしい勢ひで吹ッ飛ん行くのも見られた。

見る〳〵うちに燃え落ちる樹があるかと思へば、いつまでも〳〵火の柱の如くに突ッ立つたまゝ、巨人《きよじん》のやうに呻《うめ》いてゐる木もあつた。

ゴウッ！　といふうつろの響音《きやうおん》が地軸をゆるがし……、キラ〳〵と五彩の電光が、旋風の中を走りまはる……。

狂はしい、光の亂舞！

焰の……饗宴……！

……………。

やがて、急に――風向きが變り、煙の流れは脇へ靡きはじめた。

火焰は依然として荒れ狂つてゐたが、段々に方向を移して走り去つて行つた……。

×

とツぷりと、黄昏が重たい帷幕《とばり》を降ろしてゐる。

燒跡の森には、まだあちらこちらに火の餘燼が微かに見られ、燒け殘りの倒れ木はまだプス〳〵と燻《くす》ぶつてゐるものもあつた……。

ふと、乞食《ほかひ》ノ主《すぐり》が氣付いた時には、千熊丸は屹然と砂の上に起き直つて、烈しい氣魄で、遠くの空を睨め付けてゐたのである。

――いつまでも〳〵、まるで化石のやうに、身じろぎもしない……。

兩《りやう》のまなじりが裂けて、赤黒い血の線《すぢ》が頰の上に凝《こ》びり着いて固まつてゐる。

唇の兩隈《りやうくま》は後ろへ引きつけられたまゝに硬《こは》ばつてしまつてゐた。

それにも拘はらず身體中の筋肉といふ筋肉がピク〳〵と痙攣して、總身の毛孔は鳥肌立つてあぶら汗でベットリ光つてをり、鼻孔は大きく膨れあがつて、乾いた吐息が咽喉の奧で、ヒイ〳〵と破れた草笛のやうに鋭く、短かかつた。

――その身體つきには、だがもう少年らしいところは一點も無かつた。

千熊丸は生れ替つたのである。激しい火焰の洗禮は、今や恐怖の底を突き破つて、急激な煉成《れんせい》が爲し遂げられたのである……………。

山火事は遠くに走り去つたが、煙はまだ其處いらに纏綿《てんめん》して立ちさまよつてゐた。

遠く……火の手のまはつてゐる方向の高空には、まッ赤な空燒けが眺められた……。

〔四之卷・終〕

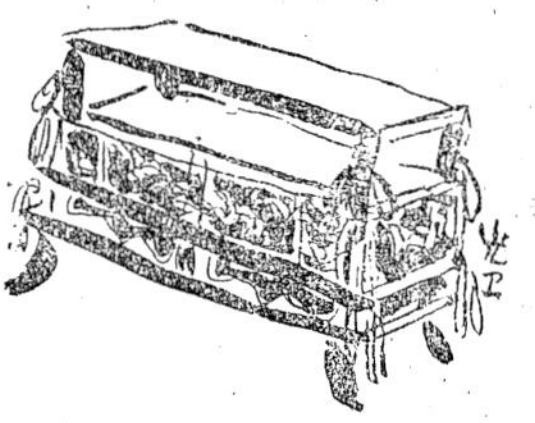

講談覺え書（六）

佐野孝

講談の作者について

講談の題材は多く史實に、さもなくとも史實を胚子とした傳說に依據する。然らば史實とは何かといふに、これは神が、或は自然が作つた創作に他ならない。

そこで例へば赤穗浪士が吉良邸に討入したとか、加賀樣でお家騷動があつたとかいふと、當時の江戸の八百八街の人々が口から口へ噂に傳へる。所が人間といふ奴は妙な動物で、史實そのまゝを傳へることは稀である、噂に必ず尾鰭がついて『話八層倍』と相場はきまつたものだ、云つてみれば人はそれ〴〵創造的本能を持つてゐるので、ありのまゝを傳へる機械のやうな無趣味なものにはなり切れない、創造性を加味して人に傳へるのである。

この無數の尾鰭、この無數の創作――それが傑れた古文人の筆で集成されたのが實錄で、講談の母胎をなしてゐるのである。

だから講談は決して一人の創作とは云へない、神（自然）と、噂好きな大衆との合作である、大衆の嗜好の交響樂である。その中にはみんなの好みが織り込まれてゐる――

講談こそ民衆の手に依つて作られたもので、個人としての作者がないといふところに特異な大衆藝術としての存在が認められる。

以上は、木村毅氏の說くところであるが、現在行はれてゐる講談で、その作者のハッキリしてゐないものが、頗る多いといふことは、その說を裏書する一ッの證據でもある。が、しかし、作者が明かになつてゐる種類の講談も亦少からず行はれてゐることも事實である。例へば、天明から寛政にかけての戲作者、猪狩貞居、則ち振鷺亭の作である『小西屋政談』の如き、二代目伯山の作である『天一坊』の如き、更にさかのぼつて馬文耕の『佐野次郎左衞門』『白子屋お熊』の如き、又、明治以降に至つて、人情噺の圓朝物の如き何れも作者の創意によるものと考へて然るべきものである。その他數十種の作者の明かなものが存してゐる。

しかしながら、これとても、原作者があるといふだけの話であつて、最初に創作された通りに演じられてゐるかといふと、全く然らず、弟子から弟子へと傳へられてゐる間に個性の違つた演者によつて、語句は洗練され、エピソードは加はり、甚しきに到つては、主役が傍役に變更され筋そのものゝ變改さへも屢々試みられ、數人又は數十人が、何百回、何千回、口演してゐる間に自然に完成されて行つたといふ經路を考へてみるならば、木村毅氏の說く所と異ると

ころはないのである。このやうな藝術といふものが他にあるもので
あらうか。それにしても、講談の原作者といふものは認めなければ
ならない。史實、傳說がその前にあつたとしても、まづそれを採り
あげて、高座にかけた、講談としてまとめた人間の功績も認めねば
ならぬ。それには、どんな人々があつたか。

そも〳〵初期の講釋にあつては、太平記讀み、軍談讀みの稱によつて明かなる如く、原本によつて講じてゐたのであるから作者を詮議する迄のことはない。現今でも高座に於て講釋を演ずることを『讀む』といつて『語る』とも『はなす』とも云はない。義士傳を『讀む』といひ、又、演目を『讀みもの』と稱してゐる。大島伯鶴十八番の讀みもの寛永三馬術といふ如く、すべて、講釋は、記錄、物語を、讀みきかせることから出發したものであり、そのことは、原作者は講釋師と別にあつたことを示證するものである。

今でも、ある講釋師は、臺本をうや〳〵しく釋臺の上に置いて、別にそれを讀むのではないけれども、ともかくも臺本のあることを型の如く示してゐるのは、古い形式を踏襲してゐるものといふべく、初期に於ては太平記、平家物語をはじめ、正史、雜錄を講ずるを本領としてゐたのだから講談の作者は敢て問ふ所ではなかつたのである。

それが、原著から著しく離れて一個獨立した物語にまで發展したのは、何時頃のことであらうか。更に、純粹に講釋師の作にかゝる『講談』が讀まれるやうになつたのは何時頃のことであらうか。

思ふに享保の頃、神田伯龍子が、諸家に招かれて、各家の記錄を講じたといふのは、彼が、いろ〳〵な正史雜錄等の中より題材を選び一篇の物語としてまとめ上げたものであつて、彼の如きは相當、物語作者的手腕の持ち主であつたのではあるまいか。

稍々後の人、村上魚淵が、伊達騷動を演じてゐるが、これなどは、臺本となるべき著書はまだなかつたので、演者自身作者であつたであらうことが推定されるのである。

それが、馬場文耕に到つて、講釋師自身、作者として、又、演者として多くの原本《たねほん》を貽したことを明かに示してゐる。

彼は講談中興の祖と稱せられた名人であつたが、亦江都著聞集、百化物語、武野俗談等々多くの著書を貽した文筆の士でもあつた。彼が江戶著聞集その他の著書に錄した物語を、高座に於ても演じたであらうことは想像できることだし、現に彼が筆禍を買つて死刑の宣告を受けた『平假名森の雫』は、金森の騷動の經緯を述べた物語であり、それを、日本橋榑正町小間物屋文藏方の夜講に演じたことは記錄に明かなことである。

だから、彼の頃に到つては、講談は旣に古記、實錄を讀むだけではなくて、演者自らその作者であつた。さうした新しい講談が、續々とあらはれきた。

記錄讀みの世界に於ては、當時に於ける諸家の騷動物語などは、噂の聞き書き、調書の傳聞等によつて一篇の物語的構想でまとめ上げることは、講釋師として最も得《とく》な行き方であり、はじめはニュース的價値だけでも大いに歡迎されたのであつたが、それが、だんだ

んと洗練推敲されて典型的な騷動物となり今日に到る迄行はれてゐるものが頗る多いのである。世話物の歡迎されはじめたのも當時からのことである。これには太平記、太閤記といつた臺本がある譯ではないから、演者が創作するか、又は、當時行はれた人情本、讀本《よみほん》等に材を求めざるを得なかつた。

文耕の如く講釋師にして讀本作者たる人々は別として、自ら創作の才に乏しい人々が、當時の讀本《よみほん》その他に材を求めた例としては、曲亭馬琴の『八犬傳』をはじめ松崎堯臣の『窓のすさみ』、『常山紀談』その他枚擧にいとまがないのだが、こゝで一寸『讀本《よみほん》』と講談の關係を考へてみるのも面白いことだと思ふ。

云ふ迄もなく江戸文學の特色をなす所の『讀本』は、繪を主とした所謂繪草紙に對する讀む文章の本の謂であるのだが、一面、朗々と讀むべき本でもあつたのである。

そのことは、馬琴の八犬傳その他の文章の調子、七五調を主とした行文に於ても既に論じられてゐる所であるが、更にその文體が太平記、平家物語を範としてゐることは、期せずして講釋師達に絶好のタネ本を提供したことになるのではないか。

もとく\彼等は太平記讀みであつたのだ。それが時代の推移と共に太平記そのものが民衆に飽かれ、何かしら新しいものでなければ喝采を博し得なくなつた折柄、本朝水滸傳、八犬傳等々多くの『讀本』の出現は、彼等に貴重なる米びつを提供したものであつた。彼等は飛びついて之を演じた。

その上『讀本』は、概ね事件の複雜、趣向の變化を以て讀者に受けたものであり、因緣因果、勸善懲惡といつた敎訓的な部面も亦、街の敎育者を以て表看板とした彼等にとつては絶好の狙ひでもあつたのだ。しかも『讀本』の多く勸善懲惡を骨子とする云ひながらも讀者に媚びる爲に、好色、殘忍の場面を殊更に多く取り入れてあることなども高座の客を惹く上に頗る都合がよかつたのだから、文化文政度の高座に於て『讀本』ダネの講釋が大いに行はれたのも亦故なしとしないのである。その間に於ても才能のある講釋師は自分自らの創作による講談の上演をも試みてゐるが、それにしてからが、『讀本』の影響を受けてゐることは夥しく、云つてみれば、講談の世界といへども、德川期の江戸文學を産んだ時代的所産であるのだから、そこに別個のものであり得よう筈はないのである。

されぱこそ、仁義五常を說くことを看板とした講釋も天保の改革によつて禁絶に等しき取扱ひを受けるのに到つたのであるが、『讀本』と講談との關係に於て、尙一つの面白いことは山東京傳のことである。黄表紙、滑稽本作者の京傳が、『讀本』を書くに到つた動機は寛政の改革によつて禁止された洒落本を著し、その所罰を恐れて方向轉換をしたのであるが、さうした人物が如何に鹿爪らしく構へてみようともロクなものゝ書けよう筈はない。ところが、曙草紙、稻妻表紙等々が、講釋師によつて上演せられ、その他の仇討物語と共に大いに歡迎されて、講談に新しい仇討物の一種が完成される機緣をつくつたのであつた。

今日、周章轉向の文士諸氏が物せる際物國民文學も亦、何等かの意味に於て意外の効用を産むかも知れない。(この項未完)

編輯後記

○事舊聞に屬するが、大政翼贊會主催で、東京會館の金ピカの格天井の下で、日本文學者愛國大會が開催されたその席上、白井喬二氏が「我々は國民大衆の文學を生み出さんが爲に、大いに盡力して來たのであるが、社會的な種々な事情の爲に、非常な迂回戰術をとらねばならなかつた。然し、最早今日ではその必要がない。大いに日本の國民文學の爲に働く。これが、我々の當初からの目的であつたのだから」とよくも白々しく云へたものだ。開いた口がふさがらぬと呟いてゐた人が一人や二人ではなかつた。今にして氣が付いたのであつてもよろしいが、大言壯語する前にすぐに實行して貰ひたいものである。今は千萬言の名句より、一の實行の大切な時だから。我々は遲々としてゐるが、一足一足づつ前進をつゞけてゐる。この一足の歩みが大切なのである。（中澤）

○作品の集まり工合は非常に良くなつた。本年度は同人諸氏がずつとこの調子で續けていつて下すつたら、文建にとつては一大飛躍の年となることが出來よう。大いに張切つて頂きたいと思ふ。（土屋）

○『大東亞文化戰と文學者の覺悟』について、新居格、打木村治兩氏から玉稿を頂くことが出來た。ここに改めて、厚く御禮申上げる。（土屋）

○今月から『國民文學研究』を毎月揭げてゆくことにした。作家論が執筆者の都合で間に合はなかつたことは殘念であるが、今後は特別の支障のない限り、兩方を揭げてゆくやうにしたい。

尚、來月號は歷史文學作品特輯號にしたいと思つてゐる。（土屋）

文學建設 三月號 （定價三十錢 送料壹錢）

昭和十五年五月六日第三種郵便物認可
昭和十七年二月二十五日印刷納本
昭和十七年三月一日發行 （毎月一回一日發行）

東京市小石川區白山御殿町一一四
編輯兼發行人 岡戸武平
東京市芝區愛宕町二丁目九九番地
印刷人 黑部武男
東京市芝區愛宕町二丁目九九番地
印刷所 昭文堂印刷所

日本出版文化協會會員
（會員番號一二八五二五）
東京市麴町區平河町二ノ一
發行所 **文學建設社**
電話九段(33)三四一〇
振替東京一五六五九八

配給元 東京市神田區淡路町二丁目九番地 日本出版配給株式會社

定價 三十錢（送料壹錢）
半年 一圓八十錢（送料共）
一年 三圓五十錢（送料共）
送金は振替を御利用下さい切手代用の場合は一割增のこと

同人住所録

（いろは順）

世田ヶ谷區松原町三ノ一、三三　岩崎榮
兵庫縣氷上郡柏原町　石井哲夫
向島區吾嬬町西三ノ二五（石田方）　伊志田和郎
本鄕區駒込曙町一〇　飯田美稻
澁谷區千駄ヶ谷四ノ六九三（平安莊內）　東野村章
板橋區上板橋一ノ二〇九　土岐愛作
杉並區天沼一ノ八八　戸伏太兵
東京府西多摩郡戸倉村二〇四　大隈三好
小石川區白山御殿町一一四　岡戸武平
澁谷區代々木上原一二一五　海音寺潮五郎
杉並區和泉町三五二　川端克二
兵庫縣川邊郡伊丹町北村（戸田方）　樺山楠夫
中野區小瀧町一八　片岡貢

瀧野川區瀧野川町四一〇　鹿島孝二
牛込區北町二　大慈宗一郎
牛込區富久町一六　田中幾太郎
豐島區池袋二ノ一〇三七　土屋光司
澁谷區宇田川町五一　中澤巠夫
鎌倉市小町三三三（遠藤方）　蘭郁二郎
世田ヶ谷區松原町三ノ九六四　村雨退二郎
世田ヶ谷區玉川奧澤町三ノ一六〇南風莊　村松駿吉
瀧野川區瀧野川町四三〇（湯淺方）　村正治
小石川區大塚坂下町一九三（山田方）　野母崎正
鎌倉市大町一三五（左右田方）　黒沼健
麴町區九段四ノ十二婦女界社（電九段四一七一）　久路徹
北海道上川郡上川町　久米徹
中野區川添町四六　山田克郎
荒川區尾久町五ノ一一八五　山崎公夫
日本橋區横山町四澁谷アパート　松本太郎

京橋區小田原町一ノ七　淺野武男
福島縣二本松町　安藤信
澁谷區代々木上原町一三四七　齋藤豐吉
四谷區左門町五三　佐藤利雄
小石川區大塚坂下町六五（中村方）　佐野孝
杉並區西荻窪三ノ九三城山文化住宅（電荻四八七九）　北町一郎
麴町區平河町二ノ一（電九段三四一〇）　由布川祝
三條市貳之町木場　緑川玄三
大森區堤方町八九四（川端方）　南澤十七
小樽市南濱町埋立地　從二一郎
品川區大井山中町四二八六　清水津十無
瀧野川區田端四二六東山莊　志水雅子
本鄕區駒込林町二〇六（中村方）　鯱城一郎
杉並區高圓寺四ノ五八四（橫關方）　瀨木二郎

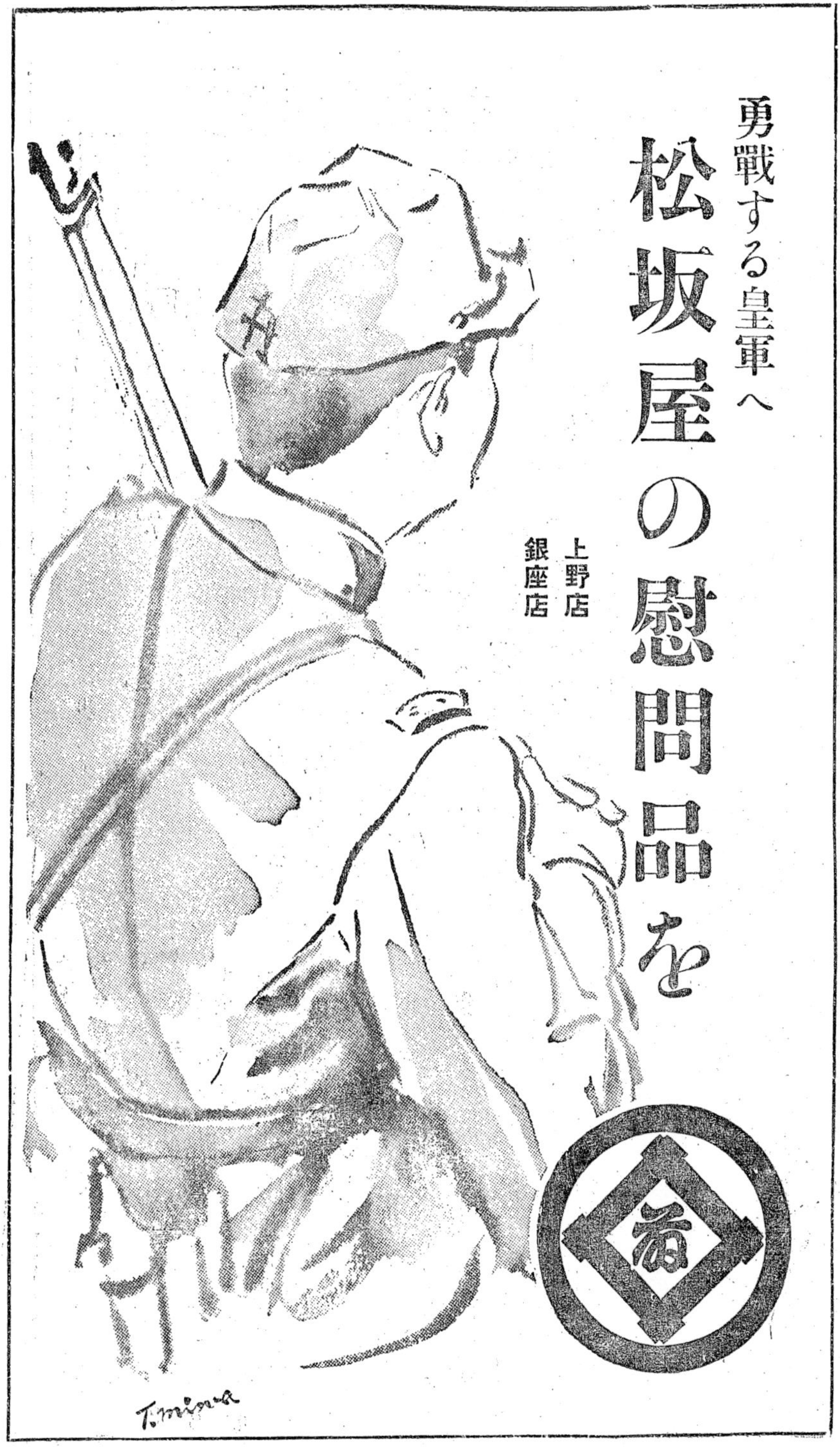

文學建設三月號（昭和十五年五月六日）昭和十七年二月廿五日印刷納本（第四巻第三號通巻三十八）

文學建設

歴史文學作品特輯號

第四卷第四號

（昭和十五年五月六日第三種郵便物認可）昭和十七年三月廿五日印刷納本　昭和十七年四月一日發行　文學建設　四月號

勇戦する皇軍へ
松坂屋の慰問品を
上野店
銀座店

文学建設

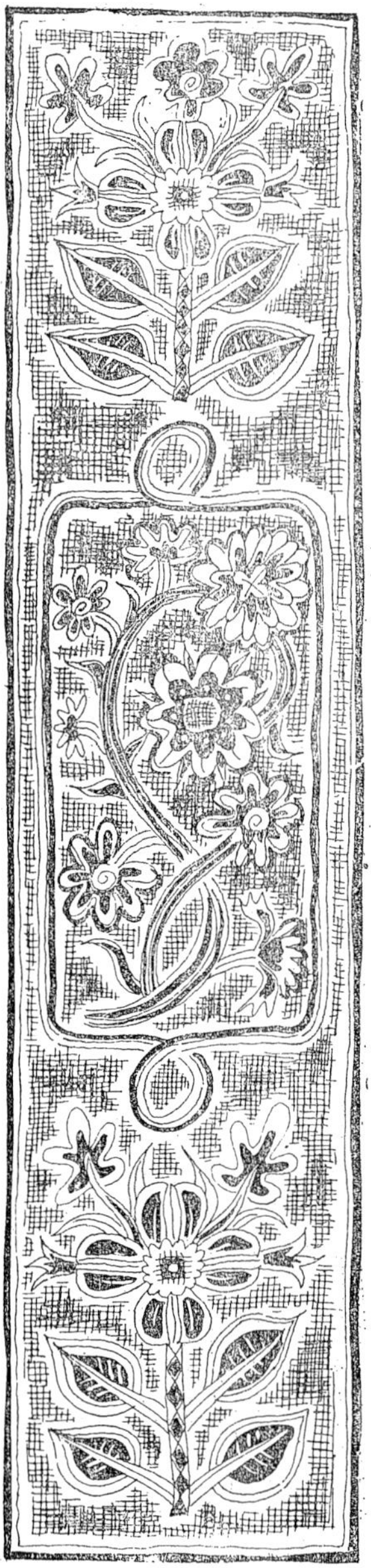

特輯・歴史文學

第四巻　第四號

文學建設

×

國際文化振興會が紀元二千六百年記念國際懸賞論文募集の事業を行ひ「日本文化の特質」「日本と諸外國との文化的交渉」「世界に於ける日本文化の地位」の三題目を提出、右の内一題を選擇執筆すること〻外國人であることを條件とした。應募者、全世界に亘り五〇二篇、即五〇二人の外國人の熱烈な日本研究者が應募して、來たのである。最近之の論文集が、飜譯されて、日本評論社から出版された。

この事業に携はり審査の任に當つた各氏の審査所感を讀むと非常に面白い。

「論文の出來榮えが、概して優劣がないと云ふことは、日本に關する外國語で書かれた研究書目が少く、そして、きまりきつたものであることを意味するほかないのである。主として文藝及美術の方面を注意して見たが、各論文の云つてゐることは殆ど同じで、又、その出典も大體見當がつくものであつた。それ故に最も痛感されたことは日本に關する外國語の良い著述が出來なければならぬといふことである。現在世界に日本文化が知れてゐるといふことのみ考へて、外國人向きに平易に書かれた日本文化の通俗書をどし〳〵出すことに努力してゐるが、このやうな形勢が續いてゐると、日本文化は世界の隅々まで安つぽく知れてしまつて憂慮すべき事態が來る。既に日本に關する安つぽい解說書が氾濫し始めて、世界はうんざりしかけてゐる。」

――日本語を知つてゐる應募者の論文は新鮮味が缺けてゐる。ユニークの見解はないのと、日本の文藝美術について、日本の學者がよく云ふ「さび」とか「幽言」とか茶道とか、禪の精神とか、恰も一つ覺えのやうに、どれもこれも、繰返してゐる單調さ。これも又、日本人自身の日本文化研究の偏向を物語つてゐるものだ」（矢代幸雄氏）

「これ等の諸論文を通覽して、藝術の中では造形藝術に對して文學に對する理解が遲れてゐる。繪畫とか舞踊について相當すぐれた論文も見られたが、文學に關しては殆んど注意すべきものが見られなかつた」

（久松潛一氏）

我々は矢代氏の所說に共感するものである。現に滿洲國へ輸出される書物の質を見るとき、低劣愚俗の文學書が如何に多いかを反省して見る必要がある。

日本人自身の日本文化認識の偏向は、文藝の面に於て特に強い。それは詠嘆的な和歌や俳句などが、比較的論じられ易い爲にこのやうな偏向が起るのである。純正な日本小說に關する一貫した文藝學的研究の成果も、寡聞のせいか聞いてゐない。小說文學こそ、日本文學の樞軸でなければならないのに、それに觸れてゐるもの〻殆どないのは、小說文學論の難かしさばかりではなく、日本人自身の小說文學研究の不足を物語るものと云はなければならない。

日本小説文學史、又は文藝學的日本小説論が出なければならぬ。

配列史的文藝學は、隨分多いが、それは眞の日本小説學でもなく、日本小説でもない。

×

文部省では、愈々標準漢字及準標準漢字を制定して、漢字制限に乘りだした。誠に結構なことである。然し文部省は、文化全般に對する强制力を有さぬ爲、從來もこの種の決定が、單に教科書及び學校關係の範圍内のことに止まつて、社會全般へ及ぼすことはなかつた。これには、あくまでも、文化人の協力がなければならない。まづ文部省の監督下にある各種教化團體の發行する雜誌に、これを適用して、この標準漢字の使用を普及されることを望む。

×

標準漢字の制定に伴ひ、漢音を國字で表現するやうな、一時凌ぎの方法による文章は、文學者の恥である。語彙も、文章の形式も、相當變革するの覺悟を以て之に望まなければならぬ。

×

ルビは、國文の恥辱であると、嘗つて、本誌論説欄で發表されたことがある。然し之は、仲々撤廢し憎い。特に名詞に屬する語は、ルビなくしては、到底讀むことが出來ないものが多い。ルビに代る一二の試案も實行された。文化人全體の討究を希みたい。

×

文體や文字の意義を亂すものに、一部の文藝使ひと、新聞記事がある。一時壓倒的流行であつた。モボモガの種類の略語にもつとも反省を要する。舊大衆文學畑の人々には、文字の意義をはきちがへたり、筋の通らぬ、意味不明の新造語を得意としたりする人がある。日本文化のために、反省しなければならぬ。

×

近頃「元寇の亂」と云ふ著書が出版された。これは正に「原稿の亂」である。

×

「出版新體制」愈々强化される。

出版物の屆出主義は許可主義に變ると云ふ消息通の噂。許可主義大賛成。但し審査機關の擴充と公平無私の態度を要求する。

×

國家總力戰は、すでに云ひ古された。然し、戰のつゞく限り、この言葉は常に新らしい。

作家がペンを把つて、文章を書くのも、總力戰の一翼たる文化戰爭の戰士である。必ずしも軍報導班に參加するものだけが戰士なのではない。幾多のペンの戰士を戰線に送つた文學者は、戰線のペンの勇士にまさる決死の覺悟を以て、銃後の文化を一層高めなければならない。

×

南洋小説が、ぼつ〳〵流行し出したが、概して夢の世界のやうなのが多いのは、小説と筆の先だけで作るからだ。軍報道班に活躍する諸士の歸還をまつてからでもおそくはない。時局話題だけで、小説を作るのは遠慮して貰ひたい。

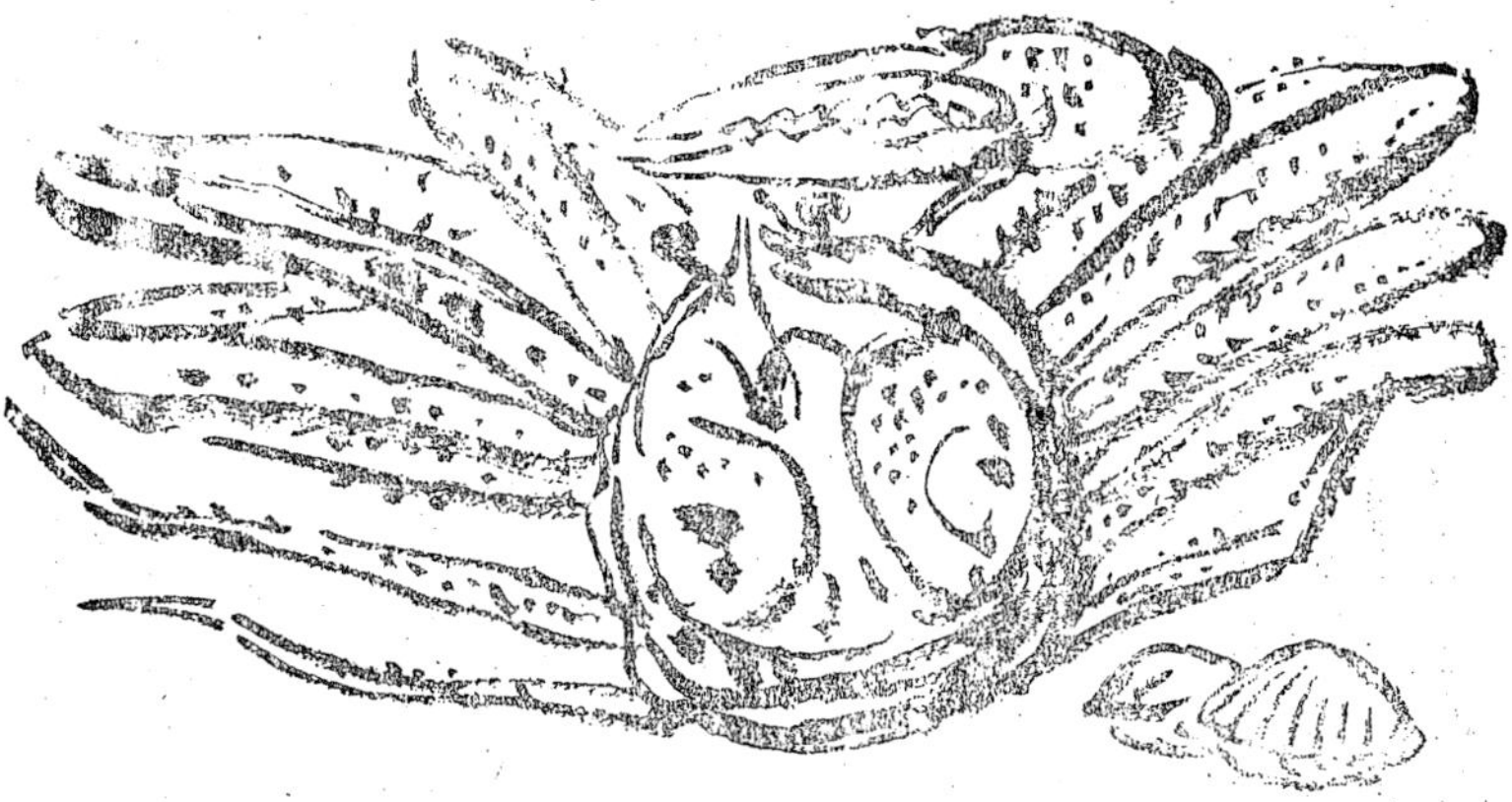

坂上田村麿（長編第十回・完）

戸伏太兵

五之巻——都《と》鄙《ひ》相《さう》聞《もん》

一

美しい阿久玉は、臥處《ふしど》に突ツ伏して泣いてゐた。

味ケ袋の少し高みの上にある小屋《をや》の醜家《しこや》——。

——千熊丸が行衛不明になつてから、もう三日の朝夕が過ぎ去つてゐたのである。

（遠からぬあたりを奔り去つたあの大山火事に、きつと捲き込まれてしまつたのに違ひない……。それにしても、あの賢い金剛が隨《つ》いてゐるのに……。）

何度、そのことを繰返へし考へたらう？

然し、三日……。

三日といふ時の經過は、萬一の僥倖を期待するにはあまりにも大きな空白であると云はねばならぬ。

もう然し、流れる涙も涸れがれになつてゐる。たゞ、胸が一枚板のやうに固くなつて、痛いといふよりは切《せつ》なかつた。

『千熊……！　千熊……！』

小屋の直下の川原からは、まだあきらめ切れないと見えて、九門の嗄《しはが》れた哀《かな》しい呼び聲が聞えてゐる。今日も朝から、ずゐぶん遠くの方まで探しに出かけたのであらう。

もう、午後の陽は、はるかの西へ傾いてゐた。

『ま、まゝ、まゝま……。金剛！　金剛！』

當時は、犬を喚ぶのに『ま』を連呼するのが習はしであつた。――九門の聲は、すツかり潰れてしまつてゐる。

その呼び聲に……やつと顔を上げた阿久玉は、足もとも定まらず立上つて、ヨロ〳〵と躓きながら戸口の方へ走り出た。

途端！

彼女の見たものは――突然夕立のやうに、九門の身の上に四方から集中する無數の征矢《そや》であつた！

直ぐ眼の下、陰鬱な綠の葉がくれのずツ、と下方の白い河原で、九門は忽ち針鼠のやうに夥しい矢を負つて斃れてしまつた……。

鬨《とき》をあげて、バラ〳〵と四方から馳け寄る一團の兵數が見られた。

――それは、牡鹿《をじか》ノ猪手《しゝで》の、飽くことなき追求の魔手である……。

×

辛じて馳け戻つた千熊丸が、河原の上に見出したのは、祖父九門の無殘な死骸だけであつた。あたりには走りまはつたらしい多人數の沓《くつ》跡が入り亂れて、母阿久玉の姿は小屋の中にも見えなかつた……。

一緒に來た乞食《ほかひ》ノ主《すぐり》は呆然として立ち竦んだ。臥宇《どう》・酥倫枷《そろんが》は、何事が起つたのかと、目顔で主《すぐり》に訊ねてゐた。

千熊丸は、泣きはしなかつた。屹ツと唇を噛んで、殘された足跡の行衞を見まもつてゐる。

つい先刻《さつき》、何か怪しい人聲らしいものが此の方向でしたやうに思ふ……。

（さうだ……。まだ遠くは行くまい。）

亂れた足跡は、河原の砂づたひに東の方へとつゞいてゐた――。

少年の眼尻《まなじり》には、むらむらと怒氣が立ち昇つた。

――千熊丸は、同行者には見向きもせず、矢庭に東へ向かつて走り出したのである。

呆氣にとられた乞食ノ主は、これも後れじと少女酥倫枷《そろんが》の片手を引張りながら馳け出してゐた……。

………………。

×

河原は一まがり――又、一まがりした。

やがて、亂れた足跡は、川を越えた。

少年は、川床《かはどこ》の常滑石《とこなめいわ》をわたつて向ふ岸へ急いだ。

あまり急いだので、足をすべらして水中へ落ちた。それでもがむしやらに、ジヤブ〳〵と膝までの水を蹴立てゝ行く……。

いつのまにか、後を追ふ二人の姿からは遠ざかつてしまつてゐた。

遠ざかつてもしまふ筈。

――乞食《ほかひ》ノ主《すぐり》と臥宇《こう》・酥倫枷《そろんが》の二人は、突然横あひから顯はれた佐伯《さへき》ノ三野《みの》・振《ふる》ノ諸根《もろね》等の伊治城兵の騎馬隊にめぐり合つたのである……。

『お〻……。』

先頭に立つて、佐伯ノ三野と馬首を並べてゐた振《ふる》ノ諸根《もろね》が、ずいと出て、聲をかけた――。

『乞食ノ主……。探してゐたところだぞ。』

主《すぐり》は、答へなかつた。

思ひがけない軍團兵の出現に、しばらくはたゞ惘然と立つてゐた。

だが、瞬間――チラツと其處に何を見たのか、思はず『あツ！』と聲を立てたかと思ふと、突嗟に、くるりと背を見せて、少女酥倫枷《そろんが》のことも打ち忘れてバタ〳〵逃げ出しはじめたのである。

『止まれッ！　これ、待たんか、主《すぐり》――！』

諸根《もろね》は、馬上に背を伸ばして、追かけるやうに呼んだが、それと見た部下の二三が、いち早くパツと鞍下を蹴つて走り出してゐた。

『逃げずとも好いに……どうしたのだ……。』

振《ふる》ノ諸根《もろね》は苦笑した。

然し、その間も始終無言でゐた鎭守將軍佐伯《さへき》ノ宿彌《すくね》ノ三野は、何故か痛ましい苦惱と悲哀の色を漂はせながら、凝ツと鑄着《いつ》くやうな視線で、乞食ノ主の逃がれゆく方向を見つめてゐるのであつた。

………………。

激しい叱咤が二三度聞えたかと思ふと、やがて二疋の騎馬の眞ん中に、ぶら下るやうにして引擦つて來られる主《すぐり》の姿が見えた。

二

ほツほウ……。

ほツほウ……。

まだ雀色時《すゞめいろどき》だといふのに——牡鹿ノ猪手の露營地ではむやみに梟が鳴いた。

白い辛夷《こぶし》の夥しい落花が一ところ地面に散り敷いて、ほの〴〵とした黄昏の空氣を匂はせてゐる。

ホツホウ……。

ホツホウ……。

また、梟の啼き聲だ……。

風も無いのに、ザワ〳〵と草むらが騷いだ。

『…………。』

『…………。』

焚火に遠く坐つた猪手《しゝで》の部下たちは、默つて氣味わるさうに眼を見合せた。彼等韃靼人たちの血にとつては、不時《ときじく》の梟の啼き聲はあまり評判が好くはないのである。

それでなくてさへ、何がなしに物かなしい夕暮……。

五月の華やかな日光が著しい斜光となつて、急激に西の山稜へ沈みかける瞬間から、人々の心の底にはやるせない寂しみの感情が、むくむくと形の無い雲のやうに湧きあがつて來る。それは……忍びやかに迫つて來る夕濕《ゆふじめ》りを、ふと五體の感覺に見出した時の淡い感傷に始まつて、何となく突き離されたやうな孤獨感と、自巳を見失つたやうな賴りどころのない悲哀が、そく〳〵と肩先きの方から襲ひかゝる一刻《ひときざみ》である……。

殊に虐殺のあとの落莫とした物おそろしさは、人々の神經をへんにたかぶつた落付きのないものにしてゐた。

たしかに、梟のあやかしと、草木の氣味の悪いざわめきが、何か魔物の近付いて來るらしいことを感じさせる……。

猪手の部下たちは、警戒するものゝやうに矛を取つて、三人五人とかたまり合ひながら立つて行つた。

彼等は魔物に追かけられるよりは、寧ろ魔物の正體を見るために行く方が幾らか心强いのである。それに——猪手が阿久玉に對する積年の思ひを晴らさうとする場面には、彼等は全く立合ふ必要のないことを知つてもゐたのである……。

阿久玉は、泣くよりほかにすべも無かつた。

——遂に、讐敵牡鹿ノ猪手の掌《たなぞこ》の内に落ちてしまつたのだ。

焚火の近くには、今はその猪手と、自分の二人だけが取り殘されてゐるに過ぎない……。

押しかぶさるやうな、恐ろしい寂莫《しゞま》。

猪手は、あたりを見まはし、ゴクリと音立てゝ唾を飲込んだ。

冷めたい。刺すやうな、その彼の凝視——。

ホツホウ……。

ホツホウ……。

雀色時《すゞめいろどき》だといふのに、梟がしきりに鳴く。

（あツ！）

阿久玉の心の底に、突然――ポツチリと通つて來る暖かい流れがあつた。

ホツホウ……。

ホツホウ……。

不時《ときじく》の梟の啼き聲……。

（千熊は……梟の啼き眞似が上手であつた……。）

と、阿久玉は、思ひ出す……。

今の此の危機の一瞬に、思ひ出すにしてはあまりに長い熱い思念《おもひ》が、サツと刷《は》くやうに走り過ぎるのだ。

（あの子は、猛々しい父や祖父の血を曳きながら、何故あんなにも内氣なのであらう？　身だしなみが好くて、山野を馳けまはりながらも、上衣ひとつ汚したことがなかつた……。）

ホツホウ……。

ホツホウ……。

（まさか――）

とは、思ふ。だが、思はず、阿久玉は、『あツ！』と、口の内に叫んだ。

それと迎えて聽くせゐか……不時《ときじく》の梟の啼き聲は、千熊丸のそれによく似てゐる。

『おゝ……。』

後ろ手に縛られたまゝ、阿久玉は思はず腰を浮かせた。

突然――間近い草叢が、ガサと動いた。

『…………！』

ヂロリ。物音の方へ振り向いた牡鹿ノ猪手の眞正面へ、パツと跳り出た小さい人影！

『おゝ、千熊……！』

叫ぶと等しくヨロ〳〵と立上る阿久玉を、猪手は突き離すやうにして後ろに圍つた。

千熊丸は、無言――たゞ猪手の瞳を睨んで突ツ立つたのである。

焚き捨ての焚火の焰の勢ひが落ちると共に、急に、ドツと夕闇が迫るやうに感じられた。

猪手は、咽喉の奥で、クク と嘲笑つた。

――彼の手には、いつのまにか長大な彎刀が握られてゐる。

パツパと時明りする焚火の反映の中で、勝ちほこつた彼の白齒のチラと綻《ほこ》ろぶのが見えた。

猪手は――ニヤリとして、一歩進んだ。

少年の手は投擲刀《なぐがたな》の革鞘にかゝつてゐる。

——彼は決して慌てはしない。屹ッと唇を噛んで、相手との間の距離《ほそく》を目測してゐるのだ。

阿久玉は、心配に喘いだ。

猪手は、また一歩進んだ。

少年は、刀子《かたな》の刃先《はさき》を握つて、ぐツと正面に構へてゐる。

『ふゝゝ、小癪な和郎《わろ》め！』

吐き出した一言——忽ち、つゝつゝツと走り寄らうとしたその瞬間——

『えいッ！』

裂帛の氣合とともに、少年が肩先まで振り上げた刀子《かたな》は、サツ！　と、流星のやうに光つて飛んだ！

思はず眼をつむつた阿久玉の耳の底に、

『げッ！』

と叫ぶ氣味の惡い猪手の叫びが一聲！

刀子《かたな》は猪手の咽喉笛を貫いたのである——。

彼は然し、直ぐには倒れなかつた。

顏は苦痛の表情に歪んで、手に持つ彎刀が土の上に落ちてコツリと音を立てた。

——彼は思はず兩手で咽喉の刀子を握つたが、抜き取る力はもう無かつた。

そして、頽《くづ》れるやうにガクリと膝を突いたかと思ふと、やがてのたうちながら地上に倒れてしまつた……。

…………。

物音に愕いた猪手の部下が迫つて來る……。

然し、毅然とした少年は、まるで英雄のやうに母を導いて、叢林の中を巧妙に逃げ出して行つた。

——日が昏れて、もう夜が來てゐた。

ホツホウ……。

ホツホウ……。

本物の梟が啼きはじめた……。

三

『諸根《もろね》の關知《くわんち》することではない……。お前を縛らせたのは、此のわしなのだ……。』

鎭守將軍佐伯《さへき》ノ宿禰ノ三野《みの》は、俯向いてゐる乞食《ほかひ》ノ主《すぐり》へ話しかけたのである。

『……人を遠ざけたのは、お前と少し語り合つて見たいからぢや。』

『…………。』

乞食ノ主は、默りこくつて、顏を上げようともしない。

——それは、その同じ日の夜營地であつた。伊治城兵の一

隊は、鳴瀬川の河原に馬を休めたのである。部下の小隊を分つて、牡鹿ノ猪手の率ゐる別働隊を探すために出してやつた後であつた。

　漆黑の闇が、河原の露營地へも垂れ下つてゐた。馬繫ぎの傍に燃える炊煙《すいえん》の焚き捨てが、鼻を刺すやうな燻《いぶ》り臭い木の香を此處まで漂はして、何か知ら少年時代の淡い感傷が夜の空氣を充たしてゐる。

　少し離れたところでは、ひツきりなしに城兵たちの話し聲がし、つひ先刻までは、時々とでつもない笑ひ聲がその群れから起つてゐたのである。

……然し、その騷ぎ聲も、晝の行軍に草臥れたのか、今は段々小聲の囁きに變つてゐた。

　焚き捨ての焰もいつか火勢が衰へて、闇の中の小さな火點になつてしまつてゐる。

　重苦しい五月闇《さつきやみ》が濃度を增して來ると共に、今まで薄《う》ツすらと見ることの出來た兩岸の密林の不整な輪廓も、やがては闇の黑さに溶け込んでしまつてゐた……。

　佐伯ノ三野は、言葉をつゞけたのである。

『乞食《ほかひ》ノ主《すぐり》……。しばらくお前を、その名で呼ばう。乞食ノ主――おもてを上げて、わしを見よ……。』

『……………。』

無言――乞食ノ主は答へようともしない。

だが、遠い焚火のほの〴〵とした反映のうちに、佐伯ノ三野の瞳は、相手の顏面表情が急にくしやくしやと頽れるのを見た。乞食ノ主の兩頰を傳はつて、あとから〳〵と光るものは淚であつた。クク……ク、クと、咽喉を洩れる啜り音がきこえはじめたかと思ふと、やがて怺へられぬ慟哭が爆發するやうに衝き上つた。

　三野は、心弱くもよろめかうとする氣持を、ぐツとひと足、踏み固めた――。

『何を泣くぞ！　怨恨《うらみ》か……思ひ出か……。それともに又、世に抗《あらが》ふことの出來ぬ弱い己れと氣付いた悔悟か……。』

『……………。』

『誤つて生み付けられた不幸の小兒は、親が見棄てたその瞬《またゝ》間《きのま》を境として、七瀬《なゝせ》の淀の逆流れの人生《ひとのよ》を踏み出さねばならなかつた……。生まれた子にも悔恨はあらう……生んだ親にも悔恨はある……。親でさへ千重《ちへ》頻々《しく〳〵》に心が痛む、ましてやその子の嘆きは幾何《いくばく》？』

　佐伯ノ三野は、プツリと言葉を切つて、鼻をつまらせた。

卒然と――乞食ノ主は、吐き出すやうに叫んだのである……。

『あゝ、俺は死骸《むくろ》だ……。屠《はふ》るのを忘れられた死骸だ……！

俺は……村肝《むらぎも》の心の奥底に、盲《めしひ》た、醜い魔物を持つて生れた……。そして……その醜い悪魔が、俺の身體を引擦りまはしてゐたんだ。俺の魂を、身體の外へ追ツ拂つてしまつてゐたんだ。俺は――人間《ひと》といふ威嚴と、榮達といふ有頂天と、憎しみといふ道德の傀儡となつて躍つてゐた……。だが、人間は、山と同じやうに、慾望《のぞみ》の絶頂《ぜつこ》に登りつめると、ふと、まだその上にひろがる無限の虚空のあるのに氣付く――。虚空さうだ――人間の五體で觸れ得る空間の彼方には、五體では觸れ得ない他の空間があつたのだ！　そこは、人や動物や植物や、あらゆる事物あらゆる存在が通常に住み且つ生活してゐる世界とは、全く違つた特別の世界なんだ！　滔々たる俗世間の、限り有る人生《ひとのよ》の弱さ儚さを見詰めたその瞬間に、人が狂はしい懐《おも》ひで縋り付いて轉生を冀望《こひねが》ふ異常な、そして際《かぎ》限《り》の知られぬ世界である！　あゝ、この虚空に飛び付くことが果して出來るらだらうか！　いや、それから上にあるものは魂の世界なんだ。それだのに……心の奥底に圍《かこ》はれた魔物は、魂の翼を持つてはゐない。――突然、自分の卑小に氣付いた時には、俺といふ人間は、もう汚れ切つた皮膚だけのものになつてゐたんだ……魂は、その皮膚の下には最早や無かつた……死骸だ！　俺は死骸をぶらさげて歩いてゐる、と知つたのだ……。』

顔も上げないで、乞食《ほかひ》ノ主《すぐり》は一氣に絶叫した。

彼の言葉には、闇をまさぐる人間の靈魂の苦惱が充滿してゐた。――見えはしなかつたが、大粒の涙がボタ〳〵と膝の上を濡らせてゐるのである。

『あゝ……わしは、お前を苦しめたものが何であるか、よく知つてゐる……。お前の肉體《からだ》からはみ出されてゐた魂が、或日ひよツくりと歸つて來たのだ……そして、肉體の内の魔物が何時《いつ》かは一度お前を裏切るだらうといふことを警告したのであらう……。人には時に、おのれをかへりみねばならぬ暫《たま》時《ゆら》の悲哀《かなしみ》がある。然も、長い生涯のうちで、最も尊いのはその短かい反省《みかへり》の瞬間《またゝきのま》なのだ。そして、魂は、苛《か》酷《こく》な眼を持つてゐる！』

『あゝ……俺は、その警告を、いつ受けたのだらう？　頭が熟くなるほど考へたが……わからない……。世をあざむき、身の榮達の方便《たつき》としか思つてゐなかつた御佛の訓へが、いつか不圖、俺の心に痛く突き刺す日が増えて行つたんだ……。人間の心は、さういふ時には、今まで外へ外へと向いてゐた方向《ゆきみち》を忘れて、内へ〳〵と進んで來る……。弓削ノ道鏡のお先棒を擔いで、世を僞瞞してゆく日常の虚飾と慾望が、突然まつたく無意義のものに見えはじめた。その渦中に身を置く間は無上のものであると考へてゐた環境《みのまはり》が、實はひどく危い

浮氷上のものでしかないことに氣が付き始めたのだ……。』

一度口を切ると、まるでもう爆發するかのやうに、後から〳〵と言葉がほとばしるのである——。

『……恐怖だ！　恐怖——然しそれは、必ずしも己れの犯した罪に對する恐怖ぢやない！　正直……自分の眞の能力《ちから》といふものを考へた時に、俺は全く、怖毛立《おぞけだ》つほどに悚然《ぞつ》としたんだ……。あゝ俺は、世にも不要な人間だつた、と氣が付く。惡事をすること以外に此の俺に何の能力《はたらき》があると云ふんだ！　人生《ひとのよ》の階段《きざはし》を、一歩々々と登つて行つたつもりの自分が、實は一歩々々と階段《きざばし》を下つて、たうとうそのドン底に來てしまつてゐると知つた時の恐怖！』

『…………。』

三野は言葉をはさまなかつた。

『俺は、狽てた。名譽だ、權勢だ、富貴だ……そのどれに、たしかな自分といふものを見付けることが出來よう？　終り無く流れゆく時間《ときのま》は、わが生《せい》の限り同一の不たしかな命を刻むに過ぎないではないか！　凡俗・我慾・妄執の對象《めあて》を、無限の時・無限の空間の中に求めようとするのは、所詮は無用のことなのだ！　あゝ俺は……そうして、空《くう》から空《くう》を追うてのめり倒れるまで走りつゞけようとするのか！　休まず、怠らず、はげみ努めて、そのためには惡をも惡とせずに、あがきながら、喘ぎながら、摑み通して來た慾望が、まるで掌上《たなぞこ》の淡雪のやうに忽ち消え去るのを見た……。俺は、狽てないわけには行かなかつた。俺は……急に、この俗惡の我執から逃げ出さねばならないといふ衝動に馳られたんだ。……罪は造りもの、魂は授かりものといふ。俺は、犯した罪の露顯を恐れて逃げ出したんぢやない——俺自身の魂を救ふために逃げ出して來たんだ……いや、さうぢやない。俺はその痛めつけられた哀れな漂泊《さすらひ》の魂が、今更らのやうに最惜《いとほ》しくなつて、それを……默つて此の邊境の黒土に埋めてやりたいと思つたのだ。都は目恥《めはづ》かしい。それに、心の弱い者にとつては、どうしても選擇《こらみ》の慾望を殺し切ることが出來ぬ——娘や小兒が、美しいもの〳〵と眼移りがして、その孰どれか一番きれいな物を心の中で選擇しなければ承知出來ないといふ焦《いら》燥《だち》に捉はれるやうに……。だから俺は、自分を邊土に拋棄しなければならんと考へ付いたのだ……。』

少し離れた城兵たちの囁きは益々低くなつてゐた——。

癇の高い乘馬が、馬繫ぎの枯木をガリ〳〵と音高く嚙んでゐる。

森の奧深くでは、時鳥が啼いた……。

『……俺はその以前から、漠然と、この邊陬《へんすう》の陸奥《みちのく》の陰欝に、何かしら心の牽かれるものがあつた。山の極《そき》、野の極《そき》——青

霞む地のいやはてに、黒い門戸《かなと》が俺のために待ち開かれてゐるのを見た。それは無論、はじめは、確《かく》とした觀念《おもひ》ではなかつたが、やはり心の隅には、日常の悪事の底に横たはる不安の感じを忘れることが出來なかつたのに違ひない……。俺は決してそれを望んではゐないのだが、然し何時《いつ》かは此の土地に來るかも知れぬといふ、漠とした運命の方向《ゆきかた》があるやうに考へられたのだ……。それは漂泊《さすら》ふ魂の憩《やす》らひの場所としてだ――。人は時として、俗悪・卑陋な日常の外に、無限にして時を絶《ぜつ》したものと親しく結びたいといふ信仰が、漠然とした欲求《ねがひ》となつて込み上げて來ることがある……。俺たちの求め慕ふところのものが、必ずしも偶然の現實《このよ》の中の人間臭い慾望の充足で終るものでないといふ自覺は、殊に悪に泥《なづ》む者にとつては無上最大の痛撃なのだ……。あゝ、黒い唐帶《かろび》のやうな……黒い密林……! 俺は、俺の死骸《むくろ》を、その密林の中へ引擦つて來て棄てたんだ……。世に不必要な俺の肉體を棄てゝ、いとしい魂に何かの新しい創造《はじめ》を與へるために――。』

『お前は、世に不必要な人であるとの自覺を得たと云ふのだな。お前の魂は……孤獨を求めて……』

『都の悲哀《かなしみ》は、そこを離れたことの無い者には感じることが出來ぬ――。昨日までの一切を捨てた一介の放浪者は、寧ろ輕々とした氣持で行く先々の土地の人々に會釋《ゑしやく》して通つた。都には榮華と權勢があつたが、漂泊《さすらひ》には窮乏と輕蔑が待ち構へてゐた。然し、こゝろの暗黒と不安は最早や無かつた……。そして、俺は、黒い陸奥《みちのく》に來て、はじめて美しい夢、哀《かな》しい夢を見ることが出來るやうになつたのだ。これは、思ひがけないことだ……。今まで引擦つて歩いた自分の死骸を捨てたその瞬間に、俺は此の蝦夷《えぞ》蕃地《ち》に新しい生活の匂ひを嗅いで居ることを知つた。あゝ俺は、必ずしも再起の出來ない敗殘者ではなかつたといふ、はかない喜びがポツチリとした灯《あかり》を夢の中にとぼしたのだ。そして……此處でお身さまに出會ふまでは、俺の過去は殆んど幻想《まぼろし》の彼方に消える、蒼白い虹のやうに儚ない影に過ぎなかつたのだ……。』

『そして……その、お前の夢とは――? 黄金…砂金か?』

『それは……昨日までの夢――。今日の夢は、ほかの一つに置き替えられてゐる……。』

『置き替えられた今日の夢とは――?』

『云ひたくない。美しい夢は、人には話さぬものだ……。』

『うむ。』

――鎭守將軍佐伯《さへき》ノ宿彌ノ三野は、屹ツと唇を噛んで立つてゐた。が、急に語調を變へて、

『お前……臥宇《ごう》・酥倫枷《そろんか》を、どうする?』

と、物柔らかに訊いた。

『それも……昨日までの夢……』

『間人《はしひと》ノ葛兒《かつらこ》は！』

三野の言葉は突き刺すほどに鋭どかつた。

『あツ！』

乞食《ほかひ》ノ主《すぐり》は、小さく叫んだが、三野へ返事はしなかつた。

病魔《いたつき》にやつれた葛兒の姿を思ふと……乞食ノ主の胸は痛ましい焦燥に張り裂けるやうだ。

（あゝ……葛兒……。）

盗人多藝津《たぎつ》の山寨を、心なく逃げ出して來たその瞬間に、彼は初めて自分の本當の心がわかつたのだ……。

（吾妹子《わぎもこ》よ……！　俺は今こそ、お前に捧げるために命あやぶき斷崖《きりぎし》の花をも摘むことが出來るだらう……。あゝ、だが……俺は遂に捕はれびとなんだ……。）

……………。

四

佐伯《さへき》ノ三野《みの》は、近々と相手に近づき、腰を落して乞食《ほかひ》ノ主《すぐり》の肩に手を置いた。

『乞食ノ主。……その間人《はしひと》ノ葛兒《かつらこ》は……宇《う》漢米《かむめ》族が襲來して、遂に引ツ掠つて行つてしまつたのぢや！』

『うゝ――？』

『宇《う》漢米《かむめ》ノ公《きみ》ノ宇《う》屈波《くつは》宇《う》が、女を掠つて「アグル」の賊地へ走つてしまつたのだ……。』

『えゝ――？』

『お前は今、世に不必要な人間であるとの自覺を得た、と云つた。然し、世にはお前のやうな男をも必要とする女がある……。』

――後ろ手に縛つてゐる革紐が、いつのまにかハラリと解き拂はれてゐた。

乞食ノ主は、しびれた手首を揉みほぐしながら、不審氣に相手を見上げたのである。

『俺は――官符《くわんぷ》によつて追はれてゐる身體だ……。何故解《と》く？』

『わしは喃、必ずしもお前の「夢」のためにのみ、その革紐《いましめ》を解き放つのではない……。』

『……………。』

『主《すぐり》……。宇漢米ノ宇屈波宇は、何故「アグル」の國へ逃げ入つてしまつたと思ふ？　一たんは內國の御政治下にも安住してゐた部族でありながら、今となつて化外《かぐわい》の地へ逃げ出す理由は何だ？』

『……………。』

『食《を》す國《くに》の王道《すめがみのみち》を異族に及ばすことの難かしい點は此處

にある！　無理解――さうだ、おたがひの無理解。そして父間人《はしひと》ノ傴僂《くつま》の如き私利私慾を以て臨む悪徒の跳梁だ！　思へ――アグリ川（北上川）の以北には、「アグル」（俄倫春《オロチヨン》族・粛愼《しゆくしん》族等の汎稱）の異民族が巣ぐつてゐる。無理解のために起る今後の叛亂は何によつて鎭めよう？　我等は決して虐殺を以て臨みたくはないのだ。恩愛・協和――異族招致の重大さを知る者は、進んで礎石となる犧牲者を必要としてゐる……。』

『……………。』

『わかるか……わしがお前の革紐《いましめ》を解く理由がわかるか？』

『……………。』

『わかつたら行け！　父が見送つて居る！』

『は……。』

乞食ノ主――いや、物部《もののべ》ノ淨志《きよし》の姿は、やがて黒一色の闇に塗り籠まれた……。

……………。

×

夜がほの〴〵と明けかゝつてゐる。

――千熊丸母子は、もう遥かに牡鹿ノ猪手の部下を後方へ引き離してしまつてゐた。

谷間の叢林《もだかぶ》に、やつと安堵の息をついた少年は、母の胸に縋つて心ゆくばかり泣いた。

阿久玉の涙は、然し少年よりももつと激しかつた……。

＊　＊　＊　＊

千熊丸母子は、中衛ノ中將坂上苅田麿を頼つて奈良の都に上つた。――田村麿は此の少年の後身であつた。

葛兒《かつらこ》をたづねて「アグル」の國へ入つた乞食《かひ》ノ主《すぐり》は、果してその夢を實現することが出來たであらうか？

蒙古族の娘臥宇《ごう》・酥倫枷《そろんが》は、伊治城司振《ぶる》ノ諸根《もろね》の妻になつたといふ。

漂盗間人《はしひと》ノ傴僂《くつま》の消息はその後杳《えう》として知れない……。

【大　尾】

総計二百六十枚
昭和十六年四月十七日――十七年二月十五日脱稿
時に星港陥落のラジオを聴く
――天沼にて――

◎受贈雜誌◎

新青年、大衆文藝、オール讀物、日ノ出、講談倶樂部、メトロ時代、につぽん、講談雜誌、各三月號
ふるさと、漁村、各二月號
地方文學第五號

龜之助樣離東

岡戸武平

一

「見おさめでござりまするよ。」

あひ乘りをしてゐるお中﨟のおかよの方が小聲で云つて、乘物のお簾の中からそつと指さした。その指のはるか彼方には、江戸城の櫓の白壁にわびしい秋の陽がさして、模樣のやうに松のかげがあつた。

六歳になる龜之助は、首をねぢむけてその方向を見たが、なんの變つた樣子もないお城の景色に、すぐ眼を放して、晴れ切つた秋空に視線を移した。

「とんびが舞つてるよ。」

こんどは龜之助が、短いふくやかな指を空に向けた。そして、指で圓を描いてゐる。たぶん、鳶の舞つてゐるのを眞似てゐるのであらう。

おかよは意味ありげな溜息をはいてうなだれた。

明治元年八月九日朝のことである。

その年四月十一日には、江戸城はすでに官軍に明け渡されて、開府以來二百七十九年の封建の本據はむなしく潰え、翌五月十五日には上野に彰義隊の反撃があつたがそれももろくも破れて、七月二十七日には江戸が東京と改められ、駿府は靜岡と改稱されることに內定してゐた。

龜之助一行はその駿府さして江戸を去つて行くのである。時が時なれば征夷大將軍、八百萬石を領する十六代樣も、今はわづかに駿遠參七十萬石の一領主として、時代の波に追はれて行くのだ。そのお供も、御側御用人溝口八十郎以下、御小姓頭取四人、御小姓衆、奧詰、目付、御徒目付など上下合せて百人足らずで、小大名にも劣つた行列であつた。だが、さすが爭はれぬのは、そのお乘物の溜塗網代棒黑長で、これだけは御三家でも將軍家からの拜領がなければ、乘用できぬものであつた。

それからそれを舁ぐ六尺のきてゐる絹の黑羽織——これも溜塗網代の乘物の場合にのみ用ひられるものであつた。

そのお乘物の中には、德川家七十萬石の幼年のぬしは、葵の紋を染めぬいた分厚い坐布團の上に、黑縮緬の紋付の羽織に仙臺平の袴をはいて、所在なげに坐つてゐた。その前には田安家におつきしてゐたおかよの方が、眼を伏せてかすかに唇を嚙んでゐる。外に御抱守二人にお次一人は、女のことゝてそれぞれ駕籠に乘つて一行に加つた。女のおつきはわづかに以上の四人であつた。

もちろん警蹕の聲もない。市民もそのお乘物と一行の樣子を見て、それとすぐ氣づきながらも、むしろ冷かな眼をもつて見送つてゐる。それでも高輪の大木戸を越すまでに、五六人の人が土下坐するのを見た。それらはおほむね白髮の老人であつた。

高輪の繩手にかゝると、右は八ツ山につゞいた丘陵で、左は品川の海である。海から照りかへす明るい秋の陽が、お乘物のお簾に波模樣を描いてゐるやうに思はれた。

「外が見たい。」

少したいくつして來た龜之助が言つたので、おかよの方は海に面した方のお簾をあげた。海ぎわには葭簀を張つた茶見世がおもちやのやうにならび、その背後に蒼く澄んだ海と空が無限にひろがつてゐる。

「お船、お船——」

龜之助は少し坐布團からにぢり出して指さした。

「人が見て居りますから、おとなしくしていらつしやらなくてはいけませぬ。田安家においでになつたときとは、お身分がちがひます。」

おかよの方がたしなめた。その意味はよくわからないが、

ともかく叱られてゐることだけはわかつたので龜之助は澁い顔をして、坐布團の上へ行儀よくすわつた。彼女はその袴の折目を直してやりながら、いとほしく思つたのか、

「外を見てお分りにならぬことがございましたら、おたづねになるとよろしうございます。お乘物の外に溝口殿が控えてゐられます。」

　自分に問はれて、返答に窮してはとの考へもあつたからだつた。六つぐらゐはてうど物の名が覺えたいさかりで、わけても世間見ずの龜之助には、見るもの聞くものすべて疑問をもつものばかりであつた。

　龜之助はさつきからぢつと海ばかり眺めてゐるのであるが乘物がだん／＼進むにつれて、ねぢむけた首が左の肩の上に乘つて、なほある一點を眺めてゐる。

「なにをそんなに御覽になつてゐらつしやるのでございます。」

　別にめづらしいものもないのにとおかよの方は考へた。

「あそこに島がある。島がある。おもしろいなあ。」

「あゝ、あれでございますか、あれは島ではございません。お臺場と云つて、たくさんの人があんなに土を運んでこしらへたものでございますよ。」

「誰が遊ぶんだい。」

「遊ぶところぢやございません。よその國から黒船がまゐつて、この江戸を攻めるときにあそこで大砲や鐵砲を打つのでございます。」

「黒船が來ると怕いのかえ。」

「それは怕うございます。大砲や鐵砲を打つばかりでなく切支丹バテレンと申して、それはそれは不思議なことを致すのでございます。」

「でも敗けやしないだらう。」

「なんとも申されません。」

「敗けるもんか。につぽんはどこの國より强いんだ。さうして公方樣（將軍）が誰よりも一番えらいんだと溝口がいつか敎へてくれたよ。」

　おかよの方はそれには答へないで、簾をおろし、ぢツと龜之助を眺めた。

（なんにも御存じない……）

　品川の宿に入つたのか、格子、のれん、白壁などの街並が簾を通して明滅しだした。

二

　海晏寺の紅葉には、秋とは云へまだ早い。參詣の人もないその寺の門前を通つて、やがて鮫洲に入り、さびしい鈴ケ森

をぬけて不入斗村《いりやまず》をすぎれば、もう大森の立場である。海苔の香がぷんと來さうに、海苔を賣る店と、麥わら細工を賣る店がならんでゐる。

　その街並もやがて切れて、途切れ途切れにある松並木の街道に出ると、彼方に長い堤が見えだした。多摩川の名がかはつて、こゝでは六鄕川といふ。百六間の大橋もたびたびの出水に落ちて、元祿年中からこちらは舟渡しとなつてゐる。

　一行はその土堤を上つて、磧に出た。すでに宿々への達しがあることゝて、問屋場の役人が折目の正しい裃姿でなにかと采配をふつてゐる。人足もけふはしづかにしゞと働くのはこれが最後の御奉公だと思つたからでもあらうか。

「いえ、けふのところは、もう、左樣な御心配は……」

　もみ手で何やら云つてゐる役人の聲も聞える。そして、役人や人足の顔に、ある哀愁の色が浮んで、いま乘物から降りたいたいけな十六代樣をチラ〳〵ぬすみ見してゐる。

　龜之助にはもとより人の心を忖度する力はない。乘物から解放されて、土堤の色づいてゐる草の上を歩いた。石を拾つてそれを投げた。葦の間からは葦切の聲がしきりに聞える。彼方に山も見える。川を上り下りする眞帆片帆の舟も、みな自分の眼を樂しませるためにうごいてゐるやうにさへ思はれた。

「小用がしたい。」

　とつぜん龜之助はうしろにゐるおかよの方に云つた。

「はい〳〵、只今……どなたか公人《くにん》をお呼び下さらぬか。」

　公人とは、朝夕人《てうしよくにん》とも云つて、將軍の上洛參內、日光社參などに銅製の便器(これを一名裝束筒といふ)を持つて、お供をする役をいふのである。慶長以來土田氏世襲の役目で、家祿十人扶持を給せられ、はじめは同朋頭の支配に屬してゐたが、幕末には目付の所管となつてゐた。

「おやツ。」

　それを聞いた御側用人の溝口八十郎は、思はず扇子で袴を打つた。

「お忘れになりましたか」

「つひうつかり致しました。何分急のことではあり、今となつてはそれにも及ぶまいといふものも御座りまして、つひ申付けることを忘却致しました。どこか、その邊の廁を借りることに致しませう。」

　朝夕人は毎日お城勤めをするわけではなく、御用のないときは町人並の暮しをしてゐてよかつたのである。

「それではあまり……」

　おかよの方が思案顔を溝口に向けてゐるとき、

「早く早く。」

龜之助が手を羽搏きするやうにして腰を振つた。

「ご辛抱できませぬか。」

「できぬ、できぬ。早く早く。」

「ぢや、致方がございませぬ。はしたないことですが、こゝでなさいませ。」

彼女は龜之助を河に向かせ、手早く仙臺平の袴をまくり上げた。

……………。

「おもしろいな、おもしろいな。あれ見、蟹が赤いお手々をふつて逃げて行くぞ。」

「左様なことをおつしやらないで早くおしまひなさいませ。」

「うゝん、まだ出る。」

「そんなにうごいてはいけませんよ。靜かになさいませ。人がたくさん見て居ります。」

「もういゝよ。」

龜之助はし終ると、身も心も輕くなつたやうに草原を走りだした。おかよの方は懷紙をだして、ぬれてゐる草をかくすやうに何枚もその上からかぶせ、小石をぱら〳〵と撒いた。

ふりむくと、御側用人をはじめお供のものが、みなこちらを見て顏をほころばせてゐる。それは江戸を發つてから、はじめて見るくつたくのない笑顏であつた。

三

六郷を越した一行は、また前とは寸分違はぬ行列で、神奈川への二里半の道をしづかに進んだ。

川崎をすぎると、乘物の簾は兩脇ともあけ放たれた。龜之助は右を見たり、左を見たり、不思議さうに田園の風光を眺めた。色づいた稻田にへのへのもへのを描いた案山子もおもしろければ、案山子と見た百姓が急に動きだしたときには手をたゝいて、

「うごいた、うごいた。あッ、歩いてゐる。歩いてゐる。」

と、下ぶくれの顏を一層ふくらませて聲を立てゝ笑つた。

「そんなに大きな聲でお笑ひになるものではございません。」

「だつて、おもしろいもの。」

「いくらおもしろくても、お偉らい方はそんなにお笑ひにはなりません」

龜之助は不服さうにそつぽを向いた。そのとき乘物の外から側用人の聲がした。

「ちよつと、お簾をおろしますよ。」

こゑと一緒に中が薄暗くなつた。

それは赤い毛をかぶつて、錦きれを肩につけた、官軍の兵隊が西から來たためで、龜之助の一行とすり違ふと、

「なに樣ぢや。」

と、二三人のものが同時に云つた。

一人が何か囁くと、それが十五人ほどに傳へられ、聞えよがしの冷笑が湧いた。そして、肩を一そういからせ、朱鞘を犬の尻ツ尾のやうに振つてたはむれたものもあつた。

「制止聲もなくつて、なんだか淋しいな。惻隱の情禁じあたはずか、ハ、、、、。」

「はツは、はツは。」

「うはツは、はツははツは」

その冷笑が終らないうちに、とつぜん靜かな田野をとどろかせて一發の銃聲が起つた。

そのときは龜之助の行列は、すでに彼等と小半丁もはなれてゐたが、百人の足が急にとまつて、彼等を振りかへつた。

「くそいま〳〵しい。」

行列の最後の男が、憎々しげに兵隊の一行をにらんで呟いた。

「世が世なら……」

一人は歯を喰ひしばつて云つた。

「生かして置くんぢやないが。」

「まつたくいたづらにもほどがある。」

一人のやゝ年取つた男は、沈痛な面もちで云つて空を仰いだ。

その空には、いまの銃聲におどろいて飛立つた雀がむらがつてとんで行く。

と、兵隊が一齊にどら聲をあげて唄ひだした。

一天萬乘の帝に手向ひする奴を、とことんやれとんやれな
ねらひ外さずドンドンうちだす薩長土、とことんやれとんやれな

宮さま宮さま御馬の前のひらひらするのはなんぢやいな
とことんやれとんやれな
あれは朝敵征伐せよとの錦の御旗ぢや知らないか、とことんやれとんやれな

秋の日は暮れるのが早い。夕日は溜塗網代の乘物を、ぴかり〳〵反射させながら、しづかに西の空へ沈んで行く。

龜之助はのちの公爵徳川家達である。

（完）

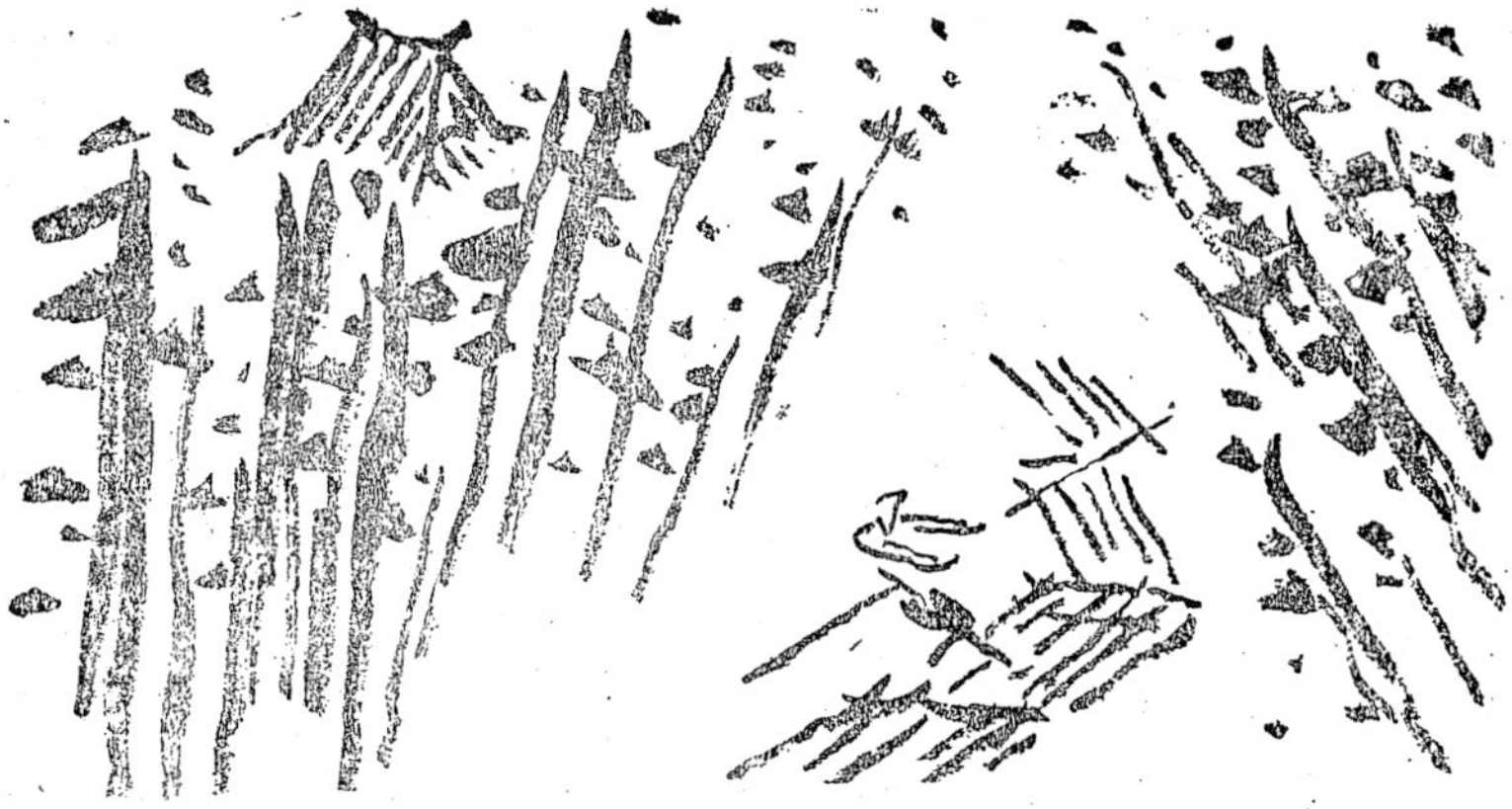

敢死

従二一郎

一

土方歳三はにこにこと機嫌がいい。珍しいことである。

香の物に握り飯で、お茶がわりに冷酒を茶碗でふたつ、咽喉におとすと、野村理三郎を連れて町内見廻りにとびだした。

ぼろぼろの洋服を着、二尺八寸、和泉守兼定をひきずるやうに歩く。硝煙に煤けた眞黒な顔で、時々想ひだしたやうに、にんまり白い齒をみせる。一緒に歩き乍ら、野村は、土方の笑ふのを久し振りにみたと想つた。

鳥羽、伏見から、江戸上野山内へ、江戸から甲陽鎭撫隊として甲州へ、甲州から勝沼へ、勝沼から宇都宮へ、宇都宮から會津へ、會津から石の巻へ、石の巻から蝦夷へ――あわただしく戦場は移つたが、精悍な土方のきたない髭面はいつも一緒であつた。よくも命があつたものだと思ふ。いままで、生きて居れたのがふしぎな位いであつた。

「ひとりで北叟笑むと云ふのは、何か、から氣色の悪いものですな。」

　野村が土方の顔を仰ぐと、土方は眩しさうにそつぽを向いた。はにかむと云ふ柄ではないが、大兵な土方のぎこちない素振りは、何處かやんちや坊主のやうでほほ笑ましいと野村は想ふ。

「野村、今晩身共の髪を結つて呉れい。」

「はう、珍しいことをききますな。」

「虱がわき居つたわい。虱には敵はん。」

　土方はさう云つて面白さうに聲をあげて笑つた。

　白いものが落ちてきた。

　めつきり冷えると思つてゐたが、雪になるとは思はなかつた。いくら蝦夷地とは云へ、まだ十一月に足をかけたばかりなのである。土方は竹刀胝でかたまつた無恰好な大きな手を、ふうふうと口へ持つて來てあたためる。ふく呼吸がしろい。かうやるとあたたまると、土方は歩き乍ら野村を小突く。

　軒なみに商家は大戸を下し、ひつそりと通りは人の影さへみえない。ふり返ると三層樓の福山城から燃え殘りの火がまだ細い煙をあげてゐる。暗くひくい冬空に、しろい三層の城樓が描いたやうにうかんでみえる。

「何んと仰つたかな。」

　咽喉までできてゐる男の名前が、すらすらと口の端に出て來ないので、土方はもどかしさうに足を鳴した。

「何んの事です。」

　といぶかしげに野村がきく。

「莫迦奴！　想ひ出せんか、ほら、大平門で今朝、腹を切つた老人が居つたではないか。」

「田村量吉と云ひましたな。」

「それ、それ、七十二歳だと云ひ居つたではないか、蝦夷にも骨のある侍が居るのう。」

「腹を切るのが立派なら、わたしも最後は割腹ときめますかな。」

「いや、その時は身共も一緒ぢや。」

　また土方は聲をあげて笑つた。

　土方はふと、七十二と云ふ田村老人の齢のことを考へた。算數の不得手な男でも、自分の齢が三十四なら、老人の齢までにはもう一遍世の中をやりなほし、それでも四つの子供を連れて來なければ間に合はない位いはわかる。

　えらい齢もあつたものだ。と土方はいま更のやうにおどろいた。それに、死ぬとは簡單に云つても、その場になつて、紙でも切る樣にすうツと無雜作に腹を切れるものだらうか、土方の背すじを瞬間つめたいものがはしる。——いや、大丈

夫、あの老人よりもつと立派に死ねる、腹のそこで土方は念を入れるやうに、繰返した。いままで自分が死なななかつたのは、自分に恰好な死場所がなかつたからだ、と想つてゐる。鳥羽伏見でも、勝沼で谷干城のひきいる三千人を向ふに廻して、戰つたときも――いつも、自分は死ぬ心算で戰つてゐたと想ふ。いつの戰でも、味方は苦戰であつたし、先のみえぬ敗いくさばかりであつた。だが、と土方は考へる、觀念をしての生死のことはとに角、自分を此處までひきづつてきたのは、侍としてのふしぎな主命ではあるが、その焦點の影には勝負の賭ごとのやうな魅力もあつたのではないか、勝つ、今度こそは勝つ、どうしても勝たねばならん――戰場に立つて想ふことはそのことだけであつた。負けられぬ、負けてなるものか、はげしい氣鋭で身内がきゆつとひきしまる、全身がひとつの火の玉になつた樣に感動の神がかりにかかる、怕いものがなくなる、何も考へなくなる、見えなくなる――それだけに、負いくさのときの疲勞と焦悴は、悪酒の醉ひくづれのあとのやうに、全身がざらざらとした悪感でいつぱいになる、勝いくさのときのよろこびは、それだけに二倍した有頂天なものがあつた。今度の福山城攻略がさうであつた。土方がけふ一日にこにこと笑つて居れるのはそれが原因である。

「何處までおいでになる心算です。」

野村が立ちどまつた。

「寒いか。」

と土方は咽喉の奥でふくみ笑ひをしてゐた。

「海岸へでてどうします。」

寒むさうに野村は腹卷きのなかへ手を入れてゐる。鼻のさきが赤く、手をつつこんだままひゆんと器用に小洟をかむ。海がみえる。北國の冬の海肌は青黝く、底鳴りをしてゐる。波頭がときどき白い腹をみせる。

沖に軍艦が投錨してゐる。

三

あわただしく馳けて來る士卒のすがたがみえた。

「どうしたと云ふのだ。」

と野村がきいた。

「鳥渡、來ていただき度いのです。」

小兵な士卒は寒むさうな赤い顏をしてゐた。小洟をすすり上げて、ふたりの前に下町もののやうな叮嚀な點頭をした。

「譯も云はんと、來て吳れと云ふ啞呆があるか、何處の隊士か、お前は。」

土方は大きな聲でがなり立てたので、若者はすくみあがつた。

「はい、額兵隊のものです。」

「ふむ、それでどうした?」

追かぶせて土方がきく。

「女が自害し居りました。藩の侍屋敷を見廻り歩いて居りますと、みんな逃げだしたあととみえて、何處もひつそりとして居りますなかに、一軒の家で、變んな物事がいたしますので、いきなりふみ込みましたところ、若い女がひとりでかたづけものをいたして居りました。部屋いつぱい赤い小切れをひろげまして。」

「別髪か?」

「え。」

「女が別髪かときいてゐるのだ。」

「は、よくは。」

「手ぬかりだつたぞ。」

案内せい、と土方は若い士卒の肩を押した。土方が別髪かときいたのはどう云ふ心算だつたのだらう――歩き乍ら野村はひとりで微笑した。

京の壬生の屯所時代から、女には少しもゆかりのない男なのである。水戸の脱藩者で本名木村繼二と云つた當時の新選組の隊長芹澤鴨を、近藤勇と一緒に襲ひ斬殺したのも、芹澤が菱屋の妻女お梅と巫山の夢を愕かせたので、女のことなどきくのは珍しいことだと野村は想つた。

「けふは妙な日ですな。」

と野村がさりげなく土方の顔をみた。

「幕軍の大勝利でな、さうだらう。」

感のにぶい男だと思ひ野村は默つてゐた。

「松前軍は弱すぎる。武器がふるい、アイヌ相手ならあれでもいいが、いまどき骨董の甲冑に、弓、長槍をかつぎだしたところで役には立たん、鐵砲と云へばこれも昔ものの重いゲヴェール銃、それにまるつきり戰を知らん、身共の隊士のなかには一人で五百餘も撃つたのがゐるぞ、水桶をそばに置いて、ときどき銃身をひやすのだ。藩の内訌で滅茶滅茶の處へ今度の戰爭だ、殿樣は舟で津輕へ落ちたと云ふが、お氣の毒な話だ。城の地勢も惡かつた。あれでは護れん、市川親子があの城を改築するとき、函館へ轉地をすすめたと云ふのに諫言を入れなかつたと云ふことだ、蟠龍にどかんと海から大砲をぶちこまれて、さぞびつくりした事だらう。いくさは勝たねば嘘だよ。」

土方は聲をあげて笑つた。

ところどころ、足許に水溜りができてゐるのは、濱の用水の殘り水だが、寒さに薄氷がはつてゐる。知らずに足を踏み入れ、草鞋をぬくと、枯れた落葉がひつついてきた。凍てつ

いた風で、耳がいたかつた。

北島幸次郎と云ふ標札がでてゐる。松前藩の小者長屋である。

士卒がふたり、土方達の來るのを待つてゐた。

「先ほど、後すがたをお見掛いたしましたので詰らん事ですが、お屆に走らせました。」

と年配の士卒が土方に云つた。

「うむ、大儀であつた。」

「では、早速御檢死を。」

「死んだのか。」

「はつ。」

何處に小切れをひろげてゐたのであらう――若い士卒の家内がままごとでもするやうに、赤い小切れを部屋いつぱいにならべてゐたと云つてゐたが――閾をまたいだ瞬間、土方の鼻にきたものは、物の怪もなく、ひつそりと靜まり返つたふたつの部屋は小者の士卒らしく、めぼしいものもなく、きちんと取りかたづいて居る――血の匂ひではない。と靜に嗅いでゐると、何處の家でも感じる、よどんだ黴の匂ひだ、と、また別のものがかすかに鼻にきた。香の匂ひだと、土方は想つた。

座敷にあがつてみる。女が奥の間に俯つ伏せになりたほれてゐる。

「赤い小切れなど出してゐたと云ふではないか。」

土方は、先程の小兵の男を睨みつけた。けわしい聲であつた。

「はつ、それが。」

云ひ澱むと、

「それが如何いたした。」

とすかさず疊かける。

小兵の男は年配の男と顔をみあわせた。顔色を讀んで、年配の男がひきとつた。

「何か小切れを澤山疊の上にならべて居りまして、屯所で取調べると申しましたるところ、お暇はとらせませぬ故、少々お待ち下さい。と、靜に云ひますので、はやくしろと、待つて居りました。さうです、此の邊でしたか、身共が居りましたのは……」

鋏の臺尻を疊の上で、どすんと鳴らして、白いものが大分まじつた年配の士卒は、頭を振り振り、片手を腰にあて、その時の寛だつた樣子を示した。

「よい、もうよい。」

と、土方は聲をかけた。土方の眼に、女の血に塗つた裁縫鋏が、眼についたからである。

觸ると女はまだあたたかく、眠つてゐるやうな靜なすがたをしてゐた。近付くと、髮油の匂ひがした。小さな佛壇に灯がともり、焚き殘りの香が、まだゆらゆらと立ちのぼつてゐる。

「野村、貞節な女房はいいものだな。」

土方は歸りかけて野村に云つた。

今度は笑はなかつた。

野村は返事をしなかつた。

「逃げ殘つた坊主がゐるだらう、經をあげて、ねんごろに葬つてやれ、それから、屯所に行つて、大鳥圭介に報告しておけ、女房を持つてゐる奴に思ひあたるやうきかせたがいい。」

年配の士卒が頷いた。

土方は先に立つて戸外にでた。

「蝦夷で年越をせねばならん、なあ、野村。」

土方は續けさまに嚔をし、寒むさうに手を拱いた。まだ、町は硝煙の匂ひがする。

「さうなるでせうかなあ。」

「さうさ、海峽があるよ、官艦も渡れまい。」

「辛いですな、蝦夷の越年は。」

「夏はいいだらう。」

「しかし、夏まで保ちますまい。」

「何が。」

「われわれの命ですよ。」

「云ふな、われわれが生殘りだと思ふと辛いのだ、呼吸が通つてゐるだけで、これでは蛇の生殺しだ。野村、頭を丸めて坊主にでもならうか。」

「生臭坊主ができますな。」

三

夜になつて雪が雨になつた。

屋根をたたく雨脚の音をきき乍ら、氣狂い天氣め、と土方歳三はせわしさうに各部屋を覗き歩いてゐたが、古びた鏡臺をみつけてきた。

「これでよか。」

ととぼけ乍ら野村の前に鏡臺をするゑると、行燈をひきよせやつてくれと胡坐をかいた。

野村は切爐を前に、きちんと端座をし、妙な手付きで、素燒の茶碗をこねまわしてゐる。

「何んの眞似か。」

と土方が云ふと、野村はそれに答へず、吟ずるやうな口調で口をひらいた。

「此輩、往々過激の擧動に及ぶと雖も、亦皆主君の恩義を忘

れず、一身の利害を顧みず、餘儀なく此場に立至り候もの……これより、蝦夷地に渡り、開拓の業をなし、身を入れ凍飢を凌んとす。若し此間閣下に於て御聞屆無之、又饒舌奸人のため下情壅塞、天朝へ不相達候はば、數千敢死の士、北地開拓これ畫餅となり、且は自ら容るる地なきが故、御沙汰の次第に依つては、餘儀なく力を以て御請可仕候。是我輩の分を知り、職を守りて、士人の道を汚さざる微志にて、聊も他意無之候――德川家脫藩についての四條平潟口總督に宛てた陳上書の文句です、土方さん。」

土方はきちんと膝に手を置いて野村の云ふのをきいてゐたが、野村が云ひ終ると、默つて靜に笑つた。勝いくさに子供のやうに、にこにこと喜んでゐた朝の土方とはまるで別人のやうであつた。死ぬときがきたら潔よくいつでも死ぬ――土方の眼はさう云つてゐるやうである。さうか、と野村はひとりでうなづいてまた茶碗をとりあげた。

空茶碗を勿體らしく、靜に口に運んで來る、服加減をみる茶碗を置く。大きな茶釜に沸々と熱湯がたぎつてゐる。また野村はひやくを持つ、湯を汲む、茶筅をふる。

「いい加減にせんか。」

土方がぢりぢりして云ふ。

野村が空茶碗を土方の眼のさきにつきだした。土方が仕方なしに受取ると、

「お服加減は」

ときく。

「正氣か。」

土方があきれると野村も笑ひだした。

「正氣の沙汰ではできんが、鳥渡京に殘したあれの事を想ひだしましたよ。茶の習ひがけで、身共の顏をみると、稽古臺に靑くさい苦いのを出しました。」

「こいつ、のろける氣ぢや。」

「そのかわり、髮を梳いて進ぜます。」

「さうか、はつはつはつ。」

土方が大きな聲で笑ふと、向座敷からはじき返すやうに賑やかな笑ひ聲がきこえて來る。おや、とふたりが耳をすますと、笑ひ聲はいつか唄聲にかわつてゐる。尻上りの野放圖な聲で、節廻しも妙なら、歌詩も異國のもので、何んのことか少しも意味が通じない。フランス士官カズノーフの聲である。カズノーフは故國でクリミヤの役に、セパストポールで鬪ひ、手柄を立て、日本へきてからはブリューネなどとともに幕軍の教官をし、變とともに幕軍につき、轉々蝦夷落ちをしたのである。いつも、小さなフランスの軍帽を横ちよに頭にのせてゐる。見上げるやうな大男で、玩具箱からとびだし

てきたやうなモール飾りの軍服を着、革の長靴をはいて暇があると唄ばかり唄つてゐる。

「近藤先生は如何いたしましたかな。」

感慨ふかさうに野村が云ふ。

カズノーフの事からふと近藤勇のことに思ひ及んだと云ふのであらうか。——

「うむ。」

と土方は唸るやうに云つた。

「壬生時代がいま想ふと、いちばんなつかしいやうですな。」

「うむ。」

野村に梳櫛を使はせ、髪ごといちいち反り身になりながら土方はいい氣持に眼を瞑つてゐる。武州の流山で、捕はれたと云ふことをきいのが、近藤の消息をきいた最後であつた。その後斬首になつたと云ひ、まだ江戸送りのままだと云ひ、噂はまちまちである。近藤とならんで新選組で想ひ出されるのは、山南敬助である。山南とふたりで、大阪の鴻池を强請してゐる浪士があるとの聞込みで乘り込んだことがある。浪士は十數人で、こちらはたつたふたりであつた。忽ち斬合ひになり、五人を斬つた。隨分むかしの事のやうな氣もするしつひ、きのふの事のやうでもある。

會津から、石の卷へ落ち、榎本武揚と逢ひ、蝦夷へ渡り、鷲の木に上陸したのは明治元年十月廿日であつた。

函館への間道である川汲の山道をぬけて、大鳥圭介の本隊と別れ土方は、傳習士官隊額兵隊を指揮して函館へ向つた。最初の戰は、峠下村で、津輕松前の藩兵と鋒を交へたが、忽ち撃退、更に七重口、大野口でも小競合はあつたが難なく五稜廓にはいつた。

はじめてみた蝦夷地の景色は、荒々しく大まかで馴染めなかつた。

櫟や楢もあるが、多くは蝦夷松で、背伸びをする事より知らないやうなこの喬木は、魚の古骨みたいな小枝を樹頂いつぱいに翳し、何處の山にも密生してゐる。蝦夷松の下は熊笹で熊笹がないと、虎枝の野がつゞき栗鼠が奇聲をあげて鬱蒼たる蝦夷松の高い梢を渡つて歩く。秋も終りで、野ぶだうの小粒の房は霜を受けて白く粉をふき赤い葉蔭からのぞいてゐる。つまむと、血のやうな汁液が、舌をひりひりさせる。枯れた虎杖が足許でぱりぱりと音を立てる。隊士はしめつぽい道のない山道を、えい、ほい、えいほい、と砲をひきづり進んだ。川汲の間道を越え、火をふく駒ケ岳の奇峰を眺め、函館もすぐだと思つた……。

「土方さん、眠つて居りましたな。」

野村に肩をたたかれて、土方ははつとした。

「ありがたう。」

「いい男前になりましたぞ。」

野村のまるい顏が鏡のなかで笑つてゐる。

その時、襷がけの若い隊士が部屋にはいてきた。

「蝦夷のちり鍋ができました。熱いうちにどうぞ。」

「貴様がつくつたのか。」

「はつ。」

「いま、ゆく。」

土方は立ちあがつた。

雨がまたひとしきり降りはじめた。

（終）

書評　民族史を書いた作家

ルードルフヘルツォーク著「獨逸民族史」

村雨退二郎

本書はルードルフ、ヘルツオークの原著を駐日獨逸大使館の通譯官稻木勝彦氏が全譯したもので、オツトー大使が特に鄭重な推薦狀を添へて、本書の價値を裏書してゐる。私が特に本書に對して興味を持つたのは、著者ヘルツオークが專門の歷史家ではなくて、獨逸の有數な歷史文學の作家であるといふことだ。

史書には、大別して二つの種類がある。一つは飽迄も科學的な立場を守る純正史學によつて書かれたものであり、他の一つは科學以外のある目的、政治的、又は宗敎的、乃至は思想的な目的を以て書かれたものである。もちろん後者と雖も、歷史科學の裏付けがなくては、その目的を果す前に、敎養ある讀者から拒否されてしまふことは云ふまでもないが、「古事記」抹殺論のやうな途方もない錯誤を犯さない範圍でなら、歷史科學と背馳せずにその目的を遂げることが可能である。これを別な言葉で現はせば、純正史學の立場は、實在を證明することを以てその使命とし、他のものはある事を主張するために歷史を利用するのである。「日本外史」の如き「神皇正統記」の如きはもちろん後者の部類にはいるが、これは文學に於けるリアリズムとアイデアリズムのやうな關係で、一概に一方を是とし他方を非と定めることはできない。

本書は、その後者にはいるもので、一貫した主張が、強く底を流れてゐる。オツトー大使が「本書はドイツの未來のために闘つた男子及女性に捧げられたものである」と云つてゐる通り、現在ヒツトラー總統の下にかたく結束して、民族の勝利のために、新らしいヨーロツパの秩序の建設のために敢闘してゐる獨逸國民のために書かれたものである。民族の發生以來、獨逸人が步んで來た道に、ある一つの意義を發見し、その必然的な結論として、今日及未來の構想を描き出すことが、本書の目的である。そしてそれは、著者の歷史知識の廣さ、觀察の深さ、加ふるに平明流暢な達文によつて立派に成功してゐる。獨逸民族の恐るべき結束の強靱さ、旺盛な闘爭心勤勉性科學精神等は、一朝一夕に成つたものではない。それは長い民族の歷史によつてのみ說明されるのであつて、總統の偉さは、その民族性及民族精神をよく知り、これを最大限に活用發揮せしめたところにある。獨逸及獨逸人の過去現在未來を知るためにこの小說家によつて書かれた民族史の一讀を、是非勸めたい。それと同時に、日本の歷史文學作家も、必要によつてはいつでもヘルツオークの向ふを張つて「日本民族史」位書けるやうになつてもらひたいものだと思ふ。

（B6判四八二頁定價二圓八〇錢・東京神田神保町一ノ二聖紀書房發行）

彦九郎殿の内方

大隈三好

一

——彦九郎殿の内方か——

と近郷の者は言ふ。容貌の醜い女の代名詞である。それほどおさきは醜女であつた。

彼女は上州新田郡の水呑百姓の娘に生れた。そして彼女の育つて來た寶歷から寛政にかけての世の中は、此處に史書を繙くまでも無く、全國的に天災・地變・人妖の打續いた時代で、來る年も來る年も饑饉は重るし、必然的に物價は暴騰して、しかもその間に處して幕府の執政田沼父子の惡政は、愈〻人間の世の中から人間の生きて行く指針を奪つて、人々は餓死するか刹那的享樂に耽溺するかの二つに大別してしまつたのである。

天明年間の上毛から奧州にかけての饑饉は、殊にひどかつた——。

新田郡もお多分に洩れず三年越の大旱魃の後を受けて、今年も夏至に入つてか

ら一度の降雨も見ず、黄金の波、鳴子の音の季節は來ても、そんなものはもう昔噺でしか無く、眞ツ白に龜裂した田圃には、晩秋の薄《すゝき》にまがふ枯穂が、秋立つ風に顫へてゐる荒凉さである。去年の秋は二分とりの收穫はあつた。その僅かの收穫で村の者はどうやら今日までの露命をつないで來たが、今年は一分はおろか一抓みの收穫も期待することは出來なかつた。村人達は此の不可抗力の天意の前に、蒼ざめた顔を見合せて吐息を繰返すより他に術を知らない。彼等はすでに精神的に餓死してゐるのだ。

村の娘が一人消へ、二人消へて行つたのはその頃だつた。

「さきちやん、私はあんたが羨しい……」

村一番の器量良しと言はれたお久が、おさきの手を血の出るやうに握つて、さめ〴〵と泣き乍ら連れて行かれたのもその時である。おさきが、少くとも人並の容貌を持つてゐたら父親の太兵衛も背に腹は代へられぬ困窮から、あるひは他方の娘のやうに金に代へようと云ふ氣持になつたかも知れぬが何を申し器量ひとつが賣物の商賣には、彼女の顔は餘りに緣遠かつた。おさきはその時ほど自分に與へられた容貌を感謝したことはなかつた。

當時彼女は名主の高山家に奉公してゐた。高山家は代々細谷村の名主役を務めて來た舊家で、先代良右衛門は至つて豪快義侠の人物で村の爲にも非常に努力してゐたが、去る明和六年の夏五十五歳で原因の分らぬ横死を遂げた。領主旗本筒井左膳のために殺されたと言ふ風評もあつたが、眞僞の程は誰一人知る者はなかつた。當主、專藏は先代程の人物では無い。村は危急存亡に直面してゐても、これと云ふ方策も知らず、方策はあつても斷行する氣慨は無い。「先代が今暫らく生きてゐて下されば村も何んとか更生する事が出來ように」村人の彼に對する不滿は、先代への思慕になつて現れたりした。

おさきは實に實直に働いた。彼女には人並外れた醜い容貌の代償として、造化の主が特に與へたやうな頑強な體軀と、お月樣のやうな眞正直さを備へてゐた。彼女はその體に物を言はせて牛のやうに働くのである。專藏も彼女の働きぶりには目を細くして悦に入つたが、それだと言つて、父親太兵衛がどんなに哀願しても、契約以上の給金など金輪財出す男では無い。專藏とはそんな男であつた。

おさきの實直さに隱居のおりんが惚込んだ。彼女は專藏の祖母で、母屋と別棟の離室《はなれ》で、次男(專藏の弟)彦九郎の先妻の娘二人と暮してゐた。もう八十に近い老體だが、矍鑠として氣強な老婆であつた。

「わしも此の歳では二人の曾孫を見るのは辛い、と云つて子

供は迂闊な者には委されぬ、おさきなら申分ない、おさきはわしの傍に貰つて行くぞえ」

専藏は嫌な顔したが、云出したら後には退かぬおりんの事なので、言ふなりにするより他はなかつた。おりんはそのときすでに彼女を彦九郎の嫁にしようと考へてゐたのか、おさきはそんなこと夢にも想像しなかつた。

二人の兒女はすぐ懷いて來る。母親のやうに傍を離れない。夜は夜で、おりんの老ひからびた懷より、おさきの若々しい温みを慕ふて來るので、左右に彼女達を抱いて寢た。姉のおせいは六つで妹のおさとが四つ、共に母戀し盛りを母の愛情も知らず、かうして慕つて來ると思ふとおさきも愛憐の情が湧いて來て、自分の子供の樣に可愛がつた。

「お父さまは……」

と問へば、

「天朝樣のために遠いお國を巡つてゐらつしやる」と、答へる。

「天朝樣つてどんなお方でせう」

「日本で一番尊いお方」

「日本で一番尊い方は、お江戸の天下樣でせう」と云ふと、

「違ふよ、天下樣は天朝樣の御家來よ」

と唇を尖らせる。おりんの教訓であらう。正直な處おさきはそのとき子供達の口から、至尊の崇嚴さを初めて聞かされたのである。

「お母樣は」すると彼女達は即座に

「死んぢやつた！」

と答へて、遉に寂しさうな顏になつた。

おさきは彼女達の母親が生きてゐることを知つてゐた。おきぬと言つて彼女より七つ八つ年嵩であつたが、同じ村の女だつた。名主の次男の嫁になると村人から羨しがられて、彦九郎の嫁になつたが、常に他出し勝ちの空閨を守るに堪へ得なかつたのか、次女を生むと間も無く離緣になつた。その後再緣して村を出たが今は武藏の八王寺邊りに住んでゐると人の噂であつた。

母の無い子の寂しさは、母親に早く死別したおさきにはよく分つた。寂しかつた自分の子供の頃が思出されて、二人の孤兒の愛情の母親にならねばならぬ。彼女は眞情を傾けて可愛がつた――。

おりんが彼女に彦九郎との緣談を持出したのは、それから一年ばかり後だつた。その頃彦九郎が何處に居るのか彼女は知らなかつた。が近いうちに一度歸鄕すると云ふ來信がおりんに來てゐたことは知つてゐた。

「彦九郎も近いうちに歸ると言つて來たが、歸つて來ても何

時また出かけて行かねばならぬか分らぬあれの事、それに私はもう此の歳です。壽命には何んの未練も無いが、唯氣になるのは二人の曾孫のこと、あの子達を頼むのはお前より他に無い。私の一生のお願ひだが、お前は眞實のあの子達の母親になつて、二人の面倒を見て呉れぬかえ……」

「ほんとうの母親と申しますと……」

「彦九郎の嫁になつて貰ひ度いのです……」

おさきには餘りに豫期せぬ言葉だけに、つぶらな目を瞠つたまゝ言葉も出て來なかつた。

どれ程嫁と言ふものが家庭の道具視されてゐる時代にあるにしても、おりんも餘りにこちら本位の申込みに幾らか氣もさしたのか、

「無理には言はぬ、無理には言はぬが、老の愚痴で、若しもお前がさうして呉れゝば、私は何時でも安心して目を瞑れると思つてな……」

おさきは暫らくじつと唇をかんでゐたが、

「御隱居さま、勿體ないお言葉だと思ひます。私は片輪にも等しい女です。こんな體で人樣の嫁にならうと考へたこともありません。二人のお子さまの事なら、一生お傍にゐてお引受け致します。」

「そのお前の美しい心、私はそれを嫁にして眺めて見たい」

「御隱居さまはさう仰言つて戴いても、彦九郎さまのお氣持も分りません。」

おさきは寂しく笑つた。

「あれは私が手鹽にかけて育てゝ來た孫です。人間の美しさが何處にあるかぐらゐ辨へてゐる……」

その話がとう〳〵實を結んで、おさきは彦九郎の嫁になつた。彼女は十八で彦九郎は三十五であつた。

――彦九郎殿の內方――

村に一つ代名詞が殖へたのも、此の時からである。

二

歸鄉した彦九郎は、半歲餘りで又旅に出た。彼にしてはこんなに永く鄉里に留逼したのは珍らしかつた。そのときおさきはもう儀介を懷胎してゐた。

「男兒を生めよ、男兒を生んだら儂は何處に居ても馳せつけてくるぞ……」

彦九郎は餘程男の子が欲しかつたと見へてさう云つて出かけた。

當時の彦九郎の動靜を、彼の殘した日誌に拾ふと

三十五歲――江戶にて迎春、長久保赤水を訪れ其地圖を見其の地理談を聞き、その智識の該博なるに驚くも、國防の

解決は國家の統一を先決問題とし、尊王は倒幕を前提とするの持論を捨てず、五月、劍客江上觀柳、簗又七等と密議を凝し中國四國九州の志士と會合し事を擧げんと企圖す。八月上州絹絲改所暴動に同志三十人と鎭撫に向ふ、三十六歳――四月以江より山中を經て八王子の子安社に詣る、七月武藏旛羅郡の舊跡を探る。八月歸郷儀介生る、十月故郷を發して京都に向ふ。十一月京師に入り高芙蓉の家に宿す。

彼はさうした東彷西徨の中にも、おさきの身は常に案じておりんに送る書信の後には必ず其の事を認めておいた。

さき事つね〴〵我儘なるものにて、さぞ御めんどうに入らせらるべく候、かれも私しめぐみ遺し候ものにて御座候へば、何卒御あいれん下され、歸國まで御覽恐れ乍ら願上げ奉候

おりんは彼のおさきに對する愛情は自分事のやうに嬉しかつた。

「さきやまた彥九郎が、こんなことを書いてゐるぞえ」

おさきは、僅か此の數行に足りない無造作な行文の間にこもる夫の無限の愛情が、犇々と全身に迫つて來て我知らずふつと涙の湧上つて來る思ひである。今まで「おさき」と呼捨てに呼んでゐた二見達も、何んの不自然もなく、「お母さん」と心から嬉しさうに呼んでくれる。そつと抱上げて頰ずりしてやるときの母子の愛情には、血と血のつながりは無くとも魂と魂の離すことの出來ぬお互の交流が波打つてゐるのである。彼女は、女の幸福、妻の幸福を、此の一本の手紙、一言の呼聲で滿足した。そして眞實に人間と人間を結びつけるものは、容貌でも無ければ、境遇でも無い。人間本來の魂と魂の結合以外の何物でも無いことを、身をもつて體得した。

儀介が生れた。母親の傀偉な體格をそのまゝうけ繼いだやうに丸々と肥太つた嬰兒であつた。

その頃、彥九郎は江戸にゐたので報せも早く屆いて、彼は直ぐ馳せつけて來た。草鞋を脫ぐのももどかしいやうに、産褥の母子の枕頭に坐ると、嬰兒の面を見詰めて、

「出かしたぞ、おさき、待望の天下の醜野人、儂の志を繼ぐ者が出來て、儂は嬉しいぞ!」と腹を搖つて哄笑呵々したが急に嚴肅な容になつて、

「おさき、決して自分の子と思ふな、天朝樣の赤子ぢや、皇國の子供ぢや、大事に育てゝ吳れ、皇國に役立つ子供を育てることが、日本の妻の務めであることを忘るなよ……」

おさきには此の言葉の意味はよく分らなかつたが、「えゝきつとお言葉通り大事に育てゝ參ります」と答へた。が、此の言葉は彼女の腦裡に消へぬ大きな問題として殘つた。彥九郎は又旅に出た。おさきは産後の青ざめた手を延して、儀介

の小さい額を愛撫しながら、彼の殘した言葉を幾度も〳〵呟き續けた。

「御隱居さま、これから私に文字を敎へて下さい。」

産褥を出たおさきは改まつた調子でおりんに懇願した。彼女の不意の願ひに、おりんも稍〻意外な體で、

「どうしてお前はまたそんな氣持になつたかえ」

「今まで私は心さへ淸ければそれで女の道は全うする事が出來ると思つて居ました。ですが儀介を生んで、立派な母になるにはそればかりではいけない、やつぱり母としての學問が無くてはならぬことに氣付きました。私は彥九郎さんに約束した言葉を守るために、立派な母にならなければならぬのです。」

それが彼女の考へに考へた問題解決の鍵であつたのであらう。

おりんも深く頷いた。

專藏の彼女に對する態度が儀介が生れて急に變つて來た。子供が出來て今迄のやうに、母屋の手助けも疎かになつたと云ふ理由もあらうが、まだ他に本質的なものがあつた。もと〳〵世俗的な專藏には、彥九郎の信奉する精神や旅の眞意の理解出來よう筈は無かつた。彼にすれば、幾人もの家族を自分に押つけて、學者顏して、得體の知れぬ旅にばかり出歩いてゐる弟が憎らしくてならないのだ。この上嫁まで娶り、また子供を殖して、何處まで自分に重荷を背負はせようと云ふのか、それがおさきを娶るときからの彼の態度であつた。その態度が日の經るに從つて表面化して來たのである。が、おさきの善良さは、それも無理は無いことだと思つた。所詮自分達は專藏の扶養にあづかつて生きてゐる者である。働いても〳〵娘を賣らねばならなかつたり、枕を並べて餓死したりしてゐる今日、かうして生かして置いて貰つてゐる事だけにも感謝しなければならぬ。彼女は專藏のさうした態度を自分の勞働によつて、幾分でも和らげて行かなければならないと思つた。

「せいちやん、お晝になつたらお祖母さんと一緖に御飯を食べて、それから儀介を連れてお乳を呑ませに來て頂戴。」

そんな日が多くなつた。彼女は働くことには何んの苦勞も感じない。苦勞はたゞ張つて來る乳房の痛さであつた、幼い娘達に委せて來た乳兒のことだつた。彼女はそれを忘れようと泥のやうになつて働いた。が專藏は以前のやうに目を細くして欣ばなかつた。次から次に仕事を與へて使はねば損だと言つた態度を明らかに示した。

夕方、暗くなつてから離室に歸る。軒下に二人の娘達が待つてゐる。おせいの背中に、儀介が火のつくやうに泣いてゐ

た。

「遅くなつて濟みません……」

口の中で叫び乍ら胸をひろげて走り寄つて、乳房を含ませると、儀介は急に泣止む。

「待遠しかつたでせう……」

「うゝん、今日はねえ、お祖母さんの指圖でさとちやんと二人で、御飯を炊いておきました……」

「まあ……」

「それからお風呂も沸かして置きました。」

　おさきは何か知ら胸に迫つて來るものを嚙しめて聲を呑んだ。どく／＼と可愛い〻喉佛を躍動させて、乳首を吸つてゐる儀介の、無心に澄んだ童眸に、蒼い月の光が、きらりと映る。おさきは月を見上げて、

　――彦九郎さまは何處で此の月を眺めておいでだらう――

　感傷に似た想ひが腦裏に奔るのであつた。

「彦九郎も十三の時、此の本を讀んで、天朝樣の尊さを初めて知つたのぢや、そして日本に生れた者の務めに目醒めました……」

　おさきの夜の勉學は太平記の素讀にまで進んだ。夫の彦九郎が一切を捧げるまで奮起させた本と聞くと、彼女は喰入るやうにその一句々々に耳を傾けた。

「ほら此處に出て來る新田義貞公、高山家の御先祖樣は此の義貞公の側近十六騎と言はれる大事な御家來だつた。義貞公に從つて、此の本に出て來る合戰に度々出陣して、天朝樣のために命を捧げてお働きになつた御仁ぢや、我々は此の御先祖樣の精神を決して忘れてはならぬ……」

　おりんは讀みの合間々々に嚙んで含めるやうな註釋を加へて行く。

「ねえ。分るかえ、正成公が正行を櫻井の驛から河内にお歸しになる氣持が……決して私事の氣持からでは無いぞえ、尊い忠義の志を繼がせるためだよ……」

「はい、よく分ります……」

　彼女は簡單に正成を彦九郎に、正行を儀介に置換へて見た。そして儀介を生んだとき枕元で云つた夫の言葉の意味が、どうやら分つて來るやうな氣持になるのであつた。河内屋敷で正行の切腹を諫める夫人の言葉には、おさきはもう泣けて泣けて仕方がなかつた。

「女の道だよ、日本の母の道だよ。」

　おりんも目を瞬き乍ら繰返す。

　感激に泣き濡れ乍らおさきは何時ともなく船を漕ぎはじめる。晝間の激務の疲勞が、五體の節々から襲ひかゝつて來るのである。だがおりんは決して嫌な顔はしない。そつとその

まゝにして今まで通りに熱心に讀續けて行くのである。體は眠つてゐても、魂は眞劍に一言半句も聞洩らしてはゐないのだと信じてゐるやうに……。

おさきははつと我に復ると、前に熱いお茶が入れてある。

「濟みません。」

「何んの何んの、今夜はこれくらひにして、お茶でも一服お上がり……」

おさきは愛されるものゝ幸福がしみ〴〵と喉にしみ入る。

「明日も母屋の仕事に行くかえ。」

「はい、當分忙しさうですから。」

「子供の世話だけでも手一杯だのに、專藏が無理なこと言つてゐやしないのかね。」

「いゝえ、そんな事決して御座居ませぬ」

彼女は強く否定した。

「高山一家がかうして暮して行けるのも、御先祖樣のお蔭です。專藏が自分で養つてゐるやうに思つてゐるのは大間違、何も肩身の狹い思いをする事はないぞえ。」

おりんはもう推察してゐるらしかつた。そして蔭になり陽になり彼女を庇護した。

が、此のおりんも天明六年八月遂に八十八歳の天壽を全うして逝つた。

三

おりんの死はおさきにとつて、全く生命の據りどころを奪はれた思ひだつた。彼女はその數日呆然として腑拔けたやうになつた。更らに痛切にそれを感じたのは彥九郎である。彼はおりんの死ぬ一年前、東北巡遊を思立つて京都を發して郷里に立寄つた。其處に不圖と祖母の病氣に會ひ、巡遊も中止して看護につとめてゐたのである。

彥九郎とおりんの關係は、世の多くの高山傳が――幼にして父母を喪ひ、祖母の手に養育せらる――と傳へてゐるやうに、實に因緣淺からぬものがあつた。（作者云幼にして父母を喪ひには疑問あり）

彥九郎は武藏旛羅郡台村の叔父劍持長藏（おりん次男）と倶に三年の喪に服することになつた。

そのときおさきは、

「常に離れ〳〵で父親の愛情も知らず育つてゐる子です、せめて郷里においでの時でも膝元に置いて下さい。」

と喪屋に入る彥九郎に儀介を連れさせることにした。儀介はもう六歳になつてゐた。

喪屋はおりんの墓側に七八疊程の茅葺の假小屋であつた。正面に位牌を祀つて、肉親三人が詠歌の唱和をやつたり、讀

經に故人の靈を慰めて日を送つた。

もやにゐて雨のはら〳〵落ちくるは

　　哀ぞまさる涙なりけり

藤衣ころも寒しと風吹けば

　　木のはちり行く者ぞかなしき

儀介が作つて、彼等が唱和したと當時巷間に流傳された和歌である。

叔父の長藏は一年忌で喪屋を出たが、彦九郎は更らに再期に服し、大祥忌にも及んだ。近年珍しく孝心の者との評判が高くなつて、通りすがりの者ばかりでなく、江戸邊りからまでわざ〳〵弔客が訪ねるやうになつた。彼等の供へる米錢は正面位牌の前に高く積上げられた。父子はその弔客達に、

「佛生前酒を嗜み申した、供養のため一献お盡し下されい。」

と佛前の冷酒を供し、

「拙者大志あり、今後普く諸國を巡遊する所存で御座る。良緣あらば再會の機も御座らう、差閊へ無くば住所姓名をお明し下されい。」

と一々その住所姓名を記帳して置いた。

兄の專藏はかうして彦九郎の名聲が高くなるのも面白くなかつた。馬鹿を見てゐるのは自分だと云ふ小人根性が常に彼を支配して、その欝憤のはけ口を、おさきの酷使に持つて來る。

彦九郎の服喪中に田沼意次の執政も終りを告げた。

――誠意ある人は命さへ惜まず、黃金は人命に次ぐものなり、故に誠意はその贈る金品の厚薄によつて定まる――と稱して賄賂政治の標本を示した田沼に代つて登場したものが松平定信である。彼は紊亂した官紀の肅正を、潰蕩した人心の更生を、改革政治の眼目に於て老中首席となつた。野賢の登庸、孝子の褒賞等々の政策は次々に實行された。彦九郎の至孝の風評が幕府に聞へると幕賞の內命が喪屋に來た。

寬政元年六月彦九郎は喪を終つた。喪屋を出ると、おさきは

「お江戸にゐらつしやいますか。」

聞かずにゐられなかつた。

「幕命とあらば行かぬわけにもゆくまい。」

彦九郎は表情の無い顏で答へた。

霽れた六月の青空が、きら〳〵と若葉の新綠に反映してゐる明るい緣側で、久しぶり顏をあたつてゐる彦九郎の傍で、

「お父樣、お江戸のお土產は何を持つて來て下さいます。」

子供達が左右からねだる。彼等は無性に朗らかなのである。父親の長い間の服喪生活は、子供心にもじめ〳〵とした陰欝なものであつた。それが今、霖雨の上つたやうに晴れて

その上お上から御褒美まで下さる、彼等にはお盆と正月が一緒に舞込んだ明るさだつた。

「さあ、何がいゝかな、各自に好きなものを云つて御覽。」

剃刀もつ手を止めて子供達に頰笑みかける彦九郎の瞳には父親の慈愛が漂ふてゐた。

その月の十二日江戸に發つた。

江戸には彼の知友も多かつたが、今度は何處にも立寄らず眞直ぐ領主筒井左膳の邸に出頭した。筒井は有勝な領主の權勢も脱いで至極慇懃に應接した。

「此度の幕府の內命、實に慶祝の事である。殊に老中松平侯には、其方の篤學早くより御存知にて、此の機會に親しく御引見遊ばされる御所存らしい……」

と傳へて、

「それに就いて二三訊ね置き度いことがある」と言ふ。

「何んなりと。」

「其方、庶民の間に生れ乍ら常に帶刀致し諸國を巡遊、高名の士を訪ね步く仔細を聞き度い。」

「さらば帶刀の儀は、高山家始祖遠江守より二十餘代未だ一人として帶刀致さぬものは御座居ませぬ。私に限り帶刀致すを不審に思はれることこそ却つて不審の至、諸國巡遊の儀は世に忠孝の道を訊ね步くより他に仔細も御座居ませぬ」

左膳は頷いて、更らに、

「そのために其方兄專藏と不仲となり、其方の妻子は、專藏の壓迫に遭ひ生計にも困窮し悲歎し居るとの噂、妻子を左樣な境遇に顧ぬのは如何なる仔細か」

筒井の口調は柔かであつたが、彦九郎の胸にぐつとくる言葉であつた。彼は暫らく無言で答へなかつたが、やがて、

「大義親すら滅するの言葉が御座る！」

と一言いつて唇を嚙んだ。筒井の訊問はそれで終つて、何分の沙汰あるまでと、邸に留められた。數日の後、沙汰があつて、老中松平定信の邸に伺候することになつた。

松平定信！ 彼の幕政改革もさること乍ら、京都に對し奉る彼の態度も、

——東夷に似合しからぬ男——

と當時公卿並に民間有志の間にも好評を博してゐた。去年天明八年五月、定信は、京都大火による皇居造營準備のために自ら上京した。そのとき「禁闕の跡に休憩するは君臣の分にあらず」と侍臣のすゝめる床几を斥けたと言ふ、彼のさうした幕臣に珍しい尊崇態度が、一躍人氣を呼んで、今まで反幕的な京阪の學者達も次々に彼のために懷柔され、江戸に招聘されて行つた。尾藤二洲、中井竹山、それに先に招かれた柴野栗山等とともに彦九郎とは親交ある學友であつた。

彼は今度の孝道旌賞の裏面に潜むものとほゞ想像することが出來た。恐らく先に招かれた此等學友の手も動いてゐるであらう。が、彼はそれに對する自分の態度はもう決めてゐた。

「早くより尊皇の大義に目ざめ、京の諸公卿方とも交遊篤き其方、儂は一度緩り其方の意見も聴き度いと念願して居た。」

たかゞ一介の野人彦九郎を引見して、ときめく老中執政の威嚴も脱いで、誠實面に見せて言ふ定信は、眞に、明君である。

「儂とても皇室の尊嚴は在じてゐる。君臣の道はよく辨へてゐるつもりぢや。」

定信は縷々として繰返もした。

彦九郎も定信の尊皇思想に對しては決して疑いはしなかつた。が然し要は松平定信幕臣でおり、その代表者である。幕府の代表者である以上、幕府あつての尊皇であり、その窮極するところ公武合體以上に出づるもので無いと見なければならぬ、朝廷のもと、幕府的存在の絶對に許す不可とする純一無雜の彼の思想とは、その窮極に於て、絶對に相容れぬものを彦九郎は知つた。

「栗山からも屢々其方の推薦をうけてゐる、どうぢや仕官の氣は無いか。」

「有難きお言葉で御座居まするが、彦九郎天下の野人として一生草莽の中に生きて行く所存で御座居まする。」

彼は明らかに拒絶した。

孝道旌賞も遂に沙汰止みとなつた。彼は郷里に歸つた。郷里に歸る彼の心中は暗かつた。褒賞に殘る未練からでは無い、曾つて益々明君の品位を見出した松平定信の存在が、一意倒幕復古の信念に燃へて時の來るのを待つてゐる草莽の義徒達の大念願をどれほど阻害するかと言ふ憂慮からであつた。

「お父さま、お江戸の御褒美を見せて下さい。」彼の姿を見ると、儀介が一番に飛出して來た。

「此上ともに孝道に勵めとの事であつたぞ」

彦九郎は寂しく微笑んで見せた。

二三日は弔客の名簿など整理してゐたが、

「おさき、かねて宿望の北國巡遊に出かけやうと思うが…」

彦九郎は氣毒さうな色を口邊深く漂はして言つた。おさきは夫の氣持をすぐ察して、

「行つてゐらつしやいませ、後の事は決して御心配なく。」

とはつきり言つた。彼女には末女のおりよが生れてゐた。

四

專藏の壓迫は益々はげしくなつた。殊に彥九郞が仕官のすゝめを拒絕したことが分ると激怒して、

「不屆の奴だ、歸つて來たら今度こそ、たゞでは置かぬぞ」

と眼前にゐたら殺しもすまじき勢であつた。

父親の太兵衞は、娘の身を案じて、

「儀介とりよは儂にも可愛いゝ孫ぢや、粥を啜つても育てゝ行かう、思切つて歸つて來ぬか。」

こつそり裏口に彼女を呼んで言ふのであつた。おさきは父親の愛情にそつと泪ぐみ乍らも、

「せいちやんとさとちやんが可愛さうです、それにそんなことをしては彥九郞さんにも申譯ありません……」

「彥九郞さんだつて亭主らしく務めを果してゐるわけぢやなし、そんな義理立てすることもあるまい。」

「お父さん、私は學問が無いからお父さんに分るやうに言ふことは出來ませんが、義理や人情からではありません。女の務めとしてどんなに苦しくても彥九郞さんの後を確り守つて行かねばなりません。お父さんの心は泪の出る程嬉しいが、やつぱり私は此處に居て、四人の子供達を護つて行きます。」

太兵衞は娘の氣持が分らなかつた。夫婦と言ふものは、かうも似てくるものかなと愕き乍ら、

「儂は、お前や孫が可愛いから言ふのぢや、だが無理には云ふまい。その氣になつたら何時でも歸つてくるがよい。」

父の慈愛を殘して歸つて行つた。

おさきはもう自分の生活の苦しさを、悲しいとも、身の不運とも思はなかつた。と言つて諦めたのでも無い。彼女は自分がかうして子供達を守つて行くことが、女の道を守つて行くことであり、彥九郞を眞實に生かして行くことであると信じてゐたのだ。彼女は何か知らん尊い殉敎的な愉悅に似たものを、自分の生活の苦しさの中に見出すのであつた。

翌年の夏になつて仙台から彥九郞の來信があつた。それによると、彼は鄕里を出ると一度江戶に出て、それから上總安房下總を歷遊し、水戶に入り更らに北行して仙台に來てゐるこれから更らに出羽、津輕を巡るつもりだから、兩二三年は會へないだらうと認めてあつた。

覺悟はもう堅く決つてゐる。五年でも十年でも、とおさきは心の中で呟いた。

が——その年の十月になると、その彥九郞が不意に歸つて來た。餘りの意外に彼女は、夫の面を凝視めたまゝ聲もなく呆然となつてゐると、更らに愕いたことは、彥九郞の背後に武藏の叔父劍持長藏まで立つてゐる。

「まあ、武藏の叔父さまも……」

「子供達は元氣だつたか。」

二人は家に入ると、彦九郎が先づ訊ねた。

「はい、元氣で何時もお父さまのお噂ばかりしてゐました。」と答へて彼女は、今にも溢れさうになる泪を懸命にこらへた。


一度寢床に入つてゐた子供達も起きてくると、

「大きくなつた、大きくなつた。」


叔父の長藏は老の目を細くして子供達の頭を撫でゝやつたおさきは何からやつてよいか手の着かぬやうにおろ〳〵と落着かない樣子であつた。

彦九郎は、爐邊に彼女を坐らせると、

「突然だつたので吃驚したであらう。だが儂はこれから又、直ぐ京に發たねばならぬ」

「え……」


彼女は遽に顏色を變へた。

「京に大事な事が起つたのだ。一刻の猶豫も出來ない。然し今度上京すれば、再び此處に歸ることが出來るか分らぬ。それ故、お前達の今後の身の處置をつけて置かうと思つて立寄つたのぢや……」

「……………」


彦九郎の言葉に、たゞならぬものが、おさきの胸を衝く。

「儂は、お前の並々ならぬ苦勞もよく分つてゐた。分つてゐながら、どうにも出來なかつた。お前はそれを恨みとせず、よく辛棒して呉れた。儂は今夜こそお前の前に手をついて禮を言ふぞ!」

「何んのお禮なぞと……私は……」

「分つてゐる、お前の貴い氣持は儂はよく知つてゐる。知つてゐればこそ今日まで默つて、お前を苦めて來たのだ。だが只今申し通りの事態になつた、儂は此處でお前達を落着く處に落着けて、後事に氣を殘すところなく安心して京に上り度いと思ふ。其處で叔父上ともよく相談して、お前はりよを連れて、一先づ生家に歸つて貰ひ度い……」

「りよと二人で……」


おさきは急に蒼白になつた面を上げて、彦九郎の顏を見上げた。

「さうだ、儀介と姉達二人は叔父上に面倒見て戴くことになつた……」


今まで身動きもせず父の面を凝視てゐた三人の子供達が、そつとおさきの身體に寄添つて來る、おさきは無言で、子供達を膝元に引寄せた。

彦九郎が何か云をうとしたとき、おさきは急に
「あなた」とそれを押へるやうに、
「五年が十年、いゝえ一生でも、私は私の手で此の四人の子

供達を守つて行くことが、私の尊い務めだと覺悟致して居ります。今更……」

「お前の氣持は分つてゐる。だがもう何んにも云はず儂の云ふ通りにやつて呉れ、親子六人が離れ離れに生きてゐても、魂の相寄る處は同じ處ぢや。皆んな泣いてはゐけない、我々の魂が、やがて日本の國の大きい明るさを作つて行くぞ…」

「は……はい……」

おさきは、頷きながら、抱いたりよの頭の上に、がくりと額を埋めた。

左右で子供達が啜泣きはじめた。

外に赤城颪が音を立てゝ月の野面を渡つてゐた。


その夜、彦九郎は京に發つた。寛政二年十月二十五日。京では尊號事件が激化してゐたのだ。

それきり彼はついに鄕里に歸らなかつた。

筑後久留米の同志森嘉膳の屋敷で自盡した報が鄕里に着いたのは寛政五年八月二十二日であつた。

おさきはその日髮を下した。


――をはり――

會友作品評

戸伏太兵

◇名づけ（四十二枚・柿本秀夫）

筆がこなれてゐて、スラ〳〵と讀ませる。作者は確かに自然な文章を書き得る人である。しかし、この作品は現在の讀物としては、次ぎのやうな難點があると思はれる。

結末に於いては、立派に解決してゐるが、そこまでの間に、人妻としての主人公の生活感情が甚だ個人主義的で、且つ恐らく活字化を許されない心理描寫がある。良人がいかに氣樂トンボでも、この妻を許すことは出來ないであらう。作者のモテルがこれを許しても、今の讀者は決して許さないであらう。

尙、構成上のことをいへば、後半、主人公が同窓生に會ひにゆく心理は餘りにも唐突をまぬがれないであらう。また、それに出會ふ偶然は少し御都合に過ぎると思ふ。

◇朝　子（五十九枚・寺町精）

極めて古い型の自然主義文學作品。こしらへ上げたわざとらしい筋が、全然舊文學に書きつくされてゐて、しかもそれが早足に走つてゐる。兩主人公の戀愛過程に於ける無責任な、安直な言行は、たとへ文中で文學的な議論や引用や箴言があつても、償はれないと思ふ。出發點からして、健康な作品といへず、また人生の見方も底に徹してゐない。この作者は、先づ現實をはつきりと見つめて、ハツキリした文學精神を摑み直して、この作品に示された文章と努力を今後の作品に生かすやうにして頂きたい。

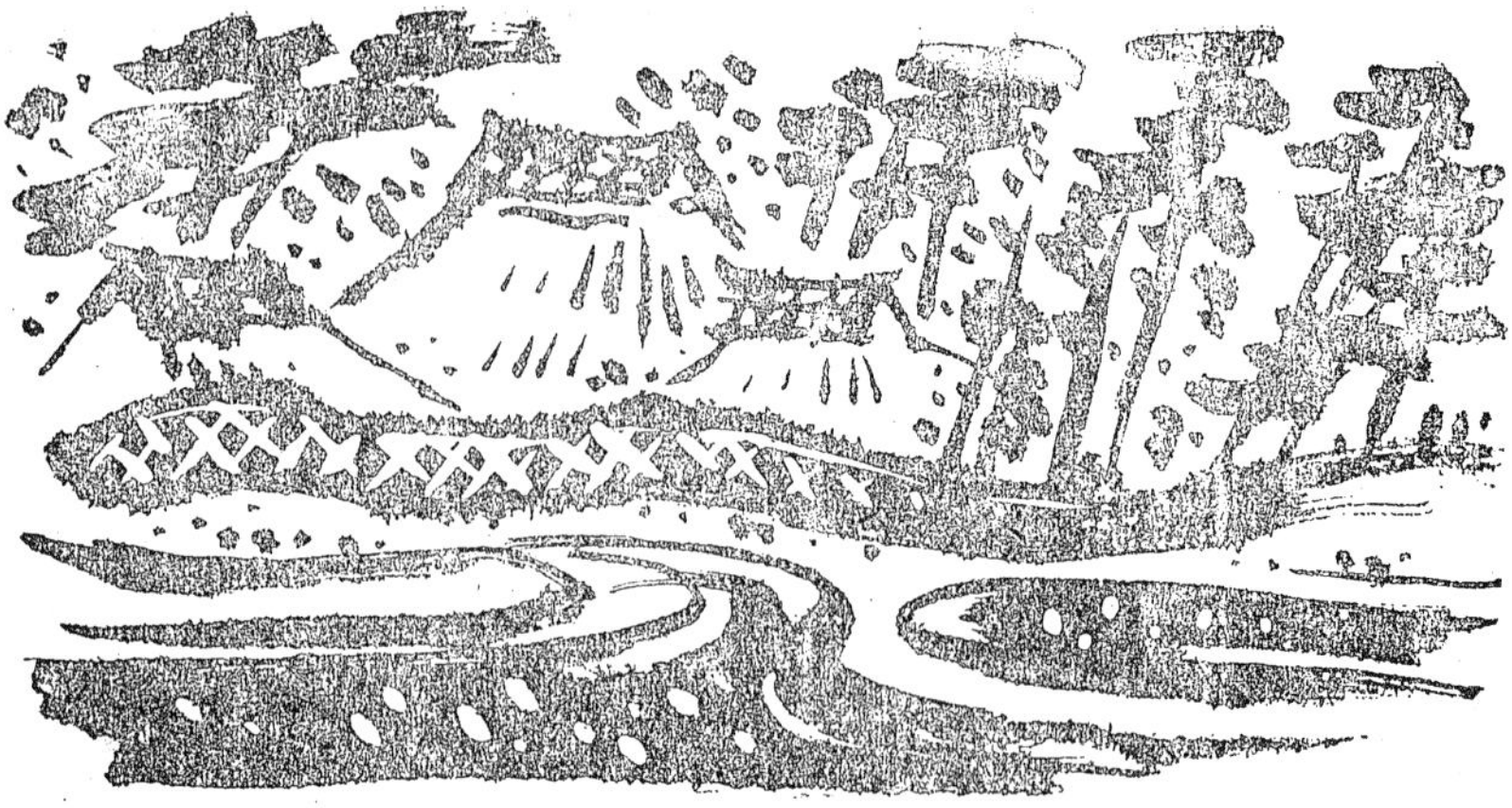

尊瀧院系圖

中澤巠夫

田《でん》樂《がく》流《りう》行《かう》

備前《びぜん》豊原《とよはら》庄《のせう》和田《わだ》の地頭《ぢたう》三宅和田《みやけのわだ》範長《のりなが》の邸の冠木門に、一頭の逞しい栗鹿毛が、つながれてあつた。

備前の守護代《しゆごだい》加治《かじ》源太左衛門長綱《ながつな》が、鎌倉から頂いたと大自慢の三春駒の逸物鬼鹿毛である。

範長は、佐々木盛綱の玄孫に當り、兒島の名家、三宅連《みやけのむらじ》の家を繼いだのであるから、盛綱の嫡流である長綱とは、親族の關係にあつたので、長綱は、時々自慢の鬼鹿毛の背を借りて、遠乘をしては、この邸を訪れた。

邸では、遠來の客を歡待するのであらう。周圍を繞らす女竹の網代垣を越へて賑やかな樂の音が聞えた。

邸内の庭に敷かれた新らしい萱蓆の上に、藍の板締めと絞りを染めた綾の小袖を着て紅梅色の袴を穿つた十五六の、匂ふやうに美しい稚兒が、香を燻きしめた

袖を飜へして、手振りも鮮かに「絲綸《いとより》」の舞を舞つてゐるのである。

　絲を綸るをも　よると云ふ
　日の暮るをも　よると云ふ
　くるくる敷も　なにかせん
　くるを待つこそひさしけれ

今様の唄に合はせて、袖をかへす度に、馥郁とした匂ひが撒き散らされ、強い秋の陽が、稚兒の綠に匂ふ黒髪を、艶やかに光らせる。

源太左衛門は、蔀戸《しとみど》を上げた客間の廂に近い所に敷き並べた上げ疊から、狩袴の膝を緣板に滑り出して、稚兒のあでやかな舞姿に見惚れた。

客の横座にゐる範長の養嗣子の兒島《こじまの》二郎範重《のりしげ》は、額に立皺を刻んで、苦々しげに、田樂《でんがく》を見てゐる。いや——その眸は舞人の稚兒へ向けられてゐるのではなく、囃子《はやし》の樂人《がくじん》の座に遊僧《ゆそう》などと一緒に、一心に篳篥《ひちりき》を吹き鳴らしてゐる面長の二十ばかりの青年の横顔へ、吸ひついてゐた。これが、範重の實弟の備後《びんご》三郎高徳《たかのり》なのであるから、名聞を慮る範重が、不氣嫌なのは尤である。

邊鄙《び》な田舍人の癖に、高徳は綾の狩衣に紫の狩袴と云ふ貴公子風の都びた裝束だつた。

絲綸の舞が終ると、やんややんやと、一勢に手拍子が送られた。庭は、守護代の家人や從者《すさ》やらで、埋まつてゐる。

「舞も鮮かだが、容色もまた上乘。尊瀧院《そんらういん》の稚兒衆かの——」

源太左衛門は、折敷の乾鮑に手を伸ばし乍ら、範重に訊ねた。

「うむ。春童丸と云ふのじや。」

「春童丸か——なかなかの容貌《きりよう》じやの……」

「大分、執心らしいのう……」

「いや……うふふ……」

涎を垂らさんばかりに、相好を崩して、源太左衛門は、春童丸から瞳を放さぬ。この頃の武將の例に漏れず源太左衛門も、大の稚兒好みだつた。

それを見拔いて、範重は

「酌をさせやう……」

と、扇子で、春童丸を招いて、源太 左衛門の傍に侍らせる。

「もてなすのう……。」

源太左衛門は上乘の氣嫌である。

高徳は、はしやいだ聲で

「今度は、某が一さし舞ふてみせやうぞ」

と、ふらりと立上つた。

梅か枝にこそ
鶯は巣をくへ
風吹かば
いかがせむ
花にやどす
やらやら
よしなの
袖の移り香や

越天樂歌物《えてんらくうたひもの》を自から謡ひ乍ら、舞ひ始めた。

「餘程お好きだの――好きこそ上手とはよく云ふが――手に入つたものじや」

賞めるやうな、蔑むやうな調子だ。

「流行《はやり》ものじやからのう――」

範重は、一層不快さうに、吐き出すやうに云ふ。

今日の田樂も、守護代をもてなす爲に始めたわけではない。養父の範長が所用を帯びて、二三日前から京へ出向いた留守をいゝことに、鬼のゐぬ間の洗濯とばかり、尊瀧院の稚兒やら遊僧やらを寄せて、毎日毎日の田樂騒ぎで、範重はうんざりしてゐる所だつた。都も鄙も押しなべての田樂流行。關東では執權職北條相模守入道高時も自ら田樂を舞つて樂しんでゐると云ふ専らの噂だし、京では關白家で、編木踊《びんさゝらおどり》が行はれたと傳へられ、寺院では舞人の稚兒衆に延年舞《えんねんのまひ》を踊らせ遊僧《ゆそう》などと云ふものが養はれてゐると云ふ有様、この備前の片田舎に、田樂愛好者がゐたからと云つて、さう不思議では無い世相だつた。

何時までたつても終りさうもなく、だらだらと續く田樂に源太左衛門も呆れて歸つてしまひ、それを機《しほ》に、範重が、部屋に籠閉つてしまつても、一向におかまひなしで、日の暮れるまで續いてゐた。

隱しの牧

「源太左衛門奴――嗅ぎつけたのではなからうか」

小山の頂上の萱原に寢そべつて、眼の下に開けてゐる瀬戸の海の漣も立てぬ紺碧を眺め乍ら、備後三郎高德は、低く呟いた。

「眼付は怪しうござつたが、安心して歸りよつたげじや」

三郎の呟きに、萱の中から返事をして、むくむくと起き上つたのは、田樂の席で、高德と竝んで、樂しさうに鼓を鳴らしてゐた修驗僧《しゆげんそう》である。

萠黄の掛衣に同色の摺袴をはき、肩から輪寶《りんぽう》六つ結の結袈裟《ゆひげさ》をかけてゐる。尊瀧院《そんらういん》の學頭代讃岐房正尊であつた。

「おや――何じやらう」

正尊は、小手を翳し眩しい陽光《ひかり》を遮つて、山裾へ瞳をこらした。

萱原の山の傾斜面を、滑り乍ら、一人の少年が馳けのぼつて來る。

「なんじや――春童丸奴……」

と、呟いて、口に手をあてて、

「おーいおーい。こゝじや……」

と叫んだ。

春童丸は顔色を眞赤にほてらせて、息をはづませて駈け寄つて來た。

「どうした――」

高徳が寢そべつたまゝ聲をかけると、ぺたんと萱の中へ坐り込んで、しばらく口がきけない。

「どうした……」

「大變です……」

まだ納らぬ息のはづみで聲も、きれぎれに、

「せ…先刻。御館樣が…て…寺に見へて」

「ほう。父上がのう……」

高德はにこにこしてゐる。

「それで……」

「僧正樣に田樂をやめろと強《きつ》い御懸合ひ。それに二郎樣まで御一緒になつて、舞人などを置くから、三郎が夢中になるのだ。春童の髮を剃つて坊主にしてしまへと仰言るので……」

稚兒は、汗ばんだ美しい顏を、いかにも憂欝さうに曇らせ、女に欲しいやうな長い綠の黑髮を、惜しさうに弄んだ。

「あはつはつ……。それもよい」

高德は嬉しさうに笑つて
「春童の靑道心も又よろしい。のう。讃岐房。」

「丸も十五じや。もう得度せねばならぬ。わしが剃こぼつてやるぞ……」

二人が、てんで取り合つて吳れないので、春童丸は恨めしさうな瞳をして、

「僧正樣は、春童丸は、守護代殿が、大層執心で、家人《けにん》に貰ひたいと賴んで來てゐるから、源太左衛門殿に進ぜるが……しかし、そうした所で三郎の田樂はとまりませぬで――といはつしやりました」

「ほう――其方を、源太左衛門にやると云はれたか」

高德は、春童丸の柔かな掌を握つて、

「あれに渡すのは、ちと惜しいの……」

「私は守護館へ行くのはいやじや。守護代殿の馬面は見るのも嫌ひじや」

「さう云ふな。守護代殿は、春童の艶姿にぞつこん打ち込ん

でおつた。きつと可愛がつて呉れようぞ……」

讃岐房がひやかすと、春童丸は、むきになつて怒つた。

「彼奴は嫌じや……變な眼付で、でれでれとしなだれかゝつたりして、私は浮れ女ではないのじや。彼奴の所へ行く位なら、少し惜しいけど髪をおろしてしまう方がいゝ」

「強《きつ》く嫌つたものじや」

「いざと云ふ時には、三郎様の着長《きせなが》を着て、守護館に乘り込り、一番先に、彼奴の眼玉に征矢を射込んでこますのじや」

「さての――いついざと云ふ時が來るやら。これでは、少々馬が心細いでのう」

讃岐房正尊は、眸《め》を山峽《やまかひ》の盆地の牧へ移した。

この山峽の牧が、高德達が、ひそかに集めた駒の牧場なのであるが、まだ二十頭足らずしか集まつてゐなかつた。

「これだけではのう」

高德も同感だ。

「だが、これ以上、此處で集めるわけには行かぬ。なにしろ狹い土地だし、守護代の眼が光つてゐるで。武者には事かゝぬ。尊瀧院の驗者《けんざ》、學僧を動かしても百や二百はあるが――馬と武器じやて――」

「この機會を外してはな――」

「さうじや。三郎殿。この機會を外しては、またと時世は參らぬ……」

「うむ」

と、頷いた高德は、大きく伸びをして
「父上は、京に參つて、令旨《れうじ》でもいただいて參つたかな」

と、低く讃岐房に囁いた。

讃岐房は、キラツと光る眼で、高德を見返へした。

その時春童丸が、泣きさうな顔で
「三郎樣――私は守護館へ行くのはいやじや。何とかして下されＬ
と、高德の膝を叩いてせがんだ。

「よい。よい――話して進ぜる。お前を源太左衞門に渡すのは、某も好かぬ」

高德は、春童丸の美しい髪を撫で乍ら立上つた。

山を下り乍ら、讃岐房は、高德に寄り傍つて、

「三郎殿は、親王家の御血脈《ちすじ》じや。何も令旨を待つまでもあるまいに……」と、囁いた。

「…………」

高德は、ジロツと、讃岐房を見つめて
「武器と馬さへあればのう……」

と、ニヤリとした。

「この機會を外しては、御運の開く時はござらぬ。――帝が

笠置《かさぎ》に在す間に、旗擧げねせねば間に合ひませぬで……」
讃岐房は、尚、執拗に押しつけるやうに云ふのだつた。

公《く》卿《ごう》山《やま》伏《ぶし》

兒島備後三郎高德の家系を語るには、承久の昔にまで遡らねばならない。

備前福岡莊林村に新熊野《いまくまの》十二《じうに》所權現《しよごんげん》があつた。社傳は今は不明であるが、鳥羽天皇の御代の熊野信仰の隆盛にともなつて勸請されたのであらう。この熊野新宮を中心として修驗宗を奉ずる山伏達に、元永元年に長床衆徒僧宮《ちやうしやうしゆうとそうぐう》の永宣旨を賜つてゐる。

後鳥羽天皇の第六皇子櫻井宮覺仁法新王が三井寺におはします時、熊野三山竝に新熊野宮檢校《いまくまのぐうけんげう》に補せられ給ふた。この長床衆徒も、その時、宮に隨屬することとなつた。

承久二年、檢校櫻井宮は備前に下向され、福岡莊の尊瀧院に永住された。その翌年、承久の變が起つたのである。

後鳥羽天皇は、叡慮を武家の横暴にくだかれ給ひ、御傷しくも隱岐の島に崩御あらせられるの悲運を招かれ、天皇の第四皇子、冷泉宮賴仁《れいせいのみやよりひと》親王も、亦北條義時の惡逆無道によつて、承久三年七月、豐岡庄兒島へ遷られ、寶治元年兒島で薨去あらせられ給ふたのである。

親王の御子は、御伯父櫻井宮薨去の後、その遺跡尊瀧院を繼がれ長床衆徒の座主となられた。道乘大僧正と申上げる。

御子六人、長子澄意灌僧正、次子賴宴大僧正である。賴宴は、澄意の後を繼いで、尊瀧院四世の座主となつた。

四人の弟君は、それぞれ一派を起し、修驗宗に特異の光彩を放つ兒島五流が生れた。この五流に屬する山伏を公卿《くごう》山伏と云ふ。

範重、高德の父は、四世賴宴僧正、母は豐原庄の豪族三宅和田範長の女である。長子宴深僧正が、父の法燈を繼いで、五世となり、範重、高德は母の緣のつながる範長に養はれ、武人としての教養を受けた。

範長は、三宅和田と稱し、兒島郡三宅鄕《こじまごほりみやけのごう》の出身であつたが兒島と狹い海一つ隔てた對岸の豐原の庄に移り、一族は、この地方に繁榮したのである。豐原庄は、今の岡山縣邑久郡豐原村を中心とする豐原、射越、大留、藤井、和田など三十一ケ村を包含する大庄園であり、尊瀧院の福岡莊とは隣接してゐた。福岡莊林村は今の邑久郡行幸村大字福岡字林で、現に熊野神社があり、兒島郡兒島庄は、この新熊野社領である。冷泉宮の遷り給ふた豐岡莊兒島は、御津郡豐岡村の附近であつたらしい。

豐原庄は後鳥羽天皇御領で、後に大懺法院《だいさんぼういん》に寄進せられ、

福岡庄は最勝光院《さいせうくわういん》領《れう》即ち後白河天皇皇后御願寺領で、この寺領は寺と共後鳥羽天皇が御譲りを受けられた。それが引繼がれて後醍醐天皇の御領となつてゐたのであつた。

尊瀧院の學頭代、讃岐房正尊が、皇室の御血脈と云つたのはこの冷泉宮の御後と云ふ意味である。

——・——・——

尊瀧院の築土塀の内側には、篠の箭竹が立てかけられ、夕陽に乾してあつた。

「春童丸。そなたのことは、三郎が僧正に話して置くから、せいぜい箭竹の漆塗りに勵めよ」

高徳の言葉に、春童丸は、すつかり朗かになつて、體を躍らせ乍ら、學寮へ走り去つた。

正尊と別れた高徳は、袴の裾の埃りを拂つて、づかづかと僧正の部屋に入つた。

經机に向つて、書見をしてゐる素絹直綴《そけんじきとつ》をまとつた、宴深僧正は、弟の姿を見て、にこツと笑つて前の圓座へ招じた。

「先程、和田の館《やかた》と、範重が見えて、田樂をやめにせいと、大層な御意見であつた……」

「田樂も、そろそろやめませうか——」

高徳は、兄と顔を見合はせて、高らかに笑つた。

宴深は、末弟の高徳を、非常に愛してゐた。幼時から秀才で、弓馬の道にも通じ、文事も又堪能で、鋭い覇氣が、その双眸の中にきらめいてゐる高徳の將來については、大いに囑目してゐるのだつた。

「田樂をやめて見てもなあ……」

宴深は急に、沈んだ調子で、

「畏れ多くも、主上は、笠置合戰に破れ、六波羅に遷御あらせられたさうじや。河内の楠木殿も、討死せられたとの専らの噂、前《さき》の天臺座主梶井宮尊雲法親王樣は、行方知れず、他の當今《たうぎん》の皇子《みこ》達は、みな六波羅に捕はれの御身の上じやさうな……」

「…………」

高徳は言葉もなく、たゞ宴深の顔を呆然と眺めるだけであつた。

又しても、承久の變を繰り返へすのではなからうか。不吉な豫感が、高徳の心を翳らせた。

「誠に殘念じや。梶井宮御《かじゐのみやお》門跡《もんぜき》も、何處におはすやら……」

梶井宮尊雲《そんうん》法親王とは、後醍醐天皇の一の皇子、後の二品《にほん》兵部卿護良《もりなが》親王の法名である。

高徳の、大きくみひらいた瞳は、空虚《うつろ》のやうに光りを失つた。

「當分、田樂をつゞけるかの……」

「口惜しいが――時をはづしたのでは……」

呻くやうに呟く高徳を、慰めるやうに、

「また時が參らう。」

と、宴深は、靜かに云ふのだつた。

高徳は、ぼんやりと體を起しかけて、ふつと思ひ出した。

「さうじや。春童丸を守護館へやると云ふことじやが、あれはやめにして下され」

「ほう――やはり、田樂を續けるつもりか」

宴深は、にこにこして
「だが、春童は、思ふ仔細があるで、守護の所望に委せて、しばらく貸してやるつもりだが――」

「しかし――」

「三郎も、春童丸に執心かな……。其方らしくないの……」

「いや――別に、執心と云ふわけではありませぬが……」

高徳は、あはてゝ言ひ消したが、掌の中の珠をとられるやうな、失望を感じた。

「わしに、聊か考へがある。いくら其方の望みでも、この事だけは變へられぬぞ」

宴深は、きつぱりと云つた。

高徳は、强引に押し返すだけの根據はないので、澁々乍らあきらめたが、心の中は、さつぱりしなかつた。

兄弟

冬の晝近い陽を浴びて、双肌脫ぎになつた高徳は、朝から館の裏の射垜《あつち》にむかつて、弓の稽古を續けてゐた。

高い弦音と共に、ひゆつと風を切つた妻黑の矢は小さな的の中心に、ぷつッと快い音を立てゝ箆深《のぶか》に貫いた。

矢繼早に二の矢が放たれる。一の矢とほどんとすれすれに立つ。二の矢が突き刺つて、幽かにけら首を慄はせてゐる内に、三の矢が、一の矢の筈を削るやうに、ぐさつと的を貫いた。見事なものだ。

弽《ゆがけ》も着けず、只左の手首に、無雜作にまきつけた鞆《とも》に、弓《ゆ》がへりの弦音が、明るく彈きかへるやうに響いた。

緣《えん》に立つて見てゐた範長は、白い髯に隱された口許をゆるめて、微笑した。

「三郎――精が出るの……」

と、聲を掛けられて、振り返つた高徳は、汗に浸んだ額を手の甲で拭ひ乍ら、

「父上――いつお歸りに――少しも知りませんでした……」

「うむ――今戾つたのじや。よい音がするので、見に參つたのじや。大分上達したの……」

「まだまだ未熟で……」

「二郎は何處へ行つた」

「今朝、國府へ——」

「佐々木の館へか——」

範長は、チラツと瞳の底に、不氣嫌な色を浮べて、

「あまり根を詰めるなよ……」

と云つて、くるつと背を向けて、居間に入つた。

範長の頑丈な、廣い肩幅に、老の窶れを見て高德は、ふゝと淋しく感じ乍ら、また射垜に向き直つた。

日々五百射——それが、田樂を封じられた高德の、この頃の日課である。

陽射しが、少し西へ傾きかけた頃、日課が終つて、弓を弓袋に納めてゐると、範重が、嶮しい顔色で、高德の傍へ寄つて來た。

「お歸り——」

にこにこし乍ら聲をかけると、範重は一層瞳を嶮しくして、

「三郎——ちよつと一緒に來て呉れ」

と云ふのだつた。

高德は怪訝さうに肌を直垂の袖へ入れて、默つて兄について行つた。

範重は、館の裏山へずんずん登つて行つた。人氣のない山の樹叢に、百舌がキチキチとけたたましい聲で啼いてゐた。地に落ちこぼれた木の實を啄ばむ名も知らぬ小鳥の背に、葉を振り落した梢を漏れるうすら陽が斑に光りの影を落した。

樹の切株に腰を下ろして範重は、

「三郎——」

と、激しい語氣で呼んだ。

高德は、心の底に怒りを含んでゐる兄の態度に、びつくりした瞳で瞶めた。

「二郎——其方の野放圖もない惡戯が、どんなに一族に迷惑を及ぼすか考へたことはないのか——」

「…………」

「家門の恥辱も思はず田樂などに凝つてゐるかと思へば——こつそりと馬を集めてゐたり——何をするか判らぬ」

「兄者——それを何處から聞かれた」

「加治殿がこつそり耳打ちして呉れたのじや。守護の役目は大番《おほばん》の催促《さいそく》、謀叛人《むほんにん》殺害人の檢斷《けんだん》にある。絶えず見る目嗅ぐ鼻をひよこつかせて、地頭名主《ぢたうみやうしゆ》の動きを見張つてゐるのじや。ましてこのやうな時勢には、隅から隅まで眼を配つてゐるのじや。今日、加治殿の言はれるのに、備後三郎殿は、この頃、こつそり馬を集めてゐるさうじやが、つまらぬ考へなど起すと、一族の迷惑じや。氣をつけなされと、かう云ふのじや。其方は何故馬などを集めてゐる。備後の櫻山を見なら

うて、謀叛などを起す下心でもあるのか」

「兄者――」

聲は低いが、底力の籠つた押しつけるやうな調子だつた。

「謀叛とはなんぢや。備後一宮の櫻山茲俊《さくらやまこれとし》殿や河内の楠木殿の旗擧げを謀叛と云はれるのか――」

「勿論――鎌倉殿の家人が、鎌倉に叛くのは謀叛じや――」

「兄者――三郎はさう考へてはおりませぬ。楠木殿の鄕貫も、櫻山殿も皇室の御領じや。この豐原も、承久の頃までは皇室御領じや。成程和田の地頭職は鎌倉の家人かも知れぬ。然し、三宅の家は、源家の一黨でも、北條の一家でもない。この度の主上の思召を奉じて、旗擧げをしたものは、鎌倉には謀叛かも知れぬが、皇室の思召を奉ずる事は決して本當の謀叛ではない筈じや」

「三郎――そ……そなたは、それを本氣で云ふのか。謀叛の言葉の詮議はどちらでもよいが――今、鎌倉に敵對しやうなどと、本當に考へてゐるのか」

「主上の思召が鎌倉を亡ぼせとあるなら、三郎は、この生命を主上に捧げて悔ゆる所はないのじや」

「莫迦な――莫迦な事を申せ。この時勢が判らぬか……餘り目先の見えぬ盲蛇の考へじや」

「兄者、承久の恨みをお忘れか。我等の祖先の冷泉宮《れいぜい》が、豐岡庄へ遷られたのは、誰の爲じや。三宅連《みやけのむらじ》の後裔が和田の地頭とは云ふものの、被官衆《ひくわんしう》同前の地侍に落ちぶれてゐるのは誰の爲じや。兄者にしても、三郎にしても、鎌倉に怨みこそあれ、恩はない筈……」

「三郎――」と、範重は、聲を低めて、諭すやうに云ふのだつた。

「承久の古い事を引合にしても初まらぬ。怨みの恩のと申した所で我等の知らぬ古い事。よく胸に積つて見やれ。我等兒島の一族、射越、大富、中西と數へ上げれば、成程頭數は多い。だが、それが全部味方をするとしても、日本總追捕使の鎌倉の勢力にどうして敵することが出來やう。笠置合戰にしても、楠木合戰にしても、あのやうに他愛の無い負けやうではないか。何處に味方するのが得分か――誰もすぐに判ること。其方がこつそりと馬を集めてゐるのも、一族の誰彼が動きさうもないからであらうが……」

「兄者――損も得もないことじや。文永弘安の元軍來寇の折に、忠功を抽《ぬき》んでた人々の恩賞が、未だに沙汰なしじや。日本國中に、庄にも名《みやう》にも、寸土の餘りもないのじや。兄者は和田の地頭を繼ぐのじやらうが、三郎は兄者の家人にはなりたうないのじや」

「三郎――情けない事を云ふな……」

「情けないのは兄者のことじや……鎌倉がなんだ。あれは心柱の腐つた塔のやうなもの、土臺をちよつと搖すれば、すぐに崩れてしまふ。見かけだけは立派な塔のやうなものだ。見掛けに怖れては、何も出來はせぬ。やつて見なければ、物事は本當の事は判らぬ」

「三郎――さう强情を張るが、其方が、尊瀧院の山伏共を語つて騷いだ所で、何程の事もないのじや。せめて兒島の一族が、心を協せ力を戮せて立つのではなければ、いくら土臺がゆるんでゐたとしても、春風程の效めもない。何とか考へ直せぬか――」

「目先の損得ばかり考へてゐる兄者と、三郎とは、土臺の考へが違ふのじや……」

「困つたのう……」

氣の弱い範重は、高德に云ひすくめられて、瞳を足許へ落した。名も知らぬ草の實の紅いのが、妙にはつきりと瞳に映つた。

「困りはせぬ、三郎は、もう館には歸らぬ。兄者から、父上に申上げて貰はう……」

「父上には申上げたのじや……。然し、父上はな、其方の思ふやうにさせて置けと仰言つた。今日明日に慌てゝ旗擧げをする程の莫迦でもあるまい。その内には熱もさめやうし…。馬のことは、何とでも理屈はつかう、と云はれたが、わしには、それでよいとは思へぬ……。」

「何故――」

「我等の爲に、和田の家に瑕をつけるばかりか、兒島の一族まで騷がせては相濟まぬ。養ひ親の義理と云ふものを考へて見ねばならぬ」

「それは、兄者の思ひ過しだ。父上も、三郎の考へを正しいと思つて下さるのだ」

「物事は、さう單純にはきめられぬ。」

「三郎は、まわりくどい事は、大嫌ひだ。兄者や父上に迷惑がかゝると云ふなら、館には歸らぬ……」

高德は、焦立しげに叫んで、くるつと背を向けて山を下り初めた。

「三郎――三郎――」

範重は、あはてゝ呼び止めたが、高德は館とは反對の方へどんどん山を下りて行つた。

「困つた奴じや……」

暫くイんで、弟の後姿を見送つてゐた範重は、高德の姿が樹立の中に隱れてしまうと、ほつと吐息を漏らして、うなだれた。

櫻咲く頃

尊瀧院の庫裡へ戻つてから、もう三ケ月經つた。高徳は、毎日退屈な日を送つてゐた。

範長も範重も、高徳が、實家の尊瀧院にゐる事を知つてゐるらしいが、何の汰沙もない。宴深も何も云はぬ。

高徳は、悪戯が過ぎて叱られた後のやうな氣まづさで、兵法書を讀んだり、經卷をひねくつたりして燻つてゐた。

近頃は、珍らしく寫經などを始めてゐたが、それも、たいして熱があるわけでもなく、時々「天勾踐を空しくする莫れ時に范蠡《はんれい》なきにしも非ず」と、自作の詩のやうなものを大書して壁に貼りつけて、大いに、越《えつ》の忠臣范蠡を氣取つて自から任じて眺めてゐたり、躰に溢れる若々しい血潮の騒ぎを持ちあぐねてゐるらしい。

寺の溫い日溜りにある櫻は、もう滿開で、風もないのに、ちらほらと散り初め月の夜など時ならぬ雪の白さを思はせる頃となつた。

讃岐房正尊を相手に、一しきり兵法の稽古をした後の輕い疲れに緣の丸柱に凭れ、うとうとと轉寢をしてゐた高徳は、かつかつ——と響く駒の蹄の音をうつゝに聞いて、ふつと眼を開けると、櫻の木の下に、逞しい三歳栗毛に跨つて春童丸が、にこやかに微笑してゐた。——夢——かと思つて、慌てゝ眼をこすると、春童丸は、ひらりと馬から下りて、なつかしさうに走り寄つた。

「おゝつ——春童丸……」

半年程逢はぬ間に、すつかり大人びて、武家に暮してゐた僞か、手足も太く、骨組もしつかりして、眼も唇も、きりつとひき緊つた美しさになつた。

「よい馬だなあ——」

「守護代からの頂戴物で……」

「大分、寵愛されてゐるらしいの」

と、高徳は、ほろ苦い嫉妬に似た感情で呟いた。

「仲々、傍を離しませぬ」

美しい黑曜石のやうな瞳に笑ひを浮べ、ちよつと顏を歪めて

「でも——今日で用濟み。もう、あんな厭な所へは戻りませぬ」

「どうして——」

「三郎様——」

と、高徳の傍へ摺り寄つて、何か囁かうとすると、その時本堂の緣に、素絹直綴を纏ひ、五條の袈裟をかけた宴深僧正が出て來て、

「春童丸――」

と、激しく呼んだ。

「三郎様――愈々時節到來です！」

と、低く云ひ捨てゝ、春童丸は、宴深の傍へ走つて行つて何か告げた。

高德は緣を下り、藁の草履を突つかけて、本堂に歩いて行くと、春童丸が歸つたと云ふので、學寮の山伏や學僧達まで珍らしさうに集つて來る。

宴深は、讃岐房始め山伏達の主だつたものを呼び、自分の居間に來るやうに云つた。

居間に集つた人々の坐が定まると、宴深は聲を漏らせて、

「畏れ多くも、主上には、隱岐國へ御遷りになられる爲、この月の七日、都を發御あらせ給ふた由じや。千葉介貞胤《ちばのすけさだたね》、佐《さ》々《さ》木《き》佐《さ》渡判官《とのはうくわん》等五百餘騎が、途次を警固し奉るとのこと。必ず當國を御通輦あらせ給ふに違ひない」

と、告げた。

讃岐房は、はつと息を呑んで、高德と目を見合はせた。

「千載一遇の機會じや……」

宴深は、じろつと、高德と讃岐房正尊を見たが、二人は、沈默してゐた。

（馬――武器……）

高德の腦裡を、慌しく走りめぐる言葉だつた。

兒島一黨も、甚だ賴りにならぬ。御途次を擁して龍駕を奪ひ、綸旨を乞ふて、再び天下に令して、旗擧げをする絕好の機會なのだが、警固の武士と相當戰はねばならないのは瞭かである。

堅固な牙城に據つての旗擧げなら、一人が、十人の敵に當ることも出來やうが、こちらから、仕掛ける戰にしては、尊瀧院の山伏だけでは、成功の見込みはない。

「三郎――」

宴深は、歯がゆさうに、

「何を考へこんでゐる――」

「……兒島五流の山伏だけでは……」

「駄目だと云ふのか――」

「……………………」

「讃岐房――修驗道の修業の眞諦はなんであつたな――」

宴深は、穩かな聲で、正尊に訊ねた。

（判りきつたことを……）

と、正尊は、訝しげに、宴深を瞶め、その問ひの底にある宴深の心を計り兼ねて、（自ら求めて苦難の道をきり開き、即身即佛の悟りを開く……）と、心の中で呟いてゐる内に、急に、眼の前が、ぱつと明るくなるやうな氣がした。

「判りました」

正尊は、ぴつたりと、安深の前に手をついて頭を下げた。

「三郎樣――成るか成らぬか、ぶつかつて見るだけじや。萬一、失敗の曉は、草莽の生命を捧げるだけのこと――」

高德は、正尊の言葉をぢツと聞いてゐたが、やがて、深く頷いて
「さうじや――生命を投げ出せばいゝのじや。成否は、その後の事だ。事敗れるとも、我々の微衷が天聽に達すれば、いかほどかお心をお慰め申上げることも出來やう……」

決然と、云つた。

境內の櫻樹につながれた三歲栗毛の、勢ひのよい嘶きが聞こえて來る。

「鳳輦は、船坂の峠を御越しになるであらう。あの邊りが、屈强の場所、事成つたときには、龍駕を、熊山の靈仙寺《れうせんじ》へ御移し申上げることにしやう――」

「やるだけのことはやらねばならぬ。後は神佛の御意に委せるまでじや」

安深は、激勵するやうに强く言つた。

院ノ庄

播磨と備前の國境船坂山に鳳輦を待つてゐた高德達は、探索に出した山伏の報告で、龍駕は、播磨の今宿《いましゆく》から、山陰道へ向はれた事を初めて知つた。

「春童――其方が、しつかり聞いて來なかつたからだぞ…」

二日を空しく過した高德は、舌打して、恨めしさうに春童丸の頭を叩いた。

「山陰道と判れば、作州境の杉坂を通るに違ひない。三石山を突き拔けて、尾根傳ひに行けば、間に合ふ筈じや」

讃岐房は、眦をあげてきつと美作の山々を睨んで叫んだ。

「行かう――」

山に馴れた修驗者達である。馬を捨て、道もない尾根傳ひに、峯から峯へ渡つて、夜も日もなしに、杉坂へ急いだ。

然し、一同が萬ノ峠に着いたときには、鳳輦は、旣に、杉坂を通りすぎて、美作の北郡を經て、院ノ庄《いんのせう》へ移られたと云ふ里の人々の話であつた。三日遲れてゐるのである。到底追ひつく見込みはなかつた。

「三郎樣。殘念だが、あきらめるより仕方がない。」

讃岐房は、天を仰いで嘆息して。

「仕方がない。天の惠みが足らぬのじや。讃岐房――其方は一同を連れて歸れ。某は、所詮追ひつかぬであらうが、院ノ庄へ參り、場合によつては因幡、伯耆まで、行つて見る…。」

「三郎樣――春童丸は、お伴をさせて貰ひます。」

「さうだ。春童を連れて行から。龍駕を奪ふことはあきらめやうが、主上の御樣子なりと、知りたい――。餘り大勢で歩くのも目立つ……。某と春童とだけがいゝ……」

高徳は、さう云つて、具足を脱ぎ、柿色の直垂に摺袴の篠《すゞ》懸《かけ》姿に着替へた。輪寶六つ結の結袈裟を掛け、兜巾を冠り、斗《と》擻《さう》修業の山伏の姿になつて、讃岐房や、附隨つて來た二三十人の山伏達と別れて、鳳輦の跡を慕つて院ノ庄へ急いだ。

春童丸は、計畫の齟齬した原因は、自分の不注意にあるやうに考へて、すつかり沈み込んでゐる。守護代から、もう少し詳しく聞き出して置けばよかつたと、後悔してゐるのである。

途次の山里の人々から傳へられる鳳駕の模樣は、たゞお傷しい限りであつた。供奉《ぐぶ》は一條頭太夫行房《たうのたいふゆきふさ》、六條少將忠顯《たゞあき》の二人、御傍の御介錯には三位局《さんみのつぼね》ばかりとの事。一天萬乘の大君を、初めて仰ぐ山里の村人も、このお傷はしいお姿に、物語るほどのものは、みな關東の御運も末ぢやと、憚り氣もなく云ふのであつた。

院ノ庄に着くと、主上は、峻嶮な山坂を越へての御旅路に御氣色勝れぬ由で粗末な行在所に御滯留になつておられた。

「殘念だつたの――かうと知れば、讃岐房達を歸すのではなかつた。これから先に、又屈强の場所もあつたものを」

と、春童丸を相手に嘆いたが、何と云つても後の祭りだ。

高徳は、毎日、行在所のまわりを探り歩いたが、警固嚴しく、近寄る隙もない。高徳の顏に、焦燥の色が濃くなつた。春童丸も、美しい眉をよせて、その姿を見てゐた。

春童丸は、その美貌を餌にいつの間にか警固の武士に馴れ親しみ明日は御發輦になるらしいと云ふ噂を耳に挿んだ。三月十七日の夜である。高徳は、是が非でも、行在所へ近づいて、自分達の微衷の程を、上聞に達したいと思つた。

しとしとと、宵から降り初めた雨の音を聞くと、高徳は、はつきり決心した。高徳の眉宇に漲る決意の色を見た春童丸は、

「三郎樣――私に、私にやらせて下さい。きつと――きつと何とかして御居間の傍へ參ります……。私は、警固の侍から行在所の模樣も聞いて置きました。どうぞ、私にやらして下さい」

と、眞心を籠めて嘆願するのだつた。

「さうだ――お前の方が軀が小さいから、忍びやすいかも知れぬ――とにかく、一緒に柵の所へ行つて見よう」

二人は、雨に打たれ乍ら、漸く警固の者の眼を掠めて、外側の柵の傍まで這ひ寄つた。

柵の中では、雨に氣をゆるませたのか、篝の火だけが、二

三ケ所、消えさうになり乍ら、とろとろ燃え上つてゐるだけで、見廻りの武士の姿はなかつた。

漸く、一本の柵をゆるめて、春童丸が、躰を横にして滑り込む位の隙を作つた。

「春童、それでは、御居間の縁の内側へこれを投げ込んで置け……」

と、先刻突嗟に書いた「天莫レ空二勾踐一」の詩句を春童丸に渡した。

春童丸は、頷いて、暗い庭へ走り込んだ。柵の外に待つてゐる高德は、隨分長い間待たされたやうな氣がした。然し實際は、ほんの僅かの間しか經つてゐなかつたが、待ち切れなくなつて、高德が身體を起した時、突然ぴしやぴしやと水をはねかへす荒々しい跫音が聞えた。

はつと胸を騷がせて、きつと瞳を据へると、闇の中を、春童丸の白い顏が、走つて來る。

「春童――」

低く呼んで、柵の間から手を差し伸べた。

「三郎樣――警固のものに見付かりました。逃げて下さい。私を捨てゝ……」

春童丸は、恐怖に蒼褪めた顏をひきつらせて低く叫んだ。警固の武士が、もう間近くせまつてゐる。

高德は、ぐいと、柵を折つて、春童丸を引ずり出すと、無言で、背中に負つた。

警固の武士も、御座所間近を遠慮してか聲を出さなかつたが、柵の傍まで走り寄ると、手にした弓に、妻白の征矢を番へて、きりつと引きしぼつた。

ぴゆうツと、風を切つた征矢が二筋三筋、高德の肱を掠める。

と――高德の背に負はれた春童丸が、うつと低く呻いた。

然し、高德は、氣付かなかつた。たゞ一散に走つてゐた。

やがて、夜が、うつすらと明ける頃、漸く危地を脱けて、山の中に逃げこんだ。

「もう大丈夫だ――」

と、春童丸を背から下ろすと、春童丸は、ずるずると滑つて、草の上に倒れた。

「あつ……」

抱き上げた春童丸の背に、妻白の征矢が、篦深に突き刺つてゐるのだつた。

「春童――春童丸――」

狂氣したやうに、高德は、耳許で、名を呼びつゞけると、春童丸は、薄く眼を開けて、

「三郎樣――確かに御座所の蔀戸の中に入れて參りました」

と、口の中で呟くやうに云つた。それが精一杯の努力だつたらしい。そのまゝぐつたりと、高徳の腕の中で、息を引とつてしまつた。

高徳は、蠟色に蒼褪めた美しい顔を瞶めたまゝ、呆然と草の中に坐り込んだ。

昨夜から降りつゞいてゐる雨の中に、朝の光が、白々と漂ひ初める。

何處で着けたのか、春童丸の女に欲しいやうな黒髪に、櫻の花葩が、一片はりついてゐた。

生命保ちて

「三郎——其方は、子供の頃から賢かつた、が——智慧や才覺と云ふものは、結局、いざと云ふ時に、反つて邪魔なものだ。其方は、智慧にだまされたのじや——」

「…………」

疲勞困廢して、漸く尊瀧院に戻つた高徳が、春童丸の死を告げると、宴深は、頭から怒鳴りつけた。

肉體的な疲勞で、頭の蕊まで、じーんとしびれてゐた高徳は、たゞ、ぼんやりと宴深の顏を見つめてゐるだけだつた。

「何故、其方は死なゝかつたのじや。主上をお慰めする爲に、一篇の詩を奉る——大層、聞く耳には面白い。だが、それが何じや。本當に主上を勵まし奉る程の心があるのなら、何故、其處で斬り死しなかつたのじや。其處で戰はぬのじや。例へそなた一人でも、御座所間近で爭へば、供奉の頭大夫なり少將なりも眼覺めやう。其處で、そなたと春童が斬死すれば、熱血の士の、まだ野に潜んでゐる事が判り、どれ程、心強く思召されることか——わしは、きつとそなたがそれをやつて呉れると思つてゐたのじや——莫迦な——一篇の詩句を奉つて逃げて來るとは、なんと云ふ臆病者じや。稚兒の春童の心にも劣るものじや」

高徳は、默つて、兄の罵りを受けてゐたが、宴深の言葉が切れると靜かに

「兄者——某も、さう考へてゐた。けれども、某は、途中で心がはりがしたのじや」

「それが臆病じや」

「いや、違ふ。某は、讃岐房と杉坂で別れたときに、何とかして、追ひついて、主上の傍で斬り死してと思つたのじや。だから、強いて讃岐房を誘はなかつたのじや。然し、院ノ庄に着いたときに、某は生命が惜しくなつた」

「云ひわけは聞きたうないぞ」

「聞いて頂かうとは思はぬ。言ひ譯などをしようとも思はぬ。たゞ、某は生きて、飽くまでも生きて、主上を都へ御還し

せねばならぬと誓つたのじや。山里の名もなき翁に至るまで關東の惡逆を、罵つてやまぬ。この國に生れたものは、心正しき眼さへあれば、瞳に一丁字なき翁と雖も、皇室に捧げまつる忠の道は辨へてゐることを知つたのじや」

高德は、滂沱として瞼に溢れる涙を拭はうともせず、言葉を續けた。

「三郎は、生きて、一族の正しき眼を開いてやる。そして、備前一國の正しい心の眼を開けてやる。この日の本の國の民の心の眼を開けてやる。某はそう感じたのだ。死は易い――が、院ノ庄で死ぬことは、結局、小さな自分だけの滿足、小さな忠義を行つた滿足だけだ。兄者――」

「…………」

「兄者――某は、兄者からも、父からも、臆病と笑はれることを知つてゐた。然し、それでいゝ、今までの三郎の心は汚なかつた。家名、庄國、恩賞、そんなものが、頭の中に一杯になつてゐたのだ。今は違ふ、やつと判つたのじや。某は世の人々が、二度と、主上を遷御し奉るやうな惡逆を繰返さぬやうに働らくのじや」

高德は、昻然と云ひ放つて、座を立つた。緣に出ると、もう境内の櫻は、盛りをすぎて、散り敷いた櫻の花片が、雨にうたれて、地に貼りついてゐる。

それを、じつと瞶める高德の瞳の底に、くつきりと、春童丸の黑髮に貼りついてゐた櫻の花辨が浮び上つた。

(春童――身代りになつた其方の志は、きつと、三郎が酬ひるぞ)

肚の中で呟いて備後三郎高德は、いつまでも、散り敷いた櫻の花葩から瞳を放さなかつた。

――了――

尊瀧院系圖後敍

明治中葉重野博士の兒島高德沫殺論以來、高德の存否をめぐる論戰は史學界を賑はした。畏くも皇室に於ては、高德生前の忠志を嘉せられ、從四位を追贈あらせられ、その存在は確認されたが、然し實證科學としての史學の上ではまだ確定されたわけではなく史學上の疑問の人物視されてゐる。勿論、高德がゐた事は事實としても、その行動、その出身等については相當疑問が多い。高德の系圖については、世に行はれるもの數種を數へる。尊瀧院系圖も又、その中の一つである。故三上參次博士の調査に依れば、尊瀧院系圖の高德は、遺憾乍ら、後世の竄入であると云ひ、中村德五郎氏が尊瀧院系圖によつて、その存在を主張したのを根據薄弱と評してゐる。三上博士が、備前に於て、高德資料を博捜したのにも係らず、一つも見當らなかつた由である。

其後、八代國治博士は、沼田頼輔氏と共に兒島一族の鄕貫、庄園所領から、有益な調査をされた。積極的に高德の存在を示めすのではないが、消極的に兒島一族の存在を强調し太平記の記事を確認さ

れたので、その研究は誠に傾聽に價するものである。

小說「尊瀧院系圖」は、題材を、こゝに採つた。

尊瀧院系圖が、高德の史料として價値が少いのにも關らず、敢いて之による理由は、後世の竄入としても、既に古い時代に、そのやうな傳說があり、その上に立つての書入れと思はれるし、兒島系圖や佐々木系圖や、三宅系圖よりも、地理的關係から云つて、傳說として强みもあり、且つ又、別にもう一つの理由がある。それは、尊瀧院が修驗道の公卿山伏の本山である點だ。

太平記を通觀して、而も奇異に感ずるものは、全篇に現はれる山伏との關係である。大塔宮の芳野落が最も明瞭であるが、吉野朝方の城砦及關係寺院を考へると一層瞭りするのである。

河內觀心寺、河內轉法輪寺(金剛山)、大和金峯山寺(吉野山)、紀州熊野宮、阿波高越寺、大和般若寺、等全て山伏寺であり、山伏で武家方に附隨したのは、熊野田邊の別當定遍だけである。又、太平記が後醍醐天皇の崩御を敍述するに際し、左手に法華經五ノ卷を御持ちになり、右に劍を按じてと記された御姿は、不動明王の御姿を想定しての描寫である。吉野の宮廷が、いかに御粗末な御生活であつたにしろ、このやうな崩御に際しての大君の御姿が現實の御姿として外聞に漏れる筈はない。思ふに太平記作者の空想か乃至は傳說でなければならない。が、例へ作家の空想であつても、傳說であつても其處に修驗道色の濃厚なことは否めない。何故なら、修驗道は、その經文は、八宗兼學で、何と定まつたものはないが、特に重きを置くのは、孔雀明王經と、法華經であり、法華經は、その學問的な根據として重視してゐるのである。岡山の日蓮宗松村壽寺の住職は、兒島高德皇子論について、この崩御の御姿もをとらへて、後醍醐天皇は法華宗に歸依されてゐたと論じてゐるが、これは誤謬で、索强附會の說である。後鳥羽天皇の承久の變の引つゞきである建武中興の理想は、後鳥羽天皇の思想的影響の强いことは否めない。後醍醐天皇の法華經への御信仰も、勿論、後鳥羽天皇の法華經への信仰と關係があり、又それ故に修驗道とも深いつながりを見出されるのである。又法華宗とすると、不動明王や役行者の像との合致の說明は出來ないのである。

から考へるとき、兒島一族の本據たる豐原庄と尊瀧院の(新熊野社領として)兒島庄及福岡庄との地理的關係、皇室領と、寺院社領庄園との關係等から、兒島一族と公卿山伏との間に深いつながりが感じられる。

高德は太平記の編纂者の一人に擬せられてゐるが、高德が執筆者の一人であつたかどうかは一應措いても、この執筆者に、眞言宗系或は修驗道の僧侶又は山伏が加はつてゐることは否めない。

修驗道は、この時代の流行の宗派であつたことは確かである、修驗道の思想的根據――役公行者の實踐哲學――これが、革新を意圖する吉野朝方の勤王家達の思想と一脈通ずる所がある。當時の思想背景として宋學の流行が指摘されるが、鳥羽天皇以來の熊野御信仰――熊野は日本創生の神諸册二神を祭神とする――及武家政治改變を計られた後鳥羽天皇の修驗道への御關心とを合せ考へるとき、この修驗道のつながりも亦一考を要する點ではなからうかと思ふ。

同人住所録（いろは順）

世田ケ谷區松原町三ノ一、三二　岩崎榮
兵庫縣氷上郡柏原町　石井哲夫
向島區吾嬬町西三ノ二二（石田方）　伊志田和郎
本郷區駒込曙町一〇　飯田美稻
澁谷區千駄ケ谷四ノ六九三（平安荘内）　東野村章
板橋區上板橋一ノ二〇九　土岐愛作
杉並區天沼一ノ八八　戸伏太兵
東京府西多摩郡戸倉村二〇四　大隈三好
小石川區白山御殿町一一四　岡戸武平
澁谷區代々木上原一二一五　海音寺潮五郎
杉並區和泉町三五二　川端克二
兵庫縣川邊郡伊丹町北村（片田方）　樺山楠夫
瀧野川區瀧野川町四一〇　鹿島孝二
牛込區北町二　大慈宗一郎
牛込區富久町一六　田中幾太郎
豐島區池袋二ノ一〇三七　土屋光司
澁谷區宇田川町五一　中澤巠夫
鎌倉市小町三三三（遠藤方）　蘭郁二郎
世田ケ谷區松原町三ノ九六四　村雨退二郎
世田ケ谷區玉川奥澤町三ノ一六〇南風莊　村松駿吉

瀧野川區瀧野川町四三〇（湯淺方）　村正治
小石川區大塚坂下町一九三（山田方）　野母崎正
鎌倉市大町一三五（左右田方）　黒沼健
麹町區九段四ノ十二婦女界社（電九段四一七一）　久路徹
北海道上川郡上川町　久米徹
中野區川添町四六　山田克郎
荒川區尾久町五ノ一一八五　山崎公夫
日本橋區横山町四澁谷アパート　松本太郎
京橋區小田原町一ノ七　淺野武男
福島縣二本松町　安藤信
澁谷區代々木上原町一三四七　齋藤豐吉
四谷區左門町五三　佐藤利雄
小石川區大塚坂下町六五（中村方）　佐野孝
杉並區西荻窪三ノ九三城山文化住宅（電荻四八七九）　北町一郎
麹町區平河町二ノ一（電九段三四一〇）　由布川祝
三條市貳之町木場　緑川玄三
大森區堤方町八九四（川端方）　南澤十七
小樽市南濱町埋立地　從二一郎
品川區大井山中町四二八六　清水津十無
瀧野川區田端四二六東山莊　志水雅子
本郷區駒込林町二〇六（中村方）　鯱城一郎
杉並區高圓寺四ノ五八四（横關方）　瀬木二郎

文學建設　四月號　（定價三十錢　送料壹錢）

昭和十五年五月六日第三種郵便物認可
昭和十七年三月二十五日印刷納本
昭和十七年四月一日發行（毎月一回一日發行）

東京市小石川區白山御殿町一一四
編輯兼發行人　岡戸武平
東京市芝區愛宕町二丁目九九番地
印刷人　黒部武男
東京市芝區愛宕町二丁目九九番地
印刷所　昭文堂印刷所
日本出版文化協會會員（會員番號一二八五二五）
東京市麹町區平河町二ノ一
發行所　**文學建設社**　電話九段（33）三四一〇　振替東京一五六五九八
東京市神田區淡路町二丁目九番地
配給元　日本出版配給株式會社

定價　三十錢（送料壹錢）
半年　一圓八十錢（送料共）
一年　三圓五十錢（送料共）
送金は振替を御利用下さい切手代用の場合は一割増のこと

文學建設四月號（昭和十五年五月六日）昭和十七年三月廿五日印刷納本

文学建設

五月號

第四巻第五號

歸化人部落　山田克郎

湖心　村松駿吉

（昭和十五年五月六日第三種郵便物認可）昭和十七年四月廿五日印刷納本　昭和十七年五月一日發行　文學建設　五月號

勇戦する皇軍へ
松坂屋の慰問品を
上野店
銀座店

文学建設

第四巻 第五號

目次 【通巻第四十號】

（2）

國民文學を文學の廣場に

——作家は先づ自ら燃えよ——

村　正　治

僕は本誌の昨年九月號に『肯かしめる國民文學を』といふ一文を發表してゐる。

「この未曾有の非常時局下に、不動の信念と逞しい意欲を以て、力強く文學的行動に携はり御奉公するといふことは、文學に志を抱く者として當然希ふところだ。さうでなければ、斯の時代に生存して筆を持つ價値はない。然し、自由主義的な思想の殘滓を落し切れないでゐる青年層が、まだ今日の讀者の一部分を占めてゐる。一方、所謂バスに巧く便乘したとか、一夜にして保護色化したとか噂されてゐる作家がある。斯うした現狀に對し、それが、必然だと首肯される心理過程——日本國民本然の心に目覺め、自らに辿り着くべき心境に到り得た經路を詳かにしてこそ、さういふ作家の作品がさうした讀者をも、肚の底から動かし得るのだ。」

といふことを述べたのだが、その翌十月號の「日本短歌」に發表した歌評の中では次のやうなことを述べてゐる。

「今は、そんな悠長なことの云つてゐられる時期でないやうだ。好むと好まないとに拘はらず、ぶつかつて來る怒濤を乘り切つて進む以外に、生きる途はないのだ。遮二無二、泳ぎ拔くより他に救はれる術はないのだ。」

僅か一ケ月足らずの間に、一足跳びに理論が飛躍したともおもふだらうが、米英との開戰不可避の時局眞相を認識した結果である。情報局主催の時局懇談會に於ける、眞相を瞭かにして愬へるといふ態度での當局の說示內容を、傳聞しただけで、僕は自らの時局認識の足りなかつたことを、反省されたのである。

爾來、決戰不可避といふ眞に國運を賭す大決戰の前夜に身

を置いてゐる、昂揚した國民感情に生きてゐたのが、日米會談に一縷の途が開けるかとぐらつきかけた瞬間、十二月八日が來たのである。

對米英宣戰に依て、我々は眞の敵と太刀打ちせず、その傀儡的存在たる蔣政權と戰ひ、大東亞共榮圏の一環たるべきを牆内に同族相鬩ぐ、髀肉の嘆を一朝にして拂拭された。而して爾來約四ヶ月、一度起つや果敢な進擊に、捷報相踵ぐ皇軍の大戰果を前にして、政治も經濟も跛足で進軍のあとを追つかけねばならぬ現狀に在るのである。

文學に於ては其の現象が更に甚だしく、驚嘆すべき戰果の前に、呆然瞠目してゐるのか、跛足で戰果を追つかけてゐる政治や經濟の、まだ遙か後方に取殘されてゐるのである。自ら文學を卑しめるやうであるが、掛け聲のみで、まだ國民文學への實踐は愚か、構想に於てすら、茲に眞の國民文學ありと名乘り得るもののない實狀は、謙虛に愧ぢなければならぬことだとおもふ。

輝く戰果と共に南方へのみ眩惑され易い國民感情を戒めて最近、滿洲を忘れるなといふ聲が聞かれるが、茲暫く文壇にも皇軍進擊のあとを逐うて所謂南洋物が擡頭するだらう。「土と兵隊」への喝采が戰爭文學を簇生させたやうに、軈て南方文學の群生するだらうことも一概に咎むべきではないが、何うせ遲れ序に此の際、もう一度、よく足許を見直して、國民文學への足固めをしてから、出發することが必要だ。

今日の場合、聖戰貫徹大東亞共榮圏完遂の國家目的に翼贊するといふことが、今日の文學論のアルフアでありオメガであると云ひ得るのだ。而かも大東亞戰爭以來の驚嘆すべき戰果に對應すべく、文學は政治、經濟より更に後方に取り殘されてゐるのである。

卑怯な退嬰的な自己僞瞞の作品で僅かに文壇的生命を維持しながら、藝術の孤城を護ると孤高を矜つてゐる者。國運を賭してのこの決戰下に、依然、無感動な分別顏を保つて常識的な哲學に陶醉してゐる者。藝術は畢竟、觀照の、産物である。觀賞するには非人情の域に達せねばならぬといふ說。單に外部からの要求のみに依て創作するならば、創作するといふ行爲そのものが旣に背德を意味するといふ論。斯のやうな作家を見、斯うした論を聞くとき、後方に取り殘されてゐるどころか、文學は今日、なほ傳統的な習性、固定した觀念の狹隘な世界に逡巡してゐる、との嘆なきを得ない。

大東亞戰爭以來の飛躍的な國運の發展、驚異的な戰果の進展は、文學にもまた一大飛躍を促してゐるのだ。象牙の塔にかくれて銀の笛を吹いてゐるやうな、獨善的な孤高な態度が許されないのは勿論、一切の個人的な立場、個人的な倫理觀

を揚棄して、敢然、筆を抛つて蹶起することを我々は今、國家の名に於て要請されてゐる。否、我々のうちにあるもの、日本人としての血が内部から爾く我々の心を揺り動かして來たのである。この時代に生きて、この國家の動向と連繋しないやうな作品を恬として發表してゐるやうな作家は、文學者として無價値であるのみならず、皇民としての漂泊兒であるといひ得る。自我的に固定した思想の殼を負つて、國難に殉ずることの出來ないやうな人間は今日の日本に於て生存價値がないのだ。而かも文學者の場合には、皇民としての自覺、國家目的へ協力する熱情の上に國防の一翼を擔當する一員として文筆奉公するといふ至誠と、自己の特技に依て大東亞建設に參畫するといふ矜持を以て作品してこそ、初めて文學者としての臣道を行く者と稱し得るのである。

斯うした自覺と熱意を以て、目標を定めコースを決め足固めを充分にして、駈け出したならば駈け出してからの速度はぐんぐん伸びるだらう。ふらふら腰で走つてゐる連中は直ぐ追ひ越せるのだ。今からでも遲くはない。俺こそ斯の時代の國民文學の選手だ！　と肚の底から叫んで、颯爽とスタートする偉大なる作者よ、早く現れよ。功利的方便としての一時的便乘や、日和見的處世としての時代色に迷彩して、文壇的命脈を保つてゐる徒輩を慚愧せしめて、自己に追隨せしむる程の偉大なる國民文學作家出でよ。それには先づ自ら燃えて他を燒くといふ熱情が作者自身の内部から燃え上がらねばならぬ。時代の政治性のために個性を留保し、倫理觀を個人的角度から國家的觀照に高めたといふだけでは、まだ他を燒くだけの強い力は生まれないだらう。

燃え上がる前に、先づ肚の底から納得するといふ段階がある。一時的な方便に走つたり強權の壓力に依て動かされたのでは、肚の底から納得し得ない。國情といひ政情といひ、外部からの要求に基いたとしても、作家の内部にあるものが、自らの僞らざる心の聲としてそれに正しく應じ得る場合に於てのみ、初めて肚の底から行動し得るのだ。其處に作家としてのまことがあるのだ。このまことから動いて行つてこそ、自ら燃える烈しい熱情と他を燒く逞しい力とが生まれるのだ。已れが納得することが即ち他人を納得さす事となり、作者自ら燃えることが讀者を燃やすことになるのだ。この一點に、國民文學が生きたものになるか。死んだものになるかの重大なポイントがあるのだ。作家の稟性は皮膚のやうなもので、着物を更衣するやうな譯には行かないが、今日の時局を直視靜觀したならば、皇民たる以上十人が十人、誰の胸にもこの自ら燃え他を燒く火のやうな感情が燃えて來なければならない筈である。作家たる者、國民文學を作品せんとする者

は、胸にこの火の燃えて來た時に筆を執り、この火の燃えてゐる間に筆を運ぶべきである。が、肚は出來た。熱情は火と燃えてゐるからと、作者のまことを唯ひたむきに表現すればそれでよいといふものではない。國民文學は徒らなる煽情文學に墮してはならぬ。鞴で煽りつけたり、唐突に燒火箸をつきつけて火傷さすやうなことをしたのでは、讀者は懲りてしまふ。

明治維新の原動力となつたものは、理詰の勤王論、國體論といふよりも、むしろ「日本外史」の如き、文學的表現による勤王の悲歌であつた。と川面情報局第五部長が冒頭して時局懇談會で述べられてゐるが、外部から驅りたてるのでなく讀者の內部から動かして行くことが大切だ。そのためには、國民文學は飽くまでも文學であるといふ本體を忘れてはならない。外部から焚きつけるのでなく、內から燃え上がらしてゆく文學のいみじき効用を沒却してはならない。徒らに讀者の感情を昂揚させるばかりではいけない。士氣を昂揚せしめるといふことと共に、こんな時代だけになほ、國民の情藻を潤はすことが必要だ。物質的に抑制されてゐる生活環境に在て、心にゆとりを保つたしなみを訓へ、昂揚し焦燥する精神に秩序を與へることが大切である。是等のことは銃後に於て生產勤勞者に生氣を賦へる娛樂や大衆の家庭に潤ひを齎す慰安の必要性以上に忘れられてはならない事だ。

面白く愉しく讀まれ娛樂、慰安の糧となる、それだけでも文學の一面の効用は果してゐるといひ得るが、僕は國民文學の性格を、少くも銃後の國民精神に秩序を與へ情藻を豐かに潤すといふ限界にまで高めたいとおもふのである。

この限界にまで使命が高められた場合、國民文學はこの新たなる附託に應へるために、面白く愉しく讀まれた上に讀後に於て、精神を洗ひ心性を高める何ものかを讀者に賦與せねばならぬことになる。面白かつた、樂しく讀めたといふ以上に、心に淸く美しく響くものが殘らねばならぬのである。而も云ふまでもなくそれは淸く美しくといつても、所謂「寂びや侘び」のやうな退嬰孤高的なものではあつてはならない。讀者を直面してゐる現狀から逃避させるものでなく、明るい希望を持つて勇ましく、進展極まりない國の動きに步調を合せる國民感情を鼓動せしむる、淸さ、美しさであらねばならぬ。

少くもこの限界にまで使命を高めた場合、從來の面白く愉しく讀めるといふストリーの興味のみで、讀者を引摺つてゐた類の大衆小說は國民文學の名を僭稱し得なくなる。面白く愉しく讀ますといふことの外に、讀者の精神を淨め、高めるための主題や、情藻を潤すためのニユアンスなどが要請され

る。使命が高められるのと同時に、讀者層の領域も擴大される。面白く愉しく讀める點だけで隨いて來てゐた從來の讀者を、淸く美しい後味を味ふといふ境地にまで引上げる一方、單に面白く愉しく讀めるといふだけでは隨いて來なかつた讀者をも包括するのである。讀者の領域を移動するのでなく擴張するのである。純文學を尊く大衆文藝を卑しとして顧みなかつたインテリ階級にまで讀者層を壓しひろげるのである。從來からのお馴染みで下地の出來てゐる八公、熊公が今までなら讀後、あゝ面白かつたアツハツハと投出してゐたのを、膝を正し腕を拱いて考へさすといふ境地にまで、引上げるのはさう困難なことでない。然し、眠れない時の子守唄代りに拾ひ讀みするか、疲れた氣分をパズルを解く興味から探偵小說を讀む程度に大衆小說を蔑視輕遇してゐたインテリ層に、純文學に對するのと變らない態度で迎へさすことは容易なことではない。大衆小說は興味本位の噓つぱちを書いてゐる。ストリーの面白さを除けばゼロであるといふ先入觀念を是正するだけでも仲々の仕事だ。批判性に富む彼等に、作者の意圖するテーマを肯定さすのには相當の努力と工夫が要る。

作者の精神の高さが、またテーマの魅力が、或はストリーの面白さが、表現の巧拙を考へさせないで讀者を最後まで引摺つて行くやうな場合もあるが、純文學と親しんでゐた彼等を對象とする場合、何より先づリアリチイが要求される。生きてゐる人間を捉へ動いてゐる世相を摑むといふことが第一條件にされねばならぬ。少くとも讀んでゐる間だけでも、書かれてゐる世界に現實感を以て引き入れられるのでなければ最後まで隨いて來ないだらう。それ以上に書かれてゐる世界に讀者を誘ひ込んで魅了するニュアンスを盛ることも必要だ。時代物でなくとも、小道具の一つにも（鳶魚式の考證は論外としても）讀者のファンタジーを破らないだけの心遣ひが欲しい。文法や假名遣ひにも、讀者をオヤとつまづかせないだけの注意が行きわたつてゐなければならぬ。最後まで疑はず、躓かず讀ませるといふことだけでも、まだ考へねばならぬことであるが、讀後に淸く美しく然も明るい後味を殘すためには、テーマの問題以外に、レトリツクな叙法や印象的な描寫や効果的な挿話を記して、讀者の感興を深めねばならない。何を使つてゐるのか食つても判らない程のタネをころもでごまかしてゐる此頃の天麩羅のやうに、テーマの貧弱さや眞劍味の不足を誤魔化すための技巧は排斥すべきであるが彼等を讀者に迎へるためには、技巧の問題がもつと重視されねばならぬ。

純文學がインテリだけの鑑賞に耐へればよいと孤高を矜つて來たのと同樣に、大衆文學が自ら卑しめて讀者領域を狹く

局限してゐたのも誤まつてゐる。今日要請されるところの國民文學は大衆性とインテリ性を渾融せしめ、卑俗低調迎合的だつた大衆小説に、藝術性と指導性を賦與して、庶民にも貴族にもアドミツシヨン、フリーな文學の廣場を築かねばならぬ。

　そのためには先づ作家自身が前述したやうな國民文學の創造を志向すると同時に、ジヤーナリズムが商策的立場から前進して、作家に協力し以て國家目的に翼賛するといふ態度に目覺めて來なければならぬ。稿料の問題を別にして、一篇への枚數を二十枚三十枚といふ量に局限してゐてはいけない。「現代物が書き難くなつたので一時的方便として逃避して來たやうな歴史小説作家の作品など警戒せなければならぬ。」と或る大衆雜誌の編輯者が云つてゐたが、大體、時代物作家とか現代物作家とか固定したレッテルを貼つて、分業的に註文を出すことなぞ何うだらうか、專門的に作品を間違ひのないものにしてゐる反面、作品の柄を小さくしてゐる傾きがありはしないか。菊池寛にしても山本有三にしても時代物とか現代物とかいふ觀念を超越して、テーマを粧ふのに適した時代を自由に操つて少しも破綻を見せてゐないではないか。

　作家の昂揚した意氣や雄大な構想が、斯うしたジヤーナリズムの商業的な御都合主義に制肘され、食つて行かねばならぬ、そのためには市場性を確保しなければならぬといふ經濟的事情に抑壓されて新人が奔放な活動を封じられてゐるのでは、作家は力むだけが草臥儲けになるのみだ。ジヤーナリズムも、この點、作家と共に國民文學の創造にもつと積極的に協力して來るべきではなからうか。（一七・三・一二）

▽▽新刊紹介△△

名曲の印象（波岡龍司著）

音樂は魂の獨自な言語だ。從つてこの言語を解しない者には、言語の奧に在る魂に觸れることは全く不可能である。ともすれば音樂の存在を忘れがちな現代人にとつて、本書はその意味で親切な通譯者であり、案内者である。從來ありふれた俗惡な、あるひは無味乾燥な解説書とは異り、物語體、樂劇體その他種々の方法を驅使して、偉大な音樂家及その作品を理解せしめ、文學的な雰圍氣の中で音樂に對する廣く深い基礎知識を與へるものである。教養人必備の名著として推奬する。（二圓二十錢・送料十六錢・東京小石川大塚窪町一番地・六人社）

受贈雜誌御禮

オール讀物（四月號）、講談倶樂部（四月號）、日の出（四月號）、大衆文藝（四月號）、講談雜誌（四月號）、女性日本（三月二十五日號）、意匠（四月號）、くろがね（第一卷第一號）、海の村（四月號）、メトロ時代（四月號）、につぽん（四月號）、大日本青年（三月十五日號）、向上（四月號）、傳記（第二號）。

文學建設

三月二十一日を期して書籍發行承認制が行はれることになつた。今後書籍の發行は日本出版文化協會に於て「書籍企劃屆」を審査し、「承認」「不承認」を定め、承認通知があるまでは發行出來なくなつた。不承認のものは勿論絶對に發行出來ない。

書籍は、出版業者が出すものか、著者が出すものか、昔は、著者が出すものときまつてゐたが此頃ば、出版業者が營利の爲に出版することにきまつたらしい。

×

だから、出版業者の團體である日本出版文化協會が、出版物の審査を行ひ、出版の許可をするのであらう。

×

然し、これは、甚だ奇妙な制度である。

若しさうだとすると出版業者は、出版企劃によつてまづ許可を受けて、その後で、承認された企劃によつて、著述者に執筆を依賴する形になるわけだから、現在の企劃屆に、著作權者が同意を要する欄のあるのは不可解だし、又、著者は出版業者の使用人ではないので、出版業者の意圖のままに著述することはないと思ふ。

×

企劃審査でパスして出版された本の內容の一部に惡い所があつて、情報局の檢閲で不許可になるやうなことがあつたら、文協はどうして責任をとるか。

×

文協は、出版企劃審議だけで、內容は審議しないとなると、折角の出版統制もその眞義を失ふことになる惧れがある。

×

著述は、國民の權利なのだから、之を私法人たる日本文化協會で、審査して、その出版の是非を決定すると云ふことには多大の疑問が持たれる。この點に關して、日本文化協會は、この審査制の意味をもつとはつきりと讀書新聞などで、一般にも判らせて欲しい。一般文化人にとつて、重大な問題であるからである。

×

文學者として我々は、情報局に、著述企劃審査機關を設け、然る後に日本文化協會に於て、出版審査を行つて、よき出版物を作る方に勵まれんことを切望する。內容は情報局で——本の體裁や紙は文協で——。これが理想だ。

×

この文協の許可制は、結局は、著述そのものに對して行ふのであるから、著述の內容の審査と出版の審査とが倂合して行はれることになる。これは、亂出する不良圖書の整備を目ざすものであらうか、しかし著述の審査と出版の審査を倂合することは、單なる便宜上から出てゐるだけであつて、元來は、二者は、各獨立に考慮さるべきである。

×

文學は、常に過去の作品の否定から始ま

る。この過去の作品の否定がなくなつたときに、文學の退歩がある。新人に期待されることは、また、この意味に於てである。だから、文學の道には、常に新人が必要である。出版統制と同樣、一方に新人登用の道を絶對に開いておいて欲しい。企劃審査が、出版業者の名聲が、作家の過去の業績をのみ標準とするやうな、事務的な審査にならないやうに切望する。

×

近頃の雜誌界には「連載小説」が減少したことが顯著な事實だ。これは、一面に、書下し長編小説の出版が、行はれる原因でもある。出版企劃審査制になつて、この道が閉されないやうにしてもらひたい。

×

第一書房では、數年前に出版界を風靡したパアル・バツクの小説を全部絶版にしたさうだが、日本嫌ひの敵性國人をノツクアウトすることは當然であらう。ところで、支那や南洋を背景にして、バツク以上の力作が續々と生れることを望みたい。これは現代の作家の義務でもある。

×

支那や南洋を背景にするといつても、從來のやうに、夢と冒險とだけを狙つて、足が地についてゐない作品は困る。要するに作家に、皇軍將兵と同じ精神、決死的な覺悟がない限り、この時代の作品として、東亞共榮圏内に迎へられ、また後世に殘るべきものが生れる筈がない。あくまでも尊ぶべきものは、作家の精神、それだけである。

×

出版界の好況に、誰よりも戒心を要すべきものは作家でなければならない。

×

堂々と破竹の進撃を續けて、民主主義國家群を顏色なからしめてゐる皇軍將兵の勞苦に對して、心からの敬意と感謝をささげる。またそれと同時に、われらの同志が、劍の代りにペンを以て、將兵同樣に崇高な任務を遂行されてゐることにも敬意をささげると共に、心強さを感ずる。生きた南洋の姿を國民の前に示すだけでも尊い仕事であるが、それ以上に、東亞共榮圏の文化をより高いものにするためには、それらの人々の尊い體驗が絶對に必要である。

×

從來の日本の文壇では、文壇人自身も、また文壇人以外の人々も、範圍の極めて狹い個人感情だけを取扱つたいはゆる純文學を高いものと考へて、文學にも作家にも、はつきりした區別をつけてゐた。文藝家協會編纂の「文藝年鑑」などでも、その色彩が濃厚である。ところで、この頃準備中の日本文學者會の組織も、さういふ考へ方で行はれてゐるのではないかといふ話があるが、これでは日本の文學は進歩するどころか、却つて退歩の途を辿るのではなからうか。何故ならば、再び文學二元論が公認されることになつて、國民文學の樹立どころか、從來の純文學と、安價な、無責任な讀物とを對立させることになるからである。

×

この際、文壇も亦擧國一致たるべし。

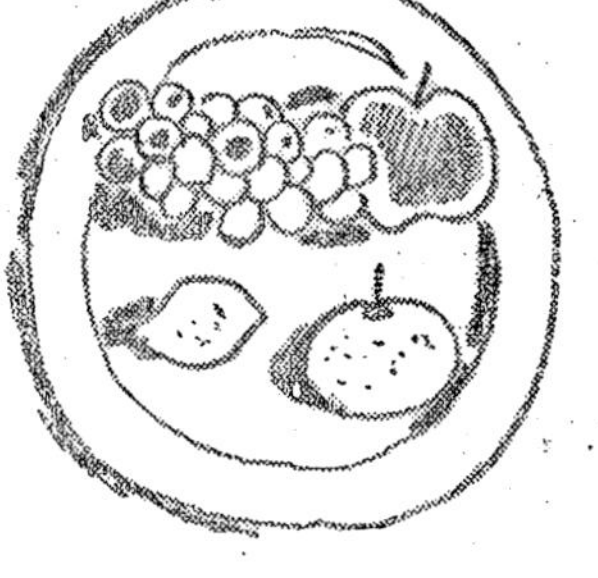

現代作家研究　5

大庭さち子論

田布川　祝

一

いさゝか常識めくが、女性には溫順緻密なよさがあり、家庭に潜んで世帶の切盛りや子女の育成に携つて妙である。無骨殺風景な男性が、龜の子タワシで鍋の尻を洗つたり、あかちやんにおしつこをさし出したりする圖は、考へてもおかしい。ところで、女性を砲火炸裂する血の戰線へ立たせても、男性のやうに機敏豪膽な働きはできない。

男女兩性の間には性能の點で基本的にかういつた相違點がある。人間界は男ばかりで組織されてもゐず、女ばかりで構成されてもゐない。略ゝ同數の兩性が生存し、陰陽相俟つて生命の流れを永遠に保存してゆくのである。どちらも尊く、どちらも必要だ。

ところで、人文科學の問題となると、その圓滿な發達は兩性の合作に成るべきで、とり分け文學の部門では、眞實性といふ課題に答へる意味から、男性作家は男性の生活領域を、女性作家は女性生活の分野を、その獨自の立場から開發してゆくところに理想を見出さなければならない。

この意味から私は、世に女性作家の限りなき輩出を待望する。然るに數の上からも女性作家として起ち上る者は少く、その作家的生命も極めて短かいのである。これは作家なる者の勞作が、決して安易でない證左であつて、大巾な人間體驗、透徹した推理力、批判力、進取的能動的な意思力といつた本質的な素地の享有から、女性作家は薄倖な立場におかれてゐ

る故爲だらう。

それから又、兎もすれば世の論說家批評家なる者が、女性の特質を考慮に入れず、男性作家に臨むと同一觀點から、その線の細さ、スケールの小ささ、政治性社會性の缺如などを指摘して女性作家に假藉のない鞭を揮ふことにも、はにかみ屋の女性作家を萎縮させる原因はあると思ふ。

なるほど、社會とか國家とか高等な處に素材を求めたり、或は戰爭などを取扱ひ、息詰るやうな集團の動きを描いて豪宕壯快な調子を盛る段になると、女性作家は男性作家の矢面には立てまいが、家庭とか、個人とか狹い面から取材して纖細な感情の交錯、殊に女性特有の心理や生理を克明に描寫することになると、肌理のこまかさ美しさで、女性ならではのしみじみとした味を見せるのである。

いくつ作品を發表しても、いつも鼻につく、テエマばかりで、何等の飛躍も、變化も、淸新さも感じられないのは困るが、前進への努力がみられる限り、女流作家の素材の狹さといふものは、もつと大眼にみてやりたい。

女性作家が、無理解な批判や過つた要望にあらがつて、何でも來い——の小器用さをみせようとしても、その內容に精神が罩らぬことには、作品の中に血は通はないのである。女劍劇が大刀を振かぶつて大見得をきつてみても、つまりは附燒刄の脆さで、迫眞力はない。その代り名女優が女性としての生地を生かして舞臺に立つ時には、觀客は安心しきつてその演技の妙境に溶け込み拍手を送れるといふものだ。

私は世の批評家に對して、作家の性別乃至性能別を、今少し考慮に入れるよう戒心して貰ひたい。と女性の爲めに肩をもつておく。だが女流の手になるものは、どんな傑作でも神經の先でいたく感動させられはするが、ぐいぐいと壓迫してくる重量感といふものはない。この缺點は女流としては素直に認める他はないであらう。

二

大庭さち子はこれからの作家である。彼女は、その出世作「妻と戰爭」がサンデー毎日の懸賞第一席で、昭和十四年の十月に發表されてから、息もつかずに作家道を驀進しつゞけ最近の數字では發表率の點で、女流の先頭をきるやうになつてしまつた。

二年そこその間に、大抵の雜誌社には迎へられ、旣に短篇集で二冊、長篇集で二冊の單行本をもつてをり、孰れもが一萬部以上の賣行を示してゐるといふ。これが實力に根ざさず、僥倖な機會に浮び上つたに過ぎぬぽつと出の新人なら、すぐ息ぎれがして又ぽつんと消えるものなのだが、このひと

の場合はあながち、心なきジャーナリズムが、商策上の手でよく女性發掘をやるあの悪癖の故爲とばかりは觀られぬものがある。

果して然らば、彼女の人氣は何をもつて維持されてゐるのか――

三

一、文章に流暢なよさがある。

變にもつて廻つたやうな形容を用ひたり、惡く氣取つたりの氣障さがなく、こなれた用語を繁簡よろしくつないで唐突さを感じさせないから、讀んでゐて爽かな物語を耳にしてゐるやう。うつとりと作中に誘ひ込む力をもつてゐる。文學修業を獨學でやり、誰にも師事せず、これといふ文學團體にも關係をもたずして「小説は好きだから、小さな時分からよく讀むことは讀みました」といふ程度の經歷にしては、手なれた文章である。

二、内容に健全性がある。

女の世界を書いても、このひとの作品からは、こつてりとした脂粉の香は漂つてこない。女流作家の通癖としては、作中人物の女を通し、作者が女性であることの魅力的な條件を計算して、さりげない裝ひの内に媚を用意するものがあり、又は視點の狹さからいきほひ身邊に材をとり、有閑的、耽美的、或は遊戲的なものに陷り易いのであるが、その點大庭さち子は必ず健全な生活面から人物を拉し來つて、簡素な女を描き、その中に、忍從とか犧牲の精神とかを盛り込み、日本婦道傳來の美俗良風を現代に生かして、女の世界での新しい倫理を樹てようとし、健氣な努力を拂つてゐることがよく解る。

無論自由主義的な輕薄皮相な思想や風俗で、現下の日本が通して吳れぬのはきまつた話であるが、それが彼女の場合、豹變や便乘でなく、もつと實體的なものであることは後に述べよう。

三、めづらしく素材圈が廣い。

えて女流作家の選ぶ素材は、家庭とか個人とか、うんと飛躍しても女性の集團ぐらゐな埒内にたゆたひ勝ちであるが、このひとは從來の女流作家の常識を破つて、社會と結びつき國家へと聯關をもつ作品が多いし、それに又見遁してならぬ特徵は、男性を作中の主要人物に据えようとする意圖をもつてゐることである。此の意圖は、前にいつた日本の婦德である犧牲の精神、夫唱婦隨の作者の倫理性の裏打にもなるが、一面よく視野のきくこと、從つて素材圈の擴がりを導く條件ともなつてくるのである。

長篇「牧人の道」「ラーゲルの人々」「牧人の唄」の諸作に描かれたものは全然男性の世界であり、「いのちの謎」「女の宿」「愛翼一心」「花開くグライダー」など女性の面から書き進めながら、主要な地位には常に男性を置いてある。

かういつた特異的な資質は一層將來性を約束させる素因を成す筈である。

四、身邊的な好條件に惠まれてゐる。

彼女は京都の女學校を出て、同志社で英語を專攻し、ひと頃女學校の教壇に立つた事もあると聽いてゐるが、そんな事よりも普通の婚期に嫁ぎ、世話女房として堅氣の家庭に納まり、子供を產み、育て、地道に生きてきたその至極あたりまへな生活環境が、しかし女性作家たる彼女の場合、決してあたりまへでない强味になつてゐると思はれる。

情婦、オールドミス、妾、離婚、再婚、複雜な友情、怪奇な師弟關係、考へてみれば一々どれかにあてはまりさうな、女流作家の生態ではないだらうか。そんな不健康な、又は片びつこな身邊から、健全な文學を產まうとする量見が不自然である。作家の人生體驗といふものが小說の母體となるからである。

對夫、對愛兒、對親族、對世間、かうした規矩の中に在つて、感情の鍛錬から、慶弔往來の儀禮まで、いやでも應でも身に着けなければならぬ。その實踐が作中に取入れられる時單に概念だけでデッチ上げる作家の苦心より、どれだけ有利な地位にあり、どれだけ作品の上に迫力となつて添ふか知れない。

四

しかし、構成に時々破綻を見出す場合がある。

才筆に任せて書き飛ばす故爲ではないだらうか。走る筆に制肘を加へ、も少し起承轉結に留意して、結末までの筋の推移を、一々緊密な必然によつて展開するよう、じつくりと構想を纏めてかゝらねば、讀者は肩すかしを喰はされたやうな感じを抱かせられる場合があらう。

結末にきて鍵點がぼやけたり、讀者の意想外な方向へ解決をもつて行きたがる癖もある。私は曾て彼女の口から「新派悲劇的な解決から脫けきらうと努めてゐる」と聽いた。意想外な解決の附け方は、さういへば彼女の意識してとるところかも知れない。が、やはり意表に出ない程度の自然な行き方に如くはないと思ふ。

それから、人物の出し入れや事件の發展をあまり便宜的に運んでしまひ、その方法として屢々偶然を重ね、現實感を殺ぐところがある。尙次手ながら、作中に時々手紙が出てくる

が、發信人が勞働者であれ、藝妓であれ、軍人であれ、素養に格差なく、同一水準の文言で書かれる爲め、個性的な印象が浮上つて來ないことだ。次ぎに、主な作品を見てゆかう。

五

○「ラーゲルの人々」

昭和十一年週間朝日の事實小說に應募して首席に選ばれたものである。彼女が本格的な作家として出發したのは、前にもいつた如く昭和十四年の晩秋からであるから年代順では一番舊いことになる。

内容は、ソビエットで强制勞働に服せしめられる或る種の囚人の一群を扱つたものであるが、構成の密度といひ、描寫の妙といひ、底に流れる健全な日本的な批判精神といひ殆んど間然するところがないのである。これは彼女にとつて處女作だらうが、だとすると一寸末恐しさを想はしめる。發表こそ昭和十一年であるが、これを執筆したのはそれより更に二三年前の事で(……樂屋噺に落ちるやうだが……)最初サンデー毎日へ投稿したけれど、時の選者の好みが傳奇物を重視する傾きがあると觀られた頃の事なので(さうでもあるまいと思ふけれど)兎も角これだけの傑作がむざんにも沒籠に潜んでしまつたらしい。左翼文學の旺んなその時代にして、共產政治の悲慘と暗黑とを衝き、日本の國體を謳歌した堅固な思想のもち方は、彼女の今日の作品態度の健全さを豹變や便乘でなく本質的なものである――と前に斷定した所以である。逞しい筆致と情景の荒々しい展開は女流作家の手になつたものである事を忘れしめる。たゞしかしこれに用ひられた技巧は必ずしも今日のものではないかも知れぬ。

○「妻と戰爭」

昭和十四年の十月サンデー毎日の懸賞で第一席に採られたいはゞ彼女の出世作である。出征軍人の妻が、圖らず夫に隱し兒のある事を知つた瞬間の心の動搖から、結局苦悶を征服してその兒の母となる心理移行を、流麗纖細に描破してあるのである。映畫にもなつた。芝居にも取上げられた。サンデー毎日當局としてもなか〱の獲物として自慢に算ふべき一篇であつた。

○「牧人の道」

或る牧場を繞つて去來する波瀾に富む事件を、熱情を傾けて書いてゐる。昭和十五年一月より八月まで「大日本青年」に發表された長篇である。これまた男の世界の出來事で、登場する牧人達の個性が生き、その取合せがうまく、連載物のせいもあらうがヤマ場で重なり、且つそのヤマ場ヤマ場の盛り上げに成功してゐる。なにか作者が題材に近々と身を寄せ

てゐるらしく、觀念の上で揑ね廻したゞけでは、あゝは牽引力は添はないと思はれる。だがこの牽引力の爲めに評者は按ずべき左の問題を見喪ふところであつた。

それは作者がサスペンスを追ふに急なあまり、悲劇の輻輳を防がうとせず、場面の高潮に溺れ込み、構成を脆弱に導いて目的意識までも犧牲にしようといつた風な徑路を辿つてゐるやう感じられるからである。

例へばアレキサンダー號といふホルスタイン種の高價な乳牛の死、三平といふ熟練牧夫の發狂、宇之助(牧夫)の戰傷、達三の死、更に三平の死、牧場經營の破綻、これら踵を接する不幸の羅列から作者は何を手繰り出さうとしたのか、悲劇の爲めの悲劇ではないのかといふ事(それなら作者の素志である悲劇回避と自家撞着にならう)

それからホルスタインの死因を飼料不足――と、何かに齒をむいてみたり、達三を工場にやつて肺病にならせ、工場行きを不健全なものに仕組まうとしたりなど、精神として分裂があるやう觀られはしないかといふことである。それが狙ひである淸作靑年と牧場主との農乳の理想に對する實現への努力は、至つて淋しくしか讀者にひゞいて來ない。しかし此の一篇に興味性だけを追求したならば、それは完璧そのものなのだ。

○「女の宿」

これも長篇で、十六年一月號の婦女界に、載つたものである。後に映畫化されたが、映畫では大阪情緖を存分に生かして好もしいものに作られてゐた。

共同の婦人服店を出すことが望みの、妙子に美枝といふ二人の若い女性が、勵まし合ひ慰め合ひして健氣に働きつゞけてゐる。が後になつて美枝は或る高邁な男性に純愛を傾倒して押掛女房になる爲め妙子に背いて女の宿を出て行く。その男性といふのは曾ては妙子の亡き姉の、婚約者だつたのである。妙子は尙も仕事の爲めひたむきに精魂を打込んで鬪ひ拔き、百貨店の洋裁部の主任に招聘される。美枝は、夫が脊髓カリエスに罹り、うらぶれ果てゝむざんな長屋に侘び住む身の上となる。それへ妙子の友愛の手が延びる――といふのが筋である。

若い女性二人の生活の描寫に於ける觀察の周到さ、肌理の細かさは、女流ならではの冴えをみせてをり、仕事に生きる女、純愛に生きる女、女の健全な二つの方向を呈示して、指導性をもたせようとした作者の意圖の正確さを買ふ。

○「慰問人形」

○「花開くグライダー」

二つとも大衆文藝で發表された評判作である。「慰問人形」

は私は讀み落した。「花開くグライダー」は讃嘆しながら讀んだ。一人稱を用ひたせいか純文學の形式が感じられ、精神病者の異様な生活相が凄く出てゐる。が、そればかりの事ならアブノーマルな獵奇小說に終つてしまふところを、グライダーの製作といふ建設的な面に繫らせたところ、凡庸の技ではないのである。この一篇はまた今期直木賞の候補作品としてとり上げられたやうである。一昨年も旣に此のひとと、堤千代と宇井無愁と河内仙介とに直木賞を張合はせ、大庭と宇井とは結局投げ出されてしまつた。

この賞は始めの頃こそ颯爽としてゐて、純客觀的に作品本位で行つたが、近頃では作品よりも作家に焦點を合せ、而かも受賞者の系圖を洗つてみると、あそこ一まきの親分の息吹を受けてゐる者に、田舍者が宴會の席順でもきめる調子で配つて行つてゐる傾向がある。この萬年候補にされたのでは大庭さち子も格別の箔にはなるまい。

以上の他、短篇では「菊」「白遠き路」「いのちの謎」「牧人の唄」「たくましき成長」「未亡人の位置」長篇では、近著「愛翼一心」を讀んだ。孰れも全般的には感心させ、何か一つぐらゐはすきをみせてゐるが、そしてこのすきたるや、まだこの女史の成長の止らないしるしだと欣ばしく解釋してゐるが、大體の傾向としては以上に盡きると思ふのでスペースの關係もあり端折ることにしよう。

「妻の花々」「母」「友情の凱歌」「嫁入と結婚」は書物が入手できなかつた。

(會)　(報)

第三回幹事會

二月二十一日午後五時より神田驛際の村氏事務所に幹事會を開催、公務出張中の三幹事以外の全幹事出席、財政問題、編輯方針等について懇談を行ひ、九時散會した。

同人懇談會

二月二十六日午後六時から八重洲園にて開催、由布川幹事の庶務會計報告、中澤幹事の編輯報告後、本年度の活動を中心に、隔意なき意見の交換を行つて、午後九時散會した。

當日の出席者

○鹿島孝二○中澤巠夫○東野村章○伊志田和郞○村正治○由布川祝○戸伏太兵○松本太郞○佐藤利雄○土屋光司。

第四回幹事會

四月三日夜中澤巠夫氏方にて幹事會を開催、村雨、東野村、村、由布川、戸伏、岡戸、鹿島、土屋、中澤の九幹事出席、四月下旬に同人會を開催すべきことを決定し、規約改正の件について懇談した後、由布川幹事より庶務會計擔任二ヶ年に及んだので、適當の機會に辭任したき旨の申出があり、それについても意見の交換があつて、十時半散會した。

月例評壇

小笠原秀昱作　芋代官切腹

大慈宗一郎

德川の天領、石見銀山の名代官井戸平左衞門正明の治績を表す本書は、國民文學への作者の氣持をよく傳へてゐる。例へば、現在增産に邁進せんとする農村へ、史上大飢饉たる享保年間の百姓の苦しみを以て現今進むべき途を示めさんとしてゐるのである。

一史上の人物、一代官の業績を、そのまゝに述べるとしたならば、四百頁に渉る本書には讀者はあき〱とするであらう。そこで作者は、此の點大衆文學的要素（極めて平凡な手法であるが）を取入れたのである。即ち嫉妬、隱密、役人間の軋轢等を綾にして、一應の、成功をしてゐる樣に思へる。然し乍ら此の手法によるため、如何にも俗ぽい感がしてならないのである。人物の描寫も今少しと思はれる點もあるが、大體に於てよく書けてゐる。井戸平左衞門の苦心も程よい。だが、若い名主等の會話には大いなる不注意をしてゐる。本書通讀中最も目に付いた缺點である。

作者は此の名主の意見を最近の時局にあてはめようとしてゐる爲かもしれないが、例へば（一四〇頁）〃しかし俺らは江戸や上方の生活を羨やんぢあいけん。むしろ、かうした享樂一方の不合理な暮し方を平氣で……〃とか〃田圃の中ぢや生きて行けんで廣島や、京、大阪へ出かけてしまつて歸つて來ん。つまり都會の魅力に惹れるのぢや〃〃お師匠の直接行動をきつかけに〃等であるが、鄕士北山正之助の薰育を受けたとは言へ、言葉遣ひに、現在の靑年團の集會の樣な感が强い。一應の硏究の必要があるのではないだらうか。

作者の構成に於ける苦心は、第一章に於ける、檢見役人川合春之丞と鄕士北山正之

助の對面にも見受けられる。北山をして百姓の苦况を述べ當時の檢見役人の不都合を述べるために川合との會話が自然と永びくので、此のくだりで讀者をして飽せしめない樣に、又讀者が豫想せる川合との決鬪を前後に入れ交へてゐる。此は川合對北山の議論の迫力をそぐ缺點を持つが此の場合は此れでよいのであらう。

百姓の苦み、をもつと、突込んで描寫が出來なかつたらうか。僅に平左衞門赴任の途中、行倒れ母子による表現のみで他は飢饉で苦しんでゐるのだぞとの暗示的な感じしかないのは、井戸平左衞門の苦心に對照して淋しい氣がする。此の點、若い名主等の中に小作人の男でも一人入れてその身邊を書くことにより、途がありそうな氣がした。

美佐代、幸二郎が織る綾も極めて低俗な感がする。特に美佐代の水垢離などはその感が强い。作者はもつと讀者の水準を高くして書くべきである。國民文學としての作品を書かんとする作者は俗受を狙ふべからずである。

作者の書かんとした、平左衞門の苦心、業績は深い研究と調査により面白く讀めるが、構成による幾多の缺點が、此の作品を平凡なものとしてしまつたのは惜しい。國民文學への作者の努力と熱意は買ふが、これはまだ國民文學には遠いと思ふ。氏の今後の活躍を期待する。

村正治君の新出發

＝青い林檎を讀みて＝

戸伏太兵

お尻を叩かれんばかりにして、結局、村君は久しぶりに、創作の筆をとつたのである。

青い林檎は、君の過去の經驗世界を舞臺にとつた「警察物」で、同人諸君の批評も大たいに於て宜しかつたのは、僕としてもどんなに嬉しいか知れない。

村君は、僕が十七歳の時からの舊友で、十八の時には一緒に『心象』といふ同人雜誌を作つた。これは三號雜誌で終つてしまつたが、村君も僕もその頃から小説を書いてゐる。然し仲々どうして文筆の方では、村君の方が僕よりズツト〳〵先輩なのである。村君はその頃から志賀直哉氏崇拜で、『小僧の神樣』を最上の標本にしてゐた。早く週刊朝日の童話劇の選に入り、また、いつだつたか『新青年』に應募して山本禾太郎、夢野久作の二氏と並んで堂々入選したことさへある。だから若しその氣でやつてゐたらもつと早く作家になつてゐたかも知れないのである。

文學建設に連れ込んだのは僕だが、今では熱烈尖鋭な文建運動の闘士の一人になつてしまつた。君の評論や批評の公正緻密なことは既に定評もあり、同人間でも重きをなしてゐることは云ふまでもないが、遂に久しぶりの創作を以て新出發の狼火を上げたのは僕としては實に欣快にたえぬことである。

青い林檎は殘念ながら傑作とは行かなかつた。然し決して渉たるヒヨロ〳〵矢ではない。打つべき的を打ち、また、弓勢なか〳〵あなどれぬ强力さを感じさせる佳作で

ある。

結末の早いのは稍々あつけないが、あれは上半で、打つべき定石の駄目を押さなかつたからであらう。女が主人公に傾く氣持が描き足りないからだと思ふ。それさへも少し充分に描いて置けば、結末はあれでもよいと思ふ。女の父親をあのシチュエーションに構想したのは實に凡手ではないが、これも後半で顔を出すやうにして欲しかつた。青い林檎の感觸と、それが酸化した時の赤染みのきたならしさが、主、副兩主人公の生活感情に照應してをる構想もたくみである。それに後半、ガラリと變つた世界での再會は、少し書き足りないとは云ひながら變轉の妙を買ひたい。第二彈第三彈を期待する。

なほ老婆心ながら一言したいことは、今後どうか「警察物」だけにネバリ着かないで、廣い題材を取扱つて頂くやうにと思つてゐる。以上、背中をドヤしての挨拶である。

（三月二十六日）

『坂本龍馬』
『盤山僧兵錄』

土屋光司

村雨退二郎君の近業二册を手にして、同君の旺盛な創作力に、まづ頭を下げた。「坂本龍馬」は長篇小説である。「土佐鄕士篇」「海軍操練所篇」「肥前長崎篇」の三部に分かれ、快傑坂本龍馬の魂の發展史をなしてゐる。

この一篇の長篇小説を讀んで、一番先に感ずることは、坂本龍馬の遭難がないことである。これは龍馬を知る程のものなら、誰でも知つてゐるのだ、寧ろ坂本龍馬は、木屋町で殺された幕末の志士であると云ふ知り方が大衆的なのだ。

この小說は、慶應二年の春、長州再征に薩藩が、上表して出兵を辭した頃で終つてゐる。龍馬が、政治的に活躍する大詰の舞臺が殘されてゐるのだから、この小說は、坂本龍馬の青春の記錄だ。

この小說の各篇け、時期を異にして、それぞれ違つた雜誌に連載發表されたものであるにも關らず、一册に纒めて、堂々たる長篇小說の體をなしてゐる。然も各篇別々に讀んでも、その篇には、その篇としての一貫したテーマが摑んであつて、然も獨立した小說として鑑賞できるし、獨立した小說文學としての、鑑賞に充分酬ひる所がある。

こゝに、村雨退二郎君の非凡な、創作力が窺はれるのである。

「土佐鄕士篇」は、幼年期から青年期へ伸びる坂本龍馬の愛すべき少年の姿が浮び上る。上士格と輕格との封建制度に於ける階級制度の桎梏を突き破り、新らしい天地を築かうとする龍馬の思想の根底とその育つて行く過程を描出して、一方に龍馬の性格を幼年期の生長裡に解剖しつゝ、野人額太郎と秀才琢馬を配して、各々の人生の面を巧みに展開して見せる。作者はこの篇に於て、德川末期の社會を描き乍ら、現代の社會問題への示唆を與へてゐる。都會と地方との問題も一つのそれである。作者は都會

惡をけねとばすものは性格の强さと叡智であるとしてゐる。單純な性格の强さも、才多く性弱きも、都會惡に敗れるとしてゐる。私もこれに賛成したい。

「海軍操練所篇」では、勝安房が兵庫に開いた海軍操練所に於ける龍馬の生活が展開される。後年の龍馬の海國策、尊王開國論は、此處で養はれた。

この篇に、勝海舟、西郷隆盛、中岡愼太郎、乾十郎等々幕末維新の花形達が登場する。元治元年、禁門變を中心として、騷然たる社會の動搖が、學校である操練所の空氣をかきみだす。そしてその中に、透徹した海舟の心境が、いよいよ透んで行く姿が浮彫されてゐるのだ。海軍操練所は、遂に閉鎖されて、この篇が終る。こゝに描かれてゐるのは坂本龍馬の生きてゐる時代だ。前篇が靜なら、この篇は動である。

「肥前長崎篇」ここに、龍馬をめぐる二人の女が描かれる。お元とお龍である。

この篇は、伏見寺田屋の龍馬遭難直前で終つてゐる。作者は故意に、寺田屋の遭難を書くのを避けたのであらう。こゝにこの作者の不屈な、常識への反抗がある。龍馬はこの時、薩長連合を策してゐるのであるから、この後に來るものは、華々しい寺田屋遭難が起るのであるにもかゝけらずそれをこの篇の最後におかぬ所に、微妙な含みを殘す。それをこの篇の最後に描いても、この篇は生きない。かへつて殺すことになる。そしてこれは常識的な事件を最後にもつて來る從來の大衆文學の定型への屈伏でもある。が——この篇は、恐らく村雨君の意圖では——間奏曲——のつもりではなからうか——續、坂本龍馬への展開の間奏曲と見たい。

「盤山僧兵錄」は、題名のものと、落書（らくしよ）柳生の五郎左、仇討隅田川の短篇と中篇小說西郷と俵門とを集めたものだ。盤山僧兵錄は、君の文學的地位を確立した傑作であり、それが講談倶樂部に發表されたとき、賞讃を博したものであつて、その批評も、本誌に載せられてゐるのでここではひかへる。——柳生の五郎左、仇討隅田川落書は珠玉の短篇である。

「西郷と俵門」——沖伊良部島に謫居中の大西郷の生活、少年俵門との交渉を描いた作である。大西郷の魂の發展は、沖伊良部島の生活で磨かれたと云つてもいゝ。この大西郷の生涯中での重大時期である流人生活を描き、島の中に蟄居してゐる西郷をめぐるに、勇敢にして無暴に近い行動をする俵門を配し、俵門を描き、薩英戰爭を語る。そしてそれに對する大西郷の心を描いてゐるのである。

「坂本龍馬」に於ける龍馬の幼年時代と、大六少年、又この俵門と云ひ、少年を描いて、誠に名筆と云ひたい。

以上二著を通して、作者は何を語らうとしてゐるか——それは英雄の單なる傳記ではない。又動亂の世相でもない。搖れ動く歷史を貫ぬいて逞しく生きて行く强い日本人の精神の發展である。盤山僧兵錄の名和源盛と云ひ、坂本龍馬と云ひ、西郷と云ひ、少年俵門と云ひ、すべてそれだ。作者の透徹した史觀と人生觀世界觀とが渾然たる藝術として表はれてゐる。

又、近來、國民多數に愛讀される小說書

が粗悪なる紙質と非藝術的装幀によつて送り出されてゐる内に、裝幀に注意してゐるのは出版者の良心として高く買ひたい。坂本龍馬は木下大雍氏、盤山僧兵錄は吉田貫三郎氏の装幀である。聖紀書房並越後屋書房の出版良心を特に書き添へて、一般出版界にも、この良心の昂揚を望みたい。

「豪傑の系圖」を讀む

村　正　治

鹿島孝二氏と僕とは隣隣組の仲である。隣隣組とは誤植ではなく、隣り合つた隣組といふ意味の僕の新造語である。隣隣組といつても距離から言へば、同じ隣組の端の家よりは近く、遠い隣組より近い隣々組といふ程の仲である。其の鹿島氏から、近著「豪傑の系圖」を惠まれた。謙讓な氏は「謹呈」とデジケートしてくれたが「近呈」といふ方が當つてゐて、近所の誼なればこそと有難く讀ましていたゞいた。ところへ戸伏批評委員長から「豪傑の系圖」を批評せよ、との嚴命である。「近呈」に酬ひる「近評」と、隣々組同志の儀禮的な批評になつたのでは、される方も有難迷惑だらうし、する方も身が入らないし、第一、讀む方がウンザリするだらう。と逃げたのだが僕はそんな儀禮的な御世辭の言へる人間ぢやないさうだ。そんな御世辭が言へるのなら、もつと出世してゐるよ、と戸伏君が保證してくれたので、安心して引き受けたのである。が、なほ萬全を期して、この一文は、隣々組の誼から脱却すべく、茲、神田驛裏の僕の事務所で書いてゐるのである。今度は少し離れ過ぎて、藪睨みになりはしないかとおもふが、御座なりの近評でお茶を濁すよりは……と以下本文に入つて行かう。

僕はユーモア文學には門外漢なので、この機會に少し勉强さして貰ひたく、先づ、斯界の大御所佐々木邦氏に就て、ユーモア文學の定義を敎へていただかう。

「人生の明暗を深く觀察して、時々皮肉諷刺を用ひ、逆說を述べ、或は諧謔を弄して人間の心を溫めようとする、この作用がユーモアであらう」

世界文藝大辭典に據ると、佐々木氏は斯う說いてゐられるが、辰野九紫氏は、諧謔諷刺皮肉に機智、更にナンセンスを加へて是等をユーモア文學の要素だ、と述べてゐる。それで、先づユーモア文學は是等の諸要素のカクテルされたものか、若くはその何れか一種以上を、含んでゐなければならぬ。といふ觀點から「豪傑の系圖」一列の作品を一瞥すると、諧謔が主たる要素となつてゐて、機智之れに次ぎ、諷刺、皮肉の類は、刺身のツマ程度に配されてゐるのに過ぎず、ナンセンスに至つては全く影すら見えない。

諷刺は痛快だが、嘲笑皮肉を含み根底に惡意を寓してゐるのが普通だ。機智は作品に生彩を加へ讀者を喝采さすが、鋭い頭腦の閃きと意表を衝く技巧から生まれるもので、讀者にそれをピーンと受取るだけの頭腦がないと、作者の一人相撲に終つてしまふ。ナンセンスは、下手にやるとエノケンの惡達者なギヤグに類して、ユーモア文學

を漫才や落語の類に墮落させる。

　と推して來ると、諧謔即ちユーモアこそ文字通りユーモア文學の本道だと肯かれるのだが「豪傑の系圖」一列の作品は、寔にこの本道を坦々と歩いてゐる。

　今の時代には許されないことだらうが、諷刺の劍で銳く現代の創痍を衝くやうな痛快味がない代りに、作中の人物を揶揄し嘲弄してゐるやうな冷酷さや惡意も見られない。サンルームで暖い陽射しを浴びてゐるやうな和かな雰圍氣が、どの作品にも漂つてゐて、一讀、先づ健全明朗だといふ印象を受ける。巫山戯たくすぐりや、幇間的な饒舌がない。普通敎育終了程度の讀者にも全然字引きの御厄介にならずに、結構理解される程に、用語が平易で、文章が簡潔で而も淡々とお茶漬けをかき込むやうに、手際よく要領を摑んで單的に、筋を運んでゐる。

　用語を平易に、文章を簡潔にしてゐるのは、職業作者として、この作者の讀者層を考慮しての周倒な心遣ひからであらうが、文章が淡々と明るく、併も暢びやかなのは作者の天性から巧まずして、生まれるらしい。巧まずして、さうなつてゐるところにこの作者のお人柄が見え、眞面目があり、人間的な尊い價値があるのだと僕は感じさせられる。幼兒に、いゝ顏をして御覽といふと、顏をひん曲げて滑稽な顏をして見せる。噴き出す程に笑はされても二度三度と繰返されると飽いて來る。ところが、幼兒の中には何ら巧まずして對者に微笑を誘ふやうな、持つて生まれた自らなる愛嬌に富む顏がある。これが、鹿島文學の顏だ。抱腹絕倒されることはないが、何の作品からも自らなる微笑を催されるのである。

「豪傑の系圖」に收載された十二篇の中、プロットの面白いのは、矢張り「豪傑の系圖」で、世評も良く作者としても自信作として卷頭に据えたのだらうが、僕は金龍館で上演されてゐたのを、偶然、途中からだつたが見ることが出來た。豪傑の曾孫である主人公の機智に釣り込まれて、匪賊が次ぎ／＼半裸になつてゆくのが、極めて自然に演出され劇化して一層良さの判る作品だとおもつた。機智と言へば「青春ハイキング」の「やい」と僕は先づ一發食はしてやつた。と切出した啖呵が、ハガキに書かれたのだとオトシた技巧は鮮かなものだ。一昨年か「文建」に發表した「女店員心得帖」と同筆法で、探偵小說の所謂ドンデン返しのやうに、讀者はアツと背負投げを食はされ乍ら、朗かに笑はされるのである。

　次に面白く讀めたのは「時代の選手」「美しき家族」「念入りな戀」の順だらうか、この二作は共に、ストリーにも動きが多く人間もよく活かされてゐる。これは此の外の作品にも看取される共通の特長だが、登場人物に一人も惡人がない。「豪傑の系圖」の匪賊を除くと「美しき家族」の、野良へ出るのにも白粉を塗る下婢や、「肥れ青春」の、瘠せてゐる方がスマートでよいと云ふ妹娘等ホンの二三人しか惡い役を背負はされてゐない。而もこれらの人物に對しても漫罵したり、嘲笑したりせず暖く慈みの眼を注いでゐるのである。然し、この事は、一面に於て、次のやうな諸點と相俟つて、何らかすると、作品をリアリチイに乏しい迫眞力の薄い一篇のお話化してしまふ危險

を伴ひ易いことを考へなければならない。

　次のやうな諸點と言つたが、其の第一は「念入りな戀」の場合のやうな、作品が念入りだと云つてゐるのが寧ろ普通の例なのではないかと考へされる程に「春は鞄を持つて」「父の寢言」「人生競歩」「二人の魔」等々、善良な青年があり、之れに純眞な處女が配されて、俗に謂ふ一目惚れや、ヒョンな動機からの戀が、スラスラと呆氣なくハッピーエンドへゴールインすること。第二は、作者が時代意識に敏感であり「青春ハイキング」や「肥れ青春」の厚生保健「心の看板」「父の寢言」の大政翼賛、職域奉公「美しき家族」の食糧報國等々、時代意識に目覺めた人間を主人公とし、之れに共鳴する異性をカップルとして、坦々たる幸福街道を、一路ハッピーエンドへ行進さしてゐることだ。

　是等のことは、今日の文學として、また枚數に制限される短篇として一應、避け難いことだらう、とおもふ。

　然し乍ら「人生競歩」の如き、この危險に加ふるに、恰かも漢文の對句や雙關法式に事件を對照的に漸層的に盛り上げてゆく方法を用ひたことと併せ、現實からの遊離感を與へられるのを否み得ない。主題が今日的なものを狙ひ、而もプロットが定型的で、登場人物が類型化しては、作品が公式化されてしまふ虞れがある。「豪傑の系圖」の世評の高かつたことは、そのプロットに於て登場人物に於て、異色があつたことが大いに與つてゐるのではないか、とおもふのである。

　と言つても、僕は敢てヴアラエチーのみを望むのではない。また「我輩は猫である」の鋭いサタイアやアイロニー乃至「河童」や「鼻」の山葵のやうな辛辣味や奇警な手法を作者に所期しようといふのでもない。

　この作者は、前述したやうなジャナリスチイクな立場からだけでなく、人間的に低い讀者層にも愛着を感じてゐて、やさしく判り易く而も高級な今日的な理想を盛つた作品を志してゐるやうだ。奇警を弄せず、アヤカシをやらず、ユーモア街道の本道を暢びやかに明るく朗かに歩いてゐるところに、この作者の本領はあるのだとおもふ。

　冒頭したやうな平明、卒直、單的に要領を摑んで簡潔な文章で、判りよく面白く、時代意識を織り込んでゐるところに、この作者の良さがあるので、この本領は何處までも、この作者の第一の身上としてより深めていたゞきたい。唯、慾には、常に溫く作中人物の上に注がれてゐる天性の慧眼に、事相の背後に透徹する鋭さを加へて、今日の庶民生活の現實相に取材して、一層リアルに迫る作品を要望したいのである。

　惡人があつて善人の良さが一層光るのだと、故ら瑕を探して、註文をつけた次第だが「近評」に墮してゐないとしても、何うやら斜視評になつたやうだ。冒頭した如く書いてゐる場所が僕の事務所寫眞商事務所の所爲だと、ピント外れはお寬しを乞ふ。

對談
―同人の近著について―

N…中澤　巠夫
T…土屋　光司

N　近頃非常に本が出るし、同人の活躍

が目立つてきたことは結構だね。特に雜誌の頁數が限定されてくると、長篇小說の發表が、新人に提供される機會が少くなるんで書下しの單行本が續々と出ることは非常によいことだ。

T　その波にのつてくだらんものが良い物の間に入る機會が多くなるので、これは嚴重に警戒する必要があるわけだね。

N　まあ、そこらを文協が心配して出版許可制にしたのではないかねえ、尤も、あの許可制については作家としては大分異議があるのだが、しかし嚴重に日本文化のために考へてもらふことを條件にして、贊成を表してゐるのだが。

T　ただ眞面目な新人の道をとざすやうなことはつねに警戒してゐてもらひたい。

N　新人登用の方法として、現在文協にある企劃相談部をもつと擴大强化し、文藝部門に對する理解者をなるべくたくさん入れて、積極的に良い作品は文協で斡旋するといふことにしたいものだね。

T　さういふ仕事を情報局がやつてくれると理想的なんだらうがな。

N　日本文學者會の問題もあるし、出版政策、特に文藝政策については、情報局が非常に重大な任務をもつてゐるんだ。まアも少し政府の方針が明示されるのを持たう

T　ところで、文建同人の著書が非常に多くなつた。同人の活躍が目立つことはうれしいことだね。岡戸君の延元神樂歌は書下しかい。

N　いや、あれはもう五六年前に國民と新愛知の夕刊小說として連載されたものなんだ。丁度海音寺潮五郎君の初めての夕刊小說颶風時代の後に出たものだ。當時僕は岡戸君を個人的に知らなかつた。この作品が出た時代は、いはゆる大衆的興味がエログロといつたものが中心に考へられてゐた時だ。その時代は、時代小說ならば江戸末期の頽廢した世相が素材にえらばれ、股旅物が我が世の春を謳歌してゐた。海音寺君の颶風時代が天狗黨の、特に市川三左衞門(天狗黨の反對派である諸生黨の巨頭)の側から、天狗騷動を抉つた非常に立派なものであつたにも拘はらず、これは失敗作だといふ評判があつた。その理由は、結局當時の大衆の興味は、煽情的であるか、刺戟的なものでなければ受入れないといふ、いはゆる大衆文學の定型固定主義からくる批評にもとづくものである。しかるに、岡戸君が海音寺君の後を受けて、敢然と當時容易に大衆に受入れられないものと決められてゐた鑛物を取上げたその作家魂は、立派なものだと思つた。

T　さういふ時代に出たものかね。

N　さうさ。その意味で、僕は當時愛讀したものなんだ。今、奥川書店から單行本になつて、久しぶりで讀直してみたが、當時の新聞に發表されたものとは大分ちがつてゐる。

T　例へばどういふ點がちがふのかね。

N　先づ枚數の點、多分前作は六百枚近くあつたやうにおぼへてゐるが、これは三百五十枚にちゞめてある。これを讀んで氣がつくことはやはりこれが五六年前に發表されたものだといふ匂ひ、當時大衆文學の匂ひが、なんといふかなア、要するに五六年前の大衆文學的雰圍氣が少しばかり感じられる。岡戸君は大英斷を以て、それら

を削り捨てたんだ。岡戸君の文學魂に期待するのは實にここなんだ。作家は舊作に對しても責任をもたなければならない。五六年前の作品であつても、今新しく單行本として世に出す場合には、不滿な點は徹底的に直さなければならない。

T　それは理想だが、實際にはやる人が少いし、また出來難いことだね。だから良心のある作家が、舊作を本にすることを嫌ふ場合が多いのぢやないかな。例へば、芥川氏の「素戔嗚尊」などがいゝ例だが――

N　いや、あれにはたしかに數へられるね。

T　ところで、僕はもらつたばかりでまだ讀まないんだが、作品はどうかね。

N　題材が特異なものだ。僕も實は伊勢に行つて、村松家行のことを調べ、また興味も持つてゐたので、少い資料を縱横に驅使して面白く讀ませてくれるね。ただ、最後に小楠公の死を聞いて、家行が絶望する點には若干異議がある。

家行は正行死去の後、春日侍從(多分北畠顯信だらう)を將として、自分の一族を率いて尾張の宮崎城に據つて花々しく一戰を交へてゐる。この不撓不屈の精神力を現はしてほしかつた。その意味で、楠公討死を聞き伊勢勤王軍が解散した所で筆をとめた所が惜しかつた。

T　なるほどね。

N　さういふ意味で、鯱城一郎君の書下し長篇も、構成の上で少し註文があるんだが、君はどう思ふ？

T　あれは力作だね、少年期から青年期へのびる主人公がよく描かれてゐる。まア瑕といへば、舊大衆文學的構成の跡が少し見える點が瑕だらうが、それは作品の價値を云々する程ではないだらう。出版王らしい會社の社長がよくかけてゐないやうな氣がする。社員とか先生とかは、よく出てゐるが、社長が少し人物がぼやけてゐるので構成がくづれてゐるのではないか。相當の枚數だし、社長は作中の相當の場所を占める人物なんだから、もう少し突込んでほしかつた。

N　ああ、さういふ點で書き足りない所があるから、構成の點にくづれが見えたんだらう。とにかく四五百枚近くの堂々たる長篇だ。今後の猛精進を祈りたいね。

T　越後屋書房から大分同人の著書が出るね。

N　さうさう、最近蘭郁二郎君の科學小說集も出たね。百萬の目擊者……。

T　科學小說を眞面目に書く人は非常に少いんだが、蘭君は先づ第一人者といへるね。

N　僕は君に一度日本の科學小說とウエルズの科學小說との比較論を聞きたいと思つてゐるんだが――

T　まあ、それはここではよさう。しかし、蘭君は段々ウエルズに似てくるよ。例へば題を見ても、火星の魔術師とか、植物人間とかは、ウエルズ張りだ。が、科學を通して人生の姿を描かうといふ作品ではないね。そこに多少の不滿が感じられないでもないが――

N　しかし、蘭君の空想力は大したものだよ。植物から人間をつくるとか、火星の果物を地球上に移植するとか、なかなか奇想天外だよ。(以下三十二頁へ)

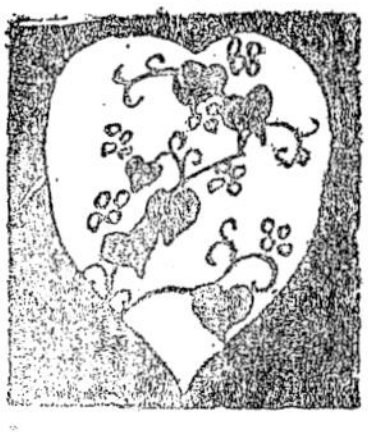

飛んだ聽き役

緑川玄三

世の中には物好きな閑人もあるもので、小生如き素人に小說を書いてくれといふ珍しい話を持込まれた。

その人はYといふ町の相當な資產家で、何でも今、天勝一座の支配人をしてゐるM某といふ老人が若い頃アメリカ三界を放浪してゐる折、伊藤博文公から寵妓を貰ひ受けた。その寵妓が公の命令で、アメリカ迄單身出蒐けて行つてM某と一緒になり苦樂を俱にした。寵妓は死んだが、Mは今日の資產を身につけ、なんの不足もない身であるが(八十の老人にして！)、今以つてその女のことを忘れず、月に一度はどんなことがあつても墓參りをするといふ——奇特な話を精しく聽かせるからといふことであつた。

舞臺も大きいし、伊藤博文の寵妓拂ひ下げなどなか〳〵商品價値があるので、これは駈出しにはちと荷が勝過ぎるが、何とかなりさうな話だわいと思つた。

もと〳〵自分は人の話を聽くのが大好きである。それがわざ〳〵向ふから人を介して聽かしてやるからお目にかゝりたいといふのである。旅費や暇ぐらゐ作らなくては見込まれ冥利がつきる、と思つたから、新調の洋服を着せい〴〵小說家らしい顏をして出蒐けていつたわけである。

越後一の宮で有名の彌彦第一の料亭彌彦軒の奧まつた瀟洒な座敷に、その人は私を案內して、御馳走を山と出し、美妓數名をはんべらした。

ベツコウ緣の眼鏡に絽の袴などを穿いた恰幅のいゝ四十男で、花柳界を游ぎ廻ること二十數年、遊ぶことを商賣のやうに心得てゐる人物である。本當の商賣は或る種の製藥で、儲けることにもなかなか拔目のない人物だといふことは後からきいた。

扨て、伊藤博文の寵妓の話が出るものとばかり思つてゐたら、それは今度M某に逢つた折、彼の心理や、その經緯を尙精しくきいておくから次回に廻しませう、といふことで、拍子拔のしたこつちの顏には委細構はず、

「そのかはり、今日は一つ私の恥をおきかせしませう」

と、いふことで、話出されたのが、〇〇子といふ新潟第一の美妓で、全國にも音に聞こえたものであつたといふ、今の女房との、そもなれそめの始めから、自殺騷ぎをして(女房が)、その人の言葉でいふと、めでたし〳〵に納るまでの長講二時間に涉るのろけ談であつた。

物語りの最初に、彼氏曰く、

「小說はめでたし〳〵に終るものがいゝものですか？　さうでないものがいゝものですか？」

「さあ……」

「私はどうもこのめでたし〳〵が好かんが、ところで、これからお話するのは、最後がめでたし〳〵になるんですがね」

「いや結構です」

「さうでないものもありますよ、お好みでどちらでもしますが——」

といふ、至極丁寧な挨拶であつた。

この人は大學出ですぞ。

「いや、どうか、兩方ともお聴かせ下さい」

奢られてゐる手前、さういふより外はない。

「では兩方をお話して、あなたの藝術的手腕でうまく調節をして貰ひませう」

と、いふことで、長講二時間の間、下手な小説家跣足の名表現で自己の心理を順々と解剖、說き去り說き來るの熱演は數名の美妓に固唾を呑ませた。その中間に介在する光榮に浴した貧弱なる一文學青年は勢、深刻な表情を形作り耳を傾けない譯にはいかなかつた次第である。

「私の心理で何處か訊きたいところはありませんか？　遠慮なく何でも訊いて下さい。私に出來る限りは申上ます」

といふ再三再四の催促で、私はしきりと何か探しては質問を發せざるを餘儀なくさせられた。

ビールが十五六本並んだ。

こつちはいゝかげん醉つて來たが、彼氏は更に醉ふやうな氣配がない。

少し遲れて來た束髪の喜多八と呼ぶ眉が描いたやうに美しい細面の美妓が、一まつが終ると、

「世の中には似たやうな話もあるものですわねえ」

と、感慨深さうに云ひ出したのである。

そこで今度はその美妓の話になるのだが、これが亦、際どいところまで語るなかなかの雄辯で、東京のさる大學敎授との經緯をるゝと話出した。

この藝妓の話の方が、數段彼氏のものより面白かつた。それをこゝで書く枚數もないが、その話は小說にも增した純情老人の美談といふべきもので、喜多八といふ女は、その老人から月々貰つた一萬圓近くの大金を懐にしてゐて、藝者をせんでもいゝ氣樂な身分であるさうだが、今日はお宮に催しがあり、客が込むので特に賴まれて出て來たのだとのことであつた。

どちらも海山兩千の古强者で、金と暇はあり餘る氣儘な境涯ではあるし、似たやうな惚氣話を開陳し合つて自然と意氣投合したものらしい。兩者の間にたゞならぬ視線の交換が行れるやうになつたのはそれからである。

人前も憚らず、メラメラと炎も燃えさうな四ツの眼がぢつと睨めつこをしてゐたり、パチツパチと激しくまたゝいたり、ニヤリ、とうす氣味惡く笑つたり、いやどうも、口以上に物云ふ目とはかうしたものをいふのであらう。と、私は感心しながら偸見てゐた。

この二人がデキるのは時の問題だと睨んで歸つたが、果せるかなその後彼氏の友人なる者より竊に得た情報によると、二人は最近頻繁に逢ふ瀨を重ねてゐるさうである。

若しさうだとすれば、あの日の私は、聽き役どころか、飛んだ出雲の神樣の役目をしてやつたやうなものではないか。

ともあれ、この時代にかういふ閑人共が生活してゐることに苦笑を禁じ得なかつた。（舊作）

小さな町で

伊志田和郎

私は正太と五郎を連れて中山工務所の仕事を手傳ひに行つた。

場所は横濱から少し先の小さな海岸に近い町である。

新しい工場が出來て、加熱爐が十七基、四月までに完成させるといふ突貫工事であつた。

中山の親父と、私の親父とは兄弟分といつた關係で、是非にと頼まれ、出張の仕着で出發したのである。

『やあ御苦勞さん。是非頼みますよ。』

支那事變で應召されて、二年ばかり大陸へ渡つてきた世話燒の小野田さんが愛想よく笑つた。

横濱から三人ばかり、顏の知らない職人と、二十五六の威勢のいい若い者がゐた。

横濱の連中は通ひで、若い者は手傳ひ一人と共に素人下宿で二月も泊つてゐた。

『どうも來ても、宿がありますかね？』

職人衆、手傳ひ衆に挨拶しながら尋ねた。

『何んとかしますよ。』

小野田さんは輕く引受けてくれた。

去年此處へ來た時分も三月には入るといふ季節で、若い者が泊つてゐる素人下宿で半月ばかり御世話になつた。

『其處は駄目かね？』

『うん、大工が合宿でね。』

若い者は繁さんと云つた。

『滿員かい？』

『蔦の家は何うだい？』

宿屋なんて無い小さな町だけに不便である。

去年素人下宿へ泊つた時は、私と、秋二郎、春吉、修三、廣、なその家の若いものと、手傳ひに馬場さん、橋口さんなぞ行つて、中山からは小村さんを世話燒に、佐藤オヤジ、手傳ひの河島さんなんて連中が賑やかに泊つたものだ。

お湯屋が町で一軒しかなく、それも遠くて閉口した。

おまけに錢湯とは名ばかりの、マッチ箱か、家族風呂みたいな小さいやつである。

小村さんと佐藤オヤジは呑める口で、角の居酒屋で燒酎か、燒酎のないときはすこぶるにがい生ブドオ酒なるものをやつてゐた。

私も、とき／＼呑んだが、餘り結構なものではなかつた。

酒不足と非常時で吾々なんぞ酒を呑むなんてもつたいない話である。

小村さんは、手傳ひに來てゐる蔦から、極上等の燒酎を一升買つて、

『みんなに見せながら一人飲むなんて濟まねエなア。』

と、ポパイに似てゐる顏をクシャ／＼にさせた。

併し人の好い小村さんは秀さん一つと私にも一杯ついでくれる。

飛切り上等の燒酎は、飛切りだけあつて他愛なくこの好人物を醉はせてしまふ……。

小村さんに二人の息子があつて一人は去年××商業を出たが、もう一人は入學が難關だといふ××工業の試驗を受けてゐた。

それが目出度く入學出來たと通知があつた晩は、完全に燒酎は空にされてしまつた。

『有難い、此れで安心だ。子供を持つと苦勞ばかりだ。さア飲んでくれ、ぐツとね、うちの伜が入學出來た祝ひ酒だ……。』

そのおかげで、家の若いものがその夜遊びに出てしまつた。

その頃は素人下宿の主人が、飯だけは心配させないと頑張つてくれたが、今年は節米でどんぶり一杯とのことである。

東京から十里以内の宿屋では、辨當が出ない。吾々が宿屋に泊つて、仕事場へ通へるのは地方の出張でなければ駄目である。

暮近くなつて、白河へ出張したが、白河ではまだ充分であつた。千葉の茂原でも、大多喜でも飯の心配は無かつた。

ところが、この非常時に、私達のやうな旅がらすは甚だ不便になつてきた。

小野田さんは、東京から通つてゐるので三時頃歸るので、晝過ぎに五郎を連れて心當りの宿をさがしてくれたが何處も駄目だつた。

『これぢやア仕方がないから、次の驛でも探してくれ……。』

と云はれて、私は五時頃まで受持つた一基の段取りで日を暮して繁さんと四人で次の驛を探さうと出掛けていつた。

今から二年前に、次の驛で仕事をやつたので心當りもあつたが、間違ひないやうに會社の監督から紹介狀を名刺に書いて貰つて、清水旅館へ行つて見た。

驛から左へ曲つて、更に東海道の松並木を逆に曲つて、暫く歩いた。

腹は空いてくるし、目的の宿も當てにはならない。果して清水旅館は滿員で一つの部屋へ二組のお客が泊るといふ次第だからあきらめてくれと云はれた。

あきらめられないのは私達で、宿屋の前にある食堂へ飛び込むと飯はありませんと斷はられる。

仕方がないから支那そばを二杯づゝたひらげて、それとなく宿屋を食堂の主人に尋ねてみた。

『さア、駄目でせう。何しろ工場が出來るし、人間が多くなるし、住む家も無く、御飯も充分でありませんからなア。』

そこで、土地の驛員さんが居たので何んなものでせうと訊いてみた。

『平塚へ行つたつて、藤澤へ行つたつて、宿屋は滿員ですよ。汽車賃を拂つて探すだけ無駄でさア』

私達はそれでも二軒ばかり尋ねて最後に二年前に泊つた料理屋兼旅館もやつてゐる嘉喜久を頼んでみやうと思つた。

抱へ藝者を置くこの旅館は、泊まれるけれども辨當は出來ず、朝は八時半か、九時でないと御飯は出來ないとの返事だ。

二年前には御辨當も出來たし、朝も特別に早く出して貰つたが、この新體制に逆行したやうなものである。

私達はこの旅館で、女中たちと一緒にお湯へ這入つて背中を流して貰つた程心安い間柄であつたがその女中どもは火鉢に五六人も張りついたまゝ、寒さうな顔で氣の毒さうに云つた。

私は不人情なと云ふより、この時代に働く人々の、新たなる覺悟といふことについて、しみじみと考へさせられたのであつた。

私達は夕食を飯べる爲に、二年前に行つたことのある小料理屋で主人に頼んで漸く御飯にありついた。この小さな町では御飯を食べさせてくれる處はないのである。

其處で素的もない新鮮な刺身を出された。公定で運賃の出ない魚が、小田原でストックされて、主人は其處まで汽車賃を費つて買ひにゆくのだと話した。

しかし、私たちは、戰時下の生産に絶對に必要な工事をするのである。今までには思ひもしなかつた心配や困難が待受けてゐても、それに負けてしまふわけにはゆかないことを痛感する。

が、宿がないので、一應東京に引上げてから更に相談することになつて、私達は疲れた體を汽車の窓に凭れて、小さな町に向つて手を振つた。

（昭和十七年三月一日）

筆硯餘滴

小說「坂上田村麿」註記

戸伏太兵

額田部の招宴（第一回）

　續日本紀卷第二十、天平寳字元年七月「賀茂ノ角足、高麗ノ福信・奈貴ノ王・坂上ノ苅田麿・巨勢ノ苗麿・牡鹿ノ嶋足ヲ請ジテ、額田部ガ宅ニ酒ヲ飲マシム、其ノ意ハ此等ノ人ヲシテ發逆ノ期ニ會スルコトナカラシメムガ爲メ也、又角足ト逆賊ト謀テ、田村ノ宮ノ圖ヲ造テ指授シテ道ニ入ル、云々。」

坂上氏の家系の問題（第一回）

　坂上氏を夷姓の出と見ることについては、學界にも賛否兩說ありて定かでない。喜田貞吉博士は、夷姓と見る可能性を、坂上ノ大國と丸子ノ大國とを同一人物とする點に求められてゐるが、これには一つの矛盾があると思ふ。それは天平元年坂上ノ大國が外從五位下陞敍の二十六年後に於て、天平勝寳七年正月、別に丸子ノ大國が從六位より從五位下になつたといふ記事があつて、これではどうしても坂上ノ大國と丸子ノ大國は別々の二人物であると見るより仕方がないからである。然し作者は今、この唯一の矛盾にもかゝはらず、構想の便宜のため假に同一人物說を採用しておいたが――これは大國を、當時の戸籍法不備の間隙に乘じた二重戸籍者であつたと見ればこれ難點を幾分かカバーするに足るのではなからうかと解釋してゐる。

九門と阿久玉と千熊丸（第一回）

　田村三代記系統の傳說には、多く九門長者の婢、惡玉といふ名で出てゐる。そして彼女は非常な美女ではあるが、その戀人以外の人の眼からは醜女に見えると述べられてゐることが多い。然しこれは明確なる室町期說話の型式であるから、つとめて其の時代の說話型式から脱出するために、單純素朴、且つ自由なる作爲によつて記述することにした。

　千熊丸といふ名も同じ傳說から採つた。この名は二代目田村丸の幼名といふ事になつてゐる。大體、田村丸に初代二代三代ありといふ觀念からして可訝しいのであるが、傳說は父の苅田麿と子の田村麿とを混同した場合が多い。拙作は純然たる正史の記錄を根抵として、その正史に妥當しない傳說は一切とり上げないといふ方針でのぞんでゐることを附言して置きたい。

道嶋ノ嶋足と同三山の國司就任（第一回）

　續日本紀卷第二十八、神護景雲元年十二月甲申（八日）條「正四位上道嶋ノ宿彌嶋足ヲ陸奥ノ國ノ大國造ト爲シ、從五位上道嶋ノ宿彌

三山ヲ國造ト爲ス。」

當時中央政府が夷種の者を內國人に同化するために、熟蕃・俘囚の徒に姓を與へ位を授け、また地方官吏に登用した例は甚だ多い。然しその多くは郡司の地位を限度とせるにも拘らず、道嶋ノ嶋足が夙に中央に活躍して遂に大國造に昇進したのは寧ろ異例なのであつた。

坂上ノ苅田麿の昇進（第一回）

續日本紀卷第三十、寶龜元年八月辛亥（二十二日）條「是ノ日從四位上坂上ノ大忌寸苅田麿ニ正四位下ヲ授ク、道鏡法師が奸計ヲ告ルヲ以テ也。」

同書卷同、同年九月乙亥（十六日）條「正四位下坂上ノ大忌寸苅田麿ヲ陸奥ノ鎭守將軍ト爲ス。」

新羅斧（第二回）

新羅の文化が日本に入つたのは隨分と古いことだが、その日常用具が陸奥の地にまで及んだのは、少くとも新羅の歸化人をはじめて武藏に住居せしめられた持統天皇四年より以降のことであらう。

佐賀野寺と千熊丸（第二回）

封內風土記、卷之三、七北田邑、龍門山洞雲寺の條「坂上刈田麿東征ノ時、本郡利府ノ鄕ニ宿陣ス、阿久玉ト號クル女ヲ愛シテ孕有リ、刈田麿京ニ歸ルノ後、男兒ヲ生ム、千熊麿ト號ク。碑說曰フ光仁帝ノ寶龜中佐賀野寺ニ學ブトハ、乃チ此ノ寺也。千熊常ニ京ニ歸ランコトヲ此寺ノ觀音ニ祈ル、上京ノ後、官將軍ヲ歷、諸國ノ賊ヲ討チ、武威ヲ天下ニ耀カス、坂上田村麿ト稱スル者是也、云々。嵯峨帝ノ弘仁ノコロ、慈覺大師來リテ此寺ヲ中興ス、コレヨリ而後、山ノ寺ト稱ス。」

櫻皮をカニハと訓むこと（第二回）

金田一京助博士「樺櫻考」（民間傳承、三卷十二號）參照。

開基通寶（第三回）

此の古代金貨の實物は、現在帝室御物の中にたゞ一個あるだけである。從つて寸法と重さは判明してゐるが、それを分析しない限り含有金量を知る機會は無いわけである。

陸奥鎭守將軍の交替（第五回）

續日本紀卷第三十一、寶龜二年閏三月戊子朔の條「正五位下佐伯ノ宿彌三野ニ從四位下ヲ授ク。……從四位下佐伯ノ宿彌美濃ヲ陸守ノ守兼鎭守將軍ト爲ス。…正四位下坂上ノ大忌寸苅田麿ヲ中衞ノ中將兼安藝ノ守ト爲ス。」

山階寺（第五回）

この寺は奈良興福寺の前身である。

虎の語源（第五回）

岡田希雄氏「虎の語原と耽羅國」（ドルメン、昭和八年十月號）參照。

馬柵（第五回）

馬柵の制については厩牧令、同義解、同集解、類聚三代格等參照。なほ西岡虎之助氏「武士階級結成の一要因として觀たる牧の發展」（史學雜誌、第四十編二號）は要を得てをる。

大帳使（第四回）・朝集使（第五回）

大帳使・朝集使は、稅帳使・貢調使と共に謂ゆる『四度使』を構成する。律令時代に於

いて地方官廳の政情を中央政廳に報告する年々恒例の使節である。

大帳使は一國内の課口・不課口の數を記入した大帳を提出し、稅帳使は、國衙の正稅帳(會計決算書)をもたらし、貢調使は調庸使關係の公文書を提出し、朝集使は一國官吏の功過を奏上するに兼ねてその他の雜公文書を扱ふのであるが、律令政治の理想は中央集權の完全保持にあつたから、地方の政情を中央政廳に傳達する此の種使節は特に重要なものであつた。

羚羊の步き道(第七回)

羚羊の步き道のことを、山言葉ではニクダナと云うてをる。羚羊も、東北六縣では靑猪(アヲジシ)といふ場合が多い。ニクは靑ジシの一種の稱呼であるとも云ふ。

九門の墓(第九回)

菅谷字北熊野の雜木林の中に長者の墓とてあり、長者園にある九門の邸跡より八九丁を距てゝゐる。これも例の後世附會の傳說地であるから、作者は九門の死場所を自由に構想した。

千熊丸母子の上京と田村麿の昇進(第十回)

田村三代記傳說には千熊丸母子の上京を千熊丸が十三歲の時となしてゐる。利府村字飯土井小字長者園の地内西北隅の老欅は此の阿久王上京のみぎり化粧道具を埋めたる塚じるしとして植ゑたものと傳へ、また別に、神谷澤字化粧坂園の地も亦、彼女が上京の時に化粧した地點であるといふ。

因に、坂上田村麿の名の正史の上に初めて見ゆるのは、續日本紀卷第三十八、桓武天皇の延曆四年十一月丁巳(廿五日)條に「坂上ノ大宿彌田村麿ニハ並ニ從五位下」とある授位の記事で、田村麿は、この時二十六歲であつた。延曆六年三月丙午條には「近衞ノ將監從五位下坂上ノ大宿彌田村麿ヲ兼內匠ノ助ト爲ス」とあり、同年九月丁卯、近衞ノ少將に昇進して尙ほ故の如く內匠ノ助を兼ね、翌七年六月壬寅には更らに越後ノ介を兼任、延曆九年三月己亥、越後ノ守と兼任昇進したが、翌十年正月、東海道に派遣されて征夷の下準備を檢問し、次で同年七月征夷副使に任じて以來、終に生涯を征夷の大事業にさゝげることゝになつた。なほ拙編『東夷年譜』(肇國精神、本年五月號)を參照のこと。

(以下二十五頁より)

ただ僕のやうな文學のリアリストは、ただそれだけでは物足りない氣がするんだが、科學小說がこの範圍を越えることは出來ないものか。

Ｉ　この作品集からそれを斷定することは出來ないが、いつか蘭君がよこした手紙の中に、科學小說もまた一種の社會批評であるといふやうなことをいつてきたことがある。其の點、將來に期待をもつことが出來ると思ふ。

Ｎ　さうなつて初めて科學小說が文學になり、讀物の域を脫するのぢやないか。

Ｔ　同感だね。だが、海野十三氏の漫才式科學小說讀物とは同一に論じられない。そこに、蘭君の科學小說家としての意圖は充分に盛られてゐるよ。

Ｎ　ところで、同人の著書は續々と出る樣子だが、今月はこれ位にしておかうか。

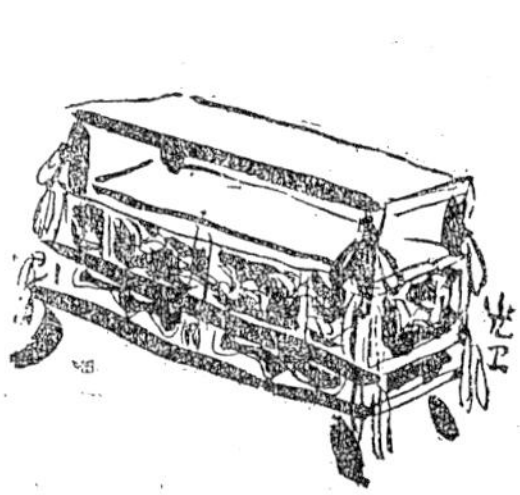

講談覚え書（七）

佐野　孝

從軍講釋師といふ言葉があるか、どうかは知らないが、講釋師にして最初に戰場を訪ひ、彈雨の中を驅馳し、塹壕の中に將兵と起居を共にして、その生々しい感激を、高座から國民に傳へた最初の人は神田山陽君である。

×　×　×

支那事變三年目、彼は軍當局に願ひ出でゝ許されて北支へ旅立つた。勿論、慰問を主なる目的としたにはちがひないが、それよりもこの時代の講釋師として、相も變らぬ國定忠治や、白木屋お駒を讀んでゐることが、何かさびしく物足らなく、新聞記者が筆の報道戰士なら、俺は口の報道戰士として立派にお役に立ちたいといつた氣持が、彼をして敢て鐵砲玉の下に行動せしめた大きな原因でもあつたのだ。

彼は軍當局の好意あるはからひによつて第一線に迄從軍することを許された。

そして、歸つて來て、彼はその生々しい感激を涙と共に高座から聽衆に傳へた。又、雜誌にも從軍記を發表した。

そして江戸ッ兒である山陽君は、俺は兵隊さんになれなかつた代りに、せめて兵隊さんの奮闘を、苦勞を銃後に傳へ訴へねばならぬと考へて、晝も夜も熱演これ努めたのである。

ところがである。

突如として彼は警視廳へ出頭を命じられた。しかも大變叱られたのである。それどころか、まご／＼すると留置場へ泊め置かれまじき形勢にまで立ち至つたといふのは、彼の從軍記がいけなかつたのである。それも、彼の熱演が感激のあまり軍機密に迄立ち入つて防諜上のことでお叱りを蒙つたのかといふとさにあらず、彼の講談的表現が、思ひもかけぬ禍を彼に及ぼしたのであつた。

事實は極めて簡單なことだつた。

彼は講釋師であるが故に、講釋師的誇張を以て文飾した。といふのは、彼が上海上陸の颯爽たる姿を表現するのに、どうも、あんまりありのまゝでは貧弱すぎると考へたので「リュックサックを肩にして、懷中には五連發のピストルを抱きしめ……」とか何とかつひ講談の主人公を氣取つて武器を持たせてしまつたのである。

これがいけなかつたのだ。

警視廳では、そのピストルの存在が問題になつたのであつた。御承知の如くピルトルを所持する者は屆け出で許可を得ねばならぬのだ。山陽君は屆出てもゐないし許可を得てもゐない。どこからピス

トルを買ひ入れ、どこへ藏してゐるか、まつすぐに白狀に及べと極めつけられて山陽君は眼を白黑させて困却してしまつた。實は上海上陸當時には、ステッキ一本持つてはゐなかつたのである。話はハヅミで、講談の口調で、懷中には五連發のピストルを……と氣取つてみた迄のことなのだけれど、講釋の主人公ならピストルはおろか大砲を持たせたつて槍を持たせたつてちつとも何處からも文句はないのだが、現實の人間が、しかも自分自身が持つてゐたことを、天下に發表したのだから、これは當局で、どこへやつたと調べるのは當然である。

山陽君も今さら周章てて百方辯解して漸くお許しが出る迄には何日かを要したのであつた。筆者も、その時、參考人として出頭を命じられたので山陽君の狼狽ぶりも、今にして思へば微苦笑ものだが形容の言葉もウッカリした文句は使へぬとつく〴〵考へたことであつた。

ともかく、神田山陽君は、兵隊さんでない、從軍講釋師としては最初の人であつた。

× × ×

これは大島伯鶴から聞いた話である。

講釋師の修業といふものは生やさしいものではなかつた。師匠と弟子の間なんてえものは、それはきびしかつたもので、今どきの人には想像もつかない苦勞もあつたが、叉、その情愛といつたものも格別だつた。

私がまだ子供の時分、親の膝もとでは充分修業が出來ないと云ふんで伯圓さん(二代目松林伯圓)のところへ弟子入りした。この人は近代の名人だね。寄席も碌々かけ持ちがあつて、私は師匠のお供をして歩いたが、何でも日に十里ぐらゐは歩いたらう。師匠は俥だからいゝが、私達はテクルんだから、深川あたりで眞打《とり》をつとめて、家にかへると夜明けまじかといふやうなことも普通であつた。

眠りながら歩いて電信柱につき當るなどは度々のこと、溝へ落ちたこともある。

それで、講釋はどうして習ふかといふと、別に稽古をつけてくれるのではない。師匠が高座で讀むのを、樂屋か廊下で熱心に聽いて覺え込むのだ。點取りといつて帳面に要所々々を書き込んで覺えるといつたことで、今のやうに一席物でお茶をにごすやうなこともなく、大ていは一ッの讀物が一月はつゞく。席の都合で十五日になることもあるが、その長いつゞき物なので間、一日聞き損ふと、そのところだけは、叉何時聞けるか分らない。いつも同じものをやる譯ではないのだから。

師匠が得意の小猿七之助、それが一月つゞきで最後の日だつた。席亭は忘れもしない深川の〇〇亭、いろ〳〵の用事をいひつかつてゐたので、漸く廊下に坐つて師匠の出番に間に合つたが、私は一語も聞きもらすまいと懸命に覺えようとしてゐた。師匠は實に巧い、あの呼吸、あのやりとり、あのイキでゆかなければアと夢中になつてゐるうちに、お恥かしい話だが、小便をもらしてしまつた。云つてみれば無理もないことで、用が多いのでギリ〳〵の時間、小用に行く間もなく、講釋がはじまつてしまつたので、一寸の間も座を立て

ない。立てばその間だけ聞けなくなるので、がまんしてゐるうちに粗忽してしまつた。

　すると席亭がすつかり怒つちやつて、誰のところの小僧だ、こんな行儀のわるい小僧を連れて來るのは明日から斷ると樂屋へ私をしよびいて行つてどなつた時に、師匠は、苦い顏をして、どうしたんだといふ。私は實はこれ〳〵で、一寸の間も座を立てずツイ失禮いたしましたといふと、師匠はヨシ〳〵藝人はそれ位藝熱心でなけれァいけねえ、オイ席亭さん、藝を覺えたい一心での粗忽、それが許せねえ、明日から連れて來るなといふなら宜うがす、私はもうこの席は御免をかうむるから。と云つてスーッと立ち上つた。席亭は狼狽した。一枚看板といつてもいゝ賣れッ子の師匠が出ないとなれば上つたりだからね。マア〳〵さう云はないでと、今度は、ひたあやまりにあやまつてまづ無事に濟ませたことがあつたが、師匠と弟子の間柄、修業の仕方といつたものはこの話一ッでも大體想像できませう。今は師匠らしい師匠もなければ弟子らしい弟子もゐない。かうして苦勞した中で藝は磨かれて行つたものですよ。

× × ×

　一立齋文慶は世話物の名人として知られた人だ。茅場町の御用達石橋の番頭の伜で若い時は質屋をやつてゐたが、好きの道から二代目文車の門に入り、中年からの人には珍しく大成した。頗る變人で風流を好み講釋についても一家の見を有し「客に受けることを專らにすれば藝が死んでしまふ。自信のあるものを氣を入れてよみ、聽者を同化させる手腕がなければ名人とは云へぬ」といつてゐた。

　世話物の中でも十八番の小幡小平次が淺香沼で殺される處や、雲霧仁左衞門の山猫三次が藤三郎を慘殺する場面などは實に云ひ知れぬ凄味があり、聽者自身それを眼のあたり見てゐるといつた實感があつたさうだ。で、今村信雄君の父君次郎氏が、文慶にその事を云つてほめたら「實は私は人の殺される所へ偶然出會したことがあるのです。怖さ恐しさを忍んで私はそれを見てゐました、息の引き取る處迄見てゐました。藝の爲には冷酷であつてもいゝ。私はふるへながらそれを見てゐた。それが私の役に立つてゐるのです」と答へたさうである。文慶は大正四年に死んだ。

（今月は講談の作者に就いて述べるつもりの所、資料に不足する處あり、次號にした）

◇編輯後記◇

○先月あたりから、發行が遲れ始めた。本誌は營業雜誌とちがつて、遲れた日數を取戻すために、全能力をあげることは出來ないのだから、〆切日は嚴重に守つて頂きたい。すべてが豫定通りに行はれるならば、毎月二十日前後には製本出來る筈なのである。

○前月號は歷史文學作品特輯號としたが、そのうちに、現代文學作品特輯號をも出したいと思つてゐる。が、問題はプランより作品なのだから、作品さへ澤山送つて頂けるならば、すぐにも出來ることである。編輯部の意のある處を汲んで頂きたい。

歸化人部落

山田克郎

異人ふうな少女

東京灣の海面《うみづら》を、白く波頭を舞ひあげてくる冬の風が、甲板《デツキ》に佇んだ私の合オーバアの裾を輕々と飜す。

小笠原島行きの芝園丸は、太い煙を空に撒らし、棧橋から出帆の支度に忙がしい。二千三百噸の汽船なので、そんなに小さくはないのであつたが、荷物と乘客をうんとつめこんで船脚を重く沈めてゐるので、あたりに錆びた赤腹を浮かしてゐる貨物船よりもずつと小さく、貧弱なものに見える。こんな船で太平洋を三日も航海してゆくのが、心細いばかりであつた。――もつとも、大東亞戰爭の始まる前の、十一月初旬のことで、敵潛水艦の怖れなどは全くなく、この上ない安全な航海であつたわけなのだが……………。

「用意《スタンバイ》……用意《スタンバイ》！…………出航用意！」

船員が叫んで、手をふつて甲板から甲板へ合圖をした。ドラが打鳴らされ、見

送人は岸壁へ降りた。

岸壁の向ふの原つぱから、その時にはもはや乘船の爲に駈けつけてくる人影は見えず、見送人達は船體の蔭に海風を避けて、それでもなほ女は、風にとられさうになるショールを頸のところで押へて防ぎながら、出帆を待つてゐる。

船員の二三人が、低い昇降口から岸壁にとびおりて、船と岸壁とを繋いでゐる短かい木の階段《タラップ》をとりはづしにかゝつた。

すると、廣つぱの彼方の家のかげから、タクシーが一臺現はれ、それが見るまに大きな姿になつて辷りこんできた。

船の横腹にゆるくカーヴして止るのを、それをさへもどかしげにドアをあけてひとりの少女が、すらりと伸びた脚でスカートの裾を蹴るやうにしながら、とり除かれやうとしてゐる階段を一氣に駈け上つてきた。

船員のひとりが、

「切符を拜見します」

と、前に立塞つた。少女は、

「あら……」

と、困惑げな表情で唇を嚙んで、船員を見守つた。

「さうだつたのねえ。…………慌てゝゐて、すつかり忘れてゐたわ。船はもうすぐに出帆するんでせう?」

「さうですね」

「あの自動車で行つてきても、もう間に合はないかしら?」

「だめでせうね。何しろ、出帆の時刻がもうきてゐるんですからね」

「船の中で買へないかしら?」

「それアだめですね。規則ですからね」

なぜにわざ〳〵そんな不便なことにしてあるのか、切符賣場はこゝから二丁ばかり離れた所にある。

「だけど、この船があしたもまた出るといふんなら何でもないんだけど、いま乘り遲れると、二十日も待たなきやいけないんですもの。何とかならないかしら?」

タラップをはづしかゝつてゐた船員たちは、少女が切符を持つてゐないのを知つてそれをはづしてしまふこともできずふたりの交渉を待どほしげに眺めあげて待つてゐる。

出帆の度に、かうした客に馴れてゐるとみえて、冷淡な、むしろ忌々しげな表情をさへ浮べてゐる。

そんなちよつとした手違ひで、一航海遲らせなければならぬことが、相手にどんな苦痛を與へるかには、全く無頓着な顏附であつた。

少女は、打萎れてしまつた。――顏立も、脊丈もすつきりと美しい少女で、言葉も、態度も普通の少女とは異らず、頭

髪も黒いのであつたが、その眼の色がわづかばかり碧をおびてゐるのを見ると「歸化人の娘だな」と、私には思はれた。私がこれから行く小笠原島の父島に、歸化人部落のあることを私は聞いて知つてゐた。

「さあ、降りて下さい。時間が經つばかりですからね」

私はその少女に近づいていつて、

「これを使つてください」

と、彼女の前に握つてゐた切符をさしだした。

「僕の友人のものですが、これまで待つてゐてもやつてこない所を見ると、奴さん、こないんだと思ひます。かまひませんから、使つてください」

「………でも…………」

少女は、とつさに私の親切を受けていゝのかどうか判斷に困つた表情で、躊躇してゐた。

「どうせ餘つたものですから、使つてくださつた方がいゝんですよ」

私は船員の方へ向つて「これでいゝんだらう」と訊ねた。岸壁に待つてゐた船員たちは、階段を、とりはづしてしまつた。

「すみません」

お下げの頭をさげてから、唇のはしに、少女は微笑を浮べた。それまでの不安に代つて、明るさばかりになつた顏は、私の胸を貫いてくるやうな美しさに輝いた。

船は岸壁からはなれ、貨物船の間を縫ひ、やがて御臺場を後にして港外に出た。

「事務長の部室はどこだね？」

私はボーイにたづねて、中甲板に事務長を訪ねた。

事務長は肥えて、目の下に大きなほくろをつけた脊の低い男であつたが、いかにも事務長らしく、客をそらさない態度を知つてゐた。

私は少女の困つてゐる所を目撃したので、自分の切符を與へてしまつたことを話し、自分の分として船賃を拂ふと、事務長は、快よくそれをうけとつてくれた。

それにはひとつには、私の名刺に陸軍省陸地測量部技師といふ肩書がついてゐたことが、彼の口を塞いでしまつたのかもしれない…………。

私は、名刺のその肩書のとほり、これから公用をおびて父島へ赴く途中である。そして私にとつては、この旅行ほど樂しいものはなかつた。

それは熱帶樹の密生する南國の島を初めて見るといふ樂しさばかりではなく、現役の陸軍中尉で、日支事變が始まると同時に中支に轉戰をしてゐた私の兄が、つひふた月ばかり前

憲兵となつて要塞島である父島に來てゐるのであつた。

私もいま公用をおびて父島に行き、五年ぶりに、その兄と逢へるわけであつた。兄弟が公用をおびながら、太平洋上の孤島に偶然に逢ふ。その豫想は、私の心をこの上もなく樂しませるのであつた。

父島

東京灣を出帆して三日の後《のち》、朝の十時ごろであつた。

「父島が見えてきましたよ！」

と、父島で宿屋を營んでゐるといふ人のいゝ親爺さんが、食堂と娯樂室をかねたドアロからみんなに聲をかけた。

他人の下手な將棋を見てゐた腰をあげて、私は上部甲板に出た。

わづか東京から三日間船に乘つたゞけで、もはや亞熱帶圏にあるこのあたりでは、日の光は内地の眞夏のものに變つて波の色さへ白綠をおびてゐる。

上甲板にのぼつて見ると、島はまだ遠くに、ほんのかすかにしか見えない。

「なアんだ…………」

と、私は甲板をひと廻りしたゞけで、また娯樂室に歸つてきた。


一時間半ばかりの後、漸く、船は父島の入江の懐に、投錨した。

山を蔽ふ勁い亞熱帶の樹々は、精悍に正午《ひる》近い强烈な光をはね返し、入江の中は翠巒を浮べて綠色になつてゐる。

港をつゝむ防風林の蔭になつてゐて、父島の町は見えないが、そのとぎれ目の汀に、裸の土工達が汗の背を光らせながら、トロツコを押してゐる。

これが、要塞島なのであらうか？

私は興味ぶかく、甲板に出て眺めてゐた。

島には何の近代的設備も見えない。强ひて求めるとすれば彎曲した入江をとり卷いてゐる道路の、電柱ぐらひなものであつたらう。

正午近いといふのに、入江には蟬の聲のみひゞき、太平洋に置き忘れられた平和な孤島としか見えない。

これが、東京の表玄關をあづかる、要塞島なのであらうか？

私には、奇異にさへ感じられる。香港やシンガポールの近代的設備を誇る要塞島とは、外見上からだけでは、何とかけ距つてゐることであらう。これでいゝのかなア、と云ふ疑さへ與へさせる程であつた。

獨木舟《カヌー》が一艘、小さな帆を掲げて、山の裾を吹きながされ

ながら外海へ出てゆく。

私が切符を與へた少女は、近くで、手すりに組んだ腕を凭せかけて島の姿に見いつてゐる。靜かな感動が、その眼眸に動いてゐる。

神戸の兄の家から女學校に通つてゐて、五年ぶりで故鄕の島に歸るのだといふことを、航海の退屈な時間に、私に話した。そして私が最初に彼女を眺めた折感じた通り、歸化人部落の娘であつた。

「お母さんの寫眞を、お見せしませうか?」

と、彼女は、ブラウスの內ポケットから母の寫眞を出して私に見せてくれたりした。

彼女のお祖父さんはスペエイン人であつたが、彼女の祖母も、母も、日本人で、島の娘であつた、と云ふ。その言葉の通り、寫眞の母親は、田舍じみて素朴な樣子をあらはしてゐた。

エリザベエト・セイボレエ、といふのが彼女の名前であつたが、日本名は、それをもぢつて、世掘襟子と云つてゐる。併し小さい時から家ではエリと呼ばれてゐる、といふことも話した。兩親は亡くなつて、もはやその島には兄がひとりゐるきりであつた………。

私と話をする度に「それはいゝ島ですわ。夢のやうな島で誰でも好きになりますわ」

としきりに島のことを賞めてゐたので、

「ほんとうに靜かな、住みよさゝうな島ですね」

と賞めると、エリは自慢げに、頸《うなじ》をそらすやうにして、

「さうでせう。以前とすこしも變つてゐませんわ。すべて、昔のまゝ」

と、また熱心に、島に見いつた。

舳を高く波上に立てた快足で、一隻のランチが船着場からこちらへ近づいてくる。船客の荷物檢査が、始まるのであつた。

この時初めて、要塞島であるといふ現實感が、私の胸に甦つてきた。

私は東京から電報を打つておいたので、あのランチに兄が迎へに乘つてゐるに違ひないと思つた。舷梯の所へ行つて待つてゐると、やがて近づいてきたランチ警官の中に、やはり兄の軍服姿が混つてゐた。

舷梯をあがつてくると、兄は私の肩を強く掴んで、

「元氣か? お前がやつてくるとは思はなかつたな」

「兄さんも元氣のやうですね」

「俺は元氣さ。——お前は俺の宿舍へくるといゝ。そのやうにしといた。ゆつくり後から內地の話を聞かしてもらはう」

荷物検査の爲に、兄は船室の方へ大股に歩み去つてゆく。兄とまる五年間も會つてゐなかつたとは、どうしても思へない。つひこの間別れたばかりのやうな氣で、私は兄の後姿を見送つてゐた。

撲られる青年

私は東京にゐる時は、仕事の關係でいつでも旅行に追はれ、臺灣や大陸へ赴くことも珍らしくなく、その度に行く先々で美しい少女を見かけることが多いので、エリのことなども、それつきり、私の心からは忘れ去られてゐた。そして私がまたエリと何らかの交渉を持つやうになるかもしれないとは、——さうした考へ方は、いつのまにかすつかり私の心からは磨りへらされてしまつてゐるものであつた。

私は毎日ワイシャツの袖をまくりあげ、ゲートルをまきつけた健脚にまかせ、——測微經緯儀や回照器を島の人夫に擔がせ、タブ、ハンノキ、タウヒ、コメツガなどの熱帶樹が豐富な太陽の光に枝をからみあはせる樹林の下を、メギやアザミの刺に皮膚を傷つけながら、一日中山の中を歩き廻つてゐた。……………さうした折に、わづかに慰められるものと云へば、ホーロクイチゴや、紅白色のアセビをふいと足元に見つけて、涼しく汗をぬぐふ時であつた。

夕方、家に歸つてくると、兄と晩酌を汲むのがいつか毎日の例になつてゐた。晝間の炎熱で身體も頭も疲れてしまつてゐるので、ひどく酒がのみたいと思ふ。日本酒が生憎の時には、島の特産の糖酎をのんだ。甘蔗からとる酒で、殆んどアルコール分ばかりで、マッチで火をつけると青い燐光を放つて燃えだすほどの強い酒であつた。

私はそれを嘗めるのであるが、兄は平氣でそれをあふる。

「強くなつたんですねえ、驚いたな」

「ふむ」兄はだまつて、笑つてゐる。

さうした中《なか》に、私はやはりどこか、五年の歳月のうちに、辛苦のひそんで見える兄の顔を、眺めいるのであつた。

ある時、仕事の都合で母島へ行つての歸りであつた。岸壁に大勢の人が群つてゐて、

「喧嘩だな」

と、早くからそれに目をとめてゐた船の者が、話あつてゐた。

私は夕暮が近く、腹が空いてゐるので、早く家へ歸りたいと思つてゐた。船からおりると、それでもやはり興味をひかれて、船を繫ぐポールの上にとびのつて見た。

船員の云つてゐた通り喧嘩で、ひとりが石だゝみの上に投げだされて、そのまはりを二三人の人夫がとりまいて、何か

罵つてゐる。私の所からは遠いので、何を罵つてゐるのか聞きとれなかつた。

倒れてゐた男は、起き上つた。シャツの片袖はとれかゝつてゐるし、顔には、血がにぢんでゐる。恐らくそこはみゝず張れに張れあがつてゐるのであらう。――が、さうしたことよりも私は、

「おや？」

と、目を凝らした。それはその青年が、人並すぐれて高い脊丈を持つてゐた爲であつた。五尺七、八寸はあらうか？

「歸化人の青年だな？」

すると私は、理由は何であつても、さうした青年に大勢の者が暴力を加へてゐるといふことが、突然に、不快なことに思はれた。

起上つた青年は、罵る人夫達に抗辯しようともせず、うなだれてシャツの破れを氣にしながら、おとなしく人の間をかきわけて、出てゆかうとする。

私が、その後姿を憐れに思つた時、私の身近かで思ひがけない言葉が吐きだされた。それは聞き捨てにならぬ、容易ならぬ言葉であつた。

「もつと撲られるがいゝんだ。…………スパイ野郎め！」

それは、いかにも憎々しげな口調に滿ちてゐた。

私は、その男をふり返つた。するとその言葉を吐いたのは私の豫想とは違つて、人夫ではなく、品のよい、白い眉の老人であつた。

スパイ…………。

相手が、歸化人の青年であるだけ、その言葉の内容に、私は重苦しいものを感じさゝれた。そしてその青年が、島の誰からも同情を持たれてゐないのを、あたりの險惡な空氣から察した。

家へ歸つてきて、庭の植木鉢の手入れをしてゐる兄に、そのことを話した。兄はこのごろすつかり私の顔が黒くなつたと笑つて、その話を意識的に握りつぶしてしまつた。

癈屋

日曜日は私は休暇であつたが、この島へ來て初めての日曜日には忙がしくて休暇がとれなかつたので、二度目の日曜日に、漸く私はこの島へ來てから十一日目に、ゆつくりと手足をのばす暇な時間を與へられた。

以前から私は、歸化人部落をいちど見物してきたいものだと思つてゐた。

その部落は、島の一番良い場所をしめてゐるのであつた。いつでも船着場から眺めると、入江を深くひきいれた白砂の

汀の、タマナの老樹のかげに、代赭色の屋根が、異國の夢をのせてそびえてゐる。

その日、朝飯を終へると、私は早速歸化人部落の方へ足をむけた。日本人の町から六、七丁距つてゐて、一劃をなしてゐる。――近づいてゆくと、十數軒のその家々は、島家ふうな草葺きの家もあれば、いきな洋館もあつて、いづれも前庭に垣をめぐらし、一軒づゝ孤立して、親しみのない卒氣ない表情を示してゐた。

この部落の若者たちの大半は島を出て、船に乘組むか、または東京や横濱で勤めるかしてゐて、島には殆んど老人と子供しか殘されてゐないので、いつも部落内は森閑として、人の姿を見かけることも少く、玄關に寢そべつた犬が胡亂臭い眼でゆつくりと通行人を見送るのであつた。

私は歩き廻つてゐるうちに、その部落の後の野椰子の中に十字をつけた高い尖塔を持つ教會を見つけた。それが、船着場から眺める、高い屋根であつたのであらう……。

それは生籬はすつかり壞れ、庭園には雜草が勝手氣まゝに繁り、蔓草の絡まつた窓といふ窓には鎧戸が固くとざされて今は用ひられることもなく、風雨に曝されるまゝの廢屋になつてゐる樣子である。

私は生籬を乗り越えて、庭に入つていつた。屋根は痛んでゐるし、セピア色のペンキは剝げ、ドアの蝶番も錆だらけになつて、片方がはづれてゐる。

いつ頃に建つた建物なのであらう。その痛み、色褪せてゐる樣子から推して、明治初年に建てられたものなのではなからうか。

明治初年、まだこの島が世界各國の間に日本領と確定される以前には、この島は各國の捕鯨船の薪炭所となつてゐた。……島の入江には絶えず外國帆船のマストが林立してゐた。……恐らくその頃、建てられたものではなからうか？ その頃には、日曜毎にこの教會の鐘が島ぢうにひゞき渡り、荒くれた外國の水夫共は、そのひと刻教會に集つて、敬虔な祈りに母國を回顧し、また、遠く異鄉にある悲しみに、心をひたしてゐたのであらう。

併し今は、絶えず海風に曝されて、さうした水夫たちの體臭は、この教會の建物からは追ひ拂はれてしまつたやうな清潔さに見える。

雜草の蔽ひ茂つてゐる中に赤い佛桑華の咲き匂つてゐるのを見つけ、またその雜草の上に腰をおろしたりしてゐた私は禮拜堂の所に一個所、戸の壞れ目があるのに氣づいて、内部を覗いてみた。すると驚いたことには、その禮拜堂の內部は私は鎧戸に外光を遮斷されて眞暗であらうと思つてゐたのに

朝の明るい斜光をいつぱいに導きいれてゐるのであつた。鎧戸は表に面した所だけ閉ざゝれてゐて、裏手の方は窓さへも開け放たれて風を吹き入れてゐるのだ。その時、いきなり横合ひから私は腕を強く掴まれてゐた。

怒りに満ちて、ひとりの長身な青年が、私の腕を掴みしめてゐる。

「歸れ……ひとの家を盗見するな！」

青年の聲は短かく、激怒を含んでゐる。その青年を、私は見知つてゐた。あの、船着場で撲られてゐた青年なのだ………。が、相手の餘りに常軌を逸した態度に、私は反撥する感情を禁ずることが出來なかつた。

「誰も人のゐない教會だと思つてゐたのだ。無法なことをするな」

私は掴まれてゐる腕をふり拂つた。

「嘘だ！」

と、青年は浴せかけると同時に、急にまた聲高に叫んだ。

「やめて下さい…。僕はこの頃不眠で、一睡もできない…。君たちはどこまで僕を疑へばいゝんだ。疑ふのはよしてくれ。覗見なんて卑怯だ！」

焦悴して、眼の落ち窪んだ彼の顔を眺めると、私の心に、云ひしれぬ同情が湧いた。

「出ていつて下さい。さ、――早く、出ていつて下さい」

彼は匕首か何かを突きつけるやうに、握り拳をかためて、私につめよつた。

私が教會の庭から出てくると、島の漁師らしいのが二、三人、道に立つて私の出てくるのを待つてゐた。彼らは嘲笑を浮かべながら、私と共に歩きだして、

「氣狂ひなんですよ、あいつア」

と、ひと目で私が島の者ではないのを見て、説明した。

「仕方のない奴でしてね、島の困り者でさあ。この頃では、すつかり、自分の方からひがんでしまひやがつてね」

「……比田さん」

背後から滲みとほつてくる美しい聲が私を呼びとめた。

それは、船で別れたまゝのエリであつた。

受難

エリは、いま教會から私をつまみ出すやうに追ひだしたのは、自分の兄であると傳へた。

私とエリとは野椰子の林の中に、朽ち倒れた木に腰をおろしてゐた。エリの顔には、野椰子の葉かげがしきりに動いてゐる。

「あなたは、私たち兄妹がどんな境遇に置かれてゐるかを、

御存知でせうか？」

エリはそれほど悲しいことではないやうに、私に訊ねた。

「知りませんね。…………」

私は、あの船着場で見たことを思ひだしたが、詳しいことは知らないので、さう答へるよりしかたがなかつた。

「兄は、あなたのお兄さんに、お願ひしてあることがあるのですが…………」

エリは頸を落して、うなだれた。彼女の顔に躍つてゐた葉かげは、頸にさした。

彼女には姉がひとりあつたが、月に一度、この教會へ横濱から說教にやつてきてゐた牧師に望まれて、結婚した。が、事變が始まつてから、島へくる每にその牧師にスパイ行爲があつたので、遂にその牧師は國外追放となり、姉もそれに從つた。

島の人たちが、歸化人部落の人々に、——特にエリの一家を白眼視しだしたのは、素朴な彼らの感情としては、當然なことであつたかもしれない。

「それは私が神戶にゐる時の出來事で、神戶の兄も、さうした事件は丸きり知らないやうでした。私が一度島へ歸つてきたいと云ふと、喜んで許してくれた程なのですから、恐らく姉とこの島の兄とは、他の弟妹にさうした心配をかけるのを恐れて、ふたりだけの胸に事件を納めてしまつたものと思はれます。——島の人が、兄を疑ふのは、無理はありません。併し私は、兄も、……姉をも信じてゐます。姉は子供にひかれて、良人の本國へ渡つたものと思はれます。なにしろ、子供は三人もゐたのですから。……誰にも顧られず、たゞひとり兄は、自分の正しさを信じてゐます。兄はずつと前から、まだあなたのお兄さんの前任者の時に、軍夫の願ひを出してゐるさうです。妹の良人の罪を贖罪し、また部落にかゝつてゐる嫌疑をぬぐふ爲には、自分の生命を犧牲にしなければならぬと、兄は覺悟をきめてゐるやうです。小業でもよくまた英語が操れますので、兄はその方でお役に立てばとも云つてゐます」

周圍には何の物音も聞えず、海から微風は涼しくそよいでゐたが、私は息苦しい程に沈澱した空氣を感じ、何と答へてよいか判らぬまゝ、足元の影にかれてゐる雜草の光を瞠めてゐた。

その夜私は兄に、エリと逢つた話をした。そしてエリから傳言をそのまゝ、彼女の兄のウイリアムの、軍夫志願を聞きとゞけて貰ひたいといふことを告げた。

「あの邊りへ行くのは、當分愼んでくれた方がいゝな」

と、兄は苦笑を見せたきりでさう云つた。

兄と妹

私はそれから、歸航の日が近づいてくるまで、慌しい日がつゞいた。

エリにはその後再び逢はなかつた。兄の言葉に從つて歸化人部落へ行くことを愼んでゐた。一度、ウイリアムが兄を訪ねてきて、何かひどく兄と激論を闘はして歸つていつたことがあつた。私は階下にゐたのでその内容に就いては判らなかつたが、勿論、軍夫として出征することに關したことであつたのであらう。ウイリアムは大聲で、兄を叱咤するやうに怒鳴りつけ、叫んだりしてゐたが、

「賴みません。——もう賴みません。他人は信用出來ない」

と、階段を踏み鳴らしておりてくると、玄關の戶を手荒く開けて歸つていつてしまつた。

「あの男は、自分ひとりで昂奮してしまふんだからな」

見送つて兄は呟いたが、それは氣色を損じてゐるといふ風には見えなくて、反つてウイリアムの粗暴な卒直さを、好意を持つて眺めてゐる態度のやうであつた。

「ひとりで、かつかつとのぼせて昂奮してゐるもんだから、こちらの言葉など少しも通じないんだ」

さうしてゐるうちに、私が東京へ歸る日が近づいてきた。そしていよ〳〵明日船が入港するといふ前の日、その日一日だけ、私は兄から寫眞撮影の許可を與へて貰つた。この島は要塞島なので、嚴重に寫眞撮影は禁じられてゐた。

この島での特異なものと云へば、やはり熱帶植物とか、歸化人部落かなく、その他のものは兄からの注意もあつて面倒なので、私はエリの家を訪ねた。エリは折よく家とは別棟の廣い臺所で水仕事をしてゐた。

私の姿を見ると、愛想のいい笑顏で迎へてくれた。エリから賴まれたことを、私は眞劍には兄に傳へなかつたし、またそのことは停頓してゐて運んでゐない模樣なので、私は後めたい氣がしたが、寫眞を撮らして欲しいと賴むと、喜んで應じてくれた。

その家は瀟洒な、明るい洋館建てなので、玄關のハマイチビの木の蔭に、エリに立つて貰つた。そこには隣家の大きな尨犬が日溜りの中に寢そべつてゐたので、その犬も共にカナラに收めたいと、エリにその犬の側に立つて貰つた。

私がファインダアを覗くと、尨犬は低い唸り聲で威嚇した。幾分その犬の樣子が變なので不安であつたが、これまで一度も犬を怖いと思つたことのない性質なので、構はず私はシャツタアを切つた。

シャツタアの音が、カチリ、と鳴ると同時に犬は眞正面に

私に襲ひかゝつてきた。

眼前が眞暗になつて、自分でも氣づかぬうちに身を飜して私は道の方へ逃げてゐた。エリが犬を呼んでゐる悍高い聲が私の背にひゞいてきたが、犬は砂を卷いて私に追ひつき、逃げる足に二三度嚙みついた。

「あら、あら」

駈けてきたエリは、私のズボンが無慘に喰ひ千切られてゐるのを見て、態度を失つて狼狽してゐた。

「別に痛くはありませんよ。――きつと犬の奴、シャツタアの音にびつくりしたんでせう」

私はそのまゝ町へ引返さうとすると、エリはいつさうあわてゝ、

「わたしが側にゐて、呆んやりしてゐたものですから、濟みません。ほんとに呆んやりですわ。家へきて下さい。それでは歸れませんわ。藥がありますから。――今まで人に嚙みついたことはなかつたんですけど、どうしたんでせうか?」

口早に云ひながら私を家の方へ案内した。

裏口の方へ廻ると、六疊ばかりの、疊を敷いた居間があつて、立ミシンと、机と椅子とが置かれてゐる。欄間には、明治天皇の御尊影が飾られてゐた。

エリは奥の部屋へ駈けこんでいつた。――エリより先にウイリアムはその部屋へ入つてきて、

「や、大變ですね。これアひどい」

と、後からエリが持つてきた美人膏といふ白い煉藥を、私の足に塗つてくれた。

「人に嚙みつくやうな犬ではないですがねえ。さすがにここは要塞地帶だけに、犬は寫眞機など見たことがないものですからね。定めし驚いたんでせう。大丈夫です。狂犬ではありませんから」

そしてエリの手から繃帶をとつて私の足に卷かうとする。

「それは結構です。自分でしますよ」

と、私が繃帶を受とらうとしても、ウイリアムは私に委せようとしなかつた。

あの教會で會つた時とは、――また兄と激論して歸つて行つた夜のウイリアムとは全く別人のやうな優しさであつた。私は足をウイリアムに委せながら、この人は本當は、かうした親切な青年なのではなからうかと、そんなことを考へた程であつた。

と、そこへ私が顔見知りの、兄が使つてゐる少年が、何か封書を屆けてきた。――私がそこにゐるのを不審な眼眸で眺めながら少年は歸つていつたが、ウイリアムは繃帶をエリに委して、柱に凭れてその封書を讀んでゐた。

「エリ」

妹を呼んで、手紙を手渡すと、柱から身を離して明治天皇の額の前に行き、敬虔な合掌を捧げた。…………暫くさうしてお祈りをしてゐると見るまに、嗚咽の聲が洩れた。彼の長身は疊の上に横倒しとなつて、齒の間から押し出てくるやうな唸き聲が洩れた。

私はエリを顧みた。するとエリの兩眼にも涙が溢れ、ひきつるやうに肩が慄へてゐる。エリは手を伸ばして私の兩の手を握りしめた。何か話ださうとして、それが出來ないらしく唇が動くのみで、言葉にならないうちに新らしい涙が頬に傳はり、もどかしげに私の兩手を握つた。

「半年の間、苦しい、氣の狂ひさうな思ひでこれを待ちつゞけてゐたんだ。來やがつた。とうとう來やがつた。手にいれることができた」

ウイリアムの、壓しつぶした、嗄れた聲が嗚咽の間からひびくと、エリは更に泣きいつて、屹つと身體をひき緊めるやうにして私の指を嚙んだ。

いま少年が齎らした封書は、ウイリアムの軍夫志願を許可した通知であることを、私は知つた。

私の指を嚙んで涙に咽んでゐるエリの頭髪を、私は親しい感情で眺めた。兄妹の純な喜びに打たれた。

ウイリアムも、エリも、採用の通知を見て泣いてゐる。純な喜びの中にひたつて、夢中になつてゐる。その兄妹を、どうしてこれ以上疑ふことが出來やうか。

私は相擁して泣く兄妹の潔白を、信ずることが出來た。そして更に、ウイリアムの心事を見ぬいた兄を偉いと思つた。そうした所にも、兄の戰場での五年間の苦勞が、磨かれて、現はれてゐるやうな氣がした。

大名時計

翌日は颱風の前ぶれをなして烈風は島の樹々を鳴らし、道路には埃が舞ひ立つて山の方へ吹きなびいた。

私が旅行鞄に自分のものをつめこんでゐると、エリが訪ねてきた。初めて東京港で見た時のやうに、翳のない、闊達な態度で、鳥籠と重さうな風呂敷包とをさげてゐた。鳥籠には目白が止り木の間をとびかつてゐた。

「まだ目の見えない雛の時に、山から捕つてきて育てたのですから、人にはよくなついてゐるんですのよ」

と、説明して、鳥籠をあけると、エリの指先にのり、私の肩に移り、そして、私の耳たぶを嚙んで怖れげもなくつゝいた。

エリはそれを私にくれるといふのであつたが、もう一ツ、

風呂敷包の中のものは、更に貴重なものであつた。三尺ばかりの高さを持つた大名時計で、それは「ダイミョウの時計」として、世界に宣傳され、工藝價値を誇つてゐるものである。

エリの祖父が、横濱の古い道具屋で安く手にいれてきたものだといふ。エリの祖父は外人であつたゞけに、かうしたものを鑑賞する眼を持つてゐたのであらう。

「どうせ私の家へなど置いておいても仕方のないものですから…………」

とエリはそれも、私にくれるといふのである。

私はそんな貴重なものを貰つては濟まないといふ氣が強く動いたので、目白だけを貰つた。エリはひどく落膽した樣子であつた。それを持つて、私を喜ばせようと家を出てきた時の意氣込みを示すかのやうに、悄然としたものであつた…。

旅行鞄の中を探り、私は萬年筆を取出してエリに與へた。

「もつと何か、女のあなたが持つて喜ぶやうなものがあるといゝんだけど」

エリは紙にペンを辷らせてみてひどく書きいゝと喜んだ。その素直さは、反つてこちらが氣持が良い程であつた。私も頑固な遠慮をしないで時計をとつておけば、エリも定めし喜んでくれたのだつたのだらうにと、顧みて殘念に思はれた程であつた。

夜空

船は午前十時に出帆の豫定であつたが、風の爲に伸び〳〵になつて、午後の三時頃になつて漸く、乘客達は、ぼつぼつ通ひ船に乘りこむことになつた。併し船はいつ出帆するか判らない。あしたになるかも知れぬといふ心細さであつた。

夜の八時頃になつて、船は急に出帆することゝなつた。波はまだ高く、うねりは激しかつたが、颱風は東南にそれたのだといふ。船は幅太い汽笛を眞暗い夜空一ぱいに撒き散らした。私は以前からそれを作つて採用の通知を待つてゐたのだといふ國民服を着こんだ、ウイリアムと共に、甲板へ出た。タマナの樹に遮られて、町の灯は見えない。――また汽笛が鳴つた。この出帆の合圖を聞いてエリは汀へ走り出て、死を覺悟の兄を見送つてゐるのに違ひない。私は汀の眞暗な闇の中に、船を見送るエリの姿が見えるやうな氣がした。

やがて、私がさうした感懷に耽つてゐる間に入江の岬が眼前に迫つてきた。私は船が入江から出はづれやうとしてゐることを知つた。ウイリアムは默したまゝである。私も索具に腰をおろしたまゝである。

船はいつそう速力を早めだしたとみえて、舷側に波の音が高まつてきた。

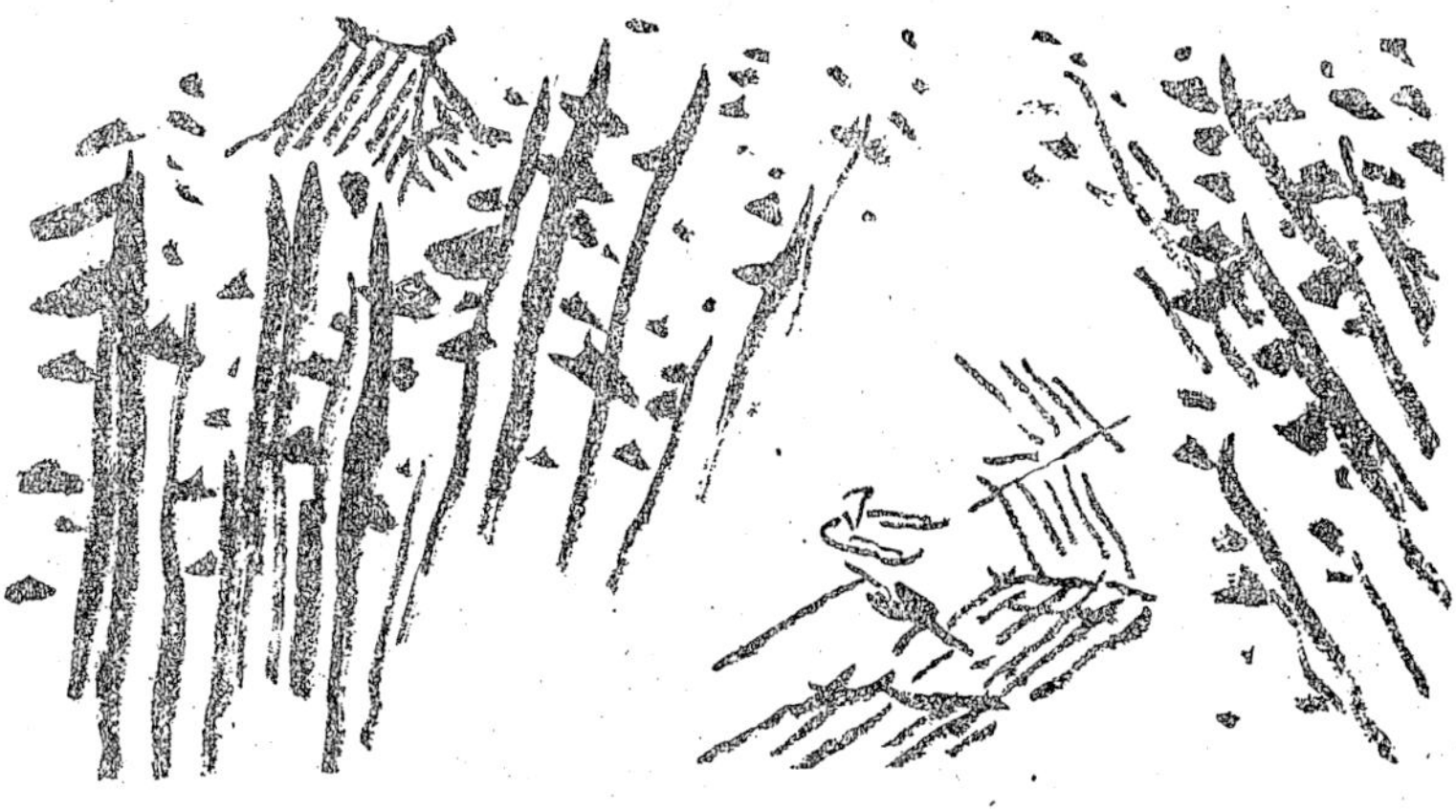

湖心（「はは」續篇）

村松駿吉

五

克成が眼を覺した時には、母は床にはゐなかつた。この座敷の眞下になつてゐる臺所で、瀨戶物のかち合ふ音や、ばたばたと板の間を駈けるやうに步いてゐる人々の足音が聞えた。

克成は、そつと寢床をぬけて、階段の上へ立つて下を覗いてみた。

廣い臺所には、湯氣がもうもうと立罩めて五六人の男や女たちが、ずらりと並べられた食膳の上へ、食器をのせたり、それを奧の客室の方へ、運んだりしてゐた。うまさうな香りが、下から克成の鼻をつくやうに上つて來た。

女たちの間にまぢつて、母も襷がけで立働らいてゐた。克成は、すぐに母を呼ばうかと思つたが、何かわるいやうな氣がして、暫らくそのまゝに、冷たい階段の手擦につかまつてゐた。

次から次へと膳部の仕度が忙がしさうなので、克成は、また自分の部屋へ戾つ

て來た。そして、まだ開けられてなかつた窓の雨戸をそつと繰つた。

窓の外は、朝靄のかゝつた湖水だつた。

冷たい、朝のすがすがしい空氣と一緒に、朝陽がさつと部屋へ流れこんで來た。

漣ひとつたゝない湖水のまん中に、ぽつかりと浮んだ小さな島があつた。その島の前を、小舟が長い水尾《みを》を引きながら靜かに辷つてゐた。

克成はしばらくの間、その美しい風景に、ぼんやりとみとれてゐたが、そのうちにいつか、昨日まで住んでゐた山と山の間の村のことを思ひ出した。

昨日、母と二人で村を離れて來た克成は、夕方この松江へ着いた。そして、母の妹で、この旅館を經營してゐる叔母の家へ、ひとまづ落着くことになつたのだつた。そして、克成母子には、二階の小さな部屋をあてがはれて、母は、この叔母の家の手傳ひをすることになつた。

「克ちやんや、ハイ」

後から呼ばれて振り返ると、叔母が、生菓子を二ツ三ツ紙の上へのせて立つてゐた。廂髪に、縞の前掛をかけた叔母はほつそりした色白の頰に、優しい笑を浮べた。

「お母さんは、いま忙がしいけに、これを喰べて待つてるだでね」

さう云つて、菓子の紙を克成の手にのせて置いて、また忙がしさうに部屋を出て行つた。

克成は、その小倉(菓子の名)の、大きな甘い小豆つぶを、一ツ一ツとつては口の中へ入れながら、今頃は、村では、トシや他の友だちなどは、學校の机の前へ並んでゐるだらうと思つてゐた。

それから十日ばかり經つた日のことだつた。

母の兄である、背の高い、赤ら顏の、いつも酒に醉つてゐるやうに、ニコニコとしてゐる灘町の伯父がやつて來た。そして、母と部屋で暫らく話してゐたが、そのあとで、奥の叔母夫婦の部屋へ行つた。

克成が、母を追つて行くと、

「克ちやんや、いゝ兒だけんね、あつちへ行つて遊んで居りなさいや」

母は、克成が背中へかけた手を外しながら云つた。

「克ちやんのな、學校へ上る相談をしとるだけにな」

叔母は、菓子鉢の中の菓子をはさんで、克成の方へさし出した。

「かあいさうだどもな、仕方がないわい」

灘町の伯父は、いつもの變らぬ笑顏でさう云つた。

「お幸さん（母のこと）も、ひとりではな、この子を育てるのは、なかなか大變だけんのう。それに、まだ若いこつたし」

叔母の良人の總平は、あと半分を笑ひながら云つた。

克成が行かうとして立上つた時、母はぢつと、齒を喰ひしばるやうにして、克成をみた。

その晩、母は、克成の寢床を敷く前に、小さな火鉢に火を入れて上つて來た。

「こゝへ來てあたれや」

さう云つて、心持ち淋しさうにうなだれた。そして、小さな吐息をすると、

「明日なあ、ほんとのお父さんに逢ひに行くだで」

ぢつと、克成の顏をみつめて云つた。

克成は、小さな兩手を火にかざしながら、ぽかんとしたやうに聞いてゐた。

「ひよつとしたら、學校へは、そのお父さんところから行くやうになるかも知れん」

母の、この頃急にまたやつれの增した蒼白い額際を、暗い電燈の光が上から照らしてゐた。

克成は、急にハツとしたやうに母を見返した。そしてすぐに、

「お母さんは？」

「わたしは、こゝに居つて働らかにやならんのでな」

克成は、默つて小さい胸の中で、母の心を讀むやうに、母をみつめた。母は、そのまゝ默つて火鉢の灰の中のかたまりを、火著ではさんでは、隅へよせてゐた。

克成の心の中には、だんだんに悲しい翳がさして來た。

ほんとうの父――それは、いままでに、時折こゝろに描いてみてゐた影だつた。――どんな父だらう？　はつきりとした顏貌《かほかたち》は浮ばぬけれども、曾て母と克成を捨てゝ行つたやうな冷たい父では、きつと無いだらう。この母と同じやうに、優しい父に違ひない、と秘かに思つてみた。それが今、母からの言葉を聞いた瞬間から、何か急に怖ろしいものゝやうに思へて來た。

母と別れて、まだみぬ父のところへ行く――それが、たとへどんな父であらうとも、この母と別れて行くと云ふことは克成がいままでに曾て、想像だにもしたことのないことだつた。そしてその父が、前に別れた養父以上に怖ろしいものゝやうに思へて來た。

それに、いまその眞實の父の許へやられると云ふことは、この母と何だか永久に別れねばならぬことのやうにさへ思へた。

「やだッ」

克成は、小さく泣くやうな叫び聲をあげると、パツと、立上つて、母の膝へ飛びついた。

「あツ！」

母は、吃驚したやうに顏をあげた。

「やだ、やだ！」

次の瞬間、克成は母の胸へ顏を伏せた。母の兩肩へしがみつくやうにした。

「克ちやん！」

母は、ぐツと克成のからだを兩腕に抱きしめたが、もうこの上、堪へ忍べなくなつたやうにすゝりあげて行つた。

しばらくして母は、克成のからだを、少しづゝ押し離すやうにして、

「だどもなあ、長いことだ無い。いまちつとの間だで。——そげせんと、おばさんや、おぢさんの手前がわるいだでな」

靜かに、押し聞かせるやうに云つた。

が、克成は、顏を母の胸に伏せたまゝで、

「やだあ……やだあ……」

と、云ふのみだつた。

尚も母が云ひきかせやうとしたが、

「ばか、ばか、ばか……お母さんのばか！」

克成は、母の胸を平手で叩きながら、口惜しさうに泣きぢやくるのみだつた。

母はもう何も云はなかつた。やがて、泣きくたびれて、ぐつたりとした克成のからだを、靜かに離して立上つた。

克成は床の中で、母のからだにしつかりとしがみつきながら、

「おら、野上へいぬる……」

この間まで暮してゐた田舍の村が、克成には、こよなく戀しいものに思はれた。

母は、それには何とも答へずに、

「克ちやんや、心配することはないだ。どげなことがあつても、克ちやんはお母さんの子だけにな」

囁くやうに忍びやかだつたが、強い響きの罩つた聲だつた。

六

克成の實父の家と云ふのは、街の中心からは餘程離れた郊外に近いところにあつた。昔、家中屋敷のあつた街で、古びた門構への家が並んでゐた。

どの家にも、央ば崩れかけたやうな低い土塀がめぐらされて、その上からは、梅の古木や、ひね曲つた松などの枝が街路へ向けて伸びてゐた。街巾はさう狹くない割に、人通りが

尠くて、靜かな落着いた街だつた。

先に立つた灘町の伯父は、小さな一ツの門の前でちよつと立止まると、こゝだよ、と母を振り返つて、顎をしやくるやうにした。

古びて、もう朽ちるやうになつた大きな門柱には、分厚い一尺位もあるやうな標札があつた。白ちやけて、大きな文字で書いてあるのが辛うじて「西濱」と讀みとれた。

門の内側には、大きな柚子の樹があつて、青黑い葉ツぱの間に黃色い實が、枝もたわわになつてゐた。

叔父が先に立つて玄關の黑光りのする格子戸をあけた。

上品な、頭髪が七分通り白くなつた老婆が、眼をしよぼしよぼとさせるやうにして出て來て、かしこまつた。

「まあ……お坊ちやんで」

と云ふなり、克成の顏ばかりしげしげとみつめた。それから、氣が付いたやうに、

「さあ、どうぞおあがり下さんせ。さきほどからお待かねでおいでましたで」

と、先へ立つた。

茶色にやけた上敷のしかれた緣側を曲つて行くと、庭に面した座敷があつた。

克成は、母の手にすがつて、かくれるやうにして、一ばんあとからはいつて行くと、そこには、ゴマ鹽交りの頭髪を五分刈にした中老人が坐つてゐた。そして、はいつて行つた人たちのだれによりも、克成へまつ先に眸を投げかけた。

克成は瞬間に、これが父だらう、と思つた。

中老人に似合はないくらゐに、きつとした姿勢で坐つて、痩せぎすではあるが、がつしりとした肩先は、前に坐つてゐる母の頭の上くらゐの高さにあつた。

母や伯父の挨拶が了ると、母は克成に――さあ、と云ふやうに促した。

克成は、路々母から敎はつてゐたやうに、きちんと坐つた膝の前へ兩手を突くと、

「こんちは」

と云つて、コクリと頭を下げた。そしてすぐに、眸を庭先の方へそらせてしまつた。そして、父の眸が自分の方へそゝがれてゐることを意識しながら、そつと母の袂の下から、父に見えないやうに、母の手を握つてゐた。

「貴樣、いくつになつた？」

父の聲が自分の方へ向けられてゐることを知つて、克成は父をみた。

大きな、銳い光を帶びたやうな眼尻には、意外に優しさうな皺が刻まれてゐて、口許はきゆつと締つてはゐるが、その

邊りに柔かな微笑を湛へたやうな父の顔だつた。しかし、今の言葉に、貴様――と、呼ばれたのは、ちよつと克成は面喰つた。が、すぐに、

「十一」

　さう云つて、上眼使ひに父の顔をみてゐた。

「さうか」

　父は、言葉や、その顔付に似合はなく、優しい人のやうに克成には思へて來た。

　先刻の老婆が、お茶道具や、菓子器を運んで來て、叮嚀に皆の前へもてなしをした。

「早いもんでごぜんすね、もう十一にもおなりんなつて」

　老婆は、大きな羊羹の切れを、箸で挾んで克成の手にのせてくれながら云つた。

「旦那《だん》さんも、坊ちやんがおもどりんなると、よろこびなさんすわね。おひとりでお淋しごぜんしてね」

　父の家の家族と云ふのは、父と、この召使の老婆と二人きりらしかつた。

　皆で夕食を共にしたのだつたが、父は時折り、克成に「學校はすきか?」とか「どげな學科がようでけるか?」と訊くくらゐなもので、克成に向つては、餘り、多くを云はなかつた。ただ、いつも、貴様、貴様と、聞きつけない言葉で呼んだ。それだけが、ちよつと氣ざわりなだけで、あとは、どこかに、鷹揚な氣の置けないものを感じた。

　夕食の終つたあとで、

「まあ、當分、安心してわしの處に置きなさい」

　父は、二三杯の皆と一緒に傾けた酒に赤くなつた顔で云つた。父の顔が赤くなると、尙のこと、白い頭髮が眼立つてみえた。

　母は、父や老婆に、嘆願するやうに克成のことを、くどくどと頼んだ。

　克成は、けふ朝から、母から云ひきかせられて、父の許で暫らくの間、生活することを承知してゐたのだつたが、母が次の間へ來て歸り仕度を始めると、急に堪らなくやるせなさを覺えて來た。

「お母さん――」

　母が、持つて來た風呂敷包の中から、克成のものをとり出してゐる時に、そつと母のそばへよつて行つた。

「あのな、永い間だないで、お母さんが、どけでも迎へに來てやるけに」

　母は、父にはばかるやうに、そつと云つた。母の暗い方へ向つてゐる眸にも涙が光つてゐるのが、克成には分つた。

　伯父は、殆どひとりで飮んだ酒に、いゝ機嫌に醉拂つてゐ

るらしく、

「克ちやんや、お父さんのとこへ來て嬉しからうが、……學校へ通ふやうになつたら、うんと勉强するだで」

さう云つて、とけた羽織の紐を結び直してゐた。

母は、克成の教科書や學校用品の包と、一、二枚の着替やシヤツなどを、老婆の前へ揃へて出すと、

「あとの物は、あすにでも持つて來ますけに、どげぞ、よろしうお頼みします」

と、兩手を突いておぢぎをした。

母は、そのまゝ、ちよつと頭をあげかねて、袖口で瞼を押へてゐた。

「そんなら、おたのん申します。あんまり遲んならんうちに――」

伯父は、母を促すやうにして立上つた。

克成は、向ふの座敷から立つて來た父や、老婆の前では、どうする術もなく、ぢつと齒を喰ひしばつて、眼に涙を溜めて母の後へついて玄關まで行つた。

母が土間へ下りると、老婆は克成の手をとつて、

「ごあんしんなさいませや」

と、母に對つて云つた。

老婆の聲も、しめつて聞えたが、母は何も云はずにお辭儀をすると、伯父に先立つて表へ出て行つた。

克成は、脊中から、肩先へ兩手をかけて押へるやうにしてゐる老婆の手を、今にも振り拂つて、母のあとを追ひたい衝動にかられながら、暗くなつた戶外を、ぢつと瞶めてゐた。

すると急に、行つてしまつた母に對して、喚き立てたいやうな腹立たしさが湧き起つて來た。

「さあ、坊ちやん。なにを、えゝものを上げましよかね」

老婆は、父のあとから、克成の脊を押すやうにして奧へはいつて行つた。

七

毎朝六時になると、克成は起された。

隣の寢床から、父が手をのばして、克成の蒲團を叩《たた》きながら、

「克成……克成」

と、呼んだ。

父は、床の中で腹這ひになりながら、枕元の煙草盆を、長煙草でコツコツとたゝいてゐた。

すぐに、父と一緒に床から離れて、冷たい着物に着替へた。母とゐる時には、寒い頃には、いつも炬燵へ着物をあたゝめて置いてくれたのだつたが、克成には、父の許へ來て、

朝のこの冷たい着物が一番辛いことだつた。

それから、すぐに裏の井戸端へ、跣足で降りて行かねばならなかつた。

父が、長い跳釣瓶を、ギイギイと云はせながら掬みあげてくれる水を、脚高の手洗盥《てうずたらひ》へうつして、顔を洗ふのだつた。克成は、田舎にゐる頃には、齒を磨くと云ふことを知らなかつたが、父の所へ來ると、すぐに老婆が、小さな齒ブラシを買つて來てくれた。

父はそのまゝ、尻はし折りになつて、大きな如露で、庭の盆栽に水をやるのだつた。

廣くはないが、庭はよく手入がしてあつて、小さな築山には、すつかり苔がついてゐた。地を這ふやうな形をした松やひよろひよろとした百日紅などがあつた。

庭の隅に、三段にして三間位もある盆栽棚があつて、松やしんぱくの石を抱いたのや、赤く口をあけた實を幾つもつけた石榴の鉢が、大小數十も並んでゐた。父は、その一本一本へ、水の一ぱいはいつた如露を重さうにして、高く差しあげながら水をやつた。下の段にあるものには、小さな如露で、克成にもそれを手傳はせた。

克成は、足の裏と、手の先がしびれるやうに冷たかつた。

座敷へあがると、おばさんが――父は、老婆のことを、おばさんと呼んだ――御飯の仕度を了へてゐた。

「克成さん、冷たござんしよ。……さあ、ご飯をあがりませよ」

父はおばさんに、克成の來た翌日、克成を「坊ちやん」と呼ぶことを止めた。

「子供を、いゝ氣にさせてはいけん!」

と、父は云ふのだつた。

朝食のあとで、父は薄茶をたてた。

寒い朝でも椽側の障子をすつかり明け放つて、水をやつた盆栽の一ツ一ツを眺めるやうにして、ゆつくりと茶をすゝつた。その茶は、おばさんも、克成も、ごせうばんをしなければならなかつた。

「酒はいけんが、茶は子供にでもえゝ」

と、父は云つた。

克成は、はじめのうちは、大きな茶腕の底に、にがい汁の澱んだこの薄茶を飲むことは少々苦手《にがて》だつたが、その代りに羊羹を一切づゝ食へるので、茶と羊羹を、交る交るに口へもつて行つた。が、しまひには、この茶の味が、だんだんとうまくなつて來た。

父は、當分の間は、終日克成をそばから離さなかつた。

父には何も仕事が無かつたので、毎日のやうに克成をつれ

て、松江市中の所々を見物させて歩いた。

公園になつてゐる松江城趾の、まだそれだけは昔のまゝの姿で殘つてゐる天主閣へ昇つて、宍道湖や、床几山などの遠望を、太い籐のステッキで指しながら說明して聞かせたり、城趾の裏側の壕端廻遊道路を步きながら、こゝは昔、なにがあつたところだ、などと話して聞かせたりした。

市の郊外にある、昔の殿樣の茶室だつたと云ふ草葺の家や白い四角な、ヘルンとか云ふ外國人の記念館やは、克成にはちつとも面白くなかつた。が、父の提げてゐる、小さな革袋の中へ、金柑や、飴玉などを入れてあるのを、そんなところで休む度每に出して貰へるのが樂しみだつた。

父は脚に、輕い神經痛があるとかで、時折り步くのを休んでは、かがみこんで、自分で揉んでゐた。

克成は、だんだんとこの父が好きになつて行つた。とりわけて可愛がるとか、或は甘へさすと云ふやうなところは無かつたが——むしろ、日常生活は、朝起きるときから寢るまで極めて几帳面で、口數が少ないから小言は云はないけれど、そばにゐる克成は、自然に物事をキチンキチンとしなければならなかつた。が、その几帳面なうちにも、何となく鷹揚なひろびろとした氣持が感じられて、終日そばを離れないでゐても、そして、これと云つて話しをしかけて來られなくとも怠屈をしないやうな感じの父だつた。

克成は、安心してこの家にゐられるやうな氣持になつてゐた。

離れて暮してゐる母のことを、だんだんと忘れてゐる時間が多くなつて行つた。

八

「あしたから、貴樣、學校へ行くだぞよ」

父は、夕食後に克成に云つた。

「松江の學校は、在鄕《ざいご》(田舍のこと)とちがつて、大きな學校だぞ。貴樣、松江の子供に負けんやうに勉强せにやいけんぞ」

父は、笑ひながら、勵ますやうに云つた。

「それからな、貴樣は、苗字が西濱になつたでな。まちがへんなよ」

克成は、なぜ自分が西濱になつたか不審に思つた。母は、どこまでも自分の子だから、いまにきつと迎へに來てやると云つたのに、或はこのまゝ、この父の家へ返されてしまふのではあるまいか、とも思つた。しかしそのことに就ては、父には何も尋ねなかつた。それならば、それでいゝと云ふやうな氣持も浮んでゐた。

今は、さうした自分の運命は、子供の自分には、何うすることも出來ないことなのだ、と云ふ、半ばあきらめにも似た氣持になつてゐた。こゝ數十日間の、田舍の養父と別れて以來の色々の出來事に、克成は、かなりに子供心にも、打ちひしがれてゐた。

それからも一ツは、今の父の家に來て以來は、今までにない明るく、何か安心した氣持でゐられるからでもあつた。

またあの母とも、全く會へなくなるのではなくて、逢はうと思へば、叔母の家へ行けばいつでも逢へるのだ、と云ふ一方の安心さもあつたのだつた。

翌朝、おばさんが袴などを着けさせて、早くから仕度をしてくれた。父が數日前に買つてくれた、大きな黑皮のランドセルに、敎科書などを詰めた。そして、學校へは、おばさんが連れて行つてくれた。

城趾の下の、枯れた蓮の葉が一ぱい浮いてゐる汚い壕端に學校はあつた。さう大きくはないが、前の田舍の學校よりもずつと綺麗だつた。

おばさんは、職員室へまで連れて行つてくれて、受持の先生に克成を引き合せると、すぐに歸つて行つた。

先生に連れられて敎室へはいつて行くと、旣に生徒たちは席についてゐた。それは、二時間目の授業らしかつた。

級長がすぐに「氣を付けッ！」と云ふと、皆は一せいにガタガタと立上つたが、眼だけは一樣に、入口に立つてゐる克成に注がれた。

「こんど、この組にはいつて來た西濱君だ。みんな仲よしにせんといけん」

先生は、さう云つてから、克成に、

「西濱克成と申します、どうぞよろしく……と云ふんだ」

克成は、顏がほてつて來て、どぎまぎしながら、

「おら……おら、西……西濱……」

そこまでやつと云ふと、言葉がつかへてしまつた。實は、「西濱」と云ふ姓を始めて口にするので、尙のこと詰つたのだつた。

先生は笑ひながら、

「よしッ」

と、云つた。

「おら、おら……」

だれかが、後の方で克成の眞似をした。子供たちは、みんな一せいに笑ひ出した。

「ざいごたらだな！」

窓際の一番前の席に、一人で坐つてゐた子供たちの中で一番脊の高い大きなからだの、眼のキョロキョロした子供が、

嘲けるやうに云つた。

「三上ッ！」

先生は、その三上と云ふ子供を睨んで制した。三上は、首を縮めてニヤニヤと笑つた。

「西濱、お前はこゝの席へ來い」

先生は、その三上の机の片側へ、克成を招いた。

先生が黒板の方を向いてゐる時だつた。三上は、そつと克成の耳へ口を寄せて囁いた。

「お前、べんきやうが出來るかや？」

克成は、黒板の方を向いたまゝで、知らん顔をしてゐた。

三上は、鉛筆の尖つた芯で、克成の頭を、横からコツンと突いた。

放課後、克成がひとりで校門を出て行くと、城趾前の廣場に、三四人の子供が立つてこちらをみてゐた。

「オイ、おら！」

そのうちの一人で、庇のとれかけた帽子を横つちよに被つた、太ツチヨの子供が、つかつかと寄つて來た。克成は、同じ組であることがすぐ分つた。

その子供は、身をそらせて見下すやうにして克成の前へ立つた。

「お前、どこから來た？」

「――野上」

「ノガミ？……ノガミつて、どこのことだ。何縣だ？」

「鳥取縣」

「鳥取縣？……山ン中だらが」

傍らの、脊の低い鼻の丸い子供が云つた。

克成はだまつてゐた。

「云へよ。山ン中か？」

克成は、返事をせずに、少しづゝあとすざりをしようとした。

「山が猿！　生意氣だぞツ！」

太ツチヨが、克成の方へドンとからだを打ツつけて來た。

克成はそれをよけて駈け出さうとすると、後にゐた他の子供が、またドンと突いた。

克成は、よろよろとして、持つてゐた辨當箱の袋を、ガチヤリと音さして倒れた。その途端に、太ツチヨの手が伸びて克成の帽子をパツと摑みとると、

「ワーイ……山が猿、來い！」

と、云ひながら走り出した。

克成は、起き上つて、夢中でそのあとを追つた。

太ツチヨは、廣場の中を、ぐるぐると走り廻つた。他の子供たちは、手を叩いてそれをはやしたてながら、二人につい

て走つた。

克成は、

「もどせ！　おらの帽子だ。もどせ！」

と云つて、涙をぼろぼろと流しながら追ひかけた。太ツチョに追ひついて、正に帽子をとり戻さうとすると、他の子供がすぐにそれを摑んで駈け出して行つた。

「コラツ！」

帽子を持つてゐる子供が、突然に倒れた。

みると、いつの間にか三上が、克成の帽子をつかんで立つてゐた。

「ほらツ」

三上は、帽子を克成の方へ投げてくれた。

倒れた子供は、起上ると、

「何するツ！」

と、肩をいからせて三上に立向はうとしたが、三上は、ニヤニヤと笑つてゐるのみだつた。

三四人の子供たちは、敵はぬとみたのか、「ワーイ、ワーイ」と譯もなくはやしたてながら、走つて行つた。

克成が、返して貰つた帽子で、涙を拭いてゐると、

「お前ん家《ち》どこだ？」

三上が訊いた。

「石橋」

「石橋か？――わしも石橋だ」

三上は、さう云ふと歩き出した。

克成も、そのあとからつゞいた。

三上は、しばらくの間、何も云はずに歩いてゐたが、ふと立止ると、そのキョロキョロとした眼を、悪戯《いたづら》らしく笑はせて、

「お前……わしが、何であげに、前の方へ坐つちよるのか、知つちよるか？」

克成は、突然に變なことをきかれて、キョトンとしたやうに三上をみあげた。實は、克成も、このことを變に思つてゐたのだつた。組中で一番脊の高い三上が、一番前の机にゐたのだつたから。

「うゝん、知らん」

「しるまい！」

三上は、ちよつと得意さうに肩を持ちあげたが、すぐにその肩をすぼめるやうにして、

「ほんとはな、わしが勉強をなまけてばつかし居るもんだけに、先生が、あげん前に出したゞぞ」

克成も、ちよつとおかしくなつて、ふんと鼻で笑つた。

「お前、勉強ができるかや？」

三上は、けふ一番はじめに、教室で云つたことを、またしても克成に云つた。
克成は、どう返事をしていゝか、わからなかつた。實は、克成も、前の學校にゐる時には、餘り、いゝ成績ではなかつた。
默つてゐると、
「あのなあ、わし、お前に頼むことがあるだ。――學校でわからんところを、横目でお前の帳面をみてもえゝかや？」
克成は、なーんだ、と思つた。そして、すぐに、おかしさが込みあげて來て笑ひ出してしまつた。
「えゝよ」
「そんなら、頼んぞ！」
三上は安心したやうに、また歩き出した。
（附記――本誌二月號の「はは」の續篇なのだが、「はは」には、「私」として主人公の子供を書いたが、都合上この篇では「克成」と改めることにした。）

◇同人消息◇

村雨退二郎氏　長篇小説『富士の歌』（裝幀古澤岩美氏）を淡海堂より、同『黒潮文書』（裝幀吉田貫三郎氏）を紀元社より何れも近刊。尚、越後屋書房版『盤山僧兵錄』の再版が發行された。

鹿島　孝二氏　ユーモア小説集『青春突破』（裝幀川原久仁於氏）を聖紀書房より近刊。尚、四月中旬新潟方面へ旅行の豫定。

戸伏　太兵氏　長篇小説『赤道地帶』（裝幀田代光氏）を聖紀書房より近刊。

中澤　巠夫氏　長篇小説『攘夷の道』を奧川書店より近刊。

伊志田和郎氏　三月中旬より岩國市に出張、月末まで滯在。

石井　哲夫氏　三月末より四月三日まで滯京。

岡戸　武平氏　『名古屋新聞』連載の長篇小説『金色の鬼』を近代小説社より近刊。尚、四月下旬松江に旅行。

土屋　光司氏　飜譯『デモステネス――ギリシヤの衰徴時代』を三邦出版社より近刊。

淺野　武男氏　今般松竹演劇企劃部を退かれ、文筆に專念されることになつた。

同人住所錄

（いろは順）

世田ヶ谷區松原町三ノ一、二三　岩崎榮
兵庫縣氷上郡柏原町　石井哲夫
向島區吾嬬町西三ノ二二（石田方）　伊志田和郎
本郷區駒込曙町一〇　飯田美稻
澁谷區千駄ヶ谷四ノ六九三（平安莊內）　東野村章
板橋區上板橋一ノ二〇九　土岐愛作
杉並區天沼一ノ八八　戸伏太兵
東京府西多摩郡戸倉村二〇四　大隈三好
小石川區白山御殿町一一四　岡戸武平
澁谷區代々木上原一二一五　海音寺潮五郎
兵庫縣川邊郡伊丹町北村（戸田方）　樺山痛夫
瀧野川區瀧野川町四一〇　鹿島孝二
牛込區北町二　大慈宗一郎
牛込區富久町一六　田中幾太郎
豐島區池袋二ノ一〇三七　土屋光司
澁谷區宇田川町五一　中澤巠夫
鎌倉市小町三三三（遠藤方）　蘭郁二郎
世田ヶ谷區松原町三ノ九六四　村雨退二郎
世田ヶ谷區玉川奥澤町三ノ一六〇 南風莊　村松駿吉

瀧野川區瀧野川町四三〇（湯淺方）　村正治
小石川區大塚坂下町一九三（山田方）　野母崎正
鎌倉市大町一三五（左右田方）　黑沼健
麴町區九段四ノ十二婦女界社（電九段四一七一）　久路徹
北海道上川郡上川町　久米徹
中野區川添町四六　山田克郎
荒川區尾久町五ノ一一八五　山崎公夫
日本橋區横山町四澁谷アパート　松本太郎
京橋區小田原町一ノ七　淺野武男
福島縣二本松町　安藤信
澁谷區代々木上原町一三四七　齋藤豐吉
四谷區左門町五三　佐藤利雄
小石川區大塚坂下町六五（中村方）　佐野孝
杉並區西荻窪三ノ九三 城山文化住宅（電荻四八七九）　北町一郎
麴町區平河町二ノ一（電九段三四一〇）　由布川祝
三條市貳之町木場　綠川玄三
大森區堤方町八九四（川端方）　南澤十七
小樽市南濱町埋立地　從二一郎
品川區大井山中町四二八六　淸水津十無
瀧野川區田端四二六東山莊　志水雅子
本郷區駒込林町二〇六（中村方）　鯱城一郎
杉並區高圓寺四ノ五八四（横關方）　瀨木二郎

文學建設 五月號（定價三十錢　送料壹錢）

昭和十五年五月六日第三種郵便物認可
昭和十七年四月二十五日印刷納本
昭和十七年五月一日發行
（毎月一回一日發行）

東京市小石川區白山御殿町一一四
編輯兼發行人　岡戸武平
東京市芝區愛宕町二丁目九九番地
印刷人　黑部武男
東京市芝區愛宕町二丁目九九番地
印刷所　昭文堂印刷所
日本出版文化協會會員
（會員番號一二八五二五）
東京市麴町區平河町二ノ一
發行所　**文學建設社**
電話九段(33)三四一〇
振替東京一五六五九八
配給元　東京市神田區淡路町二丁目九番地
日本出版配給株式會社

定價　三十錢（送料壹錢）
半年　一圓八十錢（送料共）
一年　三圓五十錢（送料共）
送金は振替を御利用下さい切手代用の場合は一割増のこと

文學建設同人近著

海音寺潮五郎	錢屋五兵衛	價一圓八十錢	大都書房
海音寺潮五郎	武士道日月記	價一圓八十錢	大都書房
海音寺潮五郎	時代の旗風	價一圓八十錢	大都書房
村雨退二郎	盤山僧兵錄（再版）	價一圓三十錢	越後屋書房
村雨退二郎	坂本龍馬	價二圓	聖紀書房
鹿島孝二	豪傑の系圖	價一圓八十錢	大都書房
鹿島孝二	青春希望あり	價一圓五十錢	成武堂
岡戸武平	恩讐蜻蛉斬	價一圓三十錢	越後屋書房
岡戸武平	延元神樂歌	價一圓八十錢	奥川書店
北町一郎	若き紋章	價一圓五十錢	成武堂
鯱城一郎	一億の家族	價一圓八十錢	大都書房
蘭郁二郎	百萬の目撃者	價一圓三十錢	越後屋書房
戸伏太兵	赤道地帶	價一圓五十錢	興亞文化協會

／昭和十五年五月六日／昭和十七年四月十五日印刷納本

文學建設

六月號

寢棺　淺野武男

林檎食はれる村　正治

第四卷第六號

（昭和十五年五月六日第三種郵便物認可）
昭和十七年五月廿五日印刷納本　昭和十七年六月一日發行　文學建設　六月號

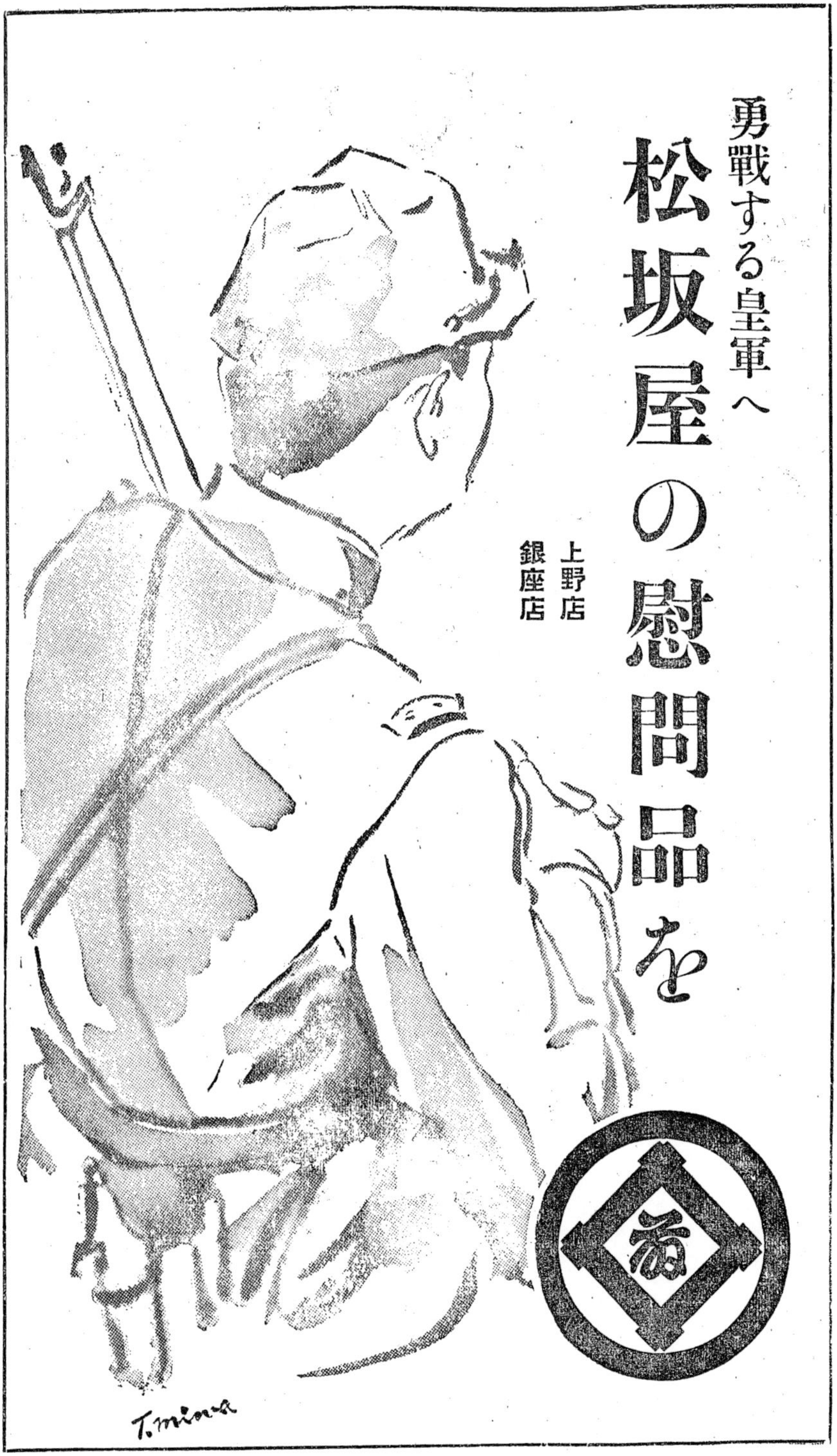
勇戰する皇軍へ
松坂屋の慰問品を
上野店
銀座店
T.miura

文學建設

第四卷第六號

目次　【通卷第四十一號】

似而非國民文學を排す

中澤堅夫

今や國民文學は、遂に大きな日本文學界の潮流となつた。

國民文學の樹立は、日本文學者達の前進の目標となつた。

然し國民文學は、まだ確立されたのではない。その文學理論も之から日本文學者の眞摯な討究によつて形成されて行くものであらうし、具體的な作品も又、眞摯な文藝家達によつて創造されるのである。然るに、一部惡德なる出版資本家によつて、早くも神聖なる國民文學を穢濁するやうな、似而非國民文學が現はれて來たことは、戒心を要する。

舊大衆文學の內容に國民文學の商標を冠せて、それで國民文學になるなら、我々は骨身を削る思ひをして、新文學の樹立に勵む必要は更々ないのである。國民文學は、商標や衣裳ではない。日本國民の文學であつて、單なる國民大衆の敎化讀物ではない。

日本文學の傳統を保持し、明治大正昭和に於ける數々の文學者達の功績に依り飛躍的に發展を遂げた日本の文學の遺產を繼承し、之を現實の土臺として、將來へ發展する文學が、國民文學であり、これを實踐するのが國民文學運動である。

舊講談式大衆讀物や似而非國策小說の類に國民文學の名稱を冠すのは僭稱である。

徒らに時流に乘じ、國民文學を商標化することは絕對に排擊する。

×

近時國民文學理論の確立の任務を擔ふ眞摯な文學者達の間に、新文學理論の硏討が行はれてゐる。このやうな機運に乘じ

て、新文學理論として、羊の衣を冠つた狼があらはれる。これは、雨後の筍の如くに簇立する似而非國民文學に對すると同様の警戒を行はなければならない。

注意すべきこととして、新文學理論の展開と云ふ態度を以て、舊態依然たる唯物史觀文學論が擡頭してゐることを指摘したい。既にそれらの誤謬は現實に摘發され、舊い外來思想として廢棄された筈であるにも關らず、社會の新展開と、統制經濟の發展に伴ふ社會の新様相をとらへ、新らしき社會には新らしき文學をと云ふスローガンを掲げて登場して來てゐることだ。

本莊可宗氏の「新らしき文學精神」（日本學藝新聞第百二十五號）がその一例である。

氏の論旨を要約すると、「總て文學精神なるものは、知識階級の性格と同様に、一つの時代の中で三つの段階を持つ。即ち勃興期の文學精神、文化期の文學精神、頽廢期の文學精神の三つであり、われわれ既成文學者達は、この頽廢期の文學の中で棲息した。没落期の文學精神こそ、既成文學者達の時代の文學精神として意識されたものであつた。いまやこのやうな文學段階を逸脱し初め、新らしい文學精神の勃興期が來た」と云ふのである。

×

既成文學者としての自己否定に初まる本莊氏の態度は、見上げたものである。この自己否定は、現象として、成程頷くことが出來る。既成文學者達の多くが頽廢期の文學を生み出してゐたことは事實である。過去の文學者の多くが、本來純粹なるべき文學精神を汚すやうな罪績をのこしてゐる。然し、こゝに現象だけしか見ることの出來ない本莊氏の理論の缺陥がある。

何故ならば、過去の文學者達の罪障は、文學者それ自身の精神の不健全に基づくものであつて、文學精神の本質が、このやうな罪障を生ませたものでないといふことを掘り下げることを忘れてゐる。

過去の作家の生んだ罪障は、その作家達が眞の文學精神を喪失してゐたからに過ぎない。頽廢した文學精神があつたのではなく、文學者が頽廢して、文學精神を見失つたのである。「頽廢期」と本莊氏は云ふが、年代的に云へば、大正末期から、昭和十二三年までを意味するのであらうが、この時代を生きぬいて、然も、儼然として、眞の文學精神を把持して、文學の傳統を擁護して來た幾多の貴い作家を、我々は持つてゐることを誇ることが出來る。單なる一部の文壇現象の上を撫でゝ、公式的

に社會學的藝術論にあてはめようとする小兒病的公式主義者本莊氏には、この尊い事實は、例外としてしかうつらない。そして例外を捨象してしまつたのである。文學精神は數の問題ではない。本質の問題である。多くの文學者が、文學の本道を見失つたからと云つて、文學精神が頽廢すると云ひ得ない。

本莊氏は、文學の本質に就いての解釋を誤つてゐる。本莊氏の誤謬は、氏が唯物辯證法から一歩も進歩してゐない爲である。氏の論旨に依れば、文學及文學者は、それを圍繞する社會環境によつて決定すると云ふ唯物辯證的文學論に論據を置き、しかも之を一層歪めて、文學精神をも社會環境の所産とする。誤れるも甚だしいと云はざるを得ない。

×

新らしい社會環境だから、新らしい文學精神をと云ふ理論は、まやかしものである。

氏の云ふ一つの時代と云ふのは何を意味するのか。若し資本主義社會とでも云ふ意味とすれば、封建的社會には、封建的なる文學精神があり、王朝社會には王朝社會の文學精神がある。そして、その別々の文學精神が、各三つの段階があることになる。そのやうなきれぎれな文學精神があるとするならば、文學の傳統と云ふものはなくなるではないか。

若し氏が、眞實その理論を是とするならば、以上の點を明快に解決すべきで、英國文學史や佛蘭西文學史ではなく、日本文學史の上から明示して見なければならない。今新文學理論として銘を打つてゐながら、やはり英國ではどうの、佛蘭西ではどうのと云ふ所が、またまやかしである。

氏の思想は、全てのものを、單に相對的に考へる外來思想の惡弊から脱出できてゐないのだ。

我が大日本帝國は、その根本に、悠遠な太古より永久なる無限の將來を貫いて、不變の絶對眞理を保有する。日本精神の、特に再認識されることを叫ばれてゐるのは、この絶對觀の把握と云ふ點にある。

日本に關する限り、事物の解釋に於ても、又、この究極的の絶對觀から割出して行かねばならぬ。

文學の本質たる文學精神も亦、この意味から、絶對なるもの、永遠に不變のものとして考へねばならぬ。

不滅なる文學精神があればこそ、不朽なる文學がある。若し氏の如き理論から推せば、如何なる名作も時代が違ひ、又場所

がちがへば、忽ちにして一個の古典、單に歴史上に役立つだけの、形骸となつてしまふのである。不朽の名作は、常に名作である。我國の幾多の文學上の古典は、今日でも、脈々と生きて、文學として不朽である。西鶴の文學、近松の文學、或は、平家物語、太平記、之等の名作が、單に一編の文藝史料若しくは歴史史料となり終つてゐると云つたら、日本の文學者達は、必ず、本莊氏の愚を笑ふであらう。本莊氏は、これと同じ意味のことを抽象的に云つてゐるのである。

×

我大日本帝國は、古くして常に新らしい。この言葉は、餘りに抽象的で誤解され易いが、この意味は、絶對の眞理は常に古く、眞理への思慕が常に新しいものを生むことを意味する。我々の國民文學運動も亦それである。

今や我國は、大稜威の下に、强大國を誇つてゐた米英二ケ國を相手に戰ひ、赫々たる戰果を收め、力を以て全世界を瞠目せしめてゐる。然も之は、單なる征覇の力ではない。多年米英の白魔の喰物となつてゐた東亞諸民族の正義の解放としての神聖なる力の表現である。この聖なる力の根元たる日本人の魂の文學を目して國民文學と云ふ。單に社會の勃興期とか、社會の新樣相とかに追隨する新文學運動ではない。國民文學運動は、昭和十六年十二月八日以後に誕生したものではないのである。

本莊氏は云ふ。

「勃興期には、作家は國民的感情の指標となり新らしき理想と信仰との尖端に立つてゐる。こゝでは作家の精神は、大衆の要求と一つになつてゐる。そして歴史の新方向の代辯者となつてゐる。その作品を貫くものは、自國歴史の光榮と傳統とへの矜持であり頌榮であり、自國文化や自然に對する限りなき愛慕である。」

作家が、國民的感情の指導となり、新らしき理想の尖端になつてゐなければならないのは、單に勃興期だけには限らない。永遠に文學の指導性から云つて、當然に文學者は、そうでなければならないのである。

だから、作家の精神は大衆の要求と一つになつてゐると云ふのは當らない。昂揚された國民精神と本質的な文學精神とは一致するのであつて、單に作家が大衆の要求と一致するのならば、頽廢期と本莊氏の考へてゐる前時代のエロ・グロ・ナンセンスの舊大衆文學の方が、よほど大衆の要求と一致してゐたかも知れないのである。この問題に就いて青野季吉氏は云ふ。「大衆

文學は世紀末的社會現象の要求によつて生れた。」と――迂生は、三年前に、青野氏の說は、大衆文學の興味本位刺戟的煽情的要素の發生原因を說明するが、大衆文學の本質を究明するものではないと抗議した。(大衆文學批評論)青野氏の理論を押し進めると、大衆文學作家が、愚劣なる小說で大衆を毒してゐたのは、社會の罪であり、大衆の罪であると云ふことになるからである。本莊氏の考へ方も、之と軌を一つにするものである。

たゞ、現在は、武威八紘を蔽ひ、國運正に隆々、旭日昇天の慨がある爲、やゝもすれば本莊氏のやうな勃興期云々の言葉がこの社會相に當てはまるやうに見えるので、本莊氏の說も又正しげに見えるのであるが、結局本莊氏のやうに、かう云ふ時代だから、作家の精神は大衆の要求と一つになると云ふやうな考へ方、このやうな文學精神の理解は、永遠不滅の國民文學の文學精神を抹殺するものであり、眞の文學精神を冒瀆するものである。

社會の進展と變貌とを追ひかけて行くやうな文學精神は、そこに文學の指導性もなければ、新らしい理想の新指向も生まない。なぜなら本莊氏の云ふ通り「歷史の進行に伴ふ社會の代辯者である」にすぎないからである。

このやうな代辯者的文學者達こそ、大東亞戰爭の進展に伴ふ社會の急激なる變貌に狼狽して、やれ國策小說だのやれ國民文學だのとおざなりを叫び、レツテルの貼りかへに忙がしく、似而非國民文學を賣り出す舊體制作家共である。

このやうな文學精神なき文學者達が、一時全日本を風靡したアメリカニズムの勢に押されて、この思潮が、日本國民にどのやうな惡影響を與へるか無批判に放置し、寧ろ、代辯者よろしくアメリカニズム禮讃の小說を書いて、恥る所を知らなかつたのである。

かくの如き哀れな文學者が、一部に存在したことは事實である。然し全日本の文學者達がさうであつたと斷定するなら、これこそ日本文學者に對する最惡なる誹謗である。

このやうな一部の信念無き文學者の精神を以て、文學精神は、社會と共に浮動するとなすのは大反對である。我々は確固たる文學精神、永遠にして不滅なる文學精神の存在を信じて疑はぬ。

文學の指導性は、この永遠にして不滅なる文學精神の光芒である。

繰返して云ふが、國民文學は國民の魂の文學である。

日本國民は、常に日本國家の歴史の光榮と傳統とに矜持を有ち自國の文化や自然を愛慕する。若し、日本國民が、日本帝國の光輝ある歴史に對する榮光と傳統との矜持を失ふ時は、それは日本國民の魂の喪失であり、日本國民とは云へない。日本に國籍を有する魂の漂流者にすぎない。勃興期だとか頽廢期か云ふ時代時代によつて、國家の歴史に對する信念が喪失したり、獲得したりするものではない。本居宣長が、古事記傳を表はしたとき、北畠親房が神皇正統記を書いたとき、小島法師が太平記を編著したとき、このやうな時代を、本莊氏は勃興期と云へるか——恐らく、氏は日本歴史を知らないのである。國家の危機に際しては、常に、國民精神が振作興張される。そして、新たなる國家の隆盛が導かれるのが常である。これが大切な點だ。

日本國家社會の勃興とか頽廢とか云ふ時期を考へて見給へ。氏の理論が、いかに日本歴史に根據を置いてないか、一目瞭然たるものである

×

本莊氏が、文學精神の頽廢期と考へてゐる時代は、明治維新後、急激な泰西物質文明の流入によつて、日本の傳統的な國民精神が、外國物質文化によつて曇らされてゐたことと、社會の一部に懶惰な階級が發生し、文學が之等の懶惰な有閑階級の遊び道具にされてゐた現象をさしてゐるのであらう。然し、それだからと云つてこのやうな現象をとらへて、頽廢期の文學精神と名付けるのは、文學精神の冒瀆であることは前に云つた通りである。このやうな誤つた文學の樣相を正し、眞の文學へ戻さなければならないと考へる逞しい文學精神の所有者は居たし、その意圖こそ、眞の文學精神の發露なのである。

歴史を顧みれば、奈良朝時代に、佛教文化の流入と、氏族制度の頽廢に際して、敢然と古事記と云ふ逞しい文學が生み出されたのも、又、それだ。我々が、國民文學運動の第一歩として、「古事記にかへれ」と叫んだのも亦、古事記が書かれた精神こそ、文學精神の振作興張と信ずるからである。

如何なる時代にも、日本精神は、絶對の眞理として國民の胸底を貫いてゐたと同樣に、文學精神も又、如何なる時代にも、文學の絶對の眞理として搖ぎなきすがたを以て、文學者の胸底を脈々と流れてゐたのである。我々は、國民文學の樹立に際して、まづ、このあらゆる時代を通して、日本文學者の胸底を一貫して流れて來た日本文學精神の把握から始めねばならない。

社會の動きには波がある。之を本莊氏流に勃興期、文化期、頽廢期と分けて考へてもいゝ。國運が急激に發展するとき、その發展が弛緩するとき、停滯しがちになるときの三つに分けて考へられやう。これは、經濟關係などが主なる原因となつて起る。以上の場面に於ける文學精神は、どのやうな形で表はれるか。決して本莊氏の考へるやうな姿ではない。

第一の時期には、文學精神は、社會の發展を一層發展せしめるやうな雄大豪壯な意圖の下に、國民を感激せしめ、國民精神を一層鼓舞し指導する文學を生んだ。第二の時期には、燎爛たる國民文化の華となり、美しく咲き誇ると共に、一面には弛緩した國民生活を批判し、發生しかける社會惡を是正し、國民生活を正しく指導する文學を生む。第三の時期には、停滯した時代に起つて來る數々の社會惡を批判し、之を根絕し、然も停滯を打開する爲に、國民精神の振作興張を企圖し、國民を指導する文學として表現される。その表現される姿こそ異なるが、根本たる文學精神は嚴然として搖ぎない。これは知識人が擔ふ國家的任務と同じである。

知識階級が、社會の流れのまにまに浮動する階級と斷ずる本莊氏は、正に、前期の唯物主觀的階級觀念である。誤つた外來思想によつて、國體觀念がその光輝を薄くするやうな場合がある。然しこれは社會惡が國民精神を病弱ならしてゐるやうな時期に於ける現象である。國體觀念そのものの脆弱性を意味するものではない。國體觀念の本質的な永遠性は毫末も動かされるものではない。寧ろこのやうな現象が現はれるとき、健全なる精神は、一層この國體觀念を振作し、國民精神を作興し、社會惡を排除しての燦然たる光輝を放つ。これが日本の歷史だ。

正しく日本の歷史を認識し、日本史觀を確立してこそ、始めてこのことが判るのである。

國民文學とは、日本史觀に立脚した文學である。日本史觀とは、歷史を動かす日本精神の本源の見究めを云ふ。

輕卒にも、時局即應の國策小說や、生かじりの大言壯語的勤王小說や、攘夷小說を國民文學のレッテルを貼りつける似而非國民文學製造を絕對に排擊する。日本國民文學が、大東亞共榮圈を指導する文學としての重大な使命を有することを忘れてはならない。似而非國民文學を輸出して、日本文學の眞價を誤らしめてはならない。丁度、粗製濫造品の輸出によつて、日本製品の信用をきづつけてはならないやうに。我々は、日本傳統文化の昂揚と、日本文化の眞價を擁護する爲に、飽くまでも似而非國民文學及似而非國民文學論を排擊する。この爲に生命を賭しても、悔ゆる所はないのである。

――了――

書評

『パパーニン北極探検記』

戸伏太兵

本誌の創刊號だつたかに、僕自身の探檢記好きなことを記述して以來、相當そのことが記憶されてゐると見えて、先日も中澤君からダーウヰンの『ビーグル號航海記』讀後の感激を洩らされた。その時に恰度、僕はこのパパーニン探檢記を持ち合せてゐて、この五百何十頁といふ大册を半月以上もコツ〳〵と、面倒臭い科學上の記述まで一語殘さずに讀むといふ話をしたと思ふ。全く、僕はこの種の著述は、一行一句をも讀とばさないで必ず終りまで讀む。讀み飛ばすのは良心が許さないし、途中で投出してしまふのは自分の恥辱のやうにさへ思はれてならない。僕はそして、今でも『ビーグル號航海記』と『アマゾンの植物學者』と、本書と以上三册を同君に向かつて極力推賞したことを誇りに思つてゐる。

北極の浮氷上に氣象その他の科學的觀測に從事すること約九ケ月、遂に浮氷決潰の危機に當つて辛くも碎氷船によつて救はれたパパーニン一行四名の動靜が、世界の視聽を集中させたのは一九三八年の二月下旬であつた。それは全くビッグ・ニュースであつて、氷の決潰が早いか、碎氷船の到達するのが早いかといふスリルに充ちた日々のニュースは、恐らく世界の人々の眼を第一番に引きつけた記事であつた。

無論そのスリルは、パパーニンの此の恭謙な日記の記述によつても窺はれる。然し僕は、この探險記によつて最も打たれるところは、結局科學の勝利は人間の意志の力によつてなされるといふことである。そして第二に、常に愛國、祖國愛——といふ大きな背景の前に於て、それが最も大きな役割を果すといふことである。パパーニン一行の科學觀測は、ことそれ自體は非常に地味な仕事であつたとは云へ、從來は常に人力を天然の偉力の前に屈せしめてゐた「北極」が、今度こそは全く人力の前にあへなく征服されたといふことを示してゐる。然もそれが、探險者自身をして祖國の北氷洋航路政策の礎石的戰鬪であるとの信念のもとに、遂に完遂された事業であつたことを思へば、あたかも時を同じうして決行された北極横斷航空路の開拓に成功したチリコフ等と同等に、國家が彼等を遇するに『英雄』の稱號を以てしたことの至當を思はずに居られない。それにつけても、つく〴〵と思ふことは、國民の支援のありがたさである。パパーニンは、無電機のおかげで、極地にゐながら毎日のやうに祖國の聲を聞くことが出來た。然もその祖國の聲は、國民全體が、擧つて彼等の壯擧を絶えず激勵しつゞけるものであつたといふことは、パパーニン等の日々の漂浮生活を、どれだけ力づけたかも知れない。このことは、パパーニン自身が此の日記の中で、何度も〳〵書きしるしてゐたことではあるが、碎氷船セドフ號の漂流記などを讀んで見ても、讀者はこれと全く同樣な感動に捉はれることであらう。

こゝで突如として引合ひに出すのはどうかと思ふが、「二〇三高地の攻略に苦戰當時、「乃木を葬れ」「三軍司令官を取り替へよ」「乃木よ腹を切れ!」等と國民から惡罵の限りを盡された將軍の苦衷とくらべて見給へ。パパーニンは、此の點では隨分と倖せであつたと云はねばならない。

（パパーニン北極探險記・竹下弌譯・二圓八十錢・神田區神保町一ノ二二、聖紀書房）

文學建設

×

日本文學者會の會員選衡が各部會に別れて、各部委員の手によつて行はれた。日本文學者會は、文字通り、日本の文學者たちの大同團結で、文藝家協會の看板の書き換へや詩人協會、作歌者協會との聯立合同ではない。單なる生活擁護的意圖の下に出發した文藝家の組合、舊體制團體の解消と、新なる意氣込みを以て再出發する日本文學者の一致團結とを意味することは、日本文學者愛國大會の決議の結果から見て當然のことである。文藝家協會のやうな著作權擁護を目的とした團體ではないのであるから、現在日本の文學を生み出してゐる文學者は、全て網羅しなければならない。

一部の文學者の黨派的存在となるやうなことであつてはならない。

×

然るに、濱本浩委員は、嚴選主義を稱へて、極力新人を排斥してゐる眞意は奈邊にあるのか。過去にどのやうな文學的業績があつても、現在作家活動をしてゐない文學者が、いくら集つてゐても、それは現實の力にはなり得ない。日本の文壇にはまだ封建的徒弟制度の殘滓があるとは云へ、自己の力で自己の文學を築き上げてゐるのが大多數の文學者である筈だから、巨頭聯立のやうな組織は成り立たない。然も、過去の業績については、帝國藝術院があるではないか。何を苦しんで、藝術院會員になりそこなつた舊人達を掻き集めやうとするか。

人選委員はすべからく、公明正大、廣く國家の趨勢を達觀して行ふべきである。

濱本君の露骨なる黨同異伐的傾向は、濱本君の保身術にしかすぎない。

×

文化面に於いて、實績を尊重するといふことは、既にその仕事を終つた人々を認めると同時に、新人の進出を阻止することではないか。つねに新しく發展すべき文化面に、かゝる現象を殘すことは、文化の後退以外のなにものでもない。出版文化協會並びにこれから生れんとする日本文學者會はこれについて充分なる對策を講じておいて頂きたい。

×

本多顯彰君は、最近の小說書を讀んで、濱本浩君の「旅順」に感心して、材料を整理するといふ點では、純文學作家よりも、大衆作家のはうがうまさうだといふ、一時代前の頭でなければ考へられないことを堂々と公言してゐる。かういふものゝいひ方が許される限り國民文學の樹立などは所詮望むべきではなくなるだらう。批評家ももつと現實を見つめて、これからの文學が如何なるものであるべきかを眞面目に、責任を以て考へて欲しい。

×

今、一部の人々のいふ「小說の面白さ」とは一體なんであるか。いくつかの文學の存在を認めて、それ〴〵の面白さを全く分離して考へることを心掛ける時代は過去つ

てゐる。今の小説は、一つの影に怯へて、いつの間にか一つの型をつくつてしまつてゐる。この型を壞してみることは出來ないか。大陸なり、南洋なりに材を求めただけといふ以外になにもないといふ小説が、やがて誰にも相手にされなくなることは必然である。

×

舊作家達は、近頃の作品は面白くないと云ふ。大衆はやはり面白いものを欲してゐるので、近頃の古本屋は、古い講談雜誌が漁られてゐると云ひ、又しても、昔の大衆文藝黃金時代を再現出させやうと考へてゐるらしいのを見受ける。

舊作家達の面白いと云ふのは、要するに直接、讀者の欲情を刺戟するやうなものを意味することは疑ひない。近頃の小説は、昔の大衆小説から見れば、數等の面白さがある。たゞ、それは讀者の心性を向上させ、讀者が、作中の人物と融け合ふ面白さであつて、讀者の欲情を刺戟するやうな、面白さではない。見よ――近頃の雜誌に於けるユーモア文學の衰亡をどう考へるのか。讀者は、くすぐりや、ドタバタ喜劇では笑へないのである。だから、くすぐりやドタバタ・ユーモア小説は、遂に影をひそめるに至つたのだ。

面白さには種類もあり、低俗な面白さもあれば高級な面白さもある。舊作家達の云ふ面白さの本質は、低俗煽情的面白さ以外の何物でもない。

舊作家達は、日本の現社會段階を非常に窮屈なものと考へる。我々は、前途洋々たる自由濶達な空氣を感ずる。その點に大きな開きがある。

個人主義的自由主義作家の面白さの追求こそ、我々が戰ひ潰して來たものなのである。

×

文學者は、その世代の文章を作る。

これが、文學者に負はされた重要なる任務の一つであることを、舊大衆作家は自覺すべきである。

國民文學は、日本國民の文學を作ると共に、日本國民の文章を――正しい文章を生み出すのである。

現在の、舊大衆文學の惡文章は、一日も早く廓清しなければならない。大衆的世評などに左右されず、あくまで嚴正に、文部省あたりで、この廓淸運動を起すべきである。

×

文協の書下し歡迎は結構である。一面に於いて、新人の進出の機會を與へることにもなるからであるが、餘りにそれのみを主張することは、今の世にも推奬し得る名作を埋沒せしめる怖れがある。このことを充分に警戒すべきだ。

×

近頃、藝術家と藝人との區別がはつきりしなくなつた傾向があることは、悲しむべき事實である。たとへいかなる時代であらうとも、藝術家は、人類の向上のために身を献げるが、職人は、個人のために身を献げる。この事實を辨へない人間が、作家のうちにさへもゐるのではないか。

現代作家研究　6

櫻田常久論

東野村章

1

（極く少數の近代の作品を除くと、われわれの讀む作品には多くの場合、いくらかの程度で、その主人公の理想化、英雄化が行はれてゐる。作者の同情が深くそれらの人物に注がれてゐる）これは、昭和六年、阿部知二の「作家と作品の距離」と題する評論の冒頭の一節であるが、最近の多くの小說についても、矢張りかうしたことが言へると言ふだけでなしに、特に強くそのことが感じられるので、十年前に取りあげられたこの問題と、その流れ過ぎた十年の時間を想ひ、小說の本體に、勢ひよくぶつかつたやうな衝撃をうけたのである。

主人公を理想化し、英雄化する事が十年前と現在も變りなく行はれてゐる。その是非は暫く措くとして、そのことが小說といふものゝ本體の一部を爲してゐるのであることをこの中から見ることができるやうに思ふのである。

作者と主人公の鎖がりは運命的である。それは作者の思索の中から主人公が生れるからなのだ。主人公の理想化といふことは、その奥に作者の考へる眼がなければならないことなのだ。理想する眼が、瞶める眼がなければならないことなのだ――。それは飽迄も、考へる、理想する、瞶める眼でなければならないものであつて、何かに强制されて向けられた眼であつてはならないのだ。

其處で、更に『主人公の理想化、英雄化が行はれてゐる』作品に就いて考へてみたい。現在、眼に觸れる多くの『行は

れてゐる作品』が行はれてゐるのであつて、そのもう一つ奥で作者が凝つと考へ、瞶めてゐる作品であるかどうかといふことが問題になる。

國策を、理想を、高々と掲げてゐる作品が同じく（主人公を理想化、英雄化）してゐるものではあつても、それが、たゞちに小説の本體の一部に結びついてゐるとは思へないのである。

小説とは、いや、國民文學の精神とは何であらうか。精神――これが作者の眼に生氣を與へるものなのである。

さて、この論の冒頭に僕はなぜこのことを書かなければならなかつたか、それは、最近の一部の時局小説への不滿もあるが、この作者の眼といふことに就いて、櫻田常久の作品を再讀しつゝ特に考へられてならないことであつたからに他ならない。

2

第十二回芥川賞受賞者の櫻田常久は、決して華々しく世に出た作家ではなかつた。およそ、華々しいといふことからは、遠いところの性格をもつた作家のやうに思へるのである。それは、また彼の作品の底を流れてゐるものなのである。恐らく、生れついたときから持つてゐる性質と、長い環境の中に築かれたものである個性から受けるものであらう。

彼を作家として出發させた「平賀源內」もさうした彼の性格が行間からそくそくとして讀むものゝうへに迫つてくるのである。彼の文章のもつ執拗さ、重厚といふのではないが、何かそれに近いねばり强さ、は、彼の作品を讀むと同時に感じられる一ツの特異な點である。

「平賀源內」は、芥川賞を得た作品ではあるが、決して好評で迎へられた作品ではなかつた。それは、『時代物小説を批判する場合、史實を第一義におくものではない。しかし、さればと云つて、儼然とした歷史をまで小説のために歪曲することは、時代物小説の存在を否認することになりはしまいか』と「文學建設」十六年四月號の月評で指摘してゐるやうに、歷史文學の現代相應的傾向の歷史文學の現代化的逸脫、それを佐藤春夫の如く、『象徵的手法を持つた一種の新しい觀念小説と見る』ことが出來ても、歷史小説としての一ツの條件である時代的環境と、そのうちでの源內の生活の具體的展開の缺除が、テーマの飛躍と共に讀者はついてゆけず、理解を混亂させてゐることに大きなあやまりがあるのである。『近代日本の知識階級の象徵』を「平賀源內」のなかゝら見るとは、佐藤春夫、川端康成の言だが、しかし、現今、再び讀み返してみるとき、それは、全く象徵に過ぎないのであつ

て、丁度、ひよツとこの面をかぶつて、自らを嘲笑はうとするやうな、ふざけたものしか感じられなくて、何のための象徴であるのか焦點を見失つて了ふのである。

3

しかし、「平賀源内」は、櫻田常久に作家としての出發のスタートを切つた。「『四十になれば小説を書く』私はさう豪語しながら何も書かなかつた。青年作家の作品には羨ましいまでにすばらしい直感と感覺がきらめいてはゐるが、深い人生體驗による裏打ちの點において、いささか缺くるところがあるやうに思はれたからである。かうして私は四十七歳まで何も書かなかつた」と、受賞の感想の中で述べてゐる。彼の四十歳の小説が、『近代知識階級の象徴』にあるのであらうか。もしさうだとすれば、彼の言ふ四十歳の特異さは、餘りにも無意味なものであり、深い人生體驗も空言に過ぎない。が、少くとも、彼の小説へ向ふ意欲と熱情が何處に向つてゐるかは、窺ふことが出來るのである。

いままで日本文學が、心境探索的私小説からロマン的展開の範圍を出ず、社會的なひろがりに乏しかつたことは事實で、そのために、深い人生體驗を求める彼の氣持も肯けるのではあるが、四十歳まで小説を書かずにゐられ、探究を續けた『深い人生體驗』とは、いつたい何であらうか。

作家の人間としての思想が、文學の思想として作品のうちに生かされるためには、現實の諸條件のなかで生きる具體的な人間として形象化されねばならないやうに、作家の人生體驗は、單なる生活のうちのあれこれの經驗としてではなく、現實のレアルな認識と、その形象化としての文學的な實踐過程を經てこそ、はじめて、作家としての中に堆積されてゆくものではないであらうか。

兎に角、四十歳まで沈默して體驗を築いてきた櫻田常久の文學への態度は、この言葉によつて窺はれるのである。「平賀源内」が觀念的な小説であつたのは、決して偶然の結果ではなく、かうした、文學者としての實踐過程と切離した人生體驗をもつて描かうとする彼の觀念的文學觀から生れたものであることを感じるのである。

觀念的な文學觀を内包する櫻田常久は、もうひとつ、現在の激しい流れをもつ現實を、『……極樂行きの切手たる御印文を百文に賣り一萬兩もせしめた後のこの小細工は、何としても許しがたいものであつた。牛馬につらくあたるものが死んでから牛馬に生れ代るといふのならば、佛の眉間を叩き割りこれを足蹴にして佛を虐むものは、次ぎの世で佛に生れ代るのではないか』といつた調子で皮肉らうとする。或は、動

かない土に足をつけて眺めようとする遊戯をも心得てゐるのだ。

彼の（深い人生體驗）から生みださうとするものが、かうしたものであるのか。

「平賀源内」を書いた彼は、少しばかり内的に眼を向け、觀念小説から逃げださうとする恰好で、次に「どぐ・はん・すう」を書いた。

「どぐ・はん・すう」も平賀源内を主人公とするもので、この主人公は理想化らしき假面を被りながら、作者の鬱憤晴しの道具になり過ぎたうらみがないではない。

『歴史小説の形を借りた現代小説』――これは所詮、遊戯でしかないのではないか。かうしたところに特に『取材の奇、構想の妙』といふものがあり、文學としての價値をもたせようとするものがあつた。今日までの日本文學を背負つた一部の文學者の存在に、僕は激しい憤怒をさへ覺えるのである。

現在、肩書をつけた小説で肩をいからしたり、なほ、時代の流れの中に身を竦ませる一部の作家の存在が、日本の眞の文學をどれだけ歪曲させてゐるかを想はないではゐられない。

4

單なる運戯の爲に表面に浮かび上つた櫻田常久が、渦巻く不評のなかで戰はねばならなかつたのは、不幸といへば不幸な作家でもあつた。

が、それ等の鞭に對して、彼はおそまきながら、文學の眞の姿への探究と思考をはじめたやうだ。

同じく平賀源内を主人公としたものである週間朝日の特別號の「酒反吐」は、さうした面がたゞよひはじめてゐた。これは、源内が四歳から二十四歳にかけて、長崎へ遊學のため船出するところまでを描いたものであり、「平賀源内」「どぐ・はん・すう」の如く、慌しくテーマを追ひ込まうとする彼の構想は、此處でも甚しく目立つのであるが、少くとも『歴史小説の形を借りた現代小説』でないことだけが落ちついて讀ませて呉れるのである。

人間のもつ習慣性は必要な場合があると同時に、恐ろしい場合もある。彼の「平賀源内」のときにもつた『遊戯』のある作家としての態度、これが彼が歴史小説を書く場合に頭を擡げるのではないだらうか。今日までに書かれた彼の殘る二ツの歴史小説――「薤露の章」と「葉原日記」このどちらも彼のさうした習慣性の故にいゝ作品とはならなかつた。

積み重ねられた時間――少ない枚數のなかでギツシリと經過を描寫する彼の構想は、一面、重厚さをもつたものにするのではあるが、讀後の印象を非常に弱くしてゐるとも言へる

のである。彼の作品が何處か新しい感覺をもつてゐるものを感じるとすれば、其處にあるのであるが、積み重なる時間――或は事件を描寫することによつて何をかを語らうとする彼の意圖は、決して成功してはゐないのだ。

文學と新聞記事との違ひ、作者は先づ此處まで思考を引き戻して貰はねばならない。

5

櫻田常久は芥川賞受賞後、先づ、「オール讀物」に現代小説を發表してゐる。「從軍タイピスト」である。「平賀源内」に於てみせた『遊戯』のある彼の態度が、歴史小説に對する彼の態度であるとするならば、「現代小說」に對して彼はどういふ態度をもつたであらうか。

現代小説は、現代を背景として、現在生きてゐる人々を描くだけではなく（嘗つては、それで立派に小説になり得たであらうが）現實の土臺の上に踏張つた理想がなければならないのではないだらうか。現代小説に、近頃いゝ作品がないのは、その飛躍の苦腦の中、現實があまりにもきびしく眼前に盛り上つてくるからであることも一つの原因ではないかと思ふ。眼前のものを追ふことが、要求せられてゐる文學を生みだす一つの綱のやうに考へられてゐるのが、いゝ作品の現れないことの一つだ。いま、求められてゐるものが、急に創造されるものではないかと思ふし、中腰になつた作家達の焦燥のペン先から、日本の國民文學が生れる筈はないのだ。

いまの時代は、創造のための悶えの時代であるとみることが出來る。そして、さうした時代を瞶めつゝ思索し、分明とした作家の態度をもたなければならない時代なのだ。

「平賀源内」で、知識階級を皮肉ることに小説の遊戯を樂しまうとした彼の眼にも、大東亞決戰下の現實には、動かない土臺の上にキチンと座り込んで、凝と瞶めねばならなかつた。作者は決戰下の現實に何をみようとしたか。眞面目に何を考へようとしたか――。

哨煙の中に孜々としてタイプを打ち續ける可憐なる女性を描き、彼女を通して皇軍の勇敢なる姿を、また、日本の女性の豊かな心情を描き、其處に彼の理想の眼が向けられてゐた。

彼の重厚な筆致と、積み重ねられた事件の重なりをもつ構成とが、最後まで讀み通せる魅力をもつてはゐるのであるが、しかし、同時にそれが缺點でもあつた。克明な描寫が、重厚さをもたせた原因であるが、あれだけの物語の起伏がもうひとつ迫つてくるものでなくしてゐるのだ。

彼は此の作で、新しい形式と、ひた押しに押す重厚さをもつて新しいものを生まうとした。それは成功ではなかつたが

失敗でもなかつた。――たゞひとつ、彼がもつと文學の眞の力のあるところ、文學の精神をまだ摑みきれぬうらみがあつたのだ。

併し、少くとも『歴史小説』よりは眞面目であるし、期待がもてた。僕は、さうした未完な點をもつ彼に、その故にこそ、期待を抱き、心持ちに次作を待つたのである。

彼の意圖が、この一作によつて半ば失敗したとは言へ、小説を書くことに對して、强固なあるものが築かれたことは窺はれる。

やがて、彼は「從軍タイピスト」と同系統の作品「最後の敎室」を發表した。「從軍タイピスト」に於て、新しい形式として意圖したところのものを此處では、自ら碎いてゐる。それは、無理があつたからではないだらうか。――形式の新しさ、といふことも問題になつて久しい。新しい文學には、新しい形式が平行して生れなければならないとは思ふが、形式は、結局內容の如何によつて定まるものではないだらうか。內容から形式であつて、先に形式が出來上ることはあり得ない。「從軍タイピスト」の場合と「最後の敎室」との場合では、後者の方が內容に合つてゐると思ふ。

此處では作者は、占領地域の小孩《せうはい》達に日本語を敎へる苦心を描かうとし、作若の詩情は哀愁をたゝへながら、『四人の兵隊が小孩と別れて、もとの兵隊に復る最後の日』の哀感をうたはうとしながら、作者の哀愁は、文學の上には躍り出て來なかつた。積み重ねるやうにして細かく描寫してきた彼の筆致は、此處ではもう力盡きて、思ひの半ばをも表現することが出來なかつたのだ。

6

文學は、人間を描くことにはじまる。バルザックが、『屋根裏の部屋の青い布をかけた小卓子に坐り、白い僧服を身に纒ひ、四本の蠟燭の光の下で、强い珈琲に眠氣を追ひ散らし、一日十六時間以上も毎日書き續け』たのも人間の解剖であつた。バルザックの偉大さは深酷な觀察と哲學、奔放極りなき想像力にもあるが、あの多くの作品の中に人間を眞に描き盡くしたことによるのではないだらうか。「ゴリオ爺さん」の素晴しい感動は、ゴリオ爺さんを通して人間のひとつの姿を完全なまでに浮彫にしたことにあるのだと思ふ。

國民文學に於けるひとつの理想――それを聲を高くして叫ぶ理由は、理想とか主張といふものを作品の中にもたなければならないからではあるが、それは人間を描いた後のことなのである。文學として先づ人間が描かれねばならない。如何に雄大な理想を叫ぶとも、作品の中の人間が人形であつて

は、何にもならない。それで、讀者の感動を得るとは考へられないのである。

人間を描かうとした作品の一つとして、櫻田常久の「掬一族」は、前の「從軍タイピスト」や「最後の教室」よりも高く買つていゝ作品ではないかと思ふ。

掬に生きようとする良平を、飽迄も描かうとする作者の熱情が作品の中に滿ちてゐるのである。或は、地味な、一種の暗さをもつた作品として非難される點もあるだらうし、作者の未熟さからか、先の作品でも感じられたところの、讀者を息づまらせるところの描寫の下手なところもあるだらう。が、僕は、良平を飽迄描かうとした作者の努力は見逃してはならないと思ふのである。

『良平は自分の仕事、山と工場の仕事ほど男らしいものはないと考へてゐた。七、八十尺に伸びた梢近くまで攀ぢのぼつてロープをかけ、二抱へもある幹の根本に鋸を入れる。……良平は「山師」と呼ばれ「材木や」と云はれる自分の仕事の意義がいかに大きく正しいかをしみじみ味ふ』生活の中で弟とその子とへ續く『掬一族』を夢みるのである。

しかし、この『掬一族』も、素材の珍らしさが、作品の興味の大部分を占めるものであるのが、不滿だといふのではないが、何か、ずるく逭げたやうで不快であつた。

この作品もさうであるが、大體、彼の作品は、素材にたより過ぎるきらひがある。ひとつの作品に、それ〴〵の素材をひろつてくる彼の努力は、決して生やさしいことではないだらうが、さうして得た素材を、餘りに生のまゝで作品にしてはゐないであらうか――。小說は記錄ではないのだ。

7

最も最近の作である「靜かなる湖底」では彼の詩情への追究がうかゞはれるのであるが、作品の中に、それが雰圍氣として浮いてくるところまでには至つてゐなかつた。

冒頭に於て『作者の瞶める眼』に就いて述べたが、櫻田常久の眼は何處にあつたか。これまでの(靜かなる湖底まで)彼の眼は、まだ定まつてはゐなかつた。

「從軍タイピスト」に於ける彼の眼が、黃塵の中に働く日本の女性の姿であり、「掬一族」では、材木やを通しての戰時下の世相であつた。彼の作品が、一作ごとに別の世界を描かうとするやうに、彼の眼は、ときには乙女のやうな抒情であり、ときには知識階級への皮肉の遊戲であつた。兎に角、彼の眼は、まだ、さうした小さなところにあるのだ。それは、文學へ向けた眼としては、餘りに小さいのだ。

全部の作品を通じて感じられるのは、執拗なまでの、ねば

り強い描寫の筆致、それは他の作家からは感じられぬ程の强さで印象に殘るのである。

素材の作家として、石川達三と比べるには、餘りに二人の作家の地位の相違を感じないではゐられないが、石川達三が兎に角、素材の不備に失敗を續けても、作者の眼が、何を描いても一ツの位置から離れなかつた。が、櫻田常久は、まだぐらぐらしてゐる。

そんな風に定らないところに、期待される點もあるのであるが、もう二、三篇もかうした作品を讀ませられるのではないかといふ不安と失望も、その期待の何處かに、近頃、頭を擡げはじめてきたのである。

『四十になれば小説を書く』と櫻田常久の芥川賞受賞に際しての言葉を、いま、再び想起し、その意味をいまゝでに果して作品に示し得たかを思ふとき、僕の眼の屆かない所爲にあるのかも知れないが、四十七歳まで沈默してゐたところの特異さをこれまでの作品では感じられなかつた。

折角その經驗を土臺に、文學への眞の熱意をもつて、作品を生んで欲しいものである。いつそうの御健筆を祈る。

（十七、四、二〇）

熱河感傷

―旅信―

飯田美稲

満洲は、一昨年の十二月行つたので、二度目の旅行はあんまり氣乘りがしなかつたが、旅程に熱河が繰込まれたので、今度は熱河だけを目あてに、三月一日の船に乘つた。

満洲事變當時熱河討伐の記事を讀んでから熱河に憧れを覺へ、其後座右寶で出した熱河と云ふ大冊を見たり、映畫で熱河の紹介を見たりして、熱河に對する憧憬は强くなつた。一昨年の旅行でも、若し飛行機さへとれたら行き度かつたが座席の都合が出來なくて餘儀なく歸つた樣な譯だつたのだ。

普通の滿洲旅行者が忙がしく見て廻る順序の、大連、奉天、新京、哈爾賓と、北への道を辿つて、哈爾賓から南へ一路承德へ向つた。私達の旅程も、實は哈爾賓までゞ大體半以上を費やし、あとの三分の一の日程は承德觀光のみの日程である。途中阜新の炭坑を見て、早朝の列車に乘り、塔の美しい錦縣で乘り換へて承德へ向つた。すると列車の中に軍の報道部の人が乘つてゐて、やつぱり、承德へ行かれるのだとの事だつたので、私達は早速其の幕僚の内に加へて貰つた。

承德へ着いたのは、もう日もとつぷりと暮れて、僅に暮れ殘つた空を近くの山並が劃してゐる、其の山の麓の方には點々と灯がともされてゐるのが、日本の何處かで見た樣な景色で、やがて乘つた馬車が鈴を鳴らしながら行くのに、はる〴〵と來た旅の淡い旅愁をさへ誘はれるのであつた。

馬車が武烈河の橋を渡り始めて、何處かで見た景色と云ふのが、京都であり、先刻の山の灯は東山に點く灯を想はせるのだと判つた。狹い街に這入つて暗い道を曲り曲つて承德ホテルに着いた。後で聞いたのだが、この宿も京都の人が經營してゐるのだと云ふ。

翌朝、朝のうちに街の散歩に出た。靜かに落着いた、いかにも古い都らしい街で、かうした落着きは奈良とか京都とかの裏街にのみ感じられるものであつた。だが、其の街並の間々に日本人の鮨屋とかおでん屋とかが、これ等の空氣とは全然そぐはない異彩を放つてゐるのを見逃すわけにはいかない。どうして日本人は、すぐにかうおでん屋を造るのだらう。哈爾賓でも、さう想つた事だが、あのキタイスカヤの露西亞人街の中に、厳然と目に立つのは、近頃出來たらしいおでん屋であつた。實に僅かばか

りの在留邦人の爲めにのみあつて、其の僅少な在留邦人の散財をのみあてにしてのおでん屋であるのだ。このおでん屋の勢ひが南の方の香港にも西貢にも進出して、やがて昭南島やマニラやバタビヤにも押出すのかと思ふと、少々考へさせられる問題である。

やがて、車の用意が出來て、私逹は、報道部長のお伴をして、熱河八大寺を廻ることになつた。私は自動車で、それらの寺を廻りながら想つた事であるが、支那人は實に構想が大きい、支那人と云つても萬里の長城を築いた秦の始皇帝は別として、私は北京を見又熱河を見て、康熙、乾隆兩帝の大きな構想に驚嘆した。北京の紫禁城を見た時には、帝皇の威容を飾る爲めには、かくばかりのことをしなければならなかつたのかと、寧ろ其の誇示せんとする威信に、一種の稚氣を感じたが、天壇を見るに及んで、それが北京と云ふ廣漠たる平原なのでこれは空の廣さを對照として、意識的にスカイラインの効果を狙つて、柏樹の森の上に構築された建造物である事を知つて驚いたのであつた。同じ兩帝の遺構としての熱河は、熱河と云ふ土地全體を、まるで自分の家の庭のやうに心得て各所に調和よく建造物を建てゝ行つたその造園術の非凡さに驚かされた。

一樹の蔭に亭を造り、一河の流れを採り入れて一字を建てると云つた、日本流の小さな考へではなく、避暑山莊を、まづ武烈河に添ふて山一つを取り込んで造り、此の內に三十六景を銘じた。これだけで相當な大きいものなのに、彼は、此の山莊から見へる山と河と岡とを全部、つまり目の届く限りを外苑として、これに十數寺の喇嘛廟を構築したのである。承德の街の如きは、下々の長屋ぐらゐの考へで、眼の屆かない所に出來てゐる、離宮の十分の一の面積にも當つてゐないであらう。私は翌日S氏の案內で、乾隆帝の居間であつたと云ふ雲山勝地樓に登つて、その楠と黑柿の材で造られた玉座の後に、昔のまゝであると云ふ硝子の窓を通じて、この雄大な眺めをほしいまゝにしつゝ、康熙と云ひ乾隆と云ふ人の我儘に壽大きな考であることに感心した。

熱河の景色に最も大きな効果を添へてゐるのは松である。松は滿洲の何處にも見られないのに、こゝだけには離宮の內にも喇嘛寺の中にも見えた。支那でも北京から玉泉山に行く途中で三四本を見て懷かしく思つたくらゐに少ない。尤も青島には獨逸人が日本から移植したとかで、隨分澤山あつたけれども、これは例外の部類で、全く中南支を通じても少ないのである。其の松が離宮の池の水ぎはに林をなし、喇嘛寺の屋根に差しかゝつて日本的な庭園を想はせてゐるのも私逹には一層熱河に親し味を感じさせる。聞けば支那では、松は墓地に植ゑるもので、普通の庭木にはしないのだと或人が敎へて呉れた事がある。然し、離宮の中にまでも植ゑられてゐる事を見ればさうではないのだらう。夫れとも、清朝の祖が漢民族とは異ふかも知れない。S氏の話に依れば、この松も、もう數百年を經て命數が來てゐるらしく、遠からず枯れるものだらうとの事だ。然して其の後を嗣ぐべき若い松は無いのだから、恐らく兩帝のうちの一人が、日本から松を取り寄せて植ゑたも

のかも知れない。自分の居間の硝子さへ、當時西洋から舶載させたものだと云ふのだから、冬ともなれば一望黄土と化する滿洲の曠野に緑の彩を添へやう爲め日本から取り寄せたとしても、不自然ではないのであるが、此の地蒙古の領土で諸王遊牧の原野であつた時分「松漠」と呼ばれてゐたと云ふのから見れば、もとからあつた松であらうか。康熙帝も山莊三十六景を撰した内に「萬壑松風」と云ひ「松鶴清越」と松を詠んで居り、乾隆帝も又續添の三十六景に「松鶴齊」を選してゐるから、此の時分相當な大きい松であつたらしくも思はれる。然し兎もあれ此の松が、私達の目に見る唯一つの翠で、黄土との對照に殊に鮮やかに見えるのが頗る効果的で、離宮も、喇嘛寺も、此の松の爲めにどんなに景趣を高めてゐるか計り知られない程である。

私達の車は、まづ忠靈塔に止まり谷を隔てた新京神社に拜した。谷の間を兎が走るのを見たりするにも如何にも山間である事を感じさせるのであつた。普寧寺に七丈二尺の木彫佛像を見、普陀宗乘之廟に鍍金の瓦で葺いた屋根を見たりしたが、其の寺廟の多くが荒廢に任され、軍役の掠略を擅まにされた跡の姿のあまりにも無殘なのに、支那流に言つて一掬の涙を流させるものがある。然し、さうであればこそ熱河が却つて熱河らしくいとほしい。もし、之等寺廟のすべてが、建造の當時のやうに金碧燦爛たるものであつたら、其のあまりのけばけばしさに、見るべきでないであらう。螺蛳の貝の少し落ちた方が趣のあるものだと云ふ殊好の言葉も、この邊の事を云つたもので數百年間よくも今日まで持ち堪へて來たと云ふ、興亡の歴史を勘定に入れて、この荒廢の有様を見ながら、當時の殷盛を偲ぶのが旅行者の常である。けれども、私は此の荒廢毀損の跡を見て、それが日本の此の當時の建造物と比べて見て、其の餘りに激しい損傷なのに驚いた。丁度日光の東照宮と同じ年代の建築でありながら、何と云ふひどい毀れ方だらう。近寄つて見れば見る程にひどい。然もひどい寺だと思はれる程に粗雜な造り方だとも思つた。私は建築の事は知らないが、其の軒を見、梁や其の他の木組み方を見て、こんな建て方は日本ならしないと思つた。殊に寺廟の建造に當つては信仰と崇敬の念から、所謂一刀三禮とも云ふべき入念な建築をすればこそ、數百年から千餘年までも殘るのであらうに、さうした信仰を感じさせる何物もないのである。

康熙帝の時、古北口邊の長城が崩れたのでこれを修復しないと邊境の護が危からうと申出たのに、帝は、秦が長城を築いてから何度も長城を越へて這入られた、清の太祖も又長驅して直ちに入るに敢て當るものは無かつた、だから、修復なんかしたつて駄目だ、國を守るのは徳を修め民を安んずるにある「民心悦服すれば則ち邦、本を得て邊境自ら固し、志城をなす」とはこの事だと云つて、熱河の經營を先にしたと云ふ事を讀んで私はつく〴〵と思つた。熱河の寺廟はすべてこれ宗教的な建築でなくて、政治的な建築であるからこそ、かゝる有様にまでなつて居るのだと、康熙帝も乾隆帝も皆蒙古懷柔の爲めにこの寺廟の構築を急がせ、蒙古の寺僧を優遇し、蒙古の武將に

高位を與へて熱河に招待したのである。これが見てくれを第一の建築とするより他にない理由の大きなものであらう。

眞實、清朝の皇帝が佛教なり喇嘛教に歸依して、これ等の寺廟を建てたとしたら、たとへ軍閥者流に荒されやうとも、風雨の雲が激しからうとも、かうまでの荒廢はせぬ事であつたらと思つた。

離宮の中では、今有名なI博士の令息が數人の同僚とこの寺廟の復元圖を造つて居られた。それは實に詳細にやつて居られた。今これを復元するには數千萬圓を要するであらうが、滿洲國には勿論日本にも其應財源はないから、たゞ〳〵荒廢するのを見てゐるに過ぎないとの事だつた。年々毀れて行く大きな伽藍をじつと見つめてゐると云ふことも辛い事であらう。私達も、もう手を盡してもどうにもならぬと云はれた美しい人の臨終を見るやうな心持で翌日熱河を辭したのであつた。

旅信旁々

鹿島孝二

編輯部御中。

只今山の中の鑛泉宿へ來て居ります。旅に出ようとふと思ふと、即座に、本當に足下から鳥が飛立つやうに出發するのがいつもの癖です。

三里に灸据うるより旅の雲心にかゝりて

——とか芭蕉は書いて居ますが、昭和の僕等は脛に灸なぞ据ゑる必要は更に無く、ボストンバッグに洗面道具を突込むともう汽笛一聲出來るのですから頗る便利です。

僕の旅行は、旅の雲心にかゝりて、する次第ぢゃありません。さういふ風雅な氣分は微塵程しか持ち合はせてゐません。僕の旅行の目的は、自己反省の爲なのです。平生殆んど無反省に(といふより、惰性的に)既成概念を既成的な手法で書いて小說としてゐるのを、ふと羞ぢる氣持が起きると、さあもうぢつとしてゐられない。あわてゝ惰性にブレーキをかけ、とにもかくにも周圍から離れて獨りきりになつて徹底的に考へなければならんと思ふと、忽ち旅に出たくなるのです。去年から今年にかけて、二ケ月に一回位はかういふ發作におそはれ、草鞋を履きました。誰も知つた人間の居ないところ、山の宿か何かに一人でぽつんとしてゐると、心が痛む位しみじみと反省されるのです。人生のこと、文學のこと、自分のこと、自分の小說のこと、總てが考へられ、今後はもうだらしのないものを書かないぞ！　金輪際書かないぞ！　と張り切つて東京へ歸れるのです。さうしたところで他人目には何等變化は見られないでせう。相變らず下らないものを書いてやがると思はれるでせう。さう思ふ君等はどういふものを書いてゐるか！　と怒つたところ

で仕方ない。

さて、今度は僕は、何を書くべきか、といふことを今度こそ（いつもそのつもりなんですが）眞劍に考へる爲にこの山の宿へ來ました。そして考へつきました。

吾何を書くべきか？　如何なる小説を作るべきか？

誰しも、國民文學を書くべきだ、と答へるでせう。

では國民文學とは何ぞや？　誰にも分つてゐるやうで、ハツキリしてゐない國民文學！　大勢の色々な議論がこれについてなされたやうです。しかもまだ薄ぼんやりしてゐるその定義！

僕は國民文學について次のやうに考へ、その信念によつて小説を書かうと思ひました。僕は理論家ではないから、下手に論理的に論ずるより、僕が考へたこと。小説を書くについての心構へ、なぞをお話して、それを僕の國民文學について意見（主として精神を問題としますが）だと思つて頂きたいと思ひます。

實は僕は雜誌の短い讀切小説に飽き足りなさを感じ、有りつたけの力を存分に出せる仕事をしたいと思ひ、長篇を書下ろさうと考へてゐるのです。これこそ國民文學と威張つて示せる長篇を、その爲に、次のやうな心構へと用意を致しました。

始めに先づ僕は、日本及び日本人を考へ直しました。果して僕等は日本を正確に認識してゐるだらうか？　歴史を、祖先を、正當に理解してゐるだらうか？　それから推して現代日本人の實力はどこまで伸ばせるものであらうか？　世界のどの程度の位置に立ち、どういふ役割を果たす可能性があるのだらうか？　それらを僕等は誤まらずに知つて居るだらうか？　といふことを反省し、既成概念による誤まれる日本及日本人觀を打破し、眞に輝やかしい日本及日本人の姿を把握しました。こゝから僕等の藝術活動は出發すべきだと思ひます。

次に、外國及外國人を調べます。そして日本及日本人と優劣を比較します。これをしないで日本人獨り尊しとするのは知識人の仕業では無いし、「八紘爲宇」といふ言葉も宙に浮きます。まことに八紘爲宇たるべき原因を實感的に把握します。いや、把握し得ました。さう明言することにさへ感激を押へるのを日本人に生まれた喜びだと思つてゐます。

以上の二ケ條は或ひは現在では常套的な言ひ草となつてゐるかも知れません。全く日本人としては極々初歩的な自覺です。併し、まだまだこの自覺さへ得られない作家が多いやうです。この自覺なしには國民文學を云々する資格はありません。この自覺からこそ出發すべきです。

さて、以上に依つて僕は日本及日本人の特質を知るでせう。日本の將來の爲、八紘爲宇を實現する爲には日本及日本人のどの特質を伸ばせねばならないかゞハツキリ分るでせう。そこで僕は（今度の長篇では工業を背景にして書きたいので）この特質が日本の工業上にどういふ風に表れ、その結果どうなつてゐるか、日本の現在の工業の狀態は外國のそれに比して劣つてゐるが、追付き追越す可能性があるかどうか、是非とも有つて欲しいのだが果して如何？　有れかしと祈り乍らその事を調べてゐるので

す。調べがついたら書き始めようと思つてゐます。かうして出來上つた小説が讀者に感銘を與へ（僕の感情が讀者に移入し）日本の工業立國の上に、大洋の內の一滴の水程のプラスでも出來得れば、以て僕は冥せるし、かゝる小説こそ國民文學だと言ひ切れるのですが、如何でせう？

この山の宿へ來る途中、いぶせき藁屋根の農家に、戰死者遺族の家といふ札の立つてゐるのを見ました。聞けば潜水艦乘組の下士官の家ださうです。近代文明から遠いこんな藁家から生まれた子供が、近代科學の粹を集めて作られてゐる潜水艦を自由に操つて敵を打破つてゐるのです。國文學者なぞは日本の美といふと直ぐ「わび」とか「さび」とかを擧げますが、僕は現代の日本の驚異的な美の一つは、藁屋根の家から素晴らしいエンヂニアの生まれることだと思つてゐます。今度の小説にはさういふ點も書きたいと思ひます。國民的な新しい美の發見、これも僕等の任務の一つでありませう。

旅信を書くつもりが飛んだ方向へ筆が走つて了ひました。下手な紀行文をお目にかけるよりこの方が却つてましだと思ひ、敢てお送り申上げます。旁々、國民文學について書けといふかねてからの再三の御命令を稍々履行し得たと自ら考へて居ります。頓首。（上總龜山にて）

（會）（報）

第五回幹事會退會

五月十二日午後七時から中澤幹事宅で開催、全幹事出席、由布川幹事から會計事務を引繼いだ中澤幹事の會計報告、日本文學者會結成についての村雨幹事の報告があつた後、文學建設運動の活潑化について種々協議懇談した。尙同人總會は、先月は種々の都合のために開催出來なかつたが、今月は由布川幹事慰勞をかねて、下旬に開催すること、會則第十五條に依つて、土岐愛作、野田崎正、久路徹、山崎公夫、南澤十七、淸水津十無諸氏の除名を決定して、十時散會した。

退會

一身上の都合に依つて、左記三氏が退會された。

松浦泉三郎氏、川端克二氏、志水雅子氏

同人消息

戶伏太兵氏　杉並區天沼三ノ七〇六に轉居

尙『ことばの民俗學』近刊。

石井哲夫氏　『物語印度侵略史』（ボース氏と共著）を東京日日新聞社より、短篇集『印度兵の嘆き』を博文館より、同『モロタイ留魂錄』を金鈴社より、いづれも近刊。

郁二郎氏『少年電氣物語』長篇小説『海底國』を童話春秋社より、『沙漠の王國』を田中宋榮堂より近刊。

月例評壇

「北海の霹靂」を評す

中澤巠夫

小山寛二君の標題の小說（講談倶樂部四月號）は相馬大作事件である。相馬大作を檜山騷動から切り放した作品は、村雨退二郎君の「火術深秘錄」（大日本青年正月より連載中）がある。

小山君の短篇は、その意味で、特に新しい境地を拓り開いたと云ふことは出來ない。が講談への反逆として、小山君が敢然と檜山騷動から絶縁したのは正しい態度である。その意味で、前作「左文字一黨」より佳作だ。

然し、小山君は、遂に、兵聖閣の理想たる北邊防備と、矢立峠砲撃事件とを、結び付けることに失敗した。相馬大作及平山子龍の實用派實學派の武士道をつきつめればこの結び付きは解決するのだが、それが出來なかつた爲め、津輕越中守を暗愚俗物、日本人の風上に置けぬやうな人物とし、北邊防備と云ふ大問題に對して更に意に介さず、相馬大作や南部利敬の苦衷を水泡に歸せしめ、あまつさへ大作の親友細井萱次郎を毒殺までしてしまうことにしてゐる。誠に、その筋立構成の無理は眼を蔽ふてあまりある。

小山君は、歴史の創造を行ふ人だ。史上に實在した人物。それが名も無き農夫であるとしても、よほど研究しないと、その人達の傳記が殘つてゐる事を忘れてはならない。僅かな資料でも、その片鱗から、その人物の推測を誤らない程に歴史を見ぬく力が、歴史小說作家には必要である。この意味で、小山君の標題の小說は、講談ではないが、時代大衆讀物である。歴史文學は演說したり、悲憤慷慨したり、難しい講釋したりすることではなく、文學として人間を描くことに變りがないのであることを考へて貰いたい。

相馬大作資料として、下斗米大作實傳・南部史要・細井萱次郎著「俗つれづれ」・續德川實記・又津輕藩の側の資料として「津輕富士高調子」・奧羽史料「相馬大作傳中我藩弘前藩々主關係事件中間違ノ條々四五條申進」と云つたものなどを、一應お調べ願つて、小山君自身の誤りを正される

ことを希む。

兵聖閣道場は兵原草廬の講文堂なり。心貫流劍法とは俗説にして實用流。フェートン號事件は長崎であつて長州ではない。南部利敬文政三・六・一五死。細井萱次郎文政三・七・一四死。萬歳安國は佐々木大吉として津輕家に二十石に取立てらる。貴田十郎右衞門は津輕藩大目付として、矢立峠砲擊事件の後仕末をしてゐる。以上の點を原作とお引合せ下さい。

小山君が正しい歷史文學に精進される意圖は充分酌める。一層の戒心と共に、歷史文學への一層の精進を祈ります。

「坂上田村麿」雜感

山田克郎

この第一回が本誌に發表された時、私はその題に魅せられた。

寡聞な私は、かうした古い昔のことが書かれた小説を、ついぞ今までに知らない爲であつた。

この頃は、復古思想といふことをよく云はれる。併し我々は、自分の國のことでありながら、古代のことは何も知つてゐない。せい〴〵我々が知つてゐるのは平安朝の頃まで、それから遡つての智識は、ひどく貧弱である。貧弱であるだけに當時の風俗、習慣、人物、その他を知りたいと思ふ念は强いので、私はこの小説の題を見た時、これはさうした渴を醫やしてくれるものだと思つたのであつた。

所で、讀みだしてみると、まづ第一番に系圖にぶつゝかつた。これは苦手なので飛ばして次を讀んでみたが、作者が「前記」と斷つてゐる通り小説が始まる前に、一應それまでの一件の説明のやうなものなので、ひどく退屈であつた。私は、まつ先に系圖を持つてきたり「前記」を書いたりすることは、小説の手法として感心したことゝは思はれなかつたので、すつかりこの小説に對する熱が醒めてしまつた。

ふた月經つて、この小説の三回目を何氣なく私は目を通して見た。

おやツ？　と思つた。

それは一匹の老いた鹿が、河に立つてゐる描寫であつた。

うまいものだ、と私はそこの所を二度ばかり讀み返してみた。そして何よりも、のび〳〵と筆が運ばれ、作者が自由に書きたい情熱に何に制限されることもなく書綴つてゐる筆致を見ることができた。

私は、この時始めて了解した。作者は、餘り小さな所には拘泥してゐないのだ。書きたいまゝを奔放に書いてゐるのだ。從つて、あの第一回に見るやうな、系圖、前書きと云つたふうな構成上の破綻が生じたのであらう――。

第三回はひどく面白かつたので、私は前月號をひきだして第二回を讀んだ。これも面白い。そしてそれから私は毎月を、待つやうになつた。

するとその中に方々で、「坂上田村麿」は良作だと云ふ評判を耳にするやうになつた。

遂にこの小説はさうした評判を裏切らずつゞけられて、先月號で終つた。

私もこの小説の力作であり、良作である

ことは疑ひを入れぬのであるが、併し、私はこの小説は、かなり可否を問はれなければならぬものではないかと思ふ。ひどく賞める人と、ひどくけなす人がゐるのではないかと思ふ。

　その考證の丹念さ、そして、それを生かしながら悠々と書き去つてゆく手腕の確かさ。さうしたものはまことに讀者の心を魅するのであるが、併し讀後、幾分藝術的な醱酵に缺けてゐるといふ缺點に、氣づかざるを得ない。

　急湍とよどみとを持つてゐるこの小説はよどみの方の筆の確かさに比べて急湍の方は、ひどく荒すぎるといふ感を懷かせる。——それは私には、もともと作者が緻密な構成の上に立たなかつた。計算の誤まりから來たものであらうと思はれるのである。そしてその缺陷が、この作には終りへゆくに從つて遂に致命的なものとなつてゐる。それが明らかに窺はれるのは、この小説の中途半端な枚數ではなからうか。これだけの大きな事件を捕へて、それを充分書きこなし、人物を活描する爲には、この倍の枚數がいるのだと思ふ。この程度に、二百五十枚程度に終らせるのであれば、事件をもつと少くし、人物も少くして作者はもつと充分に細い所へ目をくばるべきではなかつたらうか？

　これでは全く帶に短かし襷に長しと云つた感で、作者の手腕は認められながら、何だかもどかしく仕方がないと云つたものを感じさせられる。

　再びかうした機をとり、遺憾なく作者の手腕を發揮せしめた好短篇に觸れたいと希ふのは、私だけの希ひであらうか……。

文學建設四月號の作品

村雨退二郎

　本誌四月號歴史文學作品特輯が、新文學の建設に邁進する同人の力作を揃へて、各方面に好評を博したことは喜びに堪へない。五篇の作品のうち、第一に擧げるべきものは、中澤巠夫君の「尊瀧院系圖」であらう。兒島高德の勤王精神を描いた堂々五十枚の力作である。

　ここに描かれた兒島高德は、從來の高德觀とは全く異つてゐるが、作者が史實に依つて、新しく作つた小説である所に大きな魅力がある。歴史文學作家として、從來考へられてゐた性格を作り直して、新しい人格を作る努力を續けてゐる點は、正しいゆき方であると思ふ。

　ただ難をいへば、公卿山伏の説明とか、最後の附記とかが、少し長過ぎはしないだらうか。これが歴史的に重荷を負はせて、全篇を稍々重い感じにしてゐると思ふ。これらがなくても、小説として完成してゐるし、小説的な幻想をこはされることはないのだから、これらを小説の中にとけこませる工夫をしたはうが、一層印象的になりはしなかつたかと思はれる。

　これは、單にこの作家一人だけの問題ではなく、歴史文學作家が史實を作品の中にとかしこむためには、相當の努力、工夫が必要で、これは今後相互に研究すべき問題であると思ふ。

從二一郎君の『致死』は、尊瀧院系圖の重々しさに對して、對蹠的な立場にあると思はれる。勿論、それはどちらが良いか惡いかといふ問題ではない。

この作品には、史實が重荷となる感じは全くないが、その反面に、從來の史料を安易に扱つてゐるのではないかと思はれる點がある。それは結局、一二の史實に依つて、直ちに結論をつけたためであると思ふが、殊に作家は北海道にをられることでもあるし、もう少し史實を突込んで書かれたら更に好い作品になつたことと思はれる。例へば、土方歳三をもつと突込んでみたらどうであらうか。土方の研究に不足してゐる一例として、『京の壬生の屯所時代から、女には少しもゆかりのない男なのである』と書かれてゐるが、土方は嘗て女のために失敗して、一時江戸を離れてゐたことがある位で、寧ろ女には緣があり過ぎた男なのである。

技術的なことではあるが、もう一つ眼につくことは、會話についてもう少し研究されたらと思はれることである。例へば、土方の用語として、『身共』などといふのは不適當のやうに思はれる。

この作者は、敍述にすばらしい巧味を見せてゐる。文章が密で、すべてが生き〱と描かれてゐる點には、敬服の他はない。この作品は、もう少し史實を突込んだ上で、このやはらかい調子を持ち續けることが出來たら、完璧の作品になつたことであらう。

この作者が、この文章を生かした上で、歷史の底まで見通すやうになつたら、正に鬼に金棒であらう。今後の御精進を期待する次第である。次ぎに、岡戸武平君の『龜之助樣離東』は、龜之助樣が、駿府七十萬石に封じられて行く時の逸話を描いたもので、小説といふよりも寧ろスケッチといふべきものである。この逸話は讀んでは面白いが、小説とするためには、もう少し考へて見るべきではなかつたらうか。これでは小説としてあるべき頭も尻尾もないわけでこの立小便に歷史的意義を見出したら、小説になつたことと思はれる。いやしくも七十萬石の大守であり、あるひは將軍となつたかも知れない人が立小便をしたといふ單純な逸話でも、作家眼で見詰める時は、そこに歷史の複雜な流れが見えてくるのではなからうか。

作者は、龜之助樣が駿府についてから、もう一度立小便をすることを考へたといふが、それでも小説としては成立したであらう。その場合には旗本かなにかに、『あゝ、お痛ましいことだ！』といつたふうに、時世の變轉を歎かせる方法があると思ふ。

更にもう一歩突込むとしたら、これを歎いた旗本の氣持を作者が諷刺するのである。つまり、時世は既に、さうした封建的な不自由から解放される時代になつてゐるのに、新しい時世を見る眼のない旗本がこれを歎いてゐる情景を浮き彫りさせたら、興味深い小説になつたことと思はれる。

この枚數に、これだけの註文を出すのは無理であらう。が、どんな短いものも小説としてまとめることに努力して欲しい。何故ならば、岡戸君は歷史文學作家であるからと、苦言を呈する次第である。

尙、『坂上田村麿』と『彥九郎殿の內方』

について他に批評があるので、割愛したことを御諒承ねがひたい。

『文學建設』の現代小説

戸伏太兵

本年正月號以降、文學建設所掲の小説に對する批評が出なかつたのには理由がある。本誌所掲の小説だけは、しばらく局外者の批評を求めたい。その間だけは、仲間批評は避けたい――といふ僕の主張が通つて、實は同人以外の方におたのみしたのであるが、あいにくの理由が重なつて遂に一月號から四月號まで批評が出ないでしまつた。仲間批評を避ける、といふのは如何にも見識の無い話だが、仲間ぼめばかりするやうに採られ勝ちな面だけを、一應、しばらくの間だけ、局外者の批評に委せて自己省察の資としたいといふ念願は、此の上ない公正のものと考へていたゞいてよいと思ふ。たゞ殘念乍ら、依頼はしたもの丶實果が無かつたので、此の際ともかく、一月號から四月號までは止むを得ず同人間で處理することとし、五月號からは、やはり出來れば局外者の批評が望ましい。又、そのつもりで僕はもう一度そのそのことを幹事會に諮つて見るつもりである。

さて、僕の受持つた現代物としては、正月以來次の如き作品が發表されてゐる。

海況調査船…………川端克二君
未完の夢…………東野村章君
はは…………村松駿吉君
海の彼方へ…………土屋光司君
青い林檎…………村　正治君

以上五篇。そのうち村君のものは前月に評したから此處には記さない。

◇『海況調査船』は五十枚ほどの力作で、本誌としては久しぶりの快打であつたといふ記憶が今なほ明らかである。身を以て經驗した特異の世界の人情と情熱を、讀み易い親しみ易い文體で描いてゐる。ハッピーエンドの勝利感が極く自然で頬笑ましい。由來はやり物かぶれのマヤカシ海洋小説が横行する中に、君の持つその方面の體驗が生む文學は、迫眞平明、ケレンの無い正直さを持つてゐる。も少し筆に迫力のあることが望ましいが、それは段々筆と共に錬磨されてゆくことだらうと思ふ。我々のグループから最近君が去つて行つたことは今さら乍ら殘念である。

◇『未完の夢』は、例によつて君一流のコクメイな心理描寫によつて精緻に描かれた作品である。そのキメの細かさは無論この程度に許されていゝのだが、主題の進行が澁滯して、何度も／＼直ぐに出發點の心理にまで立戻つて來るのがもどかしく思はれる。未完成の夢を未完成のまゝにして置かうといふ心理の新しい解決を得てから、即ちこの小説の上では、汽車の窓から畫布を捨てるまでの纔かの數枚に描かれてゐる部分のプロットに何かもつとパッとした事件なり衣裝なりが欲しいやうに感じられる。

◇『はは』は重厚な佳作である。シチュエーションは一葉のたけくらべに似てゐる。然し、少女を對象としたホノ／＼とした部分は、主題からは無論、添加的のものではあるが、尤も結末は實に印象的で、胸せま

る思ひがする。父も母もよく書けてゐる。――が、總じてこの作品は相當高い讀者にしか向かない。とすれば、もつと〳〵思ひ切つて藝術的な昇華を遂げさせた方が中途半端でなくなるのではなからうか。

◇『海の彼方へ』　この作は土屋君の爲には採らない。ネラヒは必ずしも惡くないのだが、海への憧憬が如何にも理屈的、公式的で、しかもたど〳〵しい。それに篠田先生の存在はあまりに觀念的な説明だけで片付けられてゐると思ふ。人物を浮彫りにするのは至難の業ではあるが、それなくしては到底讀者を引ずつて行く力は無いであらう。以上、妄言多謝。（四月二十二日夜記）

大隅三好君の二作品

由布川　祝

大隅君が數年前サンデー毎日に「浪人峠」を發表した時から、これはしつかりした新人だと私は憶つてゐた。

昨年同君が文學建設入りをしてから、いつ鋭鋒を表すのかと、あまりの沈默を無氣味に感じてゐたところ、本誌本年の新年號に「初代山本神右衞門」を、同じく四月號に「彦九郎の内方」を發表して、吾が文學建設の歴史物の陣營に颯爽と躍り出てきたので心強く思つた。いや、颯爽といふよりどつしりと鷹揚な出方なのである。この二作品は、吾等が常に對內的に研鑽し、對外的に純化運動をつゞけてゐる國民文學乃至新歴史小説の課題に對して、眞面目に答案したものと思ふ。

「初代山本神右衞門」は佐賀の葉隱の口述者神右衞門の初代（二代前）に當る同名神右衞門を浮彫にしたもので、作者自身が佐賀の出身だから狙ひも自然なら描寫も的確だ。二度目に浪人する際合戰場にでもかけつけるやう意氣ごんで出かける。からりと霽《は》れた胸中、三年目に家老の斡旋で歸參の叶ふ運びとなつた時も、「いらぬおせつかい」と突ツぱね、槍一本の功名で歸ると誓ひ、疱瘡を患つて幽明の境を彷徨してゐる折に、島原の亂が起り、人々の制止も肯かず裸馬に軀を縛りつけて出陣したが、亂治つてぴんぴんして歸つてくる。その淸廉剛直な人柄の中に、よく葉隱武士の面目を訴えてゐるのである。

山氣を捨てゝ手堅く追ひ込んで行くところに氏の將來がかゞやくに違ひないと思はせる。二度の浪人がそも何に原因してゐるかにつき書き落した點はあるが、二十枚ばかりの原稿紙に個性をあゝ生かすのは容易でない。

「彦九郎の内分」も手堅い筆致で、烈士高山彦九郎を側面からみせたものだ。體軀偉大な不器量者の妻おさきが、無理解な義兄の酷使に堪えながら、先妻腹の兒と吾が產んだ兒を守り育て、義理の祖母にいそいそと仕える氣高い日本婦道の犧牲のこゝろが涙ぐましく迫つてくる。

おさきを前面にもつてきながら、蔭に据えた彦九郎の家を忘れて大義に奔命する高邁な志氣とその世代の波のうねりがたくまずして眺められる。前作より一段の飛躍だ。

以上二作とも好箇の國民文學として推すに躊躇しない。が、お互ひ理想は高くかゝげなくては可けない。一層の御奮鬪を希ふ。

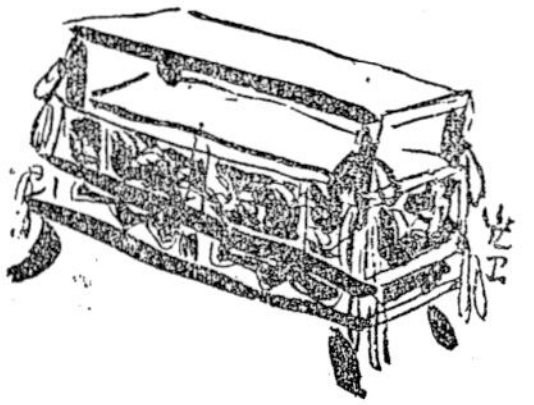

講談覺え書（八）

佐野孝

講談の作者に就いて (2)

この前、講談といふものは、その性質上、多くの作者及び大衆の合作に成るもの多く、一つの物語が、師匠から弟子へと繼承せられてゐるうちに、だん〳〵と尾鰭がつき、その甚しきに至つては、はじめ一個の人物が主人公として構成された物語が何時の間にやら、傍役として隅の方に押しやられ、派生的な物語の方が主として演じられるやうになり、題名だけが舊のまゝで、主人公も筋も全く違つたものになつてしまつてゐる。さうしたものさへあるのだから、現在行はれてゐる講談を、だん〳〵と詮索してゆくと、この部分は、甲の創作するところ、この部分は乙の創作するところと、ハツキリ分けることは至難のことに屬する。從つて講談の作者は概ね特定の何誰と、ハツキリきめることは出來なくなるのだが、それにしても最初に「義士傳」なら義士傳を取り上げて高座にのせた講釋師がある筈である。

そして、現今、誰それの作と傳へられてゐるものゝ多くは、高座に於て初めて演じたのは誰それであつたといふくらゐのもので、その物語が果して、その人の創作するところのものか、その前に讀本人情本等の形に於て、或は芝居、淨瑠璃の形などに於て既に世間に流布されてゐたところのものかどうかといふことは問題にされてゐなかつたのである。だから講談の眞の作者を探求するといふことは、文獻の極めて乏しい明治以前のものに就いて特に困難で、僅かに例へば、初代森川馬谷が、伊達大評定を讀んだといつた記錄をたどり、そして、物語の實體である伊達騷動のあつた時代との時間的距離を考へ、彼が最初の讀み手であつたであらうことを推定し、なほ、讀本の類、實錄といつたものが、彼の上演以前に上梓されてゐたかどうか、芝居に上演されてゐたかどうか、さういつた事實と照らし合せた上で、彼がその物語の作者であつたか否かを斷ずるといつた行き方を採るより他に方法がない譯である。

概ね、講釋の原本は史錄、讀本等に依るのであることは前にも述べたが、しかし、中には、逆に講釋から材を得て書かれた、讀本等も少くないであらう。江戸文學を研究する場合、講釋といつたものは殆んど閑却されてゐるのだが、讀本、人情本、草双紙などと、講釋との連關といふ點は、立派に研究題目となり得ることゝ思ふ。寄席藝術と江戸文學のつながりは題目の上に於てのみならず、その表現形式に於ても、所謂ヤマの盛り上げ方だとか、次回へつゞく切り場の技巧、一方は「明晩のおたのしみ」をたつぷり持たせる爲に、一

方は次回の上梓を期待せしめる爲に、多大の技巧を必要とし、現今でいへば連載物の毎日又は毎月の切り場の苦心、技巧。それは講釋場に學ぶところも少くなかつたであらうし、讀本の勸懲物、いはゆる勸善懲惡物などは、御承知の如く、善人榮え、惡人亡ぶ結末にはなるのだが、作者はそこに主眼をおいて筆をすゝめるのではなく、その道程に於ける頽德亂倫、エログロ的場面に專ら力を注ぐといつた客受け專門の狙ひ方などは、講釋がもと庶民教育の一助と認められたために幕府の容認する所となつたといつた建て前から、毒婦白浪物を演じても、勸懲を表看板とせざるを得なかつた。その行き方を、そのまゝ踏襲してゐる。又、讀本で歡迎されたから講釋の仇討物が榮えたか、講釋場の評判が作者に仇討物を書かせたか。講釋と江戸文學の相關關係を調べてみると與味津々たるものがある。

話は横道に入つたが、ある講釋が、原作者から次々と繼承されて行く筋道を實例によつて述べてみると、その一番よい例は「佐野次郎左衞門」と「大岡政談」である。

× × ×

「佐野次郎左衞門」は、一名「吉原百人斬」又は「籠つるべ」の題名で、現今の神田山陽君、小金井蘆洲君などの得意とするところで、これは芝居にも屢々上演されたものだが、原作者は馬文耕、馬場文耕である。

彼は伊豫の産、頗る奇人で、坊主から還俗して講釋師となり、後「金森騷動」を讀んで死刑に處されてゐるが、寶暦七年頃から釆女ヶ原あたりで長口舌をふるつて聽衆を魅了してゐた。この人、文才に富み「江戸著聞集」はじめ多くの著書のあることは前にも述べた。

次郎左衞門の傳は、江戸著聞集に載つてをり、彼が原作者であることは明にされてゐるのだが、著聞集を讀み、現在讀まれてゐる「吉原百人斬」と較べてみると、一つの物語が、かく迄成長し完成されるものかと驚かざるを得ない。文耕が高座で讀んだのは略々著聞集に誌すところと同樣であつたといふ證據がある。そして、その長さも讀み切り程度のものにすぎないが、その後、次郎左衞門の父親の因緣話などもだん〳〵と追加され、筋も曲折をきはめ新聞連載にして凡そ百五十回ぐらゐの長篇講談になり、利根川べりのお紺殺しの場面など、それだけ獨立しても立派な讀み物になるのである。

これは原作の著聞集があり、現在行はれてゐるものは速記本が出てゐるから、比較研究するに好適のものだから擧げてみたのだが、速記本は、澤山ある中で、先代小金井蘆洲のものが一番すぐれてゐるやうだ。

大岡政談の例をとると、これは初代森川馬谷が、最初の演者でない迄も、講釋の世界では殆んど原作者と等しく見られていゝのではないかと思ふ。馬谷の前にも、高座で讀まれた事實はあるが、現今、大岡政談と稱せられる政談は凡そ三十種ほどある中で、その目ぼしいものは、彼が組立てたものだと云はれてゐる。彼が如何に大岡政談を十八番にしてゐたかといふことについて面白い話がある。例年正月の初席では、必ず大岡政談を讀み、次に伊達評定、理世安民記を讀んだのだが、その三題の頭文字をつゞけると「大伊理」則ち「大入」になると、緣起を擔いだものださうだ。しかし、大岡政談

を初席に出したのは單に緣起を擔いだばかりではあるまい。

大岡政談も最も初期に於ては『板岡政談』といつてゐた。寶曆時代には板岡政談で行はれてゐたといふのは、越前守が江戸町奉行となつたのが享保二年、近々三十年ぐらゐしか隔つてゐないから、有名な名奉行板倉周防守とならべてハクをつけたものであらうと思はれる。

寶曆といへば森川馬谷の三十歳から四十歳にかけ最もあぶらののつた時代だ。

そして講釋界に於ても、太平のつゞいた江戸の街に於ては、もはや太平などの、お固りものでは、さう〳〵客を呼べなくなつてゐる。さればといつて文化文政ほどの頽たい期ではないから、講釋場の讀みものとしては、政談類おさばきものといつたものが至極受けたであらうことは想像に難くないところであり、馬谷が大岡政談を選んだのは賢明であつた。

果然、馬谷は、大いに受けたので、次々と新しい大岡さばきを拵へて行つた。實錄として傳へられる話は、大岡さまだつて、さう數限りなくある譯ではない。大岡さまらしい話を拵へ上げてゆくといふ順序になる。

大體、彼は文筆の才もあり、一見識持つた男で、自ら「講釋といふものは文飾を添へ、俗に直して講ぜねば、各々方が待くつして面白くござるまい。だから史實とちがふところは萬々承知の上で、かく拵へて面白く申上げるので、正史の事實は何々の書に何と出てゐる、何々の記録には何と出てゐる」といふやうな事を云つて「見て來たやうな嘘」は講釋としては邪道ではないと考へた最初の男でもあつたらしい。つまり御記錄讀みでなく「藝」としての講釋へと移行して行つた人であつた。

どういふ風に大岡政談を拵へ上げて行つたかといふと、最初には、他の名奉行の話を持つて來る。

それから、大岡政談にも一つ、例へば板倉政談をつぎ足して一つの講釋にしてしまふ。

その例として「小間物屋彥兵衞」の物語は「權三、助十」が、むしろ主人公になつてゐる講釋で、大阪から出てきた小間物彥兵衞が、無實の罪で死刑になる。しかも皮剝ぎの獄門といふ極刑に處された。彥兵衞の子供が大阪から江戸へ出てきて何とか無實の科を證明しやうと苦心してゐるのを、俠氣の籠かき權三と助十があはれみ、これも江戸ッ子氣質の大家さんと相談して奉行所へ駈込み訴をさせた。といふのは權三、助十は眞犯人を知つてゐたからである。そして、大岡さまを、やり込めて啖呵をきると、大岡さまは、實は彥兵衞の寃罪なるを知り、他の罪人を替玉につかつて、さればこそ皮剝ぎ極門といふことで人相を分らなくしたのである、彥兵衞をかへすといつて死んだと信じられた彥兵衞が越前守の手から返されるといふ筋で、如何にも波瀾に富み、又、江戸ッ子氣質のあふれた面白い講釋なのである。

これは初めの形では二つの物語であつた。その一は、則ち、笞屋久五郎の手代豐助の話で、豐助が十兩の金子を盜んだと主人から訴へられた。拷問しても何としても白狀しないけれども、久五郎は、

豊助が盗んだに相違ないと言ひ張るので越前守は、久五郎に證文を出させ、お前がさう迄いふならそれを證據として豊助を處刑しやうといつて死罪にした。ところが後で、八藏といふ眞犯人が現れた。

越前守は久五郎を呼んできびしく叱りつけた上、不屆につき百兩の罰金を申附ける。そして、はじめから豊助の寃罪なるを知つて替玉を處刑した大岡は、その百兩の金子を、いたはり金として豊助に與へる。といつた筋である。

今一つの物語といふは、六十餘の老爺が、鎌倉河岸の酒屋豊島屋十右衞門の所で、酒を呑んで十五兩入つた財布を忘れて行つた。それを豊島屋の若い者久兵衞が拾つて猫糞をきめて、老爺が歸つて來て、金子をかへしてくれといふと、騙り扱ひにしてさんざん毆つて追出してしまふ。老爺は泣く泣くションボリひきかへし、川へ身投しやうとするのを、籠かきの十八といふ者が、さき程からの樣子を知つてゐたので、呼び止めて慰め、自分も一緒に南町奉行所へ駈込訴に及ぶ、越前守これを聞き、盗まれたのは群内縞の紺地に黄格子の財布であるとは奇怪千萬、それは先日訴へのあつた盗難品だ。その方共こそ盗人であらうと忽ち二人を縛り上げた。

そして豊島屋十右衞門を呼出し、その方の店に萬一その財布を拾つた者があつたなら臟品である故、同罪である、身上を取り上げてしまふぞと申渡した。久兵衞が怖くなつて、唯今、床几の下から發見しましたと屆け出ると、越前守は拾ひ物の例に準じ、半金を十八に與へ、とりかくした科料として、七兩二分を久兵衞に出させる。

その老爺といふのは、彌兵衞といつた貧乏人で、十五兩の金子は娘を吉原へ賣つた身代金である旨を知つた大岡は、十右衞門に彌兵衞の娘をお預けといふことにした。仕方がないから十右衞門は娘を身受けして預り後、奉行に願つて親許へ引きわたしたといふ、やゝつこしい名裁きである。

この二つの話を組立てゝ、前の話の豊助を小間物屋彦兵衞にし、十八といふ籠かきを權三助十の二人にして「小間物屋彦兵衞」といふ講釋が出來あがつた。

馬谷には、さうした才能があつた。

これは一つの講釋が、どんな風に成長變化完成されてゆくかの例として擧げた迄であり、これは、はじめの講釋も、完成させたものも同一人であつた場合であるが、これは甚だ特例であつて多くの場合は、數人或は數十人の頭腦によつて磨かれ完成されてきたのだから、その講談の眞の作者を指摘することは不可能といふよりも無駄である事が多い。但し、ある特殊なもの、特に明治以後のものには作者の個性のにじみ出てゐるハッキリと作者の分明せるものが多くあることを忘れてはならない。(この項つゞく)

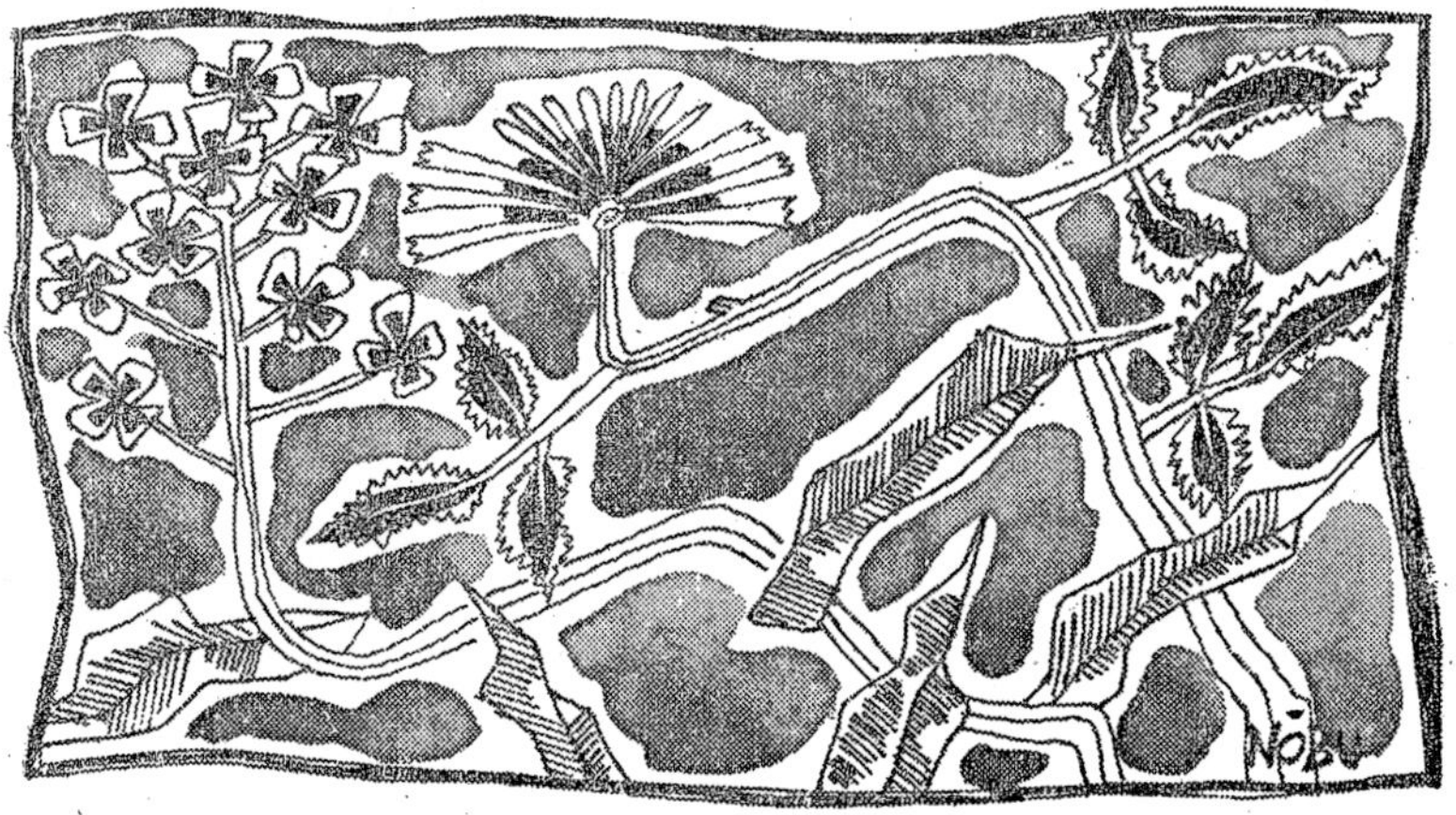

林檎食はれる

―林檎譚第二話―

村　正　治

玄關に下りてからも、まだくどくどと繰言を並べてゐた客をやつと送り出したらしく、表扉のベルが鳴つた。

リーリーンと澄んだ、その音が凱歌を奏してゐるやうに快く響いた。その澄んだ音を聞いて、苦りきつた表情を黑眼鏡が一際險しく見せてゐた春夫の顏が、微苦笑に崩れた。

「やつと歸りましたわ、餘りしつこいのでハラハラさゝれちやつて……」

險しい表情で、澤田を追ひ立てるやうに見えた夫の顏が、案外和《なごや》かにほぐれてゐるのを見て、澄枝の唇からも、ホツと寛いだ溜息が洩れた。

「いや、隨分粘りやがつたネ、まさに英印會談以上だつたな、然し、君がこんなに山盛りに、林檎を盛《も》つて來たのは秀逸だつたよ。これに山と盛られた林檎を見て、澤田奴《め》、眼の遣《や》り場に困つたやうな變な顏をしてゐたネ、ハハハ………」

そんな澤田の樣子を擽《くすぐ》つたく見まもつて、噴《ふ》き出したくなるのを壓えてゐた感

情が堰を切つたやうに、春夫は朗かに笑つた。

「貴方つたら、一つ如何ですかつて云ひながら。、自分ばかりムシャムシャ食べちまうんですもの、それに、林檎は斯うい ふ小さいのが美味《うま》いんですよなんて、あんな大きな印度林檎ばかり揃へて來た澤田さんに、餘り皮肉過ぎて……ちよつと可哀いさうな氣がしましたわ」

こころもち曇らした表情を、すぐ明るく戻して、貪るやうに林檎を食ふのに忙しい夫を微笑ましく見まもりながら、澄枝は卓上の茶器を片附け始めた。

「それや、こんな寄せ集めの紅玉より、あの方が美味《うま》いのにきまつてゐるさ、然し、こいつには、あの女達の眞心が籠つてゐるからネ」

「ほんとにネ、これだつて仲々手に入らないんですからね、お金《かね》は、わたし達でホンの少しばかり出しあつたのですからつて云つてましたけれど、これだけ數を纒めるのには苦勞したんでせうよ、ちよつと外出するたつて、自儘氣儘に振舞へない、あの人達だけに尙更ら容易なことぢやなかつたでせうよ」

「さうさ、それや金嵩《かねがさ》で行けば、君が持たして歸らしたといふ半衿の方が、高かつたのぢやないかと思ふがネ、朝も晝も香の物だけで稼がされてゐたといふ、あの境界の女達だらう。それが、なけなしの蟇口をはたきあつて、何處で聞いたのか、僕が好きだからといふので、果物屋を漁り廻つてあれだけの數を揃へて來たのだらうね、それをおもふと、斯うして胡坐《あぐら》して食べてゐちや罰が當るよ」

「あら、そんなこと仰言《おつしや》りながら、畏《かしこま》りもしないで、まだムシャムシャ食がるの」

と、澄枝の瞳が優しく睨む眞似をしたのに、故《わざ》と恐縮したやうに、春夫はこゝろもち行儀《ゐずまひ》を正した。

「まあ、そんな憎まれ口を利かずに、君も一つ食べて、あの女達の心持ちを味つてやるんだネ」

「はいはい、あの頃の貴方に、それだけのおもひやりがあつたら、妾も留置場へなんか入らずに濟んだんですのに……」

「こいつ奴、また、それを云ふ、僕が退院して一緒になつた時、青い林檎の御蔭だとよろこんだのを忘れたか」

「ホホホ、贅澤をいふと、青い林檎なんぞ、もう食べてやらないぞと仰言《おつしや》るんでせう、それぢや、仰せに遵《したが》つて溫順しく、これを御相伴さしていただきますわ」

おどけたやうに、楊子で刺した林檎の一片を戴く眞似をして、唇へ運ぶ澄枝の顏は、明るく幸福に充ちかがやいてゐる。黑眼鏡の鈍い光が、何處か物佗びしい影を翳らせてはゐるが、春夫の顏にも、靜かに強く愉しく今日を生きてゐる人

間の、虔《つつ》ましい感謝の色が漲つてゐた。

兩眼共に失明を氣遣はれてゐた春夫の眼は、今日の進歩した軍陣醫學に依る最初の處置が効果して、內地送還後も順調に癒えて、右眼のみの、それも半失明で食ひ止められた。併も退院除隊に次いで復職して、出征前の奉職先〇〇警察署に歸任した春夫は、署長以下の厚意に浴して、內勤の保安係を命じられた。

巡査拜命後僅かに五六ケ月で應召出征し、戰傷入院中の期間を通算しても二年にならない、併も外勤としてもまだ經驗の淺い青年巡査が、一躍、內勤の中でも重要視される保安係の椅子に拔擢されたのだ。春夫自身としても豫想されなかつたことで、同僚を羨望さした。名譽の傷痍軍人であるといふ事の外に、剛毅廉直な資性が高く買はれたのである。それだけに、春夫として責任の重大なのを痛感さゝれた。

春夫に依て汚濁した生活に訣別する動機を與へられ、身を白衣の天使と國に捧げるやうになり、それが春夫と邂逅し今日の幸福な家庭を營む機緣ともなつた澄枝であるが、一度は傳法政の妾であつた女との結婚を認めてくれた、上司の理解にも春夫は深く感謝さゝれた。この强い責任感と深い感謝が、僅か四五ケ月ながら戰場で鍛えられた不屈の意志と相俟つて、誘惑が多く適正な處務の難しい保安係の職責を完うさした。

恰も大東亞戰以來相踵ぐ赫々たる皇軍の快戰大捷に、遲れ走せながらも追蹤すべく國內體制の强化、民心の緊張が叫ばれてゐた際だつた。取締が嚴しくなつて客足も自らさびれてゐた管內のK私娼街の、或る一軒の女達が苛酷な營業主の虐待を訴へて來た。調査の結果、稼ぎの少くなつたことと、配給の潤澤でない事にかこつけて、三度の飯の量を極度に制限した上、全然副食物らしいものを與へてゐなかつた等、非人道的な虐待の事實が現れた。取締規則への數々の違反行爲も摘發された。その家はヒステリー性の主婦がゐて格別に甚しかつたのだが、この事件を契機として軒並みに調査が行はれた。そして、苛酷な待遇や違反行爲が矯正されるやうになつたので、女達が感謝した反面營業者は恐慌を來たした。取締の緩和を希ふため、先づ一夕御高話拜聽と彼等一流の誘惑の手が、春夫の上に伸ばされたが峻拒された。

そして、何處で聞いたのか、春夫の私宅へ、彼女達の感謝を盛つた林檎の一籠が、最初に訴へて來た女達を代表者として贈られて來た。その五日後の今日、嘗つてはK町を背景として市會議員に打つて出たこともある私立病院長の澤田由太郎が、美事な粒選りのデリシヤスを盛り上げた果物籠を携へ

て、春夫を訪れて來たのである。これがお好きだといふことを承つたので、お國のために傷づかれた勇士への感謝のしるしまでに……と言葉は美しく飾られてゐたが、さう云ふ澤田自身が喫れるのではなかつた。言葉の末にＫ町の取締緩和を愬へて、業者からの贈物であるのを匂はしてゐる。そんな危險な林檎を、いくら好物だからといつて食へるものではない。そんなに物固く考へていたゞく程の物ぢやない。戰傷の勇士への淨い感謝からだとしつこく絡まるのを、戰傷の勇士は何も僕だけぢやないでせうと追ひ立てたのであるが、甘い香の鼻を撲《う》つて來るのに唾の出るおもひだつた。

澄枝の機轉で、林檎はこんなにありますから……とばかりに、女達から貰つてあつたのを山盛りに出して、敵をアツと驚かしたのは痛快だつた。が、一日に一顆とゆる〳〵味ひ愉しむつもりでゐたのを、一朝にして盡してしまつたのは、また痛恨事でもあつた。

冬シヤツを合シヤツに着更へて出勤したのだが、ペンを持つ掌に脂汗が滲んで、脂性の身體が苦になる暖かさだつた。事故一つない祭日の本署に、朝から退屈しながら當直してゐたのが、腹いつぱい晝飯を食つて眠くなりさうだ。一つラジオ體操でもしようかと春夫は門の外に出た。

風のない晝で、雲一つない碧く晴れた空に、繋留氣球が眞直ぐに揚がつてゐて、銃後に安らかに護られて併も食ひ足つて、腹ごなしに體操でもしようといふ自分が勿體なく省みられた。正門の柵内のヒマラヤ杉の枝を張つた蔭で、ラジオ體操をしてゐると、外を八百武の主人が自轉車で通り過ぎた。春夫の家から三四丁離れてゐるが、何日も新鮮な果物を置いてゐるので林檎を買ひ馴染んで親しくしてゐる八百屋だ。

「何だ、旦那ですかい、今日は宿直なんで……」

おい、八百武さんと呼ばれて、聲の主を探してゐた八百武が、ヒマラヤ杉の樹蔭に春夫の姿を認めて、馬面と綽名されてゐる長い顔を、人の良い微笑に綻ばせながら入つて來た。

「いや、今日のやうな祭日や日曜の晝に出て來るのは、當直と云ふんだよ。宿直つてのは夜泊るのを云ふんだ」

「へーえ、難しいもんですな、すると何ですな、Ｋ町でも晝遊びは當直で、泊りは宿直つてことになるんですかい」

「相變らず君は暢氣だな、何時《いつ》また敵機が空襲して來るか判らないつて……見給へ、あんなに繋留氣球が揚がつてゐるやうな時に、Ｋ町の噂などしてゐると擲られるぜ」

「いや全く、何時やつて來ようが、さアといへば直ぐやつつけられるやうに豪勢なもんですな――豪勢と云へば……」

感じ入つたやうに空を仰いでゐた八百武の馬面が、春夫の

方に馬首を立て直した。

「K町での旦那の噂も豪勢なものぢやありませんか、ひどい扱ひをされてゐた女達が、旦那の御蔭で何も彼も良くなつたつて大變な歡びやうですぜ、五六日前でしたがネ、何でも旦那に食べていたゞくんだつて、林檎を一箱間に合はしてくれつて頼まれちやつてね、生憎く十ばかりしかなかつたのをすつかり賣つちやいましたよ」

「ホウ、君の方までネ……」

　K町といつても彼女達の屯ろしてゐる地域から二三丁も離れてゐて、寧ろ春夫の私宅の方に近い八百武の店だ。其處まで足を運んで、あれだけの數を集めてくれたのかとおもふと、眼頭が熱くなつて來た。

「それから、まだ妙な話があるんですよ、それが矢張り旦那のお手の筋で、林檎の買溜め——買漁りてんですかネ……」

　うつかり口を滑らしたものの、其處まで云つてよいか怎うかためらつてゐる風だつたが、一旦辯舌《しやべ》り出すと持ち前の暢氣さから、多少の想像も混へて八百武の話は時々脱線すらして——

　K町の女達が林檎を買つていつてから二日ばかり經つて、今度は名は知らないが何うもK町の營業者らしいのが二三人連れで、矢張り林檎を買ひに來た。然し今度は、女達のやうに有り合せのではなく、普通、印度林檎と呼ばれてゐる大顆のデリシヤスばかりを、いくつでも出來るだけ多く集めて欲しいとの註文だ。金に糸目はつけないと云はんばかりの態度が癪だつたのと、闇にひつかゝつちや……とおもつて、あつさり斷りましたがネ、といふ八百武の話に、春夫はさてこそと肯かれた。そして、それ程肝膽を碎いて持つて來たのを、鰾膠《にべ》もなく突き返してやつた一昨日の痛快な記憶が、活々と蘇つて來た。

「フーン、何だか面白さうな話だネ、君んとこだけでないやうだが、そんなに買ひ集めて何うするのかな、今時、デリシヤスなど置いてゐる店はさうないんだらう」

「何しろ贅澤なものなんで、それに公定價格ぢや算盤に合はないんでネ、まるつきり見なくなりましたが、人間つて、手に入らないとなると却つて意地汚くなるんですかな、矢張り今の話のやうに、高くてもいゝからと買ひ漁る奴があるので、まア自然賣る者も出來るといふ譯でしてネ……だけど、今の話のは何うも樣子が使ひ物にでもする風なんで……俺《わつ》しア案外、K町の連中が女達の眞似をして、旦那にでも贈るつもりで買ひ集めてゐたのぢやないかと想ふんですよ」

「ホウ、これは驚いたネ、暢氣なやうに見えてゐても君も仲々炯眼だね、さうかね、僕んとこへ持ち込むのだと睨んだか

ね」

嘘の云へない性質《たち》の春夫として、探り込むやうに顔を覗き込んだ八百武の視線に誘ひ込まれて、うつかりさう云つてしまつた。が、危いことだつた、突き返してよかつたといふ感謝に近い感情が強く胸に溢れて來て、うつかり八百武の想像を肯定してしまつたことも格別悔やまれなかつた。

「へー、矢張り旦那のところへ持ち込んだんですかね、それで何うなさいました」

「何うつて、君、無論突き返してやつたよ」

「そりや旦那の氣象として、よく判りますがネ、勿體ないなア、あれ程林檎の好きな旦那がね……全く役目つて辛いもんで、すなア」

「いやア、同情してくれるのは有難いが、それより、君んとこの萎びた奴でもよいから、氣兼ねなく食へるのを五ツ六ツ配給して欲しいな」

「あれ、二三日前、奥さんに少しお届けしませうかつて聞いたら、當分有りますからつて話だつたのに、何うしたんです」

「いや、そいつを昨日一遍に食つちまつたんだよ、いまの印度林檎に祟られたんだよ」

旦那の林檎好きにも呆れたものだ、と笑ひながら八百武の歸つた後で、春夫は、成程僕の林檎好きも困つたものだと自ら心にうなづいて苦笑された。

憶へば今の妻を知つたのも林檎が機縁だつた。シャンツェのマダムだつた澄枝が、自分への好意から派出所へ青い林檎を届けてくれたのを、心ならずも告發するやうな羽目になつた皮肉な宿縁。併も戰傷入院中を看婦護となつて贖罪生活に入つてゐた澄枝と夫婦に結ばれた奇遇。最初、澄枝からの音物を拒けたことに依て廉直を認められ今日の椅子を與へられた好運。それらのことをおもふと、林檎に繋がれてゐる我が宿命かとさへ考へさされるのだつた。併も、今度の事も、八百武あたりがさう見る位だから、K町界隈では噂になつてゐるのに違ひなく、眞相を公明にして置かないと詰らぬ誤解をうけるだらうと考へると、いまは林檎が呪はしくさへおもはれて來るのだつた。

恰度、春夫が八百武と話してゐる頃、まるで春夫の當直を狙つて來たかのやうに、瘤の三治が澄枝を訪れて來た。併も先日、澤田が持つて來た果物籠を携へてゐる。

「今日は、香川さん御在宅で……」

柄にもなく殊勝な聲だつた。流しで一人だけの簡素な晝の食膳の後片附けをしてゐた澄枝が、割烹着の裾で掌を拭きながら出て來た。

「何だ、お父さんだつたの、嫌に御上品ぶつて……誰か知らとおもつたわ」

と苦笑しかけた表情が急に硬張つた。風呂敷も澤田が持つて來た時のまゝの果物籠に氣がついたのだ。

「それ、何？　お父さん、澤田さんに賴まれて來たのね、そんな御用で來たのなら今日は上らずに歸つて頂戴、香川に何んなに叱られるか判らないから……」

娘といつても女房の連子で血が繋つてゐない。その女房も未入籍の儘で死んだので戸籍面も別になつてゐる上に、春夫に嫁いでから春夫の職務上自然と澄枝にも疎まれて、出入することも稀だつた三治だ。殊に今日は、心臆する使ひで來てゐるだけに土間に立つた儘で上りかねてゐる。それを、澄枝の方も疊の上に突つ立つた儘で、嚴しく三治の顏を見下してゐる。

「まあ、まあ、さう嚴しいことを云はなくたつて……お察し通り、澤田さんに賴まれて來たんだがな、これが借金の催促にでも來たんなら兎も角、香川さんの好物を持つて來たんぢやないか、何もさう喧嘩腰にならなくたつて……」

自ら省みて親らしいことは何一つしてやらなかつたといふ怯け目がある。それに、元來が勝氣な上に、娘とはいつても今は謂はゞ無職徒世の自分にとつて、苦手の警官の妻君である澄枝の劍幕に壓されながら、三治は卑屈に笑ひかけやうとする。

「いえ、いけません。澤田さんが持つて來て斷つたものを、貴方《あんた》が持つて來たからといつて、受取るやうな香川ぢやありません。そんな見え透いたことをすると、却つてあの人を怒らすだけですから」

「いや、正直な話、香川さんが大分難しく考へ過ぎてゐるやうだからと、澤田さんから之れを香川さんに氣持ちよく受けて貰ふやうにつて、口說き落されて來たんだがな、澤田さんの話でも、お國のために名譽の負傷をした軍人さんへの御見舞ひとして差進げるのだ、といふ話なんだから筋は通つてゐるぢやないか。それでいけなければ、これはお前に進げるから……お前から娘婿への贈り物として進げて欲しいといふことで、實んところ澤田さんは俺に使ひ賃まで心配して呉れたんだよ」

「まあ、呆れた……」

それを聞いて、身慄ひするやうに眉を窄めた澄枝の唇から吐息を混へた嘆聲が洩れた。

「お父さん、貴方《あんた》つて人は……こんな事の使ひ走りをさゝれて駄賃を貰つたりして、それで妾がこの家に、香川の妻としてじつとして居られるとおもつてるの」

眞實おもひ餘つて突きつめたやうな澄枝の眞劍な表情と鋭い氣魄に退避《たぢろ》ぎながらも、三治の肚には、こんな事がそれ程重大に考へ込まねばならぬ問題だとは納得出來ないのだ。それよりも、澤田から貰つた五圓の使ひ賃を旣に費つてしまつてゐる彼として、茲は何としてでも果物籠を置いて歸らねば……といふ義務觀念の方が、彼の正義感には寧ろ强く迫つて來る。

「それぢや、兎に角、これは俺からお前さんへ、といふことにして受取つて貰はう。娘の家に親が物を持つて來て惡いといふ法律はあるまい」

と窮した三治は到頭、慌てて風呂敷包みを解いて、中身だけをを玄關へ放り出すやうに置いて、表へ飛び出した。

女の身の重い物を持つて追つかけて行くこともならず、高い聲を揚げるのは近所の手前も考へられて、澄枝はしようことなしにその果物籠を取り上げた。然し、座敷へは上げずに、汚らはしいもののやうに下駄箱の上に置いて、人眼につかぬやうに新聞紙を被せかけた。

その夕方、宿直員と交代して歸宅した夫に、何んなに怒られることかと、澄枝はおづおづしながら晝の顚末を話した。父の恥を吾が恥として、身も竦《すく》むおもひでうち萎れてゐたのだが、春夫は格別怒つたやうでもなかつた。

「まだ、その使ひ賃の手前此處へ屆けて來ただけ正直なんだよ、狡い奴だと屆けたやうな顏をして自分で處分して終ふといふ術《て》も考へるからな、それに、澤田が何んな企らみを持つてゐるかつてことは、あの人の理解ではちよつと判斷出來ないことなのだから、簡單に自分が持つてくれば僕が受取り易くなるとぐらゐにおもつて來たのだらう。なまじつか頭腦が働いて底企みのある人間より罪がないさ」

夫の理解ある言葉に勞《いた》はられて漸く心《こゝろ》休まるおもひに床に就いたが、下駄箱の上に置いた果物籠が氣になつて、澄枝はその夜まんじりともせず、曉方近くなつての微眠《まどろみ》に巨きな林檎の化物に追はれた夢を見た。が、何日もの時間に目覺めた春夫は、充分眠り足つたのか平素と變らない明るい表情で食卓に就いた。

「おい、自家《うち》で一番大きな風呂敷を出してくれ、こいつをすつぽり包むのだから」

食事を終つた春夫にさう云はれて、澄枝は結婚以來初めて使ふ彼女持參の唐草模樣の萠黄の大風呂敷を持つて來た。そして、果物籠を外から見えないやうに包んだ。

「重たいでせうに……返しに御出でになるんですか」

訝り案じた澄枝に

「返したら、また持つて來るだらう。さう、返したり押し戻されしてゐたんぢや、肝腎のこいつが腐つちまうぢやないかこれだけのものを腐らせるのは惜しいよ。この時節に勿體ないぢやないか……」

とお前は心配しなくてもいゝんだ、と思ひ遣り深い笑顏を見せて、春夫は大きい風呂敷包みを片手に出勤した。

出勤した春夫は、保安主任の清水警部補の出勤するのを待つて、果物籠を置いてある小使室へ誘うて顚末を報告した。

「さうだね、返したつてまた持つて來るか、品物でも變へて別の術《て》でやつて來るだらう。何しろ彼の連中《てあひ》と來たら露骨でしつこいからな。さうかといつて、本署へ呼出して、こんな事をすると贈賄罪で處分するぞと嚇すのも、いさゝか大人氣ないしね……これが外の物なら何とか方法もあるんだがね、何しろ足の速いものだからネ。腐らしてしまつたのでは此方の負けだ」

執拗な彼等の誘惑の手に惱まされ拔いて來て、今では業者にも手の施しやうのない苦手と煙たがられてゐる保安主任だが、今度の場合、何うも妙手が考へられないらしい。

「ね、主任殿、私は遺失物法の離占有物として處置出來るんぢやないかとおもふのですが……何うでせうか」

と、春夫は昨夜から考へ拔いた揚句、おもひ至つたとつときの秘策を持ち出した。それだけに、少し固苦し過ぎて融通性がないと陰口されてゐる主任に、一蹴されるやうな羽目になつてはと、固くなつて警部補の顏色を偵察する。

「あゝ、成程ネ、遺失物法の、他人の置き去つた物といふ條項だな……要らない、置いていかれては困るといふのを無理に置いて歸つたのだから、君の立場からすれば、まさに置き去られた物だね、で、離占有物となると、拾得者として君が屆けるんだネ。巡査だから報勞金は貰へないから問題はないやうだが、いつたい之れでいくら位するかなア」

『さあ、普通なら一箇三十錢はしないんですがネ、何うせ普通の値段で集めたのぢやないでせう、數はまだ算へてゐませんが二十はありますネ。然し、主任殿、こいつはこれでもう買つてから一週間は經つてゐるでせうから、開けて見れば判りますが、もう少しあたり出してゐるとおもうんです、ですから一應、澤田に出頭を命じて、出て來ないやうでしたら、遺失物法の腐敗變質の虞れある物件として競落してよろしいのぢやないでせうか」

「フーン、競落か、成程、そいつには氣がつかなかつたよ、さう云へば確かに腐敗變質する物件だからなア、フフーン、香川君、巧い術《て》を考へたね、林檎好きの君だけに、何とかして、こいつを合法的に食ひたいといふ一念が、さういふ方法

をおもひつかせたのだね」

　如何にも一つはそれもあつたのだと、春夫はちよつと顔を紅らめたが、それより、奴らの鼻をあかしてやつて、今後再びこんな眞似をさゝないやうにといふ正義感が、快く春夫の胸に渦卷いてゐた。

「いや、それもありますが、何とかして奴らを懲らしてやりたいとおもひましてネ、實は昨夜一晩智慧を絞つたのでして………」

　と、謙遜《へりくだ》りながらも、何とか難癖をつけられはしないかと案じてゐた遺失物法適用が、自分の筋書通り運ばれて行きさうな快感に呼吸が彈んで來た。澤田らの呆然とする顔を想ひ描くと、肚の底から痛快な感情が昂つて來た。

「ウン、面白い、合法的に適切な處置だし、あの連中《であひ》への懲罰としても妙ぢやないか、こいつは吾が意を得た名案だよ、寺井部長に話して早速手續きし給へ、明日、明後日になるかな、僕も一つ相伴するよ、アハハハ」

　剛放落磊な行政主任黑川警部の斷に依て、事は神速に實行に移された。

　四月二十五日午後〇時四十分××區××町×××番地ニ遺棄サレアリタル果物籠壹籠（林檎二十三顆在中）拾得屆出有之當署ニ保管中ナルガ貴殿ニ於テ右物件所有者ニ心當リアリタル節ハ至急出頭ノ上受領方手續キスベキヤウ傳達相成リタシ
但シ右物件ハ腐敗變質ノ虞レアルヲ以テ四月二十七日午前十時迄ニ出頭無之キトキハ遺失物法ニ據リ競落處分ニ附スコトアルベシ
　難しい文句を列ねた呼出し狀が直ぐその日の中に、受持派出所を通じ澤田に送達されたが、彼等がのこのこと出頭して來る筈はなかつた。

　其の翌日、××署の會計室で問題の林檎が競落された。春夫は拾得者だといふので入札には加はらなかつた。然し、普通の場合の市價一顆二十錢、入札標準價を半額の十錢と見て、既に腐敗しかけてゐるのだから更に其の半額の五錢位だらうといふ、春夫の鑑定が基準にされた。そして、入札開票の結果、衞生係の山口巡査の一圓五十一錢といふ札が、次位と一錢違ひといふ極どいところで最高入札價となつた。

　斯くて、晝休を待ちかねて食堂で豪華な林檎の饗宴が開かれた。署長は出張中だつたが、黑川警部が
「では、いよいよ印度林檎に引導を渡してやるかな」

　と、最初の一顆を掌に取つた。殆どの署員が恐らく生れて初めて口にしたデリシヤスの、それも少しあたりかけて來て

ポツポツと赧い班點が出て、爛けるやうに柔くなつた甘い果肉の味覺に舌を躍らせた。

「流石に値段だけのことはあつて、美味いもんだな、まるでアイスクリームみたいに柔いですな」

「さうですネ、果物があたりかけて少し柔くなつた時は美味いものですよ、然し、僕はこんな班らな化物のやうな奴より、矢張りあの小さな青い奴が一番好きでしてネ、えゝあの堅い奴です、さう、少し酸つぱいですがネ」

皆子供のやうににこやかに口を動かしてゐるのに、春夫は自分が主人役のやうに輕い昂奮すら覺えて、既に二顆目のをもうあらかた平げてゐた。

「いや、美味いよ、これで明日、澤田の奴が呼出されて、何んな顔をするかとおもふと二重に美味いよ、競落代金は山口君が皆から集めて會計へやつて置いて呉れ。それから、取りに來るまで何度でも呼出すやうに會計へ云つて置いて呉れ給へ」

黒川警部もヒツトラー型に刈り込んだ固い髭に、林檎の屑《かけ》片《ら》をくつゝけた儘で上氣嫌で二つ目のを屠つてゐる。

それから何日か經つて、贈賄罪で處分されるのではないらしいと、三度目の呼出し狀で漸く澤田が出頭して來た。そして、寺井會計部長から競落代金金一圓五十一錢也を交付された。

「これでよろしいのでせうか」

部長から手交された所定の領收證へ署名捺印して差出す澤田の聲が呟くやうに低い。

「え、これでよろしい、それから報勞金ですがね、つまり、あれを拾つて屆けてくれた人へ普通だと五分から一割五分の範圍でお禮をする規則になつてゐるのですが、今度のは本署の巡査が拾つてくれたのでお禮は要りません。巡査は報勞金を貰はないことになつてますから」

と、笑ひ出したいのを我慢して會計部長が眞面目くさつて説明してゐる。それが可笑しくて會計室の若い巡査がプツと噴笑《ふきだ》してしまつた。

「えい、お禮どころか、糞いま〳〵しい」

肚の中で呟いても憤怒を表はすことも出來ず、手暴く扉を排して出て行つた澤田の後姿へ、浴びせかけるやうに、爆笑が湧きたつた。


――一七・四・二七――

寢棺

淺野武男

一

梅雨霽れの空が、がらんと蒼い。白い雲がむくむくと街の不揃ひな甍の上に動いてゐる。

ガレーヂ、菓子舗、洋品店、蓄音機店と竝ぶ街の看板の間に目立つて大きい看板が、妙に通る人の眼にこびりつく。

だが人は、直ぐ眼を外らしたがる。なるべくそれに觸れたくないのが、生きて動いてゐる者の人情で、已むを得まい。

商賣柄、赤、青といふ派手な色を使ふことの出來ない店、白と黑一色の大看板、『山瀬葬儀社』

この街大通りの老舗《しにせ》である。

誰しも一度は御厄介になる筈の店でゐながら、普段はとんと氣にしたくないやうな氣になるやうな、時には神經に觸つて腹の立つやうな看板だ。

初夏の朝の強い光線の中にぎらぎらと嚴肅に大きくかゝつてゐる此の看板の下に、山瀨葬儀社一家が、總出で眞面目な顏を揃え、行儀良く店の表に竝んでゐる。

殘つた數へるほどの薄い毛を未練らしく七三に分けた丈の高い葬儀社主人山瀨惣三郞、頰骨の頑固に出た、眼のぎよろぎよろと大きい妻のお谷、ロイド眼鏡の中で始終落着かない眼付きをしてゐる父惣三郞そつくりの丈の高い息子の欽二、瘦せた兄の欽二に似ず、肥肉の娘文子、小兵の老番頭粂造、むつつりした棺桶職人の庄六、色の生白い店員志村、每も怒つたやうな顏をしてゐる女中のお淸、小僧の英吉、この一家總出を前にして、寫眞屋が、山瀨葬儀社の看板と、その下の人物の撮影に黑い布を冠つては、ファインダーを覗いてゐる。

逆さに映るファインダーの畫面中央には、持ち出した椅子に、しやつきりと腰を下したお谷老婆、惣三郞以下の連中は、全部お谷の椅子を取卷いて立つてゐて、云はゞ此の寫眞は、飽くまで主人惣三郞ならぬお谷が中心であつた。

惣三郞はと見れば、お谷の傍に迷惑さうな面持で申譯に立つてゐる。欽二は、通り掛りの人に見られて照れてゐるし、皆が皆、餘り有難くない表情で、お谷の命令で已むなくと云つた樣子が見える。

全く出來上るであらう寫眞の畫面の中では、何と云つても中央のお谷が、一番迫力充分で、家に號令をかけてゐることが、一目瞭然である。

寫眞の人物の位置が定《きま》るまでにも既に惣三郞は、お谷に怒《おこ》られた。

惣三郞が皆の端《はし》にどうでもいゝやうな顏で立つたところが

「あなたがそんなところに立つてゐてどうするの、變なことをする人だね、一體、今日は何の爲に寫眞を撮るんですよ」

お谷は、早速恐い顏をした。

見かねた寫眞屋が、取りなした。

「左樣ですな、旦那樣は、眞ン中の方が宜しいでせう。矢張り椅子にお掛けになつて、お竝びになつた方が……」

だが、お谷は、大きな眼で寫眞屋を睨みつけて云つた。

「いゝえ、あたしの橫に立つてもらひませう」

「はア左樣ですな、それも宜しいでせう」

寫眞屋は、睨まれておどおどした。

「どこだつていゝぢやないか」

惣三郞は、捨臺詞を云ひながらも決して逆はずに、お谷の傍に立つた。

こんな場合、逆《さから》つたら最後、事態は當分收拾し難く紛糾することを、惣三郞は、四十五年間の體驗でうんざりするほど知り過ぎてゐたからだつた。

「欽二と文子は、あたしの後方《うしろ》にお竝び」

かうしてお谷の指圖通り畫面が定《きま》つたのである。

惣三郎とお谷の金婚式記念撮影であつた。

「金婚をお前、五年も繰り上げるなんて聞いたことがないぜ」

惣三郎は、反對したが、お谷は受けつけなかつた。

「いゝえ、これから先五年、揃つて生きてゐられるかどうか危つかしいもんさ。お前さんが死んぢまつてからぢや何にもならない。心殘りのないやうに生きてる中に先へやつとくことさ」

「俺が先へ死ぬと定《き》めとくやつがあるもんか」

「そりアお前さんが先だと定めてる譯ぢやないけど、なんでもあたしの云ふ通りにしてゐりア間違ひはないの、あたしだつて壽命ばかりは明日にも、判りアしない。ね、お前さんの云ふ通りにして今までに滿足にいつた例《ためし》が、たゞの一度でもあつたかね。五年二人が生き延びたら、その時はその時で又やりアいゝぢやないか」

「分つた、分つた」

惣三郎は、お谷の主張に、それ以上反對出來なかつた。

「そちらの端《はし》の方《かた》、もうちよつと左へお寄り下さい、はい、その邊で」

老番頭の兼造が、少し左へ身體を寄せて、愈々記念寫眞の位置が定《さだ》まつた。

「はい、それでは宜しうございますか」寫眞屋は身構へた。

「さアさ、皆、不景氣な顏してないで笑ふんだよ」

お谷は、眞ン中で突然、ぎよろぎよろと險のある顏を、綻ばせて、こんな顏をする時もあるのかと思はれるやうな愛嬌笑ひをした。

瞬間、パチリお谷獨りだけ笑つてゐる畫面が、レンズに納つた。

お谷の笑顏は、又直ぐ元のむづかしい表情に戻つた。その間に街並の甍の上の白い雲が、むくむくと一刻々々形を變へて動いてゐた。

二

「もう一本だけ、ね、いゝだろ。それでおつもりだ、頼むよ。今日は每もたア違ふ、金婚式ぢやないか」

その夜の山瀨家の奥の離室《はなれ》の金婚祝ひの膳の前で、惣三郎は、後引き上戸の例に洩れず、最後の一本をしつこくお谷にせびつてゐた。

「飲む時だけ金婚、金婚て、他人《ひと》聞きのいゝことを云つてゝも駄目よ、お前さんは、どうしてさう意地が汚いんだらうね」

「頼むよ、さう頑固なことを云ひなさんな」

「あたしが頑固だからこそ、かうして今日まで、どうやら店も潰さずにやつて來られたんぢやないか。お前さんなんかに委せておいた日にや今頃は……」

「一家殘らず路頭に迷ふだらう。分つてるよ、お前の云ふことは。もう一本、これこの通り」

到頭、惣三郎は、大形に合掌して見せた。お谷の合圖で、文子がだるさうに臺所へ立つて行つたので、惣三郎は、赤く染めた相好を他愛なく崩した。

お谷は、黑檀の長火鉢の枠に烟管の吸殼をたゝき落して、無表情な顏をしてゐた。

欽二は、喰べる物を喰べてしまふと、浮かぬ顏つきで新聞を擴げてゐた。

番頭の兼造と棺桶職人の庄六は、きちんと坐つて、金婚祝ひの馳走をそくそくと片付けてゐた。

やがて文子の持つて來た最後の一本を惣三郎は默々と大事さうに飲んだ。

面白くもなささうな極めて陰氣な宴會である。

このひつそりした冴えない宴會が、別に彈む話もなく終り近くになつた頃、造花の白蓮、四ケ花《しかばな》や枕行燈、位牌、白の雪洞燈臺、燒香机などが、棚に竝んでゐる店の電話の鈴《ベル》がリリ、リ、リ、リと鳴つた。

兼造が、直ぐ立つて行つて、帳場格子の中の電話に出た。

「はい、はい、左樣です、はい、池田さんで……」

兼造の聲が、靜まりかへつた薄暗い店に響く。

「へい、はアはア、は？　御隱居樣が、……そりアどうもなんとも御愁傷樣なことでございます。はい、は？　へッ、へッ、宜しうございます。佛式で、へえ、かしこまりましてございます。早速、直ぐ私がおうかゞひいたしますでございます。へッ、宜しうございます。御免下さいまし」

電話を切ると、兼造は、奧へ戾つて來て云つた。

「池田さんの御隱居が、亡くなられたさうで」

「え、池田さんが」

惣三郎は、口へ持つて行きかけた盃を中途で停めて、意外な顏をした。

「昨日の朝ぢやないか、あの御隱居が、家《うち》の前をにこにこ笑つて通《とほ》ンなすつたのは。矢張《やつぱ》りお酒好きだから、ぽつくり腦溢血か何かだよ」

お谷は、煙管にきゆつと葉をつめると、烟草用だけに埋めてある長火鉢の炭火に煙管を咥へて持つていきながら、無表情に云つた。

「直ぐ行つて參りませう」

「池田さんだから手落ちのないやうに、兼さん賴みますよ」

「承知しました」

一だからねえ、お前さん、御覧な、全く今日にも判りアしない。これから五年、べんべんと待つてた日にや、先づお前さんが、それまで持ちやしないよ。同じやうにお酒を飲むし、お前さんも脳溢血ものさ」

お谷は、惣三郎を横眼で見やつて云つた。

」碌でもない、縁起の悪いこと、云ふない」

惣三郎は、急いで残りの酒を猪口に注いだ。

「一寸八分の手は、あつたかね」

「五分ならあるよ」

「まアそれで間に合ふかも知れない」

兼造は、庄六と棺の縦板の厚さを打ち合せ、志村と英吉に池田家行《ゆき》の大體の葬儀用品の準備を指圖してから、ちよこちよこ出て行つた。

文子も欽二も、かうした場合、お谷が、店へ出張つて、凝つと仕事の進行を觀てゐるので、嫌でも手傳はなければならなかつた。

良い氣持になつた惣三郎だけは、さつさと獨りでそんな仕事には何の關係もないやうな顔で義太夫を唸りながら、二階の居間の臥床へもぐり込んでしまつた。

主人惣三郎は、こんな時には、何の役にも立たないばかりか、反つて邪魔だつた。

惣三郎のさうした態度を、長年、お谷は默認してゐたし、皆にもそれに何の不思議さも感じられなかつた。

山瀬葬儀社は、徹頭徹尾お谷の獨裁で、惣三郎は、食客のやうな存在だつた。庄六は、棺用の縦板材や、いくつも鉋の竝んでゐる、店の横の仕事場へ、はいつて行つた。出來合ひの縦一寸五分の寢棺に仕上げの鉋をさつさつとかけ出した。年齢《とし》をとつてゐるのか若いのか分らない庄六は、長年、無數の棺桶に鉋をかけてゐる間に、棺が死骸を容れる箱だといふ感動も特別起らなかつた。

軈て兼造が、池田家から歸つて來て云つた。

「やつぱり一寸五分でいゝよ」

兼造の指揮で萬手落ちなく、棺や葬儀の枕机一式が、早速リヤカーに手順良く積まれた。

」他と違つて萬事氣をつけてやつて下さいよ」

「へい」

出掛《でか》けにお谷は、兼造に又念を押して云ひ含めた。

間もなく葬儀用品を滿載したリヤカーが、夜更けの街に音をたてゝ葬儀社を出て行つた。

お谷は、又悠々と奥の離室《ばなれ》の自分專用の居間へ戻ると、相變らず、無表情に長火鉢の前に坐を占めて、烟草をふかして

ゐた。

欽二と文子は、物憂さうに、夫々自分達の居間にはいつて行つた。

山瀬一家の繰り上げ金婚式の夜は、何の樂しさもなく、かうして更けていつた。

三

お谷は家付きの娘で、惣三郎は山瀬家の養子だつた。

惣三郎は、養子先が、葬儀屋と聞いただけで怖毛をふるつて嫌がつたものだつたが、今こそ見るからに恐さうな頑固婆さんだが、その當時のお谷は、ぽちやぽちやとして愛くるしい娘だつたし、その娘に想はれて持ち上つた縁談とあつてみれば、何の腰もない暢氣な質屋の道樂三男坊だつた惣三郎は、養子に行つていけなかつたら出て來るまでと、別に大した肚もなく有耶無耶に山瀬家へ養子に來てしまつた。

處が行つていけなかつたら出て來るどころの沙汰ではなかつたのである。

ぽちやぽちやとした愛るしい娘は、最初甘く見てゐたやうな娘ではなかつた。

それから惣三郎の悲劇がはじまつた。正に惣三郎にとつては悲劇であつた。惣三郎は、出て行きたいにも行けなくなつてしまつたのだつた。

お谷は、完全に非常な威力をもつて惣三郎を壓へつけてしまつた。

惣三郎は、今更ながら自分の弱さ、考へなさ、だらしなさに呆れたが、どうにもならなかつた。その中に欽二が生れる、文子が出來る。最早、惣三郎は、己が無定見を自業自得と諦めて、觀念するより他はなかつた。

それは、それまでには餘りの壓迫に堪へかね、何度も男として夫として、彼にとつては、精一ぱいの勇氣を出して、お谷に逆襲してみたのだつたが、その度に散々な敗北の憂目を見た。

「俺を何だと思つてるんだ、假にも亭主だぞ。その亭主をつかまへて、なんてえ口の利きやうだ。そりア、こんな家なんかたつた今、出て行つてやる――」

「出て行くがいゝさ。假にも亭主なら亭主と威張るだけのことをしてから何でも云ふがいゝよ、お前さんが、この家《うち》へ來てから一體威張れる何をしてくれたつて云ふんだい、聞かうぢやないか。出て行つてやるが聞いて呆れるよ。此處を出て行つて、能なしのお前さんに何が出來る。よく考へてから物を云ふもんさ」

こんな調子で、江戸辯の啖呵でまくしたてられ、てんで齒

が立たなかつたし、さうお谷に云はれてみると、なるほど、よく考へてみれば、山瀬家を出てしまつたら、他に何の方策も立ちさうもない彼だつた。

腕力に於ても、いやしくも男と女で、負けるといふことはない筈だつたが、お谷がヒステリーを起して、座敷一ぱい、家一ぱい、店一ぱいに暴れ出したら、凡ゆる器物の破壊作用が起つたやうなもので、なんとも手のつけやうがなく、これも明かに惣三郎の負けだつた。

かうした腕力沙汰は、極く稀ではあつたが、多くは惣三郎の女道樂から起つた。

「以後端女などには一切手を下さずまじく候
　　　　　　　　　　　　　　惣　三　郎　印
　お　谷　殿」

こんな一札まで、お谷に暴れられた揚句、性懲りもなく書かされた。

埒口もない道樂、それだけに直ぐ尻尾を掴まへられては、お谷にこづきまはされ、その度に以後は必ずと左様なことはと、平身叩頭する惣三郎だつた。

こんな引け目が度重なる毎に、愈々惣三郎はお谷に頭が上らなくなるばかりだつた。

慣ひ性となり、遂に惣三郎は、主人の位を喪失して、山瀬家の従順しい食客に成り果てゝしまつた。

息子の欽二も、この惣三郎の締りのない性質によく似て、煮え切らない青年だつた。

一度、嫁をもらつたが

「あんな家にゐたら、お姑さんに睨み殺されてしまふ。なんと云つても歸らない」

嫁はお谷の大きな眼に睨まれ、縮み上つて里へ逃げ歸つてしまつた。

それなりに欽二は、別にそのことについては、何の意見もなく、獨身でぶらぶらしてゐた。

欽二も惣三郎のやうに、凡てを諦めてゐたと云ふより蔓延《はびこ》るお谷と戰ふ氣力を持たなかつた。

文子の方は、お谷に似たのか、負けず嫌ひで、氣が強く、これは又、餘りに勝氣過ぎて、一旦、嫁いだ緣家から、夫をひつぱたいて大威張りで歸つて來て、以來、何處からも嫁の口がなく、家《うち》の手傳ひをしてゐた。

店の仕事は、先代から山瀬葬儀社に仕へてゐる老番頭の兼造が、殆んど取仕切つてやつてゐるので、惣三郎は懷手で遊んでゐられる譯だつたが、兼造のこの長い年月の忠勤振りは、誰も彼も夫の惣三郎、子の欽二や文子さへ信用しないお谷をも信じさせるに充分だつた。

人間を信じないお谷は、番頭兼造にだけは店の一切を委せ切つてゐた。

僅かな給金をもらつて、一生番頭奉公をしてゐる獨り者の兼造は、全くどうかしてゐるのではないかと思はれるくらゐ近頃驚異に價する存在だつた。

姪が一人、あるきりで、時々、姪の家《うち》へ泊りがけで遊びに出掛けるより他、何の樂しみもない兼造は、毎日白張屛風や樒の花立をいぢくりまはし、線香臭くなつて、生きてゐて何が面白いのかと思はれるくらゐだつた。事實面白くないのか或は葬式屋といふ商賣上、何處へ行つても、いくら可笑しいことがあつても笑つてはならないといふ習慣からか、兼造は笑つたことがなかつた。彼は生れるとから葬式屋に出來てゐるやうな人間だつた。

四

疑り深い生來の性質もあつたが、お谷の人を信じないことは徹底してゐた。

氣ばかり勝つてゐて、吾が儘で、養子に來た惣三郎の弱氣なのにお谷は、直ぐ愛想を盡かした。

「あたしア男に生れてきたかつた。お前さんぐらゐ賴りない人はないよ。山瀬家の先祖は旗本だ。町人出のお前さんたア――氣の合はない譯さ。かうも武家出と町人出とは違ふもんかね」

お谷は、先祖に遡り、質屋の息子の惣三郎を町人と輕蔑し切つて尻の下に敷いた。

そして女出入りのある度に、

「なんて男なんてものは、宜い加減なもんなんだらう」

と、愈々惣三郎を信じなくなつた。

欽二も父親似で賴みにならないし、文子にしても氣にいらなかつた。

段々お谷の排他主義は、高じていつて年齢《とし》と共に酷くなるばかりだつた。

（誰一人として賴みになる人間はゐない。人を信じたら飛んでもないことになる。何事も死ぬまで自分だけだ、自分だけ）

かうした觀念が、お谷の心に最早、邪教のやうに喰ひ入つてしまつてゐた。

山瀬葬儀社といふ店さへ信じられなくなつて、お谷は祕かに自分名義の金をこつこつと貯へて、銀行に預けて置いた。

それが今は、相當な額に上つてゐる。もういざとなつて店が、惣三郎の無能さで、どう成り行かうと、お谷だけは、泡を喰ふことはなかつた。

かうなると、益々お谷は情なくなるほど強くなつた。

「あたしア誰の世話にもならない。どいつもこいつも碌な人間はゐやアしない」

これがお谷の口癖になつた。

親戚も可成りあつたが、お谷の「何しに來やがつた」といふやうな、恐《こは》い眼に怖れを爲して寄りつかなくなつた。

「馬鹿にするねえ」

如何に弱氣な惣三郎でも稀《たま》には、肚に据えかねて、酒の勢ひをかりて怒鳴つてもみるのだつたが、たゞ怒鳴るだけの怒鳴りつ放しで、それ以上お谷をどうしようもなかつた。

山瀬家に於けるお谷の命令は、絶對だつた。惣三郎は、お谷が自分だけの爲に祕かに貯へてゐることを知つてゐながら、それについても何も云へなかつた。

お谷は、奥へ自分の氣の儘の贅澤な離室《はなれ》を増築して、その中で部屋一ぱいにふん反りかへつて威張つてゐた。

そればかりかどうせ町中の、どう庭のとりやうもない狹さだつたが、猫額大の中庭めいたものを、お谷の變な趣味通りに設へ、それにごみごみとお谷は植木鉢を竝べたてゝ、風雅な味を獨り樂しんでゐるつもりだつた。

金をかけた中庭だつたが、欽二に云はせると、

「俗惡極まる」ものだつた
お谷は、云つた。

「何でもいゝよ。あたしには人間より動物より植木が、一番氣が合ふんだから。丹精さへしてやりア植木は、どん〳〵伸びて行く。人間だの動物だのは、さうはいかない。飼ひ犬だつて時に依りア主人の手を、どう間違つて、嚙まないものでもない。現在、欽二、お前だつてさうぢやないか。いくら丹精して育てゝやつたつて、おッ母さんの思ひ通りにやならない。そんなぐうたらが出來るぢやないか」

欽二は、母親の思ひ通りに出來上らなくて、せめても不幸中の幸ひだと思つたが、お谷の言葉に對しては、何も云ふ氣力もなく、又云ひ爭ひたくもなかつた。

朝から生溫いべとべとした梅雨が、降りつゞいてゐる或る晩のことだつた。

毎もの晩酌機嫌で、惣三郎が二階の居間で獨り、淨瑠璃本を前にして、鼻ばかりで調子をとつてゐる義太夫を、首を曲げたり、延ばしたりして唸つてゐると、彙造が靜にはいつて來た。

〽三つ違ひの兄《あに》さんと……

惣三郎が、首をぐつと引いた處で、彙造が、ちよこんと前に坐つた。

「旦那。ちよつと御相談があるんですが……」

〽云ふて暮してゐる中に……

惣三郎は、兼造を見ながら、まだ口の中で唸つてゐた。

「てんで旦那、どうにもなりません」

兼造は、むづかしい顔をした。兼造が、かういふむづかしい顔をする場合は、大概店の缺損にきまつてゐた。

「奥の方へ廻す金は、もう、まるきし一文も出ませんせん仕末です」

奥といふのは、お谷のことで、店の上りは殆んど全部、お谷の手に渡つて、それが一家の維持費になつてゐた。

「困るなア、婆さんに相談してみるより仕方があるまい」

「それより他はありません。さう方々、借財ばかり殖やしてた日にや、大變なことになつちまひます」

「相談してみたらどうだ」

「いゝえ、とても旦那、私なんかが云つたつて受付けやしません。こりやア旦那が云はなくつちや」

お谷に相談となると、毎も相方おつつけつこをするのが例になつてゐた。

金を出すにしてもお谷は一日も三日も拜みつゞけなければ、容易に出してはくれない。

店の一切は、主人の責任だから、どう赤字にならうと、いくら借金をしやうと、皆戸主たるものが凡てを負ふべきだと主張して、その實店の實權は握つてゐながら、お谷は缺損の場合は、輕く逃げてしまふのであつた。

「俺に云へつたつて、嫌だよ」

「嫌だなんて云つとる場合ぢやありませんよ、あなた。店がどう成行くかつてえ瀬戸際なんですぜ、旦那」

「困るなア、どうも。俺はもう婆さんの、あのしかつめ面を見るのが嫌なんだ。仕方がないから欽二にでも云はさうぢやないか」

「そんな暢氣なこと、云つてる時ぢやないんですがねえ」

「だからさ、俺だつて一緒に云ふよ、お前さんもさ。皆、一緒に行けばいゝぢやないか」

聽て欽二を先頭にして、惣三郎と兼造は奥の離室《はなれ》のお谷を取圍んだ。

日頃は、無口な欽二だつたが、この夜の欽二は、何日《いつ》になく强硬だつた。

例に依つて、挺子《てこ》でも動きさうにないお谷に欽二は、詰問するやうにして云つた。

「大體、おッ母さんは、何の爲に金を溜めてるんだね？」

「溜める？　何をお前さんは云ふの、誰が金を溜めてるつて云ふんだい？」

「今更隱したつて駄目だ。おッ母さんが、一人で金を握つてることは、この家《うち》の者は、皆知つてゐる」

「へえ〳〵、ぢやア溜めてるとしよう。だけど、誰が溜めてたからつて、大きなお世話ぢやないか」

「大きなお世話ぢやない。おツ母さんは、此の山瀬家の一員だ。お父つあんに從屬した家族の一員ぢやないか。僕は又、その一員としておつ母さんに訊き正す權利を持つてゐる」

「むづかしいことを云ひ出したね、一員だか何だか知らないが、そんなことに返答する必要はないよ」

「溜めるのが惡いと云つてるんぢやないんだよ、おつ母さん、たゞ目的が、餘りおつ母さんのは、無茶苦茶な利己主義過ぎるんだ。店の缺損つゞきのやうな場合、その準備として貯へてゐる金だつたら立派なもんなんだ」

「どういたしまして、立派なもんでなくて結構、お前さん達に立派なもんだなんて褒め上げられたら、末が恐しいよ。お前さん達の云ひなりに、どんどん金を出して行つたら、燒石に水だ。今までの私の苦勞が水の泡になつちまふ。飛んでもない話さ。店が缺損だつたら、何處へでも行つて借金してくれば、いゝぢやないか。店のことは、飽くまで店のこと、欽二の代になつたら、欽二の責任、今はお父つあんの責任、あだしの知つたことぢやない」

惣三郎は、腕組をして、兼造は、膝に上向けにした兩手を揃へて、默々と傍觀してゐたが、欽二は、尙斬り込んでいつた。

「知つたことぢやないつて、それぢや、おつ母さんの溜めた金は、何處から出てるんだ。みんな店の金から、そくそく誰に斷りもなく溜めて行つた金なんぢやないか。それでその金を自分だけで握つてゐて、よくおつ母さんは良い氣持でゐられるね。店が潰れても、おつ母さんは、平氣でゐられるのか。自分だけ安心してゐられゝば、山瀬家はどうなつてもいゝのか」

「あゝいゝとも。店が潰れるのは、甲斐性なしのお父つあんの心柄だもの」

「なんと云ふ情ないことを云ふんだ。どうしておつ母さんは、そんな量見になつたんだ」

「あたしアこれまでに盡くすだけのことは、お父つあんに盡くしてきたつもりだよ。だけど、もうお父つあんみたいな人は、つくづく賴りにならないつてことを、あたしア骨の髓まで知り拔いてしまつたんだよ。こんな人に賴つた日にや末は乞食だ。さう愛想をつかしてからといふもの、あたしは、誰も賴りにしないで、やつて行く覺悟を固めちまつたのさ」

「それでおつ母さんは、一家がどうならうと自分の金さへ握つてゐりア安心してゐられるつて譯なんだね」

「さうさ。それより仕方がないぢやないか」

「金だけ信じて、人を信じない。どれだけ金が信じられるものかやつてみるがいゝ」

「やつてみるとも。もうあたしは寢るんだから、みんな出て行つておくれ」

疲れ切つた欽二は、惣三郎を見やつて、がつかりしたやうに云つた。

「お父つあんも、少し何とか云つたらどうなんです。こんなにおつ母さんをのさばらして、手のつけられないやうにしてしまつたのは、一つはお父つあんが、確りしてないからだ」

「あゝ、あゝ、嫌だ、嫌だ」

欽二にきめつけられた惣三郎は眼をつぶつて頭を振りながら腰を上げた。

兼造は、最後に冷く無表情に云ひ放つた。

「兎に角、このまゝでは、店の方は、全然、立ち行きませんですから」

五

山瀨葬儀社は、事實兼造の云ふ通り、たちゆかなくなつてゐた。

昔は、大處の葬式を大量に受けてゐた山瀨葬儀社も、その後葬儀合資會社と云ふやうな大掛りな店が出來、次第にさうした大店にとられて、今は中處以下の葬儀屋に格を落し、近頃では一家の生活をげつそりと切り詰めて行かなければならない狀態に陷つてゐた。

兼造は、店が窮狀に陷る度に、お谷に縋つたり、金の工面に步き廻つたり、長い間、よくも勤めてきたものだつたが、最早二進も三進もいかない羽目にきてゐた。

「兼さんに免じて、あたしは、出すんだよ、いゝかい。これで何とかやつておくんなさい」

散々、嫌な顏をして、恰で餘所事のやうな口振りで、やつとお谷は、結局、急場の金を出しはしたが、それは店の要求してゐる金額より、遙かに尠いものだつた。

兼造は、その金を受取りながら呆れかへつたやうな顏で、溜息をついた。

お谷は、もう金を出したのだから、あとは兼造がどうにかやるだらうと、相變らず奥の離室《はなれ》で自分のことばかり考へてゐた。

（店がどう惡くならうと、家の者が一人もゐなくなつてしまはうと、今自分が大病に取憑かれたつて、びくともするもんぢやない。死ぬまで看護婦をつけて、良い病院にはいれるだけの金は持つてゐるのだ。だが、併し每も思ふことだが、死んでから、貧弱な薄板張りの棺桶に無造作に抛り込まれるの

は、どうでもいゝやうなものだけれど、餘り良い氣持のものではない）

お谷の自我への强調は、死後の自分の棺桶まで氣になるやうな症狀を呈してきた。

吾が儘なお谷は、さう氣になり出すと、矢も楯もたまらず早速、庄六に云ひ付け、檜造り、厚さ二寸といふ莫迦氣て大きな寢棺とも寢臺ともつかぬ箱を拵えさせた。

云ひ付けられた、むつつり屋の庄六は、別に何も云はず、命じられた寸法通りの法外な寢棺を作つたが、彼は棺桶の出來上るまで、

「氣違ひ婆の棺桶だ、呆れかへつた棺桶だ」と、節をつけて唄のやうに云ひつゞけながら仕事をした。

そんな唄でも唄つてゐなければ、庄六は仕事が出來なかつた。

生きてゐる間は、寢臺だが、死んだら寢棺になるといふお谷の獨特の考案で、それの出來上つてきた晩、お谷は、寢棺を奥の離室《はなれ》に据えつけて、漸く安心したやうな面持だつた。

立派な寢棺には、相當な費用がかゝつた。

「なにもそんな物にかける金があるくらゐなら、店の方の始末をつけてくれてもいゝものを、土臺考へ方が間違つてる」

たまりかねた惣三郎は、青筋を立てゝ怒つたが、手のつけられないお谷は、微動だもせず、空嘯いて云つた。

「そんな物とは、何です。お前さんに糠味噌桶にでもぶち込まれない用心ですよ」

「正氣の沙汰ぢやねえ」

棺三郎は、頭がづきづきと痛くなつた。庄六の仕事場で棺桶の出來上つた晩は、强い風雨だつた。寢棺は、庄六と志村の手で離室の次の間に据えつけられた。棺の足許を外せる仕掛けで、中に寢床をすつぽり敷き詰め、工合の良い寢臺になつてゐる寢棺の中にちよこなんとお谷は平氣で横たはつた。

その夜遲く欽二や文子、志村、小僧の英吉、女中のお淸まで、本氣で寢棺に寢るのだらうかと半信半疑で奥の離室に見に來たが、棺の中のお谷を見て、愈々只事ではないと顏見合はせて情ながつた。その寢姿は、誰も彼もの心を情ないのを通り越して泣きたくなるやうな氣持にさせた。

「呆れて物も云へねえ」

莫迦々々しさ加減を見に來た惣三郎は、棺の中に仰向けに寢てゐるお谷に吐き出すやうに云つたものゝ、全く氣味が惡かつた。

風雨《あらし》の晩に、生きてゐる人間が、棺の中で動いてゐる光景などは、惣三郎でなくても氣持の良いものではなかつた。

徹底的な自我主義の、かうした常軌を逸した有樣は、惣三

郎に嘔吐を催すやうな眩暈《めまひ》を感じさせた。

他はどうならうと自分だけ手廻し良く、棺まで拵へて、それで安心してゐられるといふお谷の太々しい自我が惣三郎には空恐しくもあつた。

（なんといふ大變な婆アだらう）

二階の寢床に横になつてからも、惣三郎は、お谷の心根が情なくなつて、彼の閉した眼の中から、すいすいと老の泪が溢れ出てきて仕方がなかつた。

その翌日、悉皆《すつかり》、氣の弱く成果てた惣三郎が愈々心細くなることが起つた。

前夜、姪の家に遊びに出掛けた兼造が、夜になつても歸つて來なかつた。電話もかゝつて來ない。さういふことは、今までに只の一回もないことだつた。

そればかりでなく、兼造の持ち物の概方《あらかた》、目ぼしい物が、なくなつてゐることを店の志村が發見した。

兼造は、失踪したのだつた。

志村が兼造の姪の家を尋ねて行つたが、既に遠に引越してしまつてゐて、移轉先も皆目判らなかつた。

漸く失踪が、はつきりしてきたところで、欽二が、それまで兼造に委せておいた帳簿を段々調べてみると、大分數字に疑ひのある個處が出て來た。

缺損、缺損と云ひ立てゝゐた兼造の帳簿は、勿論事實缺損には相違なかつたが、長年、兼造が、そくそくと帳面尻を胡魔化しては、着服してゐたものと推定される部分が、隨所に見出された。

姪の家といふのも、かうなると甚だ怪しいものになつてきた。

長年こつこつと堅く勤めてゐた兼造は、急に飛んでもない惡黨に變貌してしまつた。

「途方もねえ奴だ」

惣三郎は、ぽかんとしたやうな顏で云つたが、又附け加へた。

「だが兼造が、そんな人間だつたとは、ちよつと考へられないな」

「それ御覽なさい。あんなに信用してた兼造でさへ、それだもの、全く人間なんて當になるもんぢやない」

お谷は茫然としてゐる惣三郎に向つて我が意を得たやうに、益々疑い深かさうなぎよろぎよろした眼を光らせたが、番頭の兼造がゐなくなつてみると、早速店の仕事に差支へた。

「欽二。お父つあんも見るけど、お前、少し本氣になつて店の事をやつてみなさい」

惣三郎は、のらくらしてゐる欽二を毎もにないきつぱりし

た顔付きで睨めつけた。

睨みつけられた欽二は、突然大きな責任のやうなものが、兩肩にどさつと重く乘つたやうに感じられ、反つてその手應への反動で、何となく店の仕事を自分の手で眞劍にやつてみたい氣持に驅り立てられた。

六

兼造の行方は遂に判らなかつたが、山瀨の家では、その儘不問に附しておくことにした。

目立つて形に現れるほど、主家の金を持つて逃げたといふ譯でもない以上、訴へ出る手段にも出られなかつた。

だが兼造は、長い年月の間に可成の財を、ちよこちよことまめに筆の先で胡魔化して貯へてゐたものに相違なかつた。

兼造がゐなくなつてからの店は、一時何かと手違ひなことが多かつたが、欽二は、思はず夢中で仕事に心を打ち込んでいつた。一家の全責仕が自分にあるといふ自覺が、弱氣な欽二の心を、次第に强靱なものにしてゆき、仕事も慣れて來ると案外調子良く赤字ながらも、どうにか整理がついていつた。

欽二は、店の仕事が面白くなつた。

「どうだい、どうにかやれるぢやないか。葬式屋なんて嫌だの何だの云つてたつて、やつてみりア又、面白味も出て來るだらう」

兼造失踪から三月ばかりたつた或る日の晩食の膳の前で、惣三郎は、相變らずおしきせの銚子を傾けながら欽二に云つた。

「何でもやつてみない中から愚圖々々云つてたつて駄目だ。お前がこれから確りやつてくれりア、もう俺は安心だ、安心だよ、全く安心出來る、安心……」

惣三郎は、いつになくしんみり云つては、獨りうなづいてゐたが、段々聲が低く落ちてゆき、がつくりと首を垂れたかと思ふと、膳の緣に頭をがちんと打ちつけ、橫樣にどさりと倒れた。

每も醉つた時には、膳の前でごろり橫に寢る癖のある惣三郎だつたが、この倒れ方は、普通でなかつた。

「どうしたんです?」

「どうしたの?」

欽二と文子が、腰を浮かせて、倒れてゐる父親を覗き込んだ。倒れた惣三郎の兩眼は、薄く開いてはゐるが、黑眼が上つてゐた。たゞならぬ蒼白な顏が、苦悶でひきつつてゐる。

「大變だ、お父つあんが……早く醫者だ!」

傍へ寄つてゆき、馬乘りになるやうにして、惣三郎の身體に手をかけた欽二は、父親の表情を見て叫んだ。

お谷は、瞬間さつと顔の色を變へた。お谷自身の腦が、何かで打たれたやうにかーんと鳴つたやうな氣がした。

日頃からそれに定《き》めて、いざといふ時は、狼狽てるものかと漠然と豫想してゐた惣三郎の腦溢血が、遂に目前に實現したのだ。

どうならうと愕くものかと普段こそゆつくり覺悟してゐたのだつたが、お谷は、突差にかあつと逆上して狼狽て出した。

吸ひかけた煙管を何處へ飛んで行くか見當もなく抛り出すと、轉ぶやうにして、這ひ寄つて行つて、ぐつたりしてゐる惣三郎の身體に取ついて、夢中で大聲を立てた。

「お父つあん！　お父つあん！　どうしたの、ねえ、お父つあん！」

お谷は、聲を限りに耳元に口を當て惣三郎の身體を搖すつて呼びつゞけた。

「お父つあん！　しつかりしておくれ！お父つあァん！」

だが惣三郎は、何の返事もしなかつた。

「おつ母さん、駄目だ。そんなに搖つちやいけない。腦溢血だつたら、どうする！　直ぐ醫者を呼ぶんだ！」

欽二は、搖りつゞけるお谷の手を押へたが、昂奮してゐるお谷は、欽二の言葉も耳にはいらないかのやうに惣三郎の身體を搖りつゞけた。

「文子、搖らないやうに、おつ母さんをしつかり押へつけてろ。お父つあんの身體を動かしちやいけないぞ」

欽二は、おろおろしてベソをかいてゐる文子に叱りつけるやうに云ひつけると、電話口に飛んで行つた。

騷ぎを聞きつけ、店の志村と英吉が、飛んで來て、文子に手傳つて、お谷を押へつけた。

押へつけられたお谷は、尙大聲立てゝ泣きわめきながら、

「お父つあん、お父つあん！」と呼びつゞけた。

電話で直ぐ馳けつけてくれた醫者の診斷に依れば、惣三郎の卒倒は、矢張り腦溢血だつた。

意識を失つた惣三郎の身體は、そのまゝ靜かに奧の間の床に横たへられ、今は刻一刻と死を待つばかりだつた。

「靜かにしてゐなくつちやいけないぢやないか」

おいおい泣きつゞけてゐるお谷を欽二は強くたしなめた。

漸く欽二の言ふことが分つたのか、こつくり、こつくりをしてうなづき、稍々泣聲を低めたお谷は、診察を終つて引上げようとする町醫に取縋るやうにして訊いた。

「もうこのまゝいけなくなるんでございませうか？」

「先づ今の御様子では、さうお覺悟になつた方が……」

町醫は、嚴かにお谷に宣告した。

お谷は、一旦靜めた泣聲を又、わつと張り上げて泣出した。

欽二はお谷のヒステリー性の昂奮を苦々しく見てゐた。

死神の跫音が聞えて來るやうな不安な一夜は、明けたが、
惣三郎の呼吸だけは、微かに鼾をかきながら、同じやうに心細くつゞいてゐた。

看護婦が呼ばれ、凡ゆる手が盡された。お谷の慟哭は、段々靜まつていつたが、お谷は一睡もせずに、惣三郎の枕頭を離れなかつた。

「おつ母さん、疲れるから少し寢《やす》みなさい」

欽二が、すすめてもお谷は、寢ずによちよちと看病した。

眼を泣腫したお谷の、しほしほとした姿は、痛々しく今までの憎々しさは、何處にも見られないやうに見えた。

あんなに自分のことばかり考へてゐたお谷が、惣三郎の死に直面してこんなにも夢中になるものか、それはお谷自身にも解らないことだつた。

お谷の悲嘆は、滿更、毎ものヒステリー性の一時的昂奮と片付けられないものがあるやうに欽二にも見えてきた。

二日、三日、五日と惣三郎の昏睡狀態が、つづいてゐる間お谷は、何かに憑かれたやうに殆んど眠らずに、惣三郎の看病をしつゞけた。

「このまゝお父つあんは死なせない、死なせない」

お谷は、時々思ひ出したやうに、僅かに呼吸をつゞけてゐる惣三郎の答へのない顏を見詰め、獨語のやうに口走つては泣いた。

一週間目の朝、診察に來た醫者は云つた。

「まだ油斷は、絕對に出來ませんが、稍々危險狀態から離れたやうです」

お谷は、もうその町醫の言葉だけで、喜びに聲を立てゝ泣いた。

それは恰で人間が變つたかと思はれるやうな夫婦の情愛濃かな自然の泪だつた。

醫者が歸つて、間もなくのことだつた。

眠りつゞけてゐた惣三郎が、薄く眼をどんよりと開けて、邊りを見廻すやうに、首を微かに動かした。

「お父つあん！」

それを目擊したお谷は、思はず惣三郎の顏に擦りつけるやうに身を寄せていつて、嬉し泣きに泣きながら、大聲を上げて、惣三郎を呼んだ。

「お父つあん、あたしだよ、お谷です。あたしが分るかい？え？　お谷ですよ」

お谷は、惣三郎の手をしつかり握つてゐた。

耳元のお谷の大聲が、通じたものか、惣三郎は、極めて微かにうなづいて、凝つと泣いてゐるお谷の顔を空ろな眼で見た。

「分つたかい！　え？　分つてくれたかい？　あゝ、分つた、分つた」

お谷は、わつと又、聲を上げて、惣三郎に縋りつきながら泣いた。

惣三郎は、何か云ひたげに口許をぴくぴくと顫はせた。

それから少しづつ惣三郎の容態は、次第に快方に向つていつた。

此の騒ぎの中にいつの間にか、お谷の拵へた寢棺は、中庭の横の物置に邪魔だと云ふので、取片付けられた。

金婚記念寫眞を撮つた日の朝と、同じやうな白い雲が、晴れた秋空の一角に現れ、軈て、山瀨葬儀社の甍の上に、むく〳〵と動いてゐた。

半開きになつた物置から、お谷の寢棺の半身が、燦々とした朝の日光に照りつけられてゐた。

軈て惣三郎が、病床から起き出られるやうな日が來たら、お谷は、金婚祝ひの寫眞の時とは違つた、明るい氣持で又、惣三郎の全快祝ひの一家總出の寫眞を店の前で撮ることだらう。

（をはり）

同人住所錄

（いろは順）

世田ヶ谷區松原町三ノ一、三二　岩崎榮
兵庫縣氷上郡柏原町　石井哲夫
向島區吾嬬町西三ノ二二（石田方）　伊志田和郎
本郷區駒込曙町一〇　飯田美稲
澁谷區千駄ヶ谷四ノ六九三（平安莊内）　東野村章
杉並區天沼三ノ七〇六　戸伏太兵
東京府西多摩郡戸倉村二〇四　大隈三好
小石川區白山御殿町一一四　岡戸武平
澁谷區代々木上原一二一五　海音寺潮五郎
兵庫縣川邊郡伊丹町北村（戸田方）　樺山楠夫
瀧野川區瀧野川町四一〇　鹿島孝二
牛込區北町二　大慈宗一郎
牛込區富久町一六　田中繼太郎
豐島區池袋二ノ一〇三七　土屋光司
澁谷區宇田川町五一　中澤巠夫

鎌倉市小町三三三（遠藤方）　蘭郁二郎
世田ヶ谷區松原町三ノ九六四　村雨退二郎
世田ヶ谷區玉川奥澤町三ノ一六〇 南風莊　村松駿吉
瀧野川區瀧野川町四三〇（湯淺方）　村正治
鎌倉市大町一三五（左右田方）　黑沼健
北海道上川郡上川町　久米徹
中野區川添町四六　山田克郎
日本橋區横山町四澁谷アパート　松本太郎
京橋區小田原町一ノ七　淺野武男
福島縣二本松町　安藤信
澁谷區代々木上原町一三四七　齋藤豐吉
四谷區左門町五三　佐藤利雄
小石川區大塚坂下町六五（中村方）　佐野孝
杉並區西荻窪三ノ九三 城山文化住宅（電荻四八七九）　北町一郎
麹町區平河町二ノ一（電九段三四一〇）　由布川祝
三條市貳之町木場　緑川玄三
小樽市南濱町埋立地　從二一郎
本郷區駒込林町二〇六（中村方）　鯱城一郎
杉並區高圓寺四ノ五八四（横關方）　瀨木二郎

文學建設 六月號（定價三十錢 送料壹錢）

昭和十五年五月六日第三種郵便物認可
昭和十七年五月二十五日印刷納本
昭和十七年六月一日發行（毎月一回一日發行）

東京市小石川區白山御殿町一一四
編輯兼發行人　岡戸武平
東京市芝區愛宕町二丁目九九番地
印刷人　黑部武男
東京市芝區愛宕町二丁目九九番地
印刷所　昭文堂印刷所

日本出版文化協會會員（會員番號一二八五二五）
東京市麹町區平河町二ノ一
發行所　**文學建設社**
電話九段(33)三四一〇
振替東京一五六五九八

配給元　東京市神田區淡路町二丁目九番地　日本出版配給株式會社

定價　三十錢（送料壹錢）
半年　一圓八十錢（送料共）
一年　三圓五十錢（送料共）
送金は振替を御利用下さい切手代用の場合は一割増のこと

文學建設六月號（昭和十五年五月六日第三種郵便物認可）昭和十七年五月廿五日印刷納本 昭和十七年六月一日發行（第四卷第六號通卷四十一册） 定 三十錢

復刻版　文《ぶん》學《がく》建《けん》設《せつ》　第4回配本
（第7巻〜第8巻）

2024年10月25日　第1刷発行

揃定価48、400円
（本体揃価格44、000円＋税10％）

監　修　三上聡太
発行者　船橋竜祐
発行所　不二出版
東京都文京区水道2-10-10
TEL03（5981）6704
印刷所　栄　光
製本所　青木製本
乱丁・落丁はお取り替えいたします。

第7巻　ISBN978-4-8350-8766-5
（全2冊 分売不可 セット ISBN978-4-8350-8765-8）